本书系国家社科基金项目“新时期基本文学理论观念的演进与论争研究”(项目编号:10BZW011)的结项成果,并受教育部人文社会科学重点研究基地山东大学文艺美学研究中心基金资助。

新时期基本文学理论观念的演进与论争

谭好哲　主编

人民出版社

责任编辑:宫　共
封面设计:源　源
责任校对:吕　飞

图书在版编目(CIP)数据

新时期基本文学理论观念的演进与论争/谭好哲 主编.—北京:
　人民出版社,2019.3(2022.1 重印)
ISBN 978-7-01-020364-5

Ⅰ.①新…　Ⅱ.①谭…　Ⅲ.①文学理论-研究-中国　Ⅳ.①I206

中国版本图书馆 CIP 数据核字(2019)第 025160 号

新时期基本文学理论观念的演进与论争
XINSHIQI JIBEN WENXUE LILUN GUANNIAN DE YANJIN YU LUNZHENG

谭好哲　主编

人民出版社 出版发行
(100706　北京市东城区隆福寺街 99 号)

北京兴星伟业印刷有限公司印刷　新华书店经销

2019 年 3 月第 1 版　2022 年 1 月第 2 次印刷
开本:710 毫米×1000 毫米 1/16　印张:27　字数:446 千字

ISBN 978-7-01-020364-5　定价:74.00 元

邮购地址 100706　北京市东城区隆福寺街 99 号
人民东方图书销售中心　电话 (010)65250042　65289539

目　录

第四编　新时期四种文学批评观念的演进与论争

第五编　新时期文学观念演进与论争的其他几个层面

导　言

1978年12月中国共产党十一届三中全会召开以来，中国社会进入了以现代化为目标取向、以改革开放为时代特征的历史发展新时期。伴随着时代的变革，40余年来的中国文学理论研究也进入到一个新的发展时期，发生了历史性的变化，取得了很大的成绩。那么，40余年来的中国文学理论究竟发生了什么样的变化，取得了什么样的成绩，又存在哪些问题和困境？还有，我们究竟应该如何来概括和认识这一时期文学理论和观念发展变化的基本特征，如何客观而正确地总结文艺理论和观念的这段发展历程？如此等等的问题，都是中国当代文学理论研究界必须面对的问题。这样一些问题的研讨，不仅对于客观地认识和总结这段历史，而且对于从中汲取经验教训以更好地应对中国文艺理论的未来发展，均是极有价值和意义的事情。温故而知新，理论的发展和进步总是以此前的历史进程和思想资料为前提，只有很好地总结和反思既往，才能更好地面对和走进未来。

一

事实上，在新时期文学理论40余年来的发展历程中，不仅包含着文学观念上的创新和论争，而且始终包含着对此前各个发展时期包括新时期自身不同阶段的历史总结和反思，这种总结和反思构成了新时期文学理论进程的一个十分重要的方面。

自20世纪80年代中后期开始，基于新时期文学理论研究在观念、方法和思维方式诸方面已经发生的新变化和取得的新成就，即有一些研究者发表了不少对此前发展阶段的总结和反思性文章，有的文章如《读书》杂志1985年2、3期上连载的《近年来我国文学研究的若干发展动态》还产生过较大影响，同时这一时期还出版了一些概观性和专题性资料汇编和综述著作，如韦实编著的《新10年文艺理论讨论概观》、马玉田等主编的《十年文艺理论论争言论摘编》等。尽管这些早期的总结和反思大多还是偏于过程性描述的阶段性成果，但却为后来的研究做了资料上的准备和研究路径上的有益探索。

20世纪90年代之后尤其是新、旧世纪交替之际，伴随着历史反思意识的高涨，学界又推出了许多回顾和总结新时期文学理论进程的论著。从内容角度上看，这些论著分为两大类：一类是对新时期文学理论总体演变的历史梳理和研究，如张婷婷和杜书瀛著的《新时期文艺学反思录》、朱立元主编的《新时期以来文学理论和批评发展概况的调查报告》、董学文等著的《中国当代文学理论》、曾繁仁主编的《中国新时期文艺学史论》等；一类是对新时期文学理论发展中的某个局部领域或某个重要问题的梳理和研究，如对新时期中国马克思主义文艺理论的发展、西方现当代文艺理论以及西方马克思主义文艺美学在中国的传播和影响等等的研究，还有对新时期文学本质论、文学反映论、文学审美论等等这样一些重要理论问题的发展和论争的研究。从文本载体上看，这些论著则主要分为四种情况：一是一些关于中国当代或整个现代文学理论发展的研究专著在时间维度上包含了新时期文学理论发展这个时段，如杜书瀛和钱竞主编的《中国20世纪文艺学学术史》等；二是如上所引诸位学者关于新时期文学理论总体发展的专著；三是对新时期文学理论的局部性研究领域和个别性重要理论问题的专题性研究著作；四是散见于报章杂志上的大量研究论文。就研究队伍而言，上述学者之外，文学理论界的许多领军人物和重要骨干也都曾推出过这方面有影响的研究论著。此外，还有不少的全国性学术会议专门以此作为研讨的主题，比如，单是中国中外文艺理论学会就分别与有关单位合作于2005年10月在湖南长沙召开了“2005：新时期文学理论的回顾与展望全国学术研讨会”、2007年6月在湖北武昌召开了“文学理论30年——从新时期到新世纪国际学术研讨会”，该学会1999年10月在安徽合肥召开的“新中国文学理论50年学术研讨会”和2009年7月在贵州贵阳召开的“新中国文论60年国际学术研讨会”都包含对新时期文学理论的研讨，2008年7月在西宁举办的“理论创新时代：中国当代文论改革与审美文化转型”学术研讨会也将“改革开放30年中国当代文艺学的发展、变革与转型”作为大会研讨的分主题之一。此外，2008年6月北京大学和吉林大学等单位也联合发起在北京大学召开了“新时期30年文学理论研究的回顾和反思”学术研讨会。如此之类的大小会议细数起来还有许多，可见对于走过的历程需要加以总结和反思，不只是个别学者的关注之点，而是学界的普遍共识。

然而，新时期文学理论发展的反思性研究虽然取得了许多成绩，但也存在不少缺憾和问题，择其要者而言有四个方面：一是许多总体性研究过于求全，流入现象形态的历史描述，没有将文学观念的演进作为理论叙事的核心，从而不能将新时期文学理论发展最主要最精彩的部分凸显出来；二是许多研究者乐于谈论新时期文学理论的成就与贡献以及不同阶段的理论共识、观念演进，相对则不太乐于甚至有意无意地忽视其不足与问题以及不同阶段的理论纷争、观念分歧，从而不能彰显出新时期文学理论发展中精神取向的复杂性和观念选择的多样性；三是不少研究对理论脉络的历史梳理与问题分析没有贯彻历史唯物主义的方法论原则，因而显得科学性不足，说服力不强；四是不少研究缺乏前瞻意识，没有将学术史的总结、反思与中国文学理论发展前景的思考统一起来，从而不能给后继者的理论研究和观念创新提供更为有力的思想借鉴。

二

如何克服新时期文学理论总结和反思中存在的上述不足，以使同类研究进入到一个新的境界，是当下和今后的研究者需要认真加以对待和思考的问题。为了真实地凸显新时期文学理论的真精神、真问题及真实进展和实际成就，同时也为了中国当代文学理论更好地走向未来，新时期文学理论的总结和反思应该以其客观发展进程为事实依据，以问题意识作为回顾和反思的学术切入点，着重对新时期近40年来基本文学观念的历史流变及其伴随着的学术纷争做出系统的梳理、科学的总结和较为深入的反思，从而既从总体上对新时期文学理论的变迁趋向和大致脉络作出较为全面而又重点突出的梳理和把握，又在富有问题意识的境遇分析和学理追思中对新时期文学观念创新的历史成就给予科学的阐发和定位。同时，这种面向历史的梳理、总结和反思还应该着眼于未来，以马克思主义文学理论的中国化或有中国特色马克思主义文学理论的建设目标为学术创造的理想参照，从历史的梳理和总结中找出相关问题学术纷争的症结所在，分析推进理论进步和观念深化的可能性，在此基础上探讨、设计以至达成理论发展的理想远景。

那么，为什么应该着重从基本文学观念的历史流变来总结和反思新时期文学理论与批评的发展呢？又为什么要把观念的演进与学术论争结合起来加以一体化的考察呢？这主要基于如下两个方面的考虑：

其一，任何一个时代的文学理论与批评从基本功能上讲主要承担两大任务，一是在理论与批评的自身演进中推动文学观念的创新与进步，二是在此基础上反馈与反作用于文学实践，推动文学实践的健康发展与繁荣，而在这两大任务中前一个更为根本，后一个任务的实现有赖于前一个任务的实现。如果说文学家们主要是在形象世界的创造中表达他们对世界和人生的体验、感悟和认知，并从中寄托他们的审美理想，也在一定程度上传达其文学观念的话，那么文学理论与批评则要从形象世界中跳出来，从感性审美进入到理性思考的境界，在理性思辨中提炼和升华思想观念，在抽象的观念世界里逻辑地而非形象地表达他们对世界、人生和文学的见解与看法、论断与评判。由此，是否具有思想观念上的发展与创新，思想观念的丰富与贫乏等等，便成为衡量理论与批评水准与价值的首要标准。一个时期的理论与批评在现象形态上出了多少书，发表了多少论文，有多少人操持此业，其实并不重要，重要的是思想观念的创新与丰饶，有时候表面上的热闹、繁盛掩盖着的也可能是思想观念的贫瘠、退化与虚弱。只有那些思想创新观念丰饶的时期，才算是理论与批评真正发展与繁荣的时代，也只有这种时代的理论与批评才真正具有生命力，既能有效地作用于具体的文学实践，又能在学术史上留下深厚的印记。正是基于这样一个道理，所以对于新时期文学理论与批评的发展，应该首先着眼于基本文学观念的演进，抓住了基本观念，也就抓住了新时期文学的精华和新时期文学理论与批评发展的主脉。

其二，新时期改革开放的时代特质，注定了这个时代在政治、经济与思想文化的各个领域必然充满稳定与变化、守旧与革新、保守与激进的持续冲突与争锋，文学理论与批评也不能例外。新时期文学理论发展中基本文学观念的创新、更替和流变，始终伴随着不同学术倾向和观念之间的碰撞与论争。新时期前期围绕文学与政治的关系、文学与异化和人道主义的关系、文学与形式本体的关系、文学与上层建筑的关系、文学与意识形态的关系、文学与人文精神的关系，以及关于现实主义、现代派文学、文学方法论、文学主体性、马克思主义文艺学的哲学基础、马克思主义文论的体系性、文艺反映论、文艺生产论、文艺价值论等等的讨论，近一二十年来围绕文学与市场经济的关系、文学与大众文化的关系、文学与消费主义文化的关系、全球化时代文学的民族性与世界性的关系等等的讨论，以及最近几年关于"日常生活审美化"与文艺学范式转换之关系的研究，关于文学是否"审美意识形态"的争鸣，关于文学本体论的哲学基础问题的讨论，等等，都在相当程度上推动了文学观念的创新和文学理论的学科进步。可以说，从新时期开始到现在，几乎没有一个较为重要的理论和观念问题是没有争论的，撇开论争来梳理和谈论文学观念和理论的变化、演进，往往不得要领，难明其详。正是基于新时期文学理论与批评发展的这样一种具体时代状况，所以我们还必须将观念的演进与学术论争结合起来加以一体化的考察。

三

文化、文学现象以及所有理论和观念都是时代的产物，这个道理古人很早就明白了，刘勰早在其《文心雕龙》"时序"篇中就提出"歌谣文理，与世推移"，"文变染乎世情，兴废系乎时序"的观点。在近代西方思想界，黑格尔在谈到哲学创造时也明确指出："每个人都是他那时代的产儿。哲学也是这样，它是被把握在思想中的它的时代。"① 马克思早年在为其博士论文的写作所作的哲学笔记中也曾经指出，哲学史的编纂不应过多注意哲学家个人性的东西，"哲学史应该找出每个体系的规定的动因和贯穿整个体系的真正的精华"，要"把对体系的科学阐述和它的历史存在联系起来，这个关键因素是绝对必需的。这一联系所以是不可忽视的，正是因为这个存在是历史

① ［德］黑格尔：《法哲学原理》序言，范扬、张企泰译，商务印书馆1966年版，第12页。

的”。[①] 因此，对理论和观念的发展，应该置于时代根基之上作出审视，放在与时代生活的联系之中加以考察，新时期文学理论及其观念发展的研究也应如此，只有将之置放于新时期时代生活的根基之上，才能求得深切的理解。

不过，在遵循上述基本理论认识原则的时候，还应该认识到，理论及其观念的生成与演进作为人类高级形态的精神活动又是极为复杂的，与时代进程中物质的与精神的各种不同现象和存在领域均有着不同程度的多样联系。正如恩格斯晚年在其哲学通讯中所强调的，尽管历史过程中的决定性因素归根到底是现实生活的生产和再生产，但经济因素并非唯一的决定性因素，历史发展的最终结果总是各种社会因素和力量“合力”作用的结果[②]。新时期文学理论及其观念的发展是新时期以来我们身处其中的这个改革开放时代的产物，然而这个时代生活的根基同样也不是由某种单一的社会因素构成的，而是多种因素“合力”构成的。因此，新时期文学理论及其观念发展的研究还必须在研究中具体问题具体分析，勾勒出不同阶段的理论和观念与该阶段特殊社会因素的关联，以及不同的理论和观念与不同的时代因素的特殊关联，否则对新时期文学理论和观念发展的复杂性和多样性就不能给予具体的体认、把握和展现。

基于上述理论与时代之间的复杂关系情状，从基本文学观念的演进与论争入手总结和反思新时期文学理论发展进程，需要特别关注和重视如下五个方面的问题：一是新时期文学理论和观念发展的时代特征，二是新时期基本文学观念的演进动因，三是新时期基本文学观念的演进历程，四是新时期文学观念演进的共时性结构，五是新时期重要文学观念的理论流变和论争的辨析与评定。这五个方面的问题梳理清晰了、研究透彻了，新时期文学理论的总体轮廓、精神风貌及其成就与局限大体也就会呈现出来了。区别而论，在这五个方面的研究中，前四个属于宏观性问题的研究，最后一个属于具体性问题的研究，同时又应该是研究的主体内容。从理论关系上讲，一方面，前四者的研究是前提和基础，只有在这些前提之下、基础之上，对新时期理论进程中各个重要文学观念的理论流变和论争的辨析与评定才能回到历史语

① 《马克思恩格斯全集》第 40 卷，人民出版社 1982 年版，第 170 页。

② 参见《恩格斯致约瑟夫·布洛赫》，《马克思恩格斯文集》第 10 卷，人民出版社 2009 年版，第 591—594 页。

境和理论本体，以符合历史逻辑和理论逻辑的方式有效地加以展开并落到实处；另一方面，最后一个方面的研究是前四个方面宏观研究的具体化，只有进入到具体化层面，新时期文学理论发展的多样性与丰富性才得以呈现出来。遗憾的是，在以往的相关研究中，有些论者只是停留于某个宏观性的研究层面，而未能延伸、拓展至具体性层面，显得空疏不实、游离虚浮，难以激发学界同人的理论共鸣和辩难兴趣。与之相反，有些论者又往往以一己之意仅就同一理论问题中不同研究者的不同观念和话语表述做简单的比较和评骘，既缺乏历史语境的辨析，也没有理论演进之历时与共时分析的参照，这种缺乏宏观整体性的历史与理论视野的反思和评说，同样是难以到位并难有说服力的。

四

本书是2010年立项的国家社科基金课题“新时期基本文学理论观念的演进与论争研究”（项目批准号：10BZW011）的结项成果。根据前述关于应该如何总结和反思新时期文学理论发展的基本认识，本成果试图在克服此前国内相关研究存在缺憾的基础上展开工作，力求在新时期文学理论发展的研究上做出新的开拓，通过本书的写作，既为新时期文学理论学术史研究提供一个可资借鉴的研究模式和分析构架，以有助于同类研究的深化，同时也希冀通过对新时期文学理论发展的某些规律性因素的揭示以及对于诸多重要学术理论问题的深入反思和辨析，进而对于改进当下的研究状况、达成未来的发展远景，甚至对于具体的文学创作与批评实践产生有益的思想启示。

为实现这一研究主旨，本书在写作过程中努力凸显了如下三个主要观点：其一，文学观念的变化创新是新时期文学理论发展的核心和主调，因此对新时期文学理论进程的总结和反思应以文学观念的演进为理论叙事的基础和主轴；其二，新时期文学观念的演进以对文学基本性质的认识为轴心，以对具体、局部性问题的研究和对文学理论自身学科性质、学科建设的反思为两翼，组成了新时期文学理论发展和文学观念创新一体两翼的整体结构态势；其三，新时期文学观念演进和文学理论发展的基本趋向是走向以民族文艺实践为基础、以马克思主义为指导的观念融通与理论综合，远景目标是有中国特色马克思主义文学理论当代形态的创造。这三个观点，也正是本书的三个最主要的宏观性认识结论。

基于上述写作主旨和宏观认识结论，本书还力求在如下四个重点方面取得突破：一是要对造成新时期文学理论观念变革与创新的时代“合力”形成切合实际的科学分析；二是要对新时期文学理论发展三个阶段中文学观念创新各自不同的历史语境、创新指向和基本特点作出清晰的理论辨析；三是要对新时期文学观念创新的共时结构系统作出具有解释功能与启示价值的概括和阐发；四是要对新时期文学观念创新的总体成就和具体观念的理论价值作出具有学术史品格、经得起时间检验的分析与评定。求新求变，追求观念与方法的创新，是新时期文学理论的一个特点，本书亦希望通过这些方面的突破，成为一部有创新意味的学术总结与反思之作。

与新时期文学理论及其观念的特殊时代规约和复杂性相对应，在研究方法上，本书在坚持历史唯物主义和辩证唯物主义世界观与方法论指导的前提之下，还努力运用现代哲学、社会学、文化学、美学和文艺学的多种研究方法介入研究对象，以便更好地分析和把握相关理论问题和思想观念，并力求将方法的运用和观念的阐发有机地统一起来。在具体研究中，本书还致力于追求以下两个方面的结合：一是历史观照和问题阐发相结合。研究中力求把对新时期文学理论学术史的宏观把握与具体理论问题的个案分析融为一体，做到以史带论，以论证史，史论结合。二是古今会通和中外比较相结合。新时期文学理论是中国文学理论现代转型历程中的一个最新也是最重要的阶段，是在承续自身理论传统的基础上发展起来的，同时又是在与西方现当代各种文化思潮和文艺理论观念的交流、对话中发展起来的，这就要求在对新时期文学观念演变的分析和阐发中既要做古今会通的努力，又要有中外比较的学术视野。本书在各编各章的写作中，都力求贯穿这一两结合的追求。

正如理论和观念面向未来的发展是永无止境的一样，对既往理论和观念发展的总结和反思也是不会终结的。新时期的文学理论正面向新世纪的未来而前行，其总结和反思亦将与之相伴，本书只是这一思想旅程中的一个阶段性的成果，不是开始也不是结束。虽然如此，我们还是希望通过我们的努力使之成为一处值得驻足一观的理论“风景”。我们期待着欣赏，更期待着学界真诚宝贵的批评，因为这会促使我们将这处“风景”修葺得更加值得欣赏！

第一编

新时期文学理论发展与观念演进的宏观考察

第一章　新时期文学理论观念的开放性特征①

一般来说，宏观研究是一个时代的思想观念研究首先要做的课题。没有宏观方面的分析和研讨就难以对各种具体的理论观念、理论命题、理论问题的时代合理性和学术价值给予恰当的学术定位与分析阐发，也不可能对各种相关学术论争作出确切、公允的评判与论断。因此，欲全面准确地认识和把握新时期文学观念的状况，既需要对具体文学观念演进和论争的梳理和研判，也需要对相关宏观性问题的整体考察与系统综合。这也就是所谓见微知著的道理。只有见微，知著才不空浮，而只有知著，见微才有论析参照，才能确切定位，才会评骘得当。时代特征、演进动因、演进历程、共时结构等等，即属于新时期文学理论和观念研究中首先需要面对的一些大的宏观性问题。本章首先对新时期文学理论和观念发展的时代特征问题加以探讨。

第一节　新时期文学理论观念的时代性与开放性

回顾、反思和总结新时期文学理论的发展历程，首先需要解决一个理论认识的方法论问题。这个理论认识的方法论不是别的，就是历史唯物主义的理论和方法。任何理论和观念都是时代的产物，研究时代的特点，并将理论和观念放到时代语境中加以透视、分析和阐发，是历史唯物主义理论和方法的基本要求，也是我们在任何学术研究中首先需要坚持的。

---

① 本章内容根据课题研究者先前发表的相关论文修改而成，特此说明。参见《开放视野、实践品性、问题意识——新时期文艺理论研究的宏观审视》，《文艺报》2008 年 6 月 12 日；《论新时期文艺理论的开放性特征》，《理论学刊》2008 年第 6 期。

一、新时期文学理论观念研究的方法论

纵观已有的一些研究新时期文学理论发展的论著，可以发现在认识方法上存在一个突出的问题，这就是非历史主义，其表现就是仅从文艺理论观念自身的演变角度分析新时期文艺理论的变化及其与此前各个时期发展的异同，与此同时过多地看重了理论家个人的贡献，把新时期文艺理论的历史性变革仅仅简化为少数几个理论家个人学术观点的变化史，有意无意地忽略或忘掉了处于巨大转型中的社会即时代本身对于文学艺术及其相应理论研究的历史孕育和客观规约，这是不符合文学思想的发展规律，也不符合历史唯物主义的世界观和方法论的。

在方法论上，马克思主义历史唯物主义理论明确地将社会意识现象置于社会存在的基础之上，强调不能孤立地认识精神意识现象本身，甚至说精神意识没有自己的历史，必须从社会存在出发去解释社会意识现象，而不是相反。不仅如此，历史唯物主义还不是仅仅一般性地强调社会存在对社会意识现象的制约作用，还进一步强调对精神现象的认识必须返回到历史的特殊性之中。如导言中已经引述过的，马克思早在青年时代的博士论文写作中就已经强调哲学史的研究应该“把对体系的科学阐述和它的历史存在联系起来”，既找出“贯穿整个体系的真正的精华”，也找出“每个体系的规定的动因”。后来，在《剩余价值理论》中，马克思又明确指出：“要研究精神生产和物质生产之间的联系，首先必须把这种物质生产本身不是当作一般范畴，而是从一定的历史的形式来考察。例如，与资本主义生产方式相适应的精神生产就和与中世纪生产方式相适应的精神生产不同。如果物质生产本身不从它的特殊的历史的形式来看，那就不可能理解与它相适应的精神生产的特征以及这两种生产的相互作用。从而也就不能超出庸俗的见解。”① 马克思关于精神生产研究的这一要求，是一切理论研究不可忘记的一个最为基本的方法论原则。

像哲学史研究、一般精神生产的研究一样，对文学理论史的研究也应该将其置于社会历史即时代的具体语境中，也就是回到“特殊的历史的形

① 《马克思恩格斯全集》第 33 卷，人民出版社 2004 年版，第 346 页。

式”，揭示其“规定的动因”，阐明理论和观念作为历史的存在而与时代生活之间不可忽视的历史联系。文学理论史的研究，当然不能忽视相关理论问题自身的演进变化，不能忽视文艺理论家们的创造主动性，不应抹杀每一位理论家的学术贡献，但文学理论问题的演进，理论家创造主动性的生发以及其之所以能够作出为人称道的学术贡献，从根本上说也还是由于历史本身创造了客观需求和条件，是历史需求和条件提供了学术创新的可能性。脱离开这些客观的历史需求和条件，理论的演进和理论家们的创造就失去了特定的历史时空和土壤，创新的愿望和创造主动性也不会凭空生发出来。这也就是常言所谓时势造英雄的道理所在。再有本事的英雄，也需要一个由历史所搭建起来的舞台。当代话语理论也揭示了学术话语和历史之间的这种必然性的近乎宿命的深层联系，强调任何学术话语都是由历史建构起来的。“‘话语’不仅意味着描述世界的专业语言”，“话语本身就是广泛的权力现象的一部分，因而深深地蕴涵于社会组成的形成方式之中”。① 新时期文学理论研究也是一种话语行为，这种行为同样也是由历史建构起来的，因而对这段历史的回顾和反思也绝不可能排除历史因素，非历史地说清与之相关的学术理论问题。

二、新时期文学理论观念的时代性与开放性

基于上述基本的学术研究方法论，我们不能不首先指出，正是改革开放的时代进程为新时期文学理论提供了观念变革的现实动因和思想创新的历史舞台，同时也正是新时期的历史本身自然而然地以其时代性的烙印模塑了新时期文学理论研究的开放性。开放视野的确立，是新时期文艺理论研究的一个最为显著的特征。也就是说，新时期文学理论是有其时代性的，而且正是这种不可替代的时代性由外而内地塑造了其开放性的精神属性，时代性与开放性构成了新时期文学理论发展的一体两面，时代性是新时期文学理论的客观依存与客观规定，开放性则是客观时代性在文学理论创造中的精神特质上的体现。新时期文学理论的开放性特征与新时期改革开放的时代特征具有

---

① ［英］阿雷恩·鲍尔德温等：《文化研究导论》，陶东风等译，高等教育出版社 2004 年版，第 286 页。

一种异质同构的关系，本然相关，不能截然分开。只有首先对新时期文学理论的这一特性有所认识和把握，才能够对新时期文学理论发展的其他有关问题作出客观而正确、切实而透彻的分析和总结。撇开新时期改革开放的时代语境，不仅不能准确地把握新时期文学理论的基本特征，许多其他相关问题也讲不清楚。同时，由于新时期文学理论不仅是在新时期的社会历史语境上发生的，同时它也是在既往的历史传统、在此前的研究所累积的思想资料的基础上发展起来的，因此对新时期文学理论时代特征的分析和理解还应该将其置于与此前历史发展的比较中加以展开，这也是历史唯物主义分析历史现象所秉持的基本方法论原则。

第二节　新时期文学理论观念开放性特征的主要体现

从思想史的角度来看，新时期文学理论属于中国现代性学术和现代性文学理论发展的一个新的历史阶段，它既是对以往传统的延续，又是对以往传统的超越，因而必然具有与此前不同的新态势、新内容、新特点。

一、新时期文论是中国现代性文论发展的一个新阶段

19 世纪末 20 世纪初，伴随着中国社会由传统农业型社会向现代工业化社会的转型，中国文学理论也历史地开启了其由古典型学术向现代性学术转变的历程。一百多年来，与世推移、乘时而进的中国现代性文学理论历史地走过了三个时段：19 世纪末至 20 世纪初的二三十年是第一个时段，20 世纪 20 年代后期到新时期历史进程启动之前是第二个时段，新时期以来是第三个时段。第一个时段，在国门洞开、西学东渐的时代境遇之下，基于对历史“进步”与学术“进步”的追求，王国维、蔡元培、梁启超、鲁迅等既具有深厚国学素养又具有世界性视野的一代学人开始从欧美和日本引进西方近现代的美学和文学、艺术理论，以图改造和超越中国传统的审美和文艺观念，以“进步”的学术为中国社会的现代化转型和国民素质的改造即梁启超所谓“新民”服务。由于他们所取法的西学资源各不相同，因而当时的文学和艺术理论研究，在思想取向上是多元化的，在研究心态上是开放性的，其学术研究在整体格局上呈现出众声喧哗、多元共生的态势。这种格局的形成一方

面造成了对中国古典文艺美学的反叛乱局，推动了中国文学理论现代性身份的建立，同时也由于其无主调性而难以形成具有较大现实影响的划时代的规约性和权威性理论范本。站在今天的历史高度回望中国文学理论初创时期的那段历程，可以说是思潮涌动、大师辈出，但真正具有思想原创性、能够称得上经典而拿到世界学术界比照一番的东西却还不是太多。

在第二时段，伴随着中国历史局势的演化和革命文学运动的发展，俄苏化的马克思主义文学理论逐渐在中国传播与发展起来，并逐渐地取代了先前风靡中国学界的各种欧美文学理论及其观念，这种比各种欧美理论更新也更切合中国革命文艺发展实际的马克思主义文学理论和观念至 20 世纪 40 年代起便在中国文坛上取得了主导性地位。同时，这种俄苏化的马克思主义文学理论自延安整风期间毛泽东发表《在延安文艺座谈会上的讲话》为起点，还深深地打上了毛泽东个人的印记。新中国成立之后，以毛泽东文艺思想为主体的中国化马克思主义文学理论更是在文学领域取得了一元化的统治地位。中国化马克思主义文学理论的形成是中国现代性文学理论发展史上一个具有里程碑意义的大事件，它不仅标志着中国以马克思主义为指导思想的国家意识形态在文学领域里的成功建构，而且在新中国成立前后对指导和推动战争年代里的革命文学与和平时期的新型社会主义文学的发展均起到了巨大的规范和引导作用，至今依然是中国文学发展的基本指导思想的重要理论来源。然而，不可否认的是，新中国成立之后中国文学领域的一元化发展格局也逐渐地显示出了诸多理论上的缺陷和弊端，如过度重视文学的思想政治倾向而相对忽略文学的审美娱乐特性，在文学与生活的关系上重客观再现而轻主观表现，在文学作品的评价上重内容而轻形式，如此等等。尤其突出的是，一元化的格局养成了唯我独尊、闭合排他的思维习性，众多的理论研究者不仅把马克思主义的文学理论观念作教条化、机械化的理解，而且对马克思主义之外的其他文论系统——无论是中国古典的还是外来传入的——均采取批判与拒斥的态度，从而导致理论研究中的思想僵化、心态封闭以及理论功用上的政治化、工具化，对新中国文艺的发展造成了许多负面以至灾难性的影响。

作为中国现代性文学理论发展中的第三个时段，新时期文学理论是紧接着第二个时段发展起来的，而且首先是在对第二时段发展中的缺陷和弊端的反思基础上起步的。可以说，正是呼吸着改革开放的新鲜空气，伴随着思想解放的精神氛围，新时期文学理论研究一反其在前一个时期养成的封闭性格局而走向了开放性的发展。

二、新时期文学理论观念的开放性特征

择要言之，新时期文学理论观念的开放性特征主要体现在四个方面：

一是在中外文学理论关系上，向国外文学理论开放。新时期以来的中国文学理论界再一次睁开眼睛看世界，怀着极大的热情了解、引进和借鉴国外文学理论尤其是西方现当代文学理论的思想观念和理论成果，借他山之石，攻自己之玉，致使对西方现当代文学理论的研究蔚为大观，成为新时期文坛上的一道亮丽的理论风景，西方文论资源的借用和吸取也成为新时期文学理论发展的一个重要动力因素。在某种意义上说，新时期文学理论之“新”，与西方现当代文学理论的引进有着直接的因缘和关联，二者密不可分。而且，随着时间的推移，新时期文学理论对西方现当代文学理论的引进是越来越直接快捷了，自20世纪90年代起几乎达到同步化的地步了，这使得中国的文学理论界不仅能够及时了解和把握西方文学理论的最新发展动向，而且使得中国文学理论研究能够与西方文学理论构成一种共时性的同在关系，从而在不落伍于世界潮流的情况下作为世界文学理论的重要一极而存在。

二是在马克思主义与非马克思主义文学理论的关系上，向非马克思主义文学理论开放。在以往的很长一个时期内，中国的文学理论研究除去马、恩、列、斯、毛等少数几位马克思主义经典理论家之外，不仅对马克思主义之外的各种理论持排斥否定的态度，就是对马克思主义内部其他各式各样的“新马克思主义”理论基本上也都是不予认同的，而且常常是加以严厉批判的。直到20世纪80年代，在当代西方思想文化界产生了很大影响的“西方马克思主义”仍被许多人以“非马”目之，即为此种心态的显露。对西马尚且如此，更遑论对非马克思主义的思想流派了。随着思想解放的进程加快，中国的马克思主义文学理论研究也在摆脱既定的观念和僵化的心态，在建设马克思主义文学理论当代形态的主动追求中，不仅重新思考、阐释与发掘经典马克思主义文学理论的思想观念和理论资源，而且努力汲取欧美各国的

“新马克思主义”甚至马克思主义之外的一切文学理论研究的优秀成果，为中国当代马克思主义文学理论研究注入了新鲜的血液，使其真正具有了当代的品格。

三是在当代文论建设与古代文论的关系上，向古代文论的优秀传统开放。回溯既往，中国古代文论在中国现代性文论的建构中一直是作为被批判、被超越的对象而存在的，处于极度的边缘化状态，其对中国现代性文学的发展和现代性文论的建构基本上没有什么影响，如果说还有一些肯定性研究的话，也只是作为一种纯粹过去形态的思想材料在古为今用的理念指导下而加以对待和处理。然而，新时期以来，随着日益加速的全球化进程将民族性问题置于理论研究的前沿，同时也由于对文学理论研究“中国特色”的自觉追求，文论建设的民族性以及“古代文论的现代转换”等理论吁求和理论运作，逐渐将古代文论研究从边缘召唤到中心来，古代文论的资源与马克思主义文艺理论和西方现当代文学理论一同被置于新时期文学理论研究的共时性结构系统之中，作为当代文学理论研究中的重要一极而重新获得理论生机和当代价值。

四是在理论研究与文艺实践的关系上，向蓬勃发展着的鲜活文艺实践开放。从本原意义上讲，任何真正科学的思想观念和理论话语都是来源于实践，又服务于实践的。文艺理论研究与文艺实践的关系也应如此。但是，在新中国成立后相当长的一段历史时期内，中国的文艺理论研究却越来越淡化乃至遗忘了这一实践品性。由于当时特殊的政治环境，文艺理论研究与批评者或是自觉地与占统治地位的政治权威认同，把文艺理论研究弄成政治意识形态的驯服工具，使文艺理论与批评沦为充当政治附庸、为现行政治甚至为当权人物服务的可悲境地，或是退守书斋回到本本与经典，使文艺理论研究成为膜拜经典、迷信教条、只会注经与解经的活动，仅仅围绕少数几个经典文论家和几个既定的理论观念做貌似学理化的抽象演绎，而无论前者还是后者都有一个共同的特征，就是脱离文艺实践的历史真实与发展趋向。这样的理论研究或是以抽象干巴的理论教条以至被政治意识形态驯服了的理论观念干预现实文艺实践，最终造成对文艺事业的伤害，或是变成了与实践无关的自言自语，从而不可避免地被社会生活和文艺实践边缘化，不能在与社会生活及文艺实践形成的有效互动之中拓展自己的理论内容，展现自己的思想活力。改革开放的历史进程和文化境遇，使不同于既往的大量新的艺术审美和社会人生问题滋生和涌现出来，而先前形成的文艺观念和研究范式又不能对之作出切实有效的解释，因而转向文艺实践，从对现实文艺实践的时代思考中检验和发展旧有的理论，并在超越和改造旧有理论的基础上提出新的理论观点和学说，便成为近40年来中国文艺理论研究的一种必然选择。

第三节　新时期文学理论观念的时代风貌和气象

开放性为新时期文学理论研究带来了新的生机和活力，造成了新时期文学理论研究的多元化和文艺观念的多样性，使之具有了包容、综合、阔大的学术气度和风范，从而与先前阶段呈现出截然不同的时代风貌和气象。这种新的时代风貌和气象主要体现为四个方面：

首先，是文学理论研究多元化格局的形成。如前所述，在新中国成立后的相当长一段时期内，中国文学理论研究的基本格局是一元化的，尽管在党和国家的文艺政策上是提倡“百花齐放，百家争鸣”，但在实际上却是只有马克思主义文学理论一家在发展，而对马克思主义文学理论的认识和理解也是高度统一、一律化的。在当时人们的心目中，以《在延安文艺座谈会上的讲话》为主要内容的毛泽东文艺思想就是最经典的马克思主义文学理论，而以群、蔡仪等先生奉命主编的文学概论教科书就是马克思主义文学理论最好、最权威的解说了，除此之外一般人不知道还有另外的其他形态和观念的文学理论的存在，就是知道那也是不能讲不可信的。而在新时期文学理论的发展中，伴随着上述多个层面和维度上的开放，不仅马克思主义文学理论得到了新的发展，而且包括古今中外在内的各种非马克思主义的文学理论和观念也得到了传播和研究，以其异质的姿态和声调参与到了新时期文学理论研究的大合唱中。与此同时，就是马克思主义文学理论也不再以一种面孔一种声音出现，经典马克思主义、正统马克思主义、西方马克思主义以及中国的各种各样的马克思主义文学理论都以不同的面貌和理论姿态共时性地出现在新时期理论研究之中。如此这般，新时期文学理论研究真正呈现出了多元并举、合而不同的理论格局和景观。

其次，是文学基本观念的多样性探索。研究格局的多元化，造成了思想的解放，也推动了文学观念的多样性探索和创新。这种观念上的探索和创新既体现于文学的基本观念层面，也体现在对文学活动的大量具体性问题的认识和理解上。在文学的基本观念层面，比如说在对于文学本质的认识上，长期以来人们只是从马克思主义的意识形态论和哲学反映论来界定其社会本性，而在新时期里，学界在传统的意识形态论、文学反映论之外，又先后提出了情感本体论、审美反映论、审美意识形态论、艺术生产论、社会意识形式论等多种新说，这些新说从不同的角度、层面和维度上补充、拓展和深化了对文学本质的认识。此外，关于文学的社会价值和功能，也打破了以往仅仅从认识和教育角度着眼的偏颇，对文学的审美和娱乐休闲功能给予了充分的关注和理论阐发。至于在具体性问题的认识上，可以谈论的观念变化与创新更是不胜枚举。比如弗洛伊德精神分析学说的无意识理论和马斯洛人本主义心理学的需要层次理论对文艺创作心理机制的探究，茵加登的现象学美学对文学作品的层次分析方法和结构主义文论、叙事学理论等对文本结构和故事结构的形式分析，接受美学和读者反映批评等对于文艺接受和审美经验的研究，如此等等，都给予新时期文艺界以很大影响，并在我们自己的理论研究和文学理论教科书的写作中得到了借鉴、融通和发展，从而使文学理论研究和教科书写作呈现出焕然一新的面貌。

再次，是学术思维心态由封闭性、排他性向开放性、包容性的转变。在一元化的发展时期，学界的思维心态一般来说是保守、封闭、内向的，对于马克思主义之外的理论，对于自认为正确的观念之外的观念，对于异质的和外来的东西，通常持一种对立、抗拒和排斥的态度，这种心态最终便导致创新动力的枯竭和理论观念与研究方法的僵化和教条化。伴随着思想解放和改革开放的历史进程，新时期文学理论研究也在逐步消融着由以往的政治寒气凝结而成的坚冰，突破着由封闭、排拒心理划定的思想藩篱，不仅对马克思主义理论开始持一种多样性的理解，而且对古今中外尤其是当代西方各种各样非马克思主义的理论、观念和方法都敢于大胆地拿来，用以补充、丰富和推进自己的理论研究。对异质文学理论的开放、包容和大胆拿来，为突破先前旧有的思想疆界提供了冲击力量，也在各种不同的思想观念和研究方法的相互激荡与融通中成就了新时期文学理论的丰厚与大气。试比较一下新时期与20世纪五六十年代的文艺理论代表性论著，不仅其学术视野的广狭、理论内容的厚薄、精神深度的深浅判然有别，就是理论文本背后潜隐着的思维心态的封闭与开放、独断与包容也是很容易就感觉出来的。

最后，是理论创新与文学实践之间生动联系的恢复和有益互动。新时期文学理论研究打破了新中国成立后相当长一段时期内从经典文本和理论教条出发的研究取向，把发展着的文学实践作为理论生长的基点，将学术创新置于文学实践的基础之上，使文学理论重新回到了正确的发展轨道之上。与此同时，新时期文学理论以对生动、多样的新时期文学实践的理论总结和升华，丰富、拓展并超越了传统上以反映论为哲学基础、以现实主义为理想模本的反映论文学观，实现了文学实践的多元化、多样性发展和文学观念的多元化、多样性建构的对应性与协同性发展。与文学实践在表现形态和观念取向上的多元化、多样性拓展相匹配，新时期文学理论研究一反此前研究格局的一元化和文学观念的一律化，思想多元，观念多样，许多此前不敢涉足不能研究的领域和问题可以涉足，得到了研究，而此前根本不可能存在的许多问题也随着新的文学实践的发展涌现出来，并得到了较为深入和系统的思考。可以说，新时期文学理论研究真正进入到了百家争鸣的发展时期，而这种理论研究上的百家争鸣又是与文学实践上的百花齐放相辅相成、交相辉映的。由于新时期文学理论的发展动因来自于文学实践，是文学实践的总结和升华，所以在一定程度上对现实的文学实践便有着更为切合实际的理论解释力度和直接有力的干预成效。这与此前的文学理论研究用一成不变的理论观念甚至文学教条解释和规范千差万别的文学实践有着很大的不同，同时其对新时期文学实践的干预与此前借助政治权力施行的干预也有着根本性的区别，新时期的理论干预不具有政治权力授封的强制性，而是本身就来自于文学实践的理论与文学实践之间平等与互动的对话，这种对话有其现实的亲和性、协商性、针对性和实际有效性。

这里必须指出，我们说新时期文学理论研究具有开放性的时代特征和精神品格，但这种开放性却不是无边际、无主调的，而是以马克思主义文学理论为思想主导、以理论建构的“中国特色”或“民族性”为追求的。换言之，这是在面向并综合汲取古今中外各种文学理论有益成分的基础上来发展马克思主义文学理论，在与中国当代社会发展与文学发展相呼应相结合基础上来发展具有民族特性、中国特色的当代中国的马克思主义文学理论。这种有中国特色的马克思主义文学理论深深植根于中国当代的民族性文学实践之中，以解释文学实践、指导文学实践为指归。所以，新时期文学理论开放性的理论追求尽管也存在着这样那样的问题和不足，不尽如人意，但却从来不是完全去中心、无主体、失原则，与发展着的中国当代文学现实不相关涉的，而是总体上有中心、有主体、有原则的自觉选择，是有相对明确的价值追求和实践指向的。在全球化日益加剧、民族国家的文化和文艺发展备受发达国家的强势文化和文艺所冲击和挤压的当今时代，这种有主调、有中心、有主体、有原则的开放对于中国文学理论的健康发展，对于理论创新能够始终守持民族本位、葆有民族特色是极具必要性的。

第二章　新时期基本文学理论观念演进的动因、历程与结构

前一章我们论述了新时期文学理论的开放性时代特征，其实这也正是新时期文学观念发展的一个特征，从而也是新时期文学观念宏观研究的一个方面。除此之外，导言中提出的新时期文学观念的演进动因、历时进程和共时结构，也是必须首先面对的重要问题。

第一节　新时期基本文学理论观念的演进动因

相较于此前也就是新中国成立后的30年，新时期文学观念的发展可以用活跃、开放、进取、创新来加以概括。这种氛围和格局的形成是多种历史因素“合力”作用的结果。这些“合力”因素既有属于理论以外之客观方面的，也有属于理论自身之主观方面的。理论之外的因素主要包括中国社会政治、经济和文化由封闭到渐次开放的历史巨变和中国当代文艺实践的时代变化两个方面，理论自身的因素也主要包括两个方面，一是西方现当代文艺观念包括西方马克思主义文艺理论和美学的传播与影响，二是对此前中国文学理论发展之经验、教训的总结和反思，以及由此而带来的问题意识的觉醒和强化、学术论争意识的恢复和增强等。脱离开这些相关历史因素的分析，就难以说清新时期文学观念何以变动不居，又为何如此演变。

一、新时期基本文学理论观念演进的客观动因

如前所述，新时期文学理论的基本特征与新时期改革开放的时代特征密不可分，实际上，新时期各种基本文学观念的发展、演进也都深深植根于

时代潮流的脉动之中，是各种时代因素“合力”作用的结果。

在文学之外的客观时代因素方面，政治、经济和文化三个维度的深刻历史巨变，均在不同时期和不同程度上为新时期文学理论注入了变革与创新的动力，刻下这个时代特有的精神印记。以政治而论，没有新时期之初政治领域的拨乱反正，就不会有新时期文学理论早期对以往极左政治时期遗留下来的各种错误文学理论和思想观念的清算，就不会有新时期伊始文学与政治关系的大讨论和文艺不再从属于政治的理论调整，也不会有文学与人道、人情、人性和人学关系的理论重建。在当时，政治和思想领域大是大非问题上的拨乱反正和相对自由宽松的政治环境和氛围，对于文学领域里的思想解放和观念创新起到了直接的促进作用。直至今日，在全球化潮流中的意识形态斗争和话语权力争夺，以及文学创作和批评中不同思想取向和精神价值的冲突与张力背后，其实都或隐或显地存在着政治的身影和影响，因此，面对此类现象和问题之时，文学和政治的关系依然是需要加以思考的理论话题，只不过由于具体情势的变化，政治的面目以及文学与政治关系的具体理论呈现会有所变化而已。讳言政治，看不到中国新时期政治领域的进步及其对于文学发展和思想创新的正面价值，不是实事求是的态度。政治之外，经济的因素也不可小觑。可以说，正是新时期市场经济的快速发展，逐渐地直至从根本上改变了当代文学从业者的身份定位及其与社会的关系，也改变了文学的社会属性和文学理论研究的版图。就文学从业者来说，以往按照国家订货来写作与现在按照市场要求来写作是不同的。就是在当下，给传统文学期刊和出版社创作文学作品与网络写手的写作也不可同日而语。以文学的社会属性而言，市场经济的客观规约，使理论研究不能不在文学的精神属性之外还要认可其商品属性，进而又不能不对文学事业和文学产业加以区分。就文学理论研究的版图看，正是经济因素的影响和侵入，文学生产论、文学生产和消费主义文化观念的关系以及日常生活审美化与文艺学研究边界移动、内容扩容以及范式转换等等问题，才进入理论堂奥，引发研究关注。至于一般社会文化状况对文学观念的影响也是显而易见的。新时期中国的文化状况也处于由宏观格局到价值取向的剧烈变动之中。就宏观格局而言，中国新时期的文化经历了由改革开放之前相对封闭的自我发展到打开国门、在和域外文化的交流对话中走向世界的过程，在这一过程中，文化建设的民族性与世界性以及传统性与当代性的关系等问题应运而生。就文化存在的价值取向而论，新时期文化由新时期早期的一体化状态逐渐分流为主流意识形态主导的官方文化、精英文化和市场主导的大众文化三种存在形态。文化状况的这两个方面，都给予新时期文学和文学理论发展以深刻影响，总体理论建设中比较文学学科的崛起、文化研究的风行和西方文学理论的本土化、古代文论的现代转换或转化、马克思主义文学理论的中国化之“三化”吁求，以及文学的民族性与世界性的关系、文学与大众文化的关系、文学与民族文化特别是中华美学精神的传承等等的理论探讨，应该说均与文化的嬗变相呼应。

政治、经济和文化场域的时代动因之外，文学场域里的相关时代变化也直接或间接地给予新时期文学观念以不同影响。首先是当代文学实践的时代变化。如前所述，理论向当代文学实践的开放、理论与实践的互动是新时期文学理论开放性时代特征的一个具体体现，也是新时期文学理论整体发展态势中的一个新气象。20 世纪 80 年代文学理论和批评由较强的政治化思维到逐渐回归文学本身的演变，与当时文学自身的演变密不可分。新时期文学从最初的“伤痕文学”到“反思文学”“改革文学”，再到“寻根文学”“先锋文学”“新写实主义文学”“新历史主义文学”等等的演进其实就是一个逐渐去政治化而回归文学自身的过程，与此相应，才有了当时文学理论在文学内外关系上由外在论、客观论向内在论、主体论的转向，有了文学反映论、文学意识形态论向审美反映论、审美意识形态论的变迁。同样，近一二十年来，文学理论研究由文学研究到文化研究的拓展甚至泛化，也是以通俗文化、大众文化、消费文化的崛起所带来的文学格局变化，主要是通俗文学、大众性消费文学的大行其道为基础的。理论是实践的产物，是实践的总结和升华，新时期文学理论的发展再次印证了这个道理。虽然说新时期文学理论和批评也对文学实践的演进发生着自己的积极的影响，但从根本上讲，理论的原生动因甚至包括理论功能的实现程度，还是受制于现实的文学实践本身的，实践在多数情况下是走在理论的前面，并客观地要求着理论的说明、解释和理论的创新。理论对于实践的这种依存关系，似乎是理论发展不可逃离的一个“宿命”，探讨新时期文学理论的发展和基本文学观念的演进，不能无视这个客观的现实。理论观念的创新当然可以超越具体文学实践的观念营构，从而对其具有引领与指导作用，但却不能完全脱离文学发展的现状，不应无视现实实践的客观需求。新时期从国外传来的文学理论和观念难以计数，中国学者自己提出的理论和观点也不胜枚举，但由于与中国的文学生态不接地气，不能应对中国文学发展的客观需求，其中许多的理论和观念并无现实生命力，这也正从反面说明文学实践是理论发展的基础，理论创新的动力应该孕育于客观现实之中。

二、新时期基本文学理论观念演进的主观动因

客观动因之外，文学理论自身场域的变化，也推动了新时期文学观念的变化和演进。

新时期之前的一段时期内，中国的文学理论基本上是在一个相对封闭、停滞的状态下运行，基本文学理论和批评观念几十年如一日，没有大的变化。但是，随着西方现当代文艺观念包括西方马克思主义文论和美学的传播与影响，中国的文学理论和文学观念也在东西、新旧理论和观念的交流、碰撞与互动中发生了化学式的交融、化合与裂变。诚如钱中文先生所言："我国文学理论在反思中，深感我国文学理论在求变、求新的过程中，每个阶段都深受外国文论的影响。"① 且不说中国当代文学理论和观念之整体格局的变化和位移，仅就文学活动的一些重要局部性环节而论，精神分析文论和人本主义心理学文论对文学创作论的补充，形式主义、新批评、现象学、结构主义等文艺理论与批评对传统的内容—形式二分的作品论、文本观的冲击和改造，接受美学理论对传统上以鉴赏和批评为主要内容的接受论的极大丰富，符号学和叙事学理论对文学符号和叙事问题的新颖拓展，相对于新时期以前的理论研究状况而言，可以说都开了生面。这一点，仅从新时期以来特别是新近一些年的文学理论教材中即可窥见一斑。现在的文学理论教材与20世纪五六十年代的相比，在基本观念、总体框架和局部论述上，都已不可同日而语。在这个变化的过程中，西方马克思主义文论和美学的传播及其影响与作用不可小觑。由于西方马克思主义中的一些代表性人物——如马尔库塞——的理论是以"试图对马克思主义美学的一些流行的正统观念提出质

① 钱中文：《文学理论：在新世纪的晨曦中》，《文学评论》1999年第6期。

疑，以期有所贡献”① 的姿态出现的，这就改变了中国学者心目中马克思主义文艺理论的定型化前见，从而超越了以往仅仅围绕着马、恩、列、斯、毛等少数几位经典作家打转转以致造成“理论的贫困”那样一种局面。西马文论和美学是在西方发达资本主义国家的社会经济、政治、文化和艺术现实基础上产生的，包含着传统马克思主义文论和美学限于时代条件而不可能具有的大量新的文化信息和理论内容，对西马文论和美学的接纳，形成了马克思主义文学理论经典形态和当代形态的延续与对接，也使我国的马克思主义文学理论呈现出了多取向、多样性的态势和格局。在新时期文学理论与批评中，人道主义文艺观念的复苏，现实主义与现代主义文学的关系及其评价，文学生产论的崛起，文化研究、文化批判特别是文化工业和大众文化研究的兴盛，文学本质研究中文学与意识形态关系的再思考，等等，以及其他一些文学问题的提出和理论研究的深化，都与西方马克思主义文论和美学的理论旨趣及其中国影响密切相关。

在文学理论自身场域中，对此前中国文学理论发展之经验、教训的总结和反思，也是新时期文学观念演进的一个重要动力。因为这种总结和反思不仅仅是重温了已经走过的历程，为中国当代文学理论的学术史书写留下了一篇篇一部部前史、前传，更重要的是令人从中意识到了以往存在的不足、局限和问题，明确了制约中国文学理论发展的整体性问题和具体理论观念创新发展的症结性问题所在，由此催生了问题意识的觉醒和强化。问题意识本是一切理论创新的助推器，但是由于我们以往的文学理论研究深深囿于注经式的思维定式之中，所以问题意识是极度欠缺的。问题意识的觉醒和强化对文学观念的演进主要体现为两个方面：一是从宏观层面上促成了文学理论的哲学基础、主导观念和基本理论命题与理论关系设定上的多样化甚至多元化思考与探索，为新时期文艺理论不同学派和学说的理论建构提供了基础，也造成了不同学派与观念之间相互碰撞与激荡的热闹与活跃局面；二是在众多具体性理论命题和观念上，打破了以往基于一种哲学理论或某个经典论述而定于一尊的局面，具体文学问题的学术认知和论断不再为某一理论或某一学

① ［美］赫伯特·马尔库塞：《美学方面》，见绿原译《现代美学析疑》，文化艺术出版社 1987 年版，第 1 页。

说所垄断，文学理论研究真正显示出了基于鲜活的文学存在现实而本应具有的丰富性、复杂性，以及由此而来的再认识再阐发的可能性、诱惑性。这种变化，不仅带来了文学理论研究中百花齐放的可喜局面，也使得文学理论研究有了与众不同的个性，有了花样翻新的魅力。

与问题意识的觉醒和强化相伴随着的，是学术论争意识的恢复和增强，换言之，新时期文学理论研究不仅呈现出百花齐放的可喜局面，也逐渐进入到百家争鸣的学术境界。在舆论一律的时代，当理论和观念被定于一尊的时候，是不可能有真正的学术争鸣的，因为学术争鸣要以理论基点和观念认识上的差异、不同甚至另类性、异质性为前提，这往往是不被允许的。然而中国新时期的历史进程是以思想解放为先导的，思想解放意味着对国家发展指导思想层面上的某些既有思想观念和条条框框都可以纠偏与突破，更不用说在具体思想和实践领域了，这就大大释放了整个社会的活力，也释放了文学理论研究中思想创新、观念突破的活力，从而为学术争鸣的出场奠定了良好的社会和精神氛围。学术争鸣的出场使得一个又一个学术理论问题得以聚焦，受到关注，甚至成为热点话题，致使问题意识的觉醒和强化落到实处，转化为文学理论研究的具体话语行为。回顾新时期文学理论和文学观念的演进历程即不难发现，几乎所有较为重要的理论问题的研讨都伴随着学术争鸣。从新时期之初整个社会拨乱反正时期写真实问题、文学与政治关系问题、马克思主义文艺理论的哲学基础以及文学与人性、人情、人道主义关系等问题的讨论，到 20 世纪 80 年代中后期文学反映论、文学方法论、文学主体性、文学形式论、文学审美论等问题的讨论，再到 90 年代至今围绕文学生产论、文学价值论、文学本体论、文学与文化的关系、文学与市场的关系以及大众文化、消费文化、网络文学等等的讨论，特别是围绕文艺本质问题先后依次展开的三次讨论，即 20 世纪 70 年代末 80 年代初围绕文艺与上层建筑关系问题的讨论，其后展开的文艺与意识研究关系问题的讨论，以及近十多年关于文艺是否是意识形态、是否是审美意识形态的讨论，都是在学术争鸣中展开的。可以说，正是学术争鸣的众声合唱成就了新时期文学理论活跃、开放的局面和包容、阔大的气象。新时期不同阶段的学术争鸣体现了不同的历史境遇，凸显出了不同阶段文艺理论界当下性的特殊问题意识，也推动着新时期文学理论和文学观念一步步走向进取和多样、丰厚和深广。

第二节　新时期基本文学理论观念的历时进程

新中国成立之后的30年内，尽管由于不同年代政治形势和文艺政策等等的阴晴变化，文艺领域也时常发生文艺争鸣、文艺批判甚至假文艺而展开的政治斗争，但主导形态的文艺观念总体上并没有很大的变化，如文艺本质观上的文艺反映论、文艺意识形态论，文艺批评中“政治标准第一，艺术标准第二”的规定，以及现实主义与浪漫主义两结合的创作方法等等。时过境迁，可能文艺研究、文艺批判的对象变化了，但介入现实的基本文学观念和批评运用的理论武器却依旧未变。新时期则不然。改革开放的时代语境注定了新时期文学理论的变化特征，在理论、方法、观念、学科等诸多方面追新逐后的变化，构成了新时期文学理论和批评热闹非凡的学术景观。这种变化，显示于两个方面：一是新的东西，此前没有出现过的东西纷纷涌现；二是此前已有的一些理论话题和问题，比如文学的本质、功能等，以及相对稳定的研究领域，如文学创作论、文学作品论、文学的欣赏和批评等等，又被注入了新的时代性的思想内容，话题依旧、名称依旧，但观念内涵则与此前已经不可同日而语了。

一、新时期文学理论进程的阶段划分

对于新时期文学理论和批评的发展经历了哪些不同的阶段，学术界有着不同的认识。比如，有的学者把新时期文艺理论的整个探索进程划分为五个阶段：1979年至1981年是“拨乱反正”阶段，1982年至1989年是改革突进阶段，1990年至1994年是深化调整阶段，1995年至1999年是转型提高阶段，2000年至今是综合创新阶段①。这种划分有其一定道理，但显得过于细碎零乱，同时像“改革突进”“深化调整”“转型提高”之类用语也过于空疏和社会化，不能很好彰显文学理论和观念的演进轨迹。

在这类多阶段的划分之外，文学理论界的一些领军人物基本上是把新时期文学理论的探索与建设分为三个大的发展阶段。朱立元先生在其主持的

① 参见曾繁仁主编《中国新时期文艺学史论》，北京大学出版社2008年版，第295页。

新时期文学理论与批评调查报告中认为：1978—1984年，是新时期文艺学的批判与反思时期；1985—1990年，是新时期文艺学在自律与他律的辩证统一中逐步回归文学本身的时期；20世纪90年代至今，是新时期文艺学学科建设的综合创新时期①。曾繁仁先生在其主编的新时期文艺学史论著作中也概括指出："如果将新时期从1979年算起，那么，其文论的发展历史大体可以分为突破、发展与建构这样三个阶段。第一个阶段从1978年到1986年，是对旧的受到'左'的僵化思潮严重影响的文艺理论体系突破的阶段；第二阶段从1987年到1996年，是我国文艺理论全面发展阶段，各种学说纷纷涌现，层出不穷；第三阶段从1997年至今，是我国文艺理论逐步走上独立的理论建构时期，但这只是开始，未来的路仍然很长。"②此外，钱中文先生也持三阶段论，他认为从1978年到1989年之间，是新时期文学理论从拨乱反正走向相对独立自主并取得初步成绩的阶段，从1990年到20世纪末之间，是努力探索具有中国特色的文学理论新形态并出现理论多样化实绩的阶段，21世纪开始至今，是在全球化语境中加强本土化亦即中国特色的进一步探讨并继续多样化建构的阶段③。虽然以上几位当代文论界领军性人物的分期时限有所不同，对各阶段文论观念演进的概括也不尽相同，但他们关于三阶段划分的分析、论断特别是总体走向的描述、判断，均有相当的道理，值得重视。

综合这些先生的意见，尤其是基于对新时期文学理论进程的客观认知，的确可以将新时期文学理论与批评分为三个依次接续、辩证推进的阶段，只是每一阶段的上下时限，不必过于拘谨于某个具体的年份。大体而言，从"文革"后的1978年到20世纪80年代前期是新时期文学理论和批评发展的第一个阶段，从80年代后期到90年代前期，是其第二个阶段，从90年代后期以来，则是其第三个阶段。由于具体社会语境的不断变化，新时期文学理论和批评在每一个新的阶段都遭遇到新的问题，同时又都在应对和解决新问题中走向观念的创新和理论上的新发展。三个阶段文学观念的建构，在历

---

① 参见朱立元主编《新时期以来文学理论和批评发展概况的调查报告》，春风文艺出版社2006年版，第1—3页。

② 参见曾繁仁主编《中国新时期文艺学史论》，北京大学出版社2008年版，第1页。

③ 参见钱中文《文学理论：新时期到新世纪》，《文学评论》2009年第4期。

史发展的经线上串联起来，前后相续，环环相扣，经历了由新时期之初的一元垄断至八九十年代的多元分化、再到 90 年代后期以来在马克思主义基本文学观念指导下走向一体化理论综合的辩证历程。

二、新时期文学理论发展的第一阶段

新时期文学理论发展的第一阶段是对先前时期文学理论和观念的批判、反思阶段，同时也是新理论新观念创生的阶段。这一时期，伴随着整个社会的拨乱反正，文学理论与批评界先是对长期极左政治背景下形成的一些错误文学观念进行了理论批判与思想清算，进而借助于历史反思将被极左思潮严重颠倒、弄乱了的一些理论观念再颠倒与反正过来。当时文学与政治关系问题讨论中对长期以来“文学从属于政治”提法和做法的纠偏，现实主义问题讨论中对文学“写真实”的再肯定及“写真实”与“写本质”关系的争论、对“两结合”创作方法和典型问题的再研讨，文学与异化、人性和人道主义关系问题的热烈争鸣中对“文学是人学”命题的再肯定再阐发，都属于这一方面的工作。

在拨乱反正的基础上，新的理论形态和新的文学观念也开始萌动，这主要表现在：随着西方现代派文学和艺术的引进，文艺形式问题开始受到重新审视和重视；占主导地位的反映论文学观开始受到质疑或理论上的补充，文学的认识本性之外，又产生了情感本质论、审美本质论，与此同时，文学与上层建筑的关系、文学与意识形态的关系也相继展开讨论与争鸣；随着美学热的再度兴起，马克思主义文艺理论的哲学基础问题引起讨论，在传统的辩证唯物主义与历史唯物主义之外，实践论的观点异军突起；在理论研究形态上，先是文艺心理学，尔后是文艺社会学、比较文学等依次登场，开始打破以往哲学思辨范式一统文论研究的格局；如此等等。至于局部性观念的变动就更多了，比如现代派文学和艺术的引进，精神分析和存在主义的传播，对传统的现实主义文学观、文学创作论以及文学与异化、人性关系的讨论等等，都发生了极为显明的影响。

三、新时期文学理论发展的第二阶段

新时期文学理论第二阶段的开启以 1984 年“方法论热”的形成为标志，

自此之后的数年之间，中国当代文学理论和批评几乎进入到一个难得的“黄金时代”。当时，伴随着进一步改革开放的时代潮流，新术语、新方法、新观念、新理论、新批评纷纷涌现，合力推动中国文学理论与批评走向观念创新、多元探索的新境界，并积淀下诸多创新性理论成果。

第二阶段在基本文学观念上的变化有六个方面特别引人注目：一是“方法论热”在突破以往研究方法上的单一和局限的同时，也在学术视野和思维心态的扩展与改变上起到了解放性作用，从而推动了观念创新意识的觉醒；二是紧接“方法论热”之后以刘再复“文学主体性”理论为代表、与传统相比具有一定异质性的理论观念对传统文学观和理论研究格局的极大冲击和挑战，这种冲击和挑战在当时引发了激烈的回应和争鸣；三是 20 世纪 80 年代中期文学审美属性和价值的确立，传统马克思主义文学理论一直信守的文学反映论、文学意识形态论在这一时期被发展为审美反映论、审美意识形态论，尤其是审美意识形态论成为当时具有相当共识性的主流观点和提法①，钱中文、王元骧、童庆炳等是其中的代表性学者；四是在张扬文学审美属性和价值的审美反映论、审美意识形态论之外，文学象征论、文学生产论、文学价值论、形式本体论、人类学本体论等等新的理论观点和学说也竞相登场，文学的本质、属性、价值和功能获得了多侧面、多向度的认识和发掘；五是从 1988 年开始，马克思主义文艺理论研究界围绕董学文先生率先提出的“马克思主义文艺学当代形态”建设问题展开讨论和争鸣②，这场延续多

① 依据辩证唯物主义和历史唯物理论，社会存在决定社会意识，社会意识是社会存在的反映，于是在文学理论上便有了马克思主义的文学反映论理论；同时，根据历史唯物主义理论，文学、艺术等等是反映社会经济基础的观念的上层建筑，于是又有了马克思主义的文学意识形态论理论。这两种理论提法，用之于具体的文学研究和批评活动，前者侧重于文学与社会生活的关系，侧重于文学对社会生活的认识和反映；后者着重于文学在社会结构中的位置，着重于文学的思想和政治倾向，有一定差异。但从基本内涵上讲，这两种提法实无根本性区别，所以在以往的文学理论教材和著述中，有的学者比如蔡仪先生便以“文学是反映社会生活的特殊意识形态”的提法而将两种提法合而为一。同样，审美反映论与审美意识形态论两种理论提法在基本理论内涵上也没有根本的区别。

② 这方面讨论中的主要文章包括董学文的《马克思主义文艺学当代形态论纲》（《文艺研究》1988 年第 2 期）、《从“经典形态”到“当代形态”——关于马克思主义文艺学改革的思考》（《求是》1988 年第 2 期）、《关于有中国特色马克思主义文学理论研究的几个问题》（《甘肃社会科学》1996 年第 1 期），李准的《马克思主义文艺学的新发展与新课题》（《学习与探索》1988 年第 5 期），狄其骢的《马克思主义文艺理论建设的当代形态》（《高校理论战线》1992 年第 6 期）等。

年的讨论和争鸣事实上在有中国特色马克思主义文艺理论建设的目标诉求之下，提出了如何在新的时代语境下丰富和发展马克思主义文艺理论、为其注入新的时代内容的问题，这对于在中国占主导地位的马克思主义文艺理论进一步解放思想、创新观念起到了推进作用；六是在经历了80年代末期政治风向的变化和奔涌的市场经济大潮的冲击之后，面对文学日益世俗化、通俗化甚至鄙俗化的境况，文学理论和批评于1993年开始以一场持续数年的人文精神问题的讨论，将文学与人文精神的时代危机提到国人尤其是文学界面前。随着这场讨论的深入，文学理论界又在1995年之后围绕钱中文先生的“新理性精神”论展开了文学与新理性精神问题的争鸣①。人文精神讨论由上海的王晓明等学者发起，而新理性精神争鸣围绕北京的钱中文先生的论述展开，一南一北，遥相呼应，深度触动并有力激发了对于文学的价值指向和人文关怀的理论聚焦，进一步深化了文学是人学的理论内涵和文学社会精神价值与功能的再思考。如果说80年代中后期文学理论和批评的主导倾向是回到文学本身，是寻求文学的自律，是文学观念上的“向内转”，那么，人文精神的讨论和新理性精神的争鸣则是回到文学与社会、人生的现世关联和价值关怀，是文学观念上的“向外转”，这就使先前一个时期一味追求的文学审美自律性调适到文学审美自律与社会他律的统一上来。

四、新时期文学理论发展的第三阶段

从20世纪90年代后期至今，新时期文学理论进入到第三个阶段，这是在全球化语境下走向中国文学理论综合创新的阶段。中国新时期开启之后，经过第一阶段政治上的拨乱反正和第二阶段政治领域里的体制变革和市场经济的大发展，90年代后期以来，国家综合国力得到极大发展，同时国家的发展也不再完全沿着自主、自控的轨道前行，而是深深卷入到全球化的滚滚浪潮之中，此时，整个国家在政治、经济、文化各领域所面对的时代问题与先前两个阶段相比均已大不相同，这不能不深深影响到文学理论和批评观念的发展。在急剧全球化和国家快速发展的语境之下，文学理论和批评领域在整

① 关于“人文精神”讨论和“新理性精神”讨论的具体情况，参见朱立元主编《新时期以来文学理论和批评发展概况的调查报告》，春风文艺出版社2006年版，第131—152页。

体态势与观念趋向上均发生了显著的变化，这种变化主要体现在如下三个方面：

首先，在经历了前两个阶段西方文学和批评理论观念的巨量引进与自身文学理论和批评观念的多样性以至多元化发展之后，主流文学理论界越来越把综合创新作为中国文学理论发展的自觉选择和追求。自 20 世纪 80 年代前期开始，一些学者如吴元迈、刘宁、钱中文等就介绍了苏联和欧洲文论界关于开展文学综合研究的一些理论主张和具体做法，中国文学研究的一些学者如刘再复等也在加强宏观研究的名义下发出了开展综合研究的呼吁，认为文学综合研究已提上议事日程。不过，在当时一般论者大多还都是将综合研究作为众多新兴研究方法的一种来看待的①。1989 年，狄其骢先生在一篇文章中率先从文艺理论研究的整体态势和格局上提出了“面向新的综合”的主张，认为新时期文艺理论在经历了分化、多元的发展之后，关键已不在量的增多和翻新，而在质的提高和落实，也就是说，不在分化而在综合，分化的深入需要综合，综合是分化的深入，新时期文艺理论“正面临着一种新的综合的趋势”②。90年代，狄其骢先生以此主张为宗旨，进行《文艺学新论》教材的编著工作，并在该教材“前言”部分进一步明确提出“走向综合一体化”的文论建设目标。所谓“综合一体化”就是在汲取、批判、改造各种理论价值的综合活动中求得马克思主义文艺理论创新，“这种综合一体化，从内在性质看，就是马克思主义化，从外在形式看，就是体系化、科学化。”③狄其骢先生之外，钱中文、王元骧、陆贵山等文论界领军人物均为文学理论综合创新的大力倡导者与践行者，王元骧先生还直接将自己的一部代表性文论选集名之为《走向综合创造之路》，可见，进入第三个阶段之后，综合创新的思路和主张，的确已经成为主流文论界的理论共识和追求目标。近 20 多年来的许多理论成果，应该说都是这种共识和追求的产物，其创新思路和理论品格大多可以于“综合”二字中获得解释。

其次，与文学理论综合创新的主张和追求相联系，新时期第三阶段的

---

① 参见谭好哲《立足对话　面向综合——文论研究面向未来的一个思路》，《江海学刊》1997 年第 2 期；《走向文艺理论研究的综合创新》，《文史哲》2003 年第 6 期。

② 狄其骢：《面向新的综合——探讨文艺理论发展的趋向和问题》，《文史哲》1989 年第 2 期。

③ 参见狄其骢等《文艺学新论》“前言”，山东教育出版社 1996 年版，第 11 页。

学术界对于中外文化和文论的态度发生了明显的转向。全球化的加剧使文化和文论建设的民族性与世界性的关系问题更加突出出来，20 世纪 80 年代那种睁大眼睛看西方，唯欧美的新理论、新学说、新观点、新方法马首是瞻的做法得以改观。在民族本位日趋自觉的背景之下，先是有的学者通过近百年来的文化和文论反思，得出中国文论界患上了“文论失语症”的沉痛论断，认为中国近百年来的文论都是借用了他人的话语，已经不会说自己的话了，因此之故需要重建中国文论话语①。“失语症”的反思也好，重建中国文论话语的主张也好，都是与民族本位意识的自觉和中国文学理论创造的民族性或中国特色的追求密不可分的。在这一类反思和论断的刺激下，同时也由于民族本位立场支撑之下理论自信意识的增强和文论民族性特色的追求，在 50 年代即已提出的建设有中国特色的马克思主义文论即马克思主义文论的中国化主张之外，学界又提出了西方文论的本土化和古代文论的现代转换或转化两大宏观性理论建设主张。马克思主义文论中国化、西方文论本土化、古代文论的现代转化，被学界简称为中国文学理论建设的“三化”工程，其实正是中国文学理论综合创新在不同理论领域和向度上的具体延伸。马克思主义文论中国化侧重强调的是中国文学理论研究要把马克思主义的理论原则与中国的具体实践有机结合起来，在中国当代文艺实践的基础上运用马克思主义文论，并创造性地发展融汇着中国经验的当代形态的马克思主义文论。西方文论本土化侧重强调的是中外文论的有机融通，强调对外来文论基于中国需要、中国立场、中国发展的自主选择、批判扬弃与合理取用。古代文论的现代转化强调的重点则在于将自身传统的继承与新的时代创造贯通起来，吸取中国传统文论的精华，结合当代的文学实际和审美需求，将古代优秀文论加以创造性转化，在古与今的对话中，用当代的现实去激活传统的精华，又用传统的精华来丰富当代的创造，在这样的激活与创造中使中华文化精神、中华美学精神得以传承，并获得现实的生命活力。不难看出，“三化”工程都是强调在不同文学理论与实践话语的交流、对话与碰撞、融通中走向文学理论与观念的辩证综合，但这种辩证综合有一个共同的落脚点，就是中国当代

① 参见曹顺庆《21 世纪中国文论发展战略与重建中国文论话语》，《东方丛刊》1995 年第 3 辑；《文论失语症与文化病态》，《文艺争鸣》1996 年第 2 期；《从“失语症”、“话语重建”到“异质性”》，《文艺研究》1999 年第 4 期；《再说“失语症”》，《浙江大学学报》2006 年第 1 期。

文论和观念的发展与创新。中国性、当代性的凸显，标示着古今特别是中外文论关系格局的新变化，民族本位立场成为中国当代文学理论研究的自觉站位，中国特色的追求也成为全球化语境中中国学者身份认同的重要理论表征。

再次，伴随着大众性、消费性文化的急剧膨胀性发展和“日常生活审美化”现象的滋生与蔓延，自20世纪90年代中期以降，传统的思辨型哲学美学研究受到强大冲击甚至质疑，文学审美研究转向泛审美文化现象的研究。这一时期，像80年代中前期关于美和美感的本质与根源之类问题的探讨、反映论美学与实践论美学的论争以及80年代后期至90年代中前期的生命美学、超越美学等等，都不再吸引学者们的注意力，代之而起的是审美文化特别是大众审美文化的研究渐成风潮，成为美学研究的热门，也成为文学理论研究不可忽视和回避的问题。在此基础上，文学与审美的关系也日渐成为理论界关注的一个热点问题，这种关注主要体现于21世纪初期以来两个理论讨论和争鸣之中：一是围绕“日常生活审美化”现象的讨论和争鸣。日常生活审美化现象的蔓延打破了审美与非审美、文艺与非文艺的界限，一些学者如王德胜、陶东风等人就提出了美学、文学研究的内容要不要扩容，日常生活中的审美现象应不应该进入到美学和文学理论研究视野之中，成为研究对象的问题；另一些学者如金元浦则提出了基于文学和审美对象的变化，美学和文学研究是否需要有一个研究范式的转换，即由文学研究转换到文化研究的问题。当然这几位学者的回答都是肯定性的，但学术界也有完全相反的声音，童庆炳、鲁枢元、赵勇等学者都曾撰文参与争鸣。二是围绕文学是否是审美意识形态问题展开的讨论和争鸣。如前所述，在新时期文学理论发展的第一个阶段，主流学界形成了“文学是审美意识形态”的文学本质观和理论命题，童庆炳先生还曾撰文将“审美意识形态”作为文艺学的第一原理加以研讨。21世纪初期以来，这种文学本质观和理论命题遭遇到以董学文先生为代表的一批学者的质疑和批评，他们认为根据马克思主义的经典文献，只能说文学是意识形态的形式，或者说是特殊的意识形态的形式，而不能说是审美意识形态，甚至不能说是意识形态。这场争论历时十余年，至今尚未完全停息，中国文艺理论界的主要学者大多都参与其中，就其延续时间之长、参与人数之众、取得成果之丰而言，堪称新时期文学理论论争的一个典型事件。文学本质是文学观念的核心，也是体系化文学理论建构的逻辑前提，因此这场论争的学术价值和意义是不言自明的，它将新时期文学理论发展第一阶段已经展开的文艺与意识形态关系的讨论提升至一个新的境界，也为21世纪中国文学理论的反思与前行奠定了一个良好的基础。

第三节 新时期文学观念演进的共时结构

以上，我们从历时角度对新时期文学观念的演进做了一个阶段性的粗线条梳理，即便简略，从中也不难看出新时期文学观念是极其丰富多样的。那么，从共时态的角度来看，这些丰富多样的文学观念又是如何共在、如何结合为一个整体性存在的呢？这便涉及到新时期文学观念的共时性结构问题。这一问题可以从两个方面加以论析：一是共时性存在结构，这是就新时期文学观念具体的共在方式而言；一是共时性组合结构，这是就新时期文学观念抽象的关系组合而言。这两个方面的考察都是有其必要性的。

一、新时期文学观念的具体共在方式

就实际存在方式而论，新时期基本文学观念的发展并不仅仅体现于文学理论研究一个领域，而是依存并体现于文学实践（包括文学的创作和接受）、文学理论和文学批评所构成的整个文学活动之中。通常情况下，文学实践是文学观念演变与创新的先导，文学理论研究是文学实践的总结和文学观念的提炼与升华，而文学批评则是运用新的理论和观念评判与指导文学实践。所以，研究基本文学观念的演进，除去关注文学理论之外，文学实践和文学批评也不能忽视。就新时期文学发展的具体情形而论，其观念层面的萌动、新变，往往是实践走在批评和理论的前面，而理论则往往滞后于实践甚至滞后于批评。这一点在新时期早期文学思潮的涌动中看得更加分明。从最初的伤痕文学到反思文学、改革文学、寻根文学、先锋文学，再到新写实主义文学、新历史主义文学、大众性通俗文学诸种思潮的演变，基本上都是发端肇始于文学实践领域尤其是创作领域。创作领域的实际变化不仅在感性审美世界的建构中实际性地改变着此前文学观念世界的既有体系和总体格局，

也以其不断引生的文学轰动效应推动着批评和理论对于现实文学实践的重视，并促成其与时俱进的观念创新与变化。20 世纪 90 年代以来文学接受群体的分流和代际的变化对于文学观念的调整、变化所产生的实际影响也是十分明显的。所以，就文学观念的存在方式而言，文学实践是新时期文学观念存生、发展的主体，而理论和批评则是其两翼，这一点是首先应该明确的。

不过，说理论和批评是新时期文学观念存在的两翼，这并不意味着对理论和批评的轻视，事实上对文学观念的研究还是应该首先关注理论和批评，尤其是要关注理论。为什么如此呢？这主要基于两个方面的原因：其一，由于改革开放政策和全球化的趋势促进并加剧了外来文化、文学包括思想理论观念的引进传播、交流对话，新时期的许多文学观念并非是直接从本土自身的文学实践中产生出来的，而是外来引进的。虽然这些外来观念引进传播之后对本土的文学实践也产生了很大影响，但观念生发的源头并不在本土实践，因此对这样的一些文学观念就应该首先着眼于对中外文学关系特别是理论关系加以梳理和研讨，而不能只盯着本土文学实践做文章。其二，由于实践的繁复多样性和变化不定性，其体现出的文学观念往往具有不确定性，或是难以说清的，同时由于实践、理论与批评三者之间紧密关联、互为依存，实践所表达、所追求的文学观念，通常都会在理论和批评之中得到反映或折射，这也决定了对文学观念的研究主要应从理论和批评入手。理论是对于实践的提炼和升华，相对于实践本身的具体性多样性及其观念蕴含的丰富性复杂性来说，理论提炼和升华就意味着抽象与简化，但正因如此，使得我们能够更易于把握新时期文学观念的嬗变轨迹和总体格局。同时，抽象与简化绝不意味着文学观念的贫乏和理论内容的单薄，而只是意味着更确定更明晰的语言表达，实际上在不同的理论研究者对同一理论问题和文学观念的抽象与简化中是存在差异的，正是这种差异性以及由差异引发的争鸣显示出理论与观念的活跃程度与创新活力，也显示出理论与观念的复杂与丰富、多样与多元。

进一步来说，由于批评对文学现象和具体文本的描述、分析和阐释在理论观念上的表述往往是非系统性的，甚至由于与感性化对象的体验性、感悟性纠缠而不具有纯逻辑化的特点，而唯有理论才既是文学观念清晰确定的宣示者又是其系统逻辑的表述者，所以对新时期基本文学观念的研究，关注理论便自然成为首要的选择。然而，批评虽有观念表述上非系统甚至非逻辑化的不足，但批评既是新观念的应用者，有时也能够通过对具体文学实践的解读走向文学观念的提炼与升华，从而为理论研究提供裹挟着新鲜气息的思想资料，所以文学观念的考察也不应忽略批评领域。在新时期文学的发展中，批评有时候比理论更为活跃，与文学实践之间的互动更为紧密，对文学气候和文学观念的变化有其“春江水暖鸭先知”的敏感和体验，理论研究的观念创新不仅要从文学实践中而且常常要从富于观念睿智的批评中获得灵感和启示。此外，还有一种情况，就是有些文学批评本身即具有很强的思想倾向和独特文学观念，是理论性的批评形态，如新时期以来的后殖民主义批评、修辞批评、女性主义批评、生态批评等等都是如此。所以，对某些主导性特别是新兴文学批评加以研究，能够从理论研究之外的不同侧面彰显新时期文学观念完整的状貌。自然，相对来说，这只能是作为辅助性的补充，文学观念的演进从理论研究中看得更加分明，也更具有话语分析的切实性，这一点是毋庸置疑的。

二、新时期文学观念的抽象关系组合

就观念自身的关系组合来看，新时期文学观念的发展包含三个有机相连的部分：一是对文学基本性质的认识，包括文学的本质、特性、社会功能等；二是对文学活动系统各个构成部分、环节和重要理论关系与问题的认识；三是对文学理论的学科性质、研究方法等学科自身相关理论问题的研究和反思，以及由此而来的学科建设意识的自觉。三个部分以对文学基本性质的认识为主体和思想轴心，既相互依存又相互促进，共同组成了新时期文学观念创新一体两翼的整体结构组合。

对文学基本性质的研讨贯穿了新时期文学理论发展的始终。在马克思主义文艺理论的发展中，最初是从文学在总体社会结构中的位置来界定其社会本质和功能的，这就是依据马克思主义的历史唯物主义理论，把文学作为矗立于社会经济基础之上的“意识形态”或“观念的上层建筑”。1923年，苏联著名文化活动家和文艺学家卢那察尔斯基曾在一篇文章中写道：“到现在为止，马克思主义的研究者特别注意的正是艺术的意识形态的性质。”[①] 在另一处地方，他又指出：“在所有的时代，艺术总是意识形态方面的上层建筑之一”[②]。卢那察尔斯基的这个看法，可以说是那个时代马克思主义文学家们共同持有的观点。20 世纪 20 年代后期“革命文学”运动兴起之后，中国左翼文学界最先接受的也是这种观念[③]。30 年代之后，苏联学界在反对庸俗文艺社会学对文学意识形态性特别是其阶级性的机械理解的时候，又以马克思主义辩证唯物论关于社会存在和社会意识的辩证关系理论特别是列宁的哲学反映论为基础，将文学界定为社会生活的反映，并将文学的基本理论关系和问题规定为文学与生活的关系。“从此，马克思主义文艺学家们开始转变自己的方法论立场，把生活的一般规律性及其在艺术家社会意识中的反映提到首位。与此同时，则开始尽量少谈艺术作品的思想倾向性和表现于其中的艺术家的社会观点。至四五十年代，‘艺术是反映现实的形式’的观点，也就是艺术的认识本性说成为原苏联文艺理论和美学界的主导学说，并给予中国文艺学和美学界以决定性影响。”[④] 文学反映论强调文学对社会生活的认识作用，同时又以形象性解说文学的特征，因而一般被概括为形象认识说，我国 20 世纪五六十年代的文学理论教科书都是以形象认识说为核心建构体系的。文学意识形态论和文学反映论这两种文学本质论，在基本内涵上互有交叉和包容，又在具体理论内容上稍有差异，在中国两种提法其实一直共存并行。虽然由于受苏联影响，文学理论界当时更多使用文学反映论的提法，而在内涵界定上却并没有对两种提法做非此即彼的取舍，持文学反映论的学者并不淡化文学的意识形态性质及其上层建筑功能和作用，意识形态论者也把文学对社会生活的反映放在极重要的位置，蔡仪先生主编的《文学概论》以“文学是反映社会生活的特殊意识形态”的提法而将两种提法合而为一就是一个典型例证。由于历史的原因，在苏联和我国，文学意识形态论曾流入一味贴阶级、政治标签的庸俗文艺社会学，文学反映论则陷于片面强调

① ［苏］卢那察尔斯基：《马克思主义和文学》，见《关于艺术的对话（卢那察尔斯基美学文选）》，吴谷鹰译，三联书店 1991 年版，第 75 页。

② 《卢那察尔斯基论文学》，人民文学出版社 1983 年版，第 47 页。

③ 参见谭好哲《文艺与意识形态》第八、九、十章“话语与权力：意识形态与中国现代文论”（上、中、下），山东大学出版社 1997 年版。

④ 谭好哲：《文艺与意识形态》，山东大学出版社 1997 年版，第 138 页。

认识而忽视文艺能动社会作用和文学审美特性的机械反映论，对文学事业的发展造成了不同程度的负面影响和伤害。新时期开始之后，随着文艺与政治的关系、文艺与人道主义的关系等等的讨论和争鸣以及“文学是人学”命题的再确认，以往流行的文学本质观对文学的解释受到重新检视，其实践效果也开始受到质疑、反思直至批判。与此同时，伴随着对西方现代派文学的介绍、引进和评价，意识流小说的内心独白技巧以及其他现代派文艺的各种观念和技巧也开始引进中国文坛，中国自身的先锋派文学实验异军突起，一直作为文坛正宗的现实主义也在“新写实主义”“新历史主义”的新旗帜下改变着自己的面目，以往的文学反映论把19世纪“伟大的现实主义”作为文学最高理想和标准的文学秩序也难以维持，或者说开始瓦解，这些新的变化也促进和加剧了对以往流行的文学本质观的冲击和反思。于是，我们看到，作为对机械反映论的反思和超越，而有了能动反映论、审美反映论的理论思考和建构；作为对庸俗文艺社会学的反思和超越，而有了文学与上层建筑的关系、文学与意识形态的关系、文学与审美意识形态的关系等等的讨论和争鸣，有了“文学是审美意识形态”“文学是意识形态的形式”等新的理论提法和表述。概括而言，以审美论对传统文学本质观加以补充和拓展，以审美反映论取代文学反映论、以审美意识形态论取代文学意识形态论，是80年代中期之后文学本质论研究的主流观点。这些新的理论观念和提法的产生，与经历了长期极左思潮的蹂躏之后文学由从属于政治向自身的回归，即“回到文学本身”的追求与趋向是一致的。相对于以往而言，这是在文学本质论这一文学观念的核心层面上实现的文学范式革命，至今为止，中国文学理论总体上还处于这一基本观念和理论范式的统摄之下。与文学本质论的研究密切相关，80年代中后期以来的文学主体论、文学形式论、文学价值论、文学生产论、文学本体论等等的理论研讨和建构，也都在不同维度、不同层面上对文学的社会属性、社会功能和存在特性做出了理论上的深入开掘，这些理论论说和其中提出的大量新观点、新方法都是此前的文学研究中少见或未曾见到的，其理论创新意义显而易见。

应该说，对文学基本性质的反思和建构，是新时期文学观念演进的主体与核心部分，其对新时期文学观念的整体演进格局和方向也起到了主要的、主导性的推进和带动作用。新时期的文学观念在时代特征、精神风貌和主要观念上之所以能够与此前的时期显示出阶段性的差异和时代性的进步，首先有赖于文学基本性质认识上的上述变化。不过，新时期文学观念的演进也不仅仅体现于文学基本性质的反思和建构上，而是体现于文学理论研究的方方面面。随着基本文学性质认识上的改观，对文学活动系统中的重要环节和重要文学问题的研究也发生了很大的变化。此一时期，对文学活动系统中三大构成板块——文学创作论、文学作品论、文学接受论的认识与此前相比均有了很大不同。文学创作论中，以弗洛伊德的本能欲望升华说为代表的精神分析理论和以马斯洛的自我实现说为主要代表的人本主义心理学的影响，可谓众所周知；文学作品论中，以往教科书写作里内容与形式的二分法被现象学文论的层次分析方法以及形式主义、新批评、结构主义、叙事学等等的文本观所补充或者改写；文学接受论中，传统的欣赏加批评的内容安排被来自西方解释学文论、接受理论和读者反应批评的诸多观念和提法重新整合与扩展。与这些变化相适应，在文学活动构成要素的认识上，学界几乎普遍重视艾布拉姆斯以文本为中心的作品、世界、作者、读者四构成要素说，受此启发重新思考文学构成要素以及不同要素的组合所构成的文学关系和理论问题，并且亦如同西方文论发展一样，大致经历了由注重文本与世界和作者的关系逐渐转向注重文本自身以及读者方面。在将西方现当代文论中有价值和启示意义的各种观点和方法引入到文学活动系统的认识和阐发的同时，文论界也开始从新的视野审视中国传统文论资源。比如，古代的文学“怨愤”论、“不平则鸣”说以及“童心”说等等重新受到重视，钱锺书先生对“诗可以怨”的再认识、童庆炳先生对李贽“童心”说的再阐发等等都很有影响；再比如受茵加登现象学文论与威勒克和沃伦《文学理论》一书中作品层次分析法的影响，人们重新估量传统“言象意”关系理论之于文学作品论的意义，受接受理论等等的影响而重新发掘以刘勰文学“知音”论为代表的中国古代文论中丰富的文学接受思想，如此等等。在打通并综合中西古今文学活动论研究的基础上，新时期以来，学界在文学创作、文学文本、文学意象、文学象征、文学形式、文学语言、文学修辞、文学叙事、文学接受等等方面，均取得了众多引人瞩目的研究成果，在文学活动系统的观念世界里滋长出一片片生意盎然的茂密丛林。

与文学活动系统中的观念更新与发展相呼应，学科建设意识的自觉和学科理论性质的反思也充分显示出新时期文学观念创新的冲动与活力。新时期学科建设意识的自觉启动于20世纪80年代美学和文论研究的“方法论热”。新中国成立以来，中国当代美学和文论研究一直存在重观念轻方法、以观念代替方法的缺陷。进入新时期之后，在思想解放的浪潮中，在崇尚科学因而必须讲究方法的历史语境下，在人文学科陡然获得松动之后开始努力谋求新空间与新思维向度之时，美学和文论研究界充满填补方法论缺失的渴望和冲动，人们试图通过各种科学方法的引入与借鉴，从而以所谓“科学”的名义，寻找美学和文论转型的契机，并进而在科学方法论中，获得思想创新的可能性。来自于自然科学和人文社会科学领域里的诸多理论和方法的移植、运用和借鉴，一方面造成了美学文艺学研究中新名词、新概念的“术语大爆炸”，从理论语汇和外观上改变着人们对于美学和文论研究的印象；另一方面这些新名词、新概念携带其原生学科的理论观念和研究方法意气风发地突入美学文艺学研究，对美学文艺学研究领域和学科形态的多样性拓展以及学术思想和价值理想的多维度生成发挥了推动作用①。可以说，新时期以来心理学美学、系统论美学、控制论美学、模糊美学、技术美学以及比较文学、比较诗学、文学心理学、文学社会学、文学文化学、文艺传播学、文艺经济学、文艺美学等等新兴学科和研究领域的拓展，无不与方法论热有着直接或间接的关联。

然而，方法论热潮虽然对于新时期的文论研究起到了十分积极的推进作用，但也带来一些负面效应，其中一个直接后果就是一味追求文论研究的“科学性”，而对于美学和文论研究这类典型的人文学科的“人文性”则有所忽视，再加上文艺与政治关系讨论之后持续的去政治化所导致的人文学术研究中思想性的弱化和学术立场的淡化，有的学者甚而片面理解德国思想家马克斯·韦伯在特定语境之下关于学术与价值关系的有关言论，在美学和文论研究中提出“价值中立”的主张。因而在学科建设意识自觉的基础上，20世纪90年代中期之后，一些学者又转而深入一步展开了对文艺理论学科性质的反思。比如，1995年在山东济南召开的“走向21世纪：中外文化与

---

① 参见谭好哲、韩书堂《新时期美学研究方法论热的学术史反思》，《社会科学辑刊》2009年第5期。

中外文论国际学术研讨会暨中国中外文艺理论学会成立大会”上，即有畅广元、杨守森、谭好哲等多位学者撰文探讨文艺理论的人文属性、价值特性问题，有的学者明确提出文艺理论属于人文—社会科学，既具有科学认识功能，又具有价值评判功能，二者不可偏废①。对文艺理论学科性质的这种认识，是对文论研究仅仅重视其科学性并进而流入实证主义研究倾向的反拨与校正。

20 世纪后期以来，对文论研究学科建设的思考与学科性质的反思在三个方面的讨论和争鸣中得以延续和深化。其一，是关于文艺学研究范式的讨论。受西方当代文化研究思潮的影响，同时也基于对中国当代文化和文学、艺术发展现状的判断，金元浦等学者提出中国当代文论应该实现由文学研究向文化研究范式的转换。而多数学者并不同意这个提法，认为虽然当代社会的文化生活中文学与非文学的界限有所模糊，但文化研究还是不能代替文学研究，文论研究应该具有自己特定的文学对象，而不应该是泛化的文化现象。也有的学者认为文论研究范式的转换需要哲学理论和方法的支撑，我们今天的文论研究还是要坚持马克思主义的历史唯物主义和辩证唯物主义的世界观和方法论，文化研究的方法还不能取而代之，因此也就谈不上范式的转换问题。其二，是 21 世纪初期由“日常生活审美化”所引发的当代文论研究要不要扩容问题的讨论。同样是基于当代文学、艺术在日常生活领域的泛化现实，陶东风等学者提出当代文论研究应该从以往本质主义、精英主义的文学观念中走出来，扩展理论研究的边界，将类文学、艺术的文化现实纳入研究对象之中。应该说，在对当代文学现实的认知和文论研究语境的体认、研判上，文论研究的扩容要求有其现实针对性与一定的合理性，但是把这一问题的讨论与文论研究应不应该走出本质主义思路联系起来，就使得问题更显复杂，学界的认识差别也就更难统一。本质主义文论研究思路容易将丰富多彩的文学世界化约为抽象的理论教条，对文学研究带来一些负面影响，但是将丰富的对象抽象化、简约化正是理论研究的本分，也是人类更好地把握世界的客观需要。中外文学史上各种文学本质的抽象论说，构成了人类认识

① 参见谭好哲《现代境况与文艺学研究的价值取向》，《山东大学学报》1995 年第 2 期；《寻求科学性与价值性的统一——文艺学建设的理论思考与历史反思》，《齐鲁学刊》1996 年第 1 期。

文学世界的重要思想历程，从不同的方面和层次上丰富、深化了对文学的认识和理解，这种文学认知思路是不应该轻易摒弃的。其三，是在整体发展思路上对中国文论学科发展、观念创新的探讨。学科建设和观念的发展，如同人类思想领域的一切创新一样，都是以此前的思想资源为前提的，这就有一个如何处理新的发展和创新与先前理论资源的关系问题，同时又都必须适应和满足当下实践的需要，因而又有一个理论与当代实践的关系。这些问题的解决无不关联着理论的整体发展和未来。这方面的思考和探讨体现出一个时代的理论和观念的时代特性和价值理想，因而比起在具体学科领域和具体理论问题上的思考和研讨更加重要，更加不可缺少。如前所论的当代文论“三化”建设工程即马克思主义文论中国化、西方文论本土化、古代文论的现代转化，均超出了一般学科建设中关于学科对象、逻辑起点、问题框架、研究方法等等的思考范围，从中国文论建设的马克思主义主体性以及精神气质和文学经验上的民族性的双重高度，将新时期文学理论和观念创新的追求推进到了一个新的境界，同时也更加显示出了中国当代文学理论和观念创新包容、阔大的风貌与气象。

第 二 编

新时期文学本质观念的演进与论争

第三章　文学反映论的演进、论争与反思

如果对20世纪中国文学理论进行梳理和考量，可以发现一个很有趣的现象：文学反映论贯穿了整个中国现当代文艺理论史，但是进入到新时期，反映论又成为“众矢之的”，遭到各种“新潮”理论的质疑和围攻，那么，为何曾经盛极一时的反映论会变得“门前冷落车马稀”？在中国古典文艺理论中并非中流砥柱的反映论又是如何独占中国现当代文艺理论半壁江山？新时期以来它又发生了哪些变化？面临了何种危机？难道它真的已经是日薄西山，走向穷途末路了吗？在它身上发生了哪些激烈的论争？这些论争又给我们以何种启迪和反思？这些问题都值得我们细致考量和深入思考。

第一节　文学反映论的历史溯源

要想对文学反映论进行全面、细致、有效的剖析，首先要对它的历史进行溯源。

就其历史演进而言，文学反映论并非缘自中国本土，究其根源可以追溯到再现说，而再现说的源头则是古希腊的“摹仿说”，最早大致可以上溯到德谟克里特的艺术摹仿自然说。他认为：“在许多重要的事情上，我们是摹仿禽兽，作禽兽的小学生的。从蜘蛛我们学会了织布和缝补；从燕子学会了造房子；从天鹅和黄莺等歌唱的鸟学会了唱歌。”① 柏拉图的摹仿说来自柏拉图对“理念”的解读，在柏拉图看来，先有神造的“理念”的床，再有

① ［古希腊］德谟克里特：《著作残篇》，选自伍蠡甫主编：《西方文论选》，上海译文出版社1988年版，第4—5页。

木匠造的床，最后才是画家画的床，所以画家是和真实隔着两层的摹仿者，“悲剧家既然也是一个摹仿者，他是不是在本质上和国王和真理也隔着三层吗？并且一切摹仿者不都是和他一样吗？”① 亚里士多德认为人和动物的重要区别，就在于人最善于摹仿，人们最初的知识就是从摹仿中得来的。亚里士多德说：“诗人既然和画家与其他造形艺术家一样，是一个摹仿者，那么他必须摹仿下列三种对象之一：过去有的或现在有的事、传说中的或人们相信的事、应当有的事。”② 亚里士多德将“摹仿说”予以系统化，他在《诗学》的第一章就明确表示“诗的艺术的首要原理是摹仿”。“史诗和悲剧、喜剧和酒神颂以及大部分双管箫乐和竖琴乐——这一切实际上是摹仿，只是有三点差别，即摹仿所用的媒介不同，所取的对象不同，所采的方式不同。”③ 亚里士多德的摹仿说对西方古典文艺理论与批评的影响很大，塞万提斯在《堂吉诃德》一书的序言中写道：“它（指《堂吉诃德》）所有的事只是摹仿自然，自然便是它唯一的范本；摹仿得愈加妙肖，你这部书也必愈见完美。”④ 歌德说：“但除了自然之外，形象又从何处取得呢？很明显，画家是在摹仿自然；那末，为什么诗人不也去摹仿自然呢？”⑤ 这些作家和文艺理论家生活在不同时代，但是他们都不约而同地赞成摹仿说，随着人们对艺术认识的不断深入，“镜子说”逐渐代替“摹仿说”成为再现说的主导。

与“摹仿说”相比，“镜子说”更加凸显了艺术对现实的反映功能，与反映论更加接近，同时也开始注意到艺术家的主观创造作用。对“镜子说”做出全面而深刻阐释的是文艺复兴时期的巨匠达·芬奇，他说：“画家应该独身静处，思索所见的一切，亲自斟酌，从中提取精华。他的作为应当像

① ［古希腊］柏拉图：《理想国》，朱光潜译，选自伍蠡甫主编：《西方文论选》上卷，上海译文出版社 1988 年版，第 34 页。

② ［古希腊］亚里士多德：《诗学》，罗念生译，《诗学·诗艺》合刊本，人民文学出版社 1982 年版，第 92 页。

③ ［古希腊］亚里士多德：《诗艺》，罗念生译，选自伍蠡甫主编：《西方文论选》上卷，上海译文出版社 1988 年版，第 51 页。

④ ［西班牙］塞万提斯：《〈堂吉诃德〉序言》，傅东华译，选自伍蠡甫主编：《西方文论选》上卷，上海译文出版社 1988 年版，第 210 页。

⑤ ［德］歌德：《诗与真》，林同济译，选自伍蠡甫主编：《西方文论选》上卷，上海译文出版社 1988 年版，第 458 页。

镜子那样，如实地反映安放在镜前的各物体的许多色彩。作到这一点，他仿佛就是第二自然。”① 同时他又批评那些只知道一味如实反映的机械画匠：“那些作画时单凭实践和肉眼的判断，而不运用理性的画家，就像一面镜子，只会抄袭摆在面前的一切东西，却对它们一无所知。”② 雨果在《〈克伦威尔〉序》里进一步强调艺术的聚焦式的反映功能，他说：“我们记得好像已经有人说过这样的话：戏剧是一面反映自然的镜子。不过，如果这面镜子是一面普通的镜子，一块刻板的平面镜，那么它只能映照出事物暗淡、平板、忠实、但却毫无光彩的形象；大家知道，经过这样简单的映照，事物的色彩就失去了。戏剧应该是一面集聚物像的镜子，非但不减弱原来的颜色和光彩，而且把它们集中起来，凝聚起来，把微光变成光彩，把光彩变成光明。”③ “摹仿说”和“镜子说”在整个西方尤其是欧美文艺理论史上都占有举足轻重的地位，艾布拉姆斯的扛鼎之作《镜与灯》便以镜子来比喻摹仿理论，形象地说明了艺术反映论的特点，摹仿理论也被列为四大文学理论之首。④

文学反映论在中国的另一种表述是再现说，在中国古代文艺理论中与再现说接近的阐述并不完整，也不是主流，最早大致可以追溯到《易传》，《易·系辞上》说：“圣人有以见天下之赜，而拟诸其形容，象其物宜，是故谓之象”。这就是说“象”的产生来自对自然的摹仿，《老子》中有言：人法地，地法天，天法道，道法自然。刘勰的《文心雕龙》继承并发扬了“道法自然”的思想，在第一篇《原道》的开始就将自然之道作为文学的本体，《原道》中云：“文之为德也大矣，与天地并生者，何哉？夫玄黄色杂，方圆体分，日月叠璧，以垂丽天之象；山川焕绮，以铺理地之形：此盖道之文也。仰观吐曜，俯察含章；高卑定位，故两仪既生矣。惟人参之，性灵所钟，是谓三才。为五行之秀，实天地之心。心生而言立，言立而文明，自然之道也。”不过严格地说，这里所谈之“道”不仅仅是文学的本体，也是万物的

① ［意］列奥那多·达·芬奇：《芬奇论绘画》，戴勉编译，人民美术出版社 1979 年版，第 41 页。
② ［意］列奥那多·达·芬奇：《芬奇论绘画》，戴勉编译，人民美术出版社 1979 年版，第 40 页。
③ ［法］雨果：《〈克伦威尔〉序》，《雨果论文学》，上海译文出版社 1980 年版，第 62 页。
④ 艾布拉姆斯将文学理论分为四大类：摹仿说、实用说、表现说、客观说，参见［美］M. H. 艾布拉姆斯《镜与灯》，郦稚牛等译，北京大学出版社 1989 年版，第 7—34 页。

本源。既然文学反映论真正的前身是西方的“摹仿说”和“镜子说”，那么它又是如何西学东渐，在中国生根、发芽，并成为在中国现当代文学史上具有重要地位的文学观念的呢？这其中有一个漫长的接受和演变过程，根据新时期之前文学反映论在中国的演进历程，我们大体可以将其划分为萌芽、发展、确立、高潮四个阶段。① 首先是文学反映论的萌芽期，主要是“五四”时期的现实主义作家将文学创作与现实生活紧密联系在一起，进而提出了文学反映论的理论雏形。其后的几个阶段是在萌芽期的基本文学观念、基本理论问题、基本理论关系的设定基础上发展起来的。

一、文学反映论的萌芽

五四新文化运动是文学反映论的萌芽时期，“时运交移，质文代变”，特殊的历史时代造就了“五四”新文学，从作家创作来讲，“五四”新文学作家继承并发展中国古代“文以载道”的理念，将现实主义作为文学创作的主流，众多“五四”作家也纷纷创作现实主义作品。作为现实主义作家的代表，茅盾最早使用“反映”范畴来剖析文学的本质，他在《告有志研究文学者》中说：“文学的内容无非是人生的反映，说文学是解释时代精神的，原自不误。不过尚嫌含混。我们从中古封建时代之有骑士文学，十九世纪资本主义渐盛时代之有浪漫派文学看来，可信文学实是一阶级的人生的反映，并非是整个的人生。”② 另一方面是俄国和欧洲的现实主义作品及其文艺理论被大量译介到中国，茅盾在《文学与人生》中就提到：“西洋研究文学者有一句最普通的标语：是‘文学是人生的反映（Reflection）’，人们怎样生活，社会怎样情形，文学就把那种种反映出来。譬如人生是个杯子，文学就是杯子在镜子里的影子。所以可说‘文学的背景是社会的’。‘背景’就是所从发的地方。”③ 现实主义文学极端重视对现实世界和人生的再现和反映，“五四”

① 朱立元将反映论文艺观划分为五个阶段：即孕育、形成、确定、全面政治化和新生时期，笔者借鉴了朱立元的观点并将之简化为四个阶段。参见朱立元：《对反映论艺术观的历史反思》，《马克思主义美学研究》第 2 辑，广西师范大学出版社 1988 年版，第 22 页。

② 茅盾：《告有志研究文学者》，选自《茅盾全集》第 18 卷，人民文学出版社 1989 年版，第 532 页。

③ 茅盾：《文学与人生》，选自《茅盾全集》第 18 卷，人民文学出版社 1989 年版，第 269 页。

现实主义作家也将真实地再现生活和社会作为最重要的艺术目的和手段，例如鲁迅虽然没有明确的以反映论来阐述文学的本质，但是其观点也与反映论有着天然的亲缘关系。他在《文艺与政治的歧途》中说："我以为文艺大概由于现在生活的感受，亲身所感到的，便影印到文艺中去。"① 鲁迅在致徐懋庸的信中说："文学与社会之关系，先是它敏感的描写社会，倘有力，便又一转而影响社会，使有变革。"② 所以，可以说是"五四"的特殊历史条件将现实主义文学推上了文学主流，加上中国传统的"文以载道"思想和文学知识分子救亡与启蒙的责任感和使命感，使文学反映论在中国孕育、萌芽并茁壮生长起来。

文学反映论在中国萌芽之后，得益于中国革命斗争的特殊需要，它在1920—1940年间得到了迅猛发展。

二、文学反映论的发展

从20世纪20年代末革命文学论争到40年代毛泽东《在延安文艺座谈会上的讲话》发表，这一阶段为文学反映论的发展和确立时期。

文学反映论的形成是多种因素作用的结果，朱立元将主要因素归为三个方面：一是20世纪20年代末革命文学运动的倡导及其论争和30年代的左翼文艺运动的蓬勃发展，导致中国现实主义文学逐步上升到整个文学领域的主流地位，现实主义文学观念有利于反映论文艺观的形成；二是从20年代末起马克思主义文艺理论，包括马克思主义经典作家论著的大量译介与传播推动了反映论文艺观的形成；三是苏联"拉普"派的"唯物辩证法的创作方法"论通过日本左翼文坛传入我国，发生重要影响。③

1928—1929年的革命文学论争以郭沫若、成仿吾、冯乃超、蒋光慈等人为主将，倡导无产阶级革命文学，重视文艺的社会功能，将文学作为革命斗争的武器。李初梨宣告革命文学是"以无产阶级的阶级意识，产生出来

① 鲁迅：《集外集·文艺与政治的歧途》，选自《鲁迅全集》第7卷，人民文学出版社1981年版，第115页。

② 鲁迅：《致徐懋庸》，选自《鲁迅全集》第12卷，人民文学出版社1981年版，第302页。

③ 朱立元：《对反映论艺术观的历史反思》，《马克思主义美学研究》第2辑，广西师范大学出版社1988年版，第26—27页。

的一种斗争的文学”，其目的是“为完成他主体阶级的历史的使命”。① 蒋光慈在《现代中国社会与革命文学》中提出：“文学是社会生活的反映，一个文学家在消极方面表现社会的生活，在积极方面可以鼓动，提高，兴奋社会的情绪。”② 无产阶级革命文学运动带有鲜明的文艺工具论和机械反映论的色彩，忽视了文艺的特殊性，但是通过论争也在一定程度上促进了文学反映论的传播和影响。

1930 年 3 月，中国左翼作家联盟在上海成立，左翼作家及文艺理论家大多坚持马克思主义，鲁迅、瞿秋白、冯雪峰等人翻译、介绍了大量马克思文艺理论及苏联和东欧的一些文艺理论作品，把列宁的反映论引入文艺领域，是 20 世纪 30 年代苏联文学思想发展的主要成果之一，这些文学思想也通过翻译进入中国。例如鲁迅曾经翻译、介绍了卢那察尔斯基的不少文艺理论作品，③ 而卢那察尔斯基则强调列宁的唯物主义反映论对于美学和文艺批评具有方法论的意义，他称颂列宁的《列夫·托尔斯泰是俄国革命镜子》一文是运用反映论的“一个特别突出的范例”。他在《列宁与文艺学》中说：“反映论所注意的，与其说是作家隶属的家系，不如说是他对社会变动的反映，与其说是作家主观上的依附性和他同某个社会环境的联系，不如说是他对于这种或那种历史局势的客观代表性。”④

“拉普”是 20 世纪 20—30 年代初苏联最大的文学团体“俄罗斯无产阶

① 李初梨：《怎样地建设革命文学》，《文化批判》第 2 号，1928 年 2 月。

② 光赤：《现代中国社会与革命文学》，《文学运动史料选》第 1 册，上海教育出版社 1979 年版，第 409 页。

③ 据李春林考证，在鲁迅论述过的俄国与苏联作家，乃至所有外国作家当中，仅就其文字的数量而言，卢那察尔斯基是最多者之一，在鲁迅的全部著述中提及卢那察尔斯基之处据笔者的不完全统计有 73 处之多，专文则有《〈浮士德与城〉后记》《〈解放了的堂·吉诃德〉后记》《〈艺术论〉小序》《〈文艺与批评〉译者附记》。并且鲁迅还翻译了他的两部理论著述：《艺术论》（1929 年 4 月 22 日译讫并作小序，大江书铺 1929 年 6 月出版）和《文艺与批评》（系论文集，含《艺术是怎样地发生的》《托尔斯泰之死与少年欧罗巴》《托尔斯泰与马克斯》《今日的艺术与明日的艺术》《苏维埃国家与艺术》《关于马克斯主义文艺批评之任务的提要》等 6 篇，全书于 1929 年 8 月 16 日译毕，并撰《译者附记》，水沫书店 1929 年 10 月出版）以及剧本《被解放的堂·吉诃德》第一幕（1930 年 6 月 10 日译，发表于 1931 年 11 月《北斗》月刊 1 卷 3 期）。参见李春林：《角色同一与角色分裂——鲁迅与卢那察尔斯基》，《鲁迅研究月刊》2011 年第 1 期。

④ ［苏］卢那察尔斯基：《列宁与文艺学》，《卢那察尔斯基论文学》，蒋路译，人民文学出版社 1978 年版，第 6 页。

级作家协会”的俄文缩写“РАПП”的音译，“拉普”派将文学等同于政治，把世界观当作创作方法，规定所谓的“辩证唯物主义的创作方法”，这些文艺观点通过日本左翼文论家藏原惟人等间接传入中国，对“左联”时期的文艺理论产生正反两方面的影响。一方面推动了马克思主义文艺理论的普及和发展，另一方面也存在明显的对马克思主义文艺理论的误读，对文学反映论的机械化理解就是突出表现。不过，1933 年以后，“左联”逐渐认识到“拉普”思想的危害并进行了反思和批判。周扬批评“拉普”的批评家们“开口‘从辩证法出发’，闭口‘照辩证法写’，一若作家只要背熟了唯物辩证法的命题，就可认识现实，反映现实似的”①。他明确指出：“文学，和科学，哲学一样，是客观现实的反映和认识，所不同的，只是文学是通过具体的形象去达到客观的真实的。”② 他认为“艺术不但是‘再现人生’，而且还要‘说明被再现的现象’，给以判断”，将艺术作为“人生的教科书”。③ 冯雪峰也批评了将文学视为无产阶级意识形态唯一反映的观点，他说：“文学的阶级性，以及对于阶级的利益，首先是因为文学是阶级的意识形态的反映。这是大家都明白的了。然而第二，又正因为这表现在对于客观的生活或真理的认识或反映上的缘故。就是，文艺作品不仅是反映着某一阶级的意识形态，它还要反映着客观的现实、客观的世界。然而，这种反映是根据着作者的意识形态、阶级的世界观的，到底要受着阶级的限制的。”④ 胡风也反对机械僵化的反映论，他说：“说文艺是生活底反映，并不是说文艺像一面镜子，平面地没有差别地反映生活底一切细节。能够说出生活里的进步的趋势，能够说出在万花缭乱的生活里面看到或感觉到的贯穿着过去现在以及未来的脉络者，才是有真实性的作品。所以，文艺并不是生活底复写，文艺作品所表现的东西须得是作家从生活里提炼出来，和作家底主观活动起了化学作用以后的结果。文艺不是生活底奴隶，不是向眼前的生活屈服，它必须站在比生活

① 周扬：《关于“社会主义的现实主义与革命的浪漫主义”——“唯物辩证法的创作方法”之否定》，选自《周扬文集》第 1 卷，人民文学出版社 1984 年版，第 107 页。

② 周起应：《文学的真实性》，《现代》第 3 卷第 1 期，1933 年 5 月。

③ 周扬：《艺术与人生——车尔芮雪夫斯基的〈艺术与现实之美学关系〉》，《周扬文集》第 1 卷，人民文学出版社 1984 年版，第 194—197 页。

④ 冯雪峰：《关于“第三种文学”的倾向与理论》，《雪峰文集》第 2 卷，人民文学出版社 1983 年版，第 196、198 页。

更高的地方，能够有把生活向前推进的力量。”① 他强调作家在创作中的主观能动作用，他这样写道：“在创造形象的过程上，现实性和虚构性是互相纠合在一起。在现实性里面包含了虚构性的萌芽。作家底想象或直观在现实的材料里面发现出普通人眼看不见的东西，给以加工、发展，使他的形象取得某种凸出的鲜明的面貌。在这里就有了作家底主观活动，作家底对于现实材料的批判。在这里就出现了作品底对于时代精神的反映。这个虚构性如果被过于夸张了，形象就会成为概念底影子；如果完全没有，形象就会成为现象底复写。”② 通过这些批判和反思，能动的反映论得到了很大的发展和进步。

虽然一系列革命斗争的需要促成了文学反映论的迅猛发展，但是其在中国现代文艺理论史上地位真正确立的标志还是毛泽东《在延安文艺座谈会上的讲话》的发表。

三、文学反映论的确立

毛泽东 1942 年 5 月在延安文艺座谈会上的讲话是当时延安整风运动的一个重要组成部分，也对新中国文艺的发展方向产生了深远而重大的影响。

毛泽东在阐述文艺来源问题时，对文学反映论有一个很著名的总结，他说：“一切种类的文学艺术的源泉究竟是从何而来的呢？作为观念形态的文艺作品，都是一定的社会生活在人类头脑中的反映的产物。革命的文艺，则是人民生活在革命作家头脑中的反映的产物。人民生活中本来存在着文学艺术原料的矿藏，这是自然形态的东西，是粗糙的东西，但也是最生动、最丰富、最基本的东西；在这点上说，它们使一切文学艺术相形见绌，它们是一切文学艺术的取之不尽、用之不竭的唯一源泉。……人类的社会生活虽是文学艺术的唯一源泉，虽是较之后者有不可比拟的生动丰富的内容，但是人民还是不满足于前者而要求后者。这是为什么呢？因为虽然两者都是美，但是文艺作品中反映出来的生活却可以而且应该比普通的实际生活更高，更强烈，更有集中性，更典型，更理想，因此就更带有普遍性。”③

① 胡风：《文学与生活》，选自《胡风评论集》上，人民文学出版社 1984 年版，第 312 页。

② 胡风：《为初执笔者的创作谈》，《胡风评论集》上，人民文学出版社 1984 年版，第 222—225 页。

③ 毛泽东：《在延安文艺座谈会上的讲话》，《毛泽东选集》（合订一卷本），人民出版社 1964 年版，第 817 页。

总体而言，毛泽东《在延安文艺座谈会上的讲话》对文艺反映论的阐释具有纲领性的指导意义，也是全面、具体、辩证的，但是由此开始，反映论受到意识形态论支配的基本格局也正式形成，反映论文艺观的政治化也进入自觉、强化的阶段。①

文学反映论的地位已经确立，借助政治的“东风”，它逐渐达到了高潮，成为1949—1978年间中国文艺理论界的“第一原理”。

四、文学反映论的高潮

从新中国成立到“文化大革命”结束，是文学反映论的高潮阶段，也是这一理论全面政治化的时期。

在1949年7月的第一次全国文代会上，毛泽东的《在延安文艺座谈会上的讲话》被确立为指导中国文艺工作的总方针，从而也确立了反映论文艺观的主导地位。以群在其主编的《文学的基本原理》中说：“人类社会的一切精神活动的产物，包括文学艺术和哲学、社会科学的其他部门，都不是某种超自然、超现实的神或‘绝对理念’的产物，而是客观存在的自然界和社会现实的反映。列宁说：‘物、世界、环境是不依赖于我们而存在的。我们的感觉、我们的意识只是外部世界的映象；不言而喻，没有被反映者，就不能有反映，被反映者是不依赖于反映者而存在的。’”② 由于反映论倡导文学反映现实生活，所以现实主义创作方法成为主导，蔡仪说：“我们认为现实主义是最正确的创作方法，因为只有现实主义的创作方法是最明确地规定艺术要求真实地描写现实，是最正当地规定艺术对现实的反映关系。这样规定的艺术对现实的关系，是符合于马克思列宁主义的反映论，也符合于优秀的艺术的基本规律的。”③ 茅盾说：“现实主义创作方法的核心就是在现实世界是可以认识的信念上，根据反映论来从事艺术创作的。这是自古以来各个阶段的现实主义的共同点。”④

① 朱立元：《对反映论艺术观的历史反思》，《马克思主义美学研究》第2辑，广西师范大学出版社1988年版，第36页。

② 以群主编：《文学的基本原理》，上海文艺出版社1979年版，第21页。

③ 蔡仪：《再论现实主义问题》，《文学研究》1957年第2期。

④ 茅盾：《夜读偶记》，选自《茅盾全集》第25卷，人民文学出版社1996年版，第204页。

文学反映论在这一时期的全面政治化与当时特定的历史条件有关，由于把文学艺术作为意识形态政治斗争的工具，所以强化了文学反映论的政治倾向。周扬在第三次文代会上说："文学艺术是属于上层建筑的一种意识形态，是经济基础的反映，是阶级斗争的神经器官。"① 邵荃麟在中国作家协会第三次理事会（扩大）会议上也说："文学是思想战线上的前哨，总是最敏锐地反映阶级斗争的形势。"②

总体而言，在新时期之前，由于中国社会现实的特殊需要，文学反映论取得了迅速的发展和壮大，甚至逐渐成为中国文艺理论界的"第一原理"，但是，随着新时期的到来，这一理论开始不断遭到质疑和挑战。

第二节 围绕文学反映论的质疑和论争

文学反映论在"文革"时期借助政治达到了高潮，随着改革开放新时期的到来，人们开始对这一理论进行深刻反思，各种相关论争不断涌现。综合起来，主要有五次大的论争，即"自我表现"论对文学反映论的质疑、文学主体论对文学反映论的冲击、文学本体论与文学反映论的碰撞、审美反映论对文学反映论的超越。

一、"自我表现"论对文学反映论的质疑

20 世纪 70 年代末 80 年代初，"朦胧诗"给新时期文坛带来了一股清新之风，也引起了不小的争议，其中引发的关于"自我表现"的争论对长期占据文坛主导原则的文学反映论造成了第一波的冲击。刚刚从钳制精神的枷锁中解放出来的一批年轻诗人，对那段畸变的历史进行痛苦的思考，把诗歌的笔触伸向自我敏感的内心。

杨炼在《我的宣言》中说："我的诗是生活在我心中的变形，是我按照生活的秩序、想象的逻辑重新安排的世界。那里，形象是我的思想在客观世界的对应物，它们的存在、运动和消失完全由于我主观调动的结果。那

① 周扬：《我国社会主义文学艺术的道路》，《文艺报》1960 年第 13—14 期。

② 邵荃麟：《在战斗中继续跃进》，《文艺报》1960 年第 13—14 期。

里，形象的意义不仅在于它们本身的客观内容，更主要的是我赋予它们的象征内容，使之成为可见、可听、可感的实体。”① 顾城则直截了当地肯定朦胧诗对“自我”的倡导，认为这正是其最可宝贵之处。他说：“这种新诗之所以新，是因为它出现了‘自我’，出现了具有现代青年特点的‘自我’。”他批评过去的文艺“一直在宣传另一种非我的‘我’，即自我取消、自我毁灭的‘我’。如‘我’在什么什么面前，是一粒砂子、一颗铺路石子、一个齿轮、一个螺丝钉”。② 朦胧诗人的观点得到了部分学者的支持，其中有三位因其为朦胧诗呐喊助威的文章而著名，一是谢冕的《在新的崛起面前》(《光明日报》1980 年 5 月 7 日)，二是孙绍振的《新的美学原则在崛起》(《诗刊》1981 年 3 月号)，三是许敬亚的《崛起的诗群——评我国诗歌的现代倾向》(《当代文艺思潮》1983 年第 1 期)，这三位也因此被称为“崛起派”。其中孙绍振的文章比较系统地从理论上对朦胧诗进行了肯定和支持，他认为朦胧诗代表了“一种新的美学原则”，“这种新的美学原则，不能说与传统的美学观念没有任何联系，但崛起的青年对我们传统的美学观念常常表现出一种不驯服的姿态。他们不屑于作时代精神的号筒，也不屑于表现自我感情世界以外的丰功伟绩。他们甚至于回避去写那些我们习惯了的人物经历，英雄的斗争和忘我的劳动的场景。他们和我们五十年代的颂歌传统和六十年代战歌传统有所不同，不是直接去赞美生活，而是追求生活溶解在心灵中的秘密”。③ 实际上就是从反映论转向了“自我表现”论，文章引发了关于“自我表现”的热烈争论。

程代熙批评孙绍振把文学当作“完全是作家的私事，与社会、阶级、时代无关”，认为“由于孙绍振同志把艺术规律说成是艺术家心灵创造的产物，否认艺术规律的客观性，就使得他提出的那个美学原则具有相当浓厚的唯心主义色彩”，“把孙绍振同志的美学原则的这个出发点和它的纲领——‘自我表现’联系起来，一套相当完整的、散发出非常浓烈的小资产阶级的个人主义气味的美学思想就赤裸裸地显示了出来。”④ 叶朗认为：“‘自我表现’

---

① 杨炼：《我的宣言》，选自姚家华编《朦胧诗论争集》，学苑出版社 1989 年版，第 334 页。

② 《请听听我们的声音——青年诗人笔谈》，《诗探索》1980 年第 1 期。

③ 孙绍振：《新的美学原则在崛起》，《诗刊》1981 年第 3 期。

④ 程代熙：《评〈新的美学原则在崛起〉》，《诗刊》1981 年第 4 期。

是一个主观唯心主义、反理性主义的美学口号，是一个存在主义的口号，它只能引出一条脱离现实、脱离群众的艺术道路。”①

关于“自我表现”论的争议对文学反映论造成了不小的冲击，一些学者撰文为文学反映论辩护，质疑“自我表现”论。杨正润对“自我表现”的源流进行了详细梳理，指出这面旗帜“在西方文坛已飘扬了数百年”，是“一个唯心主义的、陈旧的而又充满弊病的口号”，他认为：“在我国经过十年浩劫，继六十多年前的创造社之后，一些同志重新打起了这面旗帜。从‘反映生活’到‘自我表现’，这自然不止是名词之变易，而是意味着方向的转换。”② 也有学者对这种变化给予理解和肯定，刘纲纪指出：“‘自我表现’这种理论在近几年的提出，我想重要的原因之一，就是由于我们过去对艺术反映生活常常作机械简单的理解，把反映生活同表现自我看作是绝对不能相容的东西，并且常常忽视艺术家的创作个性的发挥。虽然把‘自我表现’作为我们创作的旗帜是根本不对的，但不能否认在正确意义上的自我表现是艺术创作中一个很值得深入研究的问题。历史上一切伟大的艺术作品，都既是一定历史时代的社会生活的深刻反映，同时又是艺术家自我的信念、情感、理想等等的表现。”③ 同时他也进一步指出：“没有超社会、超历史、超阶级的‘自我’。艺术家认为他仅仅在表现‘自我’，其实他的‘自我’的表现同时也是一定社会、阶级的要求的表现。”所以，“(马克思主义美学）并不一般地、绝对地否定自我表现，而只是要给自我表现以一种历史唯物论的科学说明，从而给不同艺术家的自我表现所包含的社会历史内容以科学的分析和评价”。④

总体而言，“自我表现”论与文学反映论在文学理论上的分歧主要集中在两个方面：一是文学反映论是否忽视了作家的主观创造能力，轻视了作家的创作个性，存在着机械僵化的倾向；二是“自我表现”论是否过于强调创作个体的“小我”，忽视了社会生活的“大我”。就文学反映论的基本宗旨而言，并没有否认作家的主观创造能力和创作个性，文学反映论的哲学基础是

① 叶朗：《“自我表现”不是我们的旗帜》，《美术》1981年第11期。

② 杨正润：《“自我表现”析》，《文艺理论与批评》1986年第2期。

③ 刘纲纪：《〈“自我表现”不是我们的旗帜〉一文读后》，《美术》1982年第3期。

④ 刘纲纪：《〈“自我表现”不是我们的旗帜〉一文读后》，《美术》1982年第3期。

辩证唯物主义，反映本身就含有能动的反映之意，那么为什么在20世纪80年代初会发生一场关于“自我表现”与文学反映论的争论呢？这有主客观两方面的原因。

就客观现实来讲，从文学反映论在中国的历史演进过程中可以发现，文学在现代中国承担着太多的重担，不管这重担是文学知识分子自己请缨还是外力给予的，文学从来都不可能是“躲进小楼成一统，管他冬夏与春秋”的自吟自唱，而是时时浸透了历史的血雨腥风，社会的风云变迁。“文学是对现实生活的反映”在任何时候都是文学得以生生不息、发展壮大的重要原则和基础。然而文学毕竟是文学，它有自己的特殊艺术规律和艺术个性，是文学艺术自律与社会历史他律的统一，他律与自律是平等的。可是由于近现代以来，灾难深重的中华民族饱受各种侵略和凌辱，有着中国古代士人优良传统的文人知识分子自然要把文学艺术与现实社会紧紧联系起来并将其作为实现自己理想的工具和手段，这本来无可厚非甚至令人感佩，但是凡事物极必反，文学越来越远离作为艺术的文学，成了现实斗争的工具，尤其是“十年动乱”，将文学直接作为阶级斗争的工具，这已经完全背离了文学作为艺术，作为人类重要精神活动的基本原则和规律，所以一旦“四人帮”倒台，极左文艺路线被摒弃，遭受政治绑架的文学开始回归自身，寻求自律，无论是对人道主义的提倡，还是打出“自我表现”的旗帜，都是对原来过于政治化、工具化、脸谱化文学的反拨和纠正。

从主观方面来看，自文学反映论被全面政治化，其中的合理性元素越来越被政治权力所侵蚀，经过了“胡风事件”、批判“黑八论”①、“三突出”原则等众多文艺政治事件之后，“文艺的反映论已完全变质，被一种以现实政治需要支配的唯意志论所取代，所谓的‘现实主义’实际上已蜕化为伪现实主义。”② 更重要的是，文学反映论的这种变异给文人知识分子的心理留下

① “黑八论”是20世纪50年代中期至“文化大革命”开始后遭到批判的八个文艺及社会科学领域的理论。由于这八个理论后来在《林彪同志委托江青同志召开的部队文艺工作座谈会纪要》中被点名批判，所以被合称为“黑八论”，具体包括：“写真实论”“现实主义——广阔道路论”“现实主义深化论”“反题材决定论”“中间人物论”“时代精神汇合论”“离任叛道论”“大药味论”。

② 朱立元：《对反映论艺术观的历史反思》，《马克思主义美学研究》第2辑，广西师范大学出版社1988年版，第37页。

了难以磨灭的阴影，“文革”对人性的摧残，对个人尊严的戕害和践踏，使他们敏感脆弱的心灵饱受“现实”的戕害，所以一旦严寒过去，朦胧诗人们就喊出了“自我表现”的口号，这是对专制政治文学的不满，也是诗人艺术家内心的呼唤，众多文艺家们早已厌倦甚至憎恶“文革”时期“高大上”式的宏观叙事和文艺理论，所以，“自我表现”论虽然有强调“小我”之嫌，但实质却仍怀有一颗关怀现实的“大我”之心。其实说到底，文学离不开人，而人是现实生活中的人，文学不反映现实就会成了无源之水，无本之木，文学反映论能够历经风云变幻而流传下来，是有其颠扑不破的合理性的。

“自我表现”论虽然对文学反映论有一定冲击，但并未动摇其理论根基，真正对文学主体论产生“致命”打击的是文学主体论，因为它对文学反映论的整个理论体系提出了质疑，并且从哲学基础上进行了质询。

二、文学主体论对文学反映论的冲击

新时期对文学反映论最大的冲击恐怕要算是文学主体论，文学主体论的首倡者是刘再复，其矛头直接指向反映论，对其进行了全方位的“颠覆”。

他说：“以往我们从苏联那里搬来的一套文学理论，其哲学基点是‘反映论’，我的‘主体论’的确是针对它而发的，可以说，我的理论动机是想用‘主体论’的哲学基点取代‘反映论’的哲学基点。”① 刘再复提出应该以人为中心，建立主体性文论，具体包括：作家的创作应当充分地发挥自己的主体力量，实现主体价值，而不是从某种外加的概念出发，这就是创造主体的概念内涵；文学作品要以人为中心，赋予人物以主体形象，而不是把人写成玩物与偶像，这是对象主体的概念内涵；“文学创作要尊重读者的审美个性和创造性，把人（读者）还原为充分的人，而不是简单地把人降低为消极受训的被动物，这是接受主体的概念内涵”。② 刘再复认为机械反映论在中国文艺理论界根深蒂固，如其所言：“我批评的‘反映论’是从苏联那里搬过来的并在20世纪下半叶的‘语境’下发展成极为片面、极为机械的‘反

① 刘再复、黄平：《回望八十年代——刘再复教授访谈录》，《现代中文学刊》2010年第5期。
② 刘再复：《论文学的主体性》，《文学评论》1985年第6期。

映论’。这种‘反映论’，也被称为社会主义现实主义。这不是一般的创作方法论，而是创作的哲学总纲和政治意识形态原则。”① 他总结了机械反映论四个方面的明显缺陷：没有解决实现能动反映的内在机制；没有解决实现能动反映的多向可能性；机械反映论只注意了自然赋予客体的固有属性，而往往忽视了人赋予客体的价值属性；机械反映论在强调客体的客观性时，忽视了客体的主观性，而在说明人的时候，又只注意了主体的主观性，忽视了主体的客观性。②

刘再复的主体性文论立即引起了争议，甚至可以说在当时的文艺理论界引起了轩然大波，对文学反映论产生了极大的冲击，众多学者纷纷撰文进行响应，肯定赞扬者有之，否定批评者亦有之。就其对反映论的观点方面，支持者大多认为刘再复的主体性文论是对机械直观的文学反映论的反拨，对于新时期文学观念的健康发展有着重要的意义和价值。孙绍振说：“刘再复主体论的提出，标志着在文艺理论上被动的、自卑的、消极反映论统治的结束，一个审美主体觉醒的历史阶段已经开始。”③ 何西来也认为：“如果从我国文艺理论的宏观历史发展来看，文学主体性的重新提出，实际上是跨越了一个长达三十年的历史断裂，勇敢地接上了胡风文艺思想中的一个光辉的命题。”而且它“事关文学观念变革的宏观走向”。④ 杨春时也充满希望地写道：“新时期十年，文艺思想的论争和探索所涉及的问题的深度与广度是前所未有的，它在一系列理论观点上有所发展、突破。但是，旧的理论框架还没有被打破，新的理论体系尚有待建立。这需要找到一个关键性的突破口，找到一个坚实的支撑点。”现在，“文艺观念变革的关键找到了，文艺主体性问题正是旧理论体系的突破口和新理论体系的支撑点”。⑤ 王若水还对文学反映论的重要理论资源——列宁的《唯物主义和经验批判主义》进行了批评，认为：“这本著作翻来覆去强调的是：‘物、世界、环境是不依赖于我们而存在的’。‘客观实在……为我们的感觉所复写、摄影、反映。’”这实际上是“只

① 刘再复、黄平：《回望八十年代——刘再复教授访谈录》，《现代中文学刊》2010 年第 5 期。
② 刘再复：《论文学的主体性续》，《文学评论》1986 年第 1 期。
③ 孙绍振：《论实践主体性、精神主体性和审美主体性》，《文学评论》1987 年第 1 期。
④ 何西来：《对于当前我国文艺理论发展态势的几点认识》，《文艺争鸣》1986 年第 4 期。
⑤ 杨春时：《人文综论》，黑龙江教育出版社 1991 年版，第 146、144 页。

强调承认现实的客体性”，忽视事物的主体性。根据列宁的了解，主体是如洛克所说的白板，它只是一个受纳的容器；认识只是“客体→主体”的单向活动，主体的特性和活动不可能或不应该渗入对客体的认识。①

但是也有不少学者对刘再复力图以文学主体论代替文学反映论提出了质疑，陈涌发表了《文艺学方法论问题》，对刘再复的观点进行比较全面的批评，认为关于主体性文论引发的讨论“不是枝节问题，也不只是个别理论问题，而是直接关系到如何对待马克思主义的基本原理的问题，是关系到社会主义文艺的命运的问题”。② 他强调：“马克思主义文艺学的方法论，只能建立在历史唯物主义的意识形态论和辩证唯物主义的认识论的基础上。”他指出刘再复将“把人作为一种客观存在”与“作为行动着的人”割裂开来，“其实，客观存在着的人也就是行动着的人，行动着的人也就是客观存在的人。这是马克思主义之区别于前此以往的一切哲学，一切关于人的学说的焦点和核心。人就是作为实践的主体客观存在着。无论是受动性还是能动性都是由实践着的人体现的，都是在实践中实现的。离开社会实践，谈论人的受动性和能动性，不是回到机械唯物主义的直观反映论，就是走向主观唯心主义。刘再复同志在他的文章里反复谈到了‘自我实现’、‘主体性’、‘能动性’等等，但却忽视了所谓‘自我实现’或‘行动着的人’发挥主体能动作用的基础和前提。”“马克思主义充分肯定文艺对政治经济、对整个社会生活的反作用，肯定艺术创造的主体的能动作用，也肯定作为反映对象的社会的人的能动的作用，以及作为接受主体的读者和批评家的能动作用；但首先我们应该肯定，不存在超越时间空间、超越社会历史条件的‘行动着的人’的主体性，不存在无条件的、可以无限扩张的主观能动性或主体性的‘自我实现’。社会生活的任何一个方面都是这样，在文学艺术方面也是这样。”同时他还进一步指出：“刘再复说‘三十年代开始到现在，形成了一种思维定式，这种思维定式大体上是庸俗阶级斗争论和直观反映论的线式思维惯性’，这实际上就是说，我们‘三十年代开始到现在’的文艺思想的历史，‘大体上’是一部错误的历史。”这样的评价与事实不符，“我们能否在鲁迅的思想中找

① 王若水：《现实主义和反映论问题》，《文艺理论研究》1988 年第 5 期。

② 陈涌：《文艺学方法论问题》，《红旗》1986 年第 8 期。

到可以证明是‘庸俗的阶级斗争论和直观反映论的线式思维惯性’的东西呢？而且能否把鲁迅这样一位在‘五四’以后直到他逝世的时候，在现代中国文学发展上始终起着主导作用的杰出人物加以抹煞呢？”①

程代熙认为刘再复的主体性文论实际上是新人本主义的一种表现，但是“新人本主义是说明不了主体意识和主体的主观能动性的”。②陆贵山则认为“文学主体性”理论的建构和提出正是现代西方“异化理论”在文学艺术领域中的投影和折光。③“文学主体性”论者为了使人摆脱现实生活中的“异化”状态，逃避痛苦和忧患，极力夸大文艺的超越功能，推崇情感的自由体验，利用乌托邦式的主观虚构和想象，通过形象手段，构筑起“自我实现”的“精神乐园”和“人的还原”的“太虚幻境”。④这样便“消解和否定了文艺是社会生活的反映的根本原理，使文艺蜕变为表现自我意识和自我潜意识的‘物质载体’”⑤。同时，他还认为，主体性文论力图摆脱艺术反映论建构艺术价值论，但是，“作为主体的需要和价值追求，归根到底，仍然是由人们的社会环境和社会心理决定的，来源于他们互不相同的社会地位和生活条件。脱离艺术认识论单纯孤立地推崇艺术价值论，必然使文艺创作的价值选择和价值追求失去正确的方向，甚至陷于迷惘、狂乱、空幻和虚无，从而导致艺术价值论的真正的失落”。⑥

冯宪光也认为：“马克思主义的艺术反映论充分重视和研究了文学主体的地位和作用，对文学主体的分析不仅有政治思想的内容，而且也有审美层次的内容。马克思主义的艺术反映论本来就有主体性的内容和地位，有自己的主体观念。那种以当代文学理论愈加重视主体为借口，另立一种主体性理论来否定和取消反映论理论的做法，是根本错误的。”⑦

比较而言，王元骧比较全面中肯地从哲学上指出了主体论和传统反映论的不足，他认为之所以会出现各种各样对反映论的质疑之声，“与我国理

① 陈涌：《文艺学方法论问题》，《红旗》1986年第8期。

② 程代熙：《对一种文学主体性理论的述评》，《文艺理论与批评》1986年创刊号。

③ 陆贵山：《“文学主体性”理论与审美乌托邦》，《文艺理论与批评》1991年第2期。

④ 陆贵山：《“文学主体性”理论与审美乌托邦》，《文艺理论与批评》1991年第2期。

⑤ 陆贵山：《对“文学主体性”理论的综合分析》，《文艺理论与批评》1992年第4期。

⑥ 陆贵山：《对“文学主体性”理论的综合分析》，《文艺理论与批评》1992年第4期。

⑦ 冯宪光：《艺术反映论的主体观念》，《四川大学学报》1991年第4期。

论界长期以来没有分清传统的、古典的反映论与现代的、马克思主义的反映论的区别，甚至把古典的、传统的、旧唯物主义的反映论当作马克思主义的反映论来加以宣传是分不开的”。其中最主要的原因有两个：“一、看不到马克思主义认识论（反映论）、辩证法与历史观的统一的原则，往往只强调意识对存在的依存性，而没有真正或充分认识在反映过程中人的主观能动性和反映内容的社会历史性，在对反映的理解上很大程度上带有严重的直观和抽象的性质；二、把反映的内容片面化、狭隘化，即把反映等同于认识，从而把反映的成果只局限于知识的形式，这样，就把意义和价值的问题完全排除在反映的内容之外，使反映论科学化、实证化了。”① 传统的反映论存在着两大思想局限：一是只强调反映的知识层面，而无视反映的价值层面，因而也就不能全面、深入地说明文艺的审美特质，因为美就其性质来说是属于价值的范畴的。二是注重文艺的性质却忽视文艺的功能，而“性质和功能作为事物规定性的两个方面，不仅是互相联系，而且是互相阐释的”②。他既反对文学主体论，也反对将文学视作客观反映加主观表现的产物，对于前者他认为是否定了意识是存在的反映这个前提，“我们之所以不赞成文学是作家自我的表现，文学的源泉在于作家的主观世界的观点，就因为它在谈论文学创作中的主客体的关系的时候，完全离开了存在与意识的关系，即存在决定意识这一马克思主义哲学的基本立足点。对于作家的主观地位作了不适当的强调。在我们看来，作家作为一个精神主体与实践主体是分不开的。因为一切精神世界的东西归根到底都是主体在实践活动中对外部世界的反映”。③ 对于主观表现加客观反映的二元论，他指出：“我们肯定文学既是生活的反映又是作家思想情感的表现，作为对文学本体特征的描述是正确的。但是，对文学本体特征的描述不能代替对文学根本性质最终揭示。所以，要真正深入而科学地认识文学的本质，还要把问题放到生活与文学这个文学理论基本问题的领域内再进行考察，否则，也有可能导致二元论的错误，因为从辩证唯

① 王元骧：《我所理解的反映论文艺观——读朱立元先生〈对反映论文艺观的历史反思〉所引发的一些思考》，《马克思主义美学研究》第 3 辑，广西师范大学出版社 1988 年版，第 287 页。

② 王元骧：《我所理解的反映论文艺观——读朱立元先生〈对反映论文艺观的历史反思〉所引发的一些思考》，《马克思主义美学研究》第 2 辑，广西师范大学出版社 1988 年版，第 302 页。

③ 王元骧：《反映论原理与文学本质问题》，《文艺理论与批评》1988 年第 1 期。

物论的反映论来看，世界只可能有一个而不可能同时有两个本原。文学的源泉只可能是客观现实，而不可能同时来自客观和主观，即既是生活的反映，又是作家思想情感为表现。”[①] 同时他也指出，由于时代限制，马克思主义创始人和经典作家“在谈到存在与意识的关系的时候，还侧重于从本体论的角度来进行论证，侧重于强调物质的第一性和意识的第二性，强调意识是存在的反映；至于在反映过程中主客体之间的关系和作用，还未曾展开详尽的论述，因而对于反映的能动性方面，还只是当作一般的原则提出”[②]。所以，我们需要对“主体在反映过程中的地位和作用的问题，作出反映我们时代科学发展水平的论证。……这当中，最主要是反映的心理内容和反映的心理机制这样两个问题”[③]。并且他还提出了反映不等于认识，“人的心理并不只限于认识这样一种单一的活动；从横向联系来看，除了认识之外，还有情感和意志。从纵向联系来看，除了意识之外，还有无意识。这些内容一无例外地都是客观现实在人们头脑中的反映”。[④]

总体而言，文学主体论与文学反映论之争涉及的问题纷繁复杂，分歧也众多不一，但是集中起来主要包括以下几个方面：

第一，文学反映论的哲学基础是旧唯物主义的机械反映论还是辩证唯物主义的能动反映论，杨春时认为“国内现行的文艺理论体系是三十年代从苏联传入的”，这一体系“是以静态的反映论为基础的，它把文艺简单地划入认识领域，文艺成为现实生活的再现，从而排除了文艺的情感意念内容以及与主体的血肉联系”。[⑤] 刘再复也直接表明自己的文学主体论针对的就是“从苏联那里搬过来的并在 20 世纪下半叶的‘语境’下发展成极为片面、极为机械的‘反映论’”[⑥]。但是坚持文学反映论的学者认为马克思主义的创始人和经典作家始终坚持辩证唯物主义的能动的反映论，既肯定现实对文学起决定性作用，又承认创作主体的能动性。实事求是地讲，马克思主义确实坚

① 王元骧：《反映论原理与文学本质问题》，《文艺理论与批评》1988 年第 1 期。
② 王元骧：《反映论原理与文学本质问题》，《文艺理论与批评》1988 年第 1 期。
③ 王元骧：《反映论原理与文学本质问题》，《文艺理论与批评》1988 年第 1 期。
④ 王元骧：《反映论原理与文学本质问题》，《文艺理论与批评》1988 年第 1 期。
⑤ 杨春时：《论文艺的充分主体性和超越性——兼评〈文艺学方法论问题〉》，《文学评论》1986 年第 4 期。
⑥ 刘再复、黄平：《回望八十年代——刘再复教授访谈录》，《现代中文学刊》2010 年第 5 期。

持辩证唯物主义，肯定人的主观创造能力，这一点文学主体论者也赞成，但是具体到文学艺术领域，由于时代限制和现实斗争的需要，中国几乎照搬了苏联的文艺理论体系，在较长一段时期尤其是十年动乱期间，过于突出了文学的意识形态性，把文学作为阶级斗争的工具和手段，造成了文学反映论的僵化和变异。

第二，文学的本质是对现实生活的反映，这一论断是否存在问题，是否还可以从其他角度来研究文学的本质。刘再复认为文学反映论只是从一个特定角度来看文学，根本不能真正揭示文学的本质，他说："单纯地从认识论和政治的角度来看，把文学看成是社会生活的反映，这当然没错，但是，过去仅仅允许用这个角度来规定文学的本质，这就不够全面。事实上，对文学本质的规定，还可以从其他角度，例如，从哲学角度来看，可以说，文学是克服异化，使人性暂时获得复归的一种手段；从价值学来看，可以说，文学是人的人格和思想感情的表现；从心理学来看，可以说，文学是苦闷和欢乐的象征，是人的内心感情活动的升华；从历史学的角度看，在特定时代环境中，也可以说，它是阶级斗争的工具（这只是指暂时的）；从审美的角度看，它是有缺陷的世界中的一种理想之光。"①

支持文学反映论的学者坚定地认为文学的本质只有一个，就是现实生活，陈涌、程代熙、敏泽、陆贵山等学者都对刘再复的文学本质主体论进行了批评，冯宪光指出："他（刘再复）把文艺创作中主体对现实世界的反映和主体精神的外射作为文艺本质的两个方面并列起来，是一种二元论的折衷主义观点。在此基础上，又把重心转移到主体精神的外射上，形成一种否定反映论的主体论，就又演变成了主观唯心主义的创作论。"② 王元骧也认为提倡文学主体论的学者是没有搞清楚存在与意识的关系这个哲学基本命题，"要是我们否定了意识是存在的反映这个前提，否定了存在与意识这个哲学上的基本命题对于主客体关系问题的制约作用，就必然会导致把精神主体与实践主体割裂开来，甚至对立起来，使人们对主体的理解抽象化和'人本主义'化，这样一来就必然会陷入到另一种形而上学的片面性之中"。③

① 刘再复：《文学研究思维空间的拓展》，《读书》1985 年第 2 期。

② 冯宪光：《艺术反映论的主体观念》，《四川大学学报》1991 年第 4 期。

③ 王元骧：《反映论原理与文学本质问题》，《文艺理论与批评》1988 年第 1 期。

第三，文学反映论是否缺少对反映的中介环节和反映过程的研究，过于笼统、含糊、简单、不能体现出文学活动的特殊性。杜书瀛说："说艺术是现实生活的反映，当然是对的，如同说'地球是太阳系的一个行星'、'中国的地理位置是在亚洲'、'人不吃饭就会饿死'一样，具有千真万确的客观真理性。但是，这个命题只是说明了艺术的最终源泉是现实生活，并没有说明艺术这种社会意识形态的特殊性。文艺是现实生活的反映，哲学、宗教不也可以说是现实生活的反映吗？"① 李泽厚说："说艺术的本质在于模拟、再现、反映、认识现实，那如何与科学相区别？科学也可以用图形和模型来反映现实。'反映'一词也很含糊，是说如实模写吗？那置艺术幻想、夸张、变形于何地？如包括这些艺术加工，又如何划定反映与非反映的界限？并且，主要是，为什么模写或反映现实就能引动人们的审美感受而成为艺术作品？其充分和必要的条件是些什么？"② 钱中文也认为："作为文学艺术的本质特征只限于对反映论的研究，就容易出现使文学艺术的反映哲学原理化，产生简单化的误解，以为文学就是生活的直接反映，与此相应，我们平常说的文学是生活的反映，就显得过于笼统，缺乏对象特征。"③

坚持文学反映论的学者则认为文学主体归根结底离不开社会现实，"主体的人总是一种历史的和具体的存在……研究主体的生理的、心理的机制和因素，当然不能不重视主体的潜意识以及天赋的秉性等等。人们无权忽视这一点，忽视这一点，就无助于艺术科学的深入和发展，不能真正的揭示出主体本质的内蕴，及其丰富性和复杂性。但是，把主体的精神心理的素质和结构从主体所赖以存在、发展的社会历史土壤中孤立起来，把它看作是一种超社会、超历史的存在，无疑也是缘木求鱼的"。④ 而且反映并不等于认识，反映本身就包含了创作主体对客观现实的情感和价值倾向。杨正润认为，亚里士多德的"摹仿"本来就包含了"想象"的意思，他以亚里士多德《诗

① 杜书瀛：《论艺术对象问题》，《华南师范大学学报》1983 年第 3 期。

② 李泽厚：《李泽厚哲学美学文选》，湖南人民出版社 1985 年版，第 227 页。

③ 钱中文：《最具体的和最主观的是最丰富的——审美反映的创造性本质》，《文艺理论研究》1986 年第 4 期。

④ 敏泽：《文学主体性论纲》，《文艺理论与批评》1987 年第 1 期。

学》中的一段著名的论述为例，[①] 认为“亚里斯多德称颂描写现象世界的诗人，可以超越现象世界深入事物的底蕴，达到哲学的深刻，这正是对创作主体性最大的肯定”，所以，“文学反映论从一开始出现起，虽是简单、质朴的，但主体性问题包括在其视野之中，这极大地影响到后代文学反映论的发展”。[②] 陈涌也指出：“我们平常所说的文艺应该真实地反映现实生活，并不否认作家、艺术家的主观能动性，艺术对生活的反映，本来也和一切意识形态的反映一样，不可能不是经过人的头脑的主观的反映。任何文学艺术都同时包含着客观方面和主观方面。我们所说的艺术真实，不只是生活的真实，同时，也含包着作家、艺术家的思想、理想、热情的真实。”[③]

总体而言，文学反映论并没有否认创作主体的能动作用，但是对于创作主体如何反映、为何能够反映现实，这种反映又具有何种特殊规律却长期以来缺少重视和研究，导致了文学反映论的停滞不前，跟不上现实社会发展的步伐，也无法令人信服地阐释文学反映的特殊性和复杂性，从这个角度来讲，刘再复文学主体论的提出对文学反映论的发展和完善也起到了一定的促进和推动作用。

第四，如何评价文学反映论在中国文艺理论体系中的价值和作用，在这一点上，文学主体论者和文学反映论者的分歧也比较大，支持主体论的学者普遍认为传统文艺理论受机械文学反映论荼毒很深，刘再复说：“我们的文学批评从三十年代开始到现在，形成了一种思维定式，这种思维定式大体上是庸俗的阶级斗争论和直观反映论的线式思维惯性。观察事物的参照系统主要是政治背景。我们不能排斥政治的参照体系，也要充分尊重反映论，但思维的基础仅仅有这两者是不够的。而要超越这种思维惯性是很难的，因为这种惯性的思维是长期形成的，在很大程度上已经形成集体无意识。”[④] 杨春

① 这段话是这样的：“诗人的职责不在于描述已经发生的事，而在于描述可能发生的事，即根据可然或必然的原则可能发生的事。历史学家和诗人的区别不在于是否用格律文写作，而在于前者记述已经发生的事，后者描述可能发生的事。所以，诗是一种比历史更富哲学性、更严肃的艺术，因为诗倾向于表现带普遍性的事，而历史却倾向于记载具体事件。”选自［古希腊］亚里士多德：《诗学》，陈中梅译注，商务印书馆 1996 年版，第 81 页。

② 杨正润：《为文学反映论辩护》，《文艺理论与批评》1987 年第 5 期。

③ 陈涌：《文艺学方法论问题》，《红旗》1986 年第 8 期。

④ 刘再复：《文学的反思与自我的超越》，见《文学的反思》，人民文学出版社 1986 年版，第 4—5 页。

时说："文艺主体性和超越性问题是针对过去文艺理论的根本弊病提出的。过去的文艺理论把文艺仅仅当作现实环境的反映和产物，而割断了文艺与主体的内在的、本质的联系，抹煞了文艺超越现实的自由品格。""这是新时期十年对于传统文艺理论反思的结果，也是对几十年文艺实践的经验教训总结的产物。"① 朱立元在肯定反映论20世纪以来对中国文学发展的积极作用的同时，也特别强调了由于其内在的矛盾给中国文艺发展造成的危害，他指出："反映论文艺观在理论上隐含着一个根本性的内在矛盾：强调文艺主观（政治）倾向性的意识形态论与强调文艺客观真实性的反映论之间存在实质性的对立。……从瞿秋白到毛泽东，对反映论文艺观客观存在的内在矛盾，并未觉察到。他们从革命的功利主义出发，提出无产阶级政治倾向性与文艺真实性天然统一的公式，不但掩盖、抹杀了意识形态论与反映论之间的内在矛盾，而且实际上用前者吞并、'统一'、取代了后者，是对反映论文艺观的全面、彻底的政治化。这样一种简单化的处理，在新中国成立以后直至'文革'，为文化艺术方面极'左'路线的推行提供了理论依据，造成了严重后果，其惨痛教训是值得永远记取的。"②

也有部分学者认为对文学反映论的否定性评价有失公允，是不恰当、不正确、不全面的。陈涌强调，虽然"几十年来，我们的文艺一方面在理论上、指导思想上和实践上都有过严重的错误"，但是，"也需要看到，自有革命文艺运动以来，马克思主义的思想在中国一直是强大的。即使在错误的思想和路线占统治地位的时候，马克思主义的'基本理论，基本观念和基本思维方式'，也没有泯灭，不但没有泯灭，而且，相反的，是在极困难的条件下受到锻炼，得到丰富和发展"。③ 敏泽认为应该"历史地、科学地评价新文学的成就"，"回顾新文学发展的历史历程，尽管以'左'为特点的教条主义在总体上时断时续的占着重要的、有时甚至是支配性的地位，但认为我国新文学的发展，几十年来完全处于机械唯物论的统治之下，则是于事实相

① 杨春时：《论文艺的充分主体性和超越性——兼评〈文艺学方法论问题〉》，《文学评论》1986年第4期。

② 朱立元：《对反映论艺术观的历史反思》，《马克思主义美学研究》第2辑，广西师范大学出版社1988年版，第50、54页。

③ 陈涌：《文艺学方法论问题》，《红旗》1986年第8期。

乖，因而是不科学的”。①

文学反映论在中国20世纪的文学史上占有重要地位并产生深远影响，这一点即便是文学反映论的批评者也无法否认的，朱立元曾经说：“反映论文艺观在中国现代形态的文艺理论建设、发展过程中起着某种核心作用。从‘五四’起，几乎每次比较重大的文艺理论问题的论争，都与反映论问题直接相关。……因此，在某种意义上可以说，中国现代文艺理论建设与发展是与反映论文艺观的历史道路同步的、共命运的。离开了反映论文艺观，对大半个世纪以来中国文艺理论的建设和发展，对它的理论构架与逻辑思路，对它与政治、意识形态的密切关系等等，都无法理解和说明。因此，整个中国现当代文艺理论的建设与发展，在某种意义上，也是由反映论文艺观的发展和应用所决定的，反映论文艺观的发展、变化、盛衰、得失，直接决定着中国现当代文艺理论的基本面貌与命运。”② 我们认为，朱立元的这个评价是准确的，不过问题在于，如何看待反映论对中国文艺理论的影响？这个影响究竟是利多弊少还是弊多利少呢？从前文的分析来看，回答可以说是“仁者见仁，智者见智”，依笔者来看，虽然“存在即合理”并非颠扑不破的真理，但是文学反映论能够长期对中国文学产生影响便证明了其不可抹杀的功绩，而且如果我们承认中国20世纪文学理论的发展是有所成就的话，那么文学反映论便功不可没，不过所谓“成也萧何，败也萧何”，片面、机械的文学反映论也给20世纪中国文学的发展带来了阻碍甚至一度走入歧途，不过这并非文学反映论的过错，正如我们不能把洗澡水和孩子一起倒掉一样，文学反映论在运用的过程中出现了这样那样的问题、错误，甚至产生了比较严重的后果，但是任何对文学创作有过认真思考和深入体验的作家，恐怕都难以否认现实生活是文学创作的最终源泉，曾经盛行一时的主体性哲学也渐渐衰弱。其实，站在21世纪回望20世纪的文学主体论与文学反映论之争，我们发现曾经有力地支持了文学主体论的很多理论依据，如皮亚杰的发生认识论、弗洛伊德的前意识理论、荣格的集体无意识理论等，现在都慢慢褪去了耀眼炫目的光环，显露出其中的缺陷和不足。当然文学反映论也绝非完美不

① 敏泽：《文学主体性论纲》，《文艺理论与批评》1987年第1期。

② 朱立元：《对反映论文艺观的历史回顾与反思》，见《理解与对话》，华中师范大学出版社2000年版，第297页。

变的永恒真理，正如马克思主义是指南而不是教条一样，文学反映论也需要发展和完善。

文学主体论之后，对文学反映论产生的又一大冲击是文学本体论，它也从根本的文学观念上对文学反映论进行了质疑。

三、文学本体论与文学反映论的碰撞

20 世纪 80 年代是文学理论的异常活跃期，也许是十年动乱的思想禁锢太长久、太残酷，一旦思想解放的春风吹过，文艺园地里的各类花朵便迫不及待地开始伸枝展叶、吐露芬芳，文学本体论便是这花丛中不可小觑的一朵，它的出现也对一直独占花魁的文学反映论发起了挑战。

1985 年，《文学评论》第四期推出了“我的文学观”专栏，在该专栏中，鲁枢元、孙绍振、刘心武等人提出了研究文学本体论的主张，但是对文学本体论的理论架构和如何研究等一系列具体问题并未做出阐释，随之，一系列研究文学本体论的文章相继发表，先后形成了各种流派的文学本体论，其中有三种比较具有代表性，一是以语言和文本形式为中心的形式主义本体论，这一流派直接受到西方形式主义文论影响，尤其是英美新批评、俄国形式主义和法国结构主义等文艺理论的影响，在中国形形色色的各种本体论中，倡导文学内部研究的形式主义本体论的声音最多、最大，对文学反映论的挑战也最明显。孙绍振说：“长期以来我们满足于把反映论作为研究形象的唯一向导，甚至于产生了一种错觉：文艺理论主要就是探寻形象与本源之间统一性的科学。”“任何一个对象都可以从不同的角度去研究，反映论并不是唯一的角度。不能把坚持反映论和思路的固定、角度的凝固化联系起来。其实，即使坚持反映论也不能离开本体论的研究。不研究事物本身的结构，内在特殊矛盾，就不能获得更深刻的认识。”他提出：“把本体论作为一条自觉的思路，对打开艺术形象这个美丽迷宫可能是有益的。”① 刘心武也说：“不但庸俗社会学的研究和批评令人厌恶，就是不庸俗的单一社会学的研究角度和标准，也是使人厌烦并窒息着文学的发展。我们亟需向文学内部即文学自身挺进，去探索文学内部的规律，或者换个说法，就是去探讨文学

① 孙绍振：《形象的三维结构和作家的内在自由》，《文学评论》1985 年第 4 期。

的本性”。[①] 孙歌在《文学批评的立足点》中指出：“在欧美风行几十年而不衰的形式主义批评方法，自有它产生的文化背景，换言之，形式主义文学批评方法是以人为主体的文化充分发展之后的合乎逻辑的产物。”[②] 陈晓明、宋耀良、李劼等人也倡导作品本体论、语言或形式本体论，并且进行了运用尝试。

第二种是主张以人和生命为本体的文学本体论，人类学本体论和生命本体论的文学观受到西方人本主义尤其是非理性主义思潮的影响，尼采的生命意志、弗洛伊德的潜意识以及西方马克思主义中的一些人本主义思想等，都可以成为人类学本体论和生命本体论的理论资源。这种文学本体论以“文学是人学”为基本点，将生命、人类作为文学的根本存在。彭富春、扬子江在《文艺本体与人类本体》一文中说：“艺术的真正本体只能是人类本体”，只有立足于人类学本体论，“我们的理论的触角才真正地开始进入到艺术存在的本体；艺术也才会真正显露它自身的本体。”[③]

第三种是主张以人的存在和活动为本体的文学本体论，这种观念不是将某种单一的元素作为文学本体，而是把人的整个存在和活动视作文学艺术的本体，这种观点明显可以看到存在主义尤其是海德格尔思想的影子。王岳川是存在本体论的倡导者，他明确指出：“艺术本体论只能是艺术存在自身的探讨，这种探讨不可能向科技理性那种向人之外的领域拼命求索，而只能向人的本然处境、人的无限可能性复归。”他充满激情地写道：“艺术活动价值论作为‘新本体论’，标志着艺术本体追求中已经不再将艺术单纯看成是对现实的反映、再现，也不把艺术完全看成与外部世界无涉的人的内在心灵表现，同时，也不以艺术作品本体（形式论）为唯一本体存在，而是将表现再现统一在艺术审美体验之中，物化为作品存在（新形式本体），同时，使艺术唤醒人的灵魂。”[④]

文学本体论与文学反映论的差异是巨大的，赖干坚在《文艺本体论对反映论的碰撞与渗透》中将二者之间的区别概括为四点：“反映论认为文艺

① 刘心武：《关于文学本性的思考》，《文学评论》1985 年第 4 期。
② 孙歌：《文学批评的立足点》，《文艺争鸣》1987 年第 1 期。
③ 彭富春、扬子江：《文艺本体与人类本体》，《当代文艺思潮》1987 年第 1 期
④ 王岳川：《当代美学核心：艺术本体论》，《文学评论》1989 年第 5 期。

与社会生活有密切关系，而本体论则认为文艺作品是独立的、自足的客体；反映论认为，文艺由于反映了生活的某些本质方面，因此具有认识价值，而本体论认为，文艺的目的不是给人提供认识，而是给人以审美感受和审美体验；反映论虽然也主张文艺作品的内容与形式是统一的，但认为内容决定形式，内容与形式具有相对的独立性，而本体论者主张形式决定内容，形式不是内容的容器，二者不可分；反映论认为，文艺的价值取决于它反映生活的广度和深度，其评价标准是真实性与典型性，本体论则认为文艺的价值取决于它的形式技巧和独特的美感。总之，反映论注重文艺的认识作用，本体论则注重文艺的审美作用。”① 这一评价是比较恰当的，当时还只是停留在文学层面，而王元骧则从哲学层面对文艺本体论进行了评价，一方面他认为，文艺本体论具有三个方面的意义和价值：一是克服了传统认识论文艺观把文艺看作是一种知识形式的局限；二是避免了文艺理论研究中的科学主义的倾向；三是把时间性的问题引入文艺理论，开拓了文艺研究的历史的维度，同时他也指出了文艺本体论由于将认识论与本体论相对立，对文艺反映论的一些批评是错误的，他指出：“我国新时期不少文艺本体论的倡导者和拥护者那里。他们一般都以批判和否定文艺反映论为文艺本体论开路。”“但是这样把本体论文艺观与认识论文艺观对立起来，以贬低、否定认识论文艺观为代价来崇扬本体论文艺观是不够周全的，这显然是以他们对认识论和认识论文艺观的片面和不正确的理解为依据的。”②

从文学主体论到文学本体论，我们可以发现新时期文学观念的逐步深入和拓展，文学本体论将文学研究的重心转向文学本身，或者是语言、形式，或者是人的生命、人的活动，虽然这些都不会是文学的终极本质，但是它们确实为新时期文学研究打开了一扇新的窗户，开辟了一条新的路径，促进了文学理论的进一步发展，而且从现今文学研究的状况来言，加强对文学本体的研究仍然有着现实性和必要性。

文学主体论和文学本体论都从根本上对文学反映论进行了质疑，比较而言，审美反映论是对文学反映论的一种补充和完善，也是对文学反映论的

① 赖干坚：《文艺本体论对反映论的碰撞与渗透》，《文艺研究》1989 年第 2 期。

② 王元骧：《评我国新时期的“文艺本体论”研究》，《文学评论》2003 年第 5 期。

一次挑战和超越。

四、审美反映论对文学反映论的超越

审美反映论是新时期文学理论的重要成果，在经历了漫长的“文艺是阶级斗争的工具”论之后，学者们将文学本应就有的审美特征提出来，在当时仍然具有除旧布新的重要意义和价值。

1981年，童庆炳发表了《关于文学特征问题的思考》一文，他直截了当地说：“对于‘文学的根本特征就是用形象来反映生活’这一类说法，我一直怀疑它的正确性。……在我看来，我们要研究文学的特征，首先要看它的独特的对象、内容，看它反映什么；然后再看它的独特形式，看它怎样反映。”那么，文学反映的内容有什么特点呢？童庆炳列出了三点：文学反映的生活是人的整体的生活、文学反映的生活是人的美的生活、文学反映的生活是个性化的生活。[①]童庆炳意识到了文学应该有自己独特的反映内容，将“美”列为文学的必备要素。

较早明确提出文学的审美意识形态属性并阐释审美反映论的是钱中文，他在《最具体的和最主观的是最丰富的——审美反映的创造性本质》中比较全面地阐述了自己的审美反映论思想，他明确提出：从反映论观察文学，文学的某些本质方面可以得到阐明，也可以使用其他层次的方法研究文学，但不能把反映论直接移植于文学创作，在创作中要以审美反映代替反映论。审美反映有其自身结构，它是由心理层面、感性认识层面、语言形式层面、实践功能层面组成的统一体。他认为：“我们平常说的文学是生活的反映，就显得过于笼统，缺乏对象特征。照这种说法推论，可以说道德是生活的反映，哲学是生活的反映，它们之间就没有区别。因此，我以为在文学理论中，要以审美反映代替反映论，反映论原理在这里不是被贬低了，不是消失了，而是具体化了，审美化了，从而也就对象化了。”[②]1987年，钱中文在《论文学观念的系统性特征》一文中又具体阐述了文学审美意识形态论，他认为当时中国的文艺理论界跟苏联相似，主要有两种文学本质观，一种是

---

① 童庆炳：《关于文学特征问题的思考》，《北京师范大学学报》1981年第6期。

② 钱中文：《最具体的和最主观的是最丰富的——审美反映的创造性本质》，《文艺理论研究》1986年第4期。

“以认识论作为出发点的文学本质论，一般把文学界定为社会意识形态，上层建筑，力图从经济基础与上层建筑、意识形态的系统，来确定文学的地位及其本质特性”。另一种观点则认为“文学的本质特性是审美，因而持此说者竭力反对认识论、反映论、意识形态这类观念，并认为这些观念只会导致文学理论的简单化”。对这两种文学本质观，钱中文都指出了其合理与不足之处，他进而提出：“从社会文化系统来观察文学，从审美的哲学的观点出发，把文学视为一种审美文化，一种审美意识形态，把文学的第一层次的本质特性界定为审美的意识形态性，是比较适宜的。”①1988年，在《文学形式的发生》一文中，他又从发生认识论的角度对文学的起源进行了追溯，认为文学审美意识形态是审美意识历史发展的自然生成结果。

随后，王元骧和童庆炳也比较系统地提出了文学审美反映论和文学审美意识形态论。在《审美反映与艺术创造》中，王元骧强调了审美反映的情感要素，他说：“文学艺术对现实的反映不是以认识的形式，而是以情感的形式，即通过作家、艺术家对现实生活的审美感知和审美体验而作出的。”②接着又在《艺术的认识性与审美性》中，从反映的对象、反映的目的、反映的方式三个方面阐述了审美情感反映与一般认识反映的不同之处，同时也深入剖析了情感与认识的相互渗透、不可分割的特性。③1992年，童庆炳主编的《文学理论教程》把审美意识形态属性作为文学的本质，这套教材发行量大、传播时间长、影响力强，文学审美意识形态论日渐深入人心，得到学界的认可和推崇。

审美反映论和审美意识形态论是新时期文学理论中影响面广泛、影响时间长久的文学观念，也是对文学反映论的补充和超越。“新时期以来审美反映论和审美意识形态论的提出，首先是将反映论文艺观从上述那种极‘左’的全面政治化的错误阐释下解放出来，恢复其本来面目，重新强调了‘真实是艺术的生命’的传统命题，击破了伪现实主义的假面，促进了现实主义文艺的复苏，对新时期我国文艺界的思想解放和文学艺术的初步繁荣，作出了不可磨灭的贡献。其次是强调了文艺的审美特质，使反映论成为一种

① 钱中文：《论文学观念的系统性特征》，《文艺研究》1987年第6期。
② 王元骧：《审美反映与艺术创造》，《文艺理论与批评》1989年第4期。
③ 王元骧：《艺术的认识性与审美性》，《文艺理论研究》1990年第3期。

比较符合文艺内在本性的、阐明文艺特殊规律的理论，是对马克思主义文艺理论的一个重要发展，一种创造性阐释，也使反映论文艺观获得了新生。"①

毋庸置疑，将审美引入到文学反映论是对原来工具论文学反映论的一次极大改进和有益补充，文学本身就是包含审美的艺术形态，脱离审美来谈文学可谓是缘木求鱼，它改变了将反映论的一般哲学原理直接套用到文学上的简单、机械做法，丰富和发展了文学反映论，它也促进了对文学反映过程中的主体和反映中介环节的研究，将主体的创造、情感、想象甚至潜意识等都纳入到文学反映论中，在审美反映论基础上形成的审美意识形态论，更是成为新时期文学理论的重大成果，被誉为"文艺学的第一原理"。

不过审美反映论仍然有着局限性，朱立元指出："审美反映论虽然比以前的反映论文艺观有重大的突破与推进，但作为一种文艺本质论，还存在比较明显的局限。它依然奠立或依托于哲学反映论和认识论的基石之上，只是在认识论的框架内动了较大的手术。"② 王元骧则认为审美反映论的真正不足之处是缺少了从价值层面和功能方面对文艺本质的认识，所以他将"认识论视角和实践论视角、知识与价值、认识与实践、科学精神与人文精神统一起来，以求对文艺的性质有一个较为确切而完整的把握"③。

需要注意的是，进入 21 世纪以来，审美意识形态论又成为文艺学争论的焦点之一，出现了一些对这一理论的质疑之声，主要有五个方面：一是认为"审美意识形态"这一说法不能成立，意识形态包括了审美意识，二者是种属关系。"审美意识作为独立的意识类型不过是一定社会意识形态的表现者，不能单独成为一种意识形态。文学与意识形态不同质，文学是'一种意识形态'或'一种审美意识形态'的说法不能成立。当我们说文学具有一定的意识形态性时，其审美因素已经内在地包含其中了。"④

二是认为文学是一种与意识形态相适应的社会意识形式，需要把意识

① 朱立元：《对反映论艺术观的历史反思》，《马克思主义美学研究》第 2 辑，广西师范大学出版社 1988 年版，第 54 页。

② 朱立元：《对反映论艺术观的历史反思》，《马克思主义美学研究》第 2 辑，广西师范大学出版社 1988 年版，第 58 页。

③ 王元骧：《我所理解的反映论文艺观——读朱立元先生〈对反映论文艺观的历史反思〉所引发的一些思考》，《马克思主义美学研究》第 2 辑，广西师范大学出版社 1988 年版，第 302 页。

④ 单晓曦：《"文学的审美意识形态论质疑"——与童庆炳先生商榷》，《文艺争鸣》2003 年第 1 期。

形态和社会意识形式区分开来。“准确地说，文学是可以具有意识形态性的审美社会意识形式，是审美社会意识形式的话语生产方式。这样来认识文学的本性与特点，才可以行之有效地、恰如其分地贯彻马克思主义的基本原理，科学地坚持文学的意识形态性和方向性，才可以实事求是地尊重文学的艺术规律和现实表现法则。”①

三是认为审美与意识形态不能放在一起，因为二者相互抵牾。“‘审美’和‘意识形态’两个概念都非常歧义、含糊、抽象，而且它们的内涵和外延既相互排斥又相互包容。如果将‘审美’与‘意识形态’硬搭配在一起，成为一个固定词组，那就如同‘两只角的独角兽’或‘苹果的水果’（或‘水果的苹果’）称谓一样，这种亦此亦彼的判断，难以成为严格的定义方式。所以，把‘审美意识形态’概念当作一个独立而完整的系统确有不当之处。”②

四是认为审美意识形态论存在审美主义的倾向，由于审美意识形态论的前身是审美反映论，所以它在阐释文学本质时具有突出审美的偏向。“主张文学是审美意识形态的学者，把这个问题的着眼点和着重点只放在文学的审美特性上，而不是放在意识形态上，更不是放在意识形态的社会属性上和意识形态的人文属性上。与此相反，往往表现出用被扩张和夸大了的审美来包揽、蕴涵和统摄一切的核心概念，来软化、冲淡和消解意识形态和意识形态的社会历史因素、人文因素，特别是政治因素的倾向。这样做，势必使文学艺术与意识形态的关系的界面、价值和意义受到一定的禁锢和局限。”③

五是认为文学是一个复杂的综合的系统，具有多重本质，仅用某一种理论来涵盖其本质的做法是不可行的。“文学是对人的整体生活的反映，而意识形态、审美意识形态只是对人的整体生活的局部的反映。”④“以‘审美意识形态’来全称界定文学，那势必会舍弃和滤除文学的其他一些本质

---

① 董学文、李志宏：《文学是可以具有意识形态性的审美意识形式——兼析所谓“文艺学的第一原理”》，《广西师范大学学报》2006 年第 3 期。

② 董学文：《文学本质界说考论——以“审美”与“意识形态”关系为中心》，《北京大学学报》2005 年第 5 期。

③ 陆贵山：《文学・审美・意识形态》，《马克思主义美学研究》2006 年第 2 辑，第 15 页。

④ 马驰：《论文学的本质与审美意识形态》，《学术月刊》2006 年第 7 期。

层面。”①

针对这些质疑，童庆炳、钱中文、王元骧等学者也纷纷著文予以回应、商榷，关于审美意识形态论的探讨仍然在继续。审美反映论和审美意识形态论是20世纪80年代在中国起过重要作用的文学理论，它们对于打破“文艺政治工具”论的僵化文艺思想作出了贡献，也并非是简单的审美加反映、审美加意识形态的拼凑，而是当时一批优秀学者的智慧结晶，至今仍有其理论意义和价值。但是任何理论都不是永恒不变的真理，随着时代的发展和前进，审美反映论和审美意识形态论是对反映论的超越，现在它们同样需要完善和发展。审美反映论和审美意识形态论的根基都是马克思主义，马克思主义不是僵死的教条而是不断发展的行动指南，对比一下西方马克思主义对文艺思想所作的深入拓展，就可以发现我们还只是局限在如何诠释马克思的一些话语之中，而不是联系当前中国的实际发展马克思的文艺思想，其实中国正处于社会转型期，各种新情况、新问题、新现象层出不穷：网络小说、博客文学、短信文学更新不断，大众文化、消费文化、媒介文化竞逐争艳，这些都需要我们去发现、去研究，同时也在对现实问题的探寻之中不断地丰富和发展马克思主义文艺理论和思想，这也是中国当代文学理论得以生生不息、发展壮大的可行路径。

第三节 对文学反映论的反思

通过对文学反映论的历史演进和质疑论争进行梳理和考察，我们发现了文学反映论在中国文艺理论史上的复杂性和重要性，即便目前似乎成了被人遗忘的角落，但实际上仍具特有的理论意义和价值，重要的是对其进行深刻的剖析和反思，剔除其不合理或者不严谨部分，发扬和发展其合理的精华部分，以此对当代中国文艺理论的建设添砖加瓦。

要对文学反映论进行比较客观深刻的评价和反思，首先需要对哲学上的反映论做出剖析和研判，严格地说，“反映”不等于“认识”，反映论也不完全等同于认识论，广义的反映指一切事物所具有的反映特性，狭义的反映

① 董学文、马建辉：《文学“审美意识形态论”献疑》，《文艺理论与批评》2006年第1期。

专指人类反映事物的特性、过程和结果。反映论也有广义和狭义之分，广义的反映论，包括对无机界和有机界各种形式、层次的反映以及这些形式、层次间的相互关系的探讨和阐释。狭义的反映论，则只对人类对客观事物反映的过程、特点、结果，进行探讨和阐释。① 显然，文学反映论主要是在狭义的范围内使用反映论的原理，而且反映论是唯物主义认识论的核心，在马克思和恩格斯开创的辩证的和历史的唯物主义反映论之前，反映论有过一个很长的发展过程，主要是古代朴素的唯物主义反映论和近代机械唯物主义的直观反映论。

在哲学史上，最早的朴素唯物主义反映论大致可以追溯到古希腊自然哲学家恩培多克勒的“流射”说，他认为世界上的一切事物都由水、火、气、土四种“根”组成，并将四元素论运用到认识论领域，提出“流射”说这种素朴的反映论，他从生理机制的研究，开始剖析认识的主体方面，即认识活动中的感官生理学。在他那里，哲学和科学、认识论思想和元素本原论比较有机地联系起来。恩培多克勒认为任何物体都有连续不断的、细微不可见的元素粒子放射出来，客观对象的流射粒子进入感官，同成分相同的元素的构成部分相遇，进入合适的孔道，就形成种种感觉。所以感觉是物质的元素粒子在流射中通过孔道互相作用的结果。②

德谟克里特在他的“原子”论的基础上发展了恩培多克勒的“流射”说，提出了他的“影象”说。他认为一切认识都发源于外界物体对身体的作用，从而刺激了身体里的灵魂原子，各种感觉都产生于外部对象同感官的接触。视觉是眼睛和对象都发出原子射流，相互作用，产生了视觉影像；声音是密集的空气产生一种运动，气流中大量粒子进入耳朵的孔道，以很强的力量扩散到全身，形成听觉；味觉和触觉是各种不同形状的原子刺激舌头和身体的结果。各种感官都能感知物体，所以，他将各种感官得到的关于物体的印象，都推广叫作“影象”，并认为这是全部认识的来源。“影象”说是朴素的反映论，它明确肯定认识起源于感觉，而感觉是客观物体的映象，它也发展了“流射”说，开始研究客观物体如何对认识主体的感官发生作用，怎样

---

① 陈中立等：《反映论新论——马克思主义反映论及其在现时代发发展》，中国社会科学出版社1997年版，第24页。

② 汪子嵩、范明生等：《古希腊哲学史》第一卷，人民出版社1997年版，第827—828页。

造成感觉的相对性和复杂性。①

在德谟克里特之后，亚里士多德的形式和质料说也带有朴素的唯物主义反映论色彩，朴素的唯物主义反映论是反映论的最早形态，在这个形态中，主体、客体和认识都是简单、模糊的，对世界的认识也缺乏科学性，但是无论是“流射”说还是“影象”说，都坚持了认识是主体对客体的反映，是物作用于人，这也正是唯物主义反映论的基本原则。

与朴素的唯物主义反映论相比，近代机械唯物主义的直观反映论更加复杂、明确、科学。培根是近代实验科学的创始人，他将科学实验引入反映论，使反映论有了科学性，他提出的科学归纳法发展了人认识事物的反映方法，丰富了反映过程的内容，另外，培根还提出了著名的“四假相说”，即“种族假相”“洞穴假相”“市场假相”“剧场假相”，他认为这四种假相是人固有的偏见和幻想，深藏在人心中，是人性的弱点，它们会阻碍人正确地认识事物，这实际上是告诉我们主体在认识客体之前并非白板一块，所以“四假相说”也揭示了主体的思维结构在反映过程中的重要作用。

随着实验科学的进步和发展，人们对自然界的认识迈出了一大步，但是也导致了对科学和理性的盲目崇拜，认为科学实验是认识客观事物的唯一正确途径和方法，不能辩证地、能动地看待主体对客体的反映，造成了形而上学的思维方式，形成了近代机械唯物主义的直观反映论，例如霍布斯认为力学和数学可以说明一切，洛克则用归纳法来分析人通过感觉获得的复杂观念，这些都打上了机械唯物主义反映论的烙印。

唯物主义反映论发展的新阶段是马克思、恩格斯开创的辩证的和历史的唯物主义的反映论。首先，马克思将实践引入反映论，“实践”的含义、范围、功能等等要比机械唯物主义的“科学实验”丰富得多，也开放得多，实践是感性活动和理性活动的统一。马克思在《关于费尔巴哈的提纲》中说：“从前的一切唯物主义——包括费尔巴哈的唯物主义——的主要缺点是：对对象、现实、感性，只是从客体的或者直观的形式去理解，而不是把它们当作人的感性活动，当作实践去理解，不是从主体方面去理解。因此，结果竟是这样，和唯物主义相反，唯心主义却把能动的方面发展了，但只是抽

① 汪子嵩、范明生等：《古希腊哲学史》第一卷，人民出版社 1997 年版，第 1047—1050 页。

象地发展了，因为唯心主义当然是不知道现实的、感性的活动本身的。”① 实践是物质活动与精神活动的统一，“思想、观念、意识的生产最初是直接与人们的物质活动，与人们的物质交往，与现实生活的语言交织在一起的”。② 实践也是人和人类社会存在的基础和源泉。“社会生活在本质上是实践的。凡是把理论诱入神秘主义的神秘东西，都能在人的实践中以及对这种实践的理解中得到合理的解决。”③

其次，马克思的反映论是彻底的唯物主义反映论，因为近代机械的唯物主义反映论虽然承认主体对自然界中客观物质的反映，但是一旦进入到社会历史领域，就不能把唯物主义贯彻到底，认为社会意识决定社会存在，马克思用唯物主义来考察历史，创立了唯物史观。与原来的旧唯物主义不同，马克思认为社会存在决定社会意识，他在其《〈政治经济学批判〉导言》中有一段经典表述：“人们在自己生活的社会生产中发生一定的、必然的、不以他们的意志为转移的关系，即同他们的物质生产力的一定发展阶段相适合的生产关系。这些生产关系的总和构成社会的经济结构，即有法律的和政治的上层建筑竖立其上并有一定的社会意识形式与之相适应的现实基础。物质生活的生产方式制约着整个社会生活、政治生活和精神生活的过程。不是人们的意识决定人们的存在，相反，是人们的社会存在决定人们的意识。”④ 马克思认为，生产力决定生产关系，生产关系对生产力有反作用，当生产关系适应生产力发展时就能够促进社会生产力的进步，反之则会阻碍社会生产力的发展，而这时就会发生社会革命。“在考察这些变革时，必须时刻把下面两者区别开来：一种是生产的经济条件方面所发生的物质的、可以用自然科学的精确性指明的变革，一种是人们借以意识到这个冲突并力求把它克服的那些法律的、政治的、宗教的、艺术的或哲学的，简言之，意识形态的形式。我们判断一个人不能以他对自己的看法为根据，同样，我们判断这样一个变革时代也不能以它的意识为根据；相反，这个意识必须从物质生活的矛盾中，从社会生产力和生产关系之间的现存冲突

① 《马克思恩格斯文集》第 1 卷，人民出版社 2009 年版，第 503 页。
② 《马克思恩格斯文集》第 1 卷，人民出版社 2009 年版，第 524 页。
③ 《马克思恩格斯文集》第 1 卷，人民出版社 2009 年版，第 506 页。
④ 《马克思恩格斯文集》第 2 卷，人民出版社 2009 年版，第 591 页。

中去解释。”①

最后但也是非常重要的是，马克思、恩格斯创立的反映论是能动的反映论，不是机械、僵化的反映论，马克思的实践观就是高度重视人的主观能动性和创造性，他指出：“动物只是按照它所属的那个种的尺度和需要来构造，而人却懂得按照任何一个种的尺度来进行生产，并且懂得处处都把固有的尺度运用于对象；因此，人也按照美的规律来构造。因此，正是在改造对象世界的过程中，人才真正地证明自己是类存在物。这种生产是人的能动的类生活。通过这种生产，自然界才表现为他的作品和他的现实。因此，劳动的对象是人的类生活的对象化：人不仅像在意识中那样在精神上使自己二重化，而且能动地、现实地使自己二重化，从而在他所创造的世界中直观自身。”② 所以，马克思认为人类在劳动实践中改造了世界，这种实践活动是客观规律性和主观能动性的统一。

马克思之后，列宁为了社会革命和现实斗争的需要，进一步发展了反映论，他在《唯物主义和经验批判主义》中提出了唯物论反映论的基本原理：“物、世界、环境是不依赖于我们而存在的。我们的感觉、我们的意识只是外部世界的映象；不言而喻，没有被反映者，就不能有反映，被反映者是不依赖于反映者而存在的。”③ 列宁的反映论对苏联20世纪30年代的文学思想有深远的影响，卢那察尔斯基将其运用到文艺领域，撰写了第一部比较系统研究列宁文艺思想的小册子《列宁与文艺学》，他运用列宁的反映论对当时苏联文艺界盛行的庸俗社会学进行了切中要害的批评，并称颂列宁的《列夫·托尔斯泰是俄国革命镜子》一文是运用反映论的“一个特别突出的范例”，“列宁对托尔斯泰的看法对于今后整个文艺学的道路有着巨大的意义”。继卢纳察尔斯基的《列宁与文艺学》之后，里夫希茨在《列宁与文学问题》《列宁主义与艺术批评》中，罗森塔尔在《马克思主义式的批评和社会分析》《反对文学理论中的庸俗社会学》中，谢尔吉耶夫斯基在《“社会学者”与文学史问题》中，进一步阐述了列宁的反映论，并以反映论为武器，

① 《马克思恩格斯论艺术》第一卷，中国社会科学出版社1982年版，第101页。

② 《马克思恩格斯文集》第1卷，人民出版社2009年版，第163页。

③ 列宁：《唯物主义与经验批判主义》，《列宁选集》第2卷，人民出版社1972年版，第65页。

对文艺领域中各种形式的庸俗社会学作了批评。[①]

综上所述，我们可以发现反映论并非有一个自始至终固定不变的模式，而是不断发展变化的，对哲学反映论和文学反映论进行细致的剖析和深入的思考，同时结合具体的时代背景，我们能够得到以下几点反思和启迪：

首先，建立在辩证的和历史的唯物主义反映论基础上的文学反映论并非已经过时，虽然它受到了“自我表现”论、文学主体论、文学本体论、审美反映论等各种理论的冲击和挑战，只要文学反映论坚持的根本原则没有偏离辩证的和历史的唯物主义反映论，它就始终有存在的意义和价值。这并非是将马克思主义反映论“神化”和教条化，正如上面所分析的那样，马克思主义反映论是一个建立在实践根基上的开放的理论，它是行动的指南而非僵死的教条，其实我们现在回首那些对文学反映论产生极大冲击的一些文艺理论，如文学主体论、形式本体论等，都慢慢褪去了炫目的光环，渐渐显露出其难以克服的局限和缺陷。

其次，正如哲学反映论有一个发展变化的过程一样，文学反映论也是不断更新变化的，文学主体论、文学本体论、审美反映论等新时期文论与文学反映论的论争和碰撞，也是对文学反映论的有益补充。以前由于各种内在外在的原因，文学反映论走过弯路甚至是错路，所以一方面，我们要纠正并且反思这些错误，也不要害怕或者担心有人会“别有用心”地将文学反映论打倒消灭掉，因为我们相信只要是真正希望中国的文艺健康发展、繁荣昌盛的文艺工作者都愿意看到“百花齐放，百家争鸣”的蓬勃景象；另一方面，在面临转型期的当代中国，学界过多移用西方文艺理论，缺少自身的理论话语建构。无论是主体论还是本体论，都是将西方的理论拿过来用，没有经过很好的消化和吸收，更没有与中国的社会现实相结合形成适合本土的理论体系，我们确实需要接地气，将文艺之根深深扎入现实生活的土壤之中。盘点一下 20 世纪 90 年代以来中国文学发展的境况，不难发现文学理论与批评的社会影响力日益衰弱，危机声此起彼伏，其中很重要的一个原因便是没有联系实际，没有真正地将现实社会和现实生活作为文学理论的源泉和发展动力，所以当前重提文学反映论并且进一步完善和发展之，有着极为重要的现

① 叶水夫主编：《苏联文学史》第 1 卷，中国社会科学出版社 1994 年版，第 275 页。

实意义和紧迫性。

再次，辩证的唯物主义的反映论只能作为文学反映论的哲学基础，不能作为具体的创作方法和原则。近代机械唯物主义反映论将自然科学的方法全盘移植到哲学中来，认为科学是认识一切事物的唯一途径和方法，从而陷入了形而上学的泥淖之中。在文学反映论的发展过程中也有类似的错误发生，典型的就是将文艺政治化、工具化、教条化，文学艺术虽然是社会现实的反映，但绝不是简单的僵化的反映，新时期以来文学反映论遭到了众多学者的质疑和批评，与其曾经对文艺的严重伤害不无关系，把文学作为阶级斗争的工具，钳制作家的自我表现和主观创造，禁止反映现实生活的阴暗面和复杂的人性，这些都使文学反映论变成了枷锁和桎梏，也是对文学反映论的扭曲和践踏。文学反映论的基本构成要素是主体、客体和反映，随着时代的发展，无论是主体的人，还是客观世界和对其的反映，都有了很大的变化和发展，在传统文学反映论中，我们就可以发现缺少对反映的心理内容、反映的心理机制、反映中介、反映过程的深入具体的研究。文学主体论、文学本体论、文学价值论、审美反映论等新时期以来提出的文学理论范式是对文学反映论的有益补充和完善，但是这还远远不够，因为纵观新时期以来文学反映论的发展，便可以发现其举步维艰，审美意识形态论虽然可以说是对文学反映论的超越，但是也面临着诸多问题和困境，例如在当代中国如何界定意识形态，可否把审美与意识形态相连来规定文艺的本质，如何阐释媒介、消费在文学反映中的地位和作用等，都需要我们联系实际进行深入的调查和研究，这也是促进文学反映论发展的有效途径。

最后，文学反映论探讨的是文学的本质问题。文学的本质是什么？这个问题仍无定论，而且恐怕不会有定论，因为这个问题本身就存在问题，体现了本质主义的思维方式，文学最终的源泉是现实生活，这一点是抹杀不了的事实，但是，如果以本质主义的二元对立方式将其固化，认为文学的唯一本质就是对现实生活的反映，这显然违背了鲜活真实的文学现象。本质主义预设了“现象”与“本质”的二元对立，认为在纷繁复杂的现象背后隐藏着抽象的本质，现象变动不居而本质永恒不变，这种思维方式也被称为“逻各斯中心主义”，自柏拉图、亚里士多德开始，西方哲学就以追求普遍不变的真理和规律为己任，乐于追问事物的本质，“文学的本质是什么?”“艺术的本质是什么?”“美的本质是什么?”这些问题的提法都是本质主义思维方式比较典型的表现，这种思维方式将复杂的事物简单化，极易导致看待问题的僵化和片面化。传统的文学反映论将文学的本质视为现实生活的反映，预设了再现/表现、唯物主义/唯心主义、客观/主观等一系列二元对立项，肯定前者否定后者，这正是本质主义思维方式的一种体现，如果将文学主体视为文学的本质同样也会陷入到僵化的本质主义思维方式之中，但是难道我们就不需要探寻文学的本质了吗?非也，如果认为任何事物的本质都是历史和社会建构的产物，甚至否认事物在一定时间和空间内的相对本质，那么，人们将无法有效的言说和交流，这实际上等于否定了人类意识和自我意识的可能性，最终将导致极端的相对主义和虚无主义，那才是人类真正的倒退。其实，如果我们真正理解了辩证的唯物主义反映论，就会发现它本身就是对本质主义思维方式的否定和批判，突破本质主义思维方式的桎梏，以发展开放的眼光来审视文学反映论、研究文学反映论，这也许对当代中国文学理论的发展有所裨益和启迪。

第四章　文学意识形态论的论争与理论辨正①

在中国马克思主义文学理论的发展过程中，文艺的本质问题一直是备受关注的研究和讨论重点。目前，尽管还有不同甚至反对的声音存在，但从总体来看，文艺的意识形态性质已经获得了学界大多数学者的认可。这种认可的达成并不是一帆风顺的。粉碎“四人帮”后，随着对文艺的性质、作用以及文艺与政治关系的讨论，有人对文艺是社会意识形态这一自20世纪20年代即被中国进步文艺界广泛接受的文艺本质观也提出了质疑。由此而引发了文艺本质问题的三次大讨论：从70年代末到80年代初期，讨论集中于文艺属不属于上层建筑范畴这个问题。围绕这个问题的讨论，文艺理论与批评广泛地涉及文艺与经济基础的关系，与政治的关系，与阶级的关系，与人性、人道主义的关系，等等。从80年代后期起，又进入到了文艺是不是意识形态的讨论。在这一阶段，产生了一些非意识形态化的观点，也产生了艺术是审美的意识形态这种具有理论建树的新观点，同时还有一些学者作出了许多新的努力和开拓，意欲用“能动反映论”“艺术生产论”以及“文艺价值论”等新的文艺理论学说和内容来丰富和补充意识形态论。进入21世纪以来，这一讨论又深入到文艺与审美意识形态的关系上来。可以说，新时期以来，关于文艺的意识形态性的理论认识就是在论争的过程中向前推进的。相对于文艺的“认识（反映）本性论”“审美本质论”和“艺术生产论”等问题，围绕文艺的意识形态性的论争是参与人数最多，持续时间最久，激烈程度最高的。甚至在当前的学术期刊中仍然不断有关于这一问题的论争文章

① 本章第一、二节改写自谭好哲著《文艺与意识形态》第二章的有关内容，特此说明。

发表。我们可以毫不犹豫地断言，在新时期文艺理论的发展史上，文艺的意识形态性观念具有标本性的意义，围绕它引发了诸多文艺理论问题的讨论。因此，对文艺的意识形态性问题的演进过程和相关论争进行梳理、分析和研究，能够清楚地呈现新时期中国文艺理论的发展状貌和基本问题，对当前中国马克思主义文学理论的发展具有重要的意义。

第一节　文艺与上层建筑

在对文艺本性的讨论中，第一个涉及的问题是关于文艺是否属于上层建筑的问题，后来关于文艺是否属于意识形态也是以这一问题为基础的。关于文艺与上层建筑的关系的讨论始于粉碎“四人帮”之后，伴随着对文艺的性质、作用以及文艺与政治关系的讨论而产生。有人对这一论争的焦点问题进行了概括：“在这一讨论中，有人提出文艺是意识形态，而意识形态不是上层建筑，不能在意识形态与上层建筑之间划等号。有人提出文艺至少不是社会的直接上层建筑。有人还认为马克思、恩格斯在严格意义上论述上层建筑时，是不把意识形态包括在内的。还有人提出文艺是上层建筑，又有非上层建筑的性质等。”[①] 显而易见，这一论争的各方都是以马克思和恩格斯，以及列宁、斯大林和苏联文艺学界对上层建筑和意识形态，以及文艺与二者之间关系的不同理解为基础的。

早在《1844年经济学哲学手稿》中，马克思就表达了人文科学研究应该建立在人类历史即人类现实的生活实践基础上的思想，并论述了物质生产实践的规律和性质对艺术等意识形态活动的制约作用，指出“宗教、家庭、国家、法、道德、科学、艺术等等，都不过是生产的一些特殊的方式，并且受生产的普遍规律的支配”[②]。稍后，在《德意志意识形态》中，马克思和恩格斯即宣称他们仅仅知道一门唯一的科学，即“历史科学”（实际上就是历史唯物主义），强调应把意识形态作为人类史的一个方面加以研究。后来，

① 马玉田、张建业：《十年文艺理论论争言论摘编（1979—1989）》，北京十月文艺出版社1991年版，第243页。

② 马克思：《1844年经济学哲学手稿》，《马克思恩格斯文集》第1卷，人民出版社2009年版，第186页。

恩格斯在《反杜林论》中明确指出“历史科学”要“按历史顺序和现今结果来研究人的生活条件、社会关系、法的形式和国家形式及其由哲学、宗教、艺术等等组成的观念上层建筑”①。正是从历史科学即唯物史观出发，马克思主义创始人将文学艺术界定为反映社会存在的意识形态，是产生于一定经济基础之上的观念的上层建筑。在马、恩之后，马克思主义文艺理论与批评家一般都是承认文艺的意识形态性和上层建筑性，并以此作为文艺的本质的。20 世纪 20 年代以后，随着马克思主义文艺理论在我国的传播和革命文学运动的发展，这种看法已被进步文艺界所普遍接受，至新中国成立以后，便构成了我国文艺理论体系的基础，成为文艺研究、批评乃至创作的指导思想。

然而这种传统的文艺本质观，自 20 世纪 50 年代以来不断受到质疑。这种质疑始于苏联。1950 年，斯大林的《马克思主义和语言学问题》在《真理报》公开发表后，引起了苏联学术界的广泛重视和讨论。在讨论中，文艺学界曾就文艺与上层建筑及意识形态的关系问题展开过激烈争论。以特罗菲莫夫为代表的一部分人只承认艺术是社会意识形态，而否认其上层建筑性质。特罗菲莫夫 1950 年在关于《马克思主义和语言学问题》的一次讨论会上提出，艺术在资本主义社会里，“一部分”是上层建筑，“一部分”是基础，因为它是“谋利的手段”。他说：“从体现在艺术中的审美价值来看，艺术是许多时代的产物，它在这些时代里形成、丰富、发展、洗炼。它的生存较之任何一种基础、任何一种上层建筑都要长远得多，就此来说，它是同这两者的定义不合的。艺术中有上层建筑的东西，这就是其中所体现的大部分思想；但也有非上层建筑性的东西，这就是包藏在艺术名著中的客观真理和艺术价值。”② 当时，否定艺术是上层建筑的观点主要有两种。一种观点认为，先进的艺术在阶级社会中不是巩固而是破坏基础，而且优秀的古典艺术具有长久的生命力，并不随着产生它的基础的消亡而消亡，这证明艺术不是上层建筑的现象。比如，库柯尔尼克、查高斯金、布尔加林的作品是封建基础上面的上层建筑，而普希金、莱蒙托夫、格里鲍也陀夫的作品则不属于上层建筑，因为后者的作品在社会主义时代仍然被阅读。另一种观点认为，艺术观

① 恩格斯：《反杜林论》，《马克思恩格斯文集》第 9 卷，人民出版社 2009 年版，第 94 页。

② 转引自吴元迈《也谈上层建筑与意识形态的关系——与朱光潜先生商榷》，《哲学研究》1979 年第 9 期。

点和艺术是有原则区别的，艺术观点是上层建筑，而艺术只是社会意识形态，不是上层建筑性质的现象。①1951 年 5 月，特罗菲莫夫在文艺理论问题的学术讨论会上，为了替自己和别人的这种文艺观点寻找“理论根据”，他进而提出：“马克思把艺术当作一种社会意识形态，而没有把它列入上层建筑内，他只把政治和法律列入上层建筑。”他还引用了马克思在《〈政治经济学批判〉序言》中所说的“生产关系的总和构成社会的经济结构，即有法律的和政治的上层建筑竖立其上并有一定的社会意识形式与之相适应的现实基础”这句话，作为自己的立论根据。然而，正当特罗菲莫夫在会上说马克思主义的经典著作“在任何时候，任何地方”都没有把意识形态或艺术看作上层建筑的时候，当场就有人给他读了恩格斯《反杜林论》中的话，他无言以对，陷入了尴尬的境地②。特罗菲莫夫等人否认文艺的上层建筑性质的观点，在随后不久苏联《哲学问题》杂志所发表的一篇未署名的文章《论艺术在社会生活中的地位和作用》中受到了指责和批评。该文认为否认了文艺的上层建筑性质，就是否认了经济基础对于文艺的决定作用。这次讨论之后，从 50 年代中期起，苏联文艺学界关于文艺本质的研究和争论又进入到了一个新的阶段，研究者的注意力转移到了文艺的审美特性与意识形态性的关系上来，以致形成了审美学派与意识形态派的对立。以布罗夫和斯托洛维奇为代表的审美学派认为文艺的特性既不在其思想内容，也不在其形象性的形式，而在于其特殊的对象。由于艺术的对象就是审美的对象，就是现实的“审美属性”或“素质”，因此文艺所具有的不是意识形态的本质，而是审美的本质。波斯彼洛夫则坚持传统观点，认为文艺是一种社会意识形态，是在意识形态上对生活的一种特殊的认识。他并且批评审美学派在同苏联文艺学发展中一度居于支配地位的那种旧的抽象的社会—历史理论即庸俗社会学理论相对抗时，不仅丢弃了当时对于一些主要问题作出的不正确的、不能使人信服

① 这两种观点参见上引吴元迈文。另参见［苏］A. 叶高林《略论文艺学的几个问题》，载张孟恢等译《斯大林论语言学的著作与苏联文艺学问题》，时代出版社 1952 年版；《论艺术在社会生活中的地位和作用》（苏联《哲学杂志》1952 年第 6 期），载《苏联文学艺术论文集》，学习杂志社 1954 年版。

② 参见吴元迈《也谈上层建筑与意识形态的关系——与朱光潜先生商榷》，《哲学研究》1979 年第 9 期。

的结论，而且同时也取消了那些问题本身——艺术作品在意识形态上的倾向性问题和艺术作品在认识上的客观性问题。苏联文艺学发展中的这些争论和不同看法，对我国文艺学界以后的讨论都产生了不同程度的影响。

在新时期首先提出文艺与上层建筑问题并引起论争的是朱光潜。1978年和1979年，朱光潜先生接连在《文学评论》（1978年第4期）和《华中师院学报》（1979年第1期）上发表了《研究美学史的观点和方法》与《上层建筑和意识形态之间关系的质疑》二文。这两篇文字稍有差异的文章其实都是1979年再版的《西方美学史》"序论"的后半部分。在这两篇文章中，朱光潜明确指出，关于意识形态与上层建筑的问题使其非常"迷惑"，因为就这一问题所提出的各种观点都可以在马克思主义经典理论家那里找到根据。通过对经典理论家观点的分析，朱光潜得出了自己的观点。他并不反对上层建筑除政权、政权机构及其措施之外，也可以包括意识形态或思想体系。同时，他坚决反对在上层建筑与意识形态之间画等号，并从四个方面对他的这一观点进行了深入分析。朱光潜认为，在马、恩的著作里找不到在二者之间画等号的根据，如果把二者等同起来，"就如同把客观存在和主观意识等同起来是一样错误，混同客观存在与主观意识，这就是以意识形态代替上层建筑说的致命伤"①。而根据马恩的论述，将二者等同就犯了以偏概全的错误，不但违反了最起码的形式逻辑，也过分抬高了意识形态的作用。他的基本立场是，意识形态不等同于上层建筑，而是与经济基础和上层建筑并列的历史动力。朱光潜还提到20世纪50年代初期苏联早已掀起过的激烈争论，以此表明他所提出来的问题和看法"是一个老问题了"。他也提到了苏联《哲学问题》杂志发表的未署名文章《论艺术在社会生活中的地位和作用》一文指责特罗菲莫夫"不承认进步艺术的上层建筑性质"，"硬说""马克思把艺术当作一种社会意识形态，而没有把它列入上层建筑，他只把政治和法律列入上层建筑"。他并申明"我的看法显然和这个受斥责的'硬说'不谋而合"②。

朱光潜的文章发表后，立即在文艺理论界引起了热烈的讨论和争鸣。

① 朱光潜：《上层建筑与意识形态之间关系的质疑》，《华中师院学报》1979年第1期。
② 朱光潜：《上层建筑与意识形态之间关系的质疑》，《华中师院学报》1979年第1期。

在讨论和争鸣中也有人表达了与朱光潜相近或类似的看法。有人认为上层建筑的特征是权力与暴力，而文艺并无这些特征。文艺是通过审美过程进行创作和发生作用的。上层建筑可以依靠行政命令搞运动，而文艺则不能。由此看来，文艺究竟是不是上层建筑，值得认真研究。文艺至少不是社会的直接上层建筑。文艺属于意识形态范畴，应有自己相对的独立和自由。[①] 还有人认为马克思、恩格斯在严格意义上论述上层建筑时，是不把意识形态包括在内的。他们在一般论及上层建筑时，往往是把意识形态包括在上层建筑之内的。这时，他们便在“上层建筑”前加上“全部”或“整个”等词，以示总括。同时又把属于上层建筑的意识形态称之为“观念的上层建筑”，以与“政治的、法律的上层建筑”相区别。作为上层建筑的意识形态，并不是同基础相适应的全部意识形态，它只是其中与基础的性质相适应的那一部分意识形态。与基础的性质，与基础的政治的法律的上层建筑不相适应的意识形态，决不是这个基础的上层建筑。[②]

除了少有的几种认同之外，与朱光潜商榷的文章更多。斯大林在《马克思主义与语言学问题》一文中指出：“基础是社会在其一定发展阶段上的经济制度，上层建筑是社会的政治、法律、宗教、艺术、哲学的观点，以及同这些观点相适应的政治、法律等设施。”[③] 吕慧鹃认为，朱光潜对斯大林关于上层建筑与意识形态关系的这段经典名言的理解存在偏差和误解，从而决定了朱光潜的观点必然有可商榷之处。“斯大林在理论方面曾经有过错误，但他在这一问题上，还没有错误到像朱先生所理解的那样，把意识形态看得比政治、法律等制度还重要。他也不会不知道政治是经济的集中表现，是最能代表经济基础的性质的，这已经是普通常识了。”[④] 因此，吕慧鹃认为，朱光潜据此断定斯大林“在历史唯物论方面以意识形态代替了上层建筑”的责备显然“过于轻率”。通过对朱光潜观点的逐层分析和批判，吕慧鹃认为，斯大林把上层建筑当作一个整体的概念来使用，认为上层建筑不仅包括意识

① 傅惠：《有关文艺与政治问题的几点意见》，《文学评论》1980 年第 1 期。

② 张薪泽：《〈也谈上层建筑与意识形态的关系〉一文质疑》，《哲学研究》1980 年第 5 期。

③ 《斯大林选集》下卷，人民出版社 1979 年版，第 501 页。

④ 吕慧鹃：《文学等社会意识形态不属于上层建筑范畴吗——与朱光潜先生商榷》，《山东大学文科论文集刊》1979 年第 2 期。

形态，也包括政治、法律机构及其措施在内的观点，非常正确地表述了一个历史唯物主义的基本原理。

吴元迈也认为朱光潜对马克思的上层建筑的理解存在误解。朱光潜“所谓的‘上层建筑’仅仅是指政治、法律等设施，是不包括意识形态在内的，不是马克思主义通常所指的那个上层建筑。也就是说，朱先生企图以政治、法律等设施与意识形态的四点区别，来证明唯有政治、法律等设施才是意识形态，而意识形态则不属于上层建筑”①。进而，吴元迈逐条对朱光潜的“四条理由”进行了分析和批驳，最终得出了自己的观点。他指出：“说上层建筑应该包括政治、法律等设施和意识形态这两项，并不是要在这两项之间划等号，更没有说这两项成分在任何时候，任何地方，它们所起的作用是相同的，也没有说它们在基础变更以后所发生的变革情况是一样的，这是另一个问题。”② 因此，可以说，意识形态不能等同于上层建筑，而是与政治、法律设施等相并列的上层建筑中的部类。

吕德申则通过对马克思在《德意志意识形态》和《〈政治经济学批判〉序言》等文章中对上层建筑和意识形态关系的论述的分析，对朱光潜的观点提出了商榷意见。他认为，马克思把“法律和政治的上层建筑”与“观念的上层建筑”相并列，而“观念的上层建筑”就是包括宗教、艺术和哲学在内的意识形态。但是，这并不是说朱光潜的观点就没有合理之处。他认为朱光潜的观点“包含有某种合理的因素，这就是他强调社会意识形态的特点，强调要看到上层建筑中的国家、法律部分和社会意识形态部分之间的区别，提醒人们看到它们‘不是相同的因素’。但是我们同时又认为，朱先生的这个观点中的更重要的内容，即他明白地说社会意识形态不应‘僭用’上层建筑的名称，实际上也就是主张把社会意识形态排除出上层建筑之外，这却是显然不妥的”③。因此，从这个意义上来说，文学艺术显然属于意识形态，而意

---

① 吴元迈：《也谈上层建筑与意识形态的关系——与朱光潜同志商榷》，《哲学研究》1979 年第 9 期。

② 吴元迈：《也谈上层建筑与意识形态的关系——与朱光潜同志商榷》，《哲学研究》1979 年第 9 期。

③ 吕德申：《有关历史唯物主义的一点理解——与朱光潜先生商榷》，《北京大学学报》1980 年第 1 期。

识形态又显然包含于上层建筑之内。

陆梅林的观点更加明确。他认为文艺是上层建筑本来就是一个不成问题的问题，而那些认为“文艺非上层建筑”的人所认为的在马克思主义经典著作中找不到文艺是上层建筑的根据的说法显然不符合事实。“说文艺不是上层建筑，就是不承认文艺是由经济基础产生的。这样，文艺便会脱离产生它的社会基础，而成为无本之木，无源之水。因之，它的职能归根到底也就不再为经济基础服务了。因而，也就不能对文艺的社会地位和作用、文艺和政治的关系做出科学的说明，失去了分析和研究它们的客观依据和标准。”①通过这些讨论，文艺属于上层建筑的一部分逐渐获得了更多的认可，并被最终确立为马克思主义文艺理论的一条基本原则。正如张建业所言：“文学属于上层建筑的范畴，这是马克思主义文艺学的理论基础，这一理论坚持了马克思主义的辩证唯物主义，反对了资产阶级的唯心主义，而且科学地揭示了文学艺术的发展规律，规定了文学艺术在社会生活中的地位和作用。”②

除此之外，也有人认为文艺是上层建筑，但又有非上层建筑的性质和成分。比如，蔡厚示就认为，文学是一种语言艺术，而语言不属于上层建筑的范畴，那么文学就必然也具有某些非上层建筑的成分。③这种观点显然来自于斯大林的语言理论。陈辽也认为：“文艺是一种上层建筑现象，它既具有上层建筑性质，归根结底它是为经济基础所制约和决定的；但它又不能等同于上层建筑，不能简单地归之于上层建筑范畴”④。

谭好哲也参与了对这个问题的讨论和反思，他认为，否认上层建筑包括意识形态，从而否定文艺意识形态的上层建筑性质，是没有理论根据的。朱光潜先生认为上层建筑不包括意识形态在内的主要根据之一，就是特罗菲莫夫所引用过的上述《〈政治经济学批判〉序言》中的那段话中，“上层建筑”与“社会意识形式”是并列的。其实，就在他们所引述的那段话之后，马克思又写道，当生产力与生产关系的矛盾变得不可克服，当社会革

① 梅林：《文艺和政治是上层建筑范畴内的关系》，《文学评论》1980年第1期。

② 张建业：《论文艺是上层建筑——对马克思主义文艺学的一个基本原则的再探讨》，《语言文学论丛》第1辑。

③ 蔡厚示：《作为上层建筑的文学之特殊性》，《文学评论》1980年第4期。

④ 陈辽：《文艺是上层建筑现象》，《文艺争鸣》1988年第4期。

命的时代到来之后，“全部庞大的上层建筑”也要或快或慢地随着经济基础的变革而变革。在论及这种变革时，马克思也列举了“那些法律的、政治的、宗教的、艺术的或哲学的，简言之，意识形态的形式”。可见，马克思是把意识形态列入到了上层建筑之中的。意识形态与政治机构不仅都与经济基础相适应，作为同一基础的上层建筑的两个方面，二者之间也总是相适应的。指出上层建筑的这两个方面要相适应，并不意味着意识形态比政法机构更重要，因为与一定的政法观念相适应而建立起来的政法机构已变成一种实体性的存在，即变成国家统治的直接工具，比一般的观点更有力量，这一点斯大林作为国家领导人自然会更加明白，绝不会像朱先生所疑惑的那样，会把意识形态看得比政法机构更重要，这只不过是朱先生的误解。斯大林把整个庞大的上层建筑与非上层建筑的语言相比，得出了上层建筑与社会生产力间接发生联系、因而其范围狭窄和有限的结论，这里根本没有涉及意识形态与上层建筑的关系，更谈不上用意识形态代替上层建筑的问题。而且斯大林说上层建筑与社会生产力之间通过经济基础、生产关系的中介发生间接联系，正抓住了上层建筑的特点，本身也并没有什么错。由此可见，把斯大林的话同马克思、恩格斯的对立起来，也是没有道理的。实际上，马克思主义经典理论家之所以在论及经济基础与上层建筑关系时特别论及意识形态，用意不是要在意识形态与上层建筑之间作出区分，或者把它们视为并列或平行的东西，而是为了把政治和法律的上层建筑与意识形态即观念的上层建筑加以区分，这种区分进一步明确了上层建筑的内容和范围，正是对上层建筑范畴的一种更加严格或严密的运用，而不是一般的笼统的运用。①

第二节　文艺与意识形态

从20世纪80年代后期起，关于文艺社会本质的讨论进入到另一个层面，由文艺是否属于上层建筑转向了文艺是否是意识形态。在这个问题上，产生了热烈的讨论，有质疑者，更有赞成者。

---

① 参见谭好哲《文艺与意识形态》，山东大学出版社1997年版，第73—80页。

一、质疑者：文艺不是意识形态

从学理层面较早论及这一问题的是毛星先生。在作于1986年的《意识形态》一文中，毛星先生提出应对马、恩论著中广泛使用的两个概念ldeologie（一般译为“意识形态”）和Bewuβtseinsform（复数：Bewuβtseinsformen，一般译为“意识形式”）加以区分，并确定新的译法。ldeologie具有非物质性，指意识的最高发展所产生的思想理论，而Bewuβtseinsform则指各种意识的存在形式。Bewuβtsein既包括意识从最低到最高发展的各种形态，又包括情感和幻想，还包括了潜意识与下意识。Bewuβtseinsform还具有物质的性质，包含了物质的内容。据此，毛星先生认为“ldeologie指的是政治、宗教、艺术等的思想理论（观念或观点），Bewuβtseinsform则指的是整个政治、宗教、艺术等等”。因而应该“把ldeologie与Bewuβtseinsformen区分开来，把政治的、宗教的、艺术的思想理论归属于ldeologie，而把政治、宗教、艺术等归属于Bewuβtseinsform，把‘意识形态’这个译名从一向误为的ldeologie改为Bewuβtseinsformen”。他并且强调这个区分和改动“不是个别词句问题，而是一个重大原则问题”①。这篇文章实际上开了日后文艺与意识形态关系讨论中一些文艺非意识形态论观点的先河，尽管毛星先生在文章中并没有否定文艺的意识形态性。具体说来，该文提出了文艺与意识形态关系上的三个问题。其一，毛星先生像20世纪50年代苏联的马谢也夫一样提出了艺术观点与艺术之间的区别，并进而判定艺术的理论观点是ldeologie，而艺术是Bewuβtseinsform。其二，他提出艺术不是纯精神性的存在，包含了物质性，并把这作为在艺术领域区分ldeologie和Bewuβtseinsform的主要标志之一。其三，如果不考虑毛星先生赋予这两个概念的新译法，而仍沿用一般的译法，那么实际上就是认为文艺不属于“意识形态”（ldeologie）而属于“意识形式”（Bewuβtseinsform）。我们看到，这些也正是后来一些人提出文艺的非意识形态化主张或提出文艺具有非意识形态性因素的观点时所着重强调的一些方面。

栾昌大先生也持这种观点，并写了多篇文章在学理层面展开了深入的

① 参见毛星《意识形态》，《文学评论》1986年第5期。

探讨。栾昌大认为："所谓意识形态，其本性就是对社会生活的评价以及它所显示的倾向性。"① 显然，栾昌大在此把马克思的"意识形态"概念简化为"倾向性"，是一种简单化的处理。如果意识形态等同于倾向性，那么，凡是具有倾向性，或者对社会生活有所评价的文学就属于意识形态，反之，不具有这种倾向性，或者对社会生活没有进行评价的文学则不属于意识形态。但是，在丰富多彩的文学艺术世界中，倾向性只是文学艺术诸多构成要素之一，并非文学艺术的必要条件。"实际上，文学艺术作为整体现象，是最复杂的文化构成因素，它不仅作为意识形态的一种有自己的特性，而且具有意识形态性和超意识形态性这双重特性。也可以说，它的内涵和外延大于政治、法律等意识形态的概念。它可以作为文化的一个类，一个子系统，与意识形态有交叉却不能作意识形态的一个类，一个子系统。"② 从这个意义上来说，把文学艺术归为意识形态显然是片面的，是用文学艺术的部分属性代替整体属性，用单一性取代丰富性。因此，栾昌大认为："文艺作品就其总体而言，与哲学、政治、法律、道德等等相同，也具有双重性，甚至具有多重性，说它是社会意识形式之一，比说它是意识形态形式之一更合乎逻辑。"③ 作为这种观点立论的"理由"，栾昌大列举了史前艺术、共产主义时代的艺术以及阶级社会中文艺的诸个别部类和样式、艺术品的存在形态（形式外观与内在结构）等无意识形态性或超意识形态性的一些方面和因素。杨春时也持这种文艺非意识形态的观点，认为："文艺脱胎于一定的社会意识，必然打上阶级意识的印记，但文艺又不是意识形态的等价物。政治、道德、法律、宗教观念等意识形态是知性意识和文化，是一定的阶级意识的体现。文艺是审美意识——文化的体现，它突破意识形态的局限，体现了全人类的自由意识，是属于全人类的自由文化。文艺作品渗透着那个时代、阶级的意识形态，但文艺的本质和价值不在于此，而在于超越意识形态的审美意识——文化。所以，尽管古今中外的优秀文艺作品带有所产生的时代和阶级的影响，但又总是超越这种限制，提出更高的自由理想。"④

① 栾昌大：《文艺意识形态本性说辨析》，《文艺争鸣》1988 年第 1 期。

② 栾昌大：《关于文艺本质探讨的几个问题》，《吉林大学社会科学学报》1986 年第 3 期。

③ 栾昌大：《文艺意识形态本性说辨析》，《文艺争鸣》1988 年第 1 期。

④ 杨春时：《论文艺的充分主体性和超越性》，《文学评论》1986 年第 4 期。

应该说，强调意识形态性并非文艺的唯一特性，认为文艺的本体存在中还具有超意识形态性的层面和因素，指出文艺作品的意蕴内涵与阶级倾向性之间相互联系的复杂性，这些都是富有见地的。但是，这种观点试图从根本上否认文艺的意识形态本性，而把文艺归于一般的社会意识形式，无论在理论上还是从实践上说，都是不能令人信服和接受的。这种非意识形态化的观点一方面片面地概括了意识形态的本性，机械地而不是辩证地看待文艺的意识形态性与一般的社会意识属性的关系；另一方面实际上是把文艺的超意识形态性的方面和因素，也就是把非倾向性的因素作为文艺的根本性质，这就在实际上贬低了思想倾向性在文艺作品中的价值。具体到阶级社会中的文艺现象的分析来说，就是抹杀政治、阶级的倾向性的价值。因此，这种观点受到了诸多学者的批评和商榷。

二、赞成者：文艺是意识形态

主张文艺是意识形态性的学者认为，意识形态性是马克思主义文艺观的基本特点，否认这一点就等于走向了非马克思主义的文艺观。正如吴元迈所言："文艺是意识形态，这是马克思主义关于文艺的重要命题，也是马克思主义文艺理论和其他一切文艺理论的重要分水岭。"① 那些把文艺非意识形态化的理论流派，包括接受理论、俄国形式主义和结构主义等，都是非马克思主义的。或者我们也可以说，文艺的非意识形态化是过去和现在一切非马克思主义文艺理论的共同特征。把文艺看作意识形态是马克思主义文学理论的基本原则，而这条原则并不是马克思主义强加给文艺、不适合文艺性质的身外之物。恰恰相反，强调文艺的意识形态性只不过是把本属于文艺的属性归还给文艺，使文艺走向真正科学的途径罢了。

在对文艺的非意识形态化的批判中，处于靶心位置的是前边提到的栾昌大的观点。金水、牟豪戎等人在对栾昌大的《文艺意识形态本性说辨析》一文进行了深入剖析的基础上逐条对文中的观点进行了商榷和反驳。在牟豪戎看来，意识形态、意识形态形式和社会意识形式几个概念的含义实质上是一致的，具有统一性，不存在什么原则的区别。因此，栾昌大为了否认文艺

① 吴元迈：《关于文艺的非意识形态化》，《文艺争鸣》1987年第4期。

的意识形态本性而认为的“文艺是社会意识形式之一比说它是意识形态形式之一更合乎逻辑”的观点就有不妥之处。这种观点否定了“意识形态”与“意识形态性”在对物质经济基础依赖和反映上的一致性和同一性，人为地把“意识形态形式”和“社会意识形式”看作两种性质完全不同的观念范畴，势必会助长当时文艺理论研究中非意识形态化的不良倾向。①

这种观点得到了很多响应。严昭柱也明确指出：“文艺的意识形态本性论与文艺的非意识形态化的对立，是历史唯物主义与历史唯心主义的对立，是马克思主义文艺观与非马克思主义文艺观的对立。”② 而要将马克思主义文艺理论进一步推向深入，就需要加强对文艺的意识形态本性的强调与研究。基于这一论断，严昭柱认为“主体性实践哲学”，以及那些强调文艺的审美意识、审美理想和精神自由，认为文学艺术超越意识形态的观点，是资产阶级美学的再现。这种文艺的非意识形态性的文艺理论只能把我们引入理论迷途，并葬送文艺事业的繁荣。

谭好哲在《文艺与意识形态》一书中也对毛星和栾昌大的观点进行了论争性批评，并通过反驳和辨析二人观点中的理解错误之处，肯定了文艺是意识形态的观点，并辩证地阐发了文艺与意识形态关系中的一些争议性问题。③

也有人认为在文艺的意识形态性和非意识形态性之间非此即彼的观点都是有漏洞的，不能揭示和阐明文艺的丰富性和全面性。董学文指出，辩证地看，“文学艺术的特殊性在于它是意识形态和非意识形态的集合体。我们只有创立文学艺术的意识形态属性和非意识形态属性相结合的理论体系，才能完成马克思主义文艺学当代形态的创造和建设。”④ 在董学文看来，文学艺术的上层建筑和意识形态学说道破了文艺最基本的事实，带来了文艺思想的重大转折，也开创了文艺科学的一个新的时代。但是，这并不是文学艺术本质界说的全部，文学艺术除了意识形态属性之外，还具有很多非意识形态属

① 牟豪戎：《不能否定文艺的意识形态理论——对〈文艺意识形态本性说辨析〉的质疑》，《兰州大学学报》1989 年第 3 期。

② 严昭柱：《评“文艺的非意识形态化”》，《求是》1990 年第 22 期。

③ 参见谭好哲《文艺与意识形态》，山东大学出版社 1997 年版，第 81—90 页。

④ 董学文：《马克思主义文艺学当代形态论纲》，《文艺研究》1988 年第 2 期。

性。非此即彼地强调其中一方而否定另一方都是片面的，都不能涵盖文学艺术的全部。相反，只有将二者结合起来，才是一种辩证的观点，更符合马克思主义关于文艺属性的界定。

第三节　文学与“审美意识形态”

文学与现实的关系、文学艺术性的体现、文学在社会结构中的地位等都是文学本质讨论中的基本问题。20 世纪 60 年代，以群主编并出版《文学的基本原理》，主张“文学是一种社会意识形态”①，在其后较长时间内，文艺界都较看重文学的意识形态功能。

进入新时期之后，随着社会各个领域的开放与创新，文艺界关于文学本质的探讨也有了新的发展，“审美意识形态”成为国内文艺理论界谈论文学本质的主导话语。王元骧自 20 世纪 80 年代以来，就试图从审美对构建人格的实践意义出发论证艺术具有审美性。1982 年孔智光指出：“在我们看来，艺术的本质是审美的意识形态。”②1982 年，钱中文先生在《文学评论》第 6 期发表论文《人性共同形态描写及其评价》，也提出文学“是具有审美特性的意识形态”这一主张。1984 年，钱中文先生又在《文学评论》上发文，进一步强调：“文学艺术固然是一种意识形态，但我以为这是一种审美的意识形态……审美的本性才是文学的根本特性，缺乏这种审美的本性，也就不足以言文学艺术。看来文学艺术的本性是双重性的。”③钱中文把审美的地位从文学的特性提升为文学的根本特性，他支持以审美反映描述文学与生活之间的关系。同年，童庆炳先生在他主编的《文学概论》中提出“文学是社会生活的审美反映”的说法。当时，审美、反映、意识形态性逐步开始融合在一起，童庆炳、王元骧等学者也在用词上采纳了“审美意识形态”的提法。王元骧先生主编的《文学原理》（1989 年版）中明确提出文学是一种“审美意识形态”④，这是在文学理论教材中第一次提出文学是审美意识形态。由于

① 以群主编：《文学的基本原理》，作家出版社 1964 年版，第 13 页。

② 孔智光：《试论艺术时空》，《文史哲》1982 年第 6 期。

③ 钱中文：《文学理论中的“意识形态本性论”》，《文学评论》1984 年第 4 期。

④ 参见王元骧《我对“审美意识形态论”的理解》，《文艺研究》2006 年第 8 期。

王元骧、钱中文和童庆炳三位先生不断利用专著、论文以及会议发言等方式对“文学审美意识形态”问题加以系统阐述、论证和建构，他们三人就成为了中国“文学审美意识形态”理论话语的代言人。当然，对“文学审美意识形态”这一提法质疑者也不乏其人，这就逐渐形成自新时期延续至今的、围绕文学本质问题而展开的大争论：以“文学审美意识形态”为话语焦点，以钱中文、童庆炳先生为主的部分学者坚持主张、普及“文学审美意识形态”论的理论价值，以董学文先生为代表的部分学者则批评质疑“文学审美意识形态”论的普遍性和理论价值，还有部分学者试图从意识形态话语的哲学内涵进行思辨，主张辩证地看待“文学审美意识形态”作为文学本质一种话语的可能性。

一、论争焦点之一：“文学审美意识形态”的价值定位

“文学审美意识形态”论自形成之初即有不同的看法，21 世纪以来更是引发激烈的争鸣。

钱中文先生是“文学审美意识形态”论体系的主要建构者之一，他从 1984 年开始不断阐释、论述“文学审美意识形态”的理论内涵及生成价值。如前所引，他认为文学艺术固然是一种意识形态，但却是一种审美的意识形态，“文学艺术不仅是认识，而且也表现人们的感情、思想；审美的本性才是文学的根本特性，缺乏这种审美的本性，也就不足以言文学艺术”①。他还在文章中写道：“文学是一种审美的意识形态，其重要的特性就在于它的审美性和意识形态性”②。钱先生对文学的审美性和意识形态性加以区别，肯定了审美性的重要地位。1989 年钱先生出版的专著《文学原理——发展论》是首部全面论述“文学审美意识形态”的著作。在这部著作中，钱先生以“审美意识形态”来替代特殊的意识形态，突出强调审美性是文学的根本属性。

童庆炳先生在 1984 年主编的《文学概论》中以“审美反映”解释文学与生活的关系，在 1992 年主编的《文学理论教程》（目前此教材出版到第 4

① 钱中文：《文学理论中的“意识形态本性论”》，《文学评论》1984 年第 4 期。

② 钱中文：《最具体的和最主观的是最丰富的——审美反映的创造性本质》，《文艺理论研究》1986 年第 4 期。

版）中，童庆炳提出："文学不仅是一般意识形态，而且更是审美意识形态。文学的一般意识形态性质是其普遍性质，而文学的审美意识形态性质才是其特殊性质"①。童庆炳先生试图调和文学的审美属性和意识形态属性之间的关系，他认为意识形态属性是文学的一般属性（也就意味着意识形态属性是文学的根本属性），而审美性是文学得以区别于其他意识形态类型的特殊属性。同时，童先生大力主张文学的话语形态性，在他看来，话语形态是区分文学与其他艺术类型的外在形式。在 20 世纪 80 年代到 90 年代中后期，"文学审美意识形态"本身并没有引起太大的反驳。2000 年，童先生发表了两篇文章《审美意识形态论作为文艺学的第一原理》②和《审美意识形态论的再认识》③，这两篇文章在内容和观点上较为一致，主要是总结新时期文学理论界的发展，同时回应学界对"文学审美意识形态"论的质疑。童先生在这一时期着意树立"文学审美意识形态"为文学第一原理的地位，强调"文学审美意识形态"是中国文艺理论界的理论创新，这种言论引发了众多的辩驳之声，为后来的论争埋下了爆发点。

王元骧先生 1989 年出版著作《文学原理》（1989 年浙江大学教育出版社出版，2002 年广西师范大学出版社修订），明确提出文学是一种审美意识形态，在随后的研究中，王元骧又以审美反映论为理论基础，从文学的主体、客体需要情感体验，从文学作为意识形态还具有特殊性的层面出发，阐述"文学审美意识形态"的合理性，坚持"得以审美来界定文学艺术的特性，认为文学艺术的意识形态性只能以审美的方式予以体现，倒正是避免因抽象谈论而导致把文学艺术的意识形态性架空，使它与文学艺术的特性相融而有了自己真正的落脚点"④。在王元骧先生看来，审美是文学的艺术性和具体性的表现，审美能够充分体现文学的艺术特性，促使文学从抽象走向实在，从纯粹社会反映走向情感体验。

钱中文、童庆炳以及王元骧三位学者在具体论述中虽有所差异，却都认为文学属于意识层面，而且都赞同以意识形态为文学的基本属性，以审

---

① 童庆炳主编：《文学理论教程》，高等教育出版社 1992 年版，第 84 页。
② 童庆炳：《审美意识形态论作为文艺学的第一原理》，《学术研究》2000 年第 1 期。
③ 童庆炳：《审美意识形态论的再认识》，《文艺研究》2000 年第 2 期。
④ 参见王元骧《我对"审美意识形态论"的理解》，《文艺研究》2006 年第 8 期。

美性为文学的特性。但是，在董学文看来，“‘审美意识形态’概念作为一个文学理论术语，特别是作为对文学本质的界定，其准确性并不是毋庸置疑的。”①也就是说，“文学审美意识形态”首先需要证明自身理论的合理性，需要澄清意识形态与意识形式之间关系。2001年，董学文主编的《马克思主义文论教程》中，特意区别“意识形式”与“意识形态”，以“社会意识形式”来阐释艺术。他认为如果说“文学审美意识形态”论是秉持马克思主义文艺观，那么就需要对马克思原著中关于意识形态的内容加以理解，董学文先生特意对意识形态这个专有术语的产生、发展以及后来的使用语境进行了细致研究。董先生从特拉西关于意识形态的使用语境开始梳理，并把特拉西的观点与马克思、恩格斯对意识形态内涵的使用情况进行对比，认为在特拉西那里意识形态是现代观念体系和科学认识论，而马克思、恩格斯则是在“思想体系”和“观念体系”两个层面上使用意识形态，“意识形态(Ideology）指的都是‘思想体系’或‘观念系统’，指的都是它含有同社会总体结构、物质存在条件、阶级政治及先前思想材料之间的变动性联系”②，而且在“观念体系”这一层面，意识形态是具有阶级性、是有可能代表一定集团利益的“错误意识”。因此，在董先生看来，“凡是‘意识形态’，就都属于‘观念’和‘思想体系’的范围。它既不指带有‘意识形态’属性的其他存在方式或存在形态本身，也同具体的‘意识形态’存在形式即‘意识形态的形式’，如法律学、政治学、宗教学、艺术学和哲学等相区别，两者不能完全等同或混淆。”③董先生指出意识形态具有弥散性，不是文艺独有的，法律学、政治学、艺术学和哲学、文学等都是意识形态的存在形式，处于同一层次，而“文学审美意识形态”的词语构成逻辑则会演变成意识形态+审美意识形态，类似于水果+苹果，这种构词方式当然是不合理的。既然文学与意识形态是具体形式与观念体系之间的关系，那么文学就不能直接等同于意识形态，就更不会出现“审美意识形态”这种文学本质理论话语。反过来看，如果用“审美意识形态”来界定文学就有可能导致意识形态内涵狭

① 董学文：《“审美意识形态”能成立吗?》，《高校理论战线》2005年第10期。

② 董学文：《“审美意识形态”能成立吗?》，《高校理论战线》2005年第10期。

③ 董学文：《关于文学本质与意识形态学说的关系——兼及“审美意识形态论”分析》，《苏州大学学报（哲学社会科学版)》2006年第1期。

窄化，因此不能以审美意识形态来界定文学本质。但是，包括文学在内的艺术，作为人类意识活动物化后的一种形式，的确是具有特殊的、情感体验特性的意识形式，可以界定为“审美意识形式”。

除了董学文先生及其学术团队外，还有一些学者也不断发文对“文学审美意识形态”理论话语的合理性进行质疑。《四川教育学院学报》2002 年第 7 期发表鲜益的文章《审美意识形态的人类学阐释》，这篇文章明确指出“文学审美意识形态”论的缺陷在于把审美这种普遍的人类意识活动当作文学，这可能是较早的一篇对“审美意识形态”理论进行公开批评的文章。随后刘根生、单小曦、周忠厚、徐文英、陈吉猛和燕世超等学者均曾撰文质疑“审美意识形态论作为文艺学第一原理”的合理性。单小曦在 2003 年开始发表《文学的“审美意识形态论”质疑——与童庆炳先生商榷》《“文学是一种审美意识形态”命题解构》[①] 等多篇文章，表达对文学审美意识形态的质疑乃至解构，“意识形态性的现实实用特征和审美的非功利、超越及自由性特征使两者具有天然的相斥性，它们不可能融汇成为一个实存事物。所谓‘审美意识形态’之说，不过是人为虚构和神化出的概念。”[②] 在单小曦看来，只要功利和非功利的二元对峙无法消弭，那么就无法出现“文学审美意识形态”这样的产物。单小曦一方面承认“文学审美意识形态”作为理论话语，对文学本质问题的探讨而言是一种理论的可能，同时又指出，由于在文学审美意识、文学与意识形态、功利与非功利的问题方面还存在不可忽视的论述缺陷，“文学审美意识形态”理论体系存在逻辑矛盾之处。这些学者的讨论和发声，促使关于“文学审美意识形态”的讨论走向激烈化。从发文数量及批驳集中力度看，声势浩大且影响广泛的则仍然是董学文先生及其理论团队，2005 年，北京大学董学文先生及他的学生集中发表论文，将对“文学审美意识形态”的争论推向高潮。2005 年 9 月董学文先生发表《文学本质界说考论》，此后近五年里，各类期刊发表争鸣性文章 120 余篇，其中董先生个人就共计发表 20 篇左右论文对“文学审美意识形态”进行驳斥。

---

① 单小曦：《“文学是一种审美意识形态”命题解构》，《毛泽东文艺思想研究》第 13 辑，吉林大学出版社 2003 年版。

② 单小曦：《文学的“审美意识形态论”质疑——与童庆炳先生商榷》，《文艺争鸣》2003 年第 1 期。

当然也有学者主张以一种宽容和发展的眼光看待“审美意识形态”理论，只是对把“文学审美意识形态”当作文学第一原理颇有微词。比如《审美意识形态：历史贡献与理论局限》一文中，张清民指出“‘审美意识形态’是上个世纪后期中国学者创发的一个概念，作为中国当代社会特殊阶段的产物，‘审美意识形态’论突破了当时极左思想的束缚，给步履维艰的文学走向独立和自由打开了一条通路，这是文学基础理论的一次创新，也是文学理论与时俱进的结果，但它只是社会过渡期产生的一个过渡观念，在逻辑上是文学意识形态论的学理延续，属于理论改良而非革命”①，在张清民看来，“文学审美意识形态”是中国社会特定历史阶段的产物，对突破文学政治论具有贡献，但是也只是一个“过渡”意义上的概念。中国人民大学的张法从历史发展的角度提出“文学审美意识形态”是具有智慧的、文化理论转型过程中的理论话语，北京师范大学的王一川教授从四个层面剖解“审美意识形态”的概念内涵：意识形态论、审美论、话语修辞论、蕴藉论，并进一步强调意识形态的社会性、政治性与审美论之间存在张力。在此期间，各期刊还陆续发表了《从生成语境看“审美意识形态论”的合理限度》②《重新审视文学审美意识形态论》③《文学与审美意识形态——兼与童庆炳先生商榷》④等一批文章，对“文学审美意识形态”这一命题的历史合法性及其发展完善的必要性进行论述。应该说通过不断深入讨论，关于“文学审美意识形态”的历史性、民族性、视角转换空间、语境化等相关问题的认识都在不断细化。众多学者对“文学审美意识形态”的讨论，也代表了这一时期中国学界关于文学本质、中国社会发展、文学的民族性等问题的综合思考。

那么，究竟如何看待“文学审美意识形态”的价值？任何理论话语的形成都是极富思辨特色的人类精神活动，必然、也必须回到具体的历史语境进行探析。无论何时，中国理论界关于文艺本质的认知都不是唯一、固定的。“文学审美意识形态”作为关于文学本质的界定话语，并非短时期内即可一蹴而就的，可以说是20世纪中国现代文学理论发展的产物。

---

① 张清民：《审美意识形态：历史贡献与理论局限》，《湖南社会科学》2011年第5期。

② 高文强：《从生成语境看“审美意识形态论”的合理限度》，《三峡大学学报》2006年第5期。

③ 李育红：《重新审视文学审美意识形态论》，《文艺争鸣》2008年第3期。

④ 陈吉猛：《文学与审美意识形态——兼与童庆炳先生商榷》，《南华大学学报》2003年第3期。

根据文学本质的主导理论话语的变化，中国学界把20世纪中国现代文艺理论划分为四阶段：第一个阶段是从19世纪末20世纪初到1927年，是中国文艺理论领域第一次“西风东渐”阶段，被视作中国现代文艺理论的初生期，在众多文艺本质论中，文艺审美论和文艺意识形态论较为突出。文艺审美论的宣扬者王国维，为中国文艺研究领域介绍了康德、叔本华等西方理论家的审美艺术观，并由此建立起自己的文艺审美本质观。与此同时，马克思主义意识形态理论也开始传入中国。马克思在《〈政治经济学批判〉序言》里指出：“随着经济基础的变革，全部庞大的上层建筑也或慢或快地发生变革。在考察这些变革时，必须时刻把下面两者区别开来：一种是生产的经济条件方面所发生的物质的、可以用自然科学的精确性指明的变革，一种是人们借以意识到这个冲突并力求把它克服的那些法律的、政治的、宗教的、艺术的或哲学的，简言之，意识形态的形式。”① 这段话包含着关于艺术、政治、宗教、意识形态、上层建筑的阐述。在我国，李大钊最早涉及艺术与意识形态之间的关系。1920年，李大钊发表《马克思的历史哲学与理恺尔的历史哲学》，他在文章中指出：“马克思的历史观，普通称为唯物史观。……喻之建筑，社会亦有基础与上层。基础是经济的构造，即经济关系，马氏称之为物质的或人类的社会的存在。上层是法制、政治、宗教、艺术、哲学等，马氏称之为观念的形态，或人类的意识。从来的历史家欲单从上层上说明社会的变革即历史，而不顾基础，那样的方法，不能真正理解历史。上层的变革，全靠经济基础的变动，故历史非从经济关系上说明不可。”② 李大钊以基础与上层的关系来概括马克思的唯物历史观，认为马克思把艺术归为意识，是“观念的形态”，强调经济基础对包括艺术在内的“观念的形态”的制约作用。第二个阶段从1928年到1949年新中国成立，是无产阶级革命文学从兴起到确立为主导文学形态的阶段。也正是在这一时期，文学意识形态性中的政治内涵得到了明确阐述。1928年初，成仿吾发表《从文学革命到革命文学》、冯乃超发表《艺术与社会生活》、李初梨发表《怎样地建设革命文学》，这些文章宣扬革命作家应该具有无产阶级意识。这一时期文学的意

① 《马克思恩格斯文集》第2卷，人民出版社2009年版，第592页。

② 李大钊：《向着新的理想社会——李大钊文选》，上海远东出版社1995年版，第295页。

识形态性是主导话语，文学的社会政治内涵得到更多关注，至于文学艺术为何是特殊的意识形态，与一般意识形态的差异并未得到相应探讨。更具有决定性意义的是1942年《在延安文艺座谈会上的讲话》问世，《讲话》对文学艺术是一种"意识形态"作了充分肯定，认为"在现在世界上，一切文化或文学艺术都从属于一定的阶级，属于一定的政治路线"①。《讲话》树立了马克思主义文艺思想体系在中国文艺理论领域的权威性，也促使文学意识形态论和文学的政治性、阶级性成为中国现代文论的主导话语形态。在1949年7月的第一次中华全国文学艺术工作者代表大会上，周恩来、郭沫若、茅盾、周扬等人以《讲话》为新中国文艺工作总方针，从而也就确立了马克思主义文艺话语的权威地位。第三个阶段从1949年到1976年"文革"结束，有学者这样评价："在1949年以来的很长一段时期内，'工具论'一直占据中国大陆文坛主导地位，文学及其理论，都依附于政治，服务于当下的意识形态"②。这种断言并非言过其实，该时期文学意识形态的政治性、社会性作用被空前放大。第四个阶段是从1976年到20世纪结束，也就是新时期阶段，可视为对前三个阶段的扬弃与总结，"文学审美意识形态"则成为此阶段产生的一种影响较大的理论话语。

中国新时期之初具有影响力的文学"形象反映说""情感表现说"和"审美本质说"是"文学审美意识形态"得以构建的直接理论基础。蔡仪先生是"形象反映说"的代表，在他主编的《文学概论》中，蔡仪先生不但拓展了瞿秋白关于文学是一种特别的意识形态的观点，更进一步明确地把特殊性归结于文学是社会生活的形象反映，强调文学的形象性。20世纪70年代后期，李泽厚出版了《美学论集》，论集共收25篇论文，有5篇涉及形象思维。在《关于形象思维》《形象思维续谈》《形象思维再续谈》等系列文章中，李泽厚侧重于对情感、想象、感知、形象以及审美直觉等概念的关注，文学内涵的界定也从对社会生活、阶级立场的认识、反映论转向具有情感内涵的审美范式。无论是蔡仪先生还是李泽厚先生都强调艺术是一种特殊的意识和精神活动，都着重阐释自己对"文学作为特殊的意识形态"中特殊性的认

---

① 《毛泽东论文艺》，人民文学出版社1983年版，第63页。

② 赵牧：《"文学"＝"审美"＋"意识形态"？——对"审美意识形态"论争的考察》，《商丘职业技术学院学报》2010年第6期。

识，即文学在一般社会意识属性之外，还具有美学的特点，也就是具有形象性，从而具有了与政治、哲学、宗教等意识形态不同的特殊性，由此文学的内涵不断得到拓展，对文学作为特殊的精神活动的研究也不断丰富，从而为“文学审美意识形态”论的提出和理论构建奠定了思想和话语的基础。

由检索可知，1982 年，孔智光在《文史哲》发表文章，提出艺术的本质是一种“审美的意识形态”。1983 年，周波重申马克思主义以“美学观点和历史观点”作为文学批评的客观标准，强调文学的审美性和意识形态性。1984 年初，江建文的两篇文章《要发掘生活中真正的美》和《列宁文艺批评思想略论》中都使用了“审美意识形态”这一提法，“文艺作为一种审美意识形态，除了要具备认识价值、社会功利价值等之外，还必须具备审美的价值”①。当然，真正有意识地、系统地对“文学审美意识形态”论进行全面论述和建构的则是王元骧、钱中文、童庆炳三位学者。

思考“文学审美意识形态”、意识形态、审美、文学等术语彼此之间的关联，回溯童庆炳先生等学者关于“文学审美意识形态”理论话语建构的学术历程，我们可以看到，作为文学本质论的诸种话语形态之一，“文学审美意识形态”是我国文艺理论界在拨乱反正、思想解放的转型背景下，从狭隘的政治工具论和单一的认识论禁锢和束缚中解放出来，对文学进行重新认识、重新阐释的产物。作为新时期中国文艺理论界关于文学本质的研究成果之一，把文学或艺术界定为“审美的意识形态”，的确是影响较大的一种文学理论话语变迁。“文学审美意识形态”与新时期出现的审美反映说、情感本质说、特殊精神生产说、特殊掌握方式说、特殊社会意识形式等其他各种艺术本质论一起，共同成就了新时期艺术本质理论相互启发、借鉴、多样并存的生动活泼的互动格局。

实际上，钱中文先生和童庆炳先生都曾多次提及“文学审美意识形态”产生的历史背景及意义，在 2009 年的“文学与审美意识形态”研讨会上，钱先生坦承“审美意识形态”的提出“是有历史原因和历史过程的”②。钱先生认为“文学审美意识形态”能够有效地克制前期文学理论领域把社会学理

① 江建文：《要发掘生活中真正的美》，《学术论坛》1984 年第 1 期。

② 钱中文：《文学意识形态与不是意识形态论引起的论争——兼论文学审美意识形态的逻辑起点及其历史生成》，《中外文化与文论》第 14 辑，四川大学出版社 2007 年版。

论套搬、应用于文学本质界定的思路。童先生也坦然提及“文学审美意识形态”论话语出台的语境，他说：“我们提出文学审美特征论，其针对性之一，就是要以‘审美’这种柔性的话语，把文学从‘政治’的绳索的捆绑中解脱出来”①。必须承认“文学审美意识形态”的出现，是中国文艺理论界开始重新认识文学自身的特点和作用的产物，是以往机械反映论和庸俗社会学的纠偏，它使文艺理论逐渐摆脱了“泛政治化”倾向，显示出新时期中国文学理论领域理论建构的主动性。“文学审美意识形态”具有一定的历史性、合理性，也具有明显的扬弃、综合和总结的特点。还需要注意的是，作为一种在历史语境中出现并不断发展和丰富的理论话语，“文学审美意识形态”理论仍然具有发展的空间和必要性，需要考虑“文学审美意识形态”理论建构的新时期历史条件，考虑它的特殊的理论语境，更需要有兼收并蓄、百花齐放、尊重他者的姿态，避免唯一论、至高论或者第一论的论调，这样做不仅有利于在与其他各种理论话语相比较中，给予“审美意识形态”论恰如其分的评价，也是任何时候在评价任何理论话语时都应该加以重视的基本前提。

二、论争焦点之二：“文学审美意识形态”的逻辑起点

21 世纪文学本质论的第一次争论高峰，是 2005 年到 2006 年之间，众多学者参与了关于“文学审美意识形态”价值定位的讨论。除了散见于各类期刊的相关论文之外，这次大辩论的主要学术成果还有 2006 年出版的论文集《文艺意识形态学说论争集》②。随着对“审美意识形态”作为范畴是否具有整一性、合法性讨论的深入，关于文学的本质是审美意识还是审美意识形态，以及界定文学本质是否属于“本质主义”等议题，开始成为辩论的新焦点。从 2009 年至 2010 年，《文艺争鸣》集中刊发了 25 篇关于文艺本质问题讨论以及争辩的文章，再次将文艺理论界的视线聚焦于“文学审美意识形态”论的相关问题，众多学者开始关注“文学审美意识形态”这个界定术语自身的内涵，它是“审美”与“意识形态”相加，还是“审美意识”与“形态”的融合？这个问题无以自明，需要进行深入的论辩，从而形成了第二次

① 童庆炳：《实践是“审美”与“意识形态”结合的中介——对近期“文学审美意识形态论”质疑的三点回应》，《文化与诗学》2009 年第 2 期。

② 李志宏主编：《文艺意识形态学说论争集》，吉林大学出版社 2006 年版。

争论高峰。

王元骧、钱中文、童庆炳等不仅坚持“文学审美意识形态”论的合理性和重要性，各自也都特意著文阐述对“文学审美意识形态”话语构成逻辑起点的理解。但是，在关于审美意识形态话语构成方式及理论核心的问题方面，三者的认知和阐释却存在分歧。这就导致如何认识“文学审美意识形态”话语逻辑起点，以及如何认识马克思主义意识形态性演变成为新时期以来，尤其是 21 世纪前十年中国文艺理论界争辩的第二个议题。

童庆炳先生曾多次撰文阐释和论述“文学审美意识形态”话语构成逻辑起点问题。在《审美意识形态论作为文艺学的第一原理》中，童先生简单回顾了审美反映、审美意识形态论在文艺去政治化、去庸俗化过程中的时代价值后，强调“文学审美意识形态”自身就是“整一性”的和“独立性”的。但是，童先生关于“审美意识形态论”各时期的阐发不尽相同，仔细分辨，则可以分为三种不同的解说：第一，“文学是人类意识活动的产物，即人类意识的外化、形态化，就这一点而言，它如同政治、哲学、科学、宗教、道德一样是一种意识形态”①，这表明童先生认为意识形态是具体性的，哲学、政治、道德、审美等也都是独立的、完整的意识形态，这些意识形态彼此之间的差异仅在于反映对象和反映方式不同，政治意识形态和审美意识形态之间也不具有从属或服从关系，文学“是一种具有审美特质的社会意识形态”②。此处文学被直接与“社会意识形态”相对应，侧重强调文学的社会属性。第二，“所谓审美意识形态，就必然是审美与意识形态复杂的组合形式”③。这一时期童先生则尝试以经济基础和上层建筑的关系来定位意识形态，文学与哲学、伦理、宗教等一样属于意识形态层次，审美则是人类的特殊实践方式，他说：“审美是人类掌握世界的一种特殊方式，指人与世界（社会和自然）形成一种非功利的、形象的和情感的关系状态。”④ 这种解说凸显了文学的审美特性，侧重强调审美是人类实践活动中的非功利的情感状态，审美成为具有独立品质的实践方式。第三，“文学是一种意识形态，文

① 童庆炳主编：《文学概论自学考试指导书》，武汉大学出版社 1995 年版，第 11 页。
② 童庆炳主编：《文学概论》，武汉大学出版社 1996 年版，第 60 页。
③ 童庆炳主编：《文学理论教程》，高等教育出版社 1999 年版，第 65 页。
④ 童庆炳主编：《文学理论教程》，高等教育出版社 1999 年版，第 65 页。

学又是人类的一种审美活动。文学的意识形态性与文学的审美特性有机结合在一起，就产生‘质变’，产生了作为文学的根本性质的‘文学审美意识形态’”①，这是2000年武汉大学出版的《文学概论》中关于文学与审美、意识形态关系的阐述，“意识形态”与“审美特性”共同构成文学本质的两大质因。由此可见，童先生关于“文学审美意识形态”的解释，在不同时期具有不同说法，意识形态、意识形态性、审美意识形态三者之间循环出现，这一定程度上导致“文学审美意识形态”话语内涵以及构成逻辑的解释存在不一致性以及含糊性。

王元骧先生也就“文学审美意识形态”的话语构成进行了阐释，认为“意识形态是一个‘总体性’的概念，它还有许多下属的具体形式，如政治、法律、哲学、宗教、道德、艺术等等”。而文学作为艺术的一个分支，它与整个艺术一样“被视为意识形态形式中的一个‘特殊的’类别”②。王先生从意识形态的一般性、总体性，从内容与形式的辩证统一关系入手分析文学的审美意识形态，指出一方面文学与其他所有上层建筑共享意识形态性，但又因为文学具有审美的无目的、无功利的特殊性，为了凸显文学作为艺术的特殊形式，所以要在“意识形态”前加上“审美”这个限定语。

应该说童庆炳先生和王元骧先生都坚持意识形态的基础性和完整性，也都认为意识形态可以具有多样形式，指出文学作为艺术的一种类型，与其他社会意识形态性的区别就在于审美性，所以“文学审美意识形态论”是符合辩证法的理论演绎。只是，还必须看到，童先生强调意识形态的具体性，并由此推导出人类社会具有多种意识形态类型，在童先生看来不存在一种超然于具体形态之上的意识形态。王元骧先生则认为意识形态如同一个最高级的总目，具有总体性，其后可以分列出诸种次目录，比如政治、法律、哲学、宗教、艺术等，文学又从属于艺术这个次级目录之下，二者见解存在着微妙的差异。

钱中文先生也先后撰写了《审美意识形态的逻辑起点及其历史生成》《文学意识形态与不是意识形态论引起的论争——兼论文学审美意识形态的

① 童庆炳主编：《文学概论》，武汉大学出版社 2000 年版，第 80 页。

② 王元骧：《我对“审美意识形态论”的理解》，《文艺研究》2006 年第 8 期。

逻辑起点及其历史生成》两篇文章，对审美意识形态的逻辑起点问题，对文学是意识形态还是审美意识形态的问题进行了专题论述。他说："'文学审美意识形态'的逻辑起点不是意识形态，而是'审美意识'"①,"审美意识随着社会生活的演进，社会结构的日渐成熟与发展，人文意识的进步与强化，特别是文字的出现与完善和审美特性的丰富与表现形式的有序化，美的规律的进一步的生成与掌握，于是由口头的审美意识形式，自然地、历史地生成而为审美意识形态"②。在这里钱先生以黑格尔的《精神现象学》中关于意识的论述结合马克思主义关于实践促进人类社会发展的辩证唯物主义观，梳理了意识、审美意识逐步丰富、成熟的过程。他指出，人类社会经历了较为单一的原始思维，后在人类实践的基础上分化为以理性为主的认识思维以及以想象性为主的宗教思维和艺术思维，而当人类高级属性出现后，想象力得到巨大发展，能够以人类自身为意识对象，构成自我意识，审美地观照自己的时候，审美活动和审美思维便得以独立。在钱中文的阐释中，意识与审美意识是并列的，都是在人类社会实践过程中产生、发展的，而各种艺术都具有各自的审美意识形态，是不同符号媒介的审美意识，有音符的审美意识形态，有线条、色彩的审美意识形态，还有语言符号的审美意识形态。同时，钱先生提出一个大胆的建议："马克思恩格斯的唯物史观和文学艺术意识形态论的思想，阐明了文学艺术在整个社会结构中的地位，以及与其他意识形态的共同特性。这样，19世纪末开始，探讨文学的本质的时候，就不可能回避意识形态之维，但这并不是说，意识形态就是文学的定义。也是从这一时期开始，文学审美特性的探讨，因美学研究的日益发展而凸显出来"③。钱中文力图以丰富、推动、建构具有社会发展意义的文学意识形态观为己任，而不是始终纠结于马克思、恩格斯如何界定意识形态。

以上三位主张"文学审美意识形态"论的重要学者关于"审美意识形态"论的理解在逻辑起点上存在差异：一种以意识形态为逻辑起点，一种以审美意识为逻辑起点。这在一定程度上也造成"文学审美意识形态"体系的

① 钱中文：《论文学审美意识形态的逻辑起点及其历史生成》，《文学评论》2007年第1期。

② 钱中文：《论文学审美意识形态的逻辑起点及其历史生成》，《文学评论》2007年第1期。

③ 钱中文：《文学意识形态与不是意识形态论引起的论争——兼论文学审美意识形态的逻辑起点及其历史生成》，《中外文化与文论》第14辑，四川大学出版社2007年版。

脆弱性。

董学文先生为代表的理论质疑者从三个方面驳斥钱中文等人关于“文学审美意识形态”话语逻辑起点的解释：第一，意识形态是抽象的“总体性概念”，而不是具体的、可划分的概念。这主要是针对童庆炳先生把意识形态当作具体概念加以划分的做法。在董学文等一批学者看来，意识形态作为抽象的、整体性的概念，不能按照学科、部门、意识领域进行再划分，更不能在意识形态之前冠以哲学、宗教或者艺术等起到限制或定位性质的词语。董学文先生以词源学和谱系学的方法梳理社会意识形态这个词自 1915 年翻译进入中国后的各种说法，并比较“意识”“意识形态”“社会意识形态”“意识形式”“社会意识形式”的异同，指出：“文学是一种与‘现实基础’即‘生产关系的总和’构成的‘社会的经济结构’‘相适应的’‘社会意识形式’。它和法律的、政治的上层建筑一样，同是‘竖立’在这个‘现实基础’之上的。倘若文学的内容中介入的生产力和生产关系之间的变革因素，并借用文学来‘意识’和‘克服’这个‘矛盾’和‘冲突’，那么文学也就具有了意识形态的属性，或者说，它和其他‘意识到’‘并力求把它克服’的思想和学说一样，也就成了一种‘意识形态的形式’。这样的理解，应该说是比较符合马克思论述的原意的。”① 在董学文看来，把文学当作意识形态着重强调意识形态的社会反映内涵，扩大了文学外延。董学文先生认为文学作为社会审美意识形式的一种表现形态，必须用种差的方式加以细致界定，即“文学是可以具有意识形态性的审美意识形式”②，哲学、宗教、艺术等，都只能称为“意识形态的形式”，所谓“审美意识形态论”显然是“不科学的”。第二，反对“审美”与“意识形态”的“不合逻辑”的“硬搭配”，这实际上主要针对王元骧先生把意识形态当作一般属性，审美当作特殊属性的看法。董学文等学者认为这种看法是误将文学理解为一种“意识形态”，并“审美”地淡化、溶解或模糊文学的“意识形态属性”。马克思历史唯物主义意识形态学说自身就包含着丰富的内涵，其中既有阶级性的、社会性的、认识性

① 董学文：《一个长期被误用的文学理论概念——论文学本质不应直接界定为“社会意识形态”》，《社会科学战线》2010 年第 3 期。

② 董学文、李志宏：《文学是可以具有意识形态性的审美意识形式——兼析所谓“文艺学的第一原理”》，《广西师范大学学报（哲学社会科学版）》2006 年第 3 期。

的，还有审美性的、情感性的、反映性的，不存在审美意识形态，也不存在“非审美意识形态”。第三，明确指出审美意识的形态这种“审美意识形态”组合方式不是马克思主义文艺观，这主要是批驳钱中文把审美意识当作“文学审美意识形态”的逻辑起点。钱中文认为文艺首先是审美意识的，而不能是意识形态的，意识形态是政治、哲学、宗教等理论思想，而文艺则是审美活动中产生的审美意识形成的结果。对此种观点，有学者指出：“在唯物史观的社会结构系统中，意识形态作为人类精神活动的领域和产品，是一个总体性概念，它主要指各种不同的思想和观念，也包含着表现这些思想和观念的物质材料和方式，是以观念属性为主导的精神因素与物质因素的统一体。就文艺而言，文艺的观点和表达这种观点的物质材料和符号形式是不能截然分离的”①。同时也有学者指出钱中文无法对意识形式、意识形态以及审美意识、审美意识形态之间的转变做出合乎逻辑的陈述，“在以‘审美意识’为逻辑起点的文学‘审美意识形态’中，完全不包含唯物史观意义上的意识形态性。这才是问题的最为要害之处”②。这种观点直接否定了钱中文“文学审美意识形态”观的马克思主义学说性质。

20 世纪以来，关于“意识形态”的探讨就一直是热点论题。新时期以来“文学审美意识形态”的建构举的是马克思主义文艺观的旗帜，两次大争论的核心问题与精神实质也在于辨析唯物史观意义上的意识形态和文学的关系究竟如何界定。从董学文为代表的质疑者的论述看，对文学的界定是否以意识形态为逻辑起点，决定了是否具有马克思主义的性质，而是否把意识形态当作抽象、不可划分的整体概念则决定了是否属于真正的马克思主义文艺观。在文艺界围绕“文学审美意识形态”的“意识形态”词源不断争论的同时，“意识形态”词源考辨的研究成果不断出现，其中包括《马克思“意识形态”概念的一个争议》《马克思的意识形态批判理论》《马克思的意识形态概念》等。有学者提出：“意识形态从其产生到现在一直是一个含义复杂和多变的概念。在其演变过程中，马克思、恩格斯的著作具有中心地位。马克

---

① 谭好哲：《关于文艺、审美与意识形态关系问题的思考》，《社会科学辑刊》2007 年第 5 期。

② 李志宏：《“审美意识”加“形态”的理论实质——评“文学审美意识形态的逻辑起点”的逻辑》，《高校理论战线》2007 年第 8 期。

思恩格斯之后，意识形态概念重大的变化就是它获得了中立化的含义。”① 他指出在马克思、恩格斯那里意识形态有三层含义：作为与历史唯物主义相对立的唯心史观；作为思想上层建筑和作为政治运动的思想动力的意识形态。这种看法与 20 世纪初的李大钊、成仿吾、瞿秋白等马克思主义思想引介者的认知有很大不同。也有学者认为需要从哲学和政治经济学的向度解读意识形态。周民锋在《马克思意识形态概念的两个来源及其两重含义》中则线性地描述了意识形态在马克思使用之前、在唯物史观阐述之前、在马克思正式阐述社会理论时以及马克思之后各个时期词义的变化，同样赞同应该辩证地、发展地、具体地看待意识形态的使用及内涵。

从新时期以来学界关于文学本质的讨论可以看出，基本争论可以概括为“三个如何”，即如何看待“文学审美意识形态”的普遍性和历史性问题，如何看待审美意识形态的逻辑起点问题，如何看待文学本质多元构成可能性的问题。因此可以说在中国新时期，文学与意识形态的问题是一个核心问题。“文艺与意识形态的关系问题是一个真问题，一个元问题，也是一个难问题。”② 在中国马克思主义文艺理论话语平台之上，文学与审美、意识形态关系的问题是无可回避的话题。无论是童庆炳先生把“文学审美意识形态”视为中国文艺学第一原理的看法，还是钱中文先生对审美意识形态逻辑起点的另辟蹊径，抑或是董学文先生高举马克思主义文艺旗帜，反驳“审美意识形态论”作为马克思主义文艺理论话语的合理、合法性，宣扬社会意识形态形式为马克思主义文艺观的正宗话语的做法，实际上都是在证明自己的理论主张才是符合马克思经典文艺观的。意识形态是总体性的概念还是集合性的概念？如何理解马克思关于意识形态这个词的认知？最后演变成决定谁是正宗马克思主义文艺观的辩论。但是无论如何都应该看到，在马克思主义经典理论视域中，意识形态首先是从社会结构这个层面来使用的，是指所有具有上层建筑功能的观念层面的东西，具有总体性，也就是具有思想性和观念性。但同时，也可以根据具体表现不同，把上层建筑划分出各种具体类型和种类，也就是文学可以说是意识形态类型之一，也可以说是意识形态形式

---

① 胡辉华：《马克思的意识形态概念》，《暨南学报（哲学社会科学版）》2001 年第 6 期。

② 谭好哲：《关于文艺、审美与意识形态关系问题的思考》，《社会科学辑刊》2007 年第 5 期。

之一。马克思并没有从是否是纯理论这个层面去划分意识形态与非意识形态，却从“美学的和历史的”角度突出艺术的特殊性、感性。承认“审美的本意是感性学，说文艺是审美的意识形态不过是强调了文艺的感性特征，强调了文艺与其他纯理论形态的意识形态的区别，这种将普遍性与特殊性结合起来对文艺的社会性质加以概括和界定的方法和思路有助于深化对文艺的认识，不会造成以审美消解意识形态的后果”①。也就是说，文学从属于上层建筑，具有社会意识形态的普遍性。审美作为文学的特质，体现着文学的感性属性，与宗教、哲学、政治之间有巨大差异，审美性的存在是文学特殊性的表现，不会消解意识形态的社会性、政治性前提。另外对马克思原典中关于“意识形态”这个词的词源、词义、使用范畴的追溯是有必要的，但是以“美学的和历史的”方法和眼光来看待这个具有丰富内涵、久经阐释、具有发展性的术语，也会更符合马克思主义辩证唯物主义世界观的基本精神，因为，理论的阐释价值正在于对原典的充分理解和补充，在于根据社会发展的具体特点给予动态的推进，这也是“文学审美意识形态”论的理论生命力将不断延续的根本原因之一。

三、“审美意识形态”之外的文学本质观

文学的本质是什么或者说我们的“文学观念”是什么？中外各国自古以来就在以各种方式进行着文学本质的界定和描述，至今也还无法求得一种能够得到大家认可的文学本质界定。反观中国新时期以来尤其是21世纪初众多学者关于文学审美意识形态的建构或质疑，无论主张文学是“审美意识形态”或者主张文学是“社会意识形态的形式”，实际上这两种文学本质观都没有否定文学具有意识形态性质，纵然对问题介入角度不同，但讨论的基础却又是一致的，都从上层建筑、意识形态出发辨析文学作为主观意识层面与客观生活的关系。应该说，中国20世纪初到新时期以来各种影响较大的文学本质说，虽然各阶段、各学者的理论话语不尽相同，但也还是表现出一些共性：一是力图寻找一种稳定的文学本质界定，并指导文学创作；二是逐步认识到文学具有社会意识形态属性与审美属性的二重性；三是具有积极开

① 谭好哲：《关于文艺、审美与意识形态关系问题的思考》，《社会科学辑刊》2007年第5期。

拓、开放思维、多元借鉴的探索精神。正是在这一学术环境下，20世纪中国文艺理论界中对于文学本质的探讨成果得以不断丰富。正如有学者所指出的，“阐释的历史性和实践性应该成为一种普遍意识；正是由于实践中的不断变形和生成、同一中的差异，才有了马克思主义的历史进展。只有依凭这种生成的可能性意识，才能在动态的历史演进中理解历史唯物主义的变迁及其生命力”①。这种观点抓住了马克思主义真正的、活的灵魂。如果说20世纪前半期是文艺理论西学东渐的第一次浪潮，那么80年代则可以说是文艺理论西学东渐的第二次浪潮。在第一次浪潮中，中国文艺理论界初步接触到文学与意识形态、审美的问题，在特定历史时期充分甚至过度宣扬了意识形态的阶级、政治性、社会性。第二次西学东渐则为我们打开了眼界。20世纪西方文艺理论话语具有种类繁多、主导话语形式流转迅速以及对马克思主义理论的再阐释等特点，既给我国文艺研究带来了冲击又同时给予启发。黑格尔曾说：“本质是设定起来的概念，本质中的各个规定只是相对的。”②的确，本质是人为设定的各种规定，只能无限接近却无法直抵真相。在当代，在文学反映论之外还有其他多样文学本质界定视角。各种关于文学本质的研究，都在努力对中外自古以来关于文学的各种说法进行抉择和扬弃，并从各自角度予以新的阐释。

1953年，M. H. 艾布拉姆斯在《镜与灯》提出“艺术批评的坐标系”。他把艺术视为活动，并且分解成四个要素：作品、艺术家、宇宙、观众，认为之前任何一种艺术理论都明显地侧重于其中的一个因素，充其量是局限于一个要素而阐发的一种批评视角而已。余虹认为“艾布拉姆斯的坐标与分析艺术活动是一个多维度的结构性关联体，任何从单一维度入手而忽略别的维度的批评理论都是洞见与盲视参半”③。艾布拉姆斯从泛艺术角度提出了艺术活动四要素，这种思想被运用到文学研究中，对20世纪中西方文学的研究都具有启示价值，不断有学者在其四要素图示的基础上进行新的要素关系模式建构。这些学者或强调要素之间互相影响；或强调语言对文学的符号价值，一步步扭转艾布拉姆斯广义上谈论艺术活动四要素的倾向，加强了对文

① 罗骞：《历史唯物主义：一种可能性思想》，《哲学研究》2010年第6期。
② ［德］黑格尔：《小逻辑》，贺麟译，商务印书馆1980年版，第241页。
③ 余虹：《文学知识学》，北京大学出版社2009年版，第46页。

学自身特点的关注。文学活动各要素之间能够跨越时代、文化、民族、性别等各种隔膜进行交流的根本原因不在于语言形式，也不在于历史文化背景，我们还必须找到文学通过什么特质超越了语言符号形式的陌生、历史的距离、文化的隔阂，最终完成了艺术的共享性。列夫·托尔斯泰认为："一个人为了要把自己体验过的感情传达给别人，于是在自己心里重新唤起这种感情，并用某种外在的标志把它表达出来——这就是艺术的起源"①。董学文在《文学主体与情感体验》中也强调文学的情感体验性。王元骧则指出："'文学审美意识形态'不同于一般的意识形态形式在于，它不是以理论、思想体系的形式出现。一切思想观念的东西，只有经由作家自己的情感体验，内化为自己的理想和信念，自己有血有肉的思想，成为一种'诗情的观念'，才能在作品中获得真切而生动的表现，并使读者为之感动。作品感动人的目的就在于通过文学的方式来造就人。"②可见，文学活动得以实现的根本原因是涌动的情感，情感是文学的艺术本质特征之一，无论文学活动如何变幻，具有生存体验性、生命交往性、精神超越性的文学情感的本性将不会改变，这是文学区别于上层建筑中其他意识形态类型的根本原因，也是文学价值的核心所在。语言符号作为文学外在形式必须具有了情感的内涵后才能真正实现审美的可能性，缺乏了情感体验的包蕴性，文学则无法实现四要素的沟通，从而最终无法实现文学作为精神产物的桥梁价值。

当然，本质只有相对于人的思维才能存在，绝对的本质是不存在的，那么，我们对文学本质的把握也不可能一步到位，只有将文学的诸多要素综合起来考察，更好地认识"文学性"，才可能逼近文学的本质。无论是过去、现在还是未来，文学自身决不是一成不变的封闭体系，面对文学这个不断发展变化的开放系统，我们关于文学本质的讨论只能是一个不断拓广与深入的过程，所有思考以及探讨均具有力图祛蔽以求接近真相的价值。也许寻找一个恒定的、不变的文学本质作为一种伟大的文学猜想是合适的，在此猜想的多样合理前提下，我们所要做的不是摒弃文学本质，或者单一化文学本质，而是坚持在"美学的和历史的"的方法引导下，重构我们认识事物本质的思

---

① 转引自武蠡甫主编《西方文论选（下卷）》，上海译文出版社 1979 年版，第 432 页。

② 王元骧：《我对"审美意识形态论"的理解》，《文艺研究》2006 年第 8 期。

维方式，这样一种文学本质研究思路也更适合文学发展的必然趋势。

第四节　文艺、审美与意识形态关系的辩证观①

继20世纪八九十年代的文艺与上层建筑、文艺与意识形态关系讨论之后，近十多年来，文艺、审美与意识形态的关系再度成为文艺理论界的一个学术争鸣热点。这次学术争鸣，不再限于文艺是否包含了一些非意识形态因素、用意识形态来涵盖文艺是否全面，而直接争论起文艺究竟是不是意识形态、审美意识形态的命题是否成立等问题。可以说，这次争鸣既是前两波讨论的延续与深化，又是文艺理论界在21世纪之初借一个重大理论问题的研讨推动中国文艺理论研究跨入新境界、达到新水平的一个极有意义的举动。研究文艺理论，就是要敢于触碰那些重大的、基本的学术理论问题，只有在基本理论问题上取得进展，才能推动文艺理论一步一步前行。就此而言，选择文艺与意识形态的关系这一问题来推动21世纪中国文艺理论的发展，是一个很好的理论突破口。

一、一个原则性的理论问题

在马克思主义文艺理论研究中，文艺与意识形态的关系是一个极其重要的原则性理论问题。要在这一问题上取得突破，不啻是一场极其艰难的理论攻坚战，无疑需要付出艰苦的努力。陆贵山先生在为谭好哲所著《文艺与意识形态》一书作序时指出，文艺与意识形态的关系问题是一个真问题，一个元问题，也是一个难问题。这个概括十分确切。

意识形态问题与马克思主义文学理论，甚至与整个的马克思主义都是密不可分的。意识形态理论是科学的历史唯物主义理论的一个重要构成内容，这一点任何人都无异议，而一般来说，文艺的社会意识形态性质也是马克思主义理论家历来都予以承认的。比如当代英国新左派马克思主义文艺理论家特雷·伊格尔顿就明确指出："从某种意义上说，大可不必把'文学和

① 本节内容根据谭好哲先前发表的相关论文修改而成，特此说明。参见《关于文艺、审美与意识形态关系问题的思考》，《社会科学辑刊》2007年第5期。

意识形态’作为两个可以被互相联系起来的独立现象来谈论。文学，就我们所继承的这一词的含义来说，就是一种意识形态。”① 非马克思主义文学理论家佛克马和易布思也在他们合著的《二十世纪文学理论》中说：“显然，马克思主义批评家认为文学根本上是一种意识形态，必须从历史唯物主义的角度来加以研究。”② 不仅仅是在文学领域，实际上，在西方学术界和在中国当下的学术界，当人们谈到意识形态时，往往都是与整个马克思主义画等号的，这是一个无须回避的客观事实。因此，要讲马克思文艺理论，中国学术界就必须面对这样一种理论传统和现实，就不能回避对于文艺与意识形态关系问题的思考，所以说它是一个真问题。

文艺与意识形态的关系不仅是一个真问题，同时也是一个元问题。在中国几十年的文艺理论发展过程当中，一直是把意识形态性作为文艺的本质属性来理解，只是做一些不大的修正、调整，加一些限定词修饰一下而已。无论说文艺是用形象反映社会生活的特殊的意识形态，说文艺是审美的意识形态，还是什么其他的意识形态，人们的确从来都是将意识形态性当作文艺本质理解的一个最基本的部分来看待。当然，这其中可能有的人认为意识形态性是唯一的，也有人不认为它是唯一的。但即使是那些非唯一论者，一般也很少有人否定意识形态性是文艺最为重要的本性。由于文艺在本质上属于社会意识形态，而本质的东西又必然会在现象形态上表现出来，因之意识形态问题也就成为文艺活动的基元性问题，并顺理成章地成为文艺理论体系建构的基元性问题，文艺理论研究中的其他一系列问题都是由此基元性问题派生和演化出来的。基元性问题解决不了或者解决不好，其他相关文艺问题的研究就失去了理论前提，整体理论体系大厦的建构也就缺少了基础支撑。

文艺与意识形态的关系还是一个难问题。可以说，有多少种文艺理论涉及这一问题，就有可能形成多少种不同的理解。这显示出了此一问题的复杂性。作为人文学术的文艺理论研究，许多的问题都难以像自然科学甚至某些社会科学那样形成共识性的结论，而且越是复杂的问题越是如此。但中国文艺理论界对于人文学术的这样一个特点缺乏体认，无论在政治问题上还是

---

① ［英］特里·伊格尔顿：《二十世纪西方文学理论》，伍晓明译，陕西师范大学出版社 1987 年版，第 25 页。

② ［荷］佛克马、易布思：《二十世纪文学理论》，林书武等译，三联书店 1988 年版，第 92 页。

在学术问题上，人们都习惯于大一统，总是希望用某种唯一性的思想和观点统一大家的头脑。因而，理论界常常是把复杂的学术研究问题简单化，强势话语总是想把自己对某些问题的认识和理解变成让大家普遍接受的共识性的东西，让大家都认为这就是最正确的解释。应该说这不是一种理论的正常状态。实质上理论研究绝没有那么简单，能用一种解释来彻底解决某个问题，尤其是像文艺与意识形态的关系这样一个非常复杂的大问题。复杂性就隐含了多种解释的可能性，同时复杂性必然增加研究的难度，而有难度的问题就往往要花费时日，不能指望一蹴而就。

由于文艺与意识形态关系问题是一个真问题、一个元问题，所以我们说选择这个话题来进行研讨，的的确确抓住了文艺理论研究中最根本的问题，是极有必要的。同时，基于这一个问题的复杂性和理论解决的难度，学界对这一问题的学术探讨又应该持一种审慎和包容的态度。所谓审慎，就是对于这一问题的最终解决，尤其是对于研究者个人在此一问题上的认识不要抱过于乐观、简单和绝对化的想法；所谓包容，就是学界对于跟自己认识不相符合的观点要有涵括容受的胸怀和气度，要容许他人做与己不同的理论探讨，正确对待不同观点之间的学术争鸣，而不能搞党同伐异，搞唯我独尊。学术上的真理是在艰苦的探索中得来的，是在严肃的争鸣中得来的，而不能靠学术自闭和排斥异见得来。

二、文艺属于不纯粹抽象的意识形态

研究文艺与意识形态的关系，首先就涉及“意识形态”这个概念究竟怎么理解，这是一个很关键的问题。而要讲清“意识形态”这一概念，又涉及“社会意识形式”这一概念，并且涉及意识形态是否单指“纯粹抽象的意识形态”的问题。

早在20世纪八九十年代讨论文艺与上层建筑、与意识形态的关系问题的时候，学界就注意到意识形态和社会意识形式的关系问题，现在很多学者也提出了这个问题。文学究竟是意识形态还是社会意识形式，意识形态与社会意识形式是什么关系？这是首先需要加以解决的问题。

我们思考问题，要从原点出发。对文艺与意识形态的关系问题来说，文艺是不是意识形态，是意识形态还是社会意识形式就是原点。对这个问题的回答看似有两种——有的是落到意识形态上，有的则落到社会意识形式上。两种回答似乎都能从马克思那里得到理论支持。在《〈政治经济学批判〉序言》里，马克思在表述其历史唯物主义理论观点时写道："人们在自己生活的社会生产中发生一定的、必然的、不以他们的意志为转移的关系，即同他们的物质生产力的一定发展阶段相适应的生产关系。这些生产关系的总和构成社会的经济结构，即有法律的和政治的上层建筑竖立其上并有一定的社会意识形式与之相适应的现实基础……随着经济基础的变更，全部庞大的上层建筑也或慢或快地发生变革。在考察这些变革时，必须时刻把下面两者区别开来：一种是生产的经济条件方面所发生的物质的、可以用自然科学的精确性指明的变革，一种是人们借以意识到这个冲突并力求把它克服的那些法律的、政治的、宗教的、艺术的或哲学的，简言之，意识形态的形式。"① 在这里，马克思使用了"社会意识形式"和"意识形态的形式"两个概念。在当前的讨论中，有一些学者认为，从马克思在上述这段话和其他地方的论述来看，说文艺是"社会意识形式"更合适，而不应说它是意识形态。理由主要有两点：第一，马克思在《〈政治经济批判〉序言》里涉及文学艺术的部分，用的不是"意识形态"，而是"社会意识形式"和"意识形态的形式"两个概念，马克思本人从来没有直接或间接地说过文学是某种"意识形态"。第二，意识形态是指抽象化的思想，属于观念和思想体系的范畴，而文艺作为实体性的存在，还包括了其他一些非意识形态的因素，所以，文学艺术是社会意识形式，但属于既具意识形态性因素又具非意识形态性因素的一种社会意识形式，它可以表现出意识形态的特征，但不是意识形态本身。

关于这里的第一个理由，实际上并不能算是一个理由。既然说马克思在《〈政治经济学批判〉序言》里涉及文学艺术时使用了"意识形态的形式"概念，那就不能说马克思从来没有直接或间接地说过文学是某种意识形态。而且，马克思在这里讲的"意识形态的形式"之"形式"就是种类的意思，因此在这个意义上说文学艺术是意识形态和说文学艺术是意识形态的形式即意识形态的一个种类，从本质上讲并没有什么区别。相反，如果非要抠字眼的话，倒可以说马克思从来没有直接或间接地说文学艺术是社会意识形式。

① 《马克思恩格斯文集》第2卷，人民出版社2009年版，第591—592页。

在上面所引述的这段话里，马克思并没有列举“社会意识形式”包含的种类，也没有直接提艺术是社会意识形式。

至于上述第二个理由，顺着论者的思路看，似乎有一定的道理。20世纪80年代毛星先生在其发表的《意识形态》一文中就持有类似的看法。他认为，“意识形态”具有非物质性，指意识的最高发展所产生的思想理论，而“意识形式”则指各种意识的存在形式，既包括意识从低级到最高发展的各种形式，又包括情感和幻想，还包括了潜意识与下意识，且具有物质的性质，包含了物质的内容。“意识形态”指的是政治、宗教、艺术等的思想理论，“意识形式”则指的是整个政治、宗教、艺术等等。基于这一理解，毛星先生甚至提议将“意识形态”这个译名从一向误为的 Ideologie 改为 Bewuβtseinsformen①。只要加以比照就可以看出，近来一些学者否定文艺是意识形态而认为是社会意识形式的观点，其思路与毛星先生是一致的。应该说，看到文艺的观点与文艺之间的区别，指出文艺在其观念属性之外还有非观念属性，甚至进一步指出文艺的观念属性中除去与一定的经济关系相适应并与特定的集团利益相关联的思想成分之外还有其他思想成分，都是很有必要的。但是过分地强调文艺的观点与文艺之间的区别，断定文艺不是意识形态，也是不确当的。其实，在唯物史观的社会结构系统中，意识形态作为人类精神活动的领域和产品，是作为一个总体性概念出现的，它主要指各种不同的思想和观念，也包含着表现这些思想和观念的物质材料和方式，是以观念属性为主导的精神因素与物质因素的统一体。就文艺而言，文艺的观点和表达这种观点的物质材料和符号形式是不能截然分离的②。因此，非要将马克思在《〈政治经济学批判〉序言》里讲的“意识形态的形式”的“形式”解释为感性存在外观的意思，认为意识形态是没有物质性“形式”的纯思想观念，只有依存于物质性“形式”之中才变成为作为社会意识形式的文艺，可以作为一种解释，但不见得是最好的解释。马克思和恩格斯的确经常谈到政治的、法律的、宗教的观点等等，但这样谈论时，他们一般并不再用“意识形态”这个总体性的概念来总括它们，相反，他们倒是经常将政治、法

① 毛星：《意识形态》，《文学评论》1986年第5期。

② 参见谭好哲《文艺与意识形态》，山东大学出版社1997年版，第81—82页。

律、宗教、哲学以及文学、艺术等等作为人类思想活动的不同领域来看，并且是在这样来看时才用意识形态这个概念来总括它们，把它们看成意识形态的不同的形式即不同的种类，即如在《〈政治经济学批判〉序言》里所做的那样。所以，“序言”里说到的“艺术”一词不是指艺术的观念，而是就艺术的实体存在来讲的，作为实体存在、包含了感性化物质外观的艺术是可以作为意识形态来谈论的。

那么，究竟应怎样来看待意识形态与社会意识形式之间的关系呢？对此，学术界通常的看法还是可以采信的。相对来说，社会意识形式是一个较为宽泛一点的概念，而意识形态的界定要狭窄一点。人类以物质活动为基础的社会生活过程在其精神生活中反映出来，形成从低级到高级的各种社会意识，社会意识形式就是对于各种社会意识现象的总概括。而意识形态则是与一定社会的经济和政治直接或间接相联系的观念系统，特别是指与一定的价值观念系统，一定的权力架构相关联的观念系统。社会意识形式在外延上要大于意识形态，既包括了属于意识形态的部分，也包括了不属于意识形态的社会意识内容和成分。这也符合马克思在《〈政治经济学批判〉序言》里的提法。马克思说，在社会的经济结构之上竖立着法律的和政治的上层建筑，这些法律的和政治的上层建筑显然是指社会政治制度方面，社会政治制度之外还有一些与经济结构相适应的社会意识形式。社会意识形式肯定指的是思想观念方面，对这些思想观念，马克思用了一个限制词“一定的”，是“一定的社会意识形式”，而并不是所有的社会意识形式，应注意这个限定。这个“一定的社会意识形式”，就是下面马克思进一步界定的那些包括法律、政治、宗教、艺术和哲学等等在内的“意识形态的形式”。“一定的社会意识形式”才是“意识形态的形式”，因为有些社会意识形式不和特定的社会经济结构以及上层建筑相联系，价值属性不强，因而不能算是“意识形态的形式”，不能说所有的社会意识形式都是意识形态。既然马克思直接把艺术称之为“意识形态的形式”之一，我们从意识形态出发探讨文学艺术的社会本性问题也就是十分自然的事情了。

由前面的分析可以看出，有的学者之所以认为文艺属于社会意识形式而不是意识形态，基本理由建立在两个判断基础之上：一是认为意识形态是纯理论形态的东西，二是认为文学艺术不是抽象的理论形式，所以不应归于意识形态之列。对此，实有加以进一步分析的必要。关于第一个判断，我们在前面的辨析中已经指出，在历史唯物主义的社会结构系统中，意识形态是以其精神属性或观念属性与经济结构相对应并与上层建筑中的政治法律制度和设施相区别的，但这并不意味着意识形态的存在不能够具有感性的甚至物态化的形式，因而说意识形态都是纯理论形态的并不准确，也不能从马克思主义经典理论家那里找到言说根据，这里不再详论。

至于上面的第二个判断，同样难以从经典理论家那里找到理论依据。这里，我们不妨返回到经典文本上来，看看马克思、恩格斯究竟是怎么讲的。除去在《〈政治经济学批判〉序言》里直接将艺术归为意识形态的形式之外，早在作于1851年底1852年初的《路易·波拿巴的雾月十八日》一文中，马克思就写道："在不同的占有形式上，在社会生存条件上，耸立着由各种不同的、表现独特的情感、幻想、思想方式和人生观构成的整个上层建筑。"① 后来，恩格斯在《反杜林论》中也有"由哲学、宗教、艺术等等组成的观念上层建筑"② 的明确提法。"观念上层建筑"就是意识形态。从这些相关论述中，是很难将文学艺术排除在意识形态之外的。

这里，有人会说，意识形态是个总体概念，而文学艺术都是些具体的社会意识存在现象，个别不等于总体，所以说文学艺术不是意识形态。这种说法也不完全正确。意识形态的确是一个总体概念，但它同时也是一个集合概念。意识形态是对于社会结构中所有具有上层建筑功能的观念层面东西的描述，所以说它是一个总体性概念，就此而言，个别领域里的意识形态当然不能等同于一个社会的意识形态的总体。但意识形态同时也是一个集合概念，作为一个集合概念它可以分为不同类型或种类，各种类型或种类的意识形态都叫作意识形态，这就好比我们说人，白人黑人大家都是人，你就不能说白人他不是人。如前所述，马克思、恩格斯经常是在不同的精神活动领域的意义上，也就是在不同的意识活动类型或种类的意义上来谈论意识形态的。比如恩格斯就说过："中世纪的历史只知道一种形式的意识形态，即宗教和神学。"③ 又说："中世纪把意识形态的其他一切形式——哲学、政治、

① 《马克思恩格斯选集》第1卷，人民出版社1995年版，第611页。
② 《马克思恩格斯选集》第3卷，人民出版社1995年版，第429页。
③ 《马克思恩格斯选集》第4卷，人民出版社1995年版，第235页。

法学，都合并到神学中，使它们成为神学中的科目。”① 由这样一些理论表述可以看出，意识形态是具有多种形式的，也就是可以分为多种类型或种类的。如果宗教神学是一种意识形态的话，那么被马克思用来与宗教并列而归为“意识形态的形式”的“艺术”为什么就不可以说是一种意识形态呢？以其观念属性存在于社会结构之中的意识形态可能在哲学、政治经济学等纯理论形态中体现得更为充分，但并不是只有纯理论形态的东西才是意识形态。说只有纯抽象理论形态的东西才是意识形态，不是抽象理论形态的就不是意识形态，是对于意识形态的一种过于狭隘的理解。恩格斯在晚年的哲学书信里曾经有过“纯粹抽象的意识形态”的提法，他说：“我们所研究的领域越是远离经济，越是接近于纯粹抽象的意识形态，我们就越是发现它在自己的发展中表现为偶然现象，它的曲线就越是曲折。”② 这里，所谓“纯粹抽象的意识形态”就是指哲学、政治经济学等理论形式的意识形态。按道理讲，既然有纯粹抽象的意识形态，也就有不纯粹抽象的意识形态，文艺就属于不纯粹抽象的意识形态之列。

仅仅说文艺的观念等理论形式才是意识形态，这其实就又回到了20世纪二三十年代苏联理论界认为意识形态是一种理论观念，文艺只是表现意识形态的东西的传统看法。但那时的苏联理论界并没有否定文艺是意识形态，他们只是说先有意识形态而后有文艺表现这样一种意识形态。这其实就已经是把问题弄简单化了。而干脆否定文艺是意识形态，显然就不仅是简单化的问题，而是有点武断了。苏联学者波斯彼洛夫在其《文学理论》一书中说原始社会中只存在着“没有分门别类的混合性的意识形态”，就是说那时的意识形态没有分为不同的门类和不同的形式，所以是混合性的，到了后来才有了不同门类和不同形式的意识形态，有理论形态的，有艺术形态的。这种说法相对来看比较妥当，不能说某种具体的文学和艺术不是理论，因而就不是意识形态。

---

①《马克思恩格斯选集》第4卷，人民出版社1995年版，第255页。

②《马克思恩格斯选集》第4卷，人民出版社1995年版，第733页。

三、“审美意识形态”中的“审美”概念

当前关于文艺与意识形态关系问题的讨论，更多的是聚焦在文艺是审美的意识形态这个命题上。这个命题自20世纪80年代中期提出以来，得到了文艺理论界不少人的认同，甚至被认为是新时期以来中国文艺理论批评的重要成果之一。为了反思新时期以来的理论批评，同时为了推动当下的学术创新，并为中国文艺理论未来的发展寻找到更好的理论支点，对这一命题展开深入的讨论，无论是赞同之、丰富补充之，还是质疑之、批评否定之，都是具有积极意义的，因为只有经得起质疑和批评的理论命题和观点才是真正具有学术价值的。

就目前学界对于文艺是审美的意识形态这一命题的质疑和批评来看，大致上有两种不同的理论指向，有的是指向审美意识形态这个提法的后半部分，认为文艺并非意识形态，所以这个命题在根本点上就不能成立；有的是指向它的前半部分，认为审美意识形态的提法着重点是落在审美上，用审美将意识形态溶化了，光剩下审美了，从而一方面将文艺的审美特性泛化了，遮蔽了文艺的其他属性，一方面又将文艺的意识形态性这一根本社会属性模糊了，甚至消解掉了。关于前一种批评，本书上述的分析已经做出了回应，这里仅就后一种批评指向谈一点自己的看法。

中国理论界的一些学者之所以提出文艺是审美的意识形态这一命题，其初衷是为了通过对于文艺特殊属性的强调，将文艺与其他社会意识形态区别开来，以丰富和深化对文艺本性的认识。意识形态性是文艺与其他一些社会意识形式共同具有的普遍性社会本质，而审美则是文艺活动所具有的特殊属性。应该说，像这样将普遍性与特殊性结合起来对文艺的社会性质加以概括的方法在思路上是没有什么错误的，这也正是人们认识其他事物本性通常所采用的方法。过去人们称文艺是用形象反映社会生活的意识形态，遵循的实际上是同一种认识思路。当前学术界之所以有一些同志不满意于这个审美意识形态的界定，除去不同的研究者对于文艺的社会性质存在理解上的差异之外，的确也与这一命题的某些阐发者的具体表述和理论论证存在着这样或那样的问题有一定的关系，比如有的阐发给人以审美+意识形态的印象，主次不分；有的阐发过于突出了“审美”二字中的“美”字，以至于遮蔽了

文艺的其他社会属性和功能；有的阐发对审美的解析过于泛化，导致以审美代替了一切，如此等等。因此，对于这一理论命题的某些具体的阐发所提出的质疑和批评，有不少是有一定道理的。尽管如此，就目前理论界的相关研讨来看，种种的质疑和批评还不足以完全颠覆这一命题。从学术史的角度来看，文艺是审美的意识形态的提法是 20 世纪 80 年代中期以来中国学者对于苏联和中国学界关于文艺本性的意识形态论与审美本性说的一种创造性的理论综合，有其历史的功绩。迄至今日，这一命题在揭示文艺的社会本性方面还是具有较大的概括性，也比较具有理论上的说服力。当然这并不是说，对这一命题的理论阐发已经完善了，不需要再加以继续研讨了。问题不在于这究竟是不是个伪命题，是不是要把它加以抛弃，而在于如何阐释它，如何赋予这一理论命题更加科学的内涵。这其中最重要的一项工作，就是对审美以及审美与意识形态的关系作出合理的界定与论证。

在如何正确地理解和把握审美与意识形态的关系方面，阿尔都塞和巴赫金的有关思想值得加以注意。

阿尔都塞认为，意识形态是一种具有自己的逻辑和严格性的表象（意象、神话、观念或概念）体系，它在给定的社会中历史地存在并起作用。意识形态涉及个体与其实际生存状况之间的体验的和想象的关系，人是生活于意识形态之中的。巴赫金也多次谈到意识形态环境这个概念，认为人是生活在意识形态环境之中的，人们的文化创造活动也是在意识形态环境中展开的，这一点与阿尔都塞的看法有一致性。就艺术与意识形态的关系而言，一方面意识形态是艺术创造的母体，另一方面艺术又是从母体中生长出来的一种新的东西，它和母体有一种复杂的关联。基于这种认识，阿尔都塞指出，艺术与意识形态之间具有一种天然的联系，一般的或平庸的艺术往往满足于做意识形态的镜子，而优秀的艺术也难以摆脱开它与意识形态的特殊关系。真正优秀的艺术一方面暗示着意识形态，一方面能够从它由之产生的意识形态向后退一步，在内部挪开一点距离，并通过这种内部距离使人觉察到人们所保持的那种意识形态，从而达到批判意识形态的作用和目的。优秀的艺术不直接反映它赖以生长其间的意识形态，却又能让人们觉察到隐匿于艺术背后的意识形态。

那么，优秀的艺术为什么会具有这样一种揭示和批判意识形态的功能呢？阿尔都塞认为，这有赖于艺术的特性，其特性就在于它不是像科学研究那样给我们严格意义上的认识，而是"'使我们看到'，'使我们觉察到'，'使我们感觉到'某种暗指现实的东西"，而所谓暗指现实的东西就是意识形态。"艺术使我们看到的，因此也就是以'看到'、'觉察到'和'感觉到'的形式（不是以认识的形式）所给予我们的，乃是它从中诞生出来、沉浸在其中、作为艺术与之分离开来并且暗指着的那种意识形态。"① 由此可见，文学艺术是通过它那感性化的存在形式彰显其与意识形态的内在关联的。

阿尔都塞的论述给我们一个启示，就是对于文艺性质的把握，首先要回到其特殊的感性化的存在形式上来，由此出发来思考文艺与意识形态的关系。而把文艺称之为审美的意识形态，从现代美学和文论的语境上来看，也正体现了与阿尔都塞同样的思路。美学在其本原意义上就是感性学的意思，而审美一词的基本含义即是对于人类某种特殊类型的感性活动及其形态的揭示，就此而言，说文艺是审美的意识形态也就是说文艺是以感性形态显示出来的意识形态。由于受中文语言习惯和释义方式的影响和局限，中国理论界对于美学的理解，以及对于审美活动的理解，往往脱不开"美"字的缠绕，简单地将美学视为与美有关的学问，将审美视为主体对于美的对象的观照和审视，新时期以来的美学研究其实早已纠正了这种认识上的错误。今天，在讨论文艺是审美的意识形态这一命题时，应该特别强调恢复审美一词所原本具有的感性学含义，不能将审美仅仅局限于跟真和善相区别的美上，过多地在美字上做文章，容易造成释义上的问题，容易遮蔽文艺所具有的其他属性和价值，从而不能真正将审美意识形态这个概念讲清楚。感性学意义上的审美概念，当然包含着狭义上所讲的美的因素和内容，但又不止于此。在《文艺与意识形态》一书中论及文艺是审美的意识形态这一命题时，谭好哲曾针对文艺本质认识中的形式表现说和情感体验说指出，审美既关乎形式，又关乎情感，具有涵括着一定的认识内容和思想倾向的感性观照的形式是艺术的特征所在，而这种感性观照的形式又是与主体的情感体验分不开的。又指出，如果说人类的心灵结构是由知、情、意三种机能组成的话，那么并不像

① ［法］路·阿尔都塞：《一封论艺术的信》，见陆梅林编《西方马克思主义美学文选》，漓江出版社1988年版，第520—521页。

康德所强行分割的那样，科学认识只关乎知，道德实践只关乎意，艺术审美只关乎情，事实上艺术作为审美的意识形态，正是认识功能、实践功能和审美功能的有机统一，主体的知、情、意都流注于艺术活动，凝聚于艺术的感性形式之中。这其中，审美正是连接文艺的认识功能与实践功能的一个必要中介，也是赋予认识与实践以艺术性的必要因素。艺术对现实的认识是审美的认识，而艺术凭借其思想情感上的评判力作用于现实的实践功能也只能是一种审美的实践。因此，当我们谈论艺术的认识功能和实践功能的时候，不应该忽略或忘记了艺术的审美性质和审美功能；反之，当我们谈论艺术的审美性质和审美功能时，也绝不能将它抽象化、绝对化，与文艺的认识的和实践的功能脱离开来。只有从审美、认识、实践以及艺术技巧的高度完美等多种因素的组合关系中，才能正确地理解艺术的审美意识形态性质，辩证地把握艺术的意识形态性与审美特性的内在联系和关系①。这样来理解文艺的审美意识形态性质，没有陷于审美＋意识形态的机械理解，也没有用美取代文艺的其他属性和价值，或进而用审美消解了文艺的社会意识形态普遍性。说文艺是审美的意识形态，不过是强调了文艺作为意识形态的感性特征，以便于将文艺意识形态与恩格斯所提出的那些理论形式的纯粹抽象的意识形态区别开来。

余论　进一步讨论的思想方法问题

近十多年来关于文艺与意识形态关系问题的讨论，已经形成了一些新的认识和观点，而且参与讨论的人大都是抱着澄清问题、深化认识、推动学术进步的心态介入的，这是近年来文艺理论研究中一种非常少见的可喜局面。但是，此前的讨论中也暴露出了一些问题，特别是一些思想方法方面的问题，妨碍了不同的研究者就某些共同的研究话题取得理论上的共识。尽管理论研究的目的不见得就是求得共识，但为了不至于始终各说各话，为了把讨论引向深入，共同遵守某些理论认识和思想方法上的前见，以使对话限制在一定的语境范围之内，或置于一个都能接受与认可的平台之上，是极有必

① 参见谭好哲《文艺与意识形态》，山东大学出版社 1997 年版，第 120—122 页。

要的。具体来说，如下几个方面是我们在今后的讨论中应该特别加以注意的。

其一，人文领域内任何一种理论观点和理论命题的提出，作为对相关现象的抽象和概括，都是有其适用度的，都是有其局限性的，因此不应将某种观点绝对化、普遍化、唯一化，简单地予以肯定或否定。越是具体的东西越是丰富的，是人类的感知能力和思维能力难以完整把握和完全穷尽的，但要把握一个对象我们又必须借助于知性思维能力来对之加以抽象，要抽象就得舍弃掉很多具体的东西，所以很难把一个对象定义得面面俱到。这是人类思维不可避免地要面临着的一种窘况。同时，由于主体的认识能力不同，认识角度不同，等等，对同一个对象有不同的观察理解和理论抽象是正常的，这正是人文学术与自然科学乃至社会科学不同的地方。就此而言，说文艺是意识形态或者说文艺是审美的意识形态，不过是对文艺的社会本质的一种界定和命名，这并不排斥还有其他的界定和命名。视文艺为意识形态或审美意识形态的学者，不过是认为意识形态性或审美意识形态性是文艺的主要属性或主导方面的属性，因而就用这个主要属性或主导方面的属性来对文艺加以界定和命名，并不意味着意识形态性或审美意识形态性就是文艺唯一的属性。因此，在文艺性质问题的讨论中，不应该因为文艺还有其他的属性，还可以作其他的界定和命名，比如说文艺还具有人学属性、文化属性以及文学是语言的艺术等等，就来否定文艺是意识形态或审美意识形态的命题。

其二，与第一个方面相联系，在人文社会科学问题的研究中，还要明白他人和自己是在哪个角度、哪个层面、哪个意义上来谈论一个问题，对一个对象作出界定的。比如说探讨文艺与意识形态的关系，究竟是为了给实体性存在的文艺下定义呢，还是要探讨文艺的社会本性呢？这之间是有分别的。如果是给实体性存在的文艺下定义，就要考虑文艺本体方面的属性，包括它的媒介属性等等，但如果仅仅是在讨论文学的社会本性的话，就可以不涉及与媒介属性相关的问题。有的同志写文章时用艺术的非意识形态性如物质存在属性来否定意识形态性就是没有区分清楚这一点。因为人家不是要给文艺下实体性的定义，而是要探讨文艺的社会本性，文艺是社会意识形态或文艺是审美的意识形态的提法实际上不过是文艺在本质上是意识形态或文艺在本质上是审美的意识形态的简略说法，用文艺的实体性存在中具有的某些非意识形态性质来否定这种说法是缺乏针对性的。这就好比讲人是政治的动物，讲人是创造文化符号的动物，或是像马克思讲的人是社会关系的总和，这是对人的社会本性的规定，是就其社会本质而言。反过来偏要说人还有五官四肢，还有生理需求，等等，用这些东西来否定属于人的前面那些界定可以说是文不对题。

其三，这里还应该指出，在学术思想的发展史上，一个概念的含义常常是会发生变化的，一个理论命题也常常会被不同时代甚至同一时代的学者注入不同的内涵，作出不同的阐释，这样的事例在学术史上屡见不鲜。因此，在学术讨论中，不能因为某个概念有某种含义，就反对别人在另一种含义上使用这一概念，同样也应该允许他人对于一个理论命题的内涵作出新的阐释。在文艺与意识形态关系问题的讨论中，有的同志认为马克思早期所使用的意识形态概念是否定性的，指的是统治阶级的统治思想，是虚假意识、支配意识的代名词，马克思自己后来以及马克思之后的许多人对这个概念的使用都背离了马克思最初使用这个概念时的原义。殊不知在法国思想家特拉西最初创造和使用这个名词时，所表示的只是观念学的意思，并无贬义，只是从拿破仑起才赋予这个词以贬义。马克思在早期以及恩格斯直到晚年，的确都经常在否定意义上使用这一概念，但马克思、恩格斯在其他一些地方却又是在中性化的意义上使用它的，比如在《〈政治经济学批判〉序言》里马克思就是把意识形态作为一个中性的描述性社会科学概念，用以概括整体的社会结构中存在于上层建筑中的某些社会意识形式。可见，在经典马克思主义创始人那里，意识形态概念有着双重的含义和两种用法，要承认它的不同含义，不能用一种用法否定另一种用法。此外，审美这个概念也是如此。审美本来具有感性的含义，但西方的一些学者，尤其是中国的许多学者后来从美的观照的角度来理解它，也不能说就完全没有一点道理，因为艺术活动和艺术作品的确是与美有关系的，现在我们提出要把审美恢复到其原初意义即感性的意义上，也并不是要在艺术的理解中完全抛弃美的属性。所以，对于审美概念，是可以有不同的理解的。同样，对于文艺是审美的意识形态的命题，也是可以有不同的理论阐发的。当然，由于对于审美、对于意识形态，研讨者相互之间有不同的认识和理解，因而对于文艺是审美的意识形态的命题，以及文艺与意识形态关系中的其他任何问题，或赞同或批评，展开争鸣，这也是十分正常的，没有什么不好。关键的问题是大家都要讲道理，要审慎地看待自己的理论认识成果，也要审慎地看待他人的理论认识成果，对自己的见解要坚持，但不可过于自信，对他人的见解不必盲从，但也应给予尊重。对我们探讨中的每一个概念、观念和问题，都应放到学术史的过程中，放到复杂的文本间性关系中，放到多种角度上和多个层面上加以展开。在这一展开的过程中，可能每一种思考、理解和提法都看到了问题的一个方面，都有其价值也有其局限，而只有更全面地思考，才可能获得更全面的认识，从而才能更好地将问题引向深入，把理论向前推进！

第五章　新时期反本质主义文学观念所引发的论争

新时期以来，中国文论的建设发展在许多方面发生了巨大变化，这其中的一个重要方面即是：当代中国文论遭到了解构，这种解构是来自反本质主义的，并已构成了我们对中国文论进行深刻反思与重建思考的理论语境，而不能也不容回避。从某种意义上来说，反本质主义文学观念及其引发的论争在很大程度上影响了新时期中国文论的发展格局，也正是基于此，我们有必要对这场论争做出及时回顾与总结，通过梳理其论争过程，检视其主要问题与焦点，探讨其启示意义，并反思其所存在的问题和不足，以期有利于新时期中国文论的未来发展与建设。

第一节　论争过程与概况

在新时期文论界，对于反本质主义文学观念的出现，有学者甚至追溯到20世纪80年代[①]，显然是与后现代思潮涌入中国相联系的，而具有外源性的理论特征。

在西方，反本质主义文学观念是建立在反本质主义的哲学基础之上的。一般认为，反本质主义肇始于叔本华、尼采等的非理性哲学。我们知道，西方由古希腊哲学所开启的爱智求知的形而上学传统，其对认知理性的倚重，已潜含着对“人”的遮蔽，而随后在西方哲学探寻事物“本质”的形而上学进程中，越来越疏离人的生活与现实生命，只是为人提供抽象的存在依据。

① 参见金元浦、曾军《问题意识·边界之争·对话主义》，《社会科学报》2005年5月26日。

而文艺复兴以来，发端于笛卡尔的近代理性主义哲学，以对人的自身理性的空前肯定，摆脱了宗教神学的束缚，但在经过德国古典哲学的大发展而完成于黑格尔并达到理性主义哲学“顶峰”的同时，也进一步将这种形而上学的认知理性取向推向了极端，西方哲学形而上学传统也因此陷入困境，并最终引发了对它的“反动”。此种“反动”，最早起于叔本华、尼采等人的非理性哲学，叔本华、尼采等人的这种非理性哲学批判并试图力纠自柏拉图以降西方传统形而上学的缺陷，为西方现代哲学的突围与重生提供新的思路，此即所谓现代哲学的“非理性”转向，其标举人的非理性，强调人的生命意志、直觉、情感与欲望等，实则是宣告理性主义所揭示的理性本质之虚无与理性本质观的破产，并因此被视为反本质主义观念的始作俑者。这种反本质主义观念，后经海德格尔、德里达、罗蒂、维特根斯坦等人的进一步阐扬，在西方形成一股反本质主义的思想大潮，并最终使西方哲学形而上学传统及其理性本质观走向终结，所谓的理性“真理”不复存在，而以其为哲学基础的西方文学本质观也土崩瓦解。

而在我们的视野中，这种反本质主义理论资源作为一种来自西方的批判武器，对当代中国文学理论生产状况产生前所未有的“撼动”，却是始于《文学评论》杂志在2001年至2002年间展开的关于“大学文艺学学科和教材反思”的讨论，具有代表性的理论文章有率先“亮剑”的陶东风的《大学文艺学的学科反思》(《文学评论》2001年第5期)，还有李珺平的《文艺学学科建设与教材建设的思考》(《文学评论》2002年第1期）等。当然，对于当代中国文学理论的本质主义观念及其弊端，稍前已有论者作出过反思，如汪正龙在《文艺理论研究》1999年第2期发表的《本质追寻和根基失落——从知识背景看我国当代文学理论存在的一个主要问题》等即是，对这一问题的讨论也不乏启发意义，而为这一次的讨论做了必要的理论准备与铺垫。这一次的讨论，旋即引发了一场文论界至今未绝的关于当代中国文学理论生产状况及其出路的理论探讨，国内许多知名学者，如童庆炳、朱立元、陆贵山、李春青、王元骧、杨春时、南帆、吴炫、方克强、高小康、赖大仁，还有曾繁仁先生等都或先或后，或从不同角度，或以不同的方式参与了这场理论探讨。

这场理论探讨从2001年开始，算起来，到现在已经十多个年头。要说与此相关的比较集中的几次讨论，姑且撇开就此召开的大小不等的理论研讨会不论，仅就理论刊物而言，在21世纪的第一个十年里，除了《文学评论》在2001年至2002年间拉开这场理论探讨序幕的那一次，还有《文学评论》2004年至2005年间展开的“关于‘文学理论边界’的讨论”，2007年第5期关于“文艺学知识形态批判性反思”的讨论；《文艺研究》2004年第1期关于“当代文艺学学科反思”的讨论，2005年第7期、第9期关于“学科反思”的讨论，2006年第10期作为“理论专题”栏目的讨论。而更多相关的学术论文，则散见于各类文学理论刊物、社科期刊和众多大学学报。可以说，十多年来的这场理论探讨，从《文学评论》在2001年至2002年间的那次讨论一石激起千层浪而成为理论热点开始，在接下来的连续几年里，我们浏览与回顾2003①、2004②、2005③、2006④、2007年文艺学热点问题⑤与2008年文学理论批评热点问题⑥，不难发现，学界关注的理论话题都或多或少地与这一理论热点相关联。到2009年，《文艺争鸣》展开了关于“文艺学的建构论与本质论问题”的讨论，该讨论一直延续至2010年，连续刊发了此类的理论文章25篇，可谓盛矣⑦，并在2012年第1期发表李自雄的《论“反本质主义”之后的文学理论重建》⑧，将问题的探讨不断引向深化，目前相关的讨论仍在持续。

---

① 张炯：《2003年文学理论批评一瞥》，《文学评论》2004年第4期。

② 杨经建、吴志凌：《2004年文学理论和批评状况要览》，《光明日报》2005年2月18日。

③ 吴子林：《面对挑战的文艺学研究——2005年文艺学热点问题研究一瞥》，《南京师范大学文学院学报》2006年第1期。

④ 汪正龙：《2006年文艺学热点透视》，《南京师范大学文学院学报》2007年第3期；余虹、马元龙：《意识形态·知识·底层——2006年文学理论论争扫描》，《文艺报》2007年1月30日；葛红兵、宋红岭：《分化与缝合——2006年文学理论批评热点问题述评》，《当代文坛》2007年第1期。

⑤ 章辉：《文学理论知识创新的焦虑与新媒介文化的冲击——2007年度文艺学热点问题述评》，《社会科学》2008年第2期。

⑥ 葛红兵、赵牧：《中国经验·现实维度·反思视角——2008年文学理论批评热点问题评述》，《当代文坛》2009年第1期。

⑦ 曾军、贲前方：《历史意识·本土意识·问题意识——2009年度文艺学研究热点扫描》，《社会科学》2010年第1期；马建辉：《2009年文艺理论热点回眸》，《文艺报》2010年1月8日；汪正龙：《2009年文学理论研究扫描》，《文艺争鸣》2010年第13期。

⑧ 相关的论争可参见王伟《反本质主义、文论重建与中国问题》，《文艺争鸣》2013年第1期；李自雄：《关于反本质主义的三个关系问题》，《文艺争鸣》2013年第5期等。

毫不夸张地说，十多年来的这场由反本质主义文学观念所引发的论争和理论探讨，几乎成了我们对当代中国文学理论进行理论反思与重建思考不容轻易绕开的理论话题，其引起的理论关注之巨之广，在新时期文论界无疑是引人注目的。

第二节 论争的主要问题与焦点

在新时期文论界，这场由反本质主义文学观念所引发的论争和理论探讨主要围绕两方面的问题与焦点而展开，即：怎样认识当代中国文学理论的本质主义弊端及其症结？当代中国文学理论应如何走出本质主义的困境进行理论重建？并由此衍生出一些基本理论问题：文学有没有本质？到底应该如何理解文学的本质？它是否仅仅就是历史的建构？还有与之相关联的一系列的概念的界定问题：如何界定“本质”？如何界定“本质主义”？如何界定“反本质主义”？等等。许多人发表了不同看法，也不乏观点碰撞，大致来说，主要包括“反本质主义”的观点与被“反”方的观点回应，以及与上述双方不尽一致的来自第三方的看法。

对于怎样认识当代中国文学理论的本质主义弊端及其症结的问题，无论是“反本质主义”的观点、被“反”方的观点回应，还是来自第三方的看法，都有着某种高度的一致，即对本质主义观念及其思维方式都表现出了一种摈弃的态度。而其中“反本质主义”的观点，无疑是起到了一石激起千层浪的作用。如何对当代中国文学理论的本质主义观念及其思维方式进行清理、批判与破除呢？反本质主义者采用了具体的文本批判的策略，也就是从大学文学理论教材入手，对当代中国文学理论的本质主义观念及其思维方式进行清理与解构。

因为在反本质主义者看来，对于当代中国文学理论的本质主义观念与思维方式的形成及其积弊，文艺学教科书扮演了不容忽视的角色。在这一点上，诚如反本质主义者所言，“自从大学成为知识生产的主要机构化场所以后，文艺学就被纳入了这个体制。大学的文艺学教学成为文艺学知识生产、传播以及人才培养的最主要渠道，而教科书则是这个主渠道的中心环节”，所以，“大学文艺学教科书也就最典型地集中了本质主义的弊端”①。从某种意义而言，如果说本质主义是一种“病毒”，那么，大学的文艺学教科书及教学则起着散播“病毒”的作用。因此，从文学理论教材入手，对当代中国文学理论的本质主义观念及其思维方式进行清理与解构，对反本质主义而言，确乎能更好地观照“本质主义的弊端”，而基于“中国大学中从事文艺学教学与研究的人数庞大，更为世界之首”②的事实，则无疑更能起到拔“寨”起弊、当头棒喝的作用。

具体来说，反本质主义者主要是通过对以群主编的《文学的基本原理》（上海文艺出版社1963年初版；1979年再版；1983年三版）、蔡仪主编的《文学概论》（初稿完成于20世纪60年代；1979年人民文学出版社出版）、童庆炳主编的《文学理论教程》（高等教育出版社1992年第1版；1998年第2版；2004年第3版）等文学理论教材的文本分析，来对当代中国文学理论的本质主义观念及其思维方式进行清理与解构的。

我们知道，当代中国的文学理论教材，最初是直接从苏联引进，具体而言，第一本正式引进的是1953年翻译的季摩菲耶夫的《文学原理》，据译者查良铮（笔名穆旦）称，该书是当时“唯一”一部大学文学理论教材③。后来陆续引入的有毕达可夫的《文艺学引论》、谢皮洛娃的《文艺学概论》、柯尔尊的《文艺学概论》等。关于这几部教材的中国译本，毕达可夫的《文艺学引论》与谢皮洛娃的《文艺学概论》都有1958年译本，前者为高等教育出版社出版，后者为人民文学出版社出版，柯尔尊的《文艺学概论》有1959年译本，为高等教育出版社出版，等等。20世纪60年代之后，中国的对苏政策发生调整，文学理论教材也开始由引进转向自身建设，以群主编的《文学的基本原理》和蔡仪主编的《文学概论》就是这种转向的重要成果。正如我们在前面所曾指出的，这两本教材的使用，曾因“文革”的开始而打断，现在见到的，大都是1979年、1983年所出版本，但基本的面貌没有发生大的变化，比较典型地反映了新时期以前的文学理论观点。而

① 陶东风：《大学文艺学的学科反思》，《文学评论》2001年第5期。另参见陶东风主编《文学理论基本问题》“导论：文艺学的学科反思与重建”，北京大学出版社2005年版。

② 陶东风：《大学文艺学的学科反思》，《文学评论》2001年第5期。

③ 查良铮：《译者的话》，见［苏］季摩菲耶夫《文学原理》，上海平明出版社1953年版。

反本质主义者也正是通过对它们的文本分析，开始对当代中国文学理论的本质主义观念及其思维方式进行清理与解构，并伸张其反本质主义文学观点的。

反本质主义者认为以群主编的《文学的基本原理》（1983 年修订版）所表现出的本质主义文学观念及其思维方式，充满了矛盾，而且不能自圆其说。在他们看来，这主要体现在以下两个地方，一是它一方面承认文学研究的历史性与文学性质的可变性，即其所援引之谓“万古不变的文学原理是不存在的”，对它的研究要“同具体的历史经验联系起来加以考察”①；而另一方面，又“把历史上各种各样的文学观点（无论是中国的还是西方的）统统归入‘唯心’与‘唯物’两种，实际上是也就是‘真理’与‘谬误’两种，从而实际上否定了文学理论与文学本质的多元性，也就是说，在各种各样的对于文学规律的认识中，只有一种是正确的、科学的，合乎文学‘本质’的”②。二是以群的《文学的基本原理》一方面从马克思主义的社会结构理论出发，得出文学及文学理论是意识形态的结论，认为“对于文学性质的认识的分歧与斗争，往往是与现实的阶级斗争密切联系在一起的，这也是为中外文学发展史所证明的一条客观规律”③，资产阶级文学及其文学理论作为其阶级利益的反映，表现出的是一种“虚假意识”；而另一方面，它又“不承认无产阶级的文学理论也是特殊的阶级利益的表现，相反坚信无产阶级的文学理论并不因为它是特定阶级利益的表现而失去其不容置疑的客观性、科学性与真理性。无产阶级的利益与立场是超越自己利益的，是与全人类的利益一致的，因而是普遍的、科学的与客观的”④。

按反本质主义者的观点，以群的《文学的基本原理》所表现出的上述问题，构成了其文学理论的内在矛盾性，而究其原因，在于这种文学理论“坚信绝对的真理，热衷于建构‘大写的哲学’（罗蒂）、‘元叙事’或‘宏伟叙事’（利奥塔）以及‘绝对的主体’，认为这个‘主体’只要掌握了普遍的认识方法，就可以获得超历史的、绝对正确的对‘本质’的认识，创造出普

① 以群主编：《文学的基本原理》，上海文艺出版社 1983 年版，第 2 页。
② 陶东风：《大学文艺学的学科反思》，《文学评论》2001 年第 5 期。
③ 以群主编：《文学的基本原理》，上海文艺出版社 1983 年版，第 19 页。
④ 陶东风：《大学文艺学的学科反思》，《文学评论》2001 年第 5 期。

遍有效的知识”①，正是其本身的本质主义文学观念及其思维方式使然。而这种“普遍”适用的“认识方法”，对当代中国的文学理论来说，据反本质主义者的分析，就是马克思主义的意识形态说，他们援引以群的《文学的基本原理》指出，这本教材即认为，“在马克思主义产生以前，由于历史条件的局限，与阶级的局限，文学理论还不可能形成科学的体系，对文学这一社会现象也还不可能作出全面的、科学的解释……马克思主义的文学理论奠定在坚实的科学基础之上。在这个基础上，我们才可能从今天的社会发展和文学艺术发展的实际状况出发，对文学是什么、它具有什么基础性质与特点的问题，作出比较全面的、科学的说明”②。

在反本质主义者看来，以群的《文学的基本原理》存在的这种本质主义文学观念及其思维方式，同样存在于蔡仪的《文学概论》中，并被浓缩为这本教材第一章的大标题置于篇首而统领全篇，即“文学是反映社会生活的特殊的意识形态”③，而它背后同样潜伏着这样一种思想，即“千百年来人们寻找文学现象后的本质是没错的，因为文学的确存在着一种被称为本质的东西。但由于以往各种文学理论本身没有科学基础和科学性，所回答的文学是什么的答案是不正确的。而唯等马克思主义文学理论诞生之后，这个问题才得到了根本解决，即马克思主义的意识形态说就是文学是什么的、是适应一切文学现象的放之四海而皆准的科学的答案”④。

对于童庆炳主编的《文学理论教程》，反本质主义者首先予以了充分的肯定，指出它“前所未有地推进了对于文学性质与文学观念的多元理解，代表了新时期文艺学教材的最高水平”，这主要表现在它强调文学理论的“实践性品格”的同时，也对历史维度有充分的考虑，把“文学”理解为一种“活动”，而分别从“文化”“审美”“惯例”三个角度对“文学”及其性质予以界定，注意到“文学界定中绝对主义（认为文学的本质是审美）与相对主

① 陶东风：《大学文艺学的学科反思》，《文学评论》2001 年第 5 期。

② 单小曦：《文论教材建设中的本质主义与反本质主义——关于中国高校文学理论教材改革与建设的思考之一》，《长江师范学院学报》2008 年第 3 期。

③ 蔡仪主编：《文学概论》，人民文学出版社 1979 年版，第 1 页。

④ 单小曦：《文论教材建设中的本质主义与反本质主义——关于中国高校文学理论教材改革与建设的思考之一》，《长江师范学院学报》2008 年第 3 期。

义（认为文学的本质是惯例）的紧张”，提出“以狭义文学和审美的文学观念为中心去综合广义文学和文化的文学观念，及折中义文学和惯例的文学观念”，在文学观念上也体现出更为开放而包容的态度；而另一方面，也是反本质主义者所认为的更为实质的一面，在这本教材里，最后还是把文学的本质界定为“审美的意识形态”，尽管“其对于‘审美’的理解也仍然力图达到辩证”，但它“最终依然把‘审美’（非功利性、情感性等）视做文艺的特殊性质或‘内在性质’，而把‘意识形态’（功利性、认识性等）视做与‘审美’对立的‘外在性质’，在‘审美’与‘意识形态’之间进行了一种二元拆分，而没有看到‘审美’（其实质是艺术活动的自主性）本身即是一种意识形态，是一种历史的、社会的和地方性的知识——文化建构”，对此，反本质主义者援引罗蒂的《后哲学文化》指出，“本质主义的基本特征就是内在与外在、实体与现象、中心与边缘的二元论”，因此，审美意识形态论“关于文学的‘内在性质’/‘外在性质’的二元对立模式显然没有能够告别本质主义”①。

总而言之，以反本质主义者的观点来看，当代中国的文学理论深受本质主义观念及其思维方式的影响，对于这种影响及其实质，在此，为了尽量避免某种曲意附会（客观地说，目前中国学界，对反本质主义者的这种曲意附会并不少见，为此，他们也作过回应，而他们的回应也可能存在同样的情况②，这确实是值得注意的问题），我们倒是更愿意用他们一段多次同义反复的话来作出概括，即本质主义“总是把文学视作一种具有‘普遍规律’、‘固定本质’的实体”，“不是在特定的语境中提出并讨论文学理论的具体问题，而是先验地假定了‘问题’及其‘答案’，并相信只要掌握了正确、科学的方法，就可以把握这种‘普遍规律’、‘固有本质’，从而生产出普遍有效的文艺学‘绝对真理’”，在这种观念及思维方式的驱使下，“似乎文学是已经定型且不存在内部差异、矛盾与裂隙的实体，从中可以概括出所谓放之四海而皆准的‘一般规律’或‘本质特点’”，而“这个意义上的‘文学’与‘文

① 陶东风：《大学文艺学的学科反思》，《文学评论》2001 年第 5 期；《文学理论基本问题》“导论：文艺学的学科反思与重建”，北京大学出版社 2005 年版。

② 陶东风：《文学理论：建构主义还是本质主义？——兼答支宇、吴炫、张旭春先生》，《文艺争鸣》2009 年第 7 期。

学理论’实际上只是一个虚构的神话，这个意义上的所谓‘规律’实际上也只是人为地虚构的‘规律’”①，这就是当代中国本质主义文学观念的“虚构”实质。而更为严重的是，“以各种关于‘文学本质’的元叙事或宏大叙事为特征的、非历史的本质主义思维方式严重地束缚了文艺学研究的自我反思能力与知识创新能力，使之无法随着文艺活动的具体时空语境的变化来更新自己。这直接导致了另一个严重的后果，即文艺学研究与公共领域、社会现实以及大众的实际文化活动、文艺实践、审美活动之间曾经拥有的积极而活跃的联系正在丧失。大学的文艺学（在很大程度上也是一般的文艺学）已经不能积极有效地介入当下的社会文化与审美/艺术活动，不能解释改革开放尤其是90年代以来文学艺术的生产方式、传播方式以及大众的文化消费方式的巨大变化”②，妨碍了它“及时关注与回应当下日新月异的文艺/审美活动，使之无法解释当代文艺/文化活动的变化”，还“导致文艺学在研究的对象上作茧自缚”，拒绝研究新近出现的审美及文化现象，而将它们拒斥在文艺学的研究范围之外③，而“对于新近出现的文艺活动的深刻变化的一味回避或拒斥，又反过来强化了文艺学中原有的本质主义倾向”④。可以说，当代中国文学理论的本质主义观念及其思维方式，不仅束缚了自身的创新发展，并且致使文学理论不能对当代中国社会生活及其文艺实践活动作出有效的回应与理论阐释，而这又进一步加剧了这种文学理论的本质主义观念及其思维方式。很明显，当代中国的文学理论正处于这样一种恶性循环的怪圈之中，要使当代中国的文学理论走出这一恶性循环的怪圈，对这种本质主义观念及其思维方式进行清理、批判与破除是势在必行的。

面对反本质主义者的批判，被“反”方也以不同的方式，包括正式的诉诸笔端，或者非正式的言语方式作出了回应，这种回应也是基于对本质主义观念及其思维方式的弃如敝屣。其中比较正式而有代表性的回应是：在中

① 陶东风：《大学文艺学的学科反思》，《文学评论》2001年第5期；《文学理论基本问题》“导论：文艺学的学科反思与重建”，北京大学出版社2005年版。

② 陶东风：《大学文艺学的学科反思》，《文学评论》2001年第5期。

③ 陶东风、王瑾、和磊等：《日常生活审美化：一个讨论——兼及当前文艺学的变革与出路》，《文艺争鸣》2003年第6期。

④ 陶东风：《大学文艺学的学科反思》，《文学评论》2001年第5期。

国“本质主义与反本质主义的战争其实早就已经结束，已经没有了悬念”，中国近代以来的思想解放运动，包括“‘五四’新文化运动、延安整风运动和新时期以来的思想解放运动，总的来看都是反本质主义的”，[①] 而“审美意识形态论”的提出以及它对“社会意识形态论”的更替，就是这种思想运动的反本质主义产物。对此，反本质主义者则认为，“文学是一种审美意识形态”和“文学是一种社会意识形态”，在理论的思维方式层面，并没有什么实质上的区别，二者“都是一种本质主义的理论话语”，用“审美意识形态”对“意识形态”进行置换，只是在“本质主义理论框架内的具体内容的调整，不能改变文学本质主义的理论性质”[②]。

对反本质主义的批判，除了被“反”方的回应之外，更多的是来自第三方的声音，我们不妨称之为反思派（当然，无论是“反”方，还是被“反”方，都有自己不同意义上的反思，这里称他们为“反思派”只是为表述方便起见），他们的这种声音，是由反本质主义所引发的论争而引发的进一步反思，并同样表现出对本质主义观念及其思维方式的摈弃与批判。他们中的绝大多数，包括来自老、中、青几代的学者，对中国文学理论研究中存在的本质主义观念及其思维方式几乎都采取了批判的态度，近乎是“一边倒”，[③] 这与“反本质主义”并无二致，如王元骧从马克思主义文学理论立场出发而对“本质主义”持批判的观点，他通过分析本质的多样性、流动性、频繁的规律性，认为马克思主义就是反对本质主义的。[④] 而杨春时则认为，由于受到本质主义观念及其思维方式的严重影响，中国传统文学理论那种单一本质论的文学观点，与实际存在的多层结构、多重本质的文学事实相去甚远。[⑤] 而“反思派”与反本质主义者的巨大分歧，则很大程度体现在对于当代中国文学理论应如何走出本质主义的困境进行理论重建的问题上的分野，他们中的绝大多数与反本质主义者提出的“建构主义”理论重建思路不同，

---

① 童庆炳：《反本质主义与当代文学理论建设》，《文艺争鸣》2009 年第 7 期。

② 单小曦：《文论教材建设中的本质主义与反本质主义——关于中国高校文学理论教材改革与建设的思考之一》，《长江师范学院学报》2008 年第 3 期。

③ 曹顺庆、文彬彬：《多元的文学本质——对本质主义和建构主义论争的几点思考》，《文艺争鸣》2010 年第 1 期。

④ 王元骧：《文艺学强调艺术本性的研究》，《学术研究》2004 年第 3 期。

⑤ 杨春时：《论文学的多重本质》，《学术研究》2004 年第 1 期。

而提出了一些各不相同的理论构建方略，比较典型的有“关系主义”的理论重建思路与主张，还有“穿越主义”的理论重建思路与主张等，并与反本质主义者提出的“建构主义”理论重建思路一起，呈现出颇为异趣的理论路径与面貌。

反本质主义者的“建构主义”理论重建思路与主张，在其“建构主义文学理论论纲”中有比较完整的体现，这一论纲的大致内容，我们可作如下几点的概括：一是建构主义主张反“本质主义”，具体到对文学的理解上，即反的是那种“僵化的、非历史的、形而上的理解文学本质的理论和方法”，而并非是反本质，是与“反本质的主义”相区分的，也不意味着取消本质言说，对此，反本质主义者对“反本质主义”作了“反本质主义”与“反本质的主义”的划分，认为反本质主义可“分为‘反本质主义’与‘反本质的主义’两种，建构主义属于‘反本质主义’，而不是‘反本质的主义’”，“建构主义反对本质主义，但它同时也可以是一种关于本质的言说”。二是建构主义坚持本质是作为建构物而存在，反对本质是作为非建构的实体存在，也就是说，并不存在任何“非建构的实体的本质”，只存在建构性的本质，以此为出发，建构主义认为文学，包括文学本质、文学评判标准等都是“受到社会历史条件制约的文化与语言”的建构，而并非是“先验的、非历史的、永恒不变的”。三是建构主义意味着文学理论研究范式、提问方式的调整与改变，即文学理论研究要问的是，“什么人在什么情况下出于什么需要、目的建构了什么样的‘文学’理论？又是在什么情况下何种关于文学的理论为什么取得了支配或统治地位？”四是建构主义提倡对话，而不是隔绝与对抗，指出“应该用对话主义的文学理论来补充建构主义的文学理论”，倡导“民主的文化商谈机制”，以消弭文论上的非正义的程序所致的霸权。①

和上面所说的“建构主义”不同，“关系主义”的理论重建思路与主张，是建立在这样一个认识前提之下的，即认为对“本质主义”，不能简单粗暴地只是把它和“思想僵硬”“知识陈旧”“形而上学猖獗”等相联系，视之为一个贬义的对象，而要对它持有限度的历史合理性的观点，并且它构成了我

① 陶东风：《文学理论：建构主义还是本质主义？——兼答支宇、吴炫、张旭春先生》，《文艺争鸣》2009年第7期。

们曾经从中“得到了不计其数的思想援助”的传统的一部分。从这一种认识出发，“关系主义”的理论重建思路与主张，认为“文学必须置于多重文化关系网络之中加以研究，特定历史时期呈现的关系表明了文学研究的历史维度”，而“文学理论必须尾随文学回到历史语境之中”进行理论言说，在具体的历史语境及其文化关系网络中通过比较来定位文学，进而在这种比较和定位中来探究文学的相关问题。也就是要“将文学置于同时期的文化网络之中，和其他文化样式进行比较——文学与新闻、哲学、历史或者自然科学有什么不同，如何表现为一个独特的话语部落，承担哪些独特的功能等等”，在这种文化关系网络的比较中，对什么是文学的思考与探讨，事实上也就“包含了诸多潜台词的展开：文学不是新闻，不是历史，不是哲学，不是自然科学……文学的性质、特征、功能必须在这种关系网络之中逐渐定位”，如果说“本质主义力图挣脱历史的羁绊，排除种种外围现象的干扰。收缩集聚点，最终从理论的熔炉之中提炼出美妙的文学公式”，那么，与本质主义的这种理论旨趣不同，关系主义则“强调进入某个历史时期，而且沉浸在这个时代丰富的文化现象之中，理论家重要的工作就是分析这些现象，从中发现各种关系，进而在这些关系的末端描述诸多文化门类的相对位置”，包括文学的相对位置，并作出自己的理解与解释。①

而“穿越主义”的理论重建思路与主张，则是建立在如下一种区分的前提下提出的，即将“本质主义”与“意识形态”“本质化‘行为’”作了切割，认为当前中国文学理论需要反的不是所谓本质主义观念及其思维方式，而是造就这种本质主义观念及其思维方式的“受权力制约把某种‘本质观’作为‘中心话语’去贯彻的‘本质化’行为”，② 显然也包括有学者所指出的“权威主义”③ 及这样一些“制度和权力因素”。从这样的认识与判断出发，“穿越主义”的理论重建思路与主张，认为“一个没有真正告别‘意识形态’思维、而且不自觉地以‘新意识形态’代替‘旧意识形态’的民族”，

---

① 南帆：《文学研究：本质主义，抑或关系主义》，《文艺研究》2007 年第 8 期。

② 吴炫：《当前文艺学论争中的若干理论问题》，《文学评论》2008 年第 4 期；乔焕江：《文学：从“是什么”到“怎么样”》，《文艺争鸣》2009 年第 3 期。

③ 支宇：《“反本质主义”文艺学是否可能？——评一种新锐的文艺学话语》，《文艺理论研究》2006 年第 6 期；章辉：《反本质主义思维与文学理论知识的生产》，《文学评论》2007 年第 5 期。

还未能使自己“对文学独立的本质性理解化为现实”，就“彻底放弃‘本质论’或‘本体论’思维”，这样“不仅会使已经问题重重的文艺学走不出困境，而且会使中国人文社会科学理论的‘自主化’建设更加遥遥无期”①。所以，“不能轻易告别‘中国式文学本质论’、‘中国式文学本体论’建设努力”，这种努力应是实现对传统中西方文学“本质论”的“穿越”，即“通过对中国文学如何穿越意识形态、文化观念、艺术现实所构成的现实之束缚，建立一个区别于上述现实的存在世界，以直接建立‘中国文学何以成为自身’的问题来间接回答‘文学是什么’这一中国式的本质追问，从而与中西方各种文学本体论和文学本质观，构成‘不同而对等’的对话状态”②。

第三节　论争的启示意义

回顾是为了更好地前行。在新时期文论界，这场由反本质主义文学观念所引发的论争和理论探讨，促进了我们对当代中国文学理论生产状况的反思及其出路的思考，其对当代中国文论固有的文学观念所形成的巨大冲击是前所未有的，而这种冲击所带来的理论启示意义也是不容抹杀的，这主要体现在以下几个方面。

一是对僵化思维的消解。

在当代中国，反本质主义“亮剑”文论界，很大程度上，是出于对文学理论研究中僵化思维的深恶痛绝。的确，对于当代中国的文学理论而言，也正如我们在前文所提及过的，也是反本质主义者所“深切地感觉到”的，“以各种关于‘文学本质’的元叙事或宏大叙事为特征的、非历史的本质主义思维方式严重地束缚了文艺学研究的自我反思能力与知识创新能力，使之无法随着文艺活动的具体时空语境的变化来更新自己”，不仅如此，这还直接带来了另一个严重的问题，也就是“文艺学研究与公共领域、社会现实以及大众的实际文化活动、文艺实践、审美活动之间曾经拥有的积极而活跃的联系正在丧失。大学的文艺学（在很大程度上也是一般的文艺学）已经不能

---

① 吴炫：《当前文艺学论争中的若干理论问题》，《文学评论》2008 年第 4 期。

② 吴炫：《当前文艺学论争中的若干理论问题》，《文学评论》2008 年第 4 期。

积极有效地介入当下的社会文化与审美/艺术活动，不能解释改革开放尤其是90年代以来文学艺术的生产方式、传播方式以及大众的文化消费方式的巨大变化”①，在使我们的文学理论离现实的社会生活及文学发展状况越来越远的同时，也使它不能“及时关注与回应当下日新月异的文艺/审美活动，使之无法解释当代文艺/文化活动的变化”②，表现出理论阐释的无能为力。

陈晓明曾指出，“当代文学实践早已是脱了缰的野马，跑得不知去向，现行的文艺学已经难以望其项背”③。我们认为，这种情况的出现，不仅仅只是说明了当代中国文学理论的严重滞后，而且体现出了它与当代社会生活及文学发展状况的严重疏离和巨大裂隙，而这种疏离与裂隙的产生，若从思维模式上来找原因，无疑是与文学理论研究上的本质主义观念所带来的僵化思维相关联。这种僵化思维导致了文学理论研究与它应有的现实维度的疏离，而反过来，这种与现实维度的疏离，又加剧了文学理论研究在思维上的僵化程度。所以，从这个意义来讲，这场由反本质主义文学观念所引发的论争和理论探讨对当代的中国文学理论而言，极大地推动了对这种僵化思维的消解，而为文学理论的研究面向现实敞开新的思维空间，进行知识更新提供了可能。

二是对话语霸权的抵制。

我们应该如何看待理论，包括文学理论？我们接受一个理论，或者说一个理论被我们所选择，它的正当性何在？这是反本质主义给我们带来的另一个问题的思考。事实上，任何理论，包括文学理论都不是自明的，因而不可能存在不加追问的理所当然。

正是在这个意义上，也许正如反本质主义者所言，一方面，任何的文学理论研究都是建立在这样一个前提下的，即“要选择自己需要的理论、术语和词汇，这是理论工作的宿命，是研究开始的前提”，否则，我们便无法进行理论言说；而另一方面，我们对自己的理论选择要“持有清醒的反思精

① 陶东风：《大学文艺学的学科反思》，《文学评论》2001年第5期；《文学理论基本问题》“导论：文艺学的学科反思与重建”，北京大学出版社2005年版。

② 陶东风、王瑾、和磊等：《日常生活审美化：一个讨论——兼及当前文艺学的变革与出路》，《文艺争鸣》2003年第6期。

③ 陈晓明：《历史的断裂与接轨之后：对当代文艺学的反思》，《文艺研究》2004年第1期。

神，明白自己的选择并不是在“绝对真理”和“绝对谬误”之间作某种“绝对”的选择，而是在各种关于文学的“意见”之间的某种选择，所以，自己和其他人的文学理论的关系，并不是真理和谬误之间的关系，更不是这种关系下的“较量”，而是“意见”和“意见”之间的对话，应该意识到“自己选择的一套理论词汇本身是有缺憾的，它并不比别人选择的理论、术语和词汇更接近某个文学的‘实体’”，更不能以“绝对真理”自居，而认为“其他的文学理论都不是文学理论或者都是错误的、虚假的文学理论”。①

从这种理解出发，我们的文学理论言说的确需要一种反本质主义所呼唤的“程序正义”原则。这种“程序正义”原则，意味着不同的个体或群体都有对文学作出某种理论言说的权利，只要这种言说没有与程序正义相违背，而不是一种理论言说可以凭借某种非正义的程序（如某种权力或金钱）而形成文学理论的话语霸权，并不容置疑，更不允许其他理论言说的存在。它是“民主的文化商谈机制”②对话语霸权的抵制，对文学理论言说与书写权力垄断的质疑。就此而言，这场由反本质主义文学观念所引发的论争和理论探讨，对于推进我们破除“至今仍然束缚中国文艺学家们的‘大文学理论’的权威和霸权”③，无疑是件好事。

三是对新的知识空间的拓展。

这场由反本质主义文学观念所引发的论争和理论探讨在极大地推动对僵化思维的消解与对话语霸权的解构的同时，也带来了对新的知识空间的拓展。反本质主义“对‘本质’、‘规律’、‘真理’的彻底解构，将我们的文艺学反思和重建带入一个无‘本质’、无‘真理’的绝对自由状态。面对这样一种无‘本质’、无‘真理’的绝对自由状态，文艺学获得了无边的理论创造空间，它可以以任何一种独特的方式来进行思考、言说和创造”④。这是一

---

① 陶东风：《文学理论：建构主义还是本质主义？——兼答支宇、吴炫、张旭春先生》，《文艺争鸣》2009年第7期。

② 陶东风：《文学理论：建构主义还是本质主义？——兼答支宇、吴炫、张旭春先生》，《文艺争鸣》2009年第7期。

③ 支宇：《“反本质主义”文艺学是否可能？——评一种新锐的文艺学话语》，《文艺理论研究》2006年第6期。

④ 支宇：《“反本质主义”文艺学是否可能？——评一种新锐的文艺学话语》，《文艺理论研究》2006年第6期。

种推倒一切后所呈现出的无限空间及其可能。可以说，这场由反本质主义文学观念所引发的论争和理论探讨，在很大程度上促进了我们对新的知识空间的拓展，这无疑有利于当代中国文学理论的知识生产与理论创新。

而同时值得注意的是，这场由反本质主义文学观念所引发的论争和理论探讨，尽管极大地推动了对僵化思维的消解与对话语霸权的解构，并为新的知识空间的拓展和多种理论话语提供了可能，但总体来说，对相关问题的理论探讨与思考，能形成的理论共识还不多见，理论建构也不足，并不够系统，特别是对文学本质的认识，缺乏历史与哲学维度的纵深考察，而对文学本质的重新言说及理论重建是否必要与如何可能等当代中国文论建设的理论命题，也有待作出更富有建设意义的深层探讨与理论前瞻，并由此有两方面的问题尚待作出更为深入的理论追问、澄清与探寻，一是从历史与哲学维度(特别是在中西比较基础上)，进一步厘清当代中国文学理论的本质主义症结所在，即它要反思并应该反思的是何种中国语境意义上的本质主义。二是在此基础上，进而对当代中国文学理论所身处的困境作出应对思考，并为其理论重建及走向提出相应的理论设想。

第一方面的问题，实质上是关涉到一个来自西方的理论资源与中国语境的问题。我们要充分肯定当代中国反本质主义者率先发难的理论勇气，他们的率先发难，使固有的文学观念不再那么“坚不可摧”，对这种尼采式的理论勇气，表示什么样的赞许也不为过，这种理论勇气，是可嘉的，并是我们所需要的，可以说，没有一定的，甚至莫大的理论勇气，我们就只能顶礼膜拜，我们的思维就会就此僵化，不能形成对罗网的冲决；但同时，也正如有论者所指出的，当代中国的反本质主义者“所批判的概念、对象与其所操持的理论一样多舶自西方，与中国现实则有相当的疏离感，比如类似主体、真理这样的被颠覆概念在中国语境中还远没有成为事实上的权威”，所以，反本质主义“在当下中国更大程度上还只具有不完备的知识论意义”。①我们认为这种判断是不无道理的，换句话说，它使这种批判成了某种“空洞”的能指，或者说变成了某种对象“虚设”的“一个人的战斗”，尽管这场战斗一时间硝烟弥漫，战火横飞，但也正好使真正的对象遁形而逃。这也

① 乔焕江：《文学：从“是什么”到“怎么样”》，《文艺争鸣》2009年第3期。

再次证明，对任何理论，包括西方理论的借鉴与运用，都必须在“理论”与“语境”的关系及其有效性问题上有足够清醒的认识，也就是如有学者所指出的，要具有充分的“语境意识”①。客观地说，反本质主义者也要，并且往往要以当代中国的社会生活及其文学状况的变化为依据，来对他们批判的对象进行批判，因为在他们看来，他们所批判的对象，存在着“语境抽离”的错误，②而这样的错误，正是他们要避免的。的确，他们避免了语境的“抽离”，但是他们的理论“移植”，却导致了这种理论在具体语境上的“误置”，从而不能对当代中国的文学现状及其问题，作出符合中国语境的分析与判断，也正因此，使其未能触及其真正的本质主义症结。基于此，有学者通过与西方认知理性意义上的形而上学传统相区分，指出当代中国文学理论生产该反思与批判的，不是也不应只停留于反本质主义那样把当代中国文学理论生产的根本症结简单同于西方哲学基础的那种形而上学传统的元叙事模式的本质主义观念及其思维方式，而应在中国传统哲学基础上，并联系当代中国的现实语境作出追问与考察，③从而在西方理论与“中国问题”④的确当性上将问题的思考引向深入。这样的一些思考对深化问题的研究无疑是具有启发意义的。

而第二方面的问题，正如我们前面所提到的，对于这一理论重建问题，目前学界比较有代表性的有反本质主义者的“建构主义”思路，还有“关系主义”“穿越主义”等主张，但都值得进一步商榷。

先说反本质主义者的“建构主义”思路。我们知道，反本质主义者是不满于当代中国文论知识现状而对本质主义文学观念及其思维方式展开清理与解构的，尽管如上文所述，他们的这番清理与解构还不够彻底，而需要作出必要的再清理与澄清，但正如他们所认为的，解构的目的是为了重

---

① 谭好哲：《语境意识与中国美学现代性研究》，《山东社会科学》2003年第6期。

② 陶东风：《大学文艺学的学科反思》，《文学评论》2001年第5期；《文学理论基本问题》“导论：文艺学的学科反思与重建”，北京大学出版社2005年版。

③ 李自雄：《当代中国文学理论反本质主义批判的批判》，《学术探索》2009年第3期；《反本质主义的“错位”与文学本质的重新言说》，《汕头大学学报（人文社会科学版）》2010年第5期。

④ 王晓华：《什么是文艺学论争的“中国问题”》，《文艺争鸣》2011年第5期；王伟：《何谓文艺学论争的“中国问题”》，《文艺争鸣》2012年第7期；李自雄：《值得追问的“中国问题”》，《文艺争鸣》2013年第1期。

建，[①] 他们反对企图对文学作出“一劳永逸”的揭示，其本质在于历史建构，并以此为自己是“‘反本质主义’，而不是‘反本质的主义’”[②] 作出辩护，而由此提出了一条“建构主义”的理论重建思路。但这一理论“重建”[③]，正如有学者所言，“不是从文学文化现象出发提炼理论”，“而是以先在的文学理论问题为构架，然后寻找中西文献资料予以填充”，“文学理论知识反而被解构为碎片”，“看上去象一部中、西文学理论专题资料汇编”，[④] 职是之故，这种反本质主义文论，“从理论的创造、生成及深化角度看”，其“在中国学界所得到的实质性拓展并不令人乐观”，“它无法完成‘破’中有‘立’的理论革新任务，因而也无力引导中国当代文论走向未来”。[⑤]

不难看出，在反本质主义者所谓“建构主义”理论“重建”过程中，不仅摧毁任何形式的本质，而且也不再对文学作出任何形式的本质重新言说，或者说没能对文学作出某种本质的重新言说，“虽然声称是建构”，但得到的只是“一种知识的集合”，而对当下文学理论的建构“并没有提出任何实质性的意见”。[⑥] 而这样的问题也同样存在于另一种重建思路，即“关系主义”之中。这种重建思路，正如我们前面所指出的，与反本质主义者对待“本质主义”的态度颇有不同，此立论者声言，“即使冒着被奚落为‘保守分子’的危险，我仍然必须有限度地承认‘本质主义’的合理性”[⑦]，这种“有限度地承认”表现在它对文学本质的看法，持历史合理性的观点，认为要在历史维度及其多重文化关系网络中研究与理解文学，其辩证而多维度的理论视角，无疑能让人回归学术理性，并给人带来颇多的理论启迪。但让人未免

① 陶东风：《大学文艺学的学科反思》，《文学评论》2001 年第 5 期；《文学理论基本问题》“导论：文艺学的学科反思与重建”，北京大学出版社 2005 年版。

② 陶东风：《文学理论：建构主义还是本质主义？——兼答支宇、吴炫、张旭春先生》，《文艺争鸣》2009 年第 7 期。

③ 陶东风主编：《文学理论基本问题》，北京大学出版社 2004 年第 1 版；2005 年第 2 版；2007 年第 3 版；2012 年第 4 版。

④ 章辉：《反本质主义思维与文学理论知识的生产》，《文学评论》2007 年第 5 期。

⑤ 张婷婷：《文艺学本体论的建构与解构》，《中国社会科学院研究生院学报》2006 年第 4 期。

⑥ 曹顺庆、文彬彬：《多元的文学本质——对本质主义和建构主义论争的几点思考》，《文艺争鸣》2010 年第 1 期。

⑦ 南帆：《文学研究：本质主义，抑或关系主义》，《文艺研究》2007 年第 8 期。

遗憾的是，这种关系主义主张的理论“重建”①，主要是以西方理论，特别是西方现代理论为思想资源，来对文学理论概念与范畴进行某种“文献式”的阐释，并停留于这种“文献式”的阐释。我们认为，对文学理论概念与范畴进行某种“文献式”的阐释，能对文学理论知识，特别是相关基本知识起到纲举目张，便于了解掌握的作用，这在某种意义上说是必要的也是必需的，特别是对文学理论的初入门者而言，尤是如此，这也是我们在进行文学理论构建时所要注意的。但问题是，在这种“关系主义”的理论重建视野中，这样的“文献式”的阐释，是以当代西方文学理论的某些关键词为基础，事先拟定几个相关的问题并为此作出解释，而这也导致它没有也没能基于当代中国的现实语境及文学现状，提出新的理论命题，作出新的理论应答，而与反本质主义者的“建构主义”理论“重建”一样，不是从具体的生活现实与文学现象出发，而是以先在的文学理论问题为框架来组织文学理论知识，进行相关文献资料的编排与解释，也同样没能提出新的文学理论知识与新的文学本质规定。②

那么，这是不是说在文学理论的重建上就不需要对文学作出某种本质言说了呢？对于这个当代中国文论在其理论重建过程中不容回避的问题，“穿越主义”的重建思路，也许不乏启发意义。正如我们前文所提到过的，这种观点认为，“一个没有真正告别‘意识形态’思维、而且不自觉地以‘新意识形态’代替‘旧意识形态’的民族”，不能轻言放弃“对文学独立的本质性理解”，而要对传统中西方文学“本质论”实现“穿越”，以建立中国文学本质论的当代理论形态。③这种重建路径，尽管究竟如何实现“穿越”以落到真正的理论重建层面，似乎始终是个让人费解的问题，但它所表现出的“中国问题”意识与对文学本质言说之必要性的审慎态度，是值得肯定的。在当代中国，诚如有学者分析指出的，“在现代性反思亟需具体深入而成为一个中国式反思的今天”，正确理解“当下中国具体文化实践中的生长性力量”及其现实依据，而不是与之相疏离，乃是“判断当下文学现实和提

---

① 南帆主编：《文学理论新读本》，浙江文艺出版社 2002 年版；《文学理论》，北京大学出版社 2008 年版。

② 李自雄：《论“反本质主义”之后的文学理论重建》，《文艺争鸣》2012 年第 1 期。

③ 吴炫：《当前文艺学论争中的若干理论问题》，《文学评论》2008 年第 4 期。

出文学本质问题的关键”，否则，“恐怕只能在西马传统和后现代理论的视域中一味移植文化工业、消费文化、女性主义、后殖民等等术语，而它们既不能与中国现实完全对称，也实际上偏离了对文学本体的建构路径”。①

而问题还在于，就文学理论这种理论学科而言，对文学本质作出某种必要的言说，也是文学理论作为一种理论构建与描述的需要，只要我们认为文学理论还成其为理论，还有理论构建与描述的必要，就离不开文学本质的言说，而这或许就是它作为理论而逃不脱的宿命。正如有学者所言，对本质言说的放逐，“不相信有什么确定性、实质性的东西可以把握，也不相信有什么真理性或普世性的价值存在，于是就会轻易放弃对问题应有的思考，往往会停留在表面，以对某些现象的描述、阐释代替对问题的‘思考’，导致‘思’的弱化与消解”②，只是“在一些看似理论化的研究论题之下，其实并未研究多少实质性的理论问题（这在有些人看来似有‘本质主义’之嫌），也并不注重理论的系统性和逻辑性，不追求多少研究的学理深度，而是热中于引述各家各派的西方理论，借以显示知识的丰富与广博”，并“成为一种‘知识生产’或‘再生产’的新范式”。也正是在这样一种情况下，“一些新编的文学理论教材，或类似于教科书之类的读物，并不注重自身的理论建构，而是在某些理论框架之下，罗列介绍各种中外文论知识，成为一种平面化理论知识的集束式堆集，差不多就是一个文论知识的杂烩‘大拼盘’”③，而其造成的后果则是，“现象描述阐释有余而对问题的思考不足，缺乏思想的力量和力度”，而让人“普遍感觉”到理论的“疲软”。④

钱中文先生曾经指出：“说实在的，很多事物本质的东西，我们不是研究的太多，而是难以研究，于是就拿文学理论来说事了！既然文学研究可以去探讨象征与修辞现象，多种体裁与形式现象，文学和其他学科的共性特征，那么为什么就不能探讨文学自身的本质特征呢？你说本质特征说不清楚，那么其他诸如象征、修辞、形式、体裁、流派、思潮都已一劳永逸地说

① 乔焕江：《文学：从“是什么”到“怎么样”》，《文艺争鸣》2009 年第 3 期。

② 赖大仁：《当代文论研究：反思、调整与深化》，《文艺理论研究》2013 年第 3 期。

③ 赖大仁：《当代文论嬗变：知识生产与理论重建》，《杭州师范大学学报（社会科学版）》2012 年第 6 期。

④ 赖大仁：《当代文论研究：反思、调整与深化》，《文艺理论研究》2013 年第 3 期。

清楚了吗？你不愿意研究文学本质，难道别人也不能研究吗？况且文学现象的本质研究，十分艰难，形成一个观念极为不易，很可能要凝聚研究者一生的心血才能做到，而且也不可能是终极真理，事物的真理性只能被不断地接近与认识。其实，文学理论不仅需要提供知识，也应该提供思想。”① 可以说，作为文学理论的基础问题，对文学本质的研究及其言说是其应有之义，也正是其思想品格使然，而应引起我们理论重建的足够重视，并作出富有深度的开掘与理论建构。就当代中国文学理论而言，这种本质言说与理论建构，是立足于当代中国社会及文学现状与问题的，并且在现在这个日益多元化的时代，无疑又是充满个性的。而正是在这个层面上，有学者提出从“中国问题”出发，主张进行一种开放而多元的本质个性化言说及理论重建，并重新建立其回应现实的理论建构能力②，也许是一条可行的思路，而不无启示意义。

总之，这场由反本质主义文学观念所引发的论争和理论探讨，促使我们对当代中国文学理论的本质主义弊端及其症结进行深刻反思，并极大地推动了对僵化思维的破除和对话语霸权的解构，为新的知识空间的拓展和多种理论话语提供了可能，而有利于多元、平等对话机制与学术生态的形成，但也存在理论建构等方面的不足与问题。然而，历史远未结束，因此，时下阶段的许多问题，包括上述这场由反本质主义文学观念所引发的论争与思考也还远未结束。怎样看待时下阶段的这一问题？这不禁使人想起有关解构文学经典的问题讨论，这一问题也曾一度被弄得“危言耸听”，对此，有些学者的看法是富有启发意义的。的确，历史是阶段性与连贯性的统一：一方面，它以某一时段的时代特征的展开而形成阶段性；另一方面，它又经由历史的统合作用而获得连贯性。这种连贯性是任何时下阶段的前在规定性，时下阶段以其时代特征的展开而构成的断代，有待于历史的统合而尚未统合，所以，时下阶段的许多事实与问题，不仅包括对所谓“解构”文学经典的认识与评价③，而且包括时下阶段对当前文艺理论发展的诸多问题，当然也包括

---

① 钱中文语，见丁国旗：《文艺理论要为文学创造思想——文艺理论家钱中文访谈》，《文艺报》2012 年 10 月 26 日。

② 李自雄：《论“反本质主义”之后的文学理论重建》，《文艺争鸣》2012 年第 1 期。

③ 高楠：《文学经典的危言与大众趣味权力化》，《文学评论》2005 年第 6 期。

反本质主义文学观念所引发的论争与思考，都尚待历史统合而具有进一步发问与反思的敞开性，不是也不可能就此凝固，并有待作出更深入而富有成效的探索，而这也正是文艺理论发展与研究中每一个真问题的提出与深入探讨所需要的。

第 三 编

新时期四种重要文论观念的演进与论争

第六章　新时期文学形式本体论观念的演进与论争

在新时期文艺理论史上，文学本体论是一个引起长期论争并对新时期文艺理论产生重大影响的基本理论问题之一。关于文学本体论的论争在新时期主要有两个阶段，一是新时期的开端阶段，主要是 20 世纪 80 年代中期至 90 年代，二是 21 世纪之初。这两次论争之间存在着重要的联系，可以说，21 世纪的讨论是新时期提出的文学本体论问题在新的历史时期的延续、反思和回响。而从对新时期文艺理论发展的重要性来说，发生于 20 世纪 80 年代中期的文学本体论问题的地位显然更加突出，它对新时期文论一改反映论、工具论等传统观念，从而推行中国文论的现代化具有重要意义。在这场大讨论中，出现了诸如形式本体论、人类本体论、生命本体论、活动本体论等观念。这些观念对新时期文论的影响都不可低估，而且或多或少都对当前文论的发展产生着重要影响，其中当属形式本体论的影响最为持久，也最为深远。可以说，在形式本体论观念的形成、演进和论争的过程中，不仅使新时期的文学观念发生了根本的变革，而且也带来了方法论的更新，或者，借用库恩的话来说，带来了新时期文艺理论的一次重大的范式革命。这一过程与中国文论的现代性展开基本同步，同时也彰显了新时期中国思想观念的发展与变化。因此，研究和反思新时期中国文论的发展过程，形式本体论就是一个不可回避的理论问题，也是一个观照和审视中国文论现代性的重要切入点。本章的目的就是回到 20 世纪 80 年代形式本体论问题发生和演进的历史现场，分析它产生的原因，梳理它演进的过程，并辨析关于它所产生的论争，进而反思和阐释它对中国当代文论的发展以及未来走向的影响和意义。

第一节 文学形式本体论观念的形成语境

作为新时期的开端，20 世纪 80 年代是一个思想异常活跃，新的观念和方法不断涌现的时代。近年来，对中国当代思想史、文化史和文学史的研究中，不少学者都把目光聚焦于这一时期，“回到 80 年代”也成为一个响亮的口号在当前的学术界不断回响。这不仅仅是因为一代学人的个人情怀，更重要的是 80 年代对于中国学术史具有重要的意义。这是一个产生思想，并使许多新的观念得以奠定的时期。而从新时期文学理论的发展史来看，形式本体论观念的产生对研究这一时期的中国文学界和思想界具有标本性的意义。作为文学本体论讨论中的一个重要分支，文学形式本体论的成因可以从多个方面进行分析。从思想史的角度来看，是对革命意识形态的反思和新时期以来的后革命意识形态重建的结果；从文学实践的角度来看，是新时期兴起的注重形式的先锋文学在理论层面的回应；而从文化交流的角度来看，则是新时期以来对西方现代文论，尤其是西方形式文论的引进和介绍在中国学术界产生的理论效应。

一、后革命意识形态的理论重建

随着“文革”的结束，中国当代史进入了一个新的历史时期。对于中国社会来说，这不是一种简单的历史时间的自然延续，而是政治、思想、文化等方面的一次翻天覆地的变革，开启了一个新的历史时代。之前的历史是以革命为主导意识形态的，而新时期则以所谓的“告别革命”为口号，在中国思想界进行了一场具有变革意义的后革命意识形态的理论重建。新时期是一个思想解放的时代，在对革命意识形态的反思和批判的过程中，新的理论思潮雨后春笋般地涌现出来。在文学研究领域，学术界开始反思长期以来居于主导地位的“反映论”和“工具论”，认为这种曾经在中国文学界发挥过重大影响的源自于苏联的理论观念已经变得僵化和守旧，不再适合新时期中国学术界正在发生的轰轰烈烈的思想解放运动，也不再对新出现的各种先锋文艺思潮具有解释力。无论是把文学看作社会历史和政治生活的直接反映，还是把文学看作革命意识形态宣传和政治斗争的工具，都是革命意识形态的文学表征，都把政治性作为文学的第一属性，让文学承担了太多本不该属于它的责任和功能，使文学不堪重负。因此，在当时所谓已经“告别革命”意识形态的中国文学界，对这种极左的文学观念进行反思和批判，从而探索一种适应新时期现实需要的新的文学观念就成为文学界的普遍诉求。可以说，在这场思想大变革和大解放的运动中，文学扮演着先锋者的角色。正如王岳川所言：“文艺本体论在中国发生发展的原因在于，在文化大革命思想禁锢之后生发出一种张扬大写的人、人的存在价值、人的意义与尊严的合法性要求，这是在思想封闭之后的必然性反弹。”① 经过持续的讨论，学术界达成了一个基本一致的看法，那就是，文学并不是政治的附庸和婢女，它具有自身的特性和规律，以及自身的存在价值。因此，回到文学本身，即把文学作为审美的对象而不是政治意识形态的宣传工具，使文学摆脱政治的束缚，成为一种普遍的诉求。蔡翔用一个形象的比喻对当时的这种状况进行了描述。如其所言：“在八十年代，曾经流传过一个著名的比喻，意思是文学这驾马车承载了太多的东西，现在应该把那些不属于文学的东西从马车上卸下来，而这些不属于文学的东西自然是国家、社会、政治、意识形态，等等。这实际上就是对什么是‘文学本身’的一个极为形象的概括。在当时，这一说法广为流传，不仅形诸于文字，同时还渗透到大学的课堂教育或者即兴演讲之中，以至于至今仍有不少年轻人记忆犹新。”② 从蔡翔的论述来看，显然，当时对文学的政治性和意识形态性的理解是简单化的，认为政治只是狭义的党派政治，而意识形态只是狭义的斗争哲学和革命观念。然而，在很长一段历史时期，这种狭义的极左政治的意识形态观念“不仅控制了我们的全部生活内容，同时也控制了文学写作，使文学仅仅成为某种政治主张的简单的‘宣传机器’，而所谓的‘再现’，只是再现了这种意识形态的虚假图像而已”③。因此，在反思和批判这种极左政治的意识形态，从而建立一种新的后革命意识形态的政治和文化语境中，文学就成为介入这场观念变革的重要场域。所谓“回到文学本身”，即倡导一种摆脱了极左政治的意识形态束缚，建构一

① 王岳川：《文艺本体论的危机与希望》，《浙江大学学报》2007 年第 5 期；王岳川：《艺术本体论》（序言），中国社会科学出版社 2005 年版，第 1 页。

② 蔡翔：《何谓文学本身》，《当代作家评论》2002 年第 6 期。

③ 蔡翔：《何谓文学本身》，《当代作家评论》2002 年第 6 期。

种“非意识形态化”的“纯文学”，这本质上也是一种新的后革命意识形态的建构。

文学本体论思潮正是在这样的政治和文化语境中产生的。在新批评理论家兰瑟姆的“本体论批评”的启发下，中国文艺理论界普遍认为文学研究要回归文学自身，就是要重新认识什么才是文学的本体，从而建构一种文学本体论的理论构想和批评模式。此时，尽管学术界对何为文学本体这一根本问题还没有达成一致的看法，但是认为文学是一个自足体，有自身的特性和规律却已经成为共识，文学本体论就是要研究和探索那些仅仅属于文学自身的特性和规律。鲁枢元等人把这种理论趋势称为文学研究的“向内转”。那么，什么才是文学自身的特性和规律？文学研究的“向内转”到底是转向哪里？对这个问题的不同回答形成了诸如形式本体论、活动本体论、人类学本体论等各种不同的理论分支，它们之间的论争也使新时期的文学本体论研究呈现出异彩纷呈的状貌。在这些文学本体论观念中，形式本体论之所以能够最终获得更多的认可，并产生最持久的影响，其原因很大程度上还在于新时期文艺创作领域内注重形式革新的先锋文学的兴起以及西方形式文论的引进与传播。

二、先锋文学的兴起与理论的回应

“文以载道”一直是中国文学批评的传统，长期影响着中国文人和作家对文学艺术的社会功能的基本理解。这种文学观念的惯性促使现代中国知识分子和作家在中国民族革命的历史语境中，在文学的审美属性与政治属性的二元结构中，更倾向于选择后者。这也就是在20世纪前半叶轰轰烈烈的中国民族解放的革命运动中，中国作家自觉地把文学艺术作为革命意识形态的建构和宣传的重要工具和途径的原因之所在。出于这一目的而创作的文学自然更加注重作品的内容而非形式，甚至将强调文学的自律自足性的“为艺术而艺术”的“纯文学”观念，以及过分注重文学艺术的形式技巧创新的文学作品，看作是资产阶级颓废美学的历史遗毒而加以批判。

但是，在新时期之初，随着革命意识形态的终结，在重建后革命意识形态的政治和文化语境下，在回到文学自身的普遍诉求和巨大呼声中，在中国文学界掀起了一股注重形式创新，以新的艺术形式来表现新时期完全不同的文艺观念和审美经验的“先锋”文艺思潮。这股思潮以马原、莫言、余华、残雪、格非等为代表。他们认为文学的核心并不是要表现一个外在的目的，文学的本体就在于其形式自身。因此，他们一改传统现实主义的文学创作路径，强调文学的形式变革，并在创作过程中进行大胆的文体实验，创作出了很多在文体形式方面独具匠心、别出心裁的作品，使新时期的中国文学呈现出一种崭新的风貌。因此，中国批评界将这股思潮称为“中国第一个真正‘形式主义化’的小说流派”①。首先进行大胆的文体实验并取得突破性的作家当属马原。虽然他在20世纪70年代就开始了文学创作，但是使其在文学史上的地位得以确立的作品莫过于发表于1984年的《拉萨河女神》和1985年的《冈底斯的诱惑》。从这两部作品开始，马原尝试并创造了一种全新的叙述方式和语言形式。在他的作品中，叙事技巧被毫不掩饰地裸露出来，各种叙述手法不断地花样翻新，层出不穷，从而形成一个“叙述圈套”。吴义勤在研究先锋文学（新潮小说）时对马原的地位给予了很高的评价，认为：“马原的意义在于他是中国当代第一个真正意义上的形式主义者，他第一次在实践意义上表现了对小说的审美精神和文本的语言形式的全面关注，并把文学的本体构建当作了自己小说创作的绝对目标。……马原以他的文本要求人们重新审视‘小说’这个概念，他试图泯灭小说‘形式’和‘内容’间的区别，并正告我们小说的关键之处不在于它是‘写什么’的而在于它是‘怎么写’的。他第一次把如何‘叙述’提到了一个小说本体的高度，‘叙述’的重要性和第一性得到了明确的确认。”②批评家李劼也对马原的形式创新给予了充分肯定，认为“马原的形式主义小说向传统的文学观念和传统的审美习惯做了无声而又强有力的挑战。从这个意义上说，马原的形式主义小说，乃是新潮文学最具实质性的成果。这种形式主义小说的确立，将意味着中国新潮文学的最后成形和中国当代文学的一个历史性转折的最后完成。”③莫言的作品同样是一个叙述手法的试验场，其《红高粱家族》和《檀香刑》采用多个叙述者的交替叙述，多个叙述层次的相互交织和叙事时间的交错更迭的复调手法，《生死疲劳》则是以一个死后分别转世为驴、牛、猪和狗等

① 赵毅衡：《窥者之辩——形式文化学论集》，时代文艺出版社1996年版，第165页。

② 吴义勤：《中国当代新潮小说论》，江苏文艺出版社1997年版，第11页。

③ 李劼：《中国当代新潮小说论》，《钟山》1998年第5期。

的人作为故事的叙述者，以动物的视角审视周围的世界，产生了一种陌生化的新奇效果。而且莫言的语言肆意放浪，充满着反讽和比喻，甚至粗鄙，极尽狂欢色彩。余华、残雪、格非等人的作品也都在不同程度上突破了传统现实主义的写作范式，进行形式的变革和创新。这种注重形式变革的先锋文学使新时期的中国文学呈现出一种新的风貌，“其文体、形式的创制与转型期的文化裂变和中国的现代性进行联系在一起，是以新的语言观念、叙述模式和艺术感觉对中国经验的一次全新书写”①。文学创作领域的这种新变化需要在理论的层面予以解释和研究，而传统的社会历史批评、道德批评、时政性批评等“所有在文学语言、形式之外的批评都使人们包括批评家本身感到言不尽意。于是，批评被创作‘逼上梁山’，走上了对传统的批评模式的反叛之路”②。而在这条反叛传统的道路上，对西方形式文论的及时译介和深入研究为这种反叛提供了有力的支持，也为形式本体论的形成起到了非常重要的推动作用。

三、西方形式文论的翻译和研究

中国当代文学形式本体论观念的形成与西方形式文论的大量翻译和研究过程基本同步，而其所使用的研究方法和学术话语基本上也都是从西方形式文论中借用而来的。如果说新时期的后革命意识形态重建和先锋文学的形式变革是形式本体论出场的现实动因，那么西方形式文论的翻译和研究则为形式本体论的形成提供了学术话语和研究方法的范本。正如汪介之在研究中国学术界对俄国形式主义的接受时所言：“呼吁文学研究要‘回到作品本身’，或强调作品形式的意义，或高度重视语言的作用，都显示出我国学者对俄国形式主义及欧美其他形式主义流派的理论观点的接受。”③

这里所说的西方形式文论主要指由俄国形式主义、布拉格学派、法国结构主义和英美新批评所构成的以文学的形式为本体和研究对象的文学理论流派，也包括克莱夫·贝尔的“有意味的形式”和苏珊·朗格的符号学理论。尤其是前者，对中国新时期形式本体论观念以及文学形式研究产生了无

① 赵宪章、包兆会：《文学变体与形式》，南京大学出版社 2010 年版，第 67 页。
② 李劼：《试论文学形式的本体意味》，《上海文学》1987 年第 3 期。
③ 汪介之：《俄国形式主义在中国的接受》，《中国比较文学》2005 年第 3 期。

法估量的影响。虽然新批评的重要理论家瑞恰兹、艾略特和燕卜逊早在20世纪30年代起就曾在清华大学等高校任教，艾略特的诗作和诗论也翻译到中国，它们都对中国文学研究产生了重要的影响，钱锺书、朱光潜、袁可嘉、李安宅和朱自清等人都曾借用其方法研究中国文学，但此时的中国学术界尚未把形式上升到文学本体的高度，对他们的借鉴还主要停留在技术层面。1936年《中苏文化》第6期上开辟的“苏联文艺上的形式主义特辑”是最早介绍俄国形式主义的资料，但主要是把它作为资产阶级美学的“形式主义”遗毒而进行批判的对象。直到80年代，伴随着思想解放运动的开展，与西方各种文艺思潮的井喷式译介一道，西方形式文论才开始被大量介绍进来，并得到了中国学术界的空前重视。

马克思和恩格斯强调文学艺术的内容与形式的统一，即历史的标准和审美的标准的统一，反对席勒式的把文学艺术作为时代政治的传声筒，而强调采用莎士比亚化的艺术的方式呈现作品的社会历史内容和意识形态诉求。但是，在20世纪初的苏联学术界，马克思主义的庸俗化导致了把文学的政治性作为首要的标准，从而与强调艺术的审美特性，并把形式作为作品的本体所在的形式主义文论发生了激烈的冲突。中国20世纪80年代反映论与本体论之间的论争与俄国的这一情况具有非常类似的政治和文化语境，但是其结果却恰恰相反。俄国形式主义的产生是为了反对19世纪的传记批评，建立科学化的文学理论与批评。之后随着马克思主义在意识形态领域领导权的建立，经过十年论争之后的形式主义被迫走向衰落。中国新时期之前几十年的文论基本沿袭了苏联模式，新时期本体论的出现正是试图通过摆脱反映论的束缚，从而使文学回归自身，使文学批评走上科学化的道路。这与当时西方文坛的情况非常相似。正如赖干坚所指出的：“极左文艺思潮曾经从两方面破坏马克思主义文艺思想体系：一方面使其某些原理极端化、庸俗化；另一方面它使马克思主义的某些文艺原理简单化、片面化。……马克思、恩格斯所倡导的美学的、历史的批评原则，在我国的文艺批评中实际上打了折扣，即只重视历史批评，美学批评完全退居次要地位，从而导致重内容轻形式，重思想轻艺术的偏向，这与注重文艺的认识功能，轻视文艺的审美功能的偏向是一致的。这种理论结构的确偏离了文艺的特性。”① 这种极左倾向使人们产生了极强的逆反心理，急切寻找新的文艺观对此状况予以纠正。这与俄国形式主义和英美新批评产生时的诉求和理论取向是一致的，但是语境的错位使这种在俄国失败的批评理论和在英美盛极一时的新批评的学说在中国新时期一经译介便很快获得了学术界的认可。这种理念上的认同完全基于中国文学界当时的现实需要和理论诉求。正如贺桂梅所指出的：“‘新批评’所批判的‘外部研究’，与 80 年代中国文学研究界与之抗争的政治批评，有着极为亲近的血缘关系。更重要的是，‘新批评’的极盛期，也正是全球冷战阵营形成的时期。为文学划定的‘内’与‘外’的界限，事实上也成为意识形态对峙的鸿沟和不可撼动的历史结构。而更具历史症候性的是，如果说 80 年代的‘改革开放’是以内爆的方式主动打开封闭的冷战界限，那么文学界引介‘新批评’以重新定义文学的内与外，重新定义文学与政治的关系，则在某种程度上可以视为一个 80 年代社会／文化变革的自我否定的‘寓言’。”② 随之而兴起的重写文学史的讨论和实践也都是以纯文学的视角重新界定文学的尝试，也是在告别革命的新的历史语境中人们对文学再认识的表征。

1984 年韦勒克和沃伦的《文学理论》中译本的出版可谓中国文学理论界的一件大事，他们把文学看作为特别审美目的服务的独立的符号结构系统的文学观，以及对文学的外部研究和内部研究的区分，很快就成为中国文学理论研究和教材编写过程中的基本法则。它在 20 世纪 80 年代出版之后连续印刷两次，销售过万册③，这在文学理论著作中是极为少见的，足见中国学术界对它的认可和青睐。而俄国形式主义的陌生化、文学性等概念，他们所强调的“艺术并不反映城堡上空的旗帜的颜色”这一把文学和政治完全切割，以及文学研究的重心由作者、社会和历史等转向文学形式自身，尤其是语言和技巧的文学观念，都为中国理论界提供了一把纠正片面化的反映论和工具论，建构新的科学的文学理论的钥匙。而兰瑟姆的“本体论批评”所提

① 赖干坚：《文艺本体论对反映论的碰撞与渗透》，《文艺研究》1989 年第 2 期。

② 贺桂梅：《“纯文学”的知识谱系与意识形态——“文学性”问题在 1980 年代的发生》，《山东社会科学》2007 年第 2 期。

③ 刘象愚：《韦勒克和他的文学理论》，载［美］韦勒克、沃伦《文学理论》，江苏教育出版社 2005 年修订版，代译序第 3 页。

供的则是直接的概念，中国学者从中发现了用以概括自身学术理念的重要工具。在其影响下，文学形式本体论观念就正式出场了。而索绪尔语言学、结构主义叙事学和符号学等则为形式本体论的具体化，以及文学形式研究向语言、叙事和符号等层面的深入拓展提供了方法论的借鉴，同时也使中国的形式本体论观念出现了语言本体论和叙述本体论等不同的理论方向。

第二节　形式本体论观念的演进与论争

在党的十一届三中全会所开启的新时期的头十年，文学本体论问题一跃成为文学理论界最显著的话题，其对新时期的文艺理论建设起到了重要的奠基作用，之后的很多问题的研究都与此有关。正如当年文学本体论讨论的重要参与者严昭柱所言："在这个十年里，文学本体论的产生与兴起，乃是最为重要的一个文艺理论现象。即是说，透过多向、多元的外在格局，我们不难发现相当一部分理论工作者实际上持有相似的研究态度即都有一种'回到文学自身'、'将文学作为自足体来研究'、'从本体上把握文学'的理论趋向。尽管他们未必都标举'文学本体论'的旗帜，却自觉、不自觉地都从事着文学本体论的探索和实验。"① 严昭柱对文学本体论在这十年间的兴起和发展过程进行了分析，并把这个过程划分为四个历史阶段。按照严昭柱的划分，1979 年至 1984 年，是文学本体论的酝酿期。这时展开的关于文学与政治关系的讨论成为文学本体论酝酿和兴起的前奏。反思文艺为政治服务的工具论和反映论，使文学研究回归文学自身逐渐成为共识。1984 年至 1985 年，文学本体论进入它的催生期。这一时期关于文艺学研究方法的大讨论为文学本体论的兴起准备了条件。"从 1985 年末 1986 年初，文学本体论进入崛起期，一直延续到 1987 年，这是一个思想活跃、锐意求新、歧议纷呈、论辩飞扬的时期，这是一个产生权威又超越权威、'各领风骚三五天'的时期，这是一个崇尚'只有推到极致才能放其异彩'、需要'走极端的勇气'的时期，无论如何，这是一个充满理论兴奋点、召唤具有挑战姿态的新人的

① 严昭柱：《文学本体论的兴起与困惑——新时期十年文艺理论研究扫描》，《文艺研究》1989 年第 4 期。

时期。”[①]1986年，关于文艺本体论的讨论达到了高潮时期，因此新时期的文艺理论史上也把这一年称为“本体论年”[②]。大约在1987年，文学本体论便逐渐进入了冷静的反思阶段。1988年以后，关于文学本体论的这种理论反省愈益深沉。作为重要的参与者，严昭柱对文学本体论在新时期头十年的发展的阶段划分是客观的，基本揭示了文学本体论问题从酝酿、发展到高潮和沉寂的过程。这篇文章写于1989年，他无法预测，在20世纪90年代之后，仍然有很多关于文学本体论问题的文章发表。甚至在21世纪的头几年，文学本体论问题再一次成为一个热点问题。但是，之后关于文学本体论的讨论大多不是建设性的，而是对第一波讨论的回顾与反思。

可以说，文学本体论在这十年的发展就是在一种学术的讨论和论争的过程中得以产生和演进的，其中既有针锋相对的论争，也有各执己见的阐述。多种观点之间的相互砥砺和碰撞使新时期的文学本体论问题逐渐走向深入，也使形式问题获得了本体地位，形式批评在新时期的文艺理论研究中成为一个非常重要的学术领域。

一、本体论对反映论的批判和超越

如前所述，在新时期之初，使文学本体论得以酝酿并最终爆发的主要语境就是对文艺与政治之间关系的反思，而其中最值得我们关注的则是文学本体论对反映论的批判和超越。早在1978年所开启的关于形象思维的大讨论中已经酝酿了对反映论的反思和本体论的萌芽。李泽厚在参与形象思维的讨论中就指出不能仅仅从认识论的角度去说明和理解文学。[③]1979年《华中师院学报》第1期发表朱光潜的《上层建筑和意识形态之间关系的质疑》，同年4月号《上海文学》发表该刊评论员的《为文艺正名——驳“文艺是阶级斗争的工具”说》两篇文章。这两篇文章的发表在中国文艺界正式掀起了关于文艺与政治之间关系的大讨论，从而揭开了文艺思想大解放的帷幕。

① 严昭柱：《文学本体论的兴起与困惑——新时期十年文艺理论研究扫描》，《文艺研究》1989年第4期。

② 王岳川：《文艺方法论与本体论研究在中国》，《广东社会科学》2003年第2期；王岳川：《艺术本体论》（序言），中国社会科学出版社2005年版，第1页。

③ 李泽厚：《形象思维续谈》，《学术研究》1978年第1期。

1979年4月，邓小平在第四次文代会上提出，党对文艺工作的领导，“不是要求文艺从属于临时的、具体的、直接的政治任务，而是要根据文艺的特征和发展规律”。这可以看作是官方对文艺本质的新认识和对文艺功能的新定位。在中国现当代批评史上，反映论往往是和文艺的政治性紧密相关的，因此，对文艺的政治性的批判就自然包含着对反映论的批判。人们已经认识到，“总是把研究的重心放在社会生活是文艺的本源和文艺要真实地再观社会生活的本质上面，从而与其他意识形式的本体相混淆。这样，文艺本体的特性失落了，文艺学的理论建构就不可能从文艺本体的特性出发，形成文艺研究的独特视角”①。于是，从此时开始，文学艺术的自身规律受到了文艺界的关注，回到文学自身成为一种呼声。要求从文艺的“政治标准第一”转向“艺术标准第一”，从而否定“文艺为政治服务”而强调文艺的“内部规律”曲折地表达了对“创作自由”的要求。但是，对艺术自身到底是什么，回到文学本身是回到哪里，学术界还没有形成一种一致的看法，回到理性、回到主体、回到形式等等不一而足。这也就为之后文艺学方法和文艺本体论大讨论中不同观点的出场埋下了种子。在这些讨论中，文艺的审美功能的承担者不应该是其内容和作家主体，而应该是其形式、语言和技巧，逐渐取得了更多的理论家的认可，以形式为本体的看法也在这一时期已经逐渐形成。李陀在1980年就发现，“目前，我国文艺各个领域争论的焦点集中在艺术形式上”②。何新则更加明确地指出：“在艺术中，被通常看作内容的东西，其实只是艺术借以表现自身的真正形式。而通常认为只是形式的东西，即艺术家对于美的表现能力和技巧，恰恰构成了一件艺术作品的真正内容。”③之后，吴调公、吴亮、张隆溪、刘再复、孙绍振、林兴宅、刘心武等都发表了文章对反映论提出批评，提倡回到文学本身，并提出了建立文艺本体论的理论构想。其中，刘再复在《文学研究思维空间的拓展》一文中明确指出：“我们过去的文学研究，主要侧重于外部规律，即文学与经济基础以及上层建筑中其他意识形态之间的关系，例如文学与政治的关系，文学与社会生活的关系，作家的世界观与创作方法等，近年来研究的重心已转移到内部规律，即

① 陈传才：《文艺本体论论纲》，《创作与评论》1990年第1期。

② 李陀：《打破传统手法》，《文艺报》1980年第9期。

③ 何新：《试论审美的艺术观》，《学习与探索》1980年第6期。

研究文学本身的审美特点，文学内部各要素的相互联系，文学各种门类自身的结构方式和运动规律等等，总之，是回复到自身。”① 刘再复的这段话不只是对长期以来统治文学研究的反映论和工具论的批评，而且也是对新时期之初文学研究中的本体论思潮的萌芽阶段的基本概括。他认为文艺研究只有走出反映论的藩篱，回归文学自身，即回归“文学本身的审美特点”，才能够有新的发展。林兴宅也认为：“艺术作为一种精神价值，远离物质生产领域，更应该首先摆脱现实的功利原则的束缚，而进入‘艺术自身即是目的’的时代。随着科技革命的发展，那种以现实利益为转移的功利主义艺术观念，将会逐渐为那种符合艺术自身的本质和功能的本体论艺术观念所代替。”② 未来的文学应该摆脱政治的束缚，从文学为政治服务的工具论和文学是社会生活的反映的反映论回归自身的本体论。继其之后，1985 年《文学评论》第 4 期开辟的“我的文学观”专栏中鲁枢元的《用心理学的眼光看文学》、孙绍振的《形象的三维结构和作家的内在自由》和刘心武的《关于文学本性的思考》将这场讨论推向了高潮，而他们的文章中都已经具有了“本体论”观念的初步形态。其中，鲁枢元认为文艺的本体应该是作家的心理世界，文艺研究的“向内转”就是要转向作家的创作心理，因而他之后把研究的重心转向了文艺心理学的开拓。孙绍振在这篇讨论艺术形象的长文中提出了艺术形象存在的三维结构，即社会生活、作家自我和艺术形式的相互交织与契合。社会生活仅仅是艺术形象的一个维度而非全部，因此反映论也就不是研究文学艺术的唯一维度。如其所言：“任何一个对象都可以从不同的角度去研究，反映论并不是唯一的角度。不能把坚持反映论和思路的固定、角度的凝固化联系起来。其实，即使坚持反映论也不能离开本体论的研究。不研究事物本身的结构，内在特殊矛盾，就不能获得更深刻的认识。”③ 他把形式特性作为艺术形象得以塑造和呈现的第三维，也是最重要的一个维度。形式不只是内容的载体，它对内容本身就具有塑造作用。而且，形式的历史也是审美规范进化成熟的历史。艺术形式越精细，越有助于作家主体细腻感情的自

① 刘再复：《文学研究思维空间的拓展——近年来我国文学研究的若干发展动态》，《读书》1985 年第 2 期。

② 林兴宅：《关于文艺未来学的思考》，《文史哲》1985 年第 6 期。

③ 孙绍振：《形象的三维结构和作家的内在自由》，《文学评论》1985 年第 4 期。

由表达，也越有助于反映更加丰富的社会历史内容，同样越有助于提高作品的艺术品格和审美价值。作家的风格就是艺术形象的这三维结构的协同功能的最辉煌的表现。刘心武认为文学向自身的回归不但摆脱了我国文学研究的陈规陋习，而且成为实践文学观念突破的最前哨。刘心武对韦勒克的“内部研究”和刘再复的“文学本身”都指向文学的审美特性的观点提出批评，认为文学的本性即“文学的最根本的素质”不能仅仅是文学的艺术性，即文学的形式技巧。不能把文学作为一个从外部加以观照的“审美对象”，而应该从内部关注文学的“创美过程”，这才是文学的本性所在。他进而从文学的社会性、意向性、析情性等七个方面分析了文学艺术，尤其是小说是如何创造出其审美价值的。这些文章都极具开创性，他们为文学艺术的发展指出了“回到文学本身”的方向，并提出了实现这一目的的途径，为文艺学方法论和本体论的大讨论奠定了理论基础和舆论氛围。

二、文学形式本体论与其他文学本体论观念之间的差异

中国文艺理论界在走出反映论的藩篱而回归文学本身，建立本体论的文学观念的问题上达成了一致的看法，但是在何为文学本身或本体的问题上却产生了不同的观点，从而形成了不同的文学本体论观念。当时被冠以本体论之名的文学观念非常之多，如果我们根据其理念的相近性而对其加以归类，可以把当时盛行的本体论观念概括为形式本体论、人类本体论和活动本体论等几个大的类型。从前文的论述中我们已经可以看到，在对反映论的反思和批判中，学者们已经认识到回到文学自身就是要回到文学的语言形式，形式本体论也是形成最早且最具影响力的文学本体论类型。或者说，新时期文学本体论的发端就是从对文学艺术的内部即形式特性的关注开始的。但是，尽管形式本体论观念占据了主流，其他几种观念仍然具有较多的支持者，对新时期的文论建设也产生了重要的影响。因此，我们对形式本体论的关注不能脱离其他几种本体论观念的参照。

其中与形式本体论并驾齐驱的首先是文艺的人类本体论。持这种观点的理论家有杜书瀛、王元骧、王岳川、徐岱等人。他们认为本体论就是存在论，而这种存在并不是文艺自身的存在，而是人的存在。因此，文艺的人类本体论的核心就是把文艺的存在和发展与人类自身的存在和发展紧密联系起

来，认为二者之间具有一种同构关系。杜书瀛认为反映论属于一种认识论的文艺美学观，并在反思认识论文艺美学的过程中提出了人类本体论文艺美学的构想。他认为："自然生命和社会—文化生命（包括政治生命、道德生命、审美生命等等）是人的最基本的生命存在形式，而人的本体论意义上的所有活动，也就都可以看作是生命的生产和创造活动。"① 文学艺术活动是人的生命存在的特殊方式，它的目的只能是人本身，显然属于人类本体论意义上的活动。因此，我们应该抛弃流行的狭隘的工具论和认识论的文艺美学而建立以人的存在为基础的人类本体论文艺美学。"如果说认识论文艺美学老是把眼睛盯着外在的客观世界，它所强调的是文艺对现实的认识性（因此它也可以称为现实本体论文艺美学），那么，人类本体论文艺美学则把目光凝聚于人自身，它所强调的是文艺对人自身生命的体验性。"② 这种文艺美学不要求文学艺术去认识真理，去揭示社会矛盾，去告诉读者什么才是正确的人生观和价值观，而是要求文学艺术去"真切地体验人生、感受人生，成为人生中苦的泪水或笑的酒窝"③。王元骧认为，在一个物欲横流、价值失范的时代，文学艺术应该在抵制价值相对主义和价值虚无主义中发挥重要作用，而关注人的存在状态和人的新的生命与活力，正是文学艺术的价值所在。只有"出于对超验性层面在构成人的生存本体的特殊地位的认识和理解，我们才肯定文艺在人的生存活动中的重要意义，以及文艺本体与人的生存本体之间的内在联系，并把人的生存本体同时也视作文艺的本体，使审美、文艺与人生三者之间达成了有机的统一"④。因此，他认为，只有"建立在人的生存本体论基础上的文艺本体"才是文学本体论的当代形态，才能克服传统文学本体论之间的分歧。这一点王岳川分析得更加清楚。王岳川认为："人类文化发展史表明，艺术与人之间存在着一种非此不可的本体关系，因此只有直接进入人类本体存在反思之中，只有在人类本体和文艺本体的意义关系求索的路途上，我们才能去与文艺本体谋面，才能揭示和敞亮文艺本体的终极价值和意义。"⑤

---

① 杜书瀛：《艺术的哲学思考》，辽宁人民出版社 2001 年版，第 199 页。
② 杜书瀛：《艺术的哲学思考》，辽宁人民出版社 2001 年版，第 203 页。
③ 杜书瀛：《艺术的哲学思考》，辽宁人民出版社 2001 年版，第 204 页。
④ 王元骧：《文艺本体论研究的当代意义》，《东方丛刊》2006 年第 1 期。
⑤ 王岳川：《艺术本体论》，中国社会科学出版社 2005 年版，第 3 页。

随着人类的生存体验以及理性和感性认识能力的变迁，艺术本体论在西方也经历了摹仿论、表现论、形式论和文化论的嬗变。因此，在他对西方艺术本体论的发展史的分析和研究中，形式本体论只是20世纪初所形成的一种文艺本体论形态。如果脱离人类本体而讨论文艺本体，就会使其陷入僵化，因为二者的同构关系决定了文艺本体会随着人类本体的变化而变化。只有在二者的关系中，或者以人类本体为基础才能真正把握文艺本体。他们三人的阐释和论证文艺的人类本体论的视角虽有所不同，但是，显而易见，这种观点的哲学基础是李泽厚建立在马克思主义和康德哲学的基础上提出的人类主体性理论，和由高尔基提出并由钱谷融发展而来的"文学是人学"观念。除此之外，刘晓波等人提出的生命本体论和刘再复提出的文艺的主体性问题都与80年代人类本体论问题有着深度的关联，可以看作文艺的人类本体论的延续。

另一个具有重要影响的是活动本体论。活动本体论并不是把文学看作一个实体，而是由作家—作品—读者所构成的一种活动。文学的本体并不是这个活动过程中的某一个要素，而是存在于由这些要素共同作用的一个活动的过程之中。正如朱立元所言："文学是作为一种活动而存在的，存在于创作活动到阅读活动的全过程，存在于从作家—作品—读者这个动态流程之中。这三个环节构成全部活动的过程，就是文学的存在方式。"① 之后，邵建将这种观念发展为一种"三R结构"，即认为文学是由Writer（作者）、Work（作品）和Reader（读者）构成的三元结构。② 事实上，王岳川在讨论文艺本体论时是以人类本体论为哲学基点，同时也把文学看作一种活动过程的。因此，在活动本体论者看来，单纯从作者、作品或读者中寻找文艺的本质，是把动态的文学活动看作一个静态的实体，都是非常片面的。

与上述两种影响较大的文学本体论观念不同，形式本体论认为文学的本体是由语言、结构、叙事和技巧等要素构成的形式。把形式作为文学的本体，这与长期以来中国文论中的"文以载道"传统和马克思主义反映论把生活内容作为第一性的观念背道而驰。这种具有颠覆性的文学观念，尽管其内

① 朱立元：《解答文学本体论的新思路》，《文学评论家》1988年第5期。
② 邵建：《梳理与沉思：关于文艺本体论》，《上海文论》1991年第4期。

部还有些不同的意见和分歧，但是基本的形式本体论观念在新时期很快受到了学术界的认同，而且比人类本体论和活动本体论出现得更早，是新时期文艺本体论中的第一形态。如我们在第一部分所说，形式本体论产生于后革命意识形态建构的政治氛围之中，是新时期先锋文艺在理论上的回应，同时也深受西方形式论文艺观的影响。可以说，西方形式文论给形式本体论不但提供了基本的理念和方法，而且提供了主要的概念和术语。西方形式文论是在反思黑格尔的形式与内容的二元对立的基础上而回归亚里士多德的形式第一性观念，以此来建立其文艺本体论学说的。亚里士多德提出了事物存在的四因说，并且认为相对于质料因、目的因和动力因，形式因才是第一因，是决定事物是其所是的核心要素。俄国形式主义者提出的材料和手法、新批评的架构和肌质等都是亚里士多德的质料和形式这一二元对立在文学中的表现。但俄国形式主义、英美新批评和法国结构主义这几个我们统称为西方形式文论的思潮，以及丹尼尔·贝尔的“有意味的形式”观念对形式本身的理解却有一定的差异。而对这些流派的理念、方法，甚至概念体系的依赖，自然就决定了中国新时期的形式本体论不可能是铁板一块的封闭观念，必然产生不同的形式本体论观点。

三、形式本体论的发展、类型及其差异

从历时的角度来看，随着对西方形式文论的接受和对文学形式内涵的理解的不断加深，文学形式本体论在新时期的发展经历了三个大的阶段。第一阶段是提倡回归文学自身，把文学作品看作一个具有独立存在意义的实体的作品本体论阶段。第二阶段是对“什么是作品”这一问题的深化的基础上将文学本体归结为作品的语言、叙述和结构等具体形式因素的阶段。第三阶段则是 20 世纪 90 年代之后对形式本体论进行批判和反思的阶段。

如前所述，在新时期之初，在对反映论和工具论的反思过程中，文学理论界提出了回到文学本身的观念。而所谓回到文学本身，就是指文学研究要从对文学与政治、社会、生活、作家生平等这些外部因素的关注而转向对文学作品自身的关注。这种观念的理论基础就是，认为文学是一个具有独立存在的意义和价值，也具有自身的特点和规律的自律性实体。因此，文学研究就应该以作品自身为中心，作品才是文学的本体。显然，这种作品本体论

观念是在西方形式文论的影响下形成的，或者直接说就是对西方形式文论的基本观点的概括。俄国形式主义者批判了19世纪以来的政治和传记批评，认为文学与政治无关，也不用过多关注作家的生平，作品本身才是文学研究的核心。只有回到作品，文学理论才能走上科学化的道路。他们运用了几个恰当的比喻来概括自身的文学观念，一是“文学并不反映飘扬在城堡上空的旗帜的颜色”；二是像纺纱一样，文学研究并不关注纱布的市场价格和托拉斯政策，而只关注于纺纱技术；三是文学批评家不能做“文学警察”，像抓小偷时生怕错过一样，把所有与文学有关的要素都一网打尽。新批评理论家更是影响深远，韦勒克区分的“外部研究”和“内部研究”，维姆萨特和比尔兹利的“意图谬误”和“感受谬误”一时间都成为中国文学理论研究中的热门词汇。孙歌通过对新批评派等形式批评流派的文学观念和批评方法的分析，认为文学批评应该以作品的审美价值为中心，以作品形式所引起的艺术感受为立足点。①尽管此时对俄国形式主义和英美新批评还存在一些反对和批评的声音，但是文学研究应该回到文学本身，认为文学作品才是文学的本体，已经基本成为共识。

作品本体论者认为作品是文学的本体，文学研究应该回归文学作品自身，以对作品的分析和研究为主体。但是，随着文学本体论讨论的深入，人们发现作品本体论还具有理论上的不完善性。西方形式文论批判和反思了黑格尔的内容与形式二元论，并尝试着用材料和手法或者架构和肌质等新的术语和概念取而代之，现象学美学家茵加登以及受其影响的韦勒克等人则对文学作品进行分层，这些都说明在文学作品诸要素中，有些要素是与文学的审美属性无关的，而文学研究应该关注那些与文学的审美属性有关的形式因素。或者说，按照亚里士多德的理论，在文学作品中，形式才是决定文学是其所是的本体性要素。这样，文学作品本体论就深化为文学的形式本体论。而由于对构成文学形式的语言、叙事和结构等要素的不同侧重，并将这些构成要素提升到本体论的地位，从而使文学形式本体论分化出了语言本体论、叙事本体论和结构本体论等理论分支。

在文学形式本体论的这几个分支中，获得更多赞同，影响也最大的是

① 孙歌：《文学批评的立足点》，《文艺争鸣》1987年第1期。

语言本体论。在新时期以来的中国文学理论中，“文学是语言的艺术”已经成为一个毋庸置疑的常识和公理。在文学是语言的艺术这一论断中，语言不再被看作是文学得以呈现的媒介和载体，而被看作是文学的本体。如果说本体论（Ontology）就是存在论，讨论本体论就是讨论文学何以存在，以什么方式存在的话，那么文学是语言的艺术这一论断就等于说语言是文学的本体。中国学术界把文学看作语言的艺术这一观点主要有两个理论来源。一是以高尔基的观点为代表的苏联文论。高尔基提出了“文学是语言的艺术”这一论断，认为“语言是文学的第一要素”。“文学就是用语言来创造形象、典型和性格，用语言来反映事件、自然景象和思维的过程。”①虽然中国传统文论也非常重视语言，但是尚未把语言提高到如此高的地位。由于20世纪前期中国的文艺学沿袭了苏联模式，所以高尔基的理论和学说深深地影响了中国文艺学的发展，“文学是语言的艺术”也成为中国文论界的一个普遍的认识。早在20世纪50年代，铁马在《论文学语言》一书的开篇就指出：“文学是语言的艺术。文学是用语言来塑造和描写的艺术，作家要用语言来活灵活现地描写现实和表现思想，要用语言叫人一时三刻就听到许多人在讲话，觉着生活在进行，感到事实中的社会意义。语言对于文学，就像音响和旋律对于音乐；线条、明暗和色彩对于绘画；动作和姿势对于舞蹈一样，有一种不能分离的关系。”②这种观点后来进入《文学概论》教科书，成为一条基本的理论原则而被中国学界所接受和宣扬。蔡仪就指出：“各种艺术都有它独特的表现工具，如绘画的表现工具是色彩，音乐的表现工具是声音，而文学的表现工具则是语言，包括口头的语言和书面的语言——文字。所谓语言是文学的表现工具，也就是说，它是文学借以塑造形象的手段。文学以语言塑造形象反映社会生活，所以又叫做语言艺术。”③以群也认为：“语言艺术即文学，它以语言为工具来塑造艺术形象……在文学创作中，语言是必要的工具，没有语言，也就没有文学。”④显然，无论是铁马、蔡仪还是以群，都是把语言作为文学的媒介和工具，并没有将语言上升到文学的本体的高度，这

① ［苏］高尔基：《论文学》，人民文学出版社1978年版，第332页。
② 铁马：《论文学语言》，文化工作社1951年版，第1页。
③ 蔡仪主编：《文学概论》，人民文学出版社1984年版，第30页。
④ 以群主编：《文学的基本原理》，上海文艺出版社1980年版，第43、45页。

也是苏联模式影响下的中国文论界对文学语言的基本看法。

真正促使中国文论界把语言作为文学的本体的是西方现代语言哲学和西方形式文论。“语言转向”是西方20世纪人文学术研究中的一次影响深远的范式革命，从语言的角度思考人类文化的方方面面成为一种重要趋势，也产生了许多重要的学术成果，形成了分析哲学、现象学—解释学、形式文论等多个以语言为中心和切入点的人文学术传统。在这些传统中，语言被赋予了重要的意义。海德格尔就认为“语言是存在的家园”，“不是人在说语言，而是语言在说人”。① 可见，在海德格尔这里，语言已经成为人的存在根基或本体。而形式文论则从语言的角度研究文学，认为文学是语言的存在，因此语言学方法是文学研究最合适的方法。俄国形式主义、布拉格学派、法国结构主义和英美新批评这几个被我们统称为西方形式文论的流派都是把语言作为文学的本体和文学研究的中心的。在西方形式文论的影响之下，在80年代初期，中国文论界一改苏联模式的语言工具论，提出了语言本体论的建设思路。正如王元骧所言：“形式主义理论对于我国当代文艺理论的研究与建设的价值自然是不能否认的，它至少提高了语言问题在文学理论研究中的地位，使我们看到了语言对于文学作品来说不只是一种媒介、一种形象的载体；在一个艺术上臻于完美的文学作品中，它的内容是不可能与它的形式包括语言的节奏、韵律、句法截然分割的；任何形式上的改变，也就意味着内容上的变化。从这个意义上说，文学语言确是像‘新批评’理论家所说的，它自身就具有本体论的意义。”② 把语言作为文学的本体，掀起了中国文论的“语言转向”，文学语言研究也成为文学理论研究中的核心问题之一。

刘大枫认为真正的语言本体论出现于1987年，以唐跃和谭学纯的文章《语言功能》为标志。③ 其实，1986年，王晓明就已经具有了文学语言本体论的构想。如其所言：“文学首先是一种语言现象。这不但是指作家必须依靠文字来表达自己的审美感受，一切所谓的文学形式首先都是一种语言形式；更是说作家酝酿自己审美感受的整个过程，它本身就是一个语言的过

---

① ［德］海德格尔：《在通向语言的途中》，商务印书馆1997年版，第189页。

② 王元骧：《症结与出路：文学语言研究的新视野》，《江西社会科学》1999年第6期。

③ 刘大枫：《新时期文学本体论思潮研究》，天津社会科学院出版社2000年版，第132页。

程。”[①] 在他看来，就像色彩和线条与绘画的关系一样，离开了语言文学也就自然不存在了，语言与文学是二而一的存在。因此，作家的语言意识和语言运用能力决定了一个作家水平的高低，作家面临的挑战也首先是语言的挑战。进而，唐跃和谭学纯对“语言是文学的表现工具”这一公认的观点提出了质疑，认为无论是把语言作为思维的工具，还是物质材料，都是片面的，而以此为基础得出的“语言是文学的表现工具”的结论就有失客观和公允。“以文学语言论，它在文学创作的不同阶段发挥了不同的用途，也就理所当然地具有不同的功能。在作者的创作阶段，文学语言被用来表现作者的意图，因之具有表现功能；在文本的实现阶段，文学语言被用来呈现文本的意义，因之具有呈现功能；在读者的接受阶段，文学语言被用来发现读者的意味，因之具有发现功能。”[②] 可见，语言相关于文学活动的各个方面，对文学的创作、文本的呈现和读者的阅读接受都具有本体论的意义。李劼则从文学语言的角度正式提出了文学形式在文学中的本体性地位。他认为，新时期以来的文学创作的重心由写什么转向了怎么写，作家们都意识到了文学形式的重要性，写作实践的形式变革促使了“文学形式的本体性演化”。人们开始重新思考文学的语言和形式。“因为正如人是一个自足的主体一样，文学作品是一个自我生成的自足体。文学创作的白话文之代替文言文所意味着的，不是一种表现手段的更换，而是文学的创造对象、创造性质的嬗变。形式不仅仅是内容的荷载体，它本身就意味着内容。……所谓文学，在其本体意义上，首先是文学语言的创造，然后才可能带来其他别的什么。”[③] 在文学中，形式本身就具有本体意味，而这种本体意味是通过文学语言的性质而自动生成的。这种观点受到了李洁非的发展，他认为语言作品长期之所以被狭义的艺术拒之门外，根本原因在于我们的文艺理论家和美学家基于功利目的而把文学看作政治等外在目的的附属品，而不像音乐和绘画那样注重于作品的形式本身。因此，文学要成为语言的艺术，就必须回归自身，关注于文学语言的形式意味。[④] 作家汪曾祺在20世纪80年代的《中国文学的语言问题》

① 王晓明：《在语言的挑战面前》，《当代作家评论》1986年第5期。

② 唐跃、谭学纯：《语言功能：表现＋呈现＋发现》，《文艺争鸣》1987年第5期。

③ 李劼：《试论文学形式的本体意味》，《上海文学》1987年第3期。

④ 李洁非：《语言艺术的形式意味》，《文艺争鸣》1990年第1期。

《揉面——谈语言》等系列文章中，把语言提到了本体论的高度来认识，更是在创作领域证明了语言作为文学之本体的重要性。他说："语言不是外部的东西。它是和内容（思想）同时存在，不可剥离的。语言不能像桔子皮一样，可以剥下来，扔掉。世界上没有没有语言的思想，也没有没有思想的语言。往往有这样的说法：这篇小说写得不错，就是语言差一点。我认为这种说法是不能成立的。我们不能说这首曲子不错，就是旋律和节奏差一点；这张画画得不错，就是色彩和线条差一点。我们也不能说：这篇小说不错，就是语言差一点。语言是小说的本体，不是附加的，可有可无的。从这个意义上说，写小说就是写语言。小说使读者受到感染，小说的魅力之所在，首先是小说的语言。小说的语言是浸透了内容的，浸透了作者的思想的。"①

在20世纪80年代末期和90年代初，《文学评论》和《艺术广角》等刊物也刊发了系列文章对文学语言问题进行了深入探讨，从而把文学的语言本体论推向了深入。在《文学评论》组织的总题为"语言问题与文学研究的拓展"一组文章中，潘凯雄和贺绍俊指出："在某种意义上，与其说是文学家驾驶着语言，勿宁说是语言的魔力在驱使着文学家。在当代，人们力图从本体上把握文学，必然会重视对语言的分析和研究。"② 而从本体论上对语言的把握与传统诗学中对语言的修辞分析是不同的，前者把语言作为文学存在的本体，而后者则把文学作为传达意义的工具，二者之间具有"体"与"用"的区别。陈晓明也明确指出："以往的文学理论由于没有从语言本体论意义上阐释文学存在的本质，因而，'文学世界'要么落入幼稚的比喻，要么流于粗疏的想象。文学何以能作为一个世界，并且能构成世界，它的构成过程和形态如何，这是传统观念无法企及的思维空间。我们之所以如此费力地阐明语言构成世界的实在性，也在于证明文学世界存在的实在性，存在的本体依据。"③ 在肯定了语言对于文学的本体地位之后，陈晓明进而借用俄国形式主义和英美新批评的观点对文学的客观自足性、文学语言的审美构成和文学对存在的超越性等问题进行了分析和阐释。吴予敏清楚地看到当时新兴的"语言热"都是以西方现代语言学为理论基础的，而"以语言作为文艺学现

---

① 汪曾祺：《中国文学的语言问题》，《文艺报》1988年1月16日。

② 潘凯雄、贺绍俊：《困难·分化·综合》，《文学评论》1988年第1期。

③ 陈晓明：《反语言——文学客体对存在世界的否定形态》，《文学评论》1988年第1期。

阶段探索的重心，可能会使文艺学更精致、更富于工艺性，但也可能使它脱离开时代的人文背景，忽略了比语言更紧迫的课题”①。因此，他认为，对这种研究方法和文学观念要保持审慎的态度，并对这种趋势表示担忧。显然，他的担忧也从侧面反映了文学语言本体论和文学语言研究在当时所产生的巨大影响力。阳有权则从海德格尔的语言存在论的角度切入，认为：“语言的人类本体地位决定了文学语言对于人的本体意义。文学语言是对语言的特殊运用，探讨文学语言本体自然离不开这个语言的人类本体论的一般前提。但文学作为语言的艺术，语言对于文学作品审美价值的生成又必须通过文学语言本体的审美品性才能实现，即巧妙地利用语言的审美性能创造语言艺术的幻象世界，这是文学语言同生活语言和科学语言的区别之所在。所以，语言本体的一般特性代替不了文学语言本体的审美特性。”②之后，吴俊的《文学：语言本体与形式建构》(《上海文论》1988 年第 2 期)、张首映的《论文学语言和用字》(《文艺研究》1989 年第 1 期)、陶东风的《也谈“文学是语言的艺术”》(《艺术广角》1993 年第 2 期)、马大康的《文学语言研究之我见》(《艺术广角》1993 年第 2 期）和张法的《如果中国美学也会有一个语言论转向》(《艺术广角》1993 年第 2 期）等文章把文学的语言本体论问题进一步推向深入，文学语言研究也在文学本体论已经退潮之后仍然保持着持久的关注度，从而在中国文论界也推动了一个“语言论转向”。

其次是叙述本体论。在构成文学形式的具体要素中除了语言之外，另一个重要因素就是叙述，因此从叙述的角度建构文学形式本体论也成为一种重要尝试。陈剑晖在西方形式文论的启发之下，提出在中国建立一种本体批评。而走向本体的批评，实际上也就是走向形式、走向现代语言学的批评。“无数的事实告诉我们，从语言入手来研究文学，更能有效地切近文学本身，同时，这也是批评走向本体的标志。……本体论批评却从社会学批评的阴影下冲了出来，它向人们大声宣告：形式是文学的存在方式，忽视了形式也就等于忽视了文学的存在。”③虽然语言是文学形式的核心要素，但是对于现在影响最大的文体——小说——来说，叙述即讲故事则是其基本要素。也就是

① 吴予敏：《寻求人文价值和科学理性结合的契点》，《文学评论》1988 年第 1 期。

② 阳有权：《文学语言的本体论思辨》，《求索》1990 年第 2 期。

③ 陈剑晖：《走向本体批评》，《文艺争鸣》1989 年第 1 期。

说，在小说形式这一变幻莫测的“魔方”之中，“我们首先便碰到了叙述。因为叙述是我们研究新时期小说形式演变的最佳的‘突破口’。……小说从本质上说是一种叙述的艺术。对于作为间接艺术的小说来说，叙述不仅是一种技巧、一种手段，它实际上也是一种本体的呈现。而叙述，总须有一个立足点，一个角度，这个立足点和角度，一方面引导读者进入叙述者所提供的小说世界；另一方面，它又联系着作家的思维方式、感知方式和心理个性。所以，从文学本体的角度出发，来研究新时期小说叙述视点的变异，便是一件有兴味的工作。因为透过这一独特的视角，我们可以看到新时期的文学形式是如何向着本体靠拢。”① 陈剑晖进而从具体的作品分析来论证他的叙述本体论。在他看来，莫言和马原等先锋作家的作品的最大特点就在于叙述，他们通过独特的讲故事的方式使作品表现出与传统现实主义作品不同的特点。莫言在《红高粱》中讲述的是一个战争故事，但他却并没有把笔墨的重心放在正面描写残酷的战争场面，而是突出其讲故事的方式和过程。这样，叙述的对象在作品中就退居到了次要位置，相反，叙述本身即叙述过程则上升为小说的主体。叙述的本体性在马原的作品中表现得更加突出。可以说，马原的小说说到底就是叙述。如果离开了这种独特的叙述，马原就不可能成为今天的马原而只能是一个二三流的作家。因此，陈剑晖认为：“从小说本体的角度来理解文学语言，我们看到，叙述语言对小说的演变的确含有举足轻重的作用。这是由于小说的叙述说到底是语言的叙述。叙述语言不仅是叙述视点的可靠实现者和叙述结构的调节者，同时也是一个作家的创作是否成熟，是否形成了只‘属于自己的声音’的标志。……这种经由语境和故事机制产生整合效应的叙述语言，正是文学走向形式意味的标志。”②

在文学作品中，各种物质材料都需要依托一定的结构才能够得以存在，因此也有学者借用结构主义学说提出了文学的结构本体论观念。赵镇疆认为文学的本体在于其“内构成”。文学的内构成是“文学自身的本质规定，是文学与非文学的区分性因素，也是评估何谓纯文学、通俗文学以及非文学等的重要标准。失去了内构成，真正的文学不会存在；多少有了它，文学就至

① 陈剑晖：《形式化了的叙述本体——走向本体的文学之四》，《云南社会科学》1989年第1期。
② 陈剑晖：《形式化了的叙述本体——走向本体的文学之四》，《云南社会科学》1989年第1期。

少不会一点价值没有”①。这种内构成就相当于雅各布森所说的文学性，是决定一部作品成为文学作品的东西，也是区分文学和非文学的标准，对这种特性的探询就是对文学本体问题的追问。内构成与外构成相对而言。“所谓外构成实际就是传统文学理论观念中的内容（如题材、主题、人物形象等）和形式（如结构、语言、情节安排等）构成。只从文学的外构成即形式与内容的构成出发去探究纯文学和其它层次的文学（如通俗文学、言情文学等）、半文学（如报告文学、纪实小说等）以及非文学（如故事、社会新闻、事迹报告等）的分野是远远不够的。因为就是一个最蹩脚的黑幕故事或事迹报告也显然具备主题、题材、人物、情节安排及语言符号形式等外构成要素。”②而要理解文学的“内构成”，就要对传统的文学观念予以清理，“突破传统的思维定势和认知图式”。作者把这种内构成从逻辑上区分为“意蕴层”“情境层”和“情意结构层”三个层次。在具体的文学作品中，这三个层次难以清楚地分开，是一个血肉相连的纯然整体和有机结构。与赵镇疆不同，林兴宅从艺术作品与一般意识形态作品的差异性角度提出了文学的结构本体论。他认为，虽然艺术作品与意识形态作品都具有感性的物质形式，但是在意识形态性的作品中，感性物质形式作为传达意义的符号只是手段和工具而不具有独立存在的价值，因此说意识形态作品是一种“符号性存在”。相反，艺术作品的物质形式构成审美感知的直接对象从而具有独立存在的意义。可以说，“艺术作品就是一种可以诉诸审美直观的感性物质媒介材料的结构体。因此，我们可以把艺术称之为结构性存在。”③当然，二者之间的区分也并非绝对泾渭分明的，而是相对的。事实上，艺术作品的物质存在都具有意识形态的符号体和审美对象的结构体的二重性，既传达作为语义内容的意识形态内涵，又诉诸人们的感性直观而呈现着艺术的审美价值。因此，林兴宅断言，艺术的本体存在是“审美结构”。以“审美结构”“来描述艺术本体存在，指称艺术的审美对象，把艺术看成结构性存在，这是理解艺术存在本质的关键”④。林兴宅认为他提出的结构概念与形式主义文论中的形式概念不

① 赵镇疆：《文学的内构成：在文学与非文学之间》，《佳木斯教育学院学报》1989 年第 4 期。

② 赵镇疆：《文学的内构成：在文学与非文学之间》，《佳木斯教育学院学报》1989 年第 4 期。

③ 林兴宅：《艺术非意识形态论》，《学术月刊》1995 年第 1 期。

④ 林兴宅：《艺术非意识形态论》，《学术月刊》1995 年第 1 期。

同，形式主义文论中的“结构”只是一种形式范畴而不具有本体论的意义。

四、对形式本体论的反思与批判

进入 20 世纪 90 年代之后，随着中国改革开放的不断深入，以及社会文化状况的改变，中国文学理论和批评领域的中心由对文学自身内在规律的探讨逐渐向外部研究转移，与之相应的是文化研究与社会历史批评的兴起和文学本体论问题的逐渐退潮。自此，中国的文学本体论研究进入了一个相对平稳发展的反思和批判阶段。与对文学本体论的反思和批判相同步，对文学形式本体论的反思经历了一个由 90 年代对文学形式研究的批评到 21 世纪从哲学本体论意义上思考形式本体论的理论合法性的过程。

与文学形式本体论的建构过程相伴随，对它的批评之声也不绝于耳。第一种声音是批评形式本体论割裂了文学和社会历史的关系而走向了极端的形式主义。严昭柱对形式本体论及作为其理论基础的英美新批评的批评最为尖锐。他认为陈晓明、刘心武和孙歌等人倡导的形式本体论“无疑是一种形式主义的文论。……它首先是赋予文学作品以独立自足的终极存在的意义，称为‘文学本体’，进而又将这种‘文学本体’归结为作品的语言和形式。在前一种情况下，它割断了文学与社会生活的丰富多样的联系和关系；在后一种情况下，它把文学作品的内容也淡化了，把文学作品本身片面地抽象为‘文学语言’或‘艺术形式’，以至于意图把文学研究变成一种科学主义的程序化操作。经过这样一系列的‘冷’处理，文学这个时代精神的精灵、这个社会生活的神经结、这个作家心灵的呐喊与火热感情的喷发口、这个群众珍视的精神食粮与美感享受的重要源泉，也就变得黯然失色、索然寡味了”①。这种理论及其批评“保留其词语，而阉割其灵魂”，其实质是“反马克思主义的”。对形式本体论的强调和崇拜不但不是科学的态度，而且不利于社会主义文艺的繁荣。相比而言，赖干坚的批评相对客观而温和。在对反映论和本体论进行深度比较的基础上，赖干坚认为二者各有其合理性和片面性。“机械的反映论只关注文艺对生活作实证式的再现，而对文艺自身的特性、形式技巧和艺术真实的关系不大重视。正是在这种文艺观影响下，一些作家

① 严昭柱：《论“文学本体论”》，《文学评论》1992 年第 1 期。

虽然也力求反映历史的真实，但往往只强调‘反映什么’，却忽略了‘如何反映’的问题。结果，一些作品总是落入老套，毫无新意，叫人看了倒胃口。而近些年来，一些作者却又走向另一极端，一味强调‘如何写’，却不问‘写什么’，写的有无现实意义。于是，一些玩弄写作技巧、内容空虚苍白的作品充斥文化市场。”① 因此，最佳的解决途径便是让二者在相互的碰撞和渗透中相互纠正，这样既有利于纠正极左思潮的偏颇和反映论的缺陷，也有利于防止形式本体论落入纯粹的形式主义的泥沼。这种折中或对话态度逐渐获得了更多的认同。李长夫认为孙歌在《文学批评的立足点》一文中提出的将形式作为批评的立足点而提倡建立形式本体论的观点有失偏颇，“应该是把文学的内部研究和外部研究结合起来，把对文学作品形式的研究和内容的研究辩证的统一起来；而不是将文学的内部研究和外部研究对立起来，将对形式的研究和内容的研究割裂开来。……如果对文学作品的评论离开了宏观的把握，只把眼睛死盯着作品的本体，用形式主义的批评方法，去解析作品的艺术手段，是不能认识作品的真正价值的。……我们认为只有把对文学的内部研究和外部研究结合起来，把对形式的研究和对内容的研究辩证的统一起来，进行宏观的把握和微观的剖析，才是一种有效的方法。”② 杨朴也认为：“文学批评的立足点既不应该站在‘新批评’只强调的艺术感受那一点上，也不应该坚决回复到社会学批评不重视艺术感受的旧路上去。正确的做法应该是两者的融合、互补，从而完善和丰富社会历史和美学相统一的审美批评。”而我们之所以反对纯粹的“内部研究”和“形式批评”，因为“我们的时代还不是为艺术而艺术的时代，时代要求文学家和批评家为她的痛苦而哀号、为她的欢乐而赞颂、为她的渴求而呐喊”③。董学文同样认为：“文学‘形式本体论’对作品社会历史内涵的消解与拒斥，使自己深陷于语言结构形式的牢笼而不自知。就像‘新批评’最终走向了一个‘封闭的瓮’一样，‘形式本体论’也终难摆脱自我锁闭的命运；对形式、结构及文本的整体性、中心性的刻意追求，又导致了另一种形式的形而上学。”④ 可见，从 20 世纪

① 赖干坚：《文艺的本质特征与文艺的自律、他律关系》，《福建论坛》1995 年第 5 期。

② 李长夫：《也谈文学批评的立足点问题——与孙歌同志商榷》，《文艺争鸣》1987 年第 3 期。

③ 杨朴：《文学批评：寻找新的立足点》，《松辽学刊》1988 年第 4 期。

④ 董学文、陈诚：《三十年来文学本体论研究的进展与问题》，《西北师大学报》2008 年第 9 期。

90年代一直延续到21世纪的对形式本体论的反思都是围绕形式本体论割裂了文学和社会的关系这一角度进行的。

第二种批评的声音主要集中于从哲学本体论的意义上探讨形式本体论的合法性问题。通过对近年来有关文艺本体论的主要观点的分析，毛崇杰认为本体论就像一个巨大的底盘，几乎可以囊括人的生存之本质与现象中的一切，包括文学艺术。“迄于今日任何一种文艺本质论，如认识论、生产论、工具论等等，无不安放在本体论这个底盘之上，并由之得以说明和阐发。”[①] 但是，由于对本体论的这种过分关注，使这个底盘变得大而无当，似乎什么都可以说明，却又似是而非，很多关于文艺本体论的论述“只是在原来的文艺问题上，加上本体论哲学点缀”[②]。甚至如果我们把这些有关“本体论”的语句全部拿掉，文章似乎都没有什么损失。王元骧和苏宏斌也都认为哲学意义上的文学本体论指的应该是文学作品之外还有一个本原的世界，一个决定文学艺术存在的终极根据，正是这个本原的世界决定着文学的形式。但是，中国学者的文学本体论主要借用了兰瑟姆的“本体论”一词，却根本没有顾及兰瑟姆学说中的亚里士多德背景，从而错误地把“本体论批评”与新批评的立场直接嫁接在一起，以至于把本体论批评等同于研究文学形式和技巧的假象。因此，王元骧认为我国学者以文学本体论为名把作品当作一个自足的存在、一个纯粹的语言系统来开展研究，“是对艺术本体论的一种曲解”[③]。苏宏斌则更尖锐地认为：“从某种意义上说，所谓形式本体论甚至可说是一种‘伪本体论’”[④]。这些批评揭示了第一波形式本体论讨论中理论的不准确性，为我国今后的本体论建设提出了新的理论方向。

第三节　形式本体论的理论价值与学术意义

尽管新时期的形式本体论存在着上述诸多问题，也受到了诸多批评，但是，从新时期中国文学理论的发展史来看，形式本体论的理论价值及其对

① 毛崇杰：《当代中国20年文艺本体论研究的若干问题》，《艺术百家》2010年第1期。

② 毛崇杰：《当代中国20年文艺本体论研究的若干问题》，《艺术百家》2010年第1期。

③ 王元骧：《评我国新时期的“文艺本体论”研究》，《文学评论》2003年第5期。

④ 苏宏斌：《文学本体论引论》，上海三联书店2006年版，第8页。

新时期中国学术史的意义却是不可低估的。

形式本体论的形成和发展使文学研究回归文学自身，改变了新时期中国文学理论的学术生态，给当代中国文论和批评界带来了一次重大的范式革命。托马斯·库恩认为，一些具有相同的信念、价值和研究方法的人员为了一个共同的研究对象而形成一个学术共同体，这种信念、价值和研究方法就会凝练成一种研究范式。当旧的范式已经走向极端的时候就会被新的范式所替代，而科学的发展就是由研究范式的革命推动的。当极左的文艺路线已经不再适应新的社会现实，那么建构一种新的范式取而代之就不仅是需要的，也是必然的。文学形式本体论正是迎合了新时期后革命意识形态重建和解释先锋文艺形式创新的需要而产生的。尽管学术界在建构形式本体论时对本体论概念存在误读和误用，但是，这种被冠以本体论之名的文学观念和研究方法却代表着一种新的范式，即要求文学研究回归文学自身，强调文学的自律自足性，探讨文学自身的特性和规律，以审美取代政治而成为文学艺术的第一属性。自此，在这种新的理论范式的冲击之下，新时期的文学理论和批评摆脱了反映论和工具论的束缚而走上了科学化的道路，从而使中国文学界的面貌焕然一新。正如赵宪章所言："如果说新时期文学最重要、最具全局性和普遍意义的观念变革是什么，那么，我们可以毫不犹豫地回答：符号的转换，从非文学性向文学性的转换。这一转换便是文学从他律（以他律取胜）向自律的转换，从功利观向审美本体观的转换。新时期文学正是在这一观念步步深入人心的过程中，才走向了自己的辉煌的时代。"①

在文学形式本体论这一新的理论范式的影响之下，新时期中国文学界出现了形式美学和文学形式批评的繁荣。一方面是俄国形式主义、布拉格学派、法国结构主义和英美新批评等西方形式文论受到了空前重视，其成果被大量翻译成中文，对其研究也越来越深入。文学语言学、叙事学和符号学等已经成为文学研究领域中的一个重要分支，中国叙事学、语言学和符号学等的学术共同体也相继成立，吸引了老中青几代学人的积极参与。另一方面，更重要的是，随着研究的深入，中国学术界已经不再满足于对西方形式文论

① 赵宪章：《符号的转换——新时期文学本体观描述》，《学术月刊》1992 年第 1 期。

的介绍和研究，而且主动尝试建立中国的形式美学和形式批评，并取得了突出的成绩。从 20 世纪 80 年代起，童庆炳、王一川、谭学纯等学者就开始重视文学语言和文学修辞研究；王蒙、童庆炳、陶东风等人的文体学研究丛书的出版推进了中国文体学研究；赵毅衡、申丹、谭君强、傅修延等对西方叙事学的翻译和研究使叙事学成为一个热门领域，而且借助于西方叙事学的启发研究中国的叙事传统及其特点都产生了重要的成果，比如陈平原的《中国小说叙事模式的转变》、杨义的《中国叙事学》、赵炎秋研究晚清文学的叙事性的系列文章都在将中国叙事学研究推向深入。而目前赵毅衡提出的广义叙述学、龙迪勇的空间叙事学、傅修延的文学叙事学都是中国叙事学研究的最新发展。赵宪章提出了建设形式美学的构想，他的《西方形式美学》是第一部从形式的角度重写西方美学史的重要著作。他后来的文体研究和语图关系研究，都是形式美学的文学批评实践。汪正龙的《西方形式美学问题研究》则是对现代西方形式文论最为深入细致的研究专著。目前，形式文论和形式批评作为当代中国文论和批评领域的重要一极仍然在产生着持续的影响力。

尽管有上述成就，但是，不可否认，就新时期开始至今的中国文论发展的总体状况而言，相对于文学外部研究的强大吸引力，文学本体研究和形式批评在中国学术界仍只占相对较小的份额和比例。文学形式本体论在 20 世纪 80 年代经历了一次大讨论，之后就逐渐走向了沉寂，除了少数学者一直坚持文学形式研究以外，有很多曾经致力于文学形式研究的学者后来都转向了文学的外部研究。这种转变的原因是多重的。从中国社会文化的发展状况来看，如果说摆脱政治束缚而回归文学自身是 80 年代中国学术界的集体认识和普遍诉求，那么，随着后革命意识形态的建立和大众文化的兴起，重新思考文学与文化的关系成为 90 年代之后中国学术界所面临的新问题，这不得不使中国的文学理论和批评从刚刚开始的“内部研究”向“外部研究”转移。20 世纪西方文论由以形式文论为代表的“文学理论”向“理论”和“后理论”的转移，也促使了中国文论研究范式的再次转换。而从形式文论自身的特点来看，与中国学者所习惯的宏大叙事不同，文学形式研究致力于文学语言和叙事方式的细部研究，这对于没有经历过文本分析训练的中国学者来说难度也相对较大。因此，正如金元浦所评述的：“我国新时期的批评每每叶公好龙，盘桓于文本及语言批评之外围，及至深入精髓的细部研究时，便知难而弃，纷纷逃离。因而，文学本体研究是我国批评理论建设中最薄弱的一环。”① 新时期中国文论界虽然从理论上承认了语言的重要性，甚至将语言提升到文学本体的地位，但是在实际的理论研究和文学批评实践中却并没有对语言给予足够的重视，仍然是思想标准或内容标准第一，语言仍属于思想的从属地位。童庆炳对此有清楚的认识：“文学是语言的艺术，这是大家都承认的。但是在很长的一段时间里，文学语言问题在文学理论中没有获得应有的位置。虽然也讲一点文学语言的特征，但都浅尝辄止，什么问题都没有讲深讲透。根本原因是只看到文学与政治、与生活的联系，而忽略了文学首先是一种语言，一种特殊的语言。当然，文学与政治、与生活的联系是应该讲的，但不能讲到极端的地步。”② 由此可见，新时期的文学形式本体论在理论建构和批评实践方面都具有不彻底性。西方文论是在经历了半个世纪的形式批评的洗礼之后，在 20 世纪后期才向外转的。形式批评虽然势头减弱，但是其细读法等文本分析方法却得到了西方学术界的继承。无论是女性主义、后殖民主义，还是文化研究，都是以对文本的细读为基础的。中国学术界却不同，在形式本体论建构和形式批评刚刚开始时就已经走向衰落，而缺乏文本细读和分析的兴趣、训练和能力也使 90 年代之后中国文论的外部研究显得乏力。这不可不视为中国当代文学批评中的一种缺憾，也是需要弥补的一个重要方面。

在 20 世纪的中国文学界，马克思主义是一以贯之的指导思想。但是，在 20 世纪的前大半个世纪，对中国文论影响最为深远的并非马、恩的经典原著，而是苏联的马克思主义文学理论和批评模式。在苏联模式的影响之下，文学的审美性和形式因素受到了忽视。新时期之后，虽然西方各种文学理论思潮一下子涌入中国，但是这种理论的惯性还一时难以完全改变。对于马克思主义文论来说，承认文学形式本体论，并将文学研究的中心完全转向形式问题是不可能实现的。站在马克思主义的立场上吸收形式理论和批评的优点来补充和完善马克思主义应该是一条有效的途径。巴赫金通过在马克思

① 金元浦：《当代文艺学范式的转换与话语重建》，《思想战线》1994 年第 4 期。

② 童庆炳：《汉语文学语言特征的独到发现》，《文史知识》1996 年第 8 期。

主义与形式主义之间对话建立了自己的批评学说，西方马克思主义者伊格尔顿和詹姆逊等人也都非常重视对西方形式文论的吸收和借鉴。因此，对于中国马克思主义文论来说，在与形式文论进行对话的基础上，把文学的外部研究和内部研究结合起来，应该是一条比较稳妥的道路。

如前所述，在对形式本体论和形式批评进行批判的基础上，李长夫和杨朴等人都已经提出了将内部研究和外部研究结合起来的愿望。之后，逐渐有学者将这种愿望付诸实践，产生了很多有价值的成果。陈平原在探讨中国小说叙事模式的转变时就进行了这样的尝试。他不是按照传统的套路从社会文化的变迁中探讨小说叙事模式的转变，而是相反。如其所言："承认小说叙事模式是一种'有意味的形式'，一种'形式化了的内容'，那么，小说叙事模式的转变就不但是文学传统嬗变的明证，而且是社会变迁（包括生活形态与意识形态）在文学领域的曲折表现。……在具体研究中，不主张以社会变迁来印证文学变迁，而是从小说叙事模式转变中探求文化背景变迁的某种折射，或者说探求小说叙事模式中某些变化着的'意识形态要素'"。① 陈平原的这种"把纯形式的小说叙事学研究与注重文化背景的小说社会学研究结合起来，沟通文学的'内部研究'与'外部研究'"② 的研究方法是非常具有理论价值的，而他通过对中国小说叙事模式的转变过程的细致分析，从中发现中国现代文化的变迁，更具有实践的指导意义。赵宪章早年从事马克思主义文论研究，后来转向形式美学和形式批评的理论建构与批评实践。但是他的形式美学并没有落入纯粹的形式主义，而是反对"绕过形式直奔主题"，主张"通过形式阐发意义"③。他通过词频统计研究陆文夫的《美食家》和高行健的《灵山》，都从文学的语言形式和叙事方式中发现了新的意义。南帆同样认为文学形式与社会历史和意识形态之间存在着密切的关系。社会历史和意识形态通过语言、情节、结构和叙事方式等形式的编码才能进入文学，而文学对二者的呈现也正是通过其独特的编码形式才得以完成的。相同的社会历史和意识形态内容经过不同的语言和叙事编码，就产生出不同的文学。反过来也成立，即文学的语言、修辞、叙事、结构等形式要素和话语系统也

① 陈平原：《中国小说叙事模式的转变》，北京大学出版社 2010 年版，第 2—3 页。

② 陈平原：《中国小说叙事模式的转变》，北京大学出版社 2010 年版，第 14 页。

③ 赵宪章：《形式美学与文学形式研究》，《中南大学学报》2005 年第 2 期。

生产着权力关系和意识形态。① 南帆对当代文学和文化的研究就是通过这种方法来进行的。

与传统的由上而下、由外而内，即由外在的社会历史切入文学形式的"老路数"不同，这是一种由下而上、由内而外的"新方法"，即"首先弄清文本，文本的语言、意象、情境、情事及其由特定关系组成的结构形式，并从文本形式分析中发现人的情感思维、心理结构态势，由此心理结构展现其人性的发展情态，进而把握一个时代人群的灵魂，从而勾勒出时代精神演变的历史"②。这种由内而外的方法和西方马克思主义者伊格尔顿和詹姆逊的"形式的意识形态"③ 理论及其批评实践如出一辙，是中国理论家在对西方形式文论进行吸收和借鉴的基础上，结合中国马克思主义文论和当代文学发展的现实，形成的既不同于传统的反映论和工具论，也不拘泥于文学作品的纯形式研究的新方法，可以看作是中国马克思主义文学理论和批评实践中非常值得进一步发展的理论方向。

① 南帆：《文学的维度》，上海三联书店 1998 年版，第 93 页；南帆：《文学形式：快感编码与小叙事》，《文艺研究》2011 年第 1 期。

② 许建平、黄毅：《文学形式与文学研究的新方法》，《江海学刊》2002 年第 1 期。

③ 杨建刚：《形式的意识形态——马克思主义的形式观及其意义》，《山东社会科学》2015 年第 3 期。

第七章　新时期文艺生产论的演进与论争

文艺生产论[①]是马克思主义文艺理论的重要组成部分，关于该理论的研究和论争在我国新时期文艺理论发展史上占有不可或缺的重要位置。可以说，对文艺生产论的关注、丰富和发展不但使我国学界深化了对马克思主义文艺理论的认识，而且也拓宽了我国学界审视和研究文艺现象的理论视角，使我国学界在应对文艺的商品化和市场化时拥有了理论依据和批评武器。本章将依次探讨文艺生产论在我国兴起的原因与发展历程、文艺生产论论争的主要理论问题以及文艺生产论论争的价值与局限。

第一节　文艺生产论论争的起因与历程

文艺生产论之所以成为我国新时期文艺理论界研究和探讨的热点问题有着多方面的原因，其中，以下四个原因尤其重要。第一，它与我国新时期文艺理论研究力图突破新中国成立以来狭隘的研究视野和过于政治化的研究范式、从而追求研究视角的多元与研究范式的更新的内在学术需求紧密相关。从 1949 年新中国成立之后至新时期之前，在我国文艺理论界占据主导地位的文论形态是政治型的文艺学，这种类型的文艺学在文艺本质问题上主张反映论和意识形态论，在文艺的功能方面强调文艺的社会认识作用，并提

① 新时期以来，我国文论界在文艺生产论的研究与论争中，除个别学者使用“文学生产”“文艺生产”的概念外，多数学者沿用了马克思的“艺术生产”概念。艺术生产本身包含文学生产，而我国文论界对文艺生产问题的探讨也不仅限于文学生产，所以本章在涉及这些概念时，将不再做出辨析和区分。

出文艺服务于现实政治的要求。新时期到来之后，在拨乱反正和思想解放的时代精神的引领之下，文艺理论界出现了百家争鸣的繁荣景象。一时之间，各种理论观点、各种研究方法同台竞技。这些不同的理论观点具有一个共同的特征，那就是尽量淡化文艺的政治属性和政治功能。文艺生产论既主张文艺生产与社会物质生产之间的相通性，又强调文艺生产作为精神生产的特殊性，在一定程度上淡化了文艺研究的政治性，因而符合学界对一种新型的研究范式的期待。另一方面，由于文艺生产论是马克思主义文论的已有内容，马克思本人对文艺生产问题早就做过不少论述，因而这一理论自身就具有政治正确性。所以，文艺生产论能够引起学界的关注，就不难理解了。第二，它体现了新时期以来我国学界对马克思主义包括马克思主义文艺理论的正本清源的时代需求。从新中国成立至新时期之前，在苏联式马克思主义的影响之下，我国学界对马克思主义的理解存在相当程度的片面性和机械性。新时期到来之后，重新回到马克思成为思想界的一个重要口号。马克思的许多经典著作，尤其是《1844 年经济学哲学手稿》成为研究的热点。《1844 年经济学哲学手稿》中包含着马克思对文艺生产问题的重要论述，所以，"《手稿》热"也在一定程度上引发了学界对马克思主义文艺生产论研究的兴趣。第三，西方马克思主义文艺生产理论的影响。新时期以来，在思想解放和改革开放的双重促动之下，大量的西方学术思想传入我国，这其中，就包括西方马克思主义的文艺产生理论。1980 年，英国马克思主义文论家伊格尔顿的著作《马克思主义与文学批评》被译介到我国。在该书的第四章"作为生产者的作家"中，伊格尔顿介绍了西方马克思主义文论家本雅明、布莱希特等人关于文艺生产的主要观点，并且指出："文学可以是一件人工产品，一种社会意识的产物，一种世界观；但同时也是一种制造业"①；"艺术可以如恩格斯所说，是与经济基础关系最为'间接'的社会生产，但是从另一意义上也是经济基础的一部分：它象别的东西一样，是一种经济方面的实践，一类商品的生产"②。西马文论家对艺术的生产属性的研究引起了我国学界的兴趣。

---

① [英] 特里·伊格尔顿：《马克思主义与文学批评》，文宝译，人民文学出版社 1980 年版，第 65 页。

② [英] 特里·伊格尔顿：《马克思主义与文学批评》，文宝译，人民文学出版社 1980 年版，第 65—66 页。

此后，本雅明、布莱希特、阿尔都塞、马歇雷、威廉斯、伊格尔顿等众多西马文论家的著作被翻译介绍进我国，这些西马文论家的文艺生产论虽然各有不同，甚至还在一定程度上背离了马克思主义经典作家的理论，但无疑对我国学界认识和发展马克思主义文艺生产理论产生了重要影响。第四，我国新时期以来文艺本身的商品化和市场化走向也促使理论界重视和研究文艺生产理论问题。随着对外开放政策的实施，20 世纪 80 年代，西方以及我国港台地区带有鲜明商品化色彩的通俗文艺和大众文艺传入我国大陆。到了 20 世纪 90 年代，随着我国社会商业化和市场化进程的加速，我国大陆地区本土的商业文化、消费文化开始崛起并且逐渐获得了迅猛的发展。这种新生的文艺、文化现象需要文论界及时地做出理论的应对。但是我们过去的文艺学过度关注文艺的认识属性和政治维度，对于文艺的生产属性和商品属性则缺乏研究，因而很难对这种新兴的文艺种类做出有效的解释和批评。当时，占据我国文论界主流地位的审美主义文艺学也很难应对这种新兴的文艺种类提出的挑战，一个典型的例子就是 20 世纪 90 年代中期在我国学界引起广泛关注的人文精神大讨论。这场声势较大的学术讨论反映出我国文论界在应对新兴的大众文化和消费文化时批评话语的贫乏以及理论建设的滞后。当时不少参与讨论的学者固守审美主义的文艺立场，对大众文化和消费文化做出了简单的否定和本能的排斥。诚然，从审美主义的立场出发批判大众文化和消费文化并非不可以，但大众文化并非以审美的“光晕”取胜，仅从审美主义文论出发无助于我们探讨大众文化多方面的属性和价值。为了摆脱这种批评理论缺失的尴尬，从 20 世纪 90 年代中后期以来，西方关于文化研究、文化批评的各种理论纷纷被译介到我国。应当说，从 20 世纪 90 年代末期之后，在我国学界，文艺生产理论获得的关注度虽然比不上文化研究和文化批评理论，但它没有成为昙花一现的现象，还依然得到了不断的研究和发展，这与我国新时期以来大众文化、消费文化的持续快速的发展不无关系，也说明文艺生产论解释大众文化和消费文化的有效性。

从 20 世纪 70 年代末至 80 年代中期之前，我国学界对文艺生产理论的研究和讨论总体上处于释读经典的初始阶段。这一时期的研究主要集中于以下三个方面：第一，通过对马克思的经典著作尤其是《1844 年经济学哲学手稿》的释读，初识马克思的文艺生产理论。在新时期之前，马克思的文艺生产论基本上是我国文论界的一个研究盲区。虽然在1951年和1959年，国内学界曾就马克思的物质生产与艺术生产的不平衡关系问题展开过讨论，但由于时代政治的原因，那两次讨论并不深入。在反映论和意识形态论成为主流文论话语的时代，文艺生产论很难成为学界关注的热点问题。在国内的众多学者中，朱光潜是一位少有的对马克思的文艺生产论较为关注的理论家。早在20世纪五六十年代，朱光潜就在《论美是客观与主观的统一》《生产劳动与人对世界的掌握》等论文中指出了文艺的生产属性，并表明把文艺看作一种生产劳动，是马克思主义关于文艺的一项重要原则。新时期到来之后，朱光潜是学界最早关注文艺生产问题的学者。在《形象思维：从认识角度和实践角度来看》《马克思的〈经济学—哲学手稿〉中的美学问题》等文章中，朱光潜对自己以前的文艺生产观念做了进一步的阐发。他指出："马克思主义创始人分析文艺创造活动从来都不是单从认识角度出发，更重要的是从实践角度出发"①，"从实践观点出发，马克思主义创始人一向把文艺创作看作一种生产劳动"②。他还指出，"《经济学—哲学手稿》和《资本论》里的论'劳动'对未来美学的发展具有我们多数人还没有想象到的重大意义。它们会造成美学领域的彻底革命"③。朱光潜认为，马克思著作中讨论文艺作为生产劳动最多的是《1844年经济学哲学手稿》，所以为了便于人们了解《手稿》中的美学思想以及其中有关文艺生产的理论观念，他亲自节译了《手稿》的部分内容，刊载于《美学》第二期。对《手稿》以及《〈政治经济学批判〉导言》《资本论》等著作中论述生产劳动的内容的解读，成为当时学者们理解马克思文艺生产理论的主要依据。第二，就艺术生产与物质生产的不平衡关系问题展开广泛而激烈的讨论。这场讨论从1978年开始，一直持续到80年代前期，参与讨论的学者人数众多，发表的文章数量也相当可观。参与讨论的学者都从马克思的经典著作出发，就不平衡关系的含义、不平衡关系产生的原因以及不平衡关系在社会主义社会中的作用等问题展开激烈争鸣。其中，代表性的论文主要有张怀瑾的《艺术生产与物质生产发展不平衡是马克思主义文艺理论的基石》、刘建国的《试论马克思关于艺术生产同物

① 朱光潜：《美学拾穗集》，《朱光潜全集》第5卷，安徽教育出版社1989年版，第478页。
② 朱光潜：《美学拾穗集》，《朱光潜全集》第5卷，安徽教育出版社1989年版，第479页。
③ 朱光潜：《谈美书简》，《朱光潜全集》第5卷，安徽教育出版社1989年版，第268页。

质生产发展不平衡关系的学说》、包忠文的《艺术生产与物质生产发展不平衡是文艺发展的客观规律吗?》、刘世钰的《对艺术生产与物质生产发展不平衡规律的认识》、何国瑞的《论物质生产与艺术生产不平衡问题》、田文信的《论物质生产和艺术生产发展不平衡规律》、陈竹的《艺术的曲线与经济的轴线——也谈物质生产与艺术生产不平衡问题》、潘必新的《试论物质生产的发展同艺术生产的不平衡关系》、周忠厚的《论艺术生产与物质生产发展的宏观平衡与微观不平衡的辩证关系》等等。在这场学术争鸣退潮之后，直到90年代乃至今天，就这种不平衡关系的探讨在学界仍不绝如缕。第三，对马克思的文艺生产理论开始做出较为系统的梳理和探讨。这方面代表性的学者是董学文先生。在《马克思与美学问题》一书的第七部分“关于‘艺术生产’的理论”中，董学文依据马克思的经典著作，依次讨论了艺术生产的概念、艺术生产中的生产力问题、艺术掌握世界的方式、艺术生产的一般历史发展以及艺术生产理论的美学方法论意义等问题。他认为：“马克思的‘艺术生产’的概念，不是一个多义性的、含混的日常用语，而是严格规定的科学语言”①，这个概念及其理论在马克思的美学中占有重要的地位，因为“从生产角度研究艺术是马克思一贯的思想”②，并且艺术生产的概念及其理论“是马克思在文艺学和美学上的一个发现，是马克思主义美学旗帜上十分重要的标志。它的深远影响和科学价值，将随着历史的前进而与日俱增”③。他还指出，虽然马克思关于“艺术生产”的论述是分散的，但“只要我们把围绕着‘艺术生产’概念的思想作一番系统化的工作，把各个分散的论述有机地组织起来，放到‘艺术生产论’的联系中、运动中加以考察，就可以窥见到一个新的美学和文艺学体系的轮廓和雏形”④。程代熙曾专门撰文对此书做出述评。他指出：“马克思的‘艺术生产理论’是一个十分重要的理论，范围涉及整个艺术领域，不仅涉及艺术品的生产，也涉及艺术品的流通；不仅涉及艺术品的使用价值，还涉及艺术品的交换价值；不仅涉及作为商品的艺术品，更涉及艺术品的商品化。就艺术家来说，不仅是生产劳动者，还是非

① 董学文：《马克思与美学问题》，北京大学出版社1983年版，第151页。

② 董学文：《马克思与美学问题》，北京大学出版社1983年版，第154页。

③ 董学文：《马克思与美学问题》，北京大学出版社1983年版，第154—155页。

④ 董学文：《马克思与美学问题》，北京大学出版社1983年版，第180—181页。

生产劳动者。马克思的‘艺术生产’理论不仅能使我们全面地、深刻地了解资本主义社会艺术生产的特点及其本质，同时也有助于我们正确地剖析社会主义时代艺术生产的新的特点，以及掌握艺术生产的规律。对于这些问题，董学文在他的这本书里都在不同程度上触及到了。”① 程代熙也指出这本书的美中不足：对艺术生产力以及艺术生产关系尚未展开专门探讨；对社会主义社会艺术生产的特点只是一笔带过。

从 20 世纪 80 年代中期至 90 年代中期，我国学界对文艺生产理论的研究进入到体系建构阶段。在这一时期，一些学者意识到从生产论的角度考察文艺能够补充单纯的文艺反映论和文艺意识形态论的不足，并自觉地从生产论角度出发构建马克思主义的文艺学体系。其中，代表性的学者主要有董学文、何国瑞、林澎等。董学文在 1989 年出版的《走向当代形态的文艺学》一书中提出，马克思和恩格斯考察艺术和美学问题的逻辑起点与他们创建的历史唯物主义是一致的，都是生产劳动，因此他尝试以人的生产作为逻辑起点，综合古今中外一切有价值的文艺观念和文艺研究方法，构建马克思主义文艺学的当代形态。不过，翻阅全书，我们发现，艺术生产在这本著作中并不占有突出的位置。原因在于，作者主要是从哲学上的实践论的角度来理解人的生产劳动，并且作者的主要目的是想以历史唯物主义的劳动实践论来为文艺理论的建构进行奠基，而不是就艺术生产问题进行专门研究。

何国瑞于 1988 年、1989 年先后发表了《论马克思的艺术生产理论体系》《艺术生产论纲》，并在 1989 年主编出版了《艺术生产原理》一书。在《艺术生产论纲》一文中，作者指出，人类以往的艺术观主要有三种：再现论、表现论和形式论，这三种艺术观念都只具有片面的深刻性，只能说明部分的艺术实践；“在文艺学发展史上具有全局的，突破性的理论，是马克思提出的生产论”②；马克思在《1844 年经济学哲学手稿》《德意志意识形态》《共产党宣言》《〈政治经济学批判〉导言》《政治经济学批判大纲》《资本论》等一系列著作中，一直在丰富和深化艺术生产论；马克思的艺术生产论涵括了艺术发生学、艺术创作学、艺术消费学，涉及艺术主体、艺术客体、艺术载

① 程代熙：《一本值得一读的美学论著——董学文〈马克思与美学问题〉述评》，《贵州大学学报》1985 年第 1 期。

② 何国瑞：《艺术生产论纲》，《理论与创作》1989 年第 4 期。

体、艺术受体、艺术本体等关键问题；如果我们把马克思有关的论述收集起来，认真思考和领会，就会发现，这是一个较完整的、具有巨大的理论涵盖力的崭新理论。作者还指出，我们至少应该从三个方面来理解艺术生产理论：从哲学人类学来理解，人类为满足自身需求，进行三种形式的生产，即物质生产、人口生产和精神生产，艺术就是人类大生产系统中的子系统（精神生产）中的小子系统；从历史社会学的角度来理解，在人类的三大生产中物质生产是基础，考察艺术生产须从物质生产开始；从个性心理学的角度来理解，艺术生产是满足人类的情感需要的，所以个性化是其内在特质。在作者看来，艺术作为一种精神生产之所以被创造出来，起源于人类的物质生产和人口生产，它在人和环境的矛盾关系中起到心理平衡器的作用。作者还提出“艺象”概念，用来指称艺术生产的产品。艺象又分为再现型、写意型和形巧型，分别对应写实主义、表意主义和形式主义三种创作方法。《艺术生产原理》虽说是一部多人完成的著作，但从总体上体现了何国瑞构建马克思主义艺术生产理论体系的设想，该书作为国内学界第一部系统探讨艺术生产理论的著作，虽然在不少方面不能令人满意，但“它在艺术生产论的体系化、原理化方面所做的探索，却是一种有益的尝试，而且在某种程度上印证了马克思艺术生产范畴和观点的巨大的理论建构潜能和作为一种理论胚胎生成为理论上远为复杂的有机生命体的令人向往的可能性”①。

林澎、龚曙光合著的《艺术生产概论》出版于1995年。该书共分三大板块，分别是“艺术是人类一种特殊的生产”“艺术生产流程论”“社会主义艺术生产管理”。如果说该书的前两部分与传统的艺术概论区别并不明显，最后一部分则体现了该书的特色。在该书的最后一部分，著者在论述完要按艺术生产的规律、把握艺术生产的正确方向之后，专门论述了按经济规律对艺术生产进行管理，以及利用行政和法律手段对艺术生产进行管理等问题。

除了上述学者自觉构建马克思主义的文艺生产理论体系之外，从20世纪80年代中期到90年代中期，我国学界对文艺生产论的研究还体现在以下三个方面。第一，就马克思主义文艺学体系的核心观念问题，在文艺生产论、文艺反映论和文艺意识形态论之间展开论争。这次论争主要发生于

① 李心峰：《新时期艺术生产论及其理论意义》，《文艺理论与批评》2008年第5期。

20世纪90年代初期，参与的学者众多，讨论具有学理深度。代表性的论文如朱立元的《艺术生产论与艺术反映论之关系辨析——兼与何国瑞教授商榷》、张玉能的《反映论、创造论与文艺学的建构》、王德颖的《艺术生产论与意识形态论》、张来民的《走向艺术生产论》等。第二，面对日益崛起的商业文化和消费文艺，探讨文艺生产的商品化问题。代表性的论文如边平恕的《艺术生产和商品生产》、张来民的《金钱、艺术与艺术市场化》、李英的《金钱崇拜与艺术生产》等。第三，对西方马克思主义的文艺生产论著进行译介和初步研究。如本雅明的《机械复制时代的艺术作品》、珍妮特·沃尔芙的《艺术的社会生产》等著作都出版了完整的中译本。

从20世纪90年代后期至今，我国学界对文艺生产理论的研究进入多元拓展时期。在全球化理论、后现代理论、文化研究理论变成新的学界热点时，文艺生产理论不再是学界瞩目的中心，也没有关于这一理论的较大规模的学术论争发生，但文艺生产理论却在不少学者的默默研究之下，得到了拓展和深化。这一时期的艺术生产理论研究呈现出如下几个特点。第一，理论资源多元化，研究主题多元化。以往学界研究文艺生产理论主要借重的是马克思主义经典作家的理论，而此时西方马克思主义的文艺生产理论、文化产业理论、全球化理论、消费社会理论、文化研究理论等都成为学者们考察艺术生产问题的理论资源，由此也使得文艺生产论的研究在主题方面更加多元分散。比如，尹庆红的文章《全球化时代的艺术生产与审美认同》探讨了在全球化语境中，群体性的艺术生产在审美认同方面所具有的特征和功能；陈定家的论文《论科技意识形态及其对艺术生产的意义》就结合西方马克思主义的科技意识形态理论，对科学技术对于艺术生产的影响进行了探讨；支宇的论文《后现代境遇中的艺术生产》论述了后现代文化观与哲学观对艺术生产的性质的影响，并提出了应对的策略；龚举善和陈小妹的论文《数字时代艺术生产的技术修辞》探讨了数字媒介技术和网络技术对于艺术的生产方式带来的深远影响；王红勇主编的《网络文艺论纲》在第三章“网络文艺的社会生产”中集中论述了网络文艺的生产方式、网络文艺的创意策划以及网络文艺的伦理规范等问题。第二，研究的问题更加具体化。相比于以往更加侧重体系建构和理论辨析的研究取向，这一时期的研究与具体的文艺门类、文艺现象结合得更加紧密。如钟涛的著作《元杂剧艺术生产论》运用艺术生产理论，就元杂剧的艺术生产者、元杂剧的艺术生产中的问题、元杂剧的传播和消费等问题进行了专门研究。赵敏俐等人合著的《中国古代诗歌研究——从〈诗经〉到元曲的艺术生产史》从艺术生产的角度，对中国古代诗歌发展演变的历史进行了详细考察。第三，文艺消费、文艺传播及其对文艺生产的影响开始得到研究者的重视。代表性的著作如陈定家的《隐形手与无弦琴——市场语境中的艺术生产研究》、何志钧的《文艺消费导论》、秦凤珍等的《信息传媒文化与当代文艺生产消费的新变化》等。第四，对西方马克思主义文艺生产理论的研究得到强化。如冯宪光在其著作《马克思美学的现代阐释》的第四章当中考察了艺术生产论从马克思到西方马克思主义的演变，并结合中国当代的艺术生产状况，提出了如何借鉴西方马克思主义的理论成果，构建中国自己的艺术生产理论的思路。温恕的著作《精神生产与物质生产——二十世纪国外马克思主义艺术生产理论研究》对布莱希特、本雅明、阿尔都塞、马歇雷、伊格尔顿等西马理论家的艺术生产理论进行了细致而深入的研究。此外，还有不少论文对西方马克思主义的文艺生产理论展开专门探讨，如谭好哲的《当代传媒技术条件下的艺术生产——反思法兰克福学派两种不同理论取向》、何志钧的《西方马克思主义艺术生产论异同辨》等。

需要指出的是，从20世纪90年代末期至今，还有一些学者致力于马克思自己的文艺生产理论的研究，或者以马克思的文艺生产理论为主要理论依据，对文艺生产的相关问题做出专门研究，并且取得了优秀的学术成果，如李益荪的《马克思艺术生产理论研究》、罗中起的《艺术生产的价值论研究》。

第二节　文艺生产论论争的主要理论问题

新时期以来，我国文论界对文艺生产理论的讨论主要集中于以下三个方面的问题：艺术生产与物质生产的不平衡关系问题；文艺生产论在马克思主义文艺学体系中的地位问题，或者说，文艺的生产属性与文艺本质的关系问题；文艺生产的商品性问题。

关于物质生产与艺术生产发展的不平衡关系问题，我国学界从20世纪70年代末至80年代初曾展开热烈的讨论，学界的讨论主要涉及不平衡关系的含义、不平衡关系产生的原因、不平衡关系理论在当代社会中的作用以及“不平衡”是普遍规律还是特殊现象等问题。

关于不平衡关系的含义，张怀瑾指出：“艺术生产与物质生产发展不平衡，就是说，这两者之间存在着矛盾，不是成比例的发展，不能按着这个时代生产力发展的水平去衡量文学艺术发展的水平。”① 这种关系呈现为两种形态：在艺术领域内部呈现为不同艺术种类之间的发展不平衡；整个艺术领域与物质生产发展之间的不平衡。两种形态没有本质区别，但不能等量齐观，后者相对来说更重要。而且不平衡关系的存在是有条件的，并不是说在物质生产发展水平很低的历史时期，艺术就必然繁荣；也不是说在物质生产发展水平很高的历史时期，艺术就必然不繁荣。无论是艺术生产还是物质生产，都在相应地向前发展。所谓的不平衡是前进发展中的不平衡。不平衡关系是一个普遍规律，作用于社会发展的过程之中。田文信也同意将不平衡关系看作是艺术与生产力之间的关系，认为不平衡规律是普遍规律，但不排斥偶然情况。在某个时期出现的似乎“平衡”的现象也不是直接由物质生产造成的。不过这种偶然并不能推翻不平衡规律的普遍性②。陈竹和潘必新则不同意将不平衡关系看作是艺术与生产力之间的关系。他们认为，所谓的“不平衡”，一是指艺术生产与“社会的一般发展”不成比例；二是指艺术生产与“物质基础的一般发展”不成比例。所谓的“社会的一般发展”是指生产关系总是由低级向高级的运动；所谓的“物质基础的一般发展”是指生产力的上升运动。因此，所谓物质生产的发展就是生产方式的变革和发展③。何国瑞也不同意将不平衡关系解释成艺术生产与物质生产之间的矛盾性关系。他认为，不平衡关系是艺术生产和物质生产在发展中不成比例的矛盾，不是同一社会内两者不成比例的矛盾，而是拿不同时期不同国家不同艺术形式进行交错比较后显示的矛盾④。而刘世钰则指出，不平衡关系归根结底是上层建

① 张怀瑾：《艺术生产与物质生产发展不平衡是马克思主义文艺理论的基石》，《外国文学研究》1978 年第 1 期。

② 参见田文信《论艺术生产与物质生产发展不平衡规律》，《学术月刊》1980 年第 3 期。

③ 参见陈竹《艺术的曲线与经济的轴线》，《江汉论坛》1980 年第 2 期；潘必新：《试论物质生产的发展同艺术生产的不平衡关系》，《文艺论丛》1980 年第 10 辑。

④ 参见何国瑞《论物质生产与艺术生产不平衡问题》，《江汉论坛》1979 年第 2 期。

筑与经济基础的关系，是一种局部的特殊规律。因为，第一，不平衡关系只表现在文艺发展的一定时期，不能制约整个文艺发展的历史进程；第二，那些不平衡现象在那些时代也仍然是局部现象①。包忠文则认为，“不平衡只是现象，平衡才是本质”②，艺术生产与物质生产在不平衡中展示平衡的发展。

关于物质生产与艺术生产不平衡关系产生的原因，张怀瑾指出，是因为艺术与生产力之间的关系遥远，艺术繁荣的直接动因不在于生产力而在于历史转变时期的阶级斗争。田文信也强调阶级斗争对艺术生产的作用，认为阶级斗争与物质生产是不平衡的，这种不平衡关系就反映为艺术生产与物质生产的不平衡关系。不过，他同时也强调艺术家的个人因素的作用。刘世钰则特别强调艺术家的个人因素对造成不平衡关系的作用。陈竹旗帜鲜明地反对张怀瑾的观点，他认为不平衡的原因有二：一是因为有些国家或地区其内部经济运动是向上的，生产关系是开放的，即使生产力较同期的先进国家落后，艺术生产也可以出现繁荣；二是因为生产方式正处于僵死、凝固、没落的阶段，尽管累积的生产力高度发展，艺术生产也会因为生产关系的阻碍而衰落。潘必新指出不平衡关系深植于物质生活的生产方式对精神生活的制约作用，不在于政治对艺术的影响和艺术本身的继承关系。何国瑞则认为，对不平衡关系起重要作用的首先是生产关系的状况和性质；其次是阶级斗争的状况和性质；再次是社会意识；最后是艺术内部的特征和艺术家的个人因素。③

关于不平衡关系理论在当代社会中的作用，张怀瑾、刘建国、何国瑞等都反对周来祥于1959年提出的不平衡关系理论“过时论”。张怀瑾和刘建国都认为不平衡关系理论在我国当代不仅没有过时，而且还起到支配作用。何国瑞不认为不平衡关系理论在我国当代有其支配作用，但承认在我国

---

① 参见刘世钰《对艺术生产与物质生产发展不平衡规律的认识》，《外国文学研究》1979年第2期。

② 包忠文：《艺术生产与物质生产发展的不平衡是文艺发展的客观规律吗?》，《外国文学研究》1979年第1期。

③ 参见张怀瑾《艺术生产与物质生产发展不平衡是马克思主义文艺理论的基石》，《外国文学研究》1978年第1期；刘世钰《对艺术生产与物质生产发展不平衡规律的认识》，《外国文学研究》1979年第2期；陈竹《艺术的曲线与经济的轴线》，《江汉论坛》1980年第2期；潘必新《试论物质生产的发展同艺术生产的不平衡关系》，《文艺论丛》1980年第10辑；何国瑞《论物质生产与艺术生产不平衡问题》，《江汉论坛》1979年第2期。

当代，产生不平衡关系的条件并未消失。田文信既反对“过时论”，也反对“发展论”，他认为在当代，不平衡规律是存在的，但可以转化成为平衡规律。潘必新则从自己对不平衡关系含义的独特规定出发，认为不平衡关系理论对社会主义艺术创作有重要的指导意义，能够指导艺术家努力使自己的艺术创作同现实社会生活紧紧结合在一起。①

关于“不平衡”是普遍规律还是特殊现象的问题，张怀瑾认为“不平衡”主要指的是艺术生产与物质生产力发展的不平衡，不平衡是永恒的、必然的。平衡是暂时的、相对的。何国瑞认为，“不平衡”只是阶级社会中的一个规律，在阶级社会中，它也不是起独一无二的作用，而是与平衡的规律交替发生作用。朱立元认为经济基础决定了两种生产之间的本质关系，两种生产只在基本平衡前提下出现某些特定的不平衡现象。艺声、石岚指出，如果认为“不平衡”是物质生产与艺术生产唯一的关系，是基本规律，否定两者相对平衡的一面就会违背辩证唯物主义的基本原理。田文信则认为艺术生产与物质生产两者统一才是两种生产真实的关系。“不平衡”是不同历史时代的艺术生产和物质生产关系比较的结果，或者是一个历史时期的两个国家的艺术生产和物质生产关系比较的结果。②

20世纪80年代中后期至今，艺术生产与物质生产之间的不平衡关系问题已经不再是学界的热点问题，但仍有学者对这一问题进行研究。比如，周忠厚指出，艺术生产和物质生产发展的关系是微观的平衡与宏观的不平衡、绝对不平衡和相对平衡的辩证统一关系。李益荪和俞兆平则把不平衡的原因归之于艺术生产的异化。李益荪认为，与资本主义物质生产的异化相一致的

① 参见张怀瑾《艺术生产与物质生产发展不平衡是马克思文艺理论的基石》，《外国文学研究》1978年第1期；刘建国《试论马克思关于艺术生产与物质生产发展不平衡关系的学说》，《外国文学研究》1978年第2期；何国瑞《论物质生产与艺术生产不平衡问题》，《江汉论坛》1979年第2期；田文信《论艺术生产与物质生产发展不平衡规律》，《学术月刊》1980年第3期；潘必新《试论物质生产的发展同艺术生产的不平衡关系》，《文艺论丛》1980年第10辑。

② 参见张怀瑾《艺术生产与物质生产发展不平衡是马克思主义文艺理论的基石》，《外国文学研究》1978年第1期；何国瑞《论物质生产与艺术生产不平衡问题》，《江汉论坛》1979年第2期；朱立元《艺术生产与物质生产的不平衡关系》，《复旦学报（社会科学版）》1982年第1期；艺声、石岚《论艺术生产与物质生产的内在联系》，《文学评论》1981年第2期；田文信《唯物地辩证地认识物质生产与艺术生产的关系》，《学术月刊》1982年第9期。

是艺术生产以及艺术生产者的异化，这是资本主义社会中两种生产关系不平衡的根源。俞兆平则从人学角度阐释了“不平衡”，认为古希腊是健康的儿童，而现代艺术生产者则是异化的人，因此在现代社会出现了两种生产的“不平衡”。①

文艺生产论在马克思主义文论体系中居于何种地位？这个问题涉及文艺生产论与文艺反映论、文艺意识形态论的关系问题。换个提问的角度，就转化为如何理解文艺的本质问题，即文艺的本质是审美反映、审美意识形态还是生产实践？对于这个问题，学界曾进行过激烈的交锋。下面，先说关于文艺生产论与文艺反映论之间的论争。文艺反映论在新中国成立后的文艺学界曾经占据过主导地位，新时期以来，蒋孔阳、钱中文、王元骧等学者将其发展为审美反映论。但是这种改良后的反映论依然受到了文艺生产论的挑战。在文艺生产论与文艺反映论的论争中，学界的观点大体分为两种：“替代论”与“包容论”。

持“替代论”观点的学者主要是肖君和与何国瑞。在发表于1986年的《要用马克思的“生产论”指导文艺》一文中，肖君和提出：“指导我们文艺思想、文艺创作的具体的理论基础应该是马克思的生产论，而不是反映论。在文艺观念更新的今天，我们应该用生产论代替反映论，以便对文艺思想、文艺创作进行有效的指导。”② 为什么要以生产论替代反映论？作者认为，原因在于：第一，从艺术的生产本质来看，艺术是生产，就要用生产论来指导；第二，从艺术的本性来看，艺术的本性是审美和认识的统一，就要用包含人的本质对象化内容的生产论作指导；第三，从艺术的对象来看，艺术的对象是人的心灵和社会生活的统一，就要用有利于表现人的心灵的生产论来指导；第四，从生产论研究的对象——艺术构成途径在整个文艺系统中的位置来看，艺术构成途径是整个艺术系统的基础，就要用生产论来指导；第五，从生产论的全面性来看，生产论是全面性的理论，反映论是片面性的理论，因此应当用生产论来指导；第六，从指导性理论的性质来看，生产论

① 参见周忠厚《试论艺术生产与物质生产发展的宏观平衡和微观不平衡的辩证关系》，《求索》1991年第1期；李益荪《论“艺术生产”主体的特征》，《当代文坛》2000年第1期；俞兆平《魅力、困惑与深层解读》，《厦门大学学报（哲社版）》1998年第3期。

② 肖君和：《要用马克思的“生产论”指导文艺》，《文艺争鸣》1986年第4期。

不仅能够给文艺提供基石，还能为文艺提供方向，因此要用生产论作指导；第七，生产论的要求恰好与艺术创作实践相吻合，可以把它视为来自创作实践的理论。何国瑞也持“替代论”观点，他的理由主要是生产论比反映论更全面。他认为，要贴近文艺实际，全面揭示文艺的属性、特征、功能、本质和规律，反映论是不够的，因为“反映论是解决心理现象的本源、本质、规律和过程的。而文艺却不仅仅是一种心理现象，它是一种心理现象的‘物化’，物化就是一种生产”①。“因此，要科学地认识文艺，反映论还不是充分的理论的基础。只有马克思的生产论才是最正确最充分的理论基础。它可以使我们处于最宏阔的战略制高点，使建构的体系既具有鲜明的马克思主义的质的规定性，又具有最大的开放性，有利于综合古今中外一切合理的东西。”②

朱立元、童庆炳则持“包容论”观点，认为文艺生产论与文艺反映论之间并不是对立的关系，而是文艺生产论可以包容文艺反映论。朱立元在《艺术生产论与艺术反映论关系之辨析》一文中指出，因为艺术生产论把艺术生产看作一种精神生产，一种“实践—精神”的掌握世界的方式，所以艺术生产是一种隐含有认识、反映因素的审美生产，是一种渗透着认识性的精神创造活动，因而，“艺术生产不等于艺术反映，但大于并实际上包容艺术反映于自身；同样，艺术生产论也大于并包容艺术反映论于自身。”③另一方面，艺术反映论偏重于研究从生活到艺术这一过程，而艺术生产论则依据生产的一般规律与运行机制，从艺术生产与艺术消费的对立统一关系入手，完整地揭示了艺术活动辩证的回环运动过程，因此艺术生产论比艺术反映论更贴近于艺术的特殊本质和艺术运动的特殊规律。然而，朱立元反对在艺术生产论与艺术反映论之间制造人为的对立，他不同意以艺术生产论全盘取代甚至否定艺术反映论，认为从反映论入手研究艺术也有其价值。童庆炳在《马克思早期的艺术生产论的现代意义》一文中指出：“与生产论相比，反映论一般仅指人的思维活动领域，就艺术反映论而言，也仅指艺术家头脑中的思维活动，而艺术生产论不但包含人在艺术创作中的思维活动，它把艺术活动

① 何国瑞：《马克思主义文学理论建设的方法论》，《文学评论》1991 年第 6 期。

② 何国瑞：《马克思主义文学理论建设的方法论》，《文学评论》1991 年第 6 期。

③ 朱立元：《艺术生产论与艺术反映论关系之辨析》，《学术月刊》1992 年第 8 期。

的各个环节的问题都包括了。”[①] 他还指出，艺术生产是作为意识形态的文学艺术与社会经济状况之间的中介环节，因此，重视艺术生产的研究，有助于避免庸俗社会学的文艺观。但需要指出的是，在文艺本质问题的认识上，童庆炳主张文艺的审美意识形态论，而不主张从生产的角度理解文艺的本质。

关于文艺生产论与文艺意识形态论之间的关系，国内学界的观点主要有“替代说”“统一说”“补充说”“主干说”“深化说”五种。“替代说”的代表学者仍是肖君和、何国瑞，他们主张以文艺生产论替代文艺反映论，同样也主张也文艺生产论替代文艺意识形态论。其他的四种观点都承认两种文艺观念均具有自身的合理性和价值，因而反对以其中一种文艺观念来否定甚至替代另外一种文艺观念。但在两种文艺观念的具体关系上，学者们还是提出了不同看法。

持“统一说”的学者主要有王德颖和陈定家。王德颖在《艺术生产论和艺术意识形态论》一文中指出：“‘文艺是特殊的意识形态’，这一论断作为我们研究文学和艺术的前提和指南，作为同各种非马克思主义的文艺观斗争的武器，是丝毫不能放弃的。”[②] 但是面对艺术生产论的挑战，坚持上述立场的学者该如何应对呢？王德颖认为，艺术—意识形态观点和艺术生产观点并没有本质的、原则的差别，它们只是对同一艺术现象的社会属性所作的不同表述而已。两种观点的区别主要在于提问的角度不同：文艺意识形态论主要立足于马克思主义的辩证唯物主义的认识论，而艺术生产论则立足马克思主义的历史唯物主义的实践论。虽然两种文艺观念因提问的角度不同，揭示的艺术层次不同，但从根本是上说二者是统一的，因为“文学艺术的社会本质是意识形态，作为一种关系和职能它被自身生产出来，艺术意识形态的生产即艺术生产”[③]。

陈定家的观点可以总结为“补充说”。首先，他在一定程度上同意“统一说”的观点，即文艺的生产就是意识形态的生产。然而，仅从意识形态论出发研究文学艺术却有着较大的片面性，因为“把文学艺术归入意识形态，虽然深刻地揭示了文艺的社会本质，但是，我们却不能把艺术的社会本质

① 童庆炳：《马克思早期的艺术生产论的现代意义》，《中国文学研究》1997 年第 4 期。
② 王德颖：《艺术生产论和艺术意识形态论》，《文艺研究》1991 年第 4 期。
③ 王德颖：《艺术生产论和艺术意识形态论》，《文艺研究》1991 年第 4 期。

规定性看成是文学艺术的唯一的本质属性”[①]。文学艺术具有多方面的本质属性，除了作为意识形态的精神属性之外，文学艺术还具有作为物质生产与经济实践方面的本质属性。因此，引入文艺生产论，可以克服和纠正单纯从意识形态维度研究文学艺术的片面性，这对于我们认识和解决当前市场语境下文艺生存和发展中所面对的种种问题尤其具有重要的指导意义。

“主干说”又分两种情况：一种情况是在承认文艺意识形态论的价值的前提下，强调文艺生产论才是马克思主义文艺学的主干：另一种情况是在承认文艺生产论的价值的前提下，认为意识形态论才是马克思主义文艺学的核心理论。前一种观念的代表人物是朱立元，后一种观念的代表主要是黄力之、谭好哲等学者。朱立元认为，“马克思的艺术生产论是其文艺思想的主干或支柱”[②]。提出这个观点有两个依据：一是艺术生产论是贯穿马克思思想发展一生的，是有内在发展脉络可寻的系统理论；二是对于文艺学来讲，马克思的艺术生产理论所涉及的问题既广泛，又具有根本的重要性，或者说，它的理论观点对于构建文艺学体系来说具有原生性和框架性。相对来说，马克思文艺思想中的其他一些重要观点则具有派生性和部件性。文艺反映论和意识形态论莫不如此，因为“艺术生产论把艺术作为精神生产的一个部门，也就肯定、并包括了艺术的认识（反映）因素与意识形态性”[③]。与朱立元的观点相反，黄力之、谭好哲则认为，意识形态论才是马克思主义文艺学的核心观念。黄力之指出，只有意识形态论才实现了文艺学的核心观念与哲学核心观念的统一，才集中体现了马克思主义文艺学的科学性与革命性，并且，马克思主义文艺理论体系中的其他观点，只有以意识形态论为出发点，才能说明其马克思主义的体系性特色。我们从意识形态论出发，在意识形态与经济基础的框架中，才能说明艺术生产是受制于物质生产的一种实践行为；艺术生产作为精神生产对物质生产的适应性，说明艺术生产不是主体的绝对自由意志的运动；艺术生产的发展嬗变虽然也受自身技术水平和材料、工具的影响，但其首先还是意识形态的发展史。综上所述，黄力之认为：“艺术生产论虽然重要，但是其意义的阐释只能从意识形态论着手，而

---

① 陈定家：《略论意识形态与艺术生产》，《殷都学刊》2001 年第 1 期。

② 朱立元：《历史与美学之谜的求解》，学林出版社 1992 年版，第 330 页。

③ 朱立元：《历史与美学之谜的求解》，学林出版社 1992 年版，第 336 页。

不是相反。”[①] 谭好哲认为：“一定的艺术生产及其产品的具体性质——它与一定的经济基础的关系、与一定阶级的具体联系以及在社会生活中发生的具体功能等等，都不直接产生自艺术的‘生产性’，也不能由‘生产性’获得说明，而直接受到‘意识形态’的制约，只有从文艺的‘意识形态性’方能得到科学解释。”[②] 所以生产论并非马克思主义文艺学的核心观念，只有意识形态论才能承担这一任务。

张来民持“深化说”观点，即“艺术生产论是意识形态论的深化和发展”[③]。他认为，如果回到马克思那里就会清楚，意识形态论并不是一种独立的文艺观，倒不如说它是马克思文艺思想的一个组成部分。当马克思把文艺列为意识形态时，目的是为了说明“经济基础”与“上层建筑”、“物质生产”与“精神生产”的决定与被决定关系。而这些概念正是艺术生产论的基本话语。可以说，从政治经济学视角观察艺术现象是马克思文艺学的独有视角，或者说，马克思主义的艺术理论就是政治经济学的艺术理论，而“艺术生产”则是这一理论的总概念。所以，走向艺术生产论并不是否定意识形态论，而是让意识形态论回归马克思艺术生产思想整体系统的原有位置。从另一层意义上来讲，意识形态论作为一种马克思主义的文艺观产生于无产阶级与资产阶级政治斗争的历史时代，而如今，我国已经进入到社会主义市场经济时代，艺术作为一种特殊的商品进入市场，带来了一系列需要艺术理论必须应对的问题，此时，原有的意识形态论也必须深化和发展，去直面当下文艺实践提出的问题。他并不担心走向艺术生产论会淡化艺术的意识形态性，因为“整个艺术生产，从制作到文本，从传播到消费，实质上都是意识形态的生产”[④]。

文艺生产的商品性问题也是学界争论的一个热点问题。在这个问题上，学界的观点主要有以下四种：一是强调文艺生产作为精神生产的特殊性，从而贬低、拒斥文艺生产的商品性；二是承认文艺生产具有精神自由性与商品性二重属性，但文艺生产的精神自由性是主要的属性，是文艺实现其商品价

① 黄力之：《体系框架中的意识形态论》，《文艺理论与批评》1991年第6期。
② 谭好哲：《文艺与意识形态》，山东大学出版社1997年版，第250页。
③ 张来民：《作为商品的艺术》，中国社会科学出版社2002年版，第137页。
④ 张来民：《作为商品的艺术》，中国社会科学出版社2002年版，第138页。

值的基础；三是认为文艺生产的商品化有助于文艺精神价值的实现；四是认为文艺生产的精神自由性与商品性是对立统一的关系。持第一种观点的有罗宏、李英等学者。李英在《金钱崇拜与艺术生产》一文中指出："真正的艺术生产创造即不同于一般商品的生产，它是以人本身的发展、个性的充实和自我实现为目的的，其本质特征是生产审美价值，而非生产商品价值。"[①] 该文还指出，艺术创造的自由性和商品性是相矛盾的，如果将金钱当作艺术创作的最高目的，艺术创造的自由性将会被排斥，艺术创造就会异化为一种谋生技艺。从服务于读者大众的角度来说，该文认为，为金钱与为人民不能相容。罗宏在《马克思究竟是怎样看待艺术生产的》一文中指出，马克思虽然也承认作为精神生产的艺术生产在商品化历史条件下有可能转化成物质生产，但马克思的承认是历史视角的承认而非价值视角的承认；在马克思看来，艺术生产的商品化是艺术的异化，从本质上，马克思"把艺术生产看作与异化劳动相抗衡，比较完美地体现了人的类本质的对象化生产活动"[②]。边平恕和王建疆持第二种观点。在《艺术生产和商品生产》一文中，边平恕区分了资本主义的艺术生产与社会主义的艺术生产，认为资本主义的商品生产使艺术品的审美价值从属于交换价值，而社会主义的艺术生产虽然也属于商品生产，但它讲求社会效益和经济效益的统一，使艺术的交换价值服从于审美价值。因此"社会主义艺术生产同商品生产的结合，有其必然性、可能性和必要性。社会主义的艺术商品生产同资本主义的艺术商品生产有共同性，但又有原则的区别。划清这种原则的区别，就能够理直气壮地进行和发展艺术领域中的商品生产，就能自觉地按照价值规律来处理艺术生产和交换中的各种活动和问题"[③]。王建疆认为："文艺创作和文艺鉴赏就是生产力，就是近代商品社会才出现的集生产与消费于一身的兼用物质生产和精神生产特性的生产力。这种生产力以精神创造的无为和物质创造的有为为特征，表现出创作过程的超功利性和创作动机、创作成果的功利主义打算。"[④] 他还指出，文艺作为生产力，在促进经济增长、创造经济效益中的作用是全方位的、无与

---

① 李英：《金钱崇拜与艺术生产》，《哲学研究》1995 年第 10 期。

② 罗宏：《马克思究竟是怎样看待艺术生产的》，《文艺理论与批评》2005 年第 4 期。

③ 边平恕：《艺术生产和商品生产》，《文艺理论与批评》1988 年第 3 期。

④ 王建疆：《我国现阶段艺术生产的定位问题》，《甘肃理论学刊》2000 年第 9 期。

伦比的，但实现这一目的必须以文艺创作的无功利、无所为为前提。持第三种观点的学者以张来民为代表。在《金钱、艺术与艺术市场化》一文中，他为艺术的商品化做了旗帜鲜明的辩护。他认为，艺术的商品化并非是一个全新的现象，它在中西古近代早已有之；艺术工作者为金钱而生产是艺术家生存的需要，生产自由的需要，它可以激发艺术家的创造潜力，它必然使艺术生产面向人民大众，并使艺术资源得到合理配置，从而使人民大众的审美需要得到多方面的满足；因而艺术商品化与恩主制和国家统包制相比，“是艺术史上的一个巨大的历史进步。它解放了艺术生产力，使艺术走向民主”①。何志钧则持第四种观点。他认为，商品生产对艺术生产具有双重效应，既具有积极促进的一面，又具有消极阻滞的一面，但这种作用在历史发展的不同阶段并非一成不变的；从我国目前状况来看，商品生产对艺术生产的促进作用占主导地位。②

第三节　文艺生产论论争的价值和局限

从 1978 年至今，我国学界对文艺生产论的研究和讨论已经走过 30 多年的历史，从总体来讲，关于这一理论的研讨已经取得了令人瞩目的成果，并对我国文艺理论的发展起到了不可忽视的推动作用。这种推动主要体现为以下几个方面。首先，丰富并深化了我国学界对马克思主义文艺学体系的理解。以往，我国学界主要从认识论哲学和历史唯物主义的视角出发，将反映论和意识形态论看作马克思主义文艺学的核心观念。在文艺生产论的挑战之下，学界重新回到马克思，重读马克思主义经典论著，从马克思那里发现了考察文艺的政治经济学视角，并发现了文艺的生产性和实践性特征。在文艺反映论、文艺意识形态论和文艺生产论的几次交锋之后，学界开始探讨几种研究视角在马克思主义文艺学体现中的关系，思索马克思主义文艺学体系中几种重要的文艺观念之间的关系。这极大地深化了我国学界对马克思主义文艺学的理解，并积极促进了有中国特色的马克思主义文艺学体系的构建。其

① 张来民：《金钱、艺术与艺术市场化》，《哲学研究》1995 年第 3 期。

② 何志钧：《艺术生产商品化新论》，《临沂师范学院学报》2001 年第 4 期。

次，促进了我国文艺学的现代转型。对文艺生产论的研究和讨论加快了我国文艺学摆脱极左文艺思潮的进程，使我国文艺学在摆脱单一的政治学研究范式的同时，逐渐走向研究视角的多元化和文艺观念的多元化。文艺生产论的引入，使得我国以往的一元论的文艺学体系和本质主义的文艺观念受到挑战，因而有助于我国文艺学走向多元共生、多元对话的局面，有助于我国文艺学的现代性转型。再次，初步构建了应对大众消费文艺的批评理论和批评话语。面对我国新时期文艺的市场化和商品化走向，无论是文艺反映论、文艺意识形态论还是新时期日渐崛起的审美主义文论，都缺乏解释的效度和批评的话语体系。文艺生产论的提出和构建弥补了这方面的不足。最后，拓宽了我国文艺学研究的理论视野，促进了我国文艺学同西方文艺学的交流。我国学界在提出并构建文艺生产论时，虽然主要依据的是马克思主义经典作家的论著，但无论是这一文艺观念的提出，还是其发展完善，都无不深受西方马克思主义文艺生产理论的影响。这也间接地促进了我国对西方文艺理论的研究、借鉴和吸收。

我们也必须看到，我国学界在提出并构建文艺生产论的过程中还存在着种种不足，这主要表现在以下几个方面。第一，不少学者深陷本质主义的纠缠[①]。在文艺生产论同其他文艺观念的论争中，文艺本质论成为论争的焦点。这显示出不少学者还没有摆脱本质主义的思维模式。诚然，从学术研究的角度来看，文艺的本质并非不能讨论，但是那种将文艺本质唯一化、固定化和先验化的观念应当抛弃。文艺本质并非先验的，它作为人们对文艺的观念性认识，应当随着社会历史条件的变化和文艺自身的演变而变化。文艺种类繁多、复杂多变，单一的本质也未必能够涵盖并解释一切文艺作品，所以文艺的单一本质观念也存在着极大的问题。此外，文艺研究应当以解释文艺现象、解决文艺实践中出现的问题为要务。然而，不少学者不去关注和研究我国新时期文艺生产过程中出现的种种问题和困惑，而执着于文艺本质问题的形而上探讨，这不能不说是一个很大的遗憾。第二，没有真正摆脱旧有的研究模式的束缚。有的学者提出要以人的生产作为逻辑起点构建新形态的文艺学体系，但其著作中并没有多少关于艺术生产的探讨，或者说，这样的著

① 张来民：《作为商品的艺术》，中国社会科学出版社 2002 年版，第 133 页。

作和原有的文艺学著作没有太大的不同，只是将原有的文论体系置放在“生产论”这一新的底座上，并做了一点逻辑的说明。有的学者也写出了关于文艺生产论的论著，但我们发现，和原有的文艺理论著作相比，这样的著作除了将文艺创作改称为文艺生产、将文学艺术家改称为文艺生产者、将文艺欣赏接受改称为文艺消费之外，在研究范式、基本理论问题等方面并没有本质的差异。这种“新瓶装旧酒”的研究缺乏真正的创新性。第三，对于文艺生产中的一些重要理论问题的研究比较粗疏。比如，文艺生产力问题、文艺生产关系问题都属于文艺生产论的核心问题，但学界对这样一些关键问题的研究远不够深入具体。第四，对于文艺的流通环节、文艺传播及其媒介问题的研究较为忽视。学界的研究主要集中于文艺生产环节，也在一定程度上顾及了文艺消费问题，但是很少有学者对文艺流通与传播这一重要环节做出集中深入的研究。第五，对西方马克思主义、后马克思主义的文艺生产理论的研究还缺乏有分量的成果。我国的文艺生产理论在今后的发展中，应当力求避免或纠正上述问题。

第八章 新时期文学价值论的演进与论争

中国新时期文学理论发展，从整体上说，经历了认识论、价值论、存在论三种范式，价值论在其中占据着相当重要的位置。“价值”是经济学上一个特定的范畴，在一般意义上泛指物质或现象对人和社会的用途、作用或意义。自人类从动物界独立出来起，人与自然、人与社会、人与自身逐渐形成了诸种对象性的主客体关系，人对自然、社会、自身进行评价，价值便开始出现。哲学上的价值论，是西方19世纪末20世纪初形成的一种哲学理论，是对价值的本质界定、构成、特点等进行研究的理论学说。文学价值论，则是在价值论视野下的、不同于文学认识论、文学存在论的一种文学研究理论。新时期文学价值论研究发端于20世纪80年代中期，在80年代后期、90年代初中期达到高潮，目前依然余绪不断，在文学认识论与价值论的区别、文学的审美价值、社会价值与消费价值（商品价值）等方面取得了许多重要成果①，对当代中国文艺理论的建设发挥了重要作用。

---

① 文学价值论研究方面的代表性著作有程麻《文学价值论》，人民文学出版社1991年版；黄海澄《艺术价值论》，人民文学出版社1993年版；李春青《文学价值引论》，云南人民出版社1994年版；敏泽、党圣元《文学价值论》，社会科学文献出版社1997年版；等等。代表性论文有刘再复《论文学的主体性》，《文学评论》1985第6期、1986年第1期；孙绍振《审美认识与认识价值、实用价值的矛盾》，《文艺争鸣》1986年第1期；肖君和《论文艺功用系统》，《文化报》1986年8月11日；朱立元《论文学的多元价值系统》，《益阳师专学报》1989年第2期；李准《论商品经济与文艺发展的关系》，《文艺争鸣》1989年第6期、1990年第1期；姚文放《价值论美学的新视野》，《福建论坛》1991年第1期；姚文放《文艺的价值标准及其转换》，《江海学刊》1991年第1期；姚文放：《文艺的价值取向及其选择》，《学习与探索》1991年第5期；姚文放《文艺价值的功能及其实现》，《北京社会科学》1992年第1期；黄颇《艺术价值论》，《文艺研究》1992年第2期；纪众《文学价值论》，《文艺争鸣》1992年第5期；姚文放《在文艺价值与社会

第一节　文学价值论研究的源起

中国新时期一波接一波的文学思潮、文学论争，如文艺与政治的关系、反思文学、伤痕文学、寻根文学、改革文学、人文主义讨论等等，都与文学价值观念的转换有着密切的联系。“……当中国社会历史发展到一个新的阶段，特别是新旧交替的变革时期，从文学实践到文学理论，明显表现出不同的价值取向，形成多元文学价值观念的规律性问题。从上个世纪末至本世纪末的百年文论史中，不难发现，每个重要时期学术文化界围绕文学价值取向与观念嬗变所进行的论争，都不是偶然的现象，而是有其历史和现实的原因。其中，始终引人关注的问题之一，就是不同倾向的文学理论的分歧，往往体现人们对文学的特质、功能和美学理想的不同看法，并总是在文学价值观念上表现出来。”① 文艺价值观念的区别，植根于人们对文艺性质、功能认识的哲学基础、美学基础的不同，与理论主张者的社会实践的差异密切相关，因而，几乎在新时期每一个社会历史的重大转折时期，都会有激烈的文艺价值问题的论争。20 世纪 80 年代初文学价值论的出场，奠基于世界哲学的发展，与中国社会进程密切相关，符合了中国文艺理论发展的特殊境遇。

对价值论的重视，是哲学发展的世界性的潮流，是哲学发展的必然。有了“人”便有了价值的问题，“价值问题是伴随着人类的诞生、发展而诞

生活之间的中介地带上：文艺价值社会学导论》，《学术论坛》1992 年第 2 期；程代熙《文学价值谈》，《文艺报》1992 年 11 月 21 日；杜天力《审美价值论纲》，《文学评论》1992 年第 6 期；袁进《试论文学的商品化》，《学术研究》1993 年第 2 期；黄海澄《我的几点看法——关于“文学价值论”的讨论》，《南方文坛》1993 年第 2 期；赖大仁《论马克思恩格斯的文艺价值观》，《河北学刊》1993 年第 1 期；颜翔林《论价值与艺术价值的逻辑关系》，《南京师大学报》1994 年第 3 期；颜翔林《艺术与时间：对艺术价值的美学怀疑论》，《江海学刊》1994 年第 2 期；曲本陆《文学价值结构及其功能系统》，《社会科学战线》1994 年第 6 期；应必诚《论艺术生产的社会效益和经济效益》，《复旦学报》1997 年第 3 期；陈传才《从百年文论史得到的启示——关于文学价值取向与观念嬗变的审思》，《文艺研究》1997 年第 2 期；黄书泉《论文学生产与消费关系中的作家、作品、读者的二重性》，《学术界》1997 年第 5 期；黄书泉《论文学的第三种价值》，《社会科学战线》1999 年第 3 期；等等。

① 陈传才：《从百年文论史得到的启示——关于文学价值取向与观念嬗变的审思》，《文艺研究》1997 年第 2 期。

生、发展起来的”，“因为存在着一个无可辩驳的事实，即：在人类从动物中分化出来而诞生之前，自然界本身虽是存在的，却无所谓美丑、善恶。这些流动不居的价值观念，是伴随着人类的诞生及人类社会的发展而诞生、发展起来的。人类学的大量研究成果雄辩地证明了：只有人类真正从动物中分化出来之后，才开始有了价值的概念及其规范”①。这个与“人”一起诞生、发展的问题，在哲学中占据重要的位置。被称为“价值学创始人”的德国哲学家鲁道夫·赫尔曼·洛采，在19世纪后期把此前广泛流行于经济学中的价值观念引入哲学，并把它置于哲学中的最高地位。在洛采看，世界由三个部分组成：一是现实的事物，即事实的领域；二是体现宇宙普遍规律的真的王国，即普遍规律的领域；三是对善、美和神圣思想作价值判断的世界，即价值规律。而在这三个领域中，价值规律居于最高的地位，确定事实的真实性、概念的真理性，第一和第二世界的意义都要由价值来作最终的判定，价值是目的，而其他一切只不过是手段。因此洛采把自己的哲学观名之为“目的论唯心主义”。洛采是德国古典哲学的继承人，是新康德主义者，他之所以把价值的理论提高到哲学的核心地位，是要把人的尊严在自然主义和还原主义等的极力攻击、非议下解救出来，强调人是按照一定的价值观念或目的进行活动的，反对贬低人的尊严和作用。后来，西方的许多价值流派都因袭、沿用或部分地采纳了他的原则，一百多年来，他的影响始终存在着。

虽然价值论在19世纪下半叶才初步确立，但价值论的思想古已有之；价值论哲学诞生于西方，但价值论方面的思想、论述中西皆有。在《后汉书》中，已出现了“价值”这一词汇，在列传第三十七《班勇传》中，就有“北虏遂遣责诸国，备其逋租，高其价值，严以期会”。在此之前，价值的观念早已存在。西方价值论的观念源远流长：“从柏拉图起，哲学家们就一直在善、目的、正当、义务、美德、道德判断、审美判断、美、真理和合法性的标题下，探讨各种各样的问题。到了19世纪，下述看法才产生出来（或再生出来，因为从根本上说它发端于柏拉图），即：既然这些问题都与价值或应当，而不是与事实或事实的现在、过去、将来的状况有关，那么，所有这些问题都归属于一个家族。人们相信，如果把这些问题看作是囊括了经

① 敏泽、党圣元：《文学价值论》，社会科学文献出版社1997年版，第3页。

济学、伦理学、美学、法学、教育学，甚至逻辑学和认识论的一般价值和评价理论的组成部分的话，这些问题就不仅可以归列到价值和评价这样的总标题下，而且能够得到更好的处理并找到更加系统的解决办法。”① 就整个人类社会的发展进程而言，生产力不断发展，科学技术持续进步，人类的创造能力不断增长，人的主体性、能动性日益显著，人们创造的价值更多，人类自身的价值也不断提高，价值问题就越来越成为时代的重要问题。在对价值的哲学中，康德对实践理性的研究“为人们从一个新的角度观察世界，特别是观察世界与人自身的联系在主体精神领域中发现一个新天地。现代价值哲学正是借助康德的发现建立起一种新的哲学观念的”②。此后新康德主义重要人物、著名哲学家文德尔班以康德的学说为起点，建立起自己的价值哲学，他认为价值问题应在哲学研究中居于重要位置。因为任何知识都离不开价值，都要以价值为标准。而关于价值的知识则反映着评价主体与评价对象之间的关系，是一种关于人与客观对象之间联系的知识。基于对价值的重视，文德尔班甚至认为一切社会历史科学都应成为关于价值的科学。文德尔班的学生，另一位新康德主义的代表人物李凯尔特继承了文德尔班的观点，赞同社会历史科学应成为一种价值科学。他认为社会历史科学所研究的都是个别问题，因而研究社会历史问题应该用“个别化”方法。他的意思是说，作为价值现象，任何一种社会历史问题都只是通过个人的兴趣、评价才会显示其价值意义，因此研究这些问题就不能像研究自然界现象那样，采用一般化的方法，并由此揭示其普遍规律。社会历史中只有个别的东西，而没有普遍的价值。价值哲学的出现在人类哲学发展史上具有极为重要的意义，它标志着人们的意识和自我意识在哲学高度上达于统一，价值作为人与客观对象的某种关系的表征而成为哲学沉思的主要对象，这本身就意味着人类思维已经将主体与客体作为一个有机整体来认识了。西方价值学的兴盛，正是基于价值关系在人类生活中的重要地位。经过哲学的积累，价值论成为一门专门的学问。同时，价值论的兴起与20世纪西方的社会思潮有关。科技的高度发展，物化自然的关系的发展，极大地挤占人的精神空间，导致人的精神的空前失

---

① ［美］R. B. 培里等：《价值和评价——现代英美价值论集粹》，刘继译，中国人民大学出版社1989年版，第2页。

② 李春青：《文学价值学引论》，云南人民出版社1994年版，第2页。

落，人由目的而成为手段，由此产生了严重的精神危机，对人的价值的热切呼唤，催生了价值哲学。

在价值论哲学的背景下，审美价值论得到发展。较早运用价值理论研究美学和艺术问题的是美国自然主义哲学家、美学家乔治·桑塔耶纳。他认为美学是一种价值学说，它和伦理学一样，都是研究人类以感情为基础的判断活动的。他从主观论的角度来看待价值，认为价值发乎我们情不自禁的直接性或莫名其妙性的反应，也发乎我们本性中的难以理喻的成分。他认为，美是一种价值。因而，对美这种价值的判断就更是一种不依赖于任何理性观念的直接的感受活动了。他认为："在想象、瞬息的直觉和赋有形式的知觉中所固有的价值，叫做审美价值。它们主要在自然界和各种生物中被发现，但也常常在人所创作的作品、语言所唤起的形象及声音的领域中被发现"①。根据桑塔耶纳的论述，衡量美的价值尺度只有一个，那就是人的审美的快感："美是在快感的客观化中形成的，美是客观化了的快感"。② 文学活动是一种具有强烈审美性的审美活动，与价值也发生了密切关系，甚至在许多文学价值论的主张者看来，文学活动就是一种价值活动，而不是认识活动或其他活动。

中国新时期文学价值论的兴起，是中国特定社会发展阶段的产物。"进入八十年代，改革、开放的春风吹拂着神州大地。人们的思想解放了。体制的改革和人的观念的更新成互相促进之势。大家很自然地想到：从前苏联来的那一套僵硬的经济管理体制已阻碍着我国社会主义物质文明建设的发展，需要改革，那么，从前苏联来的一些思想观念、理论公式、思维方式，是否都是正确的呢？许多人已经认识到，我国社会科学各个学科，在改革、开放的大趋势下，都面临着方法、观念、范畴甚至学科体系更新的任务。"③ 文学价值论，是中国新时期反思的一个组成部分。因中国与苏联的曲折的关系，价值论在此前的中国是缺席的。在相当长时期内被我们奉为导师的苏联，价值论哲学中有一个曲折的发展过程。苏联著名马克思主义哲学家康斯坦丁诺夫在1960年他所主编的《苏联哲学百科全书》第一卷提出："辩证唯物主义

① ［美］乔治·桑塔亚纳：《艺术中的理性》，张旭春译，北京大学出版社2014年版，第11页。
② ［美］桑塔耶纳：《美感：美学大纲》，缪灵珠译，中国社会科学出版社1982年版，第35页。
③ 黄海澄：《艺术价值论》，人民文学出版社1993年版，第22页。

哲学摒弃价值哲学。"①20世纪50年代在我国风靡一时的罗森塔尔的八版《简明哲学词典》，未提及价值论。在苏联，价值论研究开始于60年代，图加林诺夫是苏联马克思主义价值理论的有力推动者。1960年，他出版了《论生活和文化的价值》，标志着价值论的研究的开始，8年后他又推出了《马克思主义的价值理论》，在苏联哲学界才掀起了一个关于这一问题研究的热潮。进入70年代后，苏联哲学界对于价值学的研究，更加深入和普及。在研究马克思主义价值论的原则的基础上，力图运用马克思主义的一般价值论，解决社会科学各个领域的具体问题，如审美价值、道德价值等等，并开始了对西方资产阶级各种价值论流派及其理论的批判性研究，取得了一定的成就。在苏联价值论研究从缺席到发展的这一时期，中苏关系曲曲折折。1969年3月发生的珍宝岛武装冲突标志着中苏关系的彻底破裂。50年代中期以前，我国哲学界全面学习苏联，此时的苏联反对价值论哲学不提价值论。60年代末70年代初，苏联哲学开始深入研究价值论哲学时，中苏又开始交恶，苏联包括哲学在内的一切观念，都视为"修正主义"，苏联马克思主义价值论的成果与思想也被拒之门外，不被介绍和研究了。因而，在新时期之前，中国哲学界存在价值论缺席的状况。80年代初，价值论研究在国内兴起，有两个方面的原因：一是"我国社会主义改革的要求"，改革要提高劳动生产率取得更好的效益，效益便是个价值问题；改革要处理好各方面的利益关系，利益也是个价值问题。② 二是深刻的理论背景，这其中包括，"实践是检验真理的标准"的讨论，直接导致了价值问题研究——实践结果是否成功需要价值的检验，坚持真理的实践标准与实用主义划清界限，也是一个价值问题；异化、人道主义研究构成了价值论研究的重要背景，讨论中包含着价值问题，尤其是人的价值、人生价值问题。③ 自1980年起，《中国社会科学》《光明日报》《哲学研究》等重要报刊发表了一系列引起广泛关注的价值论研究方面的文章，在1985年到1986年的秋季形成了一次关于价值与真理的讨论，李德顺的《价值论——一种主体性的研究》、袁贵仁的《价值学引论》等专著反响巨大，王玉樑主编、陕西师范大学出版社1988年出版的《价值

① 《苏联哲学百科全书》，上海译文出版社1984年版，第194页。
② 王玉樑：《价值和价值观》，陕西师范大学出版社1988年版，第3页。
③ 王玉樑：《价值和价值观》，陕西师范大学出版社1988年版，第4页。

和价值观》，从价值论总论、史论、价值的本质、价值与感情、价值实现过程、价值与历史观、人的价值、价值观念与改革等八个方面全面展示了中国价值论研究的状况。

文学价值研究与论争是中国新时期文学理论界反思的必然产物，甚至有研究者把文学价值观的“拨乱反正”称为文学理论批评新时期“拨乱反正”的首要之务。“自1978年12月中国共产党第十一届三中全会以来，文学理论批评与其它社会意识形态门类一样，开始了真正的所谓‘拨乱反正’，关于文学价值观方面的‘拨乱反正’自然是首要之务了。因此，举凡文艺同政治之关系问题、文艺的上层建筑与意识形态性质问题、马克思主义文艺理论体系问题、现实主义及浪漫主义问题、‘典型’、‘写真实’概念问题、文学中的人性和人道主义问题、现代派文艺评价问题等等，都得到了广泛而深入的讨论，每一个问题之核心几乎无例外地都涉及文学价值论问题。”① 文学理论界开始反思此前认识论哲学背景下的诸多理论，探讨在价值论基础上的文学理论问题。钱谷融在为黄海澄《艺术价值论》所写的序中透露出作者写作该书的动机和宗旨：“很早以来，他就对从苏联来的文艺理论学科体系的科学性有怀疑。他们把文学艺术当作是对现实的一种认知形式，其社会功用也是在于帮助人们认识世界。这就与科学除了形式上的差别以外，几乎没有什么本质的区别。这样，文艺也就成了多余的东西。从功能文化学的观点看，文学艺术必有其不同于科学的特殊本质和作用，否则，它就不可能存在。因此，海澄同志认为把文艺学仅仅建立在认识论的哲学基础上是不行的。”② 苏联研究者在20世纪30年代批判了把艺术当作经济、政治的直接产物的庸俗社会学观点，从哲学认识论出发，吸取了19世纪俄国革命民主主义者别林斯基、车尔尼雪夫斯基、杜勃洛留波夫等人的文艺理论观点，建立了一套以认识论为哲学基础的文艺理论体系。这套文艺思想在20世纪四五十年代逐渐传入中国，成为支配我国差不多两代人的文艺学“范式”。在“文革”结束后，在积极反思的社会思潮下，中国文论界开始反思这种认识论的文艺观。《文学评论》1986年第1期刊登了刘再复的文章《论文学主

① 敏泽、党圣元：《文学价值论》，社会科学文献出版社1997年版，第83页。

② 黄海澄：《艺术价值论》，人民文学出版社1993年版，“序”第3—4页。

体性》（续），文章主旨是倡导文学创作与阅读（接受）中的主体性问题，这种倡导建立在对机械反映论文艺观的批评基础之上："机械反映论问题只注意了自然赋予客体的固有属性，而往往忽视了人赋予客体的价值属性"；"这种机械反映论往往割裂了客体与人的联系，即忽视了客体于人有用的程度，即客体的价值程度和价值属性"；"反映论只解决了人的认识，不能解决人的价值选择和情感意志的动向"；"机械反映论从客观上强调了事物固有属性，忽视了价值属性"，从主体上则强调了人的认识方面，忽视了人的情感意志方面。① 这一观点引发了许多研究者的争论，影响深远。

第二节　文学价值论研究的进展

新时期文学价值研究，在文学认识论与文学价值论的区别、文学价值的多元性、文学的商品价值等几个方面展开，引发了一系列论争，也取得了丰富的成果。

新时期文学价值论研究的起点，是在反思文学认识论的问题与困境中确立的。对认识论文艺观发难的先锋是刘再复。1986 年他提出要建立文学价值主体论，以主体的情感意志来认识和把握文艺价值："机械反映论……只能解决了人的认识，不能解决人的价值选择和情感意志的动向"。② 此后，程麻和黄海澄等学者明确提出文学价值论的主张。

黄海澄对文学价值论哲学基础的论述极具建设性。他在《艺术价值论》一书中旗帜鲜明地提出："把文学艺术当作对客观现实的一种认识形式，把整个艺术现象放在认识论的哲学来理解，是矛盾百出的"，"要想把大成殿、紫光阁、凡尔赛宫说成是对于现实生活的一种认识形式、形象的真理，从中去寻找关于人类社会生活的本质、规律的现成答案，无异于缘木求鱼，向火索冰，所遇到的困难恐怕是无法克服的"。他对在当时中国文论界占据重要地位的蔡仪主编的《文学概论》中的相关观点提出质疑。蔡仪认为，孟郊的《织妇辞》、张籍的《野老歌》、关汉卿的《窦娥冤》和梁斌的《红旗谱》这

① 刘再复：《论文学的主体性》（续），《文学评论》1986 年第 1 期。

② 刘再复：《论文学的主体性》（续），《文学评论》1986 年第 1 期。

些作品的根本意义在于“告诉我们这个真理：在阶级社会中，任何时候都存在着阶级对阶级的剥削、压迫，阶级对阶级的斗争”，在于印证《共产党宣言》中所说“到目前为止的一切社会的历史都是阶级斗争的历史”，它们和《共产党宣言》所说的都是同一件事情，都“正确地反映了阶级社会的普遍规律”；它们的区别仅仅在于“对社会生活反映方式”的不同：“科学的反映是抽象的，形成概念和理论，而文学的反映则是具体的，形成形象及形象体系。”黄海澄认为，若是如此，那么，“用《共产党宣言》中的表述方式该是何等简洁，何等明了，何等痛快！又何劳这些文学家们用如此繁复、累赘、不简明的形式向人申说一个如此简明的道理？岂不是自找麻烦！而且，告诉人们一个认识成果，一个真理，讲一遍也就够了，没有必要反复啰嗦。而这些文学家却变换花样，把一条真理反复申说千余年，这又何必呢？在认识论的框子里，谁能把这些矛盾消除并令人信服？恐怕谁也做不到。”[①] 由此他提出：“把文学艺术仅仅作为认识世界的一种特殊形式的观点站不住脚，把文艺理论置于哲学认识论的基础之上，可以说是找错了家门，安错了基座。要摆脱这种困境，我认为必须转向辩证唯物主义的价值论，因为在我看来，艺术从根本上来说不属于认知—真理系统，而属于价值—感情系统。”[②] 他认为南帆在《文学与情感认识论》中所提出的“情感认识论”的提法在文学上也不能成立。黄海澄的论证极具思辨性，对当时中国哲学界对价值论的认识进行了辨析，由此深入到文学价值论的哲学基础的研究。他指出：“人与世界的关系并不只限于认识和被认识的关系，还有一种更根本的关系，即价值关系。我们人类生活在世界上，时时处处都离不开价值物，离不开对价值的追求和创造。我们的各种需要，无论是物质的还是精神的、个体的还是群体的，都要靠相应的价值物来满足。”[③] 艺术不属于认知—真理系统，而是价值—感情系统；认知作用是“眼睛”“罗盘”“望远镜”“电子导航装置”，是方向性的，但不是“动力源”。当时影响很大的李德顺的《价值论》（中国人民大学出版社 1987 年版），把真理和价值并列，把价值论归入认识论，黄海澄认为这是不合适的：“任何有机主体，哪怕是最简单的有机生命，作为自

① 黄海澄：《艺术价值论》，人民文学出版社 1993 年版，第 23—24 页。

② 黄海澄：《艺术价值论》，人民文学出版社 1993 年版，第 23—24 页。

③ 黄海澄：《艺术价值论》，人民文学出版社 1993 年版，第 31 页。

控制、自调节系统，都可以是，而且必然是价值主体。”① 同时，他对袁贵仁的价值真理说法、对庞学铨的理论也都进行了辨析。他在人作为高等有机生物层面上来理解价值：“有理由把价值与作为自控制系统的生物界、人类和人类社会各等次的群体系统的控制论目的关联起来”，“价值是事物与一定自控制系统的目的的关系的属性。凡是符合一定自控制系统的控制论目的、有助于这系统向着其控制论目的的前进的事物，对于该系统来说就具有正价值，反之，凡是不符合这系统的控制论目的、妨碍它向着它的控制论目的的前进的事物，对于该系统来说，就具有负价值。”② 这种想法是黄海澄长期思考的结果，立论高远，产生了极大的影响。他从美学、哲学的角度进行了深入的分析，对文学价值论体系性的理论建构发挥了非常重要的作用。

与黄海澄的《艺术价值论》一样，程麻的《文学价值论》也是新时期文学价值论研究领域一部重要的理论著作。如果说《艺术价值论》以哲学的思辨性见长，为文学价值论在哲学、美学上站住脚起到了重要作用；那么《文学价值论》则是立足于文学的本体，着力建构文学价值论体系。黄海澄认为，反映论的艺术研究是放错了“基座”，程麻则主张，文学研究与价值论的相遇是“有情人终成眷属”。黄海澄的理论可总结为摆正“基座”论，程麻的理论则可称为“终成眷属”论。新中国成立以来中国文论界向来主张“能动的反映论”，但因中国现代技术和生产力发展的迟缓妨碍了科学反映论思想的深化、自古以来的强烈的政治功利性观念在当代中国社会未能实现。程麻认为，文学价值论是“马克思主义学说里应有之义”：“辩证唯物主义是立足于主体并能动地认识和改造世界的哲学，同样，历史唯物论也是着眼于人并为了人的自由发展的学说。发掘马克思主义关于价值问题的观点与论述，有利于改变那种对马克思主义文学观念的浮浅和教条的理解，汲取当代文化意识，焕发其内在生机与活力。换句话说，价值理论对当代中国文坛来说，并非如‘他山之石，可以攻玉’，而是要使‘有情人终成眷属’。”③ 其《文学价值论》一书的导论题为《文学观念从认识论到价值论的演进》，文章从整个人类文明史、整个文论史的角度对文学观念的进展做了细致深入的分

① 黄海澄：《艺术价值论》，人民文学出版社 1993 年版，第 82 页。

② 黄海澄：《艺术价值论》，人民文学出版社 1993 年版，第 220 页。

③ 程麻：《文学价值论》，人民文学出版社 1991 年版，前言，第 8 页。

析，认为价值是文学独特性、独立品格所在。“在人类文明史上，文学曾因自身的稚弱，不得已而依次借助于宗教、道德和科学等观念的支撑，才赢得生存于世的权利。时至今日，由于本体的成熟，它已有足够的力量和勇气站在理应据为己有的价值论哲学基础上。因此，文学观念从认识论向价值论的演进，意味着其向本性的回归。这并非是文学的狂妄或叛逆，而是实现其独立品格的切实努力。”①在他看来，原来我们所认为的摹仿论的文艺观是反映论，其实恰恰是价值论的，“不再把以摹仿为基本内容的文学视为人认识或反映客观事物的工具与手段，而探寻从事摹仿活动的主体心灵的精神追求、慰藉欲望，或其驾驭、超越、支配客体等对象化心理过程的内在机制，从哲学意义论和价值论的方向来揭示与界定文学性质和本义”。②他通过从价值论角度对游戏论文学观、符号论文学观加以反思，发现“由原始人的摹仿一直到现代文艺符号理论，贯穿在这一文艺观念演变过程之中的，主要是关注人的命运，表现精神主体尺度及其面对外物的情感反应，以及人类的向往与追求等等的价值观念的本质”。③程麻把文学价值论赋予了历史的尺度，在其体系中，中国文论史上的许多重要命题，如“诗言志”等都可归于价值一维。

与黄海澄、程麻等人全面认同、积极建构文学价值论的做法不同，也有学者执着地坚守反映论的文学认识论。王元骧激烈地批判刘再复的《论文学的主体性》一文，认为此文只不过是“掇拾了古今中外一些唯心主义的哲学观、伦理观和文艺观，机械地拼凑起来的一盘大杂烩。而且，文中所撷取的有许多都不是它们的合理内核，而恰恰是需要我们予以摒弃的东西”④。他也承认价值论的引入对于丰富发展马克思主义文艺学有着重大意义，但立场鲜明地反对用价值论来取代基于马克思主义文艺学的哲学基础——辩证唯物主义的能动的反映论。他认为，价值论割裂了文艺的认识性与审美性，忽视了主体的社会性与历史性，是“从一种极端走向了另一种极端”⑤。与王元骧

① 程麻：《文学价值论》，人民文学出版社 1991 年版，第 40 页。
② 程麻：《文学价值论》，人民文学出版社 1991 年版，第 47 页。
③ 程麻：《文学价值论》，人民文学出版社 1991 年版，第 67 页。
④ 王元骧：《评〈论文学的主体性〉》，《高校理论战线》1991 年第 1 期。
⑤ 王元骧：《评〈论文学的主体性〉》，《高校理论战线》1991 年第 1 期。

的观点不同，冯宪光试图调和反映论与价值论的冲突，力图用马克思主义哲学原理来探讨文艺价值问题。1991年，他在《文学价值的根本来源》一文中对刘再复等人的价值论文艺观提出了质疑，认为这些观点"回避了哲学关于思维与存在谁为本质的基本问题，回避了美学关于审美经验与客观对象谁为本源的基本问题，回避了文艺学关于文学与社会生活谁为本源的基本问题——在价值问题上抹煞了唯物主义与唯心主义的界线"。他主张在文艺研究中不应将价值论与反映论对立起来："文学价值论应当而且必须是马克思主义文艺学有机整体的一个组成部分"，在价值论与反映论的关系上，他主张："只能以认识论、反映论作为基础，价值论的第一性、第二性问题也只能是认识论、反映论中第一性、第二性问题"。[①] 冯宪光的文章立场持中、态度辩证，但还是引发了邵伯周、纪众等学者的质疑。邵伯周在《"文学价值"论应该有哪些内涵》一文中，强调文学价值的内核由社会生活、主体情思、语言三个方面组成，核心是作家的创作才能。[②] 纪众则强调文学价值的核心内容是作家的创作才能。[③] 接下来，冯宪光在《在争鸣中建设新的文学价值论》中肯定了两位学者克服机械论简单化倾向的努力，但依然坚守反映论为基础的立场："在反映论基础上认识文学的价值，恰恰是研究这一问题的重要前提。"持续数年的价值论与反映论论争，交汇在1992年9月18日由《文艺报》召开的"文学价值论"讨论会，各派集中展示了自己的观点。程代熙强调不要把反映论与价值论对立起来："艺术创作是艺术家对客观世界的认识，或者说，是能动的反映，艺术活动同样也是一种有目的性的活动，这种活动本身就体现出了艺术家的价值取向和情感意志的动向。"[④] 敏泽、党圣元认为："文学价值问题应该受到重视"，"但要以价值论代替认识论的哲学'基座'的观点，则是我们不敢苟同的"，"人的价值观念的形成与变移，也离不开人的实践——认识运动，绝非凭空出现的无源之水"；"应该努力把价值论的原则贯穿到实践——认识过程中，但是绝不可以以前者代替后者"，否则"只能导致误入唯心主义的歧途"；并用康德理论、中国玄学理论之思加以证

① 冯宪光：《文学价值的根本来源》，《文艺报》1991年12月28日。
② 邵伯周：《"文学价值"论应该有哪些内涵》，《文艺报》1992年8月8日。
③ 纪众：《文学价值，价值来源与价值规定性》，《文艺报》1992年8月15日。
④ 程代熙：《文学价值谈》，《文艺报》1992年12月5日。

明割裂认识与情感的失误。①

文学价值论与文学认识论的论争，是侧重于文学价值论的“合法性”问题，有哪些文学价值，则是研究文学价值的构成。在文学价值论的研究中，文学价值的多元性得到了许多学者的认同，其中文学的商品价值（消费价值）引发了广泛的讨论。在许多文学理论的教科书中，都大致认为文学只有认识、教育与娱乐（或审美）三种价值，而且基本上是三元并列。朱立元不同意这种说法，认为“这种看法既未注意文学价值的特殊性（突出文学的审美价值的中心地位），又把文学的多方面价值简单化了”，他提出“文学的价值是读者与作品之间的一种审美需求与满足需求的关系，是作品对读者的有用性与意义，即一种主客体间的审美效应关系。文学价值就是这样一个以审美价值为中心的多元价值系统”，是一个“负载着以艺术（审美）为中心的多元价值的复合系统”。在他看来，文学价值包括审美价值、消遣娱乐价值、认知价值、道德价值、思想价值、宗教价值、心理平衡价值、社会干预价值、交流价值、经济价值在内的十种文学价值。② 朱立元的这种看法，合乎文学实际，在当时得到诸多学者的认同。

值得注意的是，在文学的多元价值中，对于文学商品价值（消费价值）的研究，引发了诸多争议，讨论也格外深入。随着市场经济在中国的推进，新时期的文化构成要素，包括文学在内，都被放入到市场经济理论体系中加以考辨。1989 年，李准的《论商品经济与文艺发展的关系》在《文艺争鸣》发表，1990 年又发表了此文的《续》，这是新时期一篇重要的关于研讨文艺价值的文章。“跨入八十年代以来，很少有其他问题能够象文艺发展与商品经济的关系问题这样持续地而且越来越不容置疑地成为整个中国文艺领域的热门话题，成为文艺工作者和文化部门无不为之兴奋又无不为之头疼的难题，很少有其他问题的讨论能够象这个问题的讨论如此充满尖锐分歧和困惑。特别是近年来，伴随着实践中分歧的加剧，理论讨论中的分歧也愈演愈烈，激动的言词不断升级。”对于这一重要问题，李准说自己也是“初步尝试”：“在我国现阶段，从最简单的商品定义讲，绝大多数文艺作品可以说是

① 敏泽、党圣元：《文学价值论》，社会科学文献出版社 1997 年版，第 175—176 页。

② 朱立元：《论文学的多元价值系统》，《益阳师专学报》1989 年第 2 期。

商品，从严格的发达的商品定义来要求，文艺作品不是商品；从其物化存在形态和流通形式讲，文艺是商品，从它作为最独特的精神创造结晶的本性讲，文艺不是商品；从其某些外在运行机制讲，文艺是商品，从其内在的创造规律讲，文艺不是商品。”李准提出，文艺作品具有“审美（——广义的审美）价值和票房价值”，“本体创造阶段”主要产生的是审美价值，“物化生产阶段”创造了票房价值。①

对于文学与市场经济的关系、文学的商品价值的问题，研究者提出了不同的看法。一派侧重于文学就是商品，强调其商品价值。如方克强明确提出，“文艺就是商品，是一种与物质产品具有同样性质的商品，社会上关于商品的一般定义完全适用于文艺”，并将承认文艺的商品价值这种姿态作为文艺转型的重要转变：“正视现实，承认并研讨文学的商品性，是文学理论应作的明智选择。……否则，理论将继续落后于生活、脱离创作，不仅于文学无补，自身存在也会出现危机。”②还有研究者提出，市场经济的时代，才是真正的文学的时代，只有按照市场经济运作，才会形成推进文学的大发展；作家要进入市场，作品要进入市场，市场经济就是文学的兴衰及其价值高低的最后主宰；在市场经济体制下，文学体制、文学创作机制、文学流通机制都在发生变化。这一派观点的思路大致相同，即：经济基础决定上层建筑，因而也影响、制约着作为上层建筑的意识形态的文艺；商品经济是时代文化氛围的最深层的社会基础，因而，中国文艺的发展与进步与商品经济的基础密切相关；伴随市场经济提倡与确立，包括在文学作品在内的文化产品被推向市场是必然的趋势。另一派研究者，对文学的商品价值持审慎的态度。敏泽在文章中列举了文学界唯商业价值是举的现象，如：“市场经济时代，也就是真正的文学时代”，才会“形成壮丽的人文景观”；再如，“走向市场是繁荣文化艺术的根本”“作家既可上的推销，亦可待价而沽”等等。他明确提出，“商品和消费与精神生产和消费，是两种性质不同的生产和消费”。文学艺术的消费与物质的消费不同，表现为：文学艺术创作以个体性劳动为特点，有价值的文学艺术产品“以其独特性的创造为特性”，在根本

① 李准：《论商品经济与文艺发展的关系》，《文艺争鸣》1989年第6期。

② 方克强：《商品性：文学理论的更新》，《文汇报》1993年2月6（7）日。

上在于丰富和满足人的精神需要，要摒弃并反对任何形式的拜金主义和外物的诱惑。① 敏泽的这个观点得到陈传才的认同："文艺创作是一种极其复杂精妙、具有高度创造性与个性化的精神劳动，需要创作主体长期的生活积累和心灵孕育，甚至还需要才气、灵感等。因此，显然与那种模式化、标准化等批量、集中的商品生产形式绝缘，核算社会必要劳动时间往往极其困难。这样，作品在流通过程中的交换价值，多是由构成创作过程中的物化劳动时的物质消耗部分所决定，而与创作主体的活劳动并没有紧密、认真地挂起钩来。所以，并不与其真正的使用价值，即艺术价值相等值。"因而，"只有以马克思主义的基本理论为指导，认识到作为精神产品的艺术价值及其社会作用是不能用金钱来衡量，而只能以作品价值内涵的丰富、深刻及其艺术魅力为标准，而且是在作用于人们精神世界的潜移默化的长期积累过程中完成的，才能正确摆正文艺价值与商品价值的关系，从而一方面促进作家、艺术家自身的文化人格建设，提高文艺（包括通俗文艺）的格调、品位；另一方面影响读者不断提高自身的文化素养和审美趣味，以形成有利于文艺健康发展的社会文化氛围"。陈传才批驳了把"价值"与"有用性"简单对等的现象，指出"只关注满足个人的需求，甚至只追求自然人性需求的满足"的问题。②

文学具有多元价值，文学价值实现的路径问题，也为许多学者所关注并得到深入的研究。李春青对这一问题进行了细致的考察。文学的意义与价值源于文本、文本创作出来便先验地存在着，还是被接受者所赋予的？一种意见认为，文学作品一经产生，它就是一个客观存在物，它的意义与价值是恒定不变的，因此，文学研究就应是"注经式"地将作品中的微言大义揭示出来。西方精神分析学派的文学批评、神话—原型批评，以及各种形式主义文学批评，"红学"研究中的"索隐派"，大抵持这种见解。另一种意见则刚好相反，认为作品本身并没有固定不变的意义与价值，对于不同接受者，作品就呈现不同面貌。换言之，是接受者赋予作品意义和价值。李春青认为，

① 敏泽：《社会主义市场经济与文学价值论》，载中国作家协会理论批评委员会编《走向新世纪的中国文学：理论批评文选》（上卷），作家出版社 2002 年版，第 240 页。

② 陈传才：《"从百年文论史得到的启示"——关于文学价值取向与观念嬗变的审思》，《文艺研究》1997 年第 2 期。

“用马克思的价值观点来衡量，上述两种见解都具有明显的片面性。前者的错误在于离开了主客体关系来谈价值问题，将价值属性与物的自然属性混为一谈了。后者的失误则是否定了文学价值的客观规定性，从而陷入相对主义”。他认为要辩证地看文学价值的客观规定性与相对性问题：“文学价值的客观规定性并不意味着文学价值可以离开文学活动主客体关系而独立存在，它只是表明了文学活动主客体关系本身不以人的意志为转移的特点。无论是创作主体，还是接受主体，他们与文学作品所建立的特定联系并不是随意的，而是由个人的和社会历史的复杂因素所决定的，因而具有某种必然性。无视这种必然性，我们就难以解释一部作品对一定范围的读者何以会发生大致相同的效果。只有将这种效果的普遍性理解为这些读者与作品关系的相近性的反映，才能进一步弄清相对于这些读者，作品何以会显现出特定的价值和意义。”① 依据这种理论，借助物理学的概念，他认为文学价值以现实价值和价值潜能两种形式存在。不同的文本与读者关系中，一个文本所呈现的文学现实价值会截然不同；那些未呈现的价值则以价值潜能的形式存在。一部作品创作出来，其“势能”便已存在，能否做“功”转化为动能，要看文本与接受者的关系。对这一问题的探讨，学者大多借鉴了当代接受美学理论，从中寻找理论资源。

从文学认识论到文学价值论，带有范式革命的性质与特点，涉及从哲学基础、范畴界定到理论架构等多个方面的内容，构成了当代文学理论史的重要组成部分。

第三节　文学价值论研究的问题与反思

文学价值论研究是对文学认识论的突破和超越，这种理论试图将文学理论的基座置换成价值论，或者说将价值论与认识论、实践论一起铸造成文学理论的基座，涉及文学观的更新与发展。此外，文学价值论演进与论争中所表现出的强烈的问题意识、自觉的方法论意识也对当下的文学理论研究提供了借鉴。同时，这一过程中所出现的问题，也值得研究者注意。

---

① 李春青：《文学价值学引论》，云南人民出版社 1994 年版，第 25 页。

从新时期文学价值论的演进与论争中可以看出，科学范式的转换有着复杂的原因。从认识论到价值论，这一过程带有范式革命的特点。库恩的“范式理论”为理论界所熟知，他提出范式的转换一般经历四个阶段，即：常规科学、反常现象、危机状态、科学革命，四个阶段形成一个周期，周而复始，螺旋式上升。这一理论勾画出“革命”的历程。福柯的“话语理论”则揭示了推动范式转换的动因及其所蕴含的丰富的含义，即，知识、真理与学科，它们的发展演变都不乏特定的制度化背景和权力关系基础，当然这背后又有更为深广的社会历史语境。程麻在《文学价值论》一书的前言中说：“十几年来的新时期文学，推动中国当今的美学观念以及文艺理论命题发生了引人瞩目的大变动。这种变动，或蕴涵、体现在缤纷多姿的文学创作里，或由批评家、理论家们标举与呼唤，其声势之大，影响之深广，在五四以来的中国现代文学历程中是前所未有的。”① 在新时期，文学价值论研究的展开与中国文学价值的变换是同步的。“范式”的转换折射出丰富的问题，对其反思与研究是当代文艺理论综合创新的根基。姚文放在《价值论美学的新视界》一文中提出，价值论美学给中国美学界带来丰富的可能性②，这种丰富的可能性在文学理论界一样存在。就目前发展来看，价值论在当代中国文艺理论建构中，占据着重要的位置。反思文学价值论的论争，有着重要的借鉴意义。

在新时期价值论的演进与论争中，研究者表现出极强的问题意识。文学价值论的提出，是基于对当时文学理论现状的不满意，是原有的文学理论无法与文学实践相一致，这也是当时中国理论界一个共同存在的问题。程麻曾描述“文革”以后中国理论界普遍存在的“反思”状态：“直到经历过长期的磨难，特别是文学濒临灭绝的‘十年动乱’之后，中国文坛出风头逐步悟到文学反映论和文学认识论的僵化和粗劣……检讨和审视文学反映论所依赖的哲学和美学基础，谋求实现文学基本观念的深层更新和变革”③，这其中典型者如“如实反映”“逼真描绘”是否是衡量艺术高低优劣的共论的尺度，“文学反映现实”的创作原理是否合理，对现实主义的理解，等等。同

① 程麻：《文学价值论》，人民文学出版社 1991 年版，“前言”第 3 页。

② 姚文放：《价值论美学的新视界》，《福建论坛》1991 年第 1 期。

③ 程麻：《文学价值论》，人民文学出版社 1991 年版，第 3 页

样，研究者们关于文学艺术与商品经济关系的研究出于对现实实践的考虑，如李准所描述的："一个巨大的热点在炽烤着当代中国文坛的几乎每一根神经，它就是文艺发展与商品经济的关系问题。"[①] 强烈的问题意识，使得学者们的研究不局限于单纯的学理的、象牙塔式的讨论，为理论深入探索积蓄了动力，也引发了社会的关注。

新时期文学价值论研究的推进，得益于学者们强烈的方法论自觉。程麻在反思现实主义方法论时，便提及研究"应有清醒的方法意识"。价值论本身，便是一种方法论。价值论的"生产力"，对中国当代文论的阐释力起到极大的推动作用。比如，价值论之下，文学与现实的关系得到重新阐释，文学语言获得了解放，等等。程麻运用价值论的方法，分析了文学语言三个方面的"自由"，即语言规范自由——最表面的是掌握了语法和词汇等语言规范的运用自如，风格层面上的自由——对作家人品气度与才性格调的展示，意义层面的自由——表现描写对象对主体的价值的符码，"在文学语言的实践里，人则以全身心、调动全身感受去面对世界、体验世界。其中有认识、有理解、有自我规范，可更根本的还是人的活力和能量的展示与体现。"[②] 这些见解，是只有在价值论方法之下才会取得的结论。1993年，黄海澄在反思"文学价值论"时提到，研究者在马、恩全集翻检所搜集到关于"价值"的做法，"向马克思主义经典作家的著作中去寻找某一句话，企图从这里发现微言大义，作为自己立论的基础，推演出一篇宏论来"，"死抠本本"，这种态度"不符合科学精神"。马克思的时代，价值论哲学还没有诞生，因而，马克思著作中的许多"价值"只能视为日常用语，而不是经过规范和界定的哲学范畴，因而"不能在马克思、恩格斯著作中抓住'价值'这一名称，作为研究文学价值论的出发点"。他由此举例，"'价值'这个普通的概念是从人们对待满足他们需要的外界事物的关系中产生的"，一些学者由此生发，认为是马克思价值论的智慧所在。黄海澄指出，细读原著，便会发现这一句是瓦格纳的观点，是马克思所批判的。[③] 不以忠实于经典为借口、死抠"本本"，呼唤真正的科学精神，这一反思也是带有方法论意义的。20

① 李准：《论商品经济与文艺发展的关系》，《文艺争鸣》1989 年第 6 期。

② 程麻：《文学价值论》，人民文学出版社 1991 年版，第 152 页。

③ 黄海澄：《我的几点看法——关于"文学价值论"的讨论》，《南方文坛》1993 年第 2 期。

世纪八九十年代，研究者们对执着于方法论、执着到甚至痴迷的地步。黄海澄认为："马克思主义美学的研究应当从其他学科，包括自然科学领域，吸取方法论的营养，以利于它向现代化的方向发展。我相信，这也是许多美学工作者的共同愿望。被称为'横断科学'的系统论、控制论、信息论，具有跨学科的性质，是唯物辩证法在研究自然和社会系统中的具体化与精密化，是马克思主义题中应有之义。"① 在文学价值论研究的推进中，著名的"三论"（信息论、系统论、控制论）被广泛运用，研究者在分析价值之于人的重要性时，普遍使用了控制论的方法。在文学价值的实现中，接受美学理论被屡屡提及。科学的方法论，是解决问题的门径与钥匙，是接近"真理"的最佳方式。当前的文学理论研究，方法论意识减弱，致使有一些有价值的研究原地打转，无法获得深度进展。

反思新时期文学价值论的演进与论争，也会发现，这一过程在催生了许多研究成果的同时，还存在一些问题。

文学价值论研究尤其是论争中还存在着非此即彼的一元论思维。文学认识论在中国曾经是占绝对主流位置的文艺学观点，在新时期经受了各个方面的冲击。1979 年至 20 世纪 80 年代初，在"文学与政治""马克思主义理论体系"建设两场讨论中，认识论的主导地位被质疑；80 年代初期、中期的西方现代派文艺思想的引入、"方法论热"，对认识论形成极大冲击；而后，主体论、本体论、价值论、实践生产论先后与认识论产生论争。这些论争促使认识论观点的操持者反躬自省，主要表现在：反思机械反映论将文学反映与科学认识等同的局限，在厘定"反映"内涵时，强调反映的"特殊性"，提出"反映"要比"认识"更为广阔；重视反映中介——反映心理的研究，要建立马克思主义艺术心理学；强化了语言和形式参与方面的研究，将语言与形式贯穿在整个文学创作过程中而不仅是传达阶段加以研究。这些反省，推进了反映论的发展。同时，研究者又屡屡提及要用价值论替代、更换反映论与认识的提法，颇有要唯价值论为尊的味道。其实，正如许多学者所认同的一样，文学具有多方面的价值，文学价值是以审美价值为核心的多元价值体系。因而，文学的丰富性也需要运用多种方法来阐释，认识论、反映论等

① 黄海澄：《艺术价值论》，人民文学出版社 1993 年版，第 360 页。

多种理论可以与价值论并存。甚至可以说，优秀的文学作品价值无穷丰富，诸种方法只能是尽可能挖掘、接近，而不可能穷尽其丰富性。

关于文学商品价值的研究，随着时代的发展、社会状况的变化会越来越丰富，尤其是在文学产业、文化产业已被广泛接受的当下，这一问题的研究有更为广阔的推进的空间。李准在 1989 年《论商品经济与文艺发展的关系》一文中提及的感受在当下依然适合："艺术生产是奇妙而又复杂的，关于艺术生产的规律究竟应当怎样表述，至今仍是争论不休的问题。商品经济同样是奥妙万千，关于商品经济规律的各种描述更是令人眼花缭乱。艺术生产与商品经济这两者连在一起，就更加复杂和难以描述了。笔者虽然努力搜集材料，进行冷静的思考，但一当进入具体论述就感到力不从心，困难太多。"① 文学的商品价值是值得重视的。中国传统文论，要么将文学作为"经国大业"，要么将其当作修身养性的重要手段，共同之处在于将文学与经济相分离。商品经济与文学发展有着丰富的张力关系：一方面，有研究者认为，文学的长远发展要远离市场，文学消费与一般的物质消费相距甚远；另一方面，又有学者认为，商品经济发展会极大促进文学发展，"商品经济的平等和自由的交换原则把人们从人身依附关系中解脱出来，唤醒了人的主体意识，确立了一种人与人平等的格局；商品经济的竞争性为人的创造性的自我发挥提供了一个有效的机制，使人在不断的超越中获得自我塑造、自我选择、自我实现的自由；商品经济的利益多元强化了人的利益与需求欲望，激发了人在社会发展和进步中，对功利追求的迫切性。"② 在新时期文学价值研究的演进与论争中，对商品经济与文学发展关系的研究远远还未展开。

价值与人类的生存、发展息息相关，文学活动带有强烈的价值属性。文学创作活动在创作主体与创作客体的价值关系中展开，文本是作家所创造的价值体系，接受活动在接受者与文本的价值关系中进行。新时期文学价值论的演进与论争，为新时期文学理论的综合创新、整体推进贡献了力量、提供了借鉴。

---

① 李准：《论商品经济与文艺发展的关系》，《文艺争鸣》1989 年第 6 期。
② 陈载舸：《商品经济与文艺发展》，《理论学刊》1995 年第 1 期。

第九章　新时期文学本体论的演进与论争

文学本体论，自新时期提出以来，一直是文学理论界关注的重点、难点问题。它不仅在新的历史语境下，为思考文学自身特殊的属性特征、存在方式、显现样态等问题，提供了新的角度或新的方法，而且是在对传统文学反映论，尤其对其哲学基础——辩证唯物主义认识论深刻反思的基础上，不断通过对文学发生的哲学基础的追问、调整、修正、补充、创新等，实现文学研究的一种新范式的探索。

这一研究理路，贯穿于文学本体论问题的整个发生发展过程：一、萌芽期（1978—1984）：文学本体等基本概念虽被提及，但却从属于“回到文学自身”这一命题的非独立期；二、自觉期（1985—1989）：文学本体论作为独立的学术问题获得普遍关注和众多阐发期；三、中国特色研究期（1990 年至今）：以马克思主义哲学基础原理为基础，结合西方现代相关学说对文学本体论展开的中国言说期。

新时期文学本体论问题的讨论，既是渐进的又是复杂曲折的。考察此问题，有必要将其置于自身的整个理论发展史中，联系其赖以发生的哲学基础加以探讨，从而进一步深化对这一理论的研究。

第一节　文学本体论的萌芽期

文学本体论在中国的产生，并不是独立的文学理论现象，也不是对西方相关学说的直接移植。它伴随着中国文学理论重新回归自身走向自主的全过程，是中国文学理论自身发展的内在要求和必然趋势。

此问题的出现，经历了一个较为长期的理论积累学术探索过程，即使发展至今也仍有许多问题，尤其涉及文学本体论得以建立的某些理论前提、基本概念等问题亟待解决。这一方面是由于此问题本身的理论难度造成的，不仅需要以文学本身的性质特征存在结构为考察对象，而且需要剖析文学诸问题赖以发生的最高理论依据及其二者之间的辩证关系，从而深入到文学与世界的关联中讨论文学；另一方面则由于此问题与诸多文学基本理论问题之间纷繁错综的理论关系造成了讨论的复杂性，而这种复杂性贯彻于此问题的整个探讨过程，尤其在其萌芽期表现得异常明显。所以，为了切实推进此问题的研究，有必要从此问题的产生源头做细致的学理剖析。

需要注意的是，文学本体论的萌芽，并不直接产生于学界对文学本体等相关概念观点的理论自觉的基础上，它源起于新时期文学界在重新划定文学与政治的界限基础上，对文学内在规律属性等问题的讨论。其产生有着特定的历史语境、理论背景等。

第一，就其产生的历史语境来说，新时期以来，尤其是 1978 年 12 月中共十一届三中全会的召开，整个思想界发出了解放思想、实事求是的呼声，文艺理论领域亦展开了拨乱反正、正本清源的理论审视和反思活动，力争从学理层面确立文学的相对独立性，以摆脱其长期受制于政治束缚的局面。

第二，就其产生的理论背景来说，这次文学理论反思，既是全面的也是深入的。首先，它从政治层面切割了文学理论与极左的文艺倾向、文艺思潮、文艺政策，尤其“四人帮”的各种反动文艺路线方针等的诸种联系；在此基础上，继而又从文学理论自身发展层面，积极拓展探讨文学的角度、视野，借鉴现代西方诸种学说思想，打破旧有单一的文学外部研究方法和僵化的庸俗的社会历史考察思路，实现对构成文学内部诸要素诸规律的考察。这样，一方面为文学本体论的提出奠定了理论基础；另一方面为讨论文学提供了一种新思路——即从文学本体角度丰富对文学自身相关思想的阐发和解释。

具体地讲，新时期文学理论经历了一个审视检讨、修正补充到独立发展的过程，文学本体概念也在这个过程中逐渐被提及。

首先，通过对文学与政治关系的辨析，从根本上扭转了文艺研究发展的基本方向，明确了文艺研究的相对独立性和中心命题。如徐中玉所言：

“文艺当然是不能脱离政治的”，“但‘不能脱离政治’，与‘为政治服务’甚至‘从属于政治’显然是两回事”①，“要求文艺完全服务、从属于真正无产阶级政治”，“有其不尽符合科学，不合艺术规律，妨碍文艺积极、充分发挥它的社会作用之弊”②。钱中文先生也指出：“文艺只有在充分发展自己的特征的情况下，才能有效地为政治服务。否定文艺的特征，文艺不但不能为政治服务，连文艺本身也不存在了。”③所以，只有在承认、尊重文学相对独立的前提下，文学才能有效地为政治服务，文学决不能为政治支配主导。这就将文学从政治的附庸地位中解放出来，明确了新时期文艺研究的重点只能是回到文学自身研究其本身的规律。

那么，何谓文学本身的规律？理论界从不同角度对此展开讨论，比较典型的观点有：

第一，从文学与其他事物的联系与区别角度提出文学规律可分为外部规律和内部规律，而内部规律即文艺本身的规律。如刘梦溪较早指出代表毛泽东文艺思想的著作《在延安文艺座谈会上的讲话》，“着重解决的是文艺的外部规律”，即研究文艺与其他革命工作的关系，“没有更具体地涉及文艺本身的规律”④，而“文艺的内部规律也就是文艺本身的规律”⑤，文艺的内部规律则包括文艺的一般规律和特殊规律。前者“包括文艺在内的一切社会意识形态的共同特征”，后者“这个特殊规律‘为它自己的特殊的矛盾所规定’，也就是能够把文艺与其他意识形态相区别开来的那些特征”⑥。

第二，从不同角度，围绕文学诸性质，对文学本身规律给出具体的解释。如“一种意见认为，艺术规律是指艺术地掌握世界的规律，也就是艺术地认识和表现现实的人的灵魂的规律”⑦，这里，明确提出从把握人与世界的

---

① 徐中玉：《从实际出发看问题》，《文艺理论研究》1980年第3期。

② 徐中玉：《从实际出发看问题》，《文艺理论研究》1980年第3期。

③ 钱中文：《繁荣文艺百花园地的雨露阳光——学习周恩来同志有关文艺问题的讲话》，《文艺评论》1979年第2期。

④ 刘梦溪：《关于发展马克思主义文艺学的几点意见》，《文学评论》1980年第1期。

⑤ 刘梦溪：《释文艺规律——八论马克思主义文艺学的发展问题》，《文艺研究》1984年第6期。

⑥ 刘梦溪：《释文艺规律——八论马克思主义文艺学的发展问题》，《文艺研究》1984年第6期。

⑦ 蒋国忠：《全国马列文艺论著研究会第三次学术讨论会 关于艺术规律等问题的讨论纪要》，《中国社会科学》1982年第2期。

角度考察文学，而不仅仅将文学局限于反映现实生活；“一种意见认为，艺术规律就是以艺术特点为基础，在客观现实、创作主体及艺术品构成方式之间形成的内在必然联系。”其中，“最基本的艺术规律，就是用具有审美特征的艺术形象，艺术地反映具有审美特征的以人为主体的社会生活，借以满足人们的审美需要，推动人们审美实践和其他社会实践的发展。”[①]这里，将审美视为艺术的核心特质；“一种意见认为，要弄清艺术的规律问题，就得研究艺术的掌握世界的方式”，而“艺术的掌握方式，不同于精神追求的‘善’，也不同于科学的‘真’，而在于追求‘美’”，“所以应该从对美的认识、欣赏和创作中去寻找艺术的规律。”[②]

可见，理论界对文学本身规律的讨论，一方面将其与外部事物区别开来；另一方面则积极拓展了讨论文学的角度等，以力争回到文学自身，即不再局限于从文学与社会生活的关系角度讨论文学，而是将文学置于与人、世界的联系中，与纯粹艺术美的创造中探索文学自身。这就为文学本体论的讨论，奠定了最初的方向和思路，即文学本体论讨论的是文学自身的问题，文学不是任何外物的附属品，它有其自身的规定，且可从它与艺术美、人的主体表现、世界的存在等复杂关联中给予多角度的讨论。

同时，文论界对文学与政治关系的反思，不仅局限于对二者做概念、范畴等方面的切割分离，而且深入检讨在政治思维主导下对文学的错误阐释。这主要是通过对文学反映论的审视来实现的。首先，在认识论基础上，从主客体关系的角度，提出了对机械反映论的批评。即机械反映论忽视了反映主体的能动力量，片面强调了反映客体对反映主体的决定作用，将相互作用的主客体关系理解为客体决定主体，主体被动反映客体的关系。进而，将这种简单的认识论观念引入文学，将文学理解为：文学就是且只是对社会生活的反映。

所以，纠正机械反映论就需要重新确立反映主体在反映关系中的地位，而反映主体的地位如何，在较大程度上则取决于反映主体自身的性质。李泽

① 蒋国忠：《全国马列文艺论著研究会第三次学术讨论会　关于艺术规律等问题的讨论纪要》，《中国社会科学》1982 年第 2 期。

② 蒋国忠：《全国马列文艺论著研究会第三次学术讨论会　关于艺术规律等问题的讨论纪要》，《中国社会科学》1982 年第 2 期。

厚从心理学角度对创作主体的能动性提出了自己的思考，认为创作主体主要通过艺术想象创造文学，而“艺术想象，是包含想象、情感、理解、感知等多种心理因素、心理功能的有机综合体，其中确乎包含有思维——理解的因素，但不能归结为、等同于思维”①，“从而，虽然可以也应该从认识论角度去分析研究艺术和艺术创作的某些方面，但仅仅用认识论来说明文艺和文艺创作，则是很不完全的”②，“艺术并不就是认识，不能仅仅用哲学认识论来替代文艺心理学的分析研究”，“不是把马克思主义认识论一般原理作为框子硬套在文艺创作过程中，用它来顶替从而掩盖，取消甚或否定了文艺创作的具体的心理学的规律”③。这里，李泽厚不仅将创作主体视为社会历史的存在，而且也承认其具有个体的心理、生理等差异，从创作主体能动创作的社会动因、个体动因等角度对文学反映论提出了有益的补充。

有些学者则从“文学是人学”的角度，从创作主体的能动性出发，提出“艺术家写到作品里去的那个现实，已不是原先那个不以作家主观意志为转移的客观现实，而是一种被作家深切体验过、浸透了浓烈情感与思想色彩的心灵现实，已经发生质变了”，“也就是说，作品所表现的已不是生活原型，而是生活的变形，生活在其中不过是充当某种表现作家创作意图的材料或物态载体罢了”，“文学直接表现作家对现实对象的感受、情绪、评价与理想，客观现实只有经过作家中介变成心灵现实，才能构成作品内容。客观的转化为主观的。一切都被‘统一’于作家主体。”④从而，将创作主体的主观存在视为文学的来源与本质，这种主观主义的唯心观、主体论文学观，可以说，已经走到了唯物主义认识论、文学反映论的对立面。或者说，文学反映论在此遭到的质疑，已经不再停留于具体的内容阐发层面，而是对文学反映论的哲学基础——即辩证唯物主义认识论是否可以作为指导解释文学的基本原理提出了挑战，取而代之的是西方人本主义思想为其考察文学的哲学基础了。

面对人本主义、主体论文学观的挑战，尤其针对主体的能动性问题，

---

① 李泽厚：《形象思维再续谈》，《文学评论》1980 年第 3 期。

② 李泽厚：《形象思维再续谈》，《文学评论》1980 年第 3 期。

③ 李泽厚：《形象思维再续谈》，《文学评论》1980 年第 3 期。

④ 夏中义：《文学是非纯认识性的精神活动》，《文艺理论研究》1982 年第 3 期。

在马克思主义文艺学理论界内部也展开了对文学的哲学基础的讨论。伴随理论界对主体认识的不断深化（即认为主体，不仅仅是一般认识论层面存在的认识主体，而且也是社会历史领域的实践主体、创造主体），作为指导文学的哲学基础，辩证唯物主义认识论对文学解释的合理性和有效性问题也引起了较大的争议：即一般认识论的基本原理是否适用于社会历史领域，辩证唯物主义的认识论是否可作为历史唯物主义的哲学基础。

有的学者认为，马克思主义美学的哲学基础应该是历史唯物主义，而不是认识论。如郑涌就主张将马克思主义哲学归结为历史唯物主义："马克思一生中最主要的哲学贡献是历史唯物主义，而不是认识论"①，"认识论是关于认识的学说。人的存在决定人的认识，客观存在的辩证法决定作为这种客观存在的近似反映的主观辩证法；那么，在马克思那里，讨论人的存在的历史唯物主义决定讨论人的认识的认识论，揭示客观存在的辩证法的历史唯物主义决定揭示人的认识的主观辩证法的认识论，看来是题中应有之义。因此，在马克思的哲学体系中，应该被看作是历史唯物主义决定认识论，而不是相反。"② 在此基础上，郑涌明确提出："马克思主义美学的哲学基础，主要不是认识论（反映论），而是历史唯物主义。认识论（反映论）是构成马克思主义美学的哲学基础的必要条件，但绝非充分条件。"③

在对历史唯物主义的具体阐发中，郑涌将历史唯物主义与本体论联系起来，"按照传统的哲学分类来说，历史唯物主义是关于社会存在的学说，研究关于存在的学说是本体论而不是认识论。所以，历史唯物主义似乎应该被看作是一种本体论，但又是社会存在的本体论（从而又与一般本体论相区别，与黑格尔的本体论相区别，也与海德格尔的本体论相区别），因为历史唯物主义确实是在本体论的意义上去讨论社会存在的。"④

可以说，这是文论界较早明确提出马克思主义哲学体系中也存在本体论问题，以历史唯物主义作为马克思主义考察文学美学的哲学基础的研究，可称之为文学美学上的本体论研究。这种思想，为后来我国的马克思主义文

① 郑涌：《马克思美学思想的哲学基础》，《文学评论》1982 年第 2 期。
② 郑涌：《马克思美学思想的哲学基础》，《文学评论》1982 年第 2 期。
③ 郑涌：《马克思美学思想的哲学基础》，《文学评论》1982 年第 2 期。
④ 郑涌：《马克思美学思想的哲学基础》，《文学评论》1982 年第 2 期。

艺学本体论研究提供了某种学理思路，其学术影响与价值是值得重视的。当然，这里郑涌主要是从哲学角度对马克思主义文艺学的理论基础进行学理剖析，并未将本体论问题，作为马克思文艺学的独立研究问题提出来，更没展开相关具体论述。所以，本体论研究，马克思主义文艺学的本体论研究仍然处于酝酿期。

针对郑涌的观点，理论界也提出了不同的观点。如王庆璠提出："在马克思关于艺术的美学思想中，从艺术的意识形态、上层建筑的性质看，它的哲学基础主要是历史唯物主义；从艺术与生活的关系，是人们掌握世界的一种特殊方式看，它的基础又是包括认识论在内的辩证唯物主义；但无论是历史唯物主义，还是辩证唯物主义，都只是统一的、完整的马克思主义哲学的不可分割的组成部分。所以，马克思关于艺术问题的美学思想的真正基础应该是整个的马克思主义哲学"①，即辩证唯物主义和历史唯物主义。

可见，此时的理论界，对于文学的哲学基础问题的理解出现了较大的分歧：一类在西方人本主义思想影响下，将人的主体性存在作为解释文学的哲学基础；一类以马克思主义哲学思想为基本理论指导对文学的哲学基础加以分析。在后者那里，由于对马克思主义基本原理理解的差异，又造成了对马克思主义文艺学哲学基础这一问题的持论差异，大致分为以下三种观点：一是坚持辩证唯物主义认识论作为马克思主义文艺学的哲学基础；二是将历史唯物主义视为马克思主义文艺学的哲学基础；三是将辩证唯物主义和历史唯物主义的有机统一体作为马克思主义文艺学的哲学基础。

虽然文学的哲学基础问题众说纷纭，莫衷一是，但这种分歧确实对传统以认识论为哲学基础的文学研究造成了较大冲击，而对人的主体存在、人的社会历史存在的强调，均指向了人与世界如何存在这一本体论研究关注的问题。虽然此时文学本体论研究尚未独立出现，但随着理论界对文学诸问题，尤其文学与人的存在、与世界的存在等问题研究的深入，其出现已成为中国文学理论发展的必然。

截至 1984 年，虽然文学本体论尚未作为独立的理论问题提出，但"本

---

① 王庆璠：《马克思主义美学的哲学基础到底是什么？——与郑涌同志商榷》，《文学评论》1983 年第 1 期。

体”“本体论”等术语概念在探讨文艺诸问题的文章中逐渐被提及。据刘大枫考证，他认为：“何新或许是最早明确提出并具体阐述了‘艺术应该以自身为内容和目的’这一主张的，这实际就是后来所说的文学本体论。”①何新进一步将艺术自身的内涵阐述为：“在艺术中，被通常看作内容的东西，其实只是艺术借以表现自身的真正形式。而通常认为只是形式的东西，即艺术家对于美的表现能力和技巧，恰恰构成了一件艺术作品的真正内容。人们对于一件作品的估价，正是根据这种内容来确定的。”②对艺术自身的理解从形式的角度切入，这必将影响到对文学本体论内涵的理解，形式亦成为文学本体论关注的第一个重点。在文学研究领域，最早明确提出应该重视文学“本体”研究的是吴调公。他认为，文学“本体”是指文学的内部规律，“内部规律是本，外部规律是末。没有本体的存在，一切外在关系都说不上。”③在这里，文学本体依然没有属于自己的独特的理论内涵，它只不过是围绕新时期文学理论的中心议题——回到文学自身，对文学本身属性、规律的探索。

总之，通过以上对新时期以来文学理论研究拨乱反正工作的讨论，可以发现：一、文学本体从一开始就是作为对“回到文学自身”这个命题的阐述出现的，它缺乏属于自己的独特的理论内涵，更谈不上作为独立的理论问题被提出。二、也正是因为文学本体源自于对“回到文学自身”这个命题的阐述，所以决定了当文学本体作为独立的学术问题提出来时，其考察文学的出发点、角度都受到“回到文学自身”研究的影响。一方面，文学本体论在探求文学自身的内部规律、性质和特征的基础上，进一步引发自己对文学存在的讨论，即文学本体论对文学存在的讨论最终是为了解决“文学自身为何”的问题；另一方面，由于“回到文学自身”这个命题采取了多角度的讨论方式（或从形式角度或从审美角度或从人的主体存在角度），这些考察文学的不同视角、方式直接影响到文学本体论对文学的思考，也直接影响到文学本体论在今后的发展中形成各自不同的理论派别。三、通过对文学本体论起源的探索，清楚看到文学“本体”并非一开始就与文学“本质”问题纠缠在一起的，它们共同作用于对“回到文学自身”这个命题的具体讨论，虽然

① 刘大枫：《新时期文学本体论思潮研究》，天津社会科学院出版社2000年版，第25页。

② 何新：《试论审美的艺术观——兼论艺术的人道主义及其他》，《学习与探索》1980年第6期。

③ 吴调公：《文艺理论应该是文艺实践的科学总结》，《文艺报》1981年第12期。

在具体阐发过程中，二者出现了概念的混淆、模糊不清的地方。四、特别值得关注的是，随着新时期对文学与政治关系问题的反思，尤其对文学反映论哲学基础的反思，无论是马克思主义文艺学内部通过对人在文学创作中能动性的根源挖掘，将人视为社会历史领域内的认识主体和实践主体，还是在西方人本主义思想影响下，通过对人在文学创作中能动性的根源挖掘，将人视为主体性的精神存在，都在相当程度上对作为文学反映论哲学基础的辩证唯物主义认识论提出了质疑：即人具有自身的能动性与创造性，既不仅仅是认识论意义上的反映主体更不是机械认识论意义上为外物决定的消极被动反映者，他具有创造历史创造世界的力量。那么，人与历史、人与世界究竟是怎样的关系，人如何存在于历史中世界中，历史、世界在何种意义上为人所创造？文学又将与人、历史、世界发生怎样的关系？这成为文学的哲学基础必须解答的问题。而人与历史、世界的存在问题又是本体论研究的根本问题，所以文学哲学基础的探讨必然与本体论研究联系起来，文学本体论研究成为中国文学理论研究的内在要求，也成为中国马克思文艺理论研究的内在要求。同时，也奠定了未来中国文学本体论发展的基本格局：即在马克思主义内部对文学本体论的阐发和以西方诸种学说、尤其西方人本主义思想指导下的对文学本体论的阐发及其二者之间的相互碰撞、影响。

综上所述，虽然此阶段文学本体论建构处于萌芽阶段，但其未来随着文学研究的深入必将作为自觉的理论问题提出，这是中国文艺理论发展的必然趋势。

第二节　文学本体论的自觉研究期

1985 年至 1989 年，是我国文学本体论研究的自觉期，其间，涌现出众多的文学本体论派别，它们纷纷从自身角度对文学本体论问题给出自己的解释，但彼此之间却缺乏沟通、对话的理论基础。到底是什么原因导致了这种众声喧哗又各自为阵的理论局面呢，又会给文学本体论在今后的发展带来怎样的影响呢。这需要我们进入到它的发生成长史中寻求答案。

1985 年下半年，《文学评论》第 4 期在“我的文学观”专栏，发表了鲁枢元、孙绍振、刘心武三人的一组文章，均涉及对“文学本体论”的呼唤、提倡，从而引发了我国文论界对此问题的普遍关注和理论自觉。

鲁枢元在《用心理学的眼光看文学》中，从本体论、创作论、价值论三方面阐述了自己对文学观念的认识。在"本体论：物理世界与心理世界"一节中指出："在人类生活中确乎存在着两个显著不同的世界：物理世界和心理世界"，虽然"心理世界终归是物理世界的反映，客观存在的物质世界是一切主观的心理活动赖以产生的基础"①，但"社会生活只有首先成为心理的，才有可能成为艺术的。文学艺术的世界是一个'心理世界'"。虽然他未直接说明文学的本体是什么，但提出，从本体论的角度看世界，由物理世界和心理世界共同构成，而文学是人对社会生活的反映，这种反映是"一种'主观'的反映，是一个人各不同的'个性化反映'，它反映的是经过作家心灵折射的社会生活，是灌注了作家生命气息的社会生活，是一种心灵化的社会生活"②。在这里，他将文学的本体归结为了人的内在心理世界。

孙绍振在《形象的三维结构和作家的内在自由》中，对文学理论长期以来单一化的反映论研究提出了异议，且提出："即使坚持反映论也不能离开本体论的研究，不研究事物本身的结构，内在特殊矛盾，就不能获得更深刻的知识"，这里，他将"本体"视为"本身"，强调文学本体论研究是对构成文学的诸种内在要素的考察，主张"把本体论作为一条自觉的思路，对打开艺术形象这个美丽迷宫可能是有益的"。③

刘心武在《关于文学本性的思考》中指出："文学研究的重心从文学外部向文学自身的转移，不但体现着我国文学研究（包括基础理论的研究和具体的文学批评）正从陈规陋习中突破出来，而且实际上已构成从理论上实践文学观念突破的前哨战"④，而"向文学内部即文学自身推进"，就是"去探索文学内部的规律，或者换个说法，就是去探讨文学的本性"。⑤这里，他虽未明确提及文学本体论一词，但与此时期文学本体论关注的焦点：文学自身，具有基本研究问题的一致性，所以，也可视为他所谈及的文学本性研究

---

① 鲁枢元：《用心理学的眼光看文学》，《文学评论》1985 年第 4 期。

② 鲁枢元：《用心理学的眼光看文学》，《文学评论》1985 年第 4 期。

③ 孙绍振：《形象的三维结构和作家的内在自由》，《文学评论》1985 年第 4 期。

④ 刘心武：《关于文学本性的思考》，《文学评论》1985 年第 4 期。

⑤ 刘心武：《关于文学本性的思考》，《文学评论》1985 年第 4 期。

即文学本体研究。于是，“本体”又被赋予了“本性”的意义。

他们对文学本体、文学本体论的倡导，得到了众多学者的支持，如王蒙回应：“我们更应该重视对文学本体论的研究”，虽然他也承认：“对文学的本体的提法的科学性我并没有把握，我请求读者和专家原谅我知识的不足和用语的大胆。但我以为文学的本体是存在的，它就是文学所反映所追求所赖以发生的宇宙、自然、世界、人生、社会、生活、人类的精神世界，它也就是古往今来古今中外的文学作品、文学宝库本身。”① 林兴宅表示：“艺术作为一种精神价值，远离物质生产领域，更应该首先摆脱现实的功利原则的束缚，而进入‘艺术自身即是目的’的时代。随着科技革命的发展，那种以现实利益为转移的功利主义艺术观念，将会逐渐为那种符合艺术自身的本质和功能的本体论艺术观念所代替。”②

可见，此时的文学本体论，已经作为自觉的理论问题获得文论界的关注。虽然大家对“本体”的具体内涵理解并不一致，或本身或本性等，但指向文学自身规律、性质、构成等的内部研究则成为文学本体论研究的基本方向。

由于具体研究角度、考察路径等差异，文学本体论从 1984 年被作为自觉的理论问题提出后发展至 1989 年形成了众多的派别，大致可概括为以下几类③：

① 王蒙：《读评论文章偶记》，《文学评论》1985 年第 6 期。

② 林兴宅：《关于文艺未来学的思考》，《文史哲》1985 年第 6 期。

③ 关于我国 20 世纪 80 年代文学本体论理论派别的分类，学界持不同意见：如严昭柱在《关于文学本体论的讨论综述》（《文艺理论与批评》1990 年第 6 期）中，将其分为三类：主体论的以精神为本的文学本体论、作品本体论、语言或形式本体论和生命本体论；刘大枫在《新时期文学本体论思潮研究》（天津社会科学院出版社 2000 年版）中，将其归纳为三类：形式本体论、人学本体论、语言本体论；叶纪彬、李玉华在《新时期文学本体论研究的回顾与反思》（《文艺理论研究》2001 年第 5 期）中，将其梳理为三类：以作品、语言为中心的形式主义本体论、以人为本的人类学本体论和生命本体论、以存在为基础的活动本体论。苏宏斌在《文学本体论引论》（上海三联书店 2006 年版）中，将其清理为四类：形式本体论、人类本体论、生命本体论、活动本体论。张瑜在《文学本体论新论》（上海三联书店 2010 年版）中，将其区分为三类：形式本体论、人学本体论、活动本体论。这里，可以发现，语言本体论因语言与形式的关系，一些学者将之划归形式本体论，生命本体论因其以人的生命为本体，所以被某些学者划归到人学本体论，这样的划分也不是没有一定道理的，所以，依据上述文学本体论派别的划分，此阶段的文学本体论理论派别大致可划分为以下三类：形式本体论、人学本体论和活动本体论。

形式本体论，是我国文学本体论研究中最早出现的理论派别，包括文学作品本体论、形式本体论、语言本体论等，主张把文学作品、形式、结构、叙事、语言等形式因素作为文学本体，以此回到文学自身，将文学研究的对象聚焦于文学的内部规律、特征属性等。这里，文学“本体”被当成文学“自身”被理解和运用。形式本体论的形成，深受现代西方诸形式主义文论观的影响。如俄国形式主义、英美新批评、法国结构主义、符号学、叙述理论等，它们皆强调对文学进行内部研究，把构成文学的诸形式因素，如作品、本文、形式、结构、叙事、语言等视为文学的根本。这就与我国长期在反映论指导下，采用社会历史方法，将文学视为社会意识形态，着重从文学与社会生活、文学与政治、文学与时代精神、文学与作家生平遭遇等方面对文学进行外部研究截然不同，从而，为克服反映论文学研究的种种局限提供了新的途径。于是，形式本体论在我国迅猛发展起来。由于我国文学研究长期处于反映论的理论框架下，缺乏与现代西方诸形式主义学说对话的理论准备，所以，此时期我国的形式本体论，几乎形成对西方诸形式主义文论的全面依赖之势，缺乏我们独立的理论话语。

人学本体论，是一种强调以人为本的文学本体论，包括人类学本体论、生命本体论、精神价值本体论、非理性本体论等，认为人是世界的本原，是构成世界万物的根本，而作为具体存在物的文学必然也是为人创造的，以人为中心，为目的的，所以文学是人的活动，尤其是人的生命活动的自由实现。这里，由于不同学者对“人”的内涵作了差异性解释：或解释为作为类存在的人，或解释为个体性生命存在，而对个体性生命存在亦有不同的理解：或谓个体的理性精神或谓非理性、潜意识，甚至将其引申为纯粹的生物本能直觉等。所以，文学的人学本体论内部充斥各种不同的观点。这里，不难看到，当谈到文学与世界、与人的关系时，“本体”常被解释为“本原”，当谈及对文学的规律判断时，“本体”常被等同于“本质”，可见，“本体”概念在人学本体论内部的不确定性。同时，必须注意的是，人学本体论在我国的兴起，一方面跟我国新时期以来呼唤人性回归的思想解放运动的蓬勃发展有关；另一方面更是吸收和借鉴现代西方人本主义思想的结果，如西方的哲学人类学、生命哲学、存在主义等，这些学说都很热衷对人、对人的生命问题展开讨论与论述，而我国文学研究长期置于单一的马克思主义基本原理指导下，所以，当这些西方人本主义思潮涌入国内时，就成为了我国研究人学和与之相关的文学等问题的理论资源。不得不承认的是，我国在文学领域的人学本体论研究具有严重依赖西方相关学术资源之势。

活动本体论，将文学活动视为文学的本体，不再将研究对象局限于文学活动的某一环节，如人、作品、形式等，而是将整个文学活动各个构成环节、因素都容纳到自己的理论体系中。国内最早提出活动本体论的是朱立元，他受海德格尔存在论思想的影响，站在存在论角度，将传统文学研究的提问方式“文学是什么”变更为“文学为什么存在”“文学怎样存在”，从而将文学本体视为一种活动而存在，即文学存在于创作活动到阅读活动全过程中，作家、作品、读者三者之间构成的动态流程构成了文学的存在方式。邵建对朱立元的文学活动本体论思想给予积极的响应，认为文学本体论需要解决文学作为“存在”，其如何在、怎样在的问题。而活动就是文学的存在本身，具体地讲，文学存在于由“3R”，即 Writer（作者）、Work（作品）、Reader（读者）三者构成的共在活动中。邵建进一步指出，这一活动是审美活动，本质上不同于认识活动，从而将文学与反映论划清了界限，他也提出这一活动是人的生命感性活动，因为马克思将人的感性活动称之为“实践”，所以邵建又将自己的活动本体论称为“审美实践本体论”。这里，他将自己建立在生命哲学基础上的“感性活动”等同于马克思历史唯物主义的“感性活动”，无疑是混淆了二者基本性质上的差异，其活动本体论终究是建立在西方人本主义哲学基础上的，而非马克思主义文学观。可见，西方人本主义思想、生命哲学、海德格尔存在主义思想为活动本体论提供了根本的学术资源与学理支持，“本体”的含义在他们那里被解释为“存在”“本位”。

通过以上考察，可以见出，此阶段我国文学本体论研究派别众多，它们或从形式角度，或从人学角度，甚至从整体的活动角度，对文学的内在规律做出自己的解释，这无疑丰富了我国文学理论研究的内容，打破了长期以来我国文学单一的外部研究方法，促进了我国文学理论的积极发展。但同时也必须看到，这些文学本体论派别基本上均通过直接引进西方相关学说，抓住构成文学的某一环节或因素，将其夸大为文学的全部，以对文学的本体做出不同于反映论的解释，甚少深入到本体、本体论、文学本体论的学理层面做扎实的理论研究。所以，学界对“本体”的理解歧异众生，将其理解为本身、本质、根本、本源、本原、存在、本位等等不一而足。由于对“本体”的确切含义缺乏学理上的把握，自然对“本体论”的内在含义也是缺乏相应认知。那么，作为哲学领域的本体、本体论是否适用于文学，这成了具体阐释文学本体论的“前问题”。而此问题不解决，文学本体论研究的合法性问题就会遭到学理上的质疑。所以，我国的文学本体论虽然作为自觉的研究问题提出了，但其研究的水准却亟待提高，尤其是关于文学本体论研究的哲学基础部分。

与此同时，我国马克思主义文艺学在反映论遭到重大质疑的时候，沉潜入学理深层，对马克思主义美学、文艺学的哲学基础展开了积极思考。也正是这些思考，促使我国文学本体论研究在下个阶段，摆脱了片面依赖西方相关思想学说资源的被动局面，开始与中国自身的文学理论资源相结合以寻求文学本体论的答案。

第三节　文学本体论的中国言说期

自1990年迄今，我国文学本体论研究进入一个“中国言说期”，不仅将本体论纳入相对系统、科学的研究体系，而且在相当程度上克服了前阶段西方相关学说充斥我国文学本体论研究的弊端，注意结合中国马克思主义哲学，有分析有辨别地借鉴一定的西方理论资源，对文学本体论做出我们自己的阐释。

我国的文学本体论研究能在此阶段发出一定的自主言说，可以说，跟20世纪90年代文论界对文学本体论的反思性研究具有密切的关系。正如张瑜所言：“进入90年代，文论界很少再有提出和阐述自己文学本体论的文章出现，而是出现了不少对80年代新时期文学本体论思潮做出全面梳理、反思和评价的研究文章，可以说，文学本体论研究进入了一个沉淀期和反思期”。① 这个沉淀期和反思期绝不是沉寂期。

1990年，严昭柱发表《关于文学本体论的讨论综述》，不仅较为全面地

① 张瑜：《文学本体论新论》，上海三联书店2010年版，第21页。

梳理前阶段文学本体论研究概况、总结了相关研究的理论得失，而且对中国马克思主义文学本体论的哲学基础也给予了一定的分析："本体论与认识论不同，这是一种脱离人的实践及其活动来阐述存在本身及其规律的哲学学说。马克思主义经典作家一般不使用'本体论'这个术语，如果使用，也是从贬义上使用"，"文学本体论借用了本体这一哲学概念。而本体作为哲学概念，虽有普泛化倾向，但其基本的涵义是指本质或本源。马克思经典作家虽然不用'本体论'这一术语，但是，若按本体论的基本涵义即来源来说，马克思主义认为物质是世界的本源，这也可以看作马克思主义的物质本源论，即物质本体论。"[①] 在他看来，"本体"即本源，而马克思主义将物质看作构成世界的本源与本原，所以马克思主义哲学也有自己的本体论，即物质本体论。虽然他未在此基础上，对文学本体论进行详细的分析，但却为马克思主义文学本体论哲学基础的讨论提供了一种思路。稍后，张玉能也撰文对马克思主义文学本体论的哲学基础提出了自己的观点："所谓本体论，就是关于存在、实体、本原、本体的理论学说，是任何哲学体系都不可或缺的部分"，[②] 同时，他也赞成"有人说马克思主义把实践引进本体论，指出实践的唯物主义的伟大贡献就在于把人类的物质生产实践当作人类全部历史产生、存在、发展的根基、本原，因而把实践提升到世界本原的行列中去"[③]，这为他提出马克思主义本体观是以自然本体为前提的实践本体打下了理论基础；也是以此为哲学基础，他认为文学本体论即是实践本体论。这里，无论严绍柱提出的物质本体论还是张玉能提倡的实践本体论，都是他们站在不同的角度对马克思主义本体论的阐发。无疑，他们的观点拓展了我国马克思主义文学本体论思考的空间、思路，给我国后续的文学本体论研究的发展带来了一定的启示与影响。

同时，值得注意的是，朱立元于1996年在《文学评论》上发表《当代文学、美学研究中对"本体论"的误释》，不仅澄清了前阶段研究中对本体、

---

① 严昭柱：《关于文学本体论的讨论综述》，《文艺理论与批评》1990年第6期。

② 张玉能：《必须澄清美学研究的哲学基础——与蔡仪先生商榷》，《荆州师专学报》1993年第2期。

③ 张玉能：《必须澄清美学研究的哲学基础——与蔡仪先生商榷》，《荆州师专学报》1993年第2期。

本体论概念的滥用、误用等，而且确立了将本体、本体论置于西方本体论发展史中把握其含义的考察路径。这一方面改变了过去我国文论界从字面意义上较为随意理解本体、本体论含义的做法，增强了我国文学本体论研究的学理性、科学性；另一方面也造成我国文学本体论研究在关键概念、范畴等方面多以西方相关哲学研究为依据的局限。

虽然有以上诸位学者的反思，但总体上说20世纪90年代对文学本体论的讨论的确没有形成热点。经过90年代的沉潜之后，中国学界终于在21世纪初迎来了文学本体论研究的自主言说期。这主要表现为以董学文为代表的物质本体论文学观、朱立元为代表的实践存在本体论文学观及其二者之间展开的学术争论。

首先，就董学文所主张的物质本体论文学观来说：他从文学本体论的哲学基础谈起："所谓'本体论'，指的是探究天地万物本原的学说，或者说是探究世间万物产生、存在、发展、变化根本动因和依据的学说。换一种通俗讲法，'本体论'是关于'是'（Being）的学说，而这里的'是'，指的是事物的始基，是事物最普遍、最原始、最基本的实在。所以，它是对事物存在方式及其宇宙实体问题的探讨。再说得浅白些，'本体论'探讨的是世界的终极本原到底是什么，是物质还是精神，只有从这个角度解释问题，才具有本体论的真谛。"那么，马克思主义本体论，在他看来，就是物质本体论，即物质是世界的本原，一方面意识、精神终究是人脑的产物，意识最终是由物质决定的；另一方面自然界、人、人类社会历史最终都是由物质构成，且它们是处于不断的历史发展的物质。而这一运动和过程，是通过人的实践——即一种人类改造客观世界和主观世界的感性的物质活动，主客体之间相互对象化的社会活动——实现的。所以，董学文认为"'人们的社会存在决定人们的意识'的思想，无疑给马克思主义美学、文艺学本体论奠定了稳实的唯物主义基石"①，那么，将这一思想运用到社会历史领域，从根源于物质的社会生活关系来解释文学则成为了物质本体论在文学领域的贯彻，董学文进而将这种物质本体论文学观具体阐发为文学的生产论。

---

① 董学文：《对"实践存在论美学"的再辨析——兼答复一种反批评的意见》，《上海大学学报》（社会科学版）2010年第2期。

其次，就朱立元的实践存在论文学观来说：他也是从文学本体论的哲学基础人手，将本体论置于西方本体论发展史中，确立了本体论的内涵："本体论一词很少再被当作本原论、本质论、本根论等意义来理解和使用"，"本体论概括起来应当是主要研究存在的学问"。[①] 他进一步指出，实践存在论文学观，具体地是以"马克思实践的唯物主义即唯物史观"[②] 为哲学基础的，不是认识论。他说："马克思实践的唯物主义恰恰以独特的方式在存在论维度上突破和超越了这个将主、客体现成两分的单纯认识论的思维模式，而将之转移到以实践为核心的存在论（本体论）的根基之上。在马克思看来，人和世界、和自然本来就是同一一体、不可分割的。马克思明确指出：'人不是抽象地蛰居于世界之外的存在物。人就是人的世界。'他还说：'自然界，就它本身不是人的身体而言，是人的无机的身体。人靠自然界生活。这就是说，自然界是人为了不致死亡而必须与之不断不断交往的、人的身体。所谓人的肉体生活和精神生活同自然界相联系，也就等于说自然界同自身相联系，因为人是自然界的一部分。'就是说，在原初意义上，人与世界是一体的、不可分割的，人只能在世界中存在，没有世界就没有人；同样，世界离不开人，世界是人的世界，世界只对人有意义，没有人也无所谓世界。所以，马克思的'人就是人的世界'的概括，典型地体现了现代存在论思想。"[③] 继而，朱立元指出，马克思的存在论思想是通过"实践"实现的，他说："马克思将'实践'界定为'现实的'、'感性的人的活动'，而对'对象、现实、感性'等一切人、社会、历史和自然界，必须从人的'实践'出发去理解。人的'实践'活动是在人与世界的一种对象性关系中展开的，也就是说在实践中，人实现了本质力量的对象化和自然的人化，从而真正占有了对象；同时人在与事物的对象性（实践）关系中也生成并确立了自身的存在。"[④] 所以，实践成了人在世上最基本的存在方式。"人的存在过程，就是

① 朱立元：《关于文学本体论之我见》，《浙江大学学报（人文社会科学版）》2007 年第 5 期。

② 朱立元：《略论实践存在论美学的哲学基础》，《湖北大学学报（哲学社会科学版）》2014 年第 5 期。

③ 朱立元：《略论实践存在论美学的哲学基础》，《湖北大学学报（哲学社会科学版）》2014 年第 5 期。

④ 朱立元：《略论实践存在论美学的哲学基础》，《湖北大学学报（哲学社会科学版）》2014 年第 5 期。

人通过实践开显自身的存在意义和周围世界的存在意义的历史过程。”① 而文学作为人的实践形式之一，也是人存在于世的方式之一。所以，应该把文学提高到人的存在的高度去把握，“把从探究美学美和美的本质当作美学的主要对象和出发点的现成论思路，转换成把探讨人对世界的审美关系及其现实展开——审美活动、审美实践——作为美学研究主要对象的生成路思考方式。”②

最后，就这两种观点的学术争论来说，值得总结的东西很多，择要而言，以下几个方面值得学界特别引起重视：

一是发生争论的必然性。以上两种文学本体论均建立在一定的哲学基础之上。董学文的文学本体论建立在物质本体论之上，朱立元的文学本体论建立在实践存在论之上。按照当前文论界将本体论放在西方本体论发展史中加以考察的方法，董学文所持的物质本体论是实体本体论，属西方传统本体论；朱立元所持的实践存在论，属西方现代本体论。而且在朱立元看来，研究存在的现代西方本体论已经超越了研究实体的西方传统本体论。因此，建立二者文学本体论的哲学基础的差异，必然导致此两种具体的文学本体论的差异乃至争论。而且，他们均声称自己主张的文学本体论的哲学基础的具体内容，都是以马克思主义基本原理为指导的。但董学文偏重于物质本体论保障下的辩证唯物主义认识论，朱立元偏重于实践存在论主导的唯物史观。这种差异也必然导致两种不同文学本体论内在的差异甚至较大的争论。究其原因，这种局面是由对本体论、马克思主义本体论的基本理论研究比较薄弱造成，今后文论界应加强这方面的基础工作。

二是争论的焦点。朱立元的实践存在论是否是对马克思主义的坚持？董学文认为，朱立元号称的“实践存在论”的这种本体论的内在阐释逻辑，是先将“实践本体论”置换成“实践存在论”，再将“实践存在论”的“存在”置换成“存在主义”的“存在”，从而完成了从唯物论到唯心论、从唯物史观到非唯物史观的蜕化与演变。朱立元则称自己的“实践存在论”是对

① 朱立元：《略论实践存在论美学的哲学基础》，《湖北大学学报（哲学社会科学版）》2014年第5期。

② 朱立元：《略论实践存在论美学的哲学基础》，《湖北大学学报（哲学社会科学版）》2014年第5期。

马克思主义唯物史观的存在论维度的挖掘，而“实践”正是人存在于世的基本方式。马克思的存在论不仅是先于海德格尔的“基本存在论”出现的，而且其对存在、实践的社会历史性内在含义的坚持是高于海德格尔将“存在”归于个人的先验主体性的。所以，“实践存在论”与海德格尔的“存在主义”有本质的区别，它不仅不是对马克思主义的背离，而且是对马克思的坚持和发展。同时，朱立元通过引用马克思经典作家原著的某些片段为自己的观点提供理论支持。董学文则提出是否坚持马克思主义是以对马克思主义基本原理，即辩证唯物主义和历史唯物主义的贯彻与否作为根本的衡量标尺，片段性引用的文字应回到经典作家的原著中做符合其原义的理解，而不是离开上下文的自我阐发。同时，围绕实践存在论是否是背离了唯物主义基本精神，双方对“实践”概念展开了较为细致的讨论。董学文认为实践首先是物质活动，主要包括基本的物质生产活动和社会革命等活动；实践也是社会历史活动，是人与自然、人与社会双向对象化的活动；实践还是自由自在的感性活动。实践，是在辩证唯物主义认识论指导下，人在社会物质交往中，认识世界、改造世界、认识自我、改造自我的活动。朱立元认为实践首先是现实的感性的人的活动，包括物质生产活动、精神活动等，在此，董学文质疑他的实践观脱离了唯物主义这一马克思主义的根本原则；朱立元也认为一切感性的存在物，如自然、社会、历史、人等都应从实践出发去理解，将实践上升到本体的位置，且一方面外物是人的本质力量的对象化，另一方面人也在实践中生成了自己，实践是人存在于世的基本方式。于此，实践被赋予存在论内涵。

总之，以董学文为代表的物质本体论文学观与朱立元为代表的实践存在论文学观的论战，分别从各自对马克思主义基本原理的理解出发，对文学本体论问题提出了自己的看法和见解。他们的观点一方面丰富了我国文学本体论的阐述；另一方面改变了前阶段直接移植西方诸种文学本体论学说，缺少自我思考的局面。这种文论上的探索精神将有益于我国文学本体论更自立自主的发展。

综观我国文学本体论经过的上述三个阶段发展，可以发现：我国文学本体论尚处于独立研究的起步阶段，关于它的研究有些问题还是需要继续加以研讨和解决的：一个是“本体”“本体论”等关系到文学本体论能否成立的基本理论问题的研究很是薄弱，亟待加强。对本体、本体论的研究是否只有参照西方本体论相关研究这一路径？可否扩展研究本体论的视域，如中国传统本体论、马克思主义本体论等，在彼此交流相互争论中为本体、本体论找寻中国文论界尽可能达成一致的含义，以为文学本体论研究赢得足够的理论支持？这是需要考虑的一个问题。第二个是哲学本体论与文学本体论的关系的研究也应增强。哲学本体论如何进入文学领域并不是一个简单的问题，从本体到文学本体、从哲学本体论到文学本体论，这之间需要经历怎样的逻辑转换，迄今为止的研究还没有给出比较明了的解决。须知，不要说哲学层面上本体论的问题至今还没有达成理论共识，就是哲学本体论问题解决了，也不等于文学本自然体论问题就解决了。第三个是文学本体论自身的理论构成问题。文学本体论包含了哪些不可缺少的理论内容和构成要素？它与文学的本质、存在以及艺术性等等是一种什么关系？这些问题也还需要在今后的研究中一一加以展开和厘定。放眼未来，中国的文学本体论研究能够走多远，取得多大的理论成就，与这些问题能否获得解决，有着直接的关联。像文学本质论问题一样，文学本体论也是最能显示理论深度与思想高度的既基本且重要的文学理论问题，在这一理论领域，尚有很大的理论空间需要中国学者去填充，说是任重道远也不为过。

第 四 编

新时期四种文学批评观念的演进与论争

第十章　新时期以来的女性主义文学批评

20世纪80年代，西方女性主义文学批评理论被介绍到中国，随之国内部分学者或接受其中的性别理念或应用西方女性主义批评已有理论话语进行文学研究活动，从而促成了中国新时期女性主义文学批评的产生及发展。湘潭大学的学者莫立民在《新时期三十年女性主义文学批评》中划分了三个阶段，即“大约从1980年至1985年，可称为萌芽段”“大约从1986年至1995年是新时期中国女性主义文学批评的发展段，或可称为意识形态段”、“1995年至今是女性主义文学批评的开放期”。[①] 这种划分主要是依据中国女性主义文学批评发展过程中实践方法、话题焦点的变迁，符合中国女性主义文学批评各个阶段所显示特点。也有研究者提出把1986年、1995年当作中国新时期女性主义文学批评发展过程中具有标志性的时间，也就是，1986年“对西方女权主义理论的译介逐步受到人们的重视”[②]，标志着西方女性主义文学批评理论开始在中国学界得到传播，“1995年第四届世界妇女大会在北京召开”[③]，标志着西方女性主义理论在中国的合法化，这主要是以西方女性主义理论在中国的传播、影响程度为划分依据。根据学者林树明对中国女性主义文学批评的时间划分，新时期中国女性文学批评的初兴是在80年代初到80年代末。[④] 几位学者的划分依据、划分节点都不尽一致，但是，共同点是都十分关注20世纪80年代，把它当作女性主义文学批评的重要时间段，20世纪80年代一般也被视为开启新时期女性主义文学批评实践的时间。

① 莫立民：《新时期三十年女性主义文学批评》，《甘肃社会科学》2010年第5期。

② 陈志红：《反抗与困境：女性主义文学批评在中国》，中国美术出版社2002年版，第30页。

③ 陈志红：《反抗与困境：女性主义文学批评在中国》，中国美术出版社2002年版，第31页。

④ 林树明：《多维视野中的女性主义文学批评》，中国社会科学出版社2004年版，第345—351页。

第一节　中国女性主义文学批评的发展

20世纪80年代，改革开放思想主导中国社会各个领域的发展，一方面，中国作家们进入创作繁荣期，一批女性作家的创作引人注目，出现了女性创作群体；另一方面则是国内学者们主动、积极译介西方文学作品以及各种文艺思潮，中国新时期女性主义文学批评正是在这样的氛围中起步、发展。

一、新时期女性主义文学批评的起步期

一般认为，中国新时期女性主义文学批评的起步期是1980年至1985年，此阶段的主要表现是部分从事翻译的学者，在翻译外国文学中女性作家创作的作品时，对西方盛行的女权运动、女性主义文学批评加以介绍，中国文艺理论界关于女性主义文学批评的理论、批评实践的成果都较少。朱虹分别于1981年和1983年编选了《美国女作家作品选》和《美国女作家短篇小说选》。在两本著作的“序言”中，朱虹对女权运动的代表著作进行了简要介绍，其中包括《女性的奥秘》《性的政治》等作品，并且用较多篇幅对“妇女文学”、妇女意识、女权运动、女权主义文学理论作评述。她认为“妇女文学”的意义是“促成学术研究重新发掘和评价文学史上女作家的作品，批判过去文学史对女作家的贬低与忽略”①，指出了女权运动、妇女研究与文学创作、文学批评和文学史批评具有内在联系。这可以说是中国学界最早对西方女权主义运动和女性主义文学批评进行详细引介的文献之一。

与此同时，中国文学批评界开始自发地对中国女作家群体进行关注，1980年到1982年李子云开始对张洁、王安忆、茹志鹃、宗璞、张辛欣、张抗抗、戴晴等分别加以研究。1982年2月李子云在《文艺理论研究》发表《有益的探索——张抗抗小说读后》，这篇文章分析张抗抗小说以青年爱情、婚姻生活为题材的独特性，并评价“我们有些女作家，如宗璞、张洁在表现这类经过共同生活多年，发现彼此没有爱情的悲剧时，大都让她们的主人公采取尊重既成事实的态度，让他或她们考虑到自己的义务与责任，压制住个

① 朱虹选编：《美国女作家短篇小说选》，中国社会科学出版社1983年版，第9页。

人的痛苦，尽可能保全已经建立多年的家庭……张抗抗要表现的、要告诉人们的是对于婚姻必须慎于始”①，这篇文章指出同作为女作家，宗璞、张洁和张抗抗在处理婚姻题材时具有一定的差异性。1984年，李子云把对各个女性作家、作品的评论结集出版——《净化人的心灵》，把女作家看作群体并进行比较研究，这就具有了对中国女性作家进行群体性的、横向比较研究的倾向，这本书为新时期女性主义文学批评开拓了道路。1979年吴黛英发表《旧制度的叛逆者和牺牲者——论子君》，1981年发表《张洁小说艺术特色初探》，但这一时期她对女性文学或女性主义文学还没有清晰的研究意识。到1985年发表《女性世界和女性文学——致张抗抗信》，1986年发表《从新时期女作家的创作看“女性文学”的若干特征》时，吴黛英已经开始有意识地总结“女性文学”的相关特征。1984年，盛英发表《真诚的追求——读部分青年女作家随想》和《她们更向往现代文明——试论新时期女作家对社会人生的思考》之后，也开始逐步投身于女性主义文学批评实践中。李子云、吴黛英和盛英等学者，可以说是中国新时期第一批进行女性主义文学批评理论介绍、实践、总结的学者，从她们的批评实践看，的确已经具有了女性主义文学批评反对父权、寻找女性文学审美特性的基本特点，“同时，我们也应看到，对女性创作审美特征的总结是建立在这样的基础之上，即批评者们是在努力确证性别差异的前提下对女性文学的美学特色进行总结，是有意识地将女性作家看成是‘女性’而不仅仅是‘作家’，这就使这类批评不是一般意义的女性文学批评，而是女性主义文学批评”②，但也必须看到，这个时期的文学批评实践，虽然以女作家的创作为研究主题，但是并没有有意识地应用西方女性主义文学批评的已有理论和方法，不能称之为现代意义上的女性主义文学批评。总之，此阶段批评家对女性创作动向的敏捷反应和及时捕捉，在批评实践和理论方法总结方面开始走向自觉，而且从这一时期中国文学批评的成果可以看出，中国女性主义文学批评已经具备了萌发的土壤和实践的动力，新时期女性主义文学批评“浮出历史地表”已是如箭在弦、蓄势待发。

① 李子云：《有益的探索——张抗抗小说读后感》，《文艺理论研究》1982年第2期。
② 邓利：《新时期女性主义文学批评的发展轨迹》，中国社会科学出版社2007年版，第36页。

二、新时期女性主义文学批评的兴盛期

对于中国新时期女性主义文学批评而言，真正开始蓬勃发展并收获颇丰的是1986年到1995年这十年，也可以称为新时期女性主义文学批评的兴盛与争鸣期。之所以称之为兴盛期，可以从两个方面来看，一方面是此阶段西方女性主义文学批评以及相关理论著作，尤其是那些被西方女性主义奉为法典的理论书籍的译介成果颇丰；另一方面则是此阶段中国女性主义文学批评界涌现了众多研究者、研究成果。之所以称之为争鸣期，是因为此阶段中国女性主义文学批评领域在学习、吸收西方女性主义文学批评理论成果的同时，开始本土化的批评实践以及理论反思，中国女性主义文学批评的主导话语、批评路径以及发展趋势等问题都在此阶段得到关注。

首先，作为中国新时期女性主义文学批评的兴盛期，西方女性主义文学批评理论著作的译介、传播成果显著。1986年，湖南文艺出版社出版了被誉为“西方妇女解放的圣经”的西蒙·波伏娃的《第二性》(第2卷)，1988年中国国际广播出版社又出版了由晓宜、张亚莉等译出的《女性的秘密》(《第二性》的第1卷)，《第二性》中的名言“一个人之为女人，与其说是天生的不如说是形成的”很快得到众女性学者的认可，这本书也迅速引起了许多学者尤其是女性学者的关注、解读，为女性主义思想和理论的传播拓垦了良好的接受空间。除了波伏娃的《第二性》这一理论“圣经”，其他欧美女性主义重要学者及其理论著作，也都在这一时期得到了集中译介。1988年，北京大学出版社出版了周宪等合译的英国女性主义者肖瓦尔特的《走向女性主义诗学》，同年，江苏人民出版社和四川人民出版社分别编译出版了美国女性主义者贝蒂·弗里丹《女性的奥秘》；1989年，三联书店出版了弗吉尼亚·伍尔夫的《一间自己的屋子》(王还翻译)，1989年2月，湖南文艺出版社出版了英国作家玛丽·伊格尔顿编的《女性主义文学理论》。这本《女性主义文学理论》是国内第一部翻译国外较为全面的西方女权主义文学批评专著，汇集了1929年至1986年西方女性主义文学理论的权威性论述，反映了欧美女权主义文学理论的基本面貌，它的出版代表着西方女权主义理论著作原版地引入中国，有人评价说：“或许它能成为中国读者了解西

方女权主义文学批评的入门之作。”①1991年，王逢振等编译的《最新西方文论选》收录肖沃尔特的《荒野中的女性主义批评》，1992年7月，时代文艺出版社出版被誉为“最新的权威性著作之一”的、挪威女性主义者陶丽·莫依的《性与文本的政治——女权主义文学理论》（林建法、赵拓翻译），陶丽·莫依对女权主义文学领域的主要作家和作品进行深入讨论，批判性地讨论了女权主义文学理论的两大流派“英美派”和“法国派”的力度和限度，促使中国女性主义文学批评学者对“英美派”和“法国派”之间的关系有了基本的认识。1992年，张京媛主编的西方女性主义文学批评论文集《当代女性主义文学批评》由北京大学出版社出版，这是第一本由中国学者主编的西方文艺理论集。论文集分为“阅读与写作”和“女性主义批评理论”两部分，收录了20世纪七八十年代女性主义文学批评中英美学派和法国学派的重要文章，这些文章探讨了“女性主义”文学的界定，女性文化及创造力，女性主义与解构主义、马克思主义、心理分析学、结构人类学的关系等，显示了女性主义文学批评实践过程中的方法依附性和多元性。1993年，中国社会科学出版社出版程锡麟等译拉尔夫·科恩主编的《文学理论的未来》，书中选编了海伦·西苏的《从潜意识的场景到历史的场景》、凯瑟琳·斯廷普森的《伍尔夫的房间，我们的工程：建构女权主义批评》、吉尔伯特和古芭的《镜与妖》以及肖沃尔特的《我们自己的批评》，1995年，三联书店出版鲍晓兰主编的《西方女性主义研究评介》。虽然没有一本文集或者著作能够详尽西方女性主义文学批评的各种流派、各个学者的理论主张，但纵观1986—1995年这十年间，西方女性主义文学批评各个国家、各个流派的理论几乎都得到不同程度的译介，所有这些翻译成果逐步勾勒出了西方女性主义文学批评的主要面貌。比如英国的朱丽叶·米歇尔、玛丽·伊格尔顿等借助马克思主义社会理论进行女性主义文学批评的实证研究；美国女性主义文学聚焦文本，基本兴趣在于对表达进行研究，美国的盖尔·卢宾、肖沃尔特、桑德拉·吉尔伯特、苏珊·古芭，挪威的陶丽·莫依关注文化结构对女性的制约作用，擅长政治历史与社会文化分析；法国最具影响的女性主义批评家海伦·西苏、露丝·伊利格瑞、米莉亚·克里斯蒂娃从心理、生理和欲

① 程麻：《夏娃们的义旗》，《读书》1992年第2期。

望的角度探讨女性语言模式，具有精神分析学特点。这些理论的传播使得中国研究者在很短的时间内完成了对西方女性主义文学批评理论的学习，进而在后期女性主义文学批评的本土化过程中发展出许多实践路径。

其次，从中国本土学者的研究状况看，此阶段，中国女性主义文学批评领域一边积极学习、借鉴西方女性主义文学批评理论，一边开始了具有本土特色的批评实践以及理论总结，进入女性主义文学批评领域的，除了前期已然颇具影响的朱虹、李子云、李小江、盛英、张京媛等外，又出现一批研究成果卓然或者开始崭露头角的学者。陈俊涛曾对中国新时期女性主义文学批评的学者进行梳理，或按照出生年代划分为 20 世纪 40 年代初出生的（含个别 20 年代末 30 年代初出生的），如朱虹、刘思谦、盛英、李子云等；20 世纪 50 年代出生的（含个别 40 年代中后期出生的），如李小江、孟悦、戴锦华、张京媛等；20 世纪 60 年代至 70 年代出生的，如徐坤、万莲子、荒林等。或按照性别划分，以朱虹、刘思谦、盛英、李子云等为首的女性学者是女性主义文学批评领域的主体，也有林树明、阎纯德、陈俊涛等少数男性学者参与其中。根据研究视角差异进行划分，有侧重译介西方女性主义文学批评理论的朱虹、张京媛，有侧重女性文学的社会学研究的李小江，有侧重女性文学审美特色探讨的学者，如王绯、任一鸣、陈顺馨、于青、游友基等，有侧重文学史研究的刘思谦、盛英、林丹娅、乔以钢、阎纯德、王春荣等，这一时期，他们都已经投身于女性主义文学批评实践中。1988 年，李小江主编了“妇女研究丛书”和《华夏女性之谜》论文集，丛书中包括《夏娃的探索》《揭开神秘的面纱》《神秘的圣火》《潜在的冲击》《女性审美意识探微》《迟到的潮流》《中国妇女运动》《潜在的冲击》《女性观念的衍变》（杜芳琴）等，“女性文学”“女性主义”“女权主义”“女性意识”等问题得到集中探讨，其中尤为突出的是孟悦、戴锦华所著的《浮出历史地表》，出版之后引起了学界的极大反响。

三、新时期中国女性主义文学批评的本土建构期

中国新时期女性主义文学批评发展的第三个阶段是 1995 年至今，主要表现是引进社会性别概念，紧跟西方女性主义文学批评最新理论动态，建构本土化理论话语。“从 1995 年之后，世妇会在中国的召开，世界女性主义资

源大量、密集地进入中国，具体表现为译介作品的大量出现；学术界的积极应对；社会性别理论的引入以及本土学者积极的理论构建：他们重新解读女性文学作品，运用西方女性主义理论，联系中国本土的实际，建构妇女自己的文学史和文学经典，并试图构建真正的女性诗学”①。1995年，商务印书馆出版了英国玛丽·沃斯通克拉夫特的《女权辩护》原著和英国约翰·斯图尔特·穆勒的《妇女的屈从地位》原著，同时出版了王蓁翻译的《女权辩护》及汪溪翻译的《妇女的屈从地位》。沃斯通克拉夫特1792年发表《女权辩护》，她强调女性、男性应公平、公正地同享社会体系决定权，包括了对女性社会权力、女性爱情、婚姻生活以及女性的同性感情方面的主张，奠定女性主义的性别政治诉求，是英国第一阶段女权主义运动的主要理论指导。1999年，社会科学文献出版社出版了美国凯特·米利特的《性的政治》（钟良明译）。1970年《性的政治》在美国的出版直接引发了妇女运动的第二次浪潮，正是从这一时期，女权主义政治运动开始学院化，形成包括文学批评在内各种活动并行的态势，这一阶段常被称为女性主义阶段，以示与以社会运动追求政治权力的第一阶段女权主义相区别。这些书籍的引进有利于中国学界对西方女性主义和女权运动有更全面的了解，表明中国学界对西方女性主义理论开始具有了追根溯源的倾向，体现了中国新时期女性主义文学批评从源头开始梳理理论工具的意图。

这一时期中国女性主义文学批评领域出现一个重要的变化——从女权、女性之争，开始走向对性别、社会性别、性征等问题的更深层次探讨。社会性别（Gender）产生于20世纪70年代美国女权运动之中，是美国当代女权主义理论的核心概念和女性学的基本内容。1998年，天津社会科学院出版社出版杜芳琴主编的《社会性别研究选译》，与之前所翻译的冠之以“女性主义”或“女权主义”的各著作不同，此文集突出了“社会性别”这个更新颖的术语，逐步开始与西方最新的性别理论接轨。2000年，杜芳琴又参与主编并出版了系列以“社会性别”命名的书籍：《社会性别与妇女的发展》（郑新蓉、杜芳琴），《引入社会性别：史学发展新趋势》（杜芳琴主编，内部

① 荒林、诸葛文饶：《西方女性主义理论在中国的传播和影响》，《海南师范大学学报》2007年第2期。

发行),《赋知识以社会性别》(杜芳琴主编,内部发行)。同时,中国女性主义文学批评代表学者之一李小江也开始着手介绍和研究社会性别,她陆续主编了《性别与中国》(1998年),《身临“奇”境:性别、学问、人生》(2000年),《文学、艺术与性别》(2002年),《文化教育与性别——本土经验与学科建设》(2002年),2002年李小江出版著作《历史、史学与性别》。2000年,三联书店出版马元曦主编的《社会性别与发展译文集》,这本译文集共12篇文章,侧重社会学学科,是90年代海外学者对妇女与发展、社会性别与发展问题研究的新视角。杜芳琴、王政和李小江主编或独著的关于社会性别研究的书籍,成为这一时期较为重要的女性主义性别研究的书籍。2008年,广西师范大学出版社出版了“中国女性文学文化学科建设丛书”,此系列丛书包括《中国女性文学读本》《当代中国女性文化批判文选》《西方女性主义文学文化译文选》和《西方“后学”语境中的女权主义》,其中马元曦主编的《社会性别与发展译文集》涉及“文学文化与政治经济、社会性别、身份变化及认同的关系等”①。进入90年代以后,中国女性主义文学批评显示出一种综合、开放的趋势,开始从一种较为单纯的文学研究转向跨学科的文化批评。

中国新时期女性主义文学批评的第三个阶段,还有一个重要的表现,就是中国女性主义文学批评在继续进行文学批评实践、理论探索与总结的同时,开始有意识地反思、总结中国前期的女性主义文学批评的得失。男性学者林树明在《社会科学研究》1999年第2期发表论文《女性主义文学批评在中国大陆的传播》,把我国的女性主义文学批评以1983年、1989年、1995年为界划分了萌发期、繁荣期和再度繁荣期三个时期。之后,他又发表《关于女性主义文学批评的争鸣笔记》《论当前女性主义文学批评中的问题》,以女性主义立场看待中国女性主义文学批评理论工具源自西方、鼓吹性别对抗、重视性别文本而忽视政治文本等倾向。另一位男性批评家陈俊涛在《东南学术》2003年第1期发表《关于当代中国(大陆)三代女批评家的笔记》,对新中国成立以来的女性批评家及其重要论著、观点进行梳理,之后,他又在《南方文坛》2004年第5期发表《夏娃言说——新千年以来

① 马元曦:《西方女性主义文学文化译文集》,广西师范大学出版社2008年版。“前言”第1页。

的几部女性文学理论批评著作评说》，对赵树勤的《找寻夏娃——中国当代女性文学透视》、李玲的《中国现代文学的性别意识》、郭力的《二十世纪中国女性文学的生命意识》、乔以钢的《多彩的旋律——中国女性文学主题研究》、陈志红的《反抗与困境——女性主义文学批评在中国》等5部获“第二届中国女性文学奖（莱蒂菲杯）”的著作进行了评述。另外，屈雅君在《关于女性主义文学批评学科建设的若干问题》中，论述了我国女性主义文学批评的方法论、研究对象，并辨析了相关概念。在《女性文学批评本土化过程中的语境差异》中，屈雅君强调女性主义文学批评与西方女性主义文学批评的历史背景、意识形态和学术背景的差异，认为我国的女性主义文学批评更应注重对女性创作自身的批评。乔以钢在《二十世纪中国女性文学研究的回顾与思考》中，对20世纪的女性文学研究进行了梳理，并指出了每个时期的特点。

此一时期，对中国女性主义文学批评进行反思的文献，除了诸多论文之外，还有许多专著。较早从事中国女性主义文学批评资料整理的是谢玉娥，她在1990年主编的《女性文学研究教学参考资料》（河南大学出版社1990年版）中梳理了1979年至1989年的女性文学研究论文论著，被誉为是国内最早的关于女性主义文学批评资料的集成。林树明是较早系统研究中国新时期女性主义文学批评思潮的理论家，他陆续出版《新时期女性主义文学批评述评》（1992年）、《女性主义文学批评在中国》（1995年），主要是对20世纪80年代至90年代初的中国女性主义批评进行评述。2004年，林树明出版著作《多维视野中的女性主义文学批评》，对中西女性主义文学批评的比较进行全面的介绍。他以“探源”、“检视”、“澄明”为章节标题，力图介绍女性主义文学批评的兴起背景、思想流变、各国现状及发展阶段；梳理从明清时期到20世纪80年代前期的性别意识发展过程；最后分析女性主义文学批评的译介、在中国本土的发展和研究现状。2002年，陈志红出版著作《反抗与困境——女性主义文学批评在中国》，梳理了西方女性主义文学批评在中国是如何引进、生根、发芽，在中国本土怎样发展，遇到了何种困境，又是如何试图突围的。在这本书中，陈志红把本土的女性主义文学批评文本划分为“建构式”“兼容式”“颠覆式”三类。所谓“建构式”是试图整理中国女性文学的传统，填补传统文学史中的“女性空白”；“兼容式”则试图以性别视角分析人文主义批评与女性主义批评的关系；“颠覆式”则重在对中国本土的文学文本进行颠覆性的解读。2005年，杨莉馨于北京大学出版社出版《异域性与本土化：女性主义诗学在中国的流变与影响》，此书基本逻辑是按照关于西方女性主义诗学在中国的译介、传播、流变来组织。杨莉馨的研究焦点是女性主义诗学的“本土化”问题。林树明梳理中国女性主义诗学的四个发展阶段，侧重勾勒本土“女性主义诗学”发展历程，2007年，邓利在中国社会科学出版社出版《新时期女性主义文学批评的发展轨迹》，把中国女性主义文学批评分为“初创期”（1980—1985）、“发展期”（1986—1994）、“成熟期”（1995—2005）三个阶段，这三个阶段的主题词分别是“审美批评”“男权批判”“开放式批评”。2008年，徐艳蕊于广西师范大学出版社出版《当代中国女性主义文学批评二十年》，以“女性经验”为线索把20年来中国女性主义批评实践概括为四个主题：女性意识、女性主体性、女性文学传统和身体写作的具体内涵与批评实践。

第二节　中国女性主义文学批评的几种倾向

在中国，最初的女性批评理论从概念界定开始：如“妇女文学”“女性文学”“女性主义文学”等概念内涵的界定及关于“女性”“妇女”“女人”“女人气质”。中国女性主义批评者从大量地翻译、介绍西方的女性主义理论，到凭借西方女性主义已有理论审察中国本土女性文学现状，在具体的批评实践过程中，由于对所接触到的理论认知不同，众多的学者积极投身于女性主义文学批评实践中。这些学者或通过各类期刊发表研究成果，或通过丛书出版著作，他们之间既共享着对女性主义文学批评的热爱，也不断在研究中通过各种方式阐发各自的思想和理论主张。

一、从女权主义到女性主义的术语变迁

关于“女性主义”与“女权主义”之争。这个争论出现的直接原因是翻译过程中出现的不可避免的语言差异，以及中国本土学者接受过程中的理解差异。正如我们所知，“女权主义”和“女性主义”这两个专有术语都是译自Feminism一词。张京媛在《当代女性主义文学批评》的序言中也讨论

了 Feminism 的翻译问题，她主张将其译为“女性主义”，理由是“‘女权主义’和‘女性主义’反映的是妇女争取解放运动的两个时期”①。使用女性主义表明妇女解放运动已经淡化了政治运动色彩，进入理论时代。同样是关于 Feminism 的译法，盛宁在《20 世纪美国文论》中提出女性主义文学批评实质是以改革社会性别结构为目的，因此应该译为“女权主义”。此时期翻译的西方女性主义著作多以“女权主义”命名，如《女权主义文学理论》《性与文本的政治——女权主义文学理论》等。1989 年《上海文论》出现“女权主义批评专辑”，也表明当时的主导倾向是“女权主义”。正如李银河明确指出：“女权主义”“女性主义”都是 Feminism 的译法，但是“长期以来，女权主义在中国一直是被妖魔化的。”② 张抗抗、王安忆、张辛欣、张洁等众多女作家都曾公开拒绝“女权主义者”的标签。“在 80 年代，许多女作家都曾表示，她们既不愿意在身份前面加上性别的标记，也不认为存在一种称为‘女性文学’的类别。她们通常认为，称她们为‘女’作家，说她们的作品是‘女性文学’，包含着贬抑，至少是蕴涵着对她们的文学活动的降低标准的‘照顾’。”③ 而部分学者和理论家也一样有回避心理。在中国，戴锦华是较早从事女性主义理论研究的学者之一，然而，在 1986 年、1987 年的时候，她也曾扬言，“我不是一个女性主义者，但是由于我生而为女人，女性主义就不可能不是我内在的组成部分”④，此后又承认，“当时我还没有勇气站出来承认自己是个女性主义者，还惧怕来自整个社会的压力”⑤。到 20 世纪 90 年代戴锦华才开始公开承认自己是女权主义者，“困惑日久，创痛日久，终于宣称自己是一个女权主义者”⑥，之所以有这样的心路历程，主观原因在于戴锦华的颠覆式、解构性的女性主义意识。她认为女性主义或确切说女权主义是颠覆男权规范的话语筹码，客观上看，对“女权主义”称谓的回避则体

① 张京媛主编：《当代女性主义文学批评》，北京大学出版社 1992 年，“前言”第 4 页。
② 李银河：《为女权主义正名》，http://liyinhe.blogchina.com/1263955.html，2012-4-19。
③ 洪子诚：《中国当代文学史》，北京大学出版社 1999 年版，第 362 页。
④ 李兰英：《试论中国女性主义文学批评的拿来主义》，《湖南工业职业技术学院学报》2007 年第 1 期。
⑤ 李兰英：《试论中国女性主义文学批评的拿来主义》，《湖南工业职业技术学院学报》2007 年第 1 期。
⑥ 戴锦华：《印痕》，河北教育出版社 2001 年版，第 73 页。

现了中国的特殊语境和文化特点。正如张京媛所说："在中国语言环境中，'女性主义'是一个比'女权主义'更令人接受的词汇，避免了中国文化对于'权'的敏感和拒绝，而进入后结构主义的性别理论也意味着战斗硝烟已然过去了。于此，西方女性主义在中国的旅行进一步获得了通衢。"① 王绯曾在自己的理论专著中表明对女性主义的态度："我在中国妇女思想史和西方女性主义批评及有关文化的理论交叉处，终于找到了可以用来托底的东西……从此不再回避自己是一个女权主义或女性主义者。"② 在王绯看来，女权主义者或女性主义者并没有实质的差异，重要的是中国文化思想史中可以看到西方女性主义理论已经探索的问题。刘思谦这样说："尽管人类的另一半——女性的不幸和屈辱是父权制的产物，尽管她们的命运同'权'这个字结下了不解之缘，然而这一切又不是靠女性文学或女性文学研究所能改变的。女性文学及女性文学研究既无力为女性争得权利，也无力颠覆任何权力。女性文学就是女性文学，是她们对自我生存的体验与感悟，是她们的心灵之声和心路纪程。"③ 刘思谦在批评过程中执着地强调人文主义精神，很少僭越男权文化，她认为女性文学无法实际对抗父权文化，并从这个层面割裂了女性主义文学研究与女权运动的关系。李小江说："有必要在一个命名问题上争出你是我非吗？如果我们都能自食其力，能自助也能互相帮助，帮助自己，帮助女人，帮助这个世界更加美好，还要什么名分么？难道这不就是女权主义一向奋斗的目标，它要求的还有比这更多的东西吗？"④ 李小江试图运用马克思主义理论和方法来分析性别问题，因而性别与阶级问题常纠结在一起，所以在她看来女性主义与女权主义只是命名差异。应该说这些学者关于"女权主义"与"女性主义"术语之争是必要的、必然的。因为西方女性主义文学批评是女权主义运动第二阶段走向学院派、理论化的产物，西方也曾为"女权主义"与"女性主义"之差异进行讨论，乔纳森·卡勒在《作为妇女的阅读》中就指出："女性主义批评当然也关心其他的许多问题，尤其关心妇女写作的特殊性和女性作家的成

① 张京媛主编：《当代女性主义文学批评》，北京大学出版社 1992 年版，"前言"第 15 页。
② 王绯：《睁着眼睛的梦》，作家出版社 1995 年版，第 231 页。
③ 刘思谦：《"娜拉"言说：中国现代女作家心路纪程》，上海文艺出版社 1993 年版，第 23 页。
④ 李小江等：《女性？主义》，江苏人民出版社 2000 年版，第 282 页。

就。”[①] 肖沃尔特认为，女权主义批判（feminist critique）的主要表现就是抵制现存文本，尤其抵制对男性文本毫无戒备的阅读、接收、内化，主张以社会历史的父权表现为其批判对象；而女性主义批评，是阅读女作家文本，对女作家文本进行系统分析，即女性批评（gynocritics）。女性主义文学批评从本质上从属于女权主义运动，是女权主义发展的第二阶段、学院化的产物。几经讨论，中国女性主义文学批评领域达成基本共识：使用女权主义指称政治意识形态性明确的社会运动，使用女性主义指称文学批评，既强调其与女权主义运动中关注女性的政治性，同时也凸显文学批评作为学术研究具有理论性。这种术语区分、使用的观点也是延续到当下的、关于女性主义文学批评命名的普遍认知。

关于“妇女文学”“女性文学”和“女性写作”界定的争鸣。在中国女性文学批评之初，有“妇女文学”“女性写作”“女性文学”等不同的说法，很多学者投身女性主义文学批评实践，但是学术讨论过程中，彼此对研究主体、研究对象的理解却不尽相同。在中国知网收录的1985年到1995年间的已有成果中，以题目中含有“女性文学”的搜索条件进行查阅，共有171篇，其中李小江、盛英、乔以钢、刘思谦、林树明、万莲子均参与到关于“女性文学”术语使用范畴及内涵界定的讨论中。刘思谦、贺桂梅等著名女性文学研究家，在其部分文著中使用了“女性文学批评”[②]，李小江认为“只要是出自女子手笔，描写女性生活题材的文学”[③]。孙绍先认为“凡是反映女性在男权社会的苦闷、彷徨、哀怨、抗争的作品，不问其作者性别如何，都视为‘女性主义文学’”[④]；钱荫愉认为“女性文学”是“一切具有妇女意识的作家作品”[⑤]，“女性文学”这一概念的使用、界定从而带有了模糊性，呈现出众说纷纭的状态。

“妇女文学”这个词始见于对外国文学的译介文章中，如《外国文学研

---

① ［美］乔纳森・卡勒：《作为妇女的阅读》，转引自张京媛主编《当代女性主义批评》，北京大学出版社1992年版，第67页。

② 刘思谦：《中国女性文学的现代性》，《文艺研究》1998年第1期；贺桂梅：《当代女性文学批评的三种资源》，《文艺研究》2003年第6期。这两篇文章中明确使用“女性文学批评”的说法。

③ 李小江：《为妇女文学正名》，《文艺新世纪》1985年第3期。

④ 孙绍先：《女性主义文学》，辽宁大学出版社1987年版，第3页。

⑤ 钱荫愉：《她们自己的文学——“妇女文学散论”》，《贵州大学学报》1986年第4期。

究》1981年第1期刊登了题为《埃及的妇女文学——沙龙文学》的一篇短文，影响大的则是朱虹的《美国当前的“妇女文学”》一文，这是为《美国女作家作品选》作的序言，其中提及“妇女文学”，与中国20世纪二三十年代时期的称谓接近，如谢无量的《中国妇女文学史》、梁乙真的《清代妇女文学史》，但是随后并没有其他文献对“妇女文学”进一步地阐发。在80年代初期，首次使用“女性文学”这个概念的是吴黛英，她曾发表文章《新时期女性文学漫谈》（1983年）、《新时期女作家的创作看“女性文学”的若干特征》（1985年）、《女性世界与女性文学》（1986年）阐述自己对“女性文学”的认识，“由于男女两性在生理和心理上存在着差异，因此，他们在观察、把握和反映社会生活时也显示出各自的特点来。从这个意义上，我们又可以把文学分为‘男性’的和‘女性’的”①。吴黛英从女作家的性别身份探讨她们的创作，进而提出“女性文学”的概念，被后来的学者认为是首先提出“女性文学”概念的典范。

1987年，刘慧英发表《生存的思索和爱情的内省——谈女性文学的主旋律》，尝试着通过女作家书写中的主题、情感体验来总结“女性文学”的主要特征。后来在著作《走出男权藩篱》中，她说：“我所划定和描述的女性文学批评的区域相对约定俗成的女性文学概念既更严密（排除了女作家非妇女问题的创作），又更具松散性（接纳了男性作家或其他主题和题材作品中有关女性问题的思考以及与此相关的故事情节和艺术形象）。——女性文学批评既可以对那些以女性生存问题为主题的作品进行全面完整的研究，同时也可以涉足许多以其他内容为主题、以妇女问题为副题或只是通过某些人物和故事情节表达了对女性问题的思考的文学创作；它既可以发掘那些埋没于浩瀚的历史和文学中长久得不到承认的女性作家或女性文学作品，也可以对早为传统文学批评和研究烂熟于心、早有定论的文本进行审视和评价。”②因此，刘慧英纳入研究的不仅有中西女作家文本，还有一些《红楼梦》《虹》《寒夜》《雷雨》等男作家文本。刘慧英对“女性文学”的界定更多是从文本中的意识形态性出发，主要是按照是否对妇女问题有所涉及来划分，即使是

① 吴黛英：《从新时期女作家的创作看“女性文学”的若干特征》，《文艺评论》1985年第4期。

② 刘慧英：《走出男权传统的藩篱：文学中男权意识的批判》，三联书店1995年版，第12—13页。

女作家创作的，如果缺失了妇女问题的关注，那么也不能纳入“女性文学”范畴，相反，如果男性作家的文学作品对妇女问题有所涉及，那么也可以纳入“女性文学”范畴。

随后，盛英连续发表《20世纪中国女性文学特征》（1994年）、《新时期的女作家和女性文学》（1994年）、《中国女作家和女性文学》（1995年）等文章，从20世纪女作家群体的蓬勃发展论及女性文学的兴盛，论及中国女性文学与中国古代女性文学之间的延续以及变迁性。盛英认为：“所谓女性文学，一般指女性作者以呈现女性意识和性别特征为内容的文学。”① 可见，盛英是以创作主体的性别来指称“女性文学”，她对“女性文学”的理解与吴黛英的观点具有相似性。

刘思谦1993年发表的《关于中国女性文学》，还有她的著作《“娜拉”言说：中国现代女作家心路纪程》中都有对女性文学的概括：“女性文学，是她们对自我生存的体验与感悟，是她们的心灵之声和心路纪程。”② 她认为如果只是强调写作者的性别，那么，用“女性写作”“女性书写”更明确，而且在刘思谦看来，“女性文学”是以女性为创作主体、女性经验、思维、审美为创作主题的文学类型。同时，刘思谦反对把男性书写的具有对抗父权意识的文学作品也当作“女性文学”，2005年刘思谦发表文章《“女性文学”这个概念》，进一步明确指出，“女性文学是诞生于一定历史条件下的以‘五四’新文化运动为开端的具有现代人文精神内涵的以女性为言说主体、经验主体、思维主体、审美主体的文学”③。“女性文学”演变成为特指“五四”之后，具有了现代人文精神的女作家书写的，呈现了女性对自身生存处境的体验的文学作品，突出强调了女性意识。

从上述关于“女性文学”的阐发看，有题材论——指男女作家创作的关于女性生活的文学作品，创作主体论——指女作家创作的所有文学作品，创作主体兼女性意识论——指女作家创作的具有鲜明女性意识的作品，角度各异。戴锦华后来总结的关于“女性文学”的四种界定：“一种是女人写的，一种是写女人的，一种是以同情理解和赞美的态度写女人的，第四种是

① 盛英：《20世纪中国女性文学史》，天津人民出版社1995年版，第2页。
② 任一鸣：《抗争与超越——中国女性文学与美学衍论》，九州出版社2004年版，第46页。
③ 刘思谦：《女性主义这个概念》，《南开学报（哲学社会科学版）》2005年第2期。

用女性主义的立场写作的文学。"① 每一种界定都有支持者。戴锦华却并不赞同这几种界定，"不太喜欢用'女性文学'、'女性诗歌'这样的字眼……我自己更喜欢用'女性写作'这个概念来谈所有关于女性的文化事件、文学事件。在女性写作中，我非常强调实践的意义。女性写作是一种包含了很多可能性的、具有无限空间的文化的尝试，可以叫做一种文化的探险。这种体现的意义在于，把长期以来没有机会得到表达的女性的经验、视点、对社会的加入、对生活的观察，书写出来。而且我相信这种女性写作还能包涵某些传统男性写作所不能达到的空间，具有更多样的可能性。所以我觉得女性写作具有更广阔的空间，具有更多样的可能性，而不是一个特殊的事件，特殊的可以进行界定的文学现象"②。她针对学术界使用十分混乱的"女性文学"概念，提出了自己的理解，以便使自己的研究具有一个明显的基点。戴锦华强调写作这个活动对男权文化的抗拒意义，而且突出女作家写作时的女性体验是男作家不能达到的空间，但是必须注意的是，戴锦华对"女性写作"这个术语的界定和应用与西方的"女性写作"有所不同。法国女性主义者提出了"女性写作"，她们注重对语言的象征系统的质疑，认为源自女性躯体体验的女性写作在语言、句法上具有对传统男性话语的毁坏性，只是法国女性主义者看来"'女性写作'不一定出自女性作者之手，一些男作家，比如乔伊斯的作品也属于'女性写作'的范围"③，以戴锦华为代表的中国女性主义文学批评讲的"女性写作"则全部是女作家作品，这一现象说明西方理论概念传播到中国时在本土化过程中被修正。

二、女性主义文学批评实践方法的支派

中国在1986—1995年间，集中翻译了西方女性主义文学批评理论著作，其中主要是以波伏娃和英美、法国女性主义学者的代表作为主。一般认为，欧美女性主义文学批评可以分为三个时期，女性形象的想象时期、倡导"女性写作"时期、后现代女性主义时期。所谓"女性形象的想象"时期也称为

① 刘思谦：《女性主义这个概念》，《南开学报（哲学社会科学版）》2005年第2期。

② 戴锦华：《诗歌的女性视野——关于〈中国女性诗歌文库〉的多边对话》，《中华读书报》1997年12月17日。

③ 张岩冰：《女权主义文论》，山东教育出版社1998年版，第17页。

“抵抗的读者”时期，主要以声讨传统文学和文化中的“妇女形象”为主，实际上就是建构反对男性中心批评的性别政治宣言。第二时期开始思考“女性写作”是否存在共同特征，以及女性之间是否存在共享经验和感受，是否拥有自我表达共有模式等。肖沃尔特在《她们自己的文学》中试图寻找女性写作的历史脉络，而西苏则提出“身体写作”作为女性写作独一无二的路径。第三时期，关于身份的多元阐释阶段。这三个时期的研究方法具有历史的发展延续性，体现着西方女性主义文学批评实践过程中批评理念、方法的变化，在中国女性主义文学批评实践中也都得到应用。

首先是审视经典文本、重塑女性形象，随之开始寻找女性作家、重建女性文学史，成为中国新时期女性主义文学批评的热点。

侧重进行女性形象批评的著作。1987 年孙绍先就在《女性主义文学》中，从人类学、社会学、考古学、语言学等多角度观照女性文学，分析了赵贞女、潘金莲、美狄亚等女子形象，对女性文学传统进行了较全面的梳理。刘慧英的《走出男权传统的樊篱》（1996 年）主要对文学中的男权意识进行清算，她研究古今中外的文学作品，归纳出三种常见的程式：才子佳人、诱奸故事、社会解放。无论哪种程式，弱小的、需要拯救的都是女性，而具有拯救能力的则是女性所依附的男性形象，女性或是女儿，或是妻子，或是母亲，但唯独缺失了女性“自我”。

侧重重建女性文学史的著作。赵树勤在《找寻夏娃——中国当代女性文学透视》中指出，长期以来男权占据话语主导地位，以男性逻各斯中心主义筛选作家、作品后的文学史中女作家是缺席的，导致文学史的完整性受损。刘思谦在《“娜拉”言说：中国现代女作家心路纪程》（1993 年）中自叙，她历时 3 年多完成了对冯沅君、庐隐、石评梅、冰心、凌叔华、丁玲、萧红、白薇、林徽因、杨绛、苏青、张爱玲等十二位现代女作家的研究专著，主要侧重于探寻女性写作中的女性生存状况，通过文本解读激活女性意识。盛英主编的《二十世纪中国女性文学史》（1995 年），按照历史顺序，以女性意识为节点对 20 世纪女性文学史进行分期，“参照西方女权主义文学历史的依据，突现女性意识的发展与变化；其二，认可‘二十世纪中国文学，概念，将本世纪范围的近代、现代和当代的女性文学统一在同一过程中”①。这一划分既反映出近百年来中国女性文学的发展走向，又充分显示出不同阶段、不同类别、不同个体的独特风貌。盛英将女作家置于20世纪中国文化发展的大背景中加以审视考察，但对西方女性主义文学批评理论保持距离的态度。她认为“女性主义批评仍将以社会历史批评为本，因为女性文学中的妇女意识，毕竟属于人类历史的产物”②。同样以历史的、性别意识为线索的体系建设模式，乔以钢的《多彩的旋律》（2003年）共6章，对“五四”、三四十年代、十七年文学、80年代文学以及台湾女作家进行考察，同时侧重分析个体女作家作品的女性意识主题。

梳理女性文学史的作品中，极具代表性和影响力的是戴锦华的《浮出历史地表——现代妇女文学研究》，呈现出清晰的问题意识和女性立场。它以挖掘女性历史为视角，以重写现代文学史为学术诉求，借助于精神分析、结构主义、后结构主义的理论资源，凸显苏青和张爱玲的文学史意义，勾勒出从“五四”到新中国成立这段时期内，女性作家话语形态在各个阶段的变化。她还系统地阐述了父权文化主导下的文学作品，尤其是男性大师们的笔下的女性形象，指出“可以根据社会观念、时代思潮、文化密码及流行口味时尚来抽出或填入意义的纯粹的载体……这两类形象以及描写这两类形象的作家都并不代表整个新文学史，但却代表了一种主流的、中心的、有左右力的意识形态——话语传统。在这种意识形态中，女性所能做的是觉醒、反抗，然后继续沉睡或叛逆自己”③。戴锦华主张对重要的现代女作家进行了重新定位，力图颠覆传统文学史对这些女作家的评价和定位。“因为她强调了自己是个女性主义者，也公开讲到了要用女性主义方法做文学批评，她说的立场和她整个的做法是一致的，是统一的，所以你就没法说她做得对或者不对，这是她的选择”④。作为一个明确的女性主义者，戴锦华的颠覆式的、解构性的批评方法及风格使她处于中国女性主义文学批评的前沿。

林丹娅在《当代中国女性文学史论》（厦门大学出版社2003年版）一书

① 盛英主编：《二十世纪中国女性文学史》，天津人民出版社1995年版，第23页。

② 盛英：《女性主义批评之我见》，《文论报》1988年6月5日。

③ 孟悦、戴锦华：《浮出历史地表——现代妇女文学研究》，中国人民大学出版社2004年版，第31—32页。

④ 张抗抗编著：《你是先锋吗：女性身体写作及其他》，文汇出版社2002年版，第77页。

运用了法国“女性写作”理论、原型批评、解构主义批评方法考察自古至今的女性历史，描述了女娲补天和抟土造人的女性神话如何被盘古开天辟地、鲧禹父子相生的男性神话所取代，而这种取代正是女性失去话语权，任由男性书写女性历史的过程。所以女性写作就是女性重新获得话语权的过程，对女性写作、女性话语的梳理就是清理女性历史的过程。她指出女性书写中饱含着女性的自然属性和社会属性，体现着女性对社会、人生和女性自身的独特体验。在《空前之迹：1851—1930——中国妇女思想与文学发展史论》中，王绯重审女性在正统文学中的地位，她借用拉康的理论中“阴茎之笔和处女膜之纸”的比喻，认为女性在历史和文化中处于被男性选择和书写的地位，“匿名与残缺，是一种被迫与无奈”①。她同时还谈到：“我们现在看到的中国妇女文学史，虽然补充了正史对女性创作的排斥，但是透过那些有幸没有在历史文化中遗失的女子留下的文学遗业，你看到的却是性别殖民化下太阳反光的文化现象。”② 王绯对精神分析学派及法国女性主义文学批评关于“身体写作”理论的借鉴和应用十分明显。

总的来说，在中国新时期女性主义文学批评实践过程中，一般都比较关注中国女作家创作语境以及文学文本的具体体现，但是在对特定的文学现象、文学形象进行具体的解读过程中，又具有部分的差异。刘思谦、盛英更多借助中国传统文论对已有文学现象保持一种既反抗又兼容的批评立场，着重阐述历史语境对文学现象的构成所造成的影响。孟悦、戴锦华则属于颠覆式，她们更擅长借助西方女性主义文学批评工具，着力于揭露父权文化对女性历史的掩盖，对女性权利的剥夺，希望借助文学批评的研究促使女性浮出历史地表。当然，还有吴黛英、任一鸣则借由生理学和心理学的视点对女性文学的审美品格的挖掘，说明女性文学审美品格产生的必然性。

三、“性别诗学”的建构与意义

如果说“女权主义”“女性主义”，“妇女文学”“女性文学”“女性写作”之争的直接原因，是借鉴西方女性主义文学理论过程中出现的语言隔阂导致

① 王绯：《睁着眼睛的梦》，作家出版社 1995 年版，第 5 页。

② 陈志红：《反抗与困境：女性主义批评在中国》，中国美术学院版社 2002 年版，第 53 页。

的，“形象批评”“重构女性文学史”是学者们自觉地对中国文学进行整体反思的结果，那么，新时期中国女性主义文学批评自20世纪90年代以来，对“社会性别”“性征”等问题的思考，对“性别诗学”内涵的讨论和体系的建构则是中国女性主义文学批评更高层次的追求，是借鉴、应用、反思之后的本土理论建构，是力图从激进的性别意识形态斗争走向平和的社会人类学研究，是力图与西方女性主义文学批评实现平等对话和交流的尝试。

从中国女性主义文学批评自身的实践经验看，从1980年到1995年，十几年间，中国女性主义文学批评学者运用性别的视角审视文艺领域，从研究文学逐渐拓展到研究电影、广告、娱乐节目等各文艺领域，呈现出显学的趋势，同时问题也日益暴露，“抑男扬女的女性文学解读模式几乎一统天下，成为我们进入中国现当代文学史的基本价值立场与评判标准”①。一方面是研究者队伍的逐渐壮大，另一方面“抗拒的读者”思维主导下同语重复的文学批评成果日益增多。“检阅近年来女性主义文学研究的论文或论著，我们不难发现有不少对‘女性主义文学’研究现状表示困惑或批评的文字”②，单一、循复的话语以及批评态度，导致批评者与创作者严重的隔阂。毕淑敏说：“如果是女作家，就不能去写整个人类的生存发展，那是种致命的挑战，包括哲学和思考。如果你写这些，他们就会认为女作家是中性化——实际上我倒觉得这恰好是评论界一个很严重的问题。女性应该是怎么样？只是写女人的那些很小的东西？那些私语，那些身边的事情，就是女作家典范？这是他们对女性的歧视。我觉得这是剥夺一个女作家对这种重大问题的发言权。”③抑男扬女的解读模式、刻板化女性研究模式给中国女性主义文学批评的发展造成了障碍。而此时西方女性主义文学批评也陷入两个大的理论旋涡，旋涡之一是术语繁复并呈现几何式增长：在二元语境中，有男人/女人，男性/女性，男性气概/女性气概，男性气质/女性气质，有生理差异决定论/社会文化决定论等不断出现的术语，成为一个让女性主义学者头疼的问题。旋涡之二在于，后现代对身份统一性的解构导致女性主义理论

① 董丽敏：《历史语境、性别政治与政治与文本研究》，《社会科学》2008年第11期。

② 杨俊霞、李琨：《从“女性主义文学研究”到“性别文学研究”》，《河池学院学报》2004年第3期。

③ 转引自乔以钢、林丹娅《女性文学教程》，河北教育出版社2007年版，第332—333页。

走向和实践路径出现重大差异。“性不再是单纯的生理问题，人类的性与历史、文化、政治与道德、亲密关系、通过隐喻和语言进行的实践等等联系在一起，而且一直是开放的，处于变化中的。性同样与阶级、性别、年龄、家庭结构、信仰、受教育程度、经济状况、社交群体等等都有关系”①。20世纪80年代以来，西方女性主义文学批评也正处于重新寻找关于性、性别理论主张的阶段。另外，女性主义文学批评的一个显著特点就是善于借助其他文学批评方法之力，生成女性主义文学批评实践工具，这导致女性主义内部出现马克思女性主义、黑人女性主义、心理分析女性主义、生态女性主义、后殖民女性主义、女同性恋女性主义等；经济结构、种族、民族、精神分析、生态学、话语符号等也不断渗入女性主义文学批评范畴。至此，西方女性主义文学批评与中国女性主义文学批评共同面临如何发展？走向何方？中国女性主义文学批评给出了“性别诗学”的答案。

“自从男性学者林树明在1995年出版的《女性主义文学批评在中国》中提出性别诗学的构想以来，性别诗学在我国兴起已有十几年的时间，新世纪以来不少女性文学研究者譬如刘思谦、乔以钢、任一鸣、万莲子等也在不同程度上响应了性别诗学的提法。其中，万莲子的长文《性别：一种可能的审美维度——全球化视域里的中国性别诗学研究导论（大陆1985—2005）》分上下两篇分别刊登于《湘潭大学学报》（哲社版）2005年第6期和2006年第1期上，该文为‘性别诗学’产生寻找了中西两方面的理论基础，并着重阐发了其‘和而不同’的中国特色及其与女性主义文学批评的关系。任一鸣、刘思谦、乔以钢则主要从女性文学研究的学科建设方面做了回应，其中刘思谦明确提出‘性别’已代替‘女性’成为女性文学研究的关键词”②。作为中国女性主义文学批评领域具有影响力的学者，刘思谦、乔以钢、任一鸣对性别诗学的积极回应，代表着她们对前期以抗拒意识和男女差异论解读文本进行反思。1999年叶舒宪就提出了“性别诗学”，“性别诗学所带来的并不只是添加在已有的各种思考维度之上的又一性别维度，而且还有反思、重估和重构我们已有的文学理论和文学史框架，更新我们的批评话语的一种契

① 方刚：《当代西方男性气质理论概述》，《国外社会科学》2006年第4期。

② 王艳峰、吴炫：《我国性别诗学的兴起原因与存在的问题》，《湘潭大学学报（哲学社会科学版）》2009年第6期。

机”①。叶舒宪认为“性别诗学”出台与在女性身份之前附加种族、民族、阶级等身份不同，是一种宏观把握两性关系，宏观地重构文学史和文学理论的契机。王春荣、吴玉杰在她们的《女性声音的诗学》中提出“女性文化诗学”构想。“女性文化诗学”企图整合传统女性诗学、本土化的现代女性诗学和西方女性主义诗学，是一个具有较大包容性的概念，与此同时，“中国女性学界提出的‘中国女性主义’，‘微笑的女性主义’，‘男性批判’和‘男性关怀’，‘双性视野’和‘两性对话’等等，这都不是一些偶然的、孤立的性别事件，而是表明了中国女性学界策略思想的某种改变，也是中国女性学界成长的一个重要标志。它们都与旨在超越二元对立思维的‘性别诗学’不谋而合”②。重新评价文学史，挖掘被埋没或受冷落的女作家的作品，纠正男权传统错误；再到转向研究作品的语言、形象、题材、情节、象征等构成因素；直至当下强调性与性别之间和而不同，这些过程实现了中国女性主义文学批评由具体实践到构建理论体系的转变，“抵抗的读者”“女性文学史”“女性气质”“性与性别”等关键词正体现着思想发展的主体脉络。

第三节　中国女性主义文学批评的影响

新时期女性主义文学批评从 1980 年至今发展三十余年，经历了从自发关注女作家群体，到大量翻译西方女性主义相关著作，进而投入到形象批评、重构文学史、建构“性别诗学”的各种研究活动。她们在批评实践与理论反思中逐步建立起本土化的批评语境和理论话语，影响力也从立足文学领域走向推动学科建设、参与国际学术交流以及丰富社会性别研究等各个方面。

一、重构了中国女性文学史

中国学者在历史中寻找女性“被压抑的声音”、挖掘并重新解读女作家作品的同时，运用西方女权主义理论，建构妇女自己的文学史和文学经典，

① 叶舒宪主编：《性别诗学·导论》，社会科学文献出版社 1999 年版，第 V 页。
② 傅蕾丝：《两性的冲突》，天津人民出版社 2003 年版，第 32—33 页。

建构真正的女性文学。孙绍先的《女性主义文学》(1987 年)，戴锦华的《浮出历史地表——现代妇女文学研究》(1989 年)，乐铄的《迟到的潮流——新时期妇女创作研究》(1989 年)，谢无量的《中国妇女文学史》(1992 年)，林丹娅的《当代中国女性文学史论》(1995 年)，刘思谦的《“娜拉”言说》(1993 年)，陈惠芬的《神话的窥破》(1996 年)，刘慧英的《走出男权传统的樊篱》(1996 年)，2001 年再版的谭正璧的《中国女性文学史》(百花文艺出版社)，张宏生、张雁主编的《古代女诗人研究》(2003 年)，鲍震培的《清代女作家弹词小说论稿》(2002 年)，薛海燕的《近代女性文学研究》(2004 年) 和刘慧英编著的《遭遇解放：1890—1930 年代的中国女性》(2005 年) 等，都是新时期女性主义文学批评重构女性文学史的研究著作。

二、影响了中国现当代文学史的编写体系及框架

从几部较权威的、曾作为新中国成立后高校教科书的中国文学史（现代、当代）看：王瑶的《中国新文学史稿》(1950 年)，刘绶松的《中国新文学史初稿》(1979 年)，唐弢主编的《中国现代文学史》(1979 年)，林志浩主编的《中国现代文学史》(1979 年)，黄修己的《中国现代文学简史》(1984 年)，张钟、洪子诚等编写的《当代中国文学概观》(1979 年)，女性创作的空白之页，女性作家缺席的情况较为普遍。但 20 世纪 80 年代中期以来，中国文学史编撰框架日渐改观。首先是杨义的《中国现代小说史》(1986 年) 开风气之先，对“五四”女作家群、张爱玲等作了具有一定女性意味的精彩的评析，强调张爱玲小说的价值之一，是她对传统与现代的衔接，是她东方文学风格的体现，以及她在融合中国古典语言与西方现代小说手法的基础上形成了自己的艺术手法。之后钱理群等的《现代文学三十年》辟专节介绍张爱玲和苏青；再后来谢冕主编的《百年文学总系》中《1993：世纪末的喧哗》(张志忠著) 一书以《半边风景：女性文学的散点扫描》为题对 90 年代女性文学景观作了较全面的评介；1999 年出版的《共和国文学五十年》(杨匡汉、孟繁华主编) 更是设立专门章节进行系统回顾，评析了共和国女性文学。这一切都表明，经过女性主义文学批评的推动，中国学界日益认识到女性创作群、女性文本是中国文学史不可缺失的一部分。

三、促成了中国女性文学学科的建立

中国女性主义文学批评的主力是各大高校以及研究所的研究者，他们在从事女性主义文学批评的同时，更有意识地促成了女性学学科的建立与发展。李小江、盛英、乔以钢、刘思谦等分别对中国女性学学科建设提出自己的见解，积极推动女性学学科建设。1984 年女性学课程在河南大学第一次被推上高校讲台，同年在中华女子学院首开女性学专业。自 1987 年我国高校第一个妇女研究中心“郑州大学妇女研究中心”问世，1990 年 10 月，北京大学成立妇女问题研究中心，标志着女性研究在学界渐成独立的学科。随后两三年，不少高校也都相应建立了女性研究院所。1993 年，海外中华妇女学会（CSWS）与天津师范大学合作举办了为期两周的“中国妇女与发展——地位健康就业”的研讨班。1998 年取得了重要进展，北京大学在全国高校中首次设立女性学硕士专业。2000 年 6 月，首都师范大学成立的中国女性文化研究中心（原名中国女性文学研究中心），是国内唯一一家中国女性文化的学术研究机构。2000 年 7 月，李小江创办了中国高等院校第一所确认以“性别”为自身研究方向的学术机构“大连大学性别研究中心”，这表明女性学开始进入高等学校学位教育序列。2001 年，中华女子学院设立了女性学系，这是我国目前唯一一所开设妇女学教学机构的高校。中国政府于 2001 年 5 月 22 日正式通过的《中国妇女发展纲要（2001—2010)》指出：“将妇女教育的主要目标纳入国家的教育规划”。较早招收女性文学研究方向的 9 所大学 9 个硕士点和 2 个博士点：1. 中国传媒大学比较文学与世界文学专业招收西方女性文学与女性主义文学批评方向硕士研究生；2. 厦门大学中国现当代文学专业招收女性文学方向的硕士研究生；3. 上海大学中国现当代文学专业招收性别政治与中国现当代文学方向硕士研究生；4. 南京师范大学比较文学与世界文学专业招收现当代欧美文学（含俄罗斯文学、女性文学）方向硕士研究生；5. 首都师范大学中国现当代文学专业招收女性文学研究方向硕士研究生；6. 南开大学中国现当代文学专业招收中国女性文学方向的硕士研究生、现代中国文学与性别方向的博士研究生；7. 陕西师范大学招收文艺学专业性别文化与文学批评方向的硕士、博士研究生；8. 中央民族大学中国现当代文学专业招收女性主义文学思潮研究方向的硕士研究生；9. 云南民族大学招收中国现当代文学专业中国现当代女性文学研究方向的硕士研究生。“至2008年，中国内地已在30所大学和研究所设立的40多个硕士学位点和14个博士学位点上，招收女性和性别研究方向的研究生。”[①] 这些情况都反映了中国新时期女性主义文学批评取得的显著成效，中国女性主义文学批评开始走向学院化，在女性学学科建设方面逐步实现与西方并轨、同步。

四、参与了国际范围的女性主义对话

2004年，荒林主编的《中国女性主义》学术丛刊由广西师范大学出版社出版，丛刊每年二卷，每卷设“女性主义在行动”“女学”“女性主义教育学”“女性主义关键词”“女性主义文本细读”“女性主义群落”“女性主义视窗”“女性主义数据存档”“女性主义全球信息点击”等专栏，展示各国各群落女性主义风貌，介绍全球女性主义最新理论成果，并深入探讨中国女性主义的发展趋势和与国际女性主义对话情况，“中国女性主义”这一名词的出现和学术平台的形成，体现了西方女性主义理论的本土化以及中国女性主义最新成果。

据荒林统计[②]，1992年11月23日至26日在北京大学举行的“北京大学首届妇女问题国际学术研讨会”，来自中国、美国、英国、澳大利亚、日本等国家和地区的代表共七十余人参加了会议，与会者围绕改革大潮中的妇女、妇女与法律、妇女生育与健康、妇女与文化四个专题进行讨论；1994年11月，“中国妇女与中国传统文化”学术会议在北京大学召开，与会者围绕如何全面、准确认识评估传统文化中的精华与糟粕及其对中国妇女的影响和作用的议题展开了讨论。为了迎接第四次世界妇女大会，准备“妇女与人权”非政府论坛，1995年5月16日至18日，中国社会科学院法学院主办了“妇女与人权”国际研讨会，旨在促进妇女权益保障法律体系的形成和完善，以保障妇女的合法权益。1995年6月20日至22日在北京大学举办的第一届“妇女与文学”国际研讨会，由北京大学英语系、社科院外文所《世界文学》杂志社暨天津市文联《文学自由谈》杂志社联合主办，美国妇女运

① 陈方：《中国女性学领域与学位教育》，《中华女子学院学报》2008年第6期。

② 荒林：《西方女性主义理论在中国的传播和影响》，《海南师范大学学报（社会科学版）》2007年第2期。

动领袖贝蒂·弗里丹出席了会议并作了题为“一个女人的一生”的重要发言。1992年在哈佛大学举办的“赋社会性别于中国研究”的学术会议，使中国妇女研究者们较系统地接触到“社会性别”概念，并与海外中华妇女学会（CSWS）建立联系，为今后的携手合作构建了平台。

总之，中国新时期女性主义研究首先是从文学批评开始的，但是却并没有止步于文学批评，反而以积极拓展、勇于探索的精神不断在实践中总结经验、吸收新的学科知识、拓宽研究视域、寻求中西对话，在探索中不断前进。

第十一章　新时期以来的文学修辞批评

“修辞批评”作为一个学术概念，是从英文 Rhetorical Criticisms 一词翻译过来的，其本义是指对演说者将自己的思想传达给听众的方法所作的分析和评价。根据这种理解，“文学修辞批评”指的则是把文学表达作为一种修辞行为，从修辞的角度对文学文本进行的分析与评价。“修辞批评”这个概念在国内学界使用很早，“文学修辞批评”作为一个完整的学术概念使用则出现得比较晚，通过中国学术期刊全文数据库（CNKI）检索发现，最早使用这一概念的是 2003 年泓峻的文章《文学修辞批评与中国当代文学批评的学术品格》[①] 一文，随后，开始较为广泛地出现在一些学者的学术文章中。然而，作为一种从修辞的角度对文学文本进行分析与评价的批评视角，尤其是建立在对文学作品进行语言分析与篇章结构分析的基础上的修辞批评方法，在中国古代的诗话、小说评点、文章评点中曾经大量存在，可以说是中国本土固有的最主要的文学批评方法之一。

“新文学”的建立，不仅使文学作品的形态发生了本质性的变化，文学批评的形态也出现了新旧更替。在此过程中，西方的社会历史批评、意识形态批评等批评方法被介绍到国内，并日渐成为文学批评的主流，侧重修辞技术、主要从语言运用与文本篇章结构入手的传统修辞批评视角，在很大程度上被边缘化。20 世纪 80 年代开始，由于作家对文学作品表现形式不断进行探索与创新，与此同时，西方 20 世纪具有形式主义色彩的文学理论被大量引进国内，对原先的观念产生了巨大的冲出，促使中国的批评家产生了比较明确的修辞意识，文学批评的修辞论视角在文学批评中再次凸显，并且形成

① 泓峻：《文学修辞批评与中国当代文学批评的学术品格》，《四川大学学报》2003 年第 4 期。

了比较大的声势，产生了比较大的影响。90年代之后，受西方后现代思潮及新的修辞学理论的影响，人们对“修辞”“修辞批评”这些概念的理解与此前发生了较大的变化，并在不同学者之间产生了理论分化。就文学修辞批评而言，在具体的批评实践中，具有语言学背景的批评家与具有文学背景的批评家，都试图借对文学修辞批评的强调，突破原有的研究模式。但是，由于面对着自身学科不同的问题，在倡导修辞批评时，也出现了不同的理论取向。具体地讲，就是语言学界想由封闭单一的文本分析与语言学分析走向开放的话语分析；文学界则想借助于提倡从修辞学视角入手的批评模式，把文学批评由过于宽泛的社会历史批评、意识形态批评转换成以语言学分析为依托的文本细读。

文学修辞批评作为一种批评视角在“新时期”以来的文学批评当中被广泛运用，对于中国当代文学批评打破传统格局，回到文本，形成贴近文本的批评风气，提升自身的学术品格，发挥了重要作用。而对现代修辞学理论与后现代理论的借鉴，也使得文学修辞批评从原来比较单一的对文学作品的语言学分析与篇章结构分析，走向话语分析，表现出了更加开阔的理论视野。

第一节　文学修辞批评出现的原因及存在状态

在“新文学”发生与发展的过程中，文学批评的修辞论视角之所以受到忽视乃至于压制，与反映论、工具论文学观成为主流的文学观念有关。在20世纪80年代中期，曾有学者在反思中国当代文学理论的得失时指出，以反映论、工具论为核心的传统文学观念有四个基本特点：

（1）还原的：它诱导对文学的读解与批评反推作品的发生过程，把作品还原为某种物理现实或心理现实。

（2）外部参照的：用作品本文的外部参照系去解释与评价作品。

（3）指涉性的：认定作品本文基本功能是指向言外之意或言外之物，作品是为谈论他物而存在的。

（4）内容的：构成作品文本的语言、语象、文体、叙述方式等“形式”

因素被视为“手段”与“媒介”而被抛弃。①

在这种文学观念支配下，无论是作家、文学理论家，还是文学批评家，都很难产生明确的修辞意识，把文学表达看成是一种修辞效果，从而主要从修辞分析的角度去对文学作品进行评价。整体而言，文学批评的修辞论视角在 20 世纪 80 年代以前这段“新文学”形成与展开的历史中，呈现出一种逐渐退隐的趋势。白话文学革命在某种意义上是一种“修辞革命”，在这个过程中文学的修辞问题成为焦点，在新文学形成的第一个十年，沈从文、饶孟侃、朱光潜等“新月派”“京派”文人还能够比较多地关注文学的形式问题；到了新文学的第二个、第三个十年，左翼批评家的话语权上升，在他们那里，文学的语言、形式至多是在进行内容分析之后附带谈及的一个话题，而且无足轻重。到了“十七年”与“文革”时期，对文学形式的讨论便越来越不合时宜，甚至成为文学批评的禁区。文学批评中修辞论视角的再次回归，发生在新时期文学展开之后的 80 年代。促使其回归的因素，首先是以“朦胧诗”“意识流小说”“先锋文学”为代表的一大批文学作品，在文学创作中有意地进行着形式方面的“陌生化”探索，文学作品的形式因素因此被凸显出来。另外，人们的文学观念也悄然发生着变化，工具论的、机械反映论的文学观念受到怀疑与否定，文学自身的审美价值成为判断文学作品是否成功的重要因素。与此同时，从国外引进的俄国形式主义理论、英美新批评理论、结构主义叙事学理论，也为批评家提供了十分方便的切入到文学内部，对文本进行修辞分析的理论工具。

有学者曾经指出，新时期之初文学创作中，真正体现文学进步的，不是那些以内容的“深刻”引起了社会强烈反响的作品，而是那些以其形式的怪异吸引了人们的注意，对读者既有的文学观念造成冲击，引起许多读者的“不适”与恐慌，并因此而引发争议的作品。

从 1979 年底到 20 世纪 80 年代初两三年时间里，王蒙发表了一系列被称作“集束炸弹”的意识流小说。这些不以叙事为目的、散漫的结构、自由的联想，以及对当时许多中国人而言十分陌生的叙述方式，对习惯于听故事、习惯于那些按浅显的逻辑组织起来的文本的普通读者，构成很大的挑

① 王义平：《新时期小说：来自本文的挑战》，《华中师范大学学报（哲社版）》1987 年第 6 期。

战。王蒙的成功影响了当时的一批作者，几年后便形成了一个被后来的文学史家称作“中国式的意识流”的文学创作群体，并吸引了大批批评家介入到了关于“意识流”文学相关问题的讨论之中。正如有学者所评价的那样，这些小说“不是以反映社会内容的重大深刻或对现实问题提出了振聋发聩的警策之见引起关注，恰恰相反，它蕴含的内容并不惊世骇俗，它只是以形式上的怪异和特别引人注目”①。因此，形式问题成为批评家在对意识流文学作品进行批评时很难绕开的一个话题。

几乎与此同时，北岛、舒婷、顾城等“朦胧诗人”也登上中国文坛，并引起了广泛的关注。此后的几年里，围绕“朦胧诗”的评价问题，中国文学批评界发生了几次激烈的争论。否定“朦胧诗”的人要么指责诗作者“有意无意地把诗写得十分晦涩、怪僻，叫人读了几遍也得不到一个明确的印象，似懂非懂，半懂不懂，甚至完全不懂，百思不得一解”②，要么指责这些诗作“不是现实主义的，有的甚至是反现实主义的”③，其着眼点实际上都在于这些诗作的形式因素。

更为重要的事件是1985年之后，马原、徐星、韩少功、王安忆、残雪、刘索拉、莫言、格非、孙甘露、余华、北村等一大批先锋小说家的登场。《冈底斯的诱惑》《你别无选择》《无主题变奏》《爸爸爸》《小鲍庄》《山上的小屋》《透明的胡萝卜》《褐色鸟群》《信使之函》《四月三日事件》《逃亡者说》等一大批先锋小说，彻底冲决了传统文学观念的堤防。如果说王蒙的意识流小说与知青作家的朦胧诗对传统文学观念与阅读习惯的冲击还是初步的话，那么先锋小说对传统文学观念的影响则是颠覆性的。面对这些作品，读者根本无法轻易地越过形式去捕捉背后的思想内容与社会内容。

中国当代小说在20世纪40年代到80年代这几十年时间里，在语言风格、叙事技巧、结构方式等方面几乎没有发生什么根本性的变化。然而，新时期开始后短短的几年间，情况就有了十分明显的改观。它促使一些感觉敏锐的评论家开始关注当代文学作品中形式的变化，从修辞论的视角去对作品进行分析解读。

---

① 张德祥：《论近年来小说视野的拓展与结构变化》，《当代文艺思潮》1986年第1期。

② 章明：《令人气闷的朦胧》，《诗刊》1980年第8期。

③ 丁力：《新诗的发展和古怪诗》，《河北教育学院学报》1981年第2期。

与此同时，西方 20 世纪俄国形式主义、英美新批评、结构主义以及解构主义这些从文本出发，试图用破解文本的语言来破解文学奥秘的理论，也开始被引介到国内。对俄国形式主义、英美新批评与法国结构主义等文论的引介，为纠正中国当代文学理论研究与文学批评长期忽视文学内部规律、忽视对文本的细读，以实证的社会学研究代替文学研究，或凭主观意愿任意曲解文本的风气提供了可能。

就批评思路而言，新时期以来的文学修辞批评除了传统的语言特色分析、艺术特点分析、篇章结构分析之外，由于西方结构主义理论，尤其是结构主义叙事学理论的引介，也出现了许多新的批评模式。

西方的结构主义文学理论比较集中地被译介到国内，是在 20 世纪 80 年代中后期。短短几年内，关于结构主义的译著就达到数十种之多。与此同时，尝试运用西方的结构主义理论对文学作品进行解读的批评文章也逐渐增多，并成为一种批评时尚。在 20 世纪 80 年代中后期到 90 年代，尝试用结构主义的方法进行文学批评且比较成功的学者包括季红真、乐黛云、李劼、王一川、傅修延、陈平原等人，内容涉及中国当代文学、现代文学以及古典文学文本的解读。

李劼是 20 世纪 80 年代十分活跃的一个批评家，同时也是具有很强的修辞意识的批评家。他较早地使用结构主义的一些概念、方法尝试对当代作家进行修辞批评，而且对理论的化用十分到位，使他的批评在当时显得既新潮又深刻。比如，在批评阿城的《棋王》这篇小说时，他写下了这样一段文字：

> 《棋王》的叙事方式是小说首句写意方式的一种扩展。……阿城从不坐实具体的物象，而通常以“乱得不能再乱”这样的叙述方式在小说中留下大量的空白。……这种叙述方式的叙述魅力不在于故事结构和叙事结构的丰富多变上，而在于叙述语言在小说画面上所留下的疏密程度和修辞弹性上。而且不仅是《棋王》，几乎是阿城的所有小说，都是由这种写意性的叙事方式构成的。而他的全部小说语言，又都可以归结为这样一个基本句式——车站上乱得不能再乱。反过来说，这个句子包含着阿城小说的全部语言信息。至于阿城后来在《遍地风流》

中所作的努力之所以失败，原因也就在于他把这个句式的写意性下降成了一种修辞操作。①

这段分析从一个句式结构入手，扩展到整部小说乃至于阿城的全部创作，把结构主义批评宏阔的批评视野展示得淋漓尽致。

王一川在20世纪80年代末到90年代中期的一段时间里，对修辞问题十分关注，并出版了《修辞论美学》一书，从修辞论美学的角度对结构主义理论进行了介绍。同时，王一川还写下一批批评文章，有意识地运用结构主义的理论对文学作品进行分析。其在《文艺争鸣》1991年1—4期连载的长篇论文《卡里斯马典型与文化之境——近四十年中国文艺主潮的修辞论阐释》中对当代文学进行了全景式的观察，其中大量运用了结构主义的分析方法。比如他用格雷马斯的"符号矩阵"对《创业史》这部小说中主人公梁生宝与其周围人物的关系进行分析，试图发现在这种人物关系背后的社会结构以及外在的社会结构中所包含的意识形态意蕴。② 另外，他还模仿拉康对爱伦·坡《失窃的信》一文所采用的符号学分析方法，对蒋光慈《冲出云围的月亮》这部小说中作为知识女性的女主人公与男性革命家之间的关系进行了分析，对革命加恋爱的小说叙事模式进行了分析，不仅从中发现了一种左翼作家小说写作的惯性模式，而且有效地解释了其中所隐含的性别政治内涵。③

叙事学是西方修辞理论当中与文学关系最为密切的一种理论。西方的叙事学理论20世纪80年代末到90年代被比较集中地介绍到了国内，此一时期翻译出版的理论著作有布斯的《小说修辞学》（1987年）、托多洛夫的《批评的批评》（1988年）、马丁的《当代叙事学》（1990年）、热奈特的《叙事话语、新叙事话语》（1990年）、瓦特的《小说的兴起》（1992年）等。之后，国内学者也出版了相关介绍研究的著作，如胡亚敏的《叙事学》（1998年）、傅修延《叙事：意义与策略》（1999年）、申丹的《叙述学与小说文体学研究》（2001年）等。在此过程中，国内也有学者开始尝试"建立具有中

① 李劼：《论中国当代新潮小说的语言结构》，《文学评论》1988年第5期。

② 王一川：《卡里斯马典型与文化之境（二）——近四十年中国文艺主潮的修辞论阐释》，《文艺争鸣》1991年第2期。

③ 王一川：《革命加恋爱与转型再生焦虑》，《戏剧》1993年第2期。

国特色的、又充分现代化的叙事学体系”以期与“现代世界进行充实的、有深度的对话”。① 在这方面，杨义的《中国叙事学》是一部成功的力作。国外叙事学理论的引介，与国内叙事学研究的成果一起，共同促进了文学批评中叙事批评的开展。而叙事学批评，成为80年代末以后中国修辞批评中收获最丰硕的一个场地。

由于理论与文本的切近性，借助于西方的叙事学研究成果，许多批评家对先锋作家的小说文本进行了成功的叙事学分析。比如，张法在一篇题为《何以获得先锋——先锋小说的文化解说》② 的文章中，并没有空泛地阐释先锋小说的文化意义，而是极为耐心地对先锋作家的叙事策略进行了研究。作者认为，对叙事的虚构性的强调，突出了故事讲述者的主观性以及“故事客体作为他者的非客观性，故事本体的模糊性，故事状态的碎片性，故事秩序的任意性”。同样是为了显示文本的虚构性，不同的作家有不同的叙事策略。马原采用的是在叙事中强调“马原是马原”的方式，苏童则采用的是强调“苏童不是苏童”的方式；洪峰、孙甘露用“故事爆炸”的方式来显出故事的故事性，余华、格非和叶兆言却用拆散故事来呈现故事的故事性。通过绵密的分析，作者向我们展示了先锋作家如何在讲故事的同时又解构了故事，并通过解构故事重新书写了现实。

陈平原的《中国小说叙事模式的转变》（2003年）一书，则是从叙事学的视角对中国近现代文学史进行解读的一部力作。以1898年到1927年的中国小说为主要研究对象，借用西方的叙事理论，从叙事时间的转变、叙事角度的转变、叙事结构的转变等角度，探讨了晚清与“五四”两代作家实现从古代小说到现代小说过渡的艰难历程，其得出的许多结论具有很大的启发意义。杨义的《中国古典小说史论》从记载大量神话的《山海经》，一直叙述到清代小说《红楼梦》与《阅微草堂笔记》，一方面大量运用了西方叙事学的理论、术语与方法对中国古代叙事文学的演化历程进行了解析，另一方面也照顾到了中国小说自身的叙事特征，试图在宏观的把握中总结中国叙事的民族特色。而傅修延的《先秦叙事研究：关于中国叙事传统的形成》一书，

① 杨义：《中国叙事学》，人民出版社1997年版，第33页。

② 张法：《何以获得先锋——先锋小说的文化解说》，《求是学刊》1998年第1期。

致力于研究先秦时期诉诸各种传播媒介——甲骨青铜、卦爻歌辞、神话史传、诸子言论、民间文艺与宗教祭祀等——的叙事形态，通过寻找叙事行为发生、成长与壮大的痕迹，以及观察传世典籍的贡献与影响，勾勒出中国叙事传统形成之初的基本轮廓，对人们认识中国叙事传统的形成具有重要的理论价值。

叙事学理论被运用最多的，还是当代文学单篇作品或单个作家的分析。应该指出，虽然西方叙事学理论为批评家切入文本，描述文本的叙事特征提供了一套术语概念，但在实际的批评中，也存在许多为运用理论而运用理论，共性的发现偏多，对文本叙事的个性特征关注不够的问题。

另外，语体批评在中国当代修辞批评中大量存在，而且中国当代文学批评中的语体批评关注的往往不是常规语体，而多是具有语体间性的反常语体。这也与先锋小说不断进行的语体试验有关。从语体分析角度阐释先锋小说家的创作，与从叙事分析的角度阐释一样，接触到的是先锋小说家创作风格的最为本质的方面。在这个过程中，来自于英美新批评的反讽、戏拟等概念被大量使用，从中也可以明显看出西方理论对中国当代修辞批评的影响。

第二节　关于文学修辞批评的分歧与论争

中国当代学者所谈论的文学修辞批评，实际上有两种范式，一种范式强调把文学批评建立在对文学作品进行语言分析与篇章结构分析的基础上，认为“文学作品社会学的、意识形态的、文化的内容以及文学作品所表现出的美学意蕴、美学风格以及情感内容，首先是文本产生的语言效果”①，对文学作品的解读与阐释，必须立足于文本，并试图借语言分析与篇章结构分析，揭示文学作品意义产生的内在机制。这种范式的文学修辞批评，一方面可以与中国古代文学批评中的文本技术分析的思路对接，另一方面，其理论资源主要来自西方 20 世纪包括俄国形式主义、英美新批评、结构主义、解构主义文论在内的“形式主义”文论。另一种范式强调文学写作像其他语言行为一样，是一种以“说服”为目的的修辞行为，因而对文学文本的修辞性

① 泓峻：《文学修辞批评》，安徽文艺出版社 2005 年版，第 2 页。

解读，不应该仅仅是一种封闭的文本分析，而应当将修辞动机、修辞身份、修辞情境、文本间性、意识形态等因素考虑进去，甚至要将文本当中“沉默的潜意识”发掘出来。这种意义上的修辞批评，主要受到美国“新亚里士多德主义”“戏剧主义”等修辞学理论的影响，并在进入文学批评领域后，吸纳了女性主义、后殖民主义、新历史主义等后现代主义思想。

就产生的原因与学科渊源而言，第一种范式主要是中国文学批评界在20世纪后20年试图走出文学的社会历史批评、政治批评等传统批评思路时而采用的批评策略，第二种范式则首先是中国语言学界在21世纪试图走出传统的以语言分析为主的修辞学范式，建立“广义修辞学”的过程中提倡的修辞学研究方法，后来由于与文学界20世纪90年代后期出现的文化研究思路很接近，因而被引入到了文学批评当中的。

文学修辞批评不仅具有较强的跨学科色彩，而且新时期以来，文学的修辞性问题，成为语言学界与文学界共同关注的话题。但是，由于各自所面临的学科内部的问题不同，语言学界与文学界所提倡的文学修辞批评，在理论取向上存在着明显的差异乃至于对立。

就语言学界而言，传统的文学修辞批评，就是从语词的选择、修辞方式的选择、谋篇布局等角度对文学作品所作的分析。这种分析一方面受到中国传统的诗文、小说评点的影响，另一方面也建立在现代语言学知识之上。这种意义的文学修辞批评，在新时期比较具有代表性的有：周中明的《红楼梦的语言艺术》（漓江出版社1982年版）、林兴仁的《红楼梦的修辞艺术》（福建教育出版社1984年版）、刘焕辉的《语言的妙用——鲁迅作品语言独特用法举隅》（湖北人民出版社1982年版）、《鲁迅杂文妙词妙句》（人民中国出版社1992年版）、周关东的《老舍小说比喻撷英》（华东师范大学出版社1984年版）、李忠初的《钱钟书的比喻艺术》（岳麓书社1994年版）等等。至于按照“修辞批评的一般程式”“选定一个文本，提出一问题，运用一种理论方法，撰写一篇评论”的修辞批评文章，更是不胜枚举。①

然而，有学者却对这种在语言学界长期袭用的文学修辞批评模式表达

① 相关情况参见高万云《20世纪中国修辞学史》下卷，中国人民大学出版社2007年版，第662页。

了不满，提倡一种建立在广义修辞学之上的修辞批评。这方面最具代表性的学者是谭学纯。

语言学家谭学纯认为，传统的建立在语词分析与修辞格分析基础上的修辞批评思路“在话语描述方面细致有余，而在对文本的整体把握上，多少显得力不从心，虽然语言学界对语言学理论的自身阐释深入透彻，但是当阐释对象转移到文学文本时，主体的阐释力便相对弱化，面对文学文本的话语策略，偏于语言学的解读一般语感敏锐，但是常常抓住了语言，失落了文学”。① 因此谭学纯提出要对文学作品进行“话语分析”而不是单纯的“语言分析”的主张，并身体力行地写作了大量批评文章，如《月亮与太阳：李白和艾青诗歌的核心语象》(《修辞学习》1983 年第 3 期)、《新时期小说语言变异的功能拓展》(《文艺理论研究》1988 年第 4 期)、《语言节奏：小说文本分析的一个视角》(《上海文学》1988 年第 4 期）等文章。1995 年，谭学纯与唐跃合作出版了《小说语言美学》一书，该书从小说的语言观念、实现途径、形象显现、情绪投射、格调节奏、文体变异等方面进行了系统的分析，同时还从作者的语言能力、读者的语言体验等传统的修辞学研究不愿接触的角度进行了论述。在此基础上，20 世纪 90 年代，谭学纯与人合作完成了《接受修辞学》(谭学纯、唐跃、朱玲合著，上海教育出版社 1992 年版)、《广义修辞学》(谭学纯、朱玲合著，安徽教育出版社 2001 年版)，不仅提出修辞学研究应当把接受问题纳入自己的研究范围，而且还将话语权、表达策略、修辞幻象、修辞原型、解释权、接受策略等概念引入了自己的“广义修辞学”研究当中，使得在这种“广义修辞学”理论引导下的文学修辞批评，远远超出了传统的文学修辞批评的模式，与文学界习用的心理分析、传播学分析、文化研究的思路取得了一致。另外，从事文学语言研究的学者高万云在其《文学语言的多维视野》一书中，提出应该从逻辑理据、民族特质、心理机制、审美追求、修辞意识、个性特征、游戏旨趣、异变规律等角度入手，进行文学语言分析，实际上是提出了一个在多学科背景上进行文学作品的修辞分析的批评思路。②

① 谭学纯：《走向 21 世纪的文学话语读解》，《山花》1998 年第 2 期。
② 高万云：《文学语言的多维视野》，山东文艺出版社 2001 年版。

一方面，语言学界有人试图超越传统的修辞批评过于局限于语言形式的技术性分析的思路，提倡建立在广义修辞学基础上的修辞批评；另一方面，文学界却有不少人强调作家与批评家要有修辞意识，并提供一种旨在"回到语言本身"的文学修辞批评。这主要是因为对于新时期之初的中国理论批评界而言，新潮批评家有着强烈的走出传统的社会历史批评与政治批评的冲动，而对文学的语言性的强调，以及立足于语言学的文学修辞批评，被认为是超越传统的批评模式，走向科学的文艺批评的最重要的路径。

1981年，高行健出版了他的《现代小说技巧初探》一书，虽然在该书中作者也承认小说应该有深刻的主题思想与丰富的生活内容，并批评那些脱离内容，或者因为内容空泛，只好在形式上耍花招的作品是不好的形式主义，但作者同时认为，在文学批评中，也存在着"只讨论作品的内容，而忽略了作品的艺术形式"的倾向。并且指出，"其实，一部好作品的出现，不是仅仅找到了一个良好的赤裸裸的主题，也还因为作品在艺术上，也就是说在塑造人物、安排情节、作品的结构和叙述语言上，出色地体现了这个主题，评论一部作品的内容的时候，如果同时也从这些方面去讨论作品的得失，会对作者更有裨益"。① 正是基于这种考虑，作者在这本书中重点从人称、语言、情节、结构等方面探讨了现代小说的写作技巧问题，并认为这一认识角度对于作家的写作以及批评家对作品的批评具有指导与启发的意义。

1985年，黄子平发表《得意莫忘言》一文，对中国古代文论家经常谈论的"得意忘言"这一命题表示了质疑与否定，认为文学评论不仅应该研究语言的文学性，更应该研究文学的语言性。② 这一认识显然是受到了西方20世纪哲学与文学研究中"语言论转向"所产生的"本体论语言观"的启发。之后，随着西方相关理论的大量引介，"本体语的语言观"得到了广泛的传播，文学的语言性得到了作家、批评家与理论家的极大关注，从语言学角度理解文学、研究文学、批评文学作品的热情达到了高峰。到了20世纪90年代，仍然有不少文学理论家与批评家对文学的语言性进行强调，如童庆炳在《文学语言论》一文中强调古典文学语言观与现代文学语言观的对立，就表

---

① ［法］高行健：《现代小说技巧初探》，花城出版社1981年版，第9页。

② 黄子平：《得意莫忘言》，《上海文学》1985年第11期。

现在前者是一种语言“载体”观，后者是一种语言“本体”观，并从语言哲学的高度对语言在文学中的本体地位进行了论证。建立在文学语言分析基础上的文学修辞批评的大量出现，就是以理论家与批评家这种修辞意识的觉醒为前提的。只是到90年代中期以后，文化批评的声势在文学界已经逐渐形成，语言本体的文学观以及“狭义”的文学修辞批评开始受到质疑，文学批评界开始了向“后语言论转向”阶段过渡。

在文学修辞批评展开过程中，语言学界与文学界思路的不同更突出地表现在1992年至1993年开展的一场关于“文学语言规范”的讨论中。这场讨论是在《语文建设》杂志上展开的，参与讨论的涉及知名作家与文学理论家，如萧乾、秦牧、刘绍棠、叶辛、杜书瀛等人，以及语言学家如吕叔湘、张志公、常敬宇等人。尽管刊物最后认为通过争鸣和讨论形成了大致统一的看法，即文学语言“必须遵循社会语言规范，而不是背弃这个规范”，“但是文学语言又不是自然语言的重复和照搬，而是对自然语言的精选、提炼和概括”，[①] 但是，我们仍然可以感受到在语言的规范性这一问题上作家与语言学家观点的分歧。这种分歧正如张志公所说：“有的文学家和有的文学家意见不一——这样的文学家那样厌恶规范，这样的语言学家那么责备文学家不遵守语言规范。”[②] 语言学家多希望作家在语言的使用上为公众，尤其是青少年作出表率。因而，他们对作家创作语言的预期，不仅是精彩的、个性化的，而且是规范的、典雅的。而相当一部分作家与批评家则往往把规范当成对个性的束缚，把典雅当成形式主义，认为“文学语言在本质上是反规范的”[③]，“对于一位小说家或者是初学写作者来说，仅仅强调文学语言的规范或者对文学语言的规范化强调得过头，是不合适且不妥当的。对文学语言的规范要求得过分，便会使一些作者的语言流于小说家最为忌讳的报上语”[④]。作家为了情感表达、叙事、描写的“自由”，特别是为了突出自己的个性，可以打破规范。

其实，由于语言学家与文学家、批评家在立场、方法、思维方式等方

① 《文学语言规范问题编后语》，《语文建设》1993年第1期。

② 张志公：《文学　风格　语言规范》，《语文建设》1992年第3期。

③ 贺兴安：《文学语言在本质上是反规范的》，《语文建设》1992年第3期。

④ 叶辛：《文学语言的规范与非规范》，《语文建设》1992年第3期。

面存在明显差异，因此两者在文学修辞批评这一双方都在耕耘的领域产生分歧，发生冲突，是必然的。对于文学家那种凭语言感觉与文学感觉而对文学作品进行的修辞性解读，语言学界许多人认为它“渗透着日常经验的朴素意识”，“不可能充分反映文学语言的面貌和揭示它的本质”。① 正因为如此，当文学理论家鲁枢元的一本以“文学言语学刍议”为副题的著作《超越语言》在 1992 年出版时，就引起了正统的语言学家们强烈的批评乃至于“愤怒”。

《超越语言》一书的写作，建立在对当时文学理论与批评界盛行的形式主义、结构主义等“科学主义”思潮进行反思的基础之上，意在发掘文学语言的心理内涵与文化内涵，强调文学语言的创生性、模糊性、精神性。而且，作者在这本著作中，采用了一种与一般严肃的理论著作不同的近于随笔性的语体。这一切，引起了语言学家的反对，著名语言学家伍铁平与其学生孙逊合作写下了《评鲁枢元著〈超越语言〉中的若干语言学观点》一文，指出鲁枢元的著作中存在十余处知识性错误，比如由于概念混乱导致的指称不明；混淆语言与文字、命名与概念；等等。② 该文发表后，鲁枢元写了《语言学与文学——兼答伍铁平、孙逊对〈超越语言〉的批评》一文加以回应，认为《超越语言》本来“是一本谈文学本质、文学创作、文学交流的书，重在解释‘语言’在文学现象和文学过程中的意义与功能”，并认为伍文是“企图把论题纳入他们熟悉的‘语言学研究’的框架中，再兴问罪之师”。③ 而伍铁平则又撰写了另外一篇名为《要使用语言学理论必须首先掌握语言学理论》（《北方论丛》1996 年第 5 期）的文章，对自己的立场进一步加以强调。④ 这场发生在语言学家与文学理论家之间关于文学语言研究方法的论争，最终谁也没有能够说服对方。

与此同时，与语言学家的态度形成强烈反差的是，鲁枢元的《超越语言》一书受到了作家与文学理论家、批评家的广泛好评。著名作家王蒙、韩少功，批评家白烨、南帆、耿占春等人都曾发表文章，给予本书很高的评

---

① 刘大为：《文学语言研究方法论》，《修辞学习》1988 年第 3 期。

② 伍铁平：《评鲁枢元著〈超越语言〉中的若干语言学观点》，《外语学刊》1993 年第 2 期。

③ 鲁枢元：《语言学与文学——兼答伍铁平、孙逊对〈超越语言〉的批评》，《中州大学学报》1994 年第 2 期。

④ 伍铁平：《要使用语言学理论必须首先掌握语言学理论》，《北方论丛》1996 年第 5 期。

价。王蒙在他的文章中认为“鲁枢元的文论别树一帜。他是怀着对于文学创作的神往、敬仰、热爱、惊叹、赞颂来接近这个领域的，其纯美的心态如同接触自己热恋的姑娘，膜拜自己的女神。热恋中保持着冷静，保持着学究气的寻根问底的执着，保持着博采众书而又取舍在我的眼光与胸怀，当然，也保持着一种毁誉由之的自信”。① 韩少功说：“《超越语言》很得我心，冒犯当前语言学主潮，大造一次反，把作者的艺术论体系扩展到更阔大更坚实的基础上，把本来不可言说的东西言说得大致明白，很不容易。”② 白烨则在为本书所作的《序》中称：“《超越语言》是一本具有自己的角度、自己的思考、自己的见解、自己的语言的著作。它的付梓，不单单说明当代文学研究中又有一本好书行将问世，它在某种程度上还表明了当代文学研究将跨越对西方文论的横向借鉴的自我构建的开始，而在这背后，它又标示着中年一代理论家在认真、刻苦的理论探索中正日益走向成熟。”③

另外，语言学界从事修辞学研究的学者，特别是主张将修辞学研究从单纯的语言技巧分析引向广义修辞学领域的学者，也表示了对《超越语言》一书的认可。比如，高万云在《20世纪中国修辞学》一书中相关章节谈到《超越语言》一书时，就认为“它深入到某些语言学界、修辞学界很少涉足的领域，如中国传统文学理论中的‘细组’、‘神韵’等，如西方现代文论中‘意识流’、‘自动写作’、‘记录梦幻’等”，并称赞作者“十分注重理论视野的开拓，注重新的研究方法的借鉴，注重从哲学、美学、文艺学、心理学、语言学乃至文化学、人类学等多个角度去透视文学语言，并由此提出了他的较为系统的‘语言三层面说’”，因而对当代语言学理论有很大贡献。④

从这些决然相反的评论中，我们可以看出语言学界与文学界的学者，以及语言学界持有不同理论立场的理论家们在面对同一问题时所存在的巨大的分歧。而这种分歧，在文学修辞批评这一试图用语言学理论解释文学现象的批评范式中是普遍存在的，只不过更多的时候没有像在这次争论中那样被凸显出来而已。

---

① 王蒙：《缘木求鱼》，《读书》1992年第1期。

② 韩少功：《韩少功致鲁枢元的信》，《作家》1993年第11期。

③ 白烨：《〈超越语言〉序》，见《超越语言》，中国社会科学出版社1990年版，第6页。

④ 高万云：《20世纪中国修辞学史》下卷，中国人民大学出版社2007年版，第750页。

第三节　文学修辞批评对于当代文学批评的意义

在新时期，文学修辞批评是在文学批评试图突破社会学批评、意识形态批评一统天下的局面的情况下，为了让文学批评更尊重文学自身的规律，更切近文学作品的实际情况，更具有学理性而产生的。它的出现，对于改变原先单一、僵化的批评格局产生了重要作用。在中国20世纪文学批评中，对文学之外的现实的介入往往成为批评家进行文学批评的主要动机。在这种情况下，批评家往往缺乏对文学文本的耐心的阅读、分析；在立论的过程中，批评家往往缺乏从文本出发而进行的细密的论证，因而，使文学批评变成一种脱离文本的阐释活动。文学修辞批评的出现，对于建立文学批评的学术规范，避免因对文本意义的漠视、曲解而导致的对文学作品评价的严重失实，能够发挥积极的作用。

不仅如此，借助于西方的新批评理论、结构主义理论以及叙事学理论，文学修辞批评还获得了许多能够切入到文学文本当中去的方法、概念。比如，对英美新批评文本细读的方法、结构主义建立抽象模型的方法、叙事学在叙事文本中寻找对立项的方法，以及反讽、悖论、复义、叙事者、视角、叙事话语等等概念的借用，就深刻地改变了中国当代批评的整体状况，可以说，这种变体对于中国当代文学批评而言具有划时代的意义。

像前面引述过的李劼1988年发表的《论中国当代新潮小说的语言结构》一文中批评阿城《棋王》小说时所使用的那种批评话语，包括文章所采用的思维方式，在20世纪80年代初的中国文学批评中是不可能出现的，但在90年代的批评文章中已经比较常见。其间的变化，正是在80年代中后期发生的。

文学文本具有多个层面，文学批评也应当具有多个层面，这是文学批评多种方法并存的最直接的理由。在文学批评的多个层面中，社会学的层面、美学的层面、宗教的层面、哲学的层面、政治学的层面是主要的。但是，这并不意味着对文学的修辞层面的关注可有可无。其实，弄清楚文学文本的语言的、篇章结构的、叙事的秘密，对文学批评与文学研究来讲本身就是有价值的。因为文学批评除了要承担向大众解释文学作品的任务，从美学的、社会学的、意识形态的角度发掘文本的深层内涵之外，还要承担作为一种学术活动应当承担的其他使命：从知识的角度最大限度地发现、解释与说明自己的研究对象内在的运作规律。这种解释与说明可能是十分专业，十分烦琐的，只能在学者与学者之间交流的，但却也是十分必要的。

美国后现代主义文化理论学者詹姆逊曾表达过这样的思想，他认为对文本的接受是分三个不同的层面的，第一个层面是描述的层面，即在经验、感知上把握对象，感受它带给写作者的快乐；第二个层面是分析的层面，即在知识的层面上说明对象的来龙去脉和内在构造，这个层面要靠技巧、理论和方法打开；第三个层面是价值判断的层面，回答的是作品的好与坏，有意义与无意义，激进还是保守。①

修辞批评相当于詹姆逊在这里谈论的文本接受的第二个层面，它是属于第三个层面的社会学批评、意识形态批评、文化批评得以展开的基础。如果我们承认对文学作品意义的解读是经由对文学文本的语言解读而实现的话，那么在文学批评过程中，回溯这一意义经由语言产生的过程，将使批评家对文本意义的阐发显得言之有据，具有说服力。这是保证文学批评的学术性、客观性的手段之一。

从根本上讲，任何一种文本都首先是一种语言，文本传达的信息都是一种修辞效果。离开了文本，离开了对文本的修辞解读，文学批评家的意义阐释与价值评判将无所依傍，文学批评的学术品格性也就无法实现。

在倡导进行建立在语言分析、篇章结构分析、语体分析基础上的文学修辞批评的时候，许多人担心文学批评的视野会由此变得狭隘，文学作品的思想内容、艺术内涵会被遮蔽。正是基于这种担心，到了20世纪90年代中期以后，中国的文学修辞批评开始吸收西方新修辞学理论，以及后现代主义文化研究理论，试图从语言分析转向话语分析，由单纯的文本语境向文化语境、社会历史语境开放。而文学修辞批评在这方面的潜力，实际上已经为西方解构主义批评及其他后现代主义文学批评实践所证实。

我们发现，西方解构主义批评的一个重要特点，就是在修辞批评中引

① 参见张旭东《詹明信再解读》，《读书》2002年第12期。詹明信（Fredric Jameson）在国内又译为杰姆逊、詹姆逊，本书中采用通用译法詹姆逊。

入文化的维度。一方面，他们认为，语言分析是揭露意识形态骗局的重要途径之一，语言关系背后潜藏着的正是文化关系。对于解构主义理论家而言，他们认为，一种修辞选择同时也是一种文化选择。在他们看来，传统的文学在对象征、隐喻等修辞格的选择中，包含着试图消融主体与客体、心与物、时间与永恒的对立的企图，所体现的正是以黑格尔为代表的古典主义美学精神。而后现代文本对寓言、反讽等修辞格的选择，实际上意味着对来自黑格尔的美学意识形态的怀疑与解构。因此，德曼说："我们称为意识形态的这个东西，正是语言现实与自然现实——亦即指涉（义）与现象——两者的混淆。因此，对'文学性'做语言学式的分析解读，与其他任何考查方式——包括经济学——相比，是揭露意识形态偏颇最有力而不可少的工具，同时也是解释这些偏颇何以产生的主要因素。"①

正是基于这种认识，在进行修辞分析时，解构主义者也总是试图超越纯语言学的表层，把修辞分析引申到文学话语的层面与文化的层面。解构主义者强调世界的文本性，强调文本的语言性，强调语言的修辞性。因此，修辞分析成为他们打开语言、打开文本、打开世界的一把钥匙。

以修辞性阅读为起点，最终导向文化阐释这种从解构主义发展而来，在后现代文化批评中相当普遍地被采用的批评方法，近一二十年来对我国的文学批评产生了很大的影响。这表明，文化研究、意识形态分析，甚至是社会历史批评，都并不必然地与修辞分析直接对立，对文本的修辞分析正是当代文化研究的一个重要特征，也是其超越以往意义上的文化研究与文化批评的重要体现。

在经历了半个多世纪的语言学转向之后，当当代的人文学科试图重新从封闭的文本中走出来，向现实、审美、文化与意识形态开放时，并没有将人的语言性、现实的语言性、文化与意识形态的语言性这些来自当代语言学的告诫弃之不顾。在这种情况下，我们倒是不应忽视这样的事实：西方的后现代主义文化批评，是在经历了长时间高度封闭的文本研究之后，向外部研究（泛文化研究）的再次开放。而中国文学理论研究的现状，与此则有很大不同。在 20 世纪的绝大部分时间里，我们的文学批评都是习惯于对文学进

① 转引自高辛勇《修辞学与文学阅读》，北京大学出版社 1997 年版，第 51 页。

行大视角、远距离的宏观把握，以至形成一种现在还没有走出的思维定式。因此，完成中国文学批评的再次开放并不困难，难的是怎样使开放的文化批评不至于流于主观随意、空泛武断。在这种情况下，以文本细读为基础的文学修辞批评就显得尤其难能可贵。

第十二章　新时期以来的生态文学批评

生态批评在我国最早发端于20世纪80年代，兴盛于90年代末至今。经过30多年的发展，生态批评在当前生态危机日益严峻的背景下，不仅发展势头强劲，而且表现出了其独特的理论魅力。生态批评对传统的人类中心主义的文学观念提出了挑战，并在文学批评的自然维度拓展、生态危机的文化反思和生态诗学的理论建构等方面都作出了新的理论探索。但同时，生态批评也存在许多问题，比如哲学基础的争议、学科定位的模糊、本土建构的乏力等等。从总体而言，它还是一种方兴未艾的批评模式。

第一节　生态文学批评在中国产生的原因

生态批评，简而言之，是关于人与自然环境之间关系的批评。它是随着生态危机的出现而出现的，严峻的生态现实是生态批评出现的根本原因。当然，它还与生态文学创作的理论诉求、西方生态批评理论的译介以及中国古代丰富的生态智慧都有着密切的关系，是多种原因共同作用的结果。

首先，日益严峻的生态危机是生态批评产生的根本动因。20世纪中叶以来，随着工业社会的发展，生态问题日渐突出，生态学随之兴起，并逐渐波及其他学科，生态批评便是其中之一。改革开放以来，我国经济获得了极大的发展。但是，由于片面采取粗放式经营模式，在单纯追求经济效益的同时，也对环境造成了极大的破坏。当前，日益严峻的生态危机正威胁着人们的健康乃至整个人类的生存。生态危机，其实说到底，是人类自身的危机，是人类的文化危机。因为生态本身不会出现危机，是人类自身的行为导致了生态系统失去了平衡，才出现了所谓的生态危机。著名生态思想研究者唐纳德·沃斯特明确指出："我们今天所面临的全球性生态危机，起因不在生态系统自身，而在于我们的文化系统。"① 与此同时，著名建设性后现代理论家大卫·格里芬甚至提醒我们，与核危机等其他同样威胁到人类文明的危机相比，生态危机更为严重。因为其他的危机至少需要人类有所行动，而"生态危机无需人类做任何事情就能终结文明"。② 面对严重的生态危机，我们必须检讨自己，必须对人类自己的行为做出改变，否则，最终毁灭的是我们人类自己。正是在这样的背景下，生态批评应运而生。生态批评家乔纳森·贝特在《大地之歌》中呼吁道："文学批评怎么能够不直面这样的世界，怎么能够不发出这样的质问：我们究竟从哪里走错了路?"③ 生态批评恰恰是试图透过文学以唤醒人们的生态意识，为生态危机的解决贡献一份力量。

其次，丰硕的生态文学创作是生态批评产生的文本基础。生态批评又称绿色文学研究，生态文学是生态批评产生的前提和基础。文学家作为社会最敏感的神经，对自然环境的变化最先作出了反应。在西方，以梭罗的《瓦尔登湖》、利奥波德的《沙乡年鉴》和卡逊的《寂静的春天》等著作的出版掀起了生态文学创作的潮流。在我国，20 世纪 80 年代，徐刚的一篇报告文学《伐木者，醒来!》开启了中国生态文学创作的序幕，深刻反映了自然被严重破坏的现实。之后，徐刚长时间专门从事生态文学创作，相继出版了大量生态文学作品，包括《江河并非万古流》《沉沦的国土》《拯救大地》《中国，另一种危机》《守望家园》《地球传》和《长江传》等一系列生态文学作品，徐刚也因此"几乎成为生态文学的一个标志性符号"④。进入 20 世纪 90 年代以来，随着生态危机的加剧，一度出现了生态文学创作的热潮，比如，哲夫的《天猎》《地猎》《黑雪》《毒吻》，郭雪波的《沙狐》《大漠魂》《沙狼》，以及陈应松的《松鸦为什么鸣叫》、刘庆邦的《喜鹊的悲剧》、蒋子龙的《水中的黄昏》、阿来的《空山》、贾平凹的《怀念狼》、姜戎的《狼图腾》、杨志

① Donald Worster，*The Wealth of Nature*：*Environmental History and the Ecological Imagination*，Oxford University Press，1993，p.27.

② [美] 大卫·格里芬：《生态文明：拯救人类文明的必由之路》，柯进华译，《深圳大学学报》2013 年第 6 期。

③ Jonathan Bate，*The Song of the Earth*，Harvard University Press，2000，p.24.

④ 李青松：《生态文学勿要忽略人与自然关系的恢复和重建》，《自然之友》2005 年 9 月 28 日。

军的《藏獒》、张炜的《赶走灰喜鹊》、甫澜涛的《紫山岚峡谷》等等，大量生态文学作品涌现出来。生态文学作为一种新的文学类型，不同于传统的文学，它以描述人与自然之间的关系为对象，自然成为它的主角。由此，它也必然要求批评理论作出相应的变革，并对其中出现的新问题作出新的解释。

再次，及时的西方生态批评理论译介是生态批评产生的外部动力。生态批评最早诞生于美国20世纪70年代。1974年，美国学者米克在《生存的喜剧：文学的生态学》一书中，主张在文学研究中引入生态学，探讨文学与生物学之间的关系。[①]1978年，鲁克尔特在《衣阿华评论》冬季号上发表《文学与生态学：一次生态批评实验》，在学界首次提出并使用“生态批评”（ecocriticism）这一术语，他倡导把文学与生态学结合起来，强调批评家要具有生态学视野。1992年10月，美国西方文学协会在内华达雷诺市召开的年会上成立“文学与环境研究会”（The Association for the Study of Literature and Environment，ASLE），斯洛维克当选为创办会长。文学与环境研究会的成立一般被视为生态批评成为一种文学批评流派的标志。1995年，布伊尔出版了堪称生态批评发展史上具有“里程碑意义的著作”——《环境的想象：梭罗，自然书写和美国文化的构成》。同年，文学与环境研究会在科罗拉多召开首次学术研讨会，会议收到来自各方的200多篇学术论文，可谓盛况空前，并产生了国际性的影响。四年之后，1999年，司空草在《外国文学评论》第4期发表的短文《文学的生态学批评》，最早把西方的生态批评理论介绍到中国。2001年6月，王宁编选的《新文学史 I》编选了利物浦大学乔纳森·贝特的《文化与环境：从奥斯汀到哈代》和但纳·非利普的《生态批评：文学理论与生态学的真实性》两篇文章，更是直接把西方生态批评译介到中国。同年8月，在北京举办的中美比较文学双边讨论会上专门举办了“全球化与生态批评”的专题研讨会，其中赵白生作了《关于生态批评》的专题发言，简要介绍了西方生态批评的发展以及中国如何研究生态批评等问题。另外，墨菲、斯洛维克和格罗特菲尔蒂等国际生态批评研究专家纷纷来到中国，参加学术会议或讲学，宣传他们的主张，对新时期中国生态批评研

① 米克的《生存的喜剧：文学的生态学》出版时间参照王诺的《欧美生态批评》一书中的说法。

究的发展起着重要的推波助澜的作用。

最后，深厚的中国传统生态智慧是生态批评产生的重要文化土壤。生态批评与新时期其他从西方引入的批评理论有一个重要的不同，就是生态批评并非是一个单纯的文化引入，因为生态批评本身包含着浓厚的东方文化血统。曾繁仁在《生态美学的东方色彩及其与西方环境美学的区别》一文中指出："1980年代中期崛起的生态美学具有鲜明的东方色彩，是东方文化对世界美学的贡献，是东方古代生态审美智慧在当代世界文明史的重放光彩。"① 在他看来，西方的生态哲学、生态美学，相比中国古代的生态智慧而言，是一种"后生性文化"，因为当代西方生态思想的三位先驱——海德格尔、怀特海和阿伦·奈斯——都不同程度受到东方思想的影响。中国古代的生态智慧确实早已引起西方学者的关注，比如，中国科技史专家英国学者李约瑟就认为中国的智慧与西方征服自然的传统是很不一样的，"对中国人来说，自然界并不是某种应该被意志和暴力所征服的具有敌意和邪恶的东西，而更像一切生命中最伟大的物体"。② 深层生态学理论的提出者奈斯明确提出："我所说的'大我'就是中国人所说的'道'。"③ 中国自古以来就是一个农业大国，在从事农业活动的过程中，人们期望的是风调雨顺，与自然和谐相处，形成了与西方主客二分截然不同的"天人合一"的思想。这些朴素的生态智慧为当代生态危机的解决提供了重要的理论资源，也为生态批评的发展提供了肥沃的文化土壤。

第二节　生态文学批评在中国的发展历程

生态批评在中国发展三十余年，取得了丰硕的发展成果，从最初的生态学研究视角的引入到后来的生态诗学的理论建构，生态批评理论研究逐步深入。从历时的发展角度来看，大致可分为三个阶段：

第一阶段是生态批评的创立期（1983年至2001年）。生态批评，是生态学引入文学研究的产物。因此，当考察生态批评的发生的时候，不应仅仅

① 曾繁仁：《生态美学的东方色彩及其与西方环境美学的区别》，《河北学刊》2012年第6期。
② ［英］李约瑟：《李约瑟文集》，陈养正等译，辽宁科学技术出版社1986年版，第338页。
③ 雷毅：《深层生态学：阐释与整合》，上海交通大学出版社2012年版，第146页。

局限于生态批评这一术语的使用，而应从生态学被引入文学研究这一理论事实着手。从目前的资料来看，生态批评在中国最早发端，可以追溯至1983年。在这一年，赵鑫珊在《读书》杂志第4期发表《生态学与文学艺术》一文，他提出："如果我们的文学艺术家能够学一点生态学、环境保护、森林学、行为科学和自然科学，努力关注现代科学技术对人、社会和自然的影响，那么我们的文艺作品在描写现代人的命运的哲学背景、角度和立意构思方面，肯定会向纵深作出新的探索。"① 赵鑫珊看到了生态环境的恶化，呼吁艺术家在创作之中不仅应关注自然生态，还应考虑构建新型的人与自然的和谐关系。可以看出，在这里，赵鑫珊已经是有意识地把生态学的观念引入文学研究，是中国当代生态批评的最初萌芽。同时，在20世纪80年代，还有一些学者借鉴生态学的理论，对文艺的一些问题展开研究，比如，高翔对文艺与环境关系的研究，夏中义对艺术创作生态的研究，等等。正是在这一背景下，1987年，鲍昌在主编《文学艺术新术语词典》时才把"文艺生态学"作为一个新兴学科收录了进去。

当然，生态学真正被大规模地引进文学研究以及生态批评的正式提出，还是20世纪90年代末21世纪初的事情。因为这时，随着中国经济的发展，生态危机日益严重，生态文学创作日渐增多。另外，2001年中国加入世界贸易组织，全球化进程也随之加快，中国与世界之间的学术交流也日渐频繁。1996年，鲁枢元在《学术月刊》第5期发表《文学艺术与生态学时代——兼谈"地球精神圈"》一文，从生态学的角度提出精神圈的概念，呼吁文学家应在生态问题面前承担起时代赋予的责任。1999年，王先霈在《文学评论》发表《中国古代文学中的"绿色"观念》一文，对中国文学中"绿色"意识及其背后的哲学基础作出了深入探索。同年，司空草在《外国文学评论》第4期发表短文《文学的生态学批评》，文章简要介绍了文学的生态学批评的发展，并对美国霍普金斯大学出版的《新文学历史》（NLH）杂志1999年夏季号专辑的10篇生态学批评的文章中6篇文章做了简要的介绍，使中国读者最先了解到西方生态批评的发展。同年10月，由海南省作家协会及其《天涯》杂志社主办的"生态与文学"国际研讨会在海南召开，有来

① 赵鑫珊：《生态学与文学艺术》，《读书》1983年第4期。

自美国、法国、澳大利亚、韩国和中国各地的学者，会议探讨了人类发展与生态及文学等方面的问题，对中国学界了解西方生态批评发展以及促进中国生态批评的发展起着重要的作用。与此同时，当时在海南大学的鲁枢元创办《精神生态通讯》，及时发表生态文学、生态批评相关方面的信息，成为我国宣传生态文学思想的首块阵地。2000 年，国内出版了两部重要的生态文艺学的研究专著：一是陕西人民教育出版社出版的鲁枢元的《生态文艺学》，一是人民出版社出版的曾永成的《文艺的绿色之思——文艺生态学引论》，极大地推动了新时期的生态批评研究。

2001 年，对中国生态批评而言，是非常重要的一年。因为在这一年 6 月，由清华大学王宁编选的《新文学史 I》中，不但向中国读者首次译介了西方生态批评研究成果，而且首次使用了“生态批评”这个中文术语。同时，在这一年中全国还接连召开了四次有关生态批评的重要会议，密集程度之高，可谓罕见：1 月在武汉召开了“21 世纪生态与文艺学”研讨会；3 月在华中师范大学召开了名为“建构生态文艺学”的学术座谈会；8 月在北京召开了“全球化与生态批评专题研讨会”；10 月在陕西西安召开了“首届全国生态美学学术研讨会”。由此，生态批在全国掀起了一个研究热潮，这也标志着生态批评在中国即将产生广泛的影响。

第二阶段是生态批评的发展期（2002 年至 2006 年）。这一时期，虽然时间只有短短的五年，但却是一年一个新台阶，生态批评获得了全面快速的发展。

2002 年，王诺在《文艺研究》第 3 期发表《生态批评：发展与渊源》。它是王诺在美国哈佛大学访学期间取得的重要理论成果，为中国学界全面了解西方生态批评的进展提供了最新的研究情况。韦清琦在《外国文学》第 3 期发表《方兴未艾的绿色文学研究——生态批评》、陈晓兰在《文艺理论与批评》第 6 期发表《为人类“他者”的自然——当代西方生态批评》，他们在简要介绍了西方生态批评的发展的同时，对其理论特点进行了简要的概括和总结。鲁枢元在《文艺研究》第 5 期发表《生态批评的知识空间》，从宏观的角度论述了文学批评、文学理论知识转型的必然性以及生态批评的特点。在同一期上，赵白生发表《生态主义：人文主义的终结》，不仅论述了生态主义的对人文主义的反拨，还对生态主义的核心特征作出了界定。武汉出版社6月出版了张皓主编的“文艺生态探索丛书”，其中包括张皓的《中国文艺生态思想研究》、程习勤等的《老庄生态智慧与诗艺》、吕幼安的《小说因素与文艺生态》、皇甫积庆主编的《20世纪中国文学生态意识透视》等四部著作，他们的研究内容各不相同，极大地丰富了生态批评研究成果。在这一年的6月，由苏州大学文学院发起召开了“中国首届生态文艺学学科建设研讨会”；12月，江汉大学与武汉大学联合主办了“全国文化生态变迁与文学艺术发展研讨会”，在这两次会议中，与会学者就生态文艺学、生态批评的学科定位以及相关问题进行了深入讨论。可以说，这两次会议的召开，不但促进了学界对生态批评的学理探讨，也在客观上推动了这一时期生态批评研究的全面展开。

2003年，《世界文学》第3期发表了赵白生策划的生态文学作品的一组译文。张皓在《江汉大学学报》第1期发表《生态批评与文化生态》、韦清琦在《外国文学研究》第4期发表《生态批评：完成对逻各斯中心主义的最后合围》，对西方生态批评的文化指向和哲学基础进行了梳理。陈茂林在《当代文坛》第7期发表《环境危机时代文学研究的绿色化——论生态批评》，介绍了西方生态批评的发展概况。刘蓓在《成都大学学报》第2期发表《生态批评：寻求人类“内部自然”的“回归”》，对生态批评的自然概念进行了探究。朱新福在《当代外国文学》第1期发表《美国生态文学批评述略》，对美国的生态批评发展情况作了专门的梳理。吉林人民出版社出版了曾繁仁的《生态存在论美学论稿》，在这本书中，曾繁仁对生态存在论美学观作了卓有成就的探索；北京大学出版社出版了王诺的《欧美生态文学》一书，它是我国对西方生态文学与生态批评全景式介绍的第一本专著。

2004年，韦清琦在《文艺研究》第1期发表了与劳伦斯·布依尔的对话《打开中美生态批评的对话窗口——访劳伦斯·布依尔》，以邮件的方式与生态批评的理论家布依尔展开了交流与对话，通过对话的方式，既让中国了解对美国生态批评的进展，也让西方学者了解到中国学者的主张。刘蓓在《文艺研究》第1期发表《简论生态批评文本的视阈的扩展》，对生态批评的文本视阈的拓展和理论特点进行了专门的论述。张皓在《三峡大学学报》第2期发表的《生态批评的时代责任与话语资源》则关注到生态批评的中国传统话语资源的价值。同时，王诺在厦门大学组建中国首支生态文学研究团队，团队的组建标志着中国生态批评研究学术队伍的形成。

2005年8月，由山东大学文艺美学研究中心在青岛举办的“人与自然：当代生态文明视野中的美学与文学”国际学术研究会，盛况空前，也在全国助推形成了一个生态批评研究的小高潮。会后，《文艺争鸣》第6期发表了由胡立新主持的“新世纪生态文学与生态批评”的一组会议论文，包括胡立新的《生态批评应超越知识观与价值观悖论》、段新权的《“本质力量的对象化”与生态文艺学的两处矛盾》、胡三林的《生态文学：批判与超越》和秦剑的《时代呼唤自觉的生态文学》等4篇文章。这一年至次年，研究生态批评方面的博士生论文有6篇、国家社科基金项目立项5项。其中，胡志红的博士论文《西方生态批评研究》入选中国社会科学博士文库，并于2006年7月由中国社会科学出版社出版。2006年7月，鲁枢元的《生态批评的空间》由华东师范大学出版社出版，作者从生态时代、精神生态、生态视野等视角对中国生态批评进行了独特的理论建构。同时，作者主持完成了100多万字的生态批评文献汇编《自然与人文：生态批评学术资源库》，为中国学者提供了全面丰富的第一手资料，“堪称中国的‘生态批评读本’”①。

第三阶段是生态批评的深化期（2007年至今）。2007年，对中国生态批评而言是一个很关键的年份。在这一年，党的十七大报明确提出生态文明，并把生态文明作为我们社会的发展目标之一。这不仅对中国，而且对整个世界而言都是有里程碑意义的事件，因为世界上没有任何一个国家敢于作出这样的承诺，因此，很多世界生态学研究这纷纷把目光希望转向中国，生态批评也在中国迎了新的发展机遇。五年之后，2012年，在党的十八大报告中，进一步把生态文明提升到全面建成小康社会“五位一体”总体布局的高度，体现出了党和国家对生态问题的重视，为生态批评研究提供了无限的发展空间和政策支持。可以说，自2007年开始，中国生态批评研究进入了一个新的发展时期。

在这一时期，生态批评研究呈现出三大发展趋势：

一是生态批评的研究数量激增。根据中国知网文献检索，2001年1月至2015年4月检索“生态批评”篇名关键词共有文献1279篇，其中2001

① 王诺：《欧美生态批评——生态文学研究概论》，学林出版社2008年版，第228页。

年至2006年只有121篇，而2007年一年就高达71篇，2007年1月至2015年4月有1158篇，占总数的90%，这些数据可以粗略说明2007年是一个关键之年，也说明2007年之后生态批评发展之迅速。同时，在这一时期还出版了大量生态批评研究著作，比如，生态批评的理论性建构著作有曾繁仁的《生态美学导论》、袁鼎生《生态艺术哲学》、盖光的《文艺生态审美论》、王晓华的《生态批评——主体间性的黎明》、王诺的《欧美生态批评——生态文学研究概论》和《生态批评与生态思想》、刘文良的《范畴与方法：生态批评论》和韦清琦的《绿袖子舞起来》等；生态批评实践著作有苗福光的《生态批评视角下的劳伦斯》、王喜绒的《生态批评视阈下中国现当代文学》和梅真的《西方生态批评视野下的中国当代生态诗歌》等；中国传统生态智慧挖掘的著作有鲁枢元的《陶渊明的幽灵》等。同时在这一时期，北京大学出版社自2013年开始策划出版我国第一套生态批评译著，目前已出版刘蓓译的布伊尔（即布依尔）的《环境批评的未来：环境想象与文学想象》、胡志红等译的格伦·A.洛夫的《实用生态批评》、韦清琦译的斯科特·斯洛维克的《走出去思考》和马海良译的利奥·马克斯的《花园里的机器》等，这对我国学界全面了解西方生态批评研究起着重要的作用。与此同时，2012年3月，《生态美学与生态批评通讯》在山东大学文艺美学研究中心创刊，可以说，它是继《精神生态通讯》之后，又一宣传生态批评的重要阵地。

二是理论研究不再仅仅停留于生态危机的感性的呼吁和对西方理论的译介阶段，而是深入到理论建构和批评实践之中。比如，刘蓓对生态批评文本理论的探讨、刘文良对生态批评的范畴与方法的探究、王晓华对生态批评身体意识的论述和程相占对生态审美内涵的研究等都形成了独特的理论特色；另外，在这一时期，曾繁仁出版《生态美学导论》，对生态存在论美学观进行了全面的论述，并结合中国传统生态智慧，对生态美学的研究任务和范畴进行了体系性建构，为生态美学的学科化作出了努力；王诺通过接连出版《欧美生态批评——生态文学研究概论》和《生态批评与生态思想》两部著作，围绕生态批评的界定、对象和任务以及审美原则等问题进行了深入的论述，并提出了与西方生态批评不同的看法，在中国生态批评研究中产生了重要影响。另外，在这一时期，除了理论的建构之外，还发表了大量的批评实践成果。

三是中国的生态批评引起了国外生态批评研究的关注，产生了世界性的影响。多年来，西方学界对中国理论研究的关注，都是中国古代文化领域，但是生态批评研究可以说是一个突破。中国学者的研究成果，不但被西方学者屡屡提及，而且，西方学界也急于想了解中国学者的研究概况，并把中国生态批评研究作为世界生态批评研究的一个重要组成部分来看待。比如，曾繁仁的生态美学被美国著名生态美学家伯林特多次引用，国际生态批评研究者墨菲邀请我国学者程相占组稿撰写《中国生态批评的根枝叶》，等等。无疑，这是一个十分可喜的现象。其实，生态问题决不是哪一个国家、社会和民族内部的事件，它从一开始便具有世界性和全球性。“现在，中国全方位的改革开放已使中国的发展和世界的全球问题紧紧联在一起。中国所面临的问题已不是西方在历史上已经解决，中国还没有解决的问题，而是西方也还在寻求解决之道的世界性问题。”① 如此，中国学者应该抓住时代赋予我们的责任和机遇，在发扬传统生态智慧的基础上提出属于我们自己的解决方案，在生态批评领域发出属于我们自己的声音。

第三节　生态文学批评的理论创新

生态批评的诞生与新时期其他的批评模式有所不同，它并不是简单的批评方法的创新，而是根源于对现实生态问题的深深的忧患意识。它试图从生态的角度对文学乃至整个人类文化作出新的价值重估，并对人类社会发展模式展开反思。这是生态批评的核心所在，也是区别于传统文学批评的关键。也恰恰是这一点，使生态批评作为一种批评理论带来了文学观念和批评方式等一系列的变革和创新。

首先，生态批评突破了传统的人类中心主义文学观念。文学是文化的一部分，在人类中心主义文化观之下必然形成了相应的文学观念，即文学是人学。在这一观念指导下，人成为文学所表现的主要内容，而自然则被放逐或成为表现人存在的环境。在以生态学为主导的生态批评视域中，传统的人

① 刘纲纪：《建立具有鲜明中国特色的美学体系》，《武汉教育学院学报（哲学社会科学版）》1998年第1期。

类中心主义的文学观念成为首要被批判的对象。

1974 年，米克在《生存的喜剧：文学的生态学》一书中，试图用生态学的观念颠覆传统的人类中心主义文学传统和审美传统。他指出，这一导源于柏拉图的摹仿理论，人为地把“艺术与自然相对立”。与“低级的”或“动物性”的生物世界相比，艺术是“高级的”“精神化”的人类精神产品。但是，19 世纪进化论的诞生，已经促使人类开始重新思考生物与人类之间的关系，也改变了人们对艺术以及审美观念的看法。①格罗特菲尔蒂在《生态批评读本》中给生态批评的界定中强调：“生态批评是运用一种以地球为中心的研究方法来从事文学研究。”②这里的格罗特菲尔蒂所说的“以地球为中心”显然是与以人类为中心相对的，是对传统的人类中心主义文学批评观念的反拨。另外，她还特地解释了为什么学者青睐生态（eco-），而不是环境（environ-），因为环境这一概念仍保留人类中心主义和二元论的色彩。可见，生态批评的出现必然意味着一种新的文学观念的诞生。

在我国，1983 年，赵鑫珊在《生态学与文学艺术》中提出：“文学艺术家应该善于把握时代哲学精神。在描绘当今的大自然时，他应该考虑到怎样建立人与自然之间的新型的和谐关系，应该重新探索人类在自然界中的位置这一古老课题。”③赵鑫珊提到的不是仅仅一般的关注人与自然的关系，而是在生态学的指引下，重新考虑人类在自然界中位置，并试图建构一种新型的生态关系，也意味着文学观念的转变。1999 年，司空草在《文学的生态学批评》中介绍完六位理论家的论文情况之后，他说：“长期以来，‘文学是人学’，文学批评的中心就是人和社会，殊不知，某一地区的生态系统、人类生存的环境就像地平线一样，看似固定不变，实际上却随着人类的走动而在不停地变化着。”④在这里，司空草特别指出了生态批评与人类中心主义的文学观念的不同，“文学是人学”主要关注的是人，而生态

① Joseph W. Meeker，*The Comedy of Survival*：*Studies in Literary Ecology*，Charle Scribner's Sons，1972，pp.119-120.

② Cheryll Glotfelty，*Introduction*，*Ecocriticism Reader*，The University of Georgia Press，1996，p.xviii.

③ 赵鑫珊：《生态学与文学艺术》，《读书》1983 年第 4 期。

④ 司空草：《文学的生态学批评》，《外国文学评论》1999 年第 4 期。

批评则从动态的角度关注人与自然乃至整个生态系统之间的关系。在“生态批评”这一术语正式被引进来之后，人类中心主义文学观念更是成为众矢之的，同时，人们也更为明确了生态批评的特点，比如，陈晓兰在《为人类“他者”的自然——当代西方生态批评》中论述道：“生态批评与文化批评相对立的地方，是文化批评以文化为研究中心，仍然具有人类中心和文化中心论的色彩，而生态批评关注的中心则是自然，极大地肯定自然本身所拥有的价值。”①

但是，中国生态批评研究没有像西方一样，在批判人类中心主义的过程中，走向另一个极端——生态中心主义，而是从生态学相互联系的观点出发，提出了侧重人与自然共生的生态整体主义。2004年，王诺在《“生态整体主义”辩》一文中指出：“国内外有一些学者把生态整体主义称为‘生态中心主义（ecocentrism）’。这并不准确，甚至可以说是用传统的人类中心主义的思维方式来误解生态整体观。生态整体主义的基本前提就是非中心化，它的核心特征是对整体及其整体内部联系的强调，绝不把整体内部的某一部分看作整体的中心。中心都没有，又何来中心主义？”② 后来，他不断完善这一观点，并把它作为生态批评理论建构的核心思想。2008年，他在《欧美生态批评》中明确把生态整体主义作为生态批评的核心特征，他说：“反人类中心主义和二元论等传统价值观的生态批评是以生态主义，特别是生态整体主义作为指导思想的批评。这是生态批评的最主要特征。”③2013年，他在《生态批评与生态思想》一书中，在《欧美生态批评》所提出的自然性原则、整体性原则、交融性原则等三原则的基础上，特地增加了第四个原则——主体间性，可以见出他对生态整体主义的重视。王诺在美国哈佛大学访学一年，对西方生态批评理论不能说不熟悉，但是他没有一味应和西方生态批评，而是提出了与之不同的生态整体主义概念，对中国生态批评研究产生了重要影响。比如，曾繁仁在早期参与生态美学讨论的文章中表述为“生态中心主义”，后来则改为“生态整体观”。胡志红在《西方生态批评研究》一书中反复提到生态批评以生态中心主义为指导，“生态批评主张以生态中心主

① 陈晓兰：《为人类“他者”的自然——当代西方生态批评》，《文艺理论与批评》2002年第6期。
② 王诺：《“生态整体主义”辩》，《读书》2004年第2期。
③ 王诺：《欧美生态批评——生态文学研究概论》，学林出版社2008年版，第35页。

导下的文学研究范式取代人类中心主义主导下的文学研究范式”,① 但是在具体思考文学生态中心主义时，还是采取了比较温和折中的立场，强调人与自然之间的互动关联性。他说：“文学生态中心主义质疑人的中心性和惟我独尊的合法性，反对把自然当成人间戏剧的舞台、人类征服的对象，对人类中心主义构成了严峻的挑战。当然，对这些环境作家来说，放弃并不意味着完全消除自我，放弃的美学只是暗示悬置自我，以便使人感觉到环境至少应该与自己一样值得关注，体验自己处于许多相互作用的存在之中。”②

其次，生态批评改变了过去文学研究中对自然的忽视，拓宽了文学研究的视野。长期以来，在人类中心主义的观念下，自然相对于人而言，是无生命的甚至是被奴役的对象。在文学中，自然也不是主要的表现对象，是作为为表现人而出现的环境。生态文学的出现，从根本上改变了这一现状，自然成为文学表现的对象和主题。在现代西方文学理论研究中，从形式主义、新批评到结构主义，只关注文本自身封闭的世界，从而忽视了文本之外的世界。在美学研究中，自然美也作为美的初级形态而存在，到分析美学之后，美学成为艺术哲学，自然美直接被放逐了。生态学的兴起，彻底改变了人们的传统观念，使人们认识到自然不再是外在的，而是与人的生存密切联系在一起的。生态批评拓展了传统文学批评的维度，把自然纳入到文学批评之中，并赋予自然与人同等主体的地位。

洛夫在《重评自然：走向生态文学批评》中指出：“当今文学重要的作用是让人类清楚地认识到他在这个濒危世界中的位置。”③ 克鲁伯针对“为艺术而艺术”的主张提出“为自然而艺术”的主张。布依尔从以地球为中心的批评视角出发，大力提倡文学批评应关注自利奥波德以来的“自然书写”传统。乔纳逊·贝特则努力为大自然代言，他在《大地之歌》中指出：“自然以及生活在自然中的万事万物虽然无法开口讲话，但是它们也应该受到法律的保护，诸如树、海豚、鲸鱼、小草、濒危的物种等等也应该有律师为它们辩护，而生态批评学家就责无旁贷，应该勇敢地站出来为它们讲话。”④

---

① 胡志红：《西方生态批评研究》，中国社会科学出版社 2006 年版，第 2 页。

② 胡志红：《西方生态批评研究》，中国社会科学出版社 2006 年版，第 219 页。

③ Cheryll Glotfelty, *Introduction*, *Ecocriticism Reader*, The University of Georgia Press, 1996, p.237.

④ Jonathan Bate, *The Song of the Earth*, Picador, 2000, p. 72.

在我国，鲁枢元在《生态文艺学》一书中开篇即指出："文学艺术问题并不单单是文学艺术领域内的问题。"文学艺术应该走出文本面对复杂的现实生活，文学史不仅仅是人与社会的历史，更是人与自然的关系史。同时，他也指出了当今文学批评中自然的缺席，"无论是在'社会生活'，还是在'人的心灵'中，还是在'艺术的结构'中，'自然'都缺席了，成了一个近在眉睫的'盲点'。"① 为此，我们"必须恢复'自然'在文学批评中的地位，把'自然'作为生态文艺学中一个基本的范畴"②。后来，在西方生态批评理论的影响下，一些理论家更是自觉地使生态批评转向自然。韦清琦在梳理西方生态批评的发展时指出："生态批评不仅是严肃的批评家的社会责任感的表现，它的重要意义还在于彻底打开了文学研究的视野：文学批评的视阈曾几何时已经和文本以外的社会融合，现在又向自然环境敞开了。"③ 在西方现代的启蒙思想和科技理性的旗帜下，自然沦为人的奴隶、玩物和工具，生态批评则重塑了自然的主体地位，恢复了自然在文学中的地位。胡志红在《西方生态批评研究》一书中也指出，西方文学生态中心主义批评实践采取两种形式，一是"放弃"，即"放弃对物质的占有，放弃自然的征服与统治"，一是"赋予"，即"赋予自然主体性，让自然存在，像季节、地方、气候等成为文学表现的主题或主角"④。通过"放弃"和"赋予"，自然取得了与人同等的地位。

不过，中国生态批评与西方并不完全相同，西方生态批评更多地关注"自然书写"的文学传统，而中国生态批评对文学中自然的关注，则不仅仅指生态文学，而是一切文学文本。刘蓓在《简论生态批评文本视阈的扩展》一文中指出："生态批评的文本研究不仅要关注'荒野'，也要关注那些留下人类建设印迹的和受到人为破坏的环境，还要从'非自然的'社会文化环境中，发现自然与文化的交叉与互动。虽然自然写作文本解读仍然在生态批评研究中占有重要地位，但自然写作文本的范围已经远远超出了梭罗时期文学的界限。"⑤ 单一地强调对"自然书写"文本的关注，当然突出了生态批评的

---

① 鲁枢元：《生态文艺学》，陕西人民教育出版社 2000 年版，第 1、371 页。

② 鲁枢元：《生态批评的知识空间》，《文艺研究》2002 年第 5 期。

③ 韦清琦：《方兴未艾的绿色文学研究——生态批评》，《外国文学》2002 年第 3 期。

④ 胡志红：《西方生态批评研究》，中国社会科学出版社 2006 年版，第 194 页。

⑤ 刘蓓：《简论生态批评文本视阈的扩展》，《文艺研究》2004 年第 1 期。

专有的研究对象和研究特色，但是在某种程度上也限制了生态批评的普适性，这也是与生态批评的研究宗旨相违背的。

自然同时也成为生态美学研究的重要对象。1994年，李欣复在《论生态美学》一文中指出，生态美学“以研究地球生态环境美为主要任务与对象”。2000年，徐恒醇在《生态美学》一书中专门提出了关注自然环境美的范畴——生态美，它从生态的角度重新审视人与自然之间关系的美，“生态美不同于自然美，自然美只是自然事物自身所具有的审美价值，而生态美则是在人与自然的关系中，自然作为人的生态过程的参与者所表现的审美价值，它具有鲜明的生态意义。”① 曾繁仁更是把包括自然在内的整个生态系统都作为审美的对象。2009年，他在《生态美学导论》一书中提出：“我们不是简单地将生态美学的研究对象看作是‘自然’，而是将其看作既包括自然万物，同时也包括人的整个‘生态系统’。”②

再次，生态批评揭示了生态危机背后的深层文化根源。生态批评并非是简单地借用生态学方法的批评，而是试图对文学背后的文化展开生态学反思，最终唤醒人们的生态意识，这才是生态批评的核心使命所在。

布依尔指出：“生态批评的任务不只在于鼓励读者重新去与自然‘接触’，而是要灌输人类存在的‘环境性’意识——作为一个物种的人只是他们所栖居的生物圈的一部分——还要意识到这一事实在所有思维活动中留下的印记。”③ 人类中心主义作为生态危机的重要根源，自然成为生态批评批判的对象。除此之外，西方生态批评还对文化问题进行了多方面、多层次的揭示。比如，乔纳森·贝特在《文化与环境：从奥斯汀到哈代》一文中，着重分析了文化与环境的疏离，“起初，culture本是劳动者在田间所作的工作，而到了阿诺德及其后继者那里，它却成了心智性的东西，甚至精神性的东西，一种为社会道德需要服务的工作，并被置于体力劳动这个概念的对立面”。④ 生态批评的责任在于唤醒人们的意识，从而在文化与环境之间架起

① 徐恒醇：《生态美学》，陕西人民教育出版社2000年版，第137页。

② 曾繁仁：《生态美学导论》，商务印书馆2010年版，第292页。

③ ［美］劳伦斯·布依尔、韦清琦：《打开中美生态批评的对话窗口——访劳伦斯·布依尔》，《文艺研究》2004年第1期。

④ 王宁编：《新文学史Ⅰ》，清华大学出版社2001年版，第270页。

一座沟通的桥梁。索恩伯提出了“生态含混”的概念，用它来概括文化与环境之间的复杂性与矛盾性关系。他说：“纵观历史，人类不管在文化上、对待自然的态度上还是在他们居住地的生态恢复能力上存在多大的差异，他们都无一例外地同时破坏了邻近的和远处的景观。”① 另外，他还从跨文化的角度，指出生态含混特别存在于东亚文学之中。因为一方面，东亚文学之中包含着大量的人与自然和谐的思想，但是在现实层面，却包含着非常多破坏自然的现象。索恩伯提出的生态含混现象确实值得我们深思。

在我国，一些理论家也对文化进行了多方面的生态反思，并提出了独具特色的概念。鲁枢元较早开始了对生态的文化反思，提出精神生态的概念。1996年，他在《文学艺术与生态学时代——兼谈“地球精神圈”》中说：“人类生态系统中不能没有‘精神’的位置。人类既是自然性的存在，也是社会性的存在，还是精神性的存在。在‘自然生态’与‘社会生态’之外，还应当存在着一种‘精神生态’。”② 从生态平衡的角度看，生态危机的根源在于精神污染，当然，生态危机的解决也在于精神生态的治理。文学艺术属于人类的精神，是精神生态的一部分，理应承担起这一时代赋予的责任。与之相似，张皓提出文化生态的概念。他认为：“每个正常的人应该拥有三种生存方式：物质的生存、精神的生存和文化的生存。由此需要关注现实物质的生态（自然生态和社会环境生态）、精神生态和文化生态。”由此，生态批评作为一种文学和文化批评，关注的应该是文学背后的文化生态问题。他说：“生态批评的对象是生态文艺与文艺生态，以及与文学有关的生态现象；它关注的问题既是文学自身的生态问题，也是文学所体现的人类的生态问题，主要关注的是自然生态、社会生态现象背后的文化生态问题。”③ 在生态美学研究中，程相占仿照“文明”提出了“文弊”的概念。他说：“在正确价值观指导下所创造的文化成果就是‘文明’，反之则是‘文弊’。”显然，“所谓‘生态文明’就是在生态价值观指导下所创造的文化成果。生态文明所要纠正、克服的，就是工业文化所造成的种种‘文弊’，也就是那些导致

① ［美］索恩伯：《生态含混与含混的书写》，唐梅花译，《鄱阳湖学刊》2013年第4期。

② 鲁枢元：《文学艺术与生态学时代——兼谈“地球精神圈”》，《学术月刊》1996年第5期。

③ 张皓：《生态批评与文化生态》，《江汉大学学报》2003年第1期。

生态危机和生态灾难的弊端。”① 现代的文学观念和美学观念都是现代文化的产物，其中既包含文明，也包含“文弊”。当下，所要改变的也就是在生态观念的引领下，改变传统文化中的弊端和偏好，从而实现生态化审美。

王诺则认为生态批评的文化反思应与文学研究结合起来，不应超越文学去研究所谓的生态文化。在《生态批评的限度》一文中，他指出：“生态批评不能越界研究所谓‘精神生态’、‘语言生态’、‘社会生态’、‘政治生态’等领域的内部问题，也不可能全面研究这些领域的整体状态和内部规律。生态批评的中心始终要落在文学上，落在人与自然的关系上。”② 也就是说，生态批评可以进行文化反思，但是一定是通过文学的反思，并且重心一定是在文学上，而不能使生态批评流于一般的文化批评。在《欧美生态批评》中，他不但专门论述了生态批评的审美原则，还罗列了生态批评切入文学研究的九个切入点，即：人类中心主义、征服与控制自然观批判、欲望动力论批判、唯发展主义批判、科技至上批判、消费主义批判、生态整体观、简单生活观、生态审美等，并对每个切入点都进行了深入的论述。可以说，他在生态批评的文化反思与文学研究的结合上作出了富有成效的理论探索。

最后，对生态诗学的理论建构作出了多种探索。生态批评对生态危机背后文化根源的揭示是生态批评的重要使命，但是，生态批评也没有忘记自己的文学特性，这既是生态文学的理论诉求，也是生态批评理论建设本身的必然要求。因此，在生态批评建设过程中，生态诗学建构就始终是生态批评建设的重要目标。

生态批评家鲁克尔特在《文学与生态学：一次生态批评实验》中，提出要将文学与生态学结合起来，“建构出一个生态诗学体系来”。③ 布依尔在《环境想象》中，布依尔用“环境想象”描述生态文学作品对人与自然关系的构建，无疑是对文学批评概念的一次创新。同时，他还运用“地方”“地方感”等特有概念范畴对生态文学作品进行了深入的分析。斯洛维克则从生态批

① 程相占：《生态文化的理论框架与生态美学研究的核心问题》，《生态美学与生态批评通讯》2013 年 5 月号。

② 王诺：《生态批评的限度》，《生态美学与生态批评通讯》2012 年 5 月号。

③ Cheryll Glotfelty, *Introduction*, *Ecocriticism Reader*, The University of Georgia Press, 1996, p.115.

评话语的特点出发，强调了生态批评话语的独特性，即所谓的“叙事学术”(narrative scholarship)。他提出：“生态批评家若想做真正有意义的事——而不止于通过喋喋不休地制造不忍卒读也没人读的、关于纯美明晰动人的文学作品的评论来保住自己的饭碗——便应该在解释环境文学如何表达、表达什么等问题时，能够比作家本人为读者提供更宽广、更深沉或许是更明白晓畅的文字说明，而作家往往会沉浸在其自身特定的叙事之中。”有鉴于此，生态批评必须找到一种与之相当的语言，“洋溢着情感与情感的故事语言，或许是我们最好的选择。”①

胡志红在总结评述西方生态批评理论时重点论述了“地方”的范畴。他认为：“地方在培育地方意识、促进环境想象的过程中起着至关重要的作用，因为，如果放弃的美学观自然属人的身份的赋予得到具体的落实，自然季节性要被正确认识的话，那么这些事件一定发生的某些地方。”②不论从海德格尔“诗意的栖居”还是从环境主义对自然的关注，都包含着对地方的关注，因为只有在具体的地方，才能把人与自然联系起来。王诺也特别关注“地方”概念，不过，他不同意把 place 翻译为地方，认为翻译为“处所”更适合。因为“地方”在汉语中的义项太多，容易引起歧义。“处所”理论是对生态区域主义的超越，因为它不仅把处所看作地球的一个区域，而且把视野延伸至整个地球，把整个地球看成人类的家园。他论述道：“处所，简而言之，是人类生存的特定地方，它决定、影响并推动了人类的特征、生态思想和生态的身份认同。反过来，处所又因受到人类的保护或破坏而与人有密切的关系，融入了人的情感，给人以丰富的想象和联想。”③王晓华则从身体概念切入，把身体与地方结合起来。他认为要走出海德格尔式的迷途，就必须更坚定地回到身体。离开了身体的本体论和生物学特征，地方概念就无法真正为自己奠基，生态世界便难以展露其本真面相。在他看来，地方意识只有与身体结合起来，生态批评才真正有所着落，同样，身体只有和地方结合起来，才能真正体会到诗意的栖居，“为了所有生命的福祉，未来的生态批评应该更坚定地敞开身体（机体）与地方的本体论关系，推动

① ［美］斯科特·斯洛维克：《走出去思考》，韦清琦译，北京大学出版社 2010 年版，第 35、36 页。
② 胡志红：《西方生态批评研究》，中国社会科学出版社 2006 年版，第 252 页。
③ 王诺：《生态批评与生态思想》，人民出版社 2013 年版，第 192 页。

人类踏上返乡之旅。"① 另外，刘文良注意到生态文学的独特性，在其《范畴与方法：生态批评论》一书中上篇论述了生态文学的五个范畴："和谐""自然""终极关怀""悲慨"和"生态审美话语"。其中，他认为"和谐"是生态批评的核心范畴。"人与自然的和谐，人与社会的和谐，人与人的和谐，人与自身的和谐，这是生态文艺（文化）中最为根本性的内涵，是生态批评反复探寻和积极倡导的。""因此，'和谐'可以看成是生态批评的核心范畴。"②

刘蓓提出了从文本语言的角度建构生态诗学的可能。她认为生态批评对后结构主义理论经历一个从"摒弃"到"重拾"的过程。因为生态批评在诞生伊始致力于对文本理论的突破，但是随着生态批评对诗学理论建构的重视，却对文本理论的态度有所转变。批评家在寻找适合自己的文学理论途径之时，把目光重新投向了他们所熟悉的后结构主义理论话语。与后结构主义一致，如果说后结构主义解放的是语言的话，那么，"生态批评要解放的被压迫是环境——受到物种灭绝威胁的动植物以及所有无生命的、濒临枯竭的自然资源。别的批评要拯救被压迫者，可以通过自己的研究来警醒他们，使之'提高意识'，而对环境的拯救又如何实现呢？这是一个实践中十分棘手的问题。而从语言角度入手的生态批评，通过'为自然言说'而进行对自然这个'被压迫者'的解放，在理论上更具可行性"。③ 如此，生态批评可以重新走回到文本，在文本解读的基础上，建构自己的理论体系，从而为生态诗学的建构开辟新的思路。其实，生态批评的提出虽然是对文本理论的突破，但是同样离不开文本的细读，只有在文本细读的基础才能体会作品的生态内涵以及审美蕴涵，因此有的学者提出，"生态批评本身应坚守文学文本的细读，尤其是细读那些亲身体验过自然的作家的生态文学或自然文学文本，以感性的艺术接通感性的世界万物"。④

另外，一些学者把生态批评与生态美学结合起来，论述了生态批评的

① 王晓华：《身体、地方与生态意识》，《江苏大学学报（社会科学版）》2014 年第 1 期。

② 刘文良：《范畴与方法：生态批评论》，人民出版社 2009 年版，第 1 页。

③ 刘蓓：《"文本内外的自然之辩"——生态批评与后结构主义文论的合与分》，《文史哲》2006 年第 4 期。

④ 朱利华：《生态批评的诗化策略》，《山东大学学报（哲学社会科学版）》2012 年第 3 期。

审美原则和审美范畴。比如，王诺认为："随着生态批评的深入发展，越来越多的生态批评家意识到：应当对生态批评的审美和艺术特性进行探讨，其原因并非是使这类批评更全面、更容易被学界接受，而是他们逐渐认识到，生态文学不仅在思想意识方面有自己的特性，而且在审美和艺术表现方面也的确有自己的特征。"① 他从生态文学的审美与传统文学的审美观相比较的角度，着重论述了生态审美的四个原则：自然性原则、整体性原则、交融性原则和主体间性原则。

第四节 生态文学批评存在的问题

新时期生态批评研究虽然取得了一些成绩，但同时也存在着许多问题，比如在哲学基础的认识上仍然争论不休、生态批评的学科的地位还十分模糊以及生态批评理论的本土化建构严重不足，等等。总之，它作为一种方兴未艾的批评理论模式，仍有许多问题亟待解决。

第一，生态批评的哲学基础仍存在争议。在生态批评研究中，在反对人类中心主义这一点上人们的认识是一致的，但是在反人类中心主义的路上究竟走多远，学界并没有达成一致。如前文所述，中国学界没有走向西方的生态中心主义，而是提出了生态整体主义。生态整体主义也为多数人所接受，但是在具体理解生态整体主义上却存在着差异。比如，曾繁仁认为它是一种新的人文主义，在生态审美中，应坚持生态性与人文性的统一。他说："生态美学所贯彻的生态整体主义哲学观虽然突破了传统的人类中心主义，但却不是对人文主义的抛弃。它实际上是生态文明时代的一种新的人文精神，是一种包含了'生态维度'的更彻底、更全面、更具时代精神的新的人文主义精神，也可将其叫做生态人文主义精神。"② 王晓华也提出了生态主义与人文主义和解的问题。他指出："生态主义对人文主义的批评实际上并不指向人文主义总体，而仅仅针对其人类中心主义倾向。与其说生态主义与人文主义是截然对立的，毋宁讲它对人文主义有取有舍。人文主义也并非被动

① 王诺：《生态批评与生态思想》，人民出版社 2013 年版，第 8、231 页。
② 曾繁仁：《当代生态文明视野中的生态美学观》，《文学评论》2005 年第 4 期。

地接受生态主义的批判和选择，相反，它不但为生态主义提供了原初的理念和原则，而且时时它的某些极端化的倾向。”① 但是，王诺却并不这样认为，在他看来，“人本主义价值观包括两个方面：一是主张在人类社会领域里以人为本，二是在人与自然的关系上主张以人为本、为中心、为主宰”。生态主义反对的是自然领域的人文主义，而不是社会领域的人文主义，因此，没有必要坚持“生态人文主义”，更没有必要谈二者的和解，如果执意“坚持把生态主义与人本主义杂糅在一起，那说明主张者很可能与坚持‘弱人类中心主义’、‘开明人类中心主义’或者‘现代人类中心主义’的人一样，从根本上不愿意抛弃人类中心主义，而只是吸收生态主义的部分观念，对人类中心进行一定程度的改良”。②

但问题是，王诺的生态整体主义能否真正实现呢？很多学者提出了质疑。其中，王晓华指出：“以生态整体的名义说话—行动（尤其是将之上升为‘主义’）会导向另一种更为偏颇的人类中心论。也就是说，如此言说的他实际上摇摆于人类中心论和反人类中心论之间，其话语已经构成了明晰的悖论。”③ 在他看来，自然或生态当然是不会说话的，所谓的生态整体只能是由人为其代言，由此，生态整体便又走向了人类中心。其实，在人与自然之间，所谓的生态整体或主体间性，只能靠人类的自觉意识，而这最终又会走向以人为主导的主体间性，显然这是一个不可以回避的悖论。

为此，有的学者提出相对人类中心主义，直接明了地关注人类自身的利益。比如，刘文良说：“事实上，只有正视人类的利益，才可能真正做到生态环境保护、绿色和平运动、生态伦理实践在全球范围内的广泛施行，并达到人类所期望的环境效益、社会效益和经济效益，才能真正实现和谐的目标。这才是一种正确的生态价值观。生态批评只有将相对人类中心主义确定为理论立足点，才能真正避免空想乌托邦，生态批评的可行性和实效性才能真正得以发挥。”④ 还有的学者坚持以人为本的生态主义，比如，鲁枢元曾就

① 王晓华：《生态主义与人文主义的和解之路》，《深圳大学学报（人文社会科学版）》2006年第5期。

② 王诺：《生态批评与生态思想》，人民出版社2013年版，第118、120—121页。

③ 王晓华：《中国生态批评的合法性问题》，《文艺争鸣》2012年第7期。

④ 刘文良：《“和谐”：生态批评的核心范畴》，《鄱阳湖学刊》2010年第5期。

精神生态与生态精神与我国生态学专家余谋昌展开过讨论和对话。鲁枢元认为，余谋昌提出生态精神自然是不错的，但是问题的核心在于"'精神'是什么?"① 如果自然拥有精神，生态精神自然是合理的，也必然是宇宙精神的核心。但是，精神就其实质而言，应该是属于主体的。如此，在生态危机面前，我们需要发挥人作为主体的能动性，积极改变我们的精神生态，进而促进生态系统重新回归平衡。

生态批评如何面对人类中心主义不仅仅是一个哲学基础的问题，更是一个生态批评理论的合法性的问题。究竟如何处理人与自然之间的关系，人在自然中居于何等的位置，是生态批评的前提，也是生态批评存在合法性的依据。完全反对人类中心主义，是不现实的，也是无法做到的，但是如何做到生态整体主义，作为主导者一方的人，依据什么才能达到真正的生态整体，目前，仍是一个需要探讨的问题。

第二，生态批评的学科定位还十分模糊。生态批评究竟是一种文化批评，还是一种文学批评，目前学界还没有一个清晰的认识。

生态批评作为一种批评模式起因于生态危机，具有很强的时代性和实践性。布依尔指出："生态批评通常是在一种环境运动实践精神下开展的。换言之，生态批评家不仅把自己看作从事学术活动的人。他们深切关注当今的环境危机，很多人——尽管不是全部——还参与各种环境改良运动。他们还相信，人文学科，特别是文学和文化研究可以为理解及挽救环境危机作出贡献。"② 正是由此，生态批评在其诞生之初就包含有很强的现实参与性与文化批判性，这也在一定程度上影响着人们对生态批评的学科性质的认识。鲁枢元指出："面对地球生态系统中已经出现的严重危机，生态批评应当是一种拥有明确目的和意义的批评，一种拥有责任和道义的批评，一种饱含历史文化内涵的批评，一种富有现实批评精神的批评。"③ 正是在这一前提下，一般把生态批评看作是一种文化批评。人们以为，通过文化的批判，生态批评唤醒人们的生态意识，并最终影响人们的行动。比如，黄应全明确指

---

① 鲁枢元：《生态批评的空间》，华东师范大学出版社 2006 年版，第 197 页。

② [美] 劳伦斯·布依尔、韦清琦：《打开中美生态批评的对话窗口——访劳伦斯·布依尔》，《文艺研究》2004 年第 1 期。

③ 鲁枢元：《生态批评的知识空间》，《文艺研究》2002 年第 5 期。

出："生态批评是文化研究的一个新的门类，新的方向。众所周知，文化研究诸类型主要不是依据某种理论体系而是依据其关注的基本问题而相互区别开来的。在生态批评之前，文化研究一般提到三大基本问题：阶级（指经济阶级）、性（性向、性别）、种族（民族、种族）。生态批评的根本特点在于为文化研究添加了'第四'的基本问题：环境问题。"① 张华也提出："生态批评从一开始就不是纯粹的文学批评。"② 王诺虽然坚持生态批评的文化与文学两种属性，但是他仍然有所偏重，他说："生态批评的主要任务还是思想文化批评——挖掘揭示文学作品里的生态主义思想蕴涵和反生态的思想文化蕴涵；这不仅是因为生态美学的理论体系尚未完善，更重要的是生态批评原本就是作为应对生态危机的一种文学 / 文化现象而出现的。"③

其实，生态批评并非纯粹的文化批评，因为它是以生态文学的诞生为前提的。在西方生态批评主要针对的是自然书写的绿色文学。按照布依尔的划分，以 1995 年为界，西方生态批评经历了两波发展，其中第二波生态批评转向以自然书写的生态文学传统研究。这一转向一直延续至今，虽然他们的文本领域有所扩大，比如，斯洛维克认为："生态批评意指两个方面的研究：既可以用任何一种学术的方法研究自然书写；也可以细致研究任何文学文本的生态含义和人与自然的关系，即使那些文本初看起来似乎显然描写的是非人类的世界。"④ 但是，绿色文学仍是其研究的核心。其实，这一转向并不是偶然的，它意味着西方生态批评研究的深化和对第一波生态批评缺陷的克服。当生态批评转向以生态文学为基础的研究的时候，即意味着对生态文学本身特点的把握，也意味着对生态批评诗学体系的理论建构。相反，当生态批评流于一般的文化批评的时候，自然便导致了对生态文学的忽视。覃新菊就曾指出了中国生态批评研究的一个怪现象——"徐刚现象"。⑤ 虽然中国生态批评研究很热火，但以徐刚为代表的生态文学创作却少有问津。即使

① 黄应全：《生态批评挑战主流文化研究》，《全国第三届生态美学会议论文集》，2004 年 6 月。
② 张华：《生态批评不是纯粹的文学批评》，《中国文化报》2010 年 7 月 21 日。
③ 王诺：《生态批评与生态思想》，人民出版社 2013 年版，第 13 页。
④ 王诺：《生态批评与生态思想》，人民出版社 2013 年版，第 4 页。
⑤ 覃新菊：《生态批评何为——由"徐刚现象"引发的相关思考》，《长江大学学报（社会科学版）》2007 年第 5 期。

大量的生态批评实践的文本，也是要么是西方文学，要么是中国古典文学，而真正的生态文学，在生态批评中却缺席了。当然，这也可能与中国的生态文学创作的水准有关，但是与我们对生态批评的学科定位的偏颇不无关系。这样，显然，既不利于生态文学的发展，也不利于生态批评理论的发展。

同时，生态批评的文化属性也不能脱离文学属性而存在。袁鼎生指出："生态性批评是在相应的再造性欣赏的基础上展开的。以相应的再造性欣赏为基础，展开生态审美价值的批评，是形成生态批评的机制，是生态批评不离开生态审美价值本体的前提。生态批评恰恰是有意无意地忽略了这一点。"① 由于生态问题的紧迫性，生态批评可以较多地关注文化问题乃至现实实践性，但是随着理论研究的深入，生态批评必须回到文学批评的本性上来，"如果把文学研究当作一种宣传机器，忽视文学的语言艺术特质和审美特质，让政治属性淹没了文学研究的审美特性，文学批评也就失去了自己的身份"②，并最终影响生态批评介入生态实践的效能。

第三，生态批评的本土化建构明显不足。生态批评最早诞生于西方，中国生态批评的发展也受到西方生态批评译介的推动，因此，西方生态批评理论的译介也一直占据着中国生态批评研究的主导地位。综观生态批评多年的研究，可以看出，不论是理论话语形态还是具体的批评实践，都是来自于西方。这使得中国生态批评研究面临的一个突出问题就是缺少真正本土化的理论建构。

生态批评因生态危机而起，应该是一个十分鲜活的理论。但是，生态批评在中国的发展，却是以理论的译介为主，即使从事批评实践，也大多以西方的经典文学文本为主，这不能不引起我们的反思。其实，生态批评理论的本土化建构是生态批评理论自身的要求，如果失去这一点，生态批评也将失去它存在的意义。因为，生态批评的重要任务是对文化的生态反思，而我们生态批评建设，当然是对我们现有的文化的反思。但事实是，我们却一直在进行他者文化的反思，如此，我们的生态批评岂不就是无的放矢了吗？有的学者可能会说，我们现代化过程中出现的生态危机与西方文化相似，西方

---

① 袁鼎生：《生态批评的规范》，《文学评论》2010 年第 2 期。

② 刘文良：《生态话语审美化：生态批评的诗意之维》，《北方论丛》2008 年第 2 期。

的生态批评理论对我们的借鉴意义十分重大。当然，我们的现代社会的发展模式与西方相似，但是，我们的文化毕竟不是西方的文化，我们生态危机的根源也与西方有着很大的不同，而我们的生态批评在进行文化反思的时候，却在某种程度上把我们自己给忽视了。

同时，对中国而言，我国古代拥有丰富的生态智慧，这为理论的本土化建构提供了丰富的资源和良好的契机。牛晓梅指出："如果不是基于本土文化语境，但作理论上的建构，这样的体系缺乏基础是站不住脚的，结果可能是成为'众声狂欢'中的一种声音而已，昙花一现般的成为历史。从这个意义上讲，有必要必须寻找生态批评的东方本土之根。"① 在中国生态批评研究过程中，也出现了大量研究成果，比如，鲁枢元的《汉字"风"的语义与中国古代生态文化精神》论文和著作《陶渊明的幽灵》，曾繁仁在《生态美学导论》中对儒家、道家和佛家乃至中国绘画中生态智慧的研究，张皓的《中国文艺生态思想研究》，程习勤等的《老庄生态智慧与诗艺》，邓绍秋的《禅宗生态审美研究》等。但是，中国传统文化中的生态智慧毕竟是与我国古代的农业文明结合在一起的，它们能否直接借用过来解决工业文明中出现的问题，在国内学术界存在着很大的争议。比如，关于"天人合一"的命题的当代价值，有人就提出了质疑。比如，任继愈认为："'天人合一'无论如何解释，已不能反映现代人今天所要解决的问题，任何诠释也难以做到正确无误。'天人合一'的文章已做不下去"，当务之急是研究"天人之际。"② 杨振宁也认为："近代科学一个特点就是要摆脱掉天人合一这个观念，承认人世间有人世间的规律，有人世间复杂的现象，自然界有自然界的规律与自然界的复杂现象，这两者是两回事，不能把它合在一起。"③

索恩伯提出的"生态含混"是一个很值得思考的问题。文化与环境之间的关系是非常复杂的，特别是对我国这样一个拥有深厚传统文化与现代文化交织的国家，情况更为复杂。我们应该仔细分析中国现实文化、传统文化与环境之间的复杂关系，真正得出有价值的结论，为我国的生态批评研究和

① 牛晓梅：《从"艺术的生态意义"到生态批评的本土之根》，《中外比较文学与比较文化（国际）研讨会论文集》，2004 年 9 月。

② 任继愈：《试论天人合一》，《传统文化与现代化》1996 年第 1 期。

③ 杨振宁：《〈易经〉对中华文化的影响》，《北京科技报》2004 年 9 月 22 日。

生态文明建设提供有益的启示。这才是生态批评真正的价值所在，也是生态批评理论本土化的关键。

生态批评因其跨学科性还包含大量的相关内容，比如生态女性主义批评、后殖民主义生态批评等。在这里，我们只是围绕新时期生态批评本身的理论问题进行了粗略的梳理，试图对新时期的生态批评研究作出宏观的把握。生态批评因现实生态问题而起，具有强烈的实践性。随着生态文明时代的来临，生态批评也必将散发出更为亮丽的理论光彩。

第十三章　新时期以来的网络文学批评①

20 世纪 90 年代以来，随着计算机和互联网技术在中国的普及成熟，网络文学异军突起，与之相伴的网络文学批评也迅速发展，成为了新时期文学理论批评的一个极为引人注目的新兴板块。最广义的网络文学批评，仅限定了其创作和传播的媒介为互联网，也就是“网络上的文学批评”，其批评对象可能是网络文学，也可能是传统文学。然而这一范畴过于宽泛，难以严格界定和把握。一般意义上的网络文学批评则指“以网络文学为对象的文学批评”，也就是限定了批评的对象为网络文学作品和文学现象，而其发表和传播媒介则并不局限于互联网，也可以囊括报纸、期刊、书籍等传统媒体；其参与者既有普通网友，也有文化名人、媒体工作者、职业撰稿人、作家以及专家学者等。而狭义的网络文学批评则特指以互联网为媒介载体，由网民大众（多数为匿名网友）就网络文学作品或文学现象做出的评价。无论哪种界定，可以肯定的一点是，网络文学批评是伴随网络文学这一汹涌发展的文学现象应运而生的，是文学接受与批评紧贴文学脉动的最为直接的反馈与回应。它既能够发掘和凸显网络文学的独特优势，进一步推动这股顺应时代新变的文学潮流，同时又能够及时指斥网络文学所暴露出的问题，对这一尚不成熟完善的文学领域给予必要的引导和规约。更重要的是，因为批评主体、言说对象和传播形式的不同，网络文学批评与传统文学批评相比也有着自身的独特性，互联网语境带给网络文学的积极变革和消极影响同样可能影响到网络文学批评自身的发展。因此，对于网络文学批评的研究和反思是十分必

① 本章部分内容已作为阶段性成果先行发表，特此说明。参见《网络批评类型探析》，《百家评论》2015 年第 2 期；《网络文艺批评特征简析》，《山东社会科学》2015 年第 2 期。

要的，它不仅可以帮助我们对网络文学批评形成全面深刻的认识总结，用更加合理的批评观念为网络文学的健康发展提供支持和保障，还能够作为文学理论观念发展变化的坐标，为把握中国新时期文学理论的演进轨迹提供有益的参照。

第一节　网络文学批评的发展轨迹

中国的网络文学批评自滥觞至今只有20年左右的时间，然而在这短暂的时间内，它已经从最初的稚嫩萌芽发展到了今天的繁荣与初步成熟。究其原因，首先是网络文学本身的蓬勃发展，使得网民大众和文化精英自发地对这一新兴文学形式投以关注并且做出回应。其次是网络提供的便捷手段（如BBS发帖）消解了传统文学批评的门槛，以开放和自由的姿态吸引着网友的畅所欲言。再次，此时网络文学批评的理论资源也处于自由多元的语境下，传统文艺理论批评、西方马克思主义、形式主义、存在主义、后现代主义、女性主义、生态主义、后殖民主义等各种思想资源和价值观念都渗入了网络文学批评之中。正是这些原因，促成了网络文学批评在与网络文学保持紧密关联的基础上趋于成熟与自觉。下面我们便结合着网络文学的发展历史简要梳理网络文学批评的发展轨迹。

一、萌发期：1992—2000年

早在20世纪90年代初期，便有了中国网络文学批评的萌芽。1991年4月5日，全球第一份通过电脑网络传送的电子中文杂志《华夏文摘》在海外创刊。该刊主要转载一些海内外的文摘，包括政治、经济、文化、艺术、科学等方面，却鲜有网络原创文学作品。1992年，USENET上开设了alt.Chinese.text，简称ACT。这是Internet上第一个采用中文张贴的新闻组。ACT成立之后不久，《华夏文摘》就在上面发行。后来的中文电子刊物《北极光》《新语丝》《橄榄树》等也都以此平台为依托。正是在这些海外网络平台及中文电子期刊上，诞生了中国最早的网络文学和相应的网络文学批评。此时的知名批评家有方舟子、散宜生、笨狸、图雅、秋之客等。因为网络文学刚刚兴起，此时的批评也显得杂糅和稚朴，常以只言片语或随感的形式散

见于各类杂文之中，并且多以对传统文学的批评为主，真正对网络文学作品和文学现象的批评凤毛麟角。

中国网络文学批评的进一步萌发，与20世纪90年代后期中文网站的建立和网络文学的初步兴盛密不可分。1997年底，美籍华人朱威廉创建了全球中文原创作品网——“榕树下”网站。“榕树下”作为国内成立最早的文学网站，坚持“文学是大众的文学”，不仅为普通网友提供了文学展示和交流的平台，还培养和聚集了大批在华语文学界极具影响的作家，如李寻欢、宁财神、安妮宝贝、邢育森、慕容雪村等。1998年，台湾作家蔡智恒（痞子蔡）发表小说《第一次的亲密接触》，该小说分34集在网络BBS上连载，引起了大量网友的跟帖和追捧转发。1999年该书在大陆出版，成为风靡一时的畅销小说，也进一步引发了社会对于网络文学的关注与重视。1999年，“红袖添香”网站创立。该网站以女性文学为特色，不仅提供涵盖小说、散文、诗歌、剧本、日记、歌词等各种文学体裁的创作和阅读服务，还开发了中国首个“无线版权结算平台”，为网络文学的商业化运营提供了宝贵的经验。

正是在网络文学环境日渐成熟的背景下，网络文学批评也初步走向正轨。1999年前后，“榕树下”和“天涯社区”等网站开始大量刊发网络文学批评的文章，一些比较知名的网络文学批评家如吴过、邢育森、张远山、宁财神等都在此时崭露头角。吴过不仅撰写了一系列针对网络文学现象的批评文章，如《谁来保护网络写手?》《网络给文学带来了什么?》《网络：文学的双刃剑》等，还对诸多知名网络文学作家进行了专访，并提出了网络文学“三驾马车”的概念，为网络文学批评奠定了重要的基础。从总体上来看，此时的网络文学批评仍处于萌芽状态，一方面因为当时的网络文学还是新兴事物，电脑和互联网尚未全面普及，所以网民大众的参与度并不高；另一方面，此时的网络文学批评尚未形成自觉意识，主要是知名写手或普通网友围绕单篇作品或者网络文学创作现象所发的感言，以经验式、随感式为主，而且这些批评产生的影响也相对有限。

二、发展新变期：2001—2005年

自2001年以来，随着互联网的普及和网络文学的发展成熟，网络文学

迎来了新局面。起点中文网、潇湘书院、幻剑书盟、小说阅读网等文学网站如雨后春笋般相继创立，各网站也纷纷举办网络文学大赛，不仅邀请知名作家作为评委，还把获奖作品结集出版，如“榕树下”网站的“网络之星丛书”系列，以及新浪网“中国文学原创大赛”作品系列等。此外，文学网站已经开始与网络作家签约以及制定写作收益机制，探索网络文学的市场化道路。网站不仅为每部作品开辟了专门的评论区域，关于网络文学现象或作家作品的研讨会也开始出现。

2005年以来，网易、新浪、搜狐等主流中文门户网站纷纷开设了博客。博客的推广使得网络文学的创作和批评不再受文学网站和作品门类的局限，而是为个人提供了一个独属于自己的兼具私人性和公共性的展示交流平台。因为博客在展示、传播和交流方面的优势，许多知名作家、网络写手以及文学批评家如谢有顺、张颐武、陈晓明、葛红兵等都纷纷开设博客。他们的博文中时常可以看到针对网络文学作品或文学现象的评价。可以说，博客使得网络文艺批评更加独立自觉，既吸引了更庞大的文化精英群体的参与，也具有了更加便捷的传播渠道，从而能够引起更为广泛的社会关注。

此时网络文学批评的主体开始呈现出多元化倾向，既有宁财神、邢育森等网络文学作家，也有传统作家与文学批评家以及高校学术界的研究者。更重要的是，读者大众已经更加踊跃地参与到了网络文学作品的探讨中，各文学论坛的留言板上，网友的评论难以计数。这些批评虽然大多感性、零散且并无理论深度，但一旦汇聚起来，特别是转换成“月票”“鲜花”或“臭鸡蛋”等与作者收益挂钩的因素时，便成了网络文学批评最具影响的力量。

此外值得一提的是，此时网络文学批评的一个新动向，是不再仅仅专注于网络文学，而是开始将文学经典作为一种批评、阐释、酷评甚至解构、戏仿的对象，用网络特有的文化逻辑重新阅读和消费文学经典。2001年葛涛将各类网站上对于鲁迅的评论文章汇编分类，定名《网络鲁迅》，由人民文学出版社出版。此后他又陆续编辑出版了《网络金庸》（2002年）、《网络张爱玲》（2002年）、《网络王小波》（2002年）等。这些评论文章来自榕树下、天涯社区、网易、新浪、西祠胡同等网站，其作者既有知名网络写手也有普通网民。这种将传统文学经典通过批评的方式纳入网络文化语境之中的新趋势，既区别于传统文学批评也区别于对网络文学的批评，可以看作网络时代特有的以大众文化为基调、以精英文化为资源的跨文化批评。

三、繁荣期：2006—2014 年

2006 年以来，互联网得到了更大普及。除电脑之外，掌上电脑、平板电脑、手机、MP4、电子书等各种智能终端均实现了网络连接，而且各种网络交流平台如博客、微博、微信等也具有资源的评论、分享、转发功能。这些都为网络文学的传播和文学批评的发展提供了更加便利的条件。在此基础上的网络文学批评已经趋于繁荣和成熟。网民大众的自由声音真正把网络文艺批评变成了一场群语喧哗的狂欢，为网络文学批评确定了大众性、自发性、多元性、娱乐性的基调。

另外，网络文学批评的自觉意识也在这段时间建立起来。各种网络文学学会、网络作家协会、网络文学研究会纷纷建立，除了针对作品的分析解读和网络文学现象的评析之外，对于网络文学研究的理论提升，以及网络文学批评的问题及标准等也引起了文化学术界的自觉反思，出现了大量针对网络文学批评的评论文章、理论专著和研究论文。如果说网民大众为网络文艺批评提供了稳固庞大的群众基础的话，那么作家、批评家和专家学者的广泛介入则是网络文艺批评提升思想深度、把握发展方向和扩大影响的必要保障。在诸多研究成果中，比较有代表性的学术著作有“网络文学新视野丛书”（一套 6 本，包括杨雨《网络诗歌论》、苏晓芳《网络小说论》、李星辉《网络文学语言论》、蓝爱国《网络恶搞文化》、欧阳文风《博客文学论》、柏定国《网络传播与文学》，均由中国文史出版社 2007 年出版）、《网络文学概论》（欧阳友权著，北京大学出版社 2008 年版）、《网络写手论》（曾繁亭著，中国社会科学出版社 2011 年版）、《网络文学产业论》（禹建湘著，中国社会科学出版社 2011 年版）、《网络小说名篇解读》（聂庆璞等著，中国社会科学出版社 2011 年版）、《网络文学评论》（辑刊，广东省作家协会、广东网络文学院 2011 年创办）等。这些研究成果，有的是针对具体作品的分析解读，也就是网络文艺批评的实践；有的则梳理网络文学批评的发展历程，总结其主要特征及价值与局限；或者从不同文学类型或传播及运作模式上思考网络文学的独特之处。这些研究探索已经是对网络文艺批评的一种理论提升和总结，标志着网络文艺批评的自觉与初步成熟。

第二节 网络文学批评的论争焦点

对网络文艺批评成果稍作整理便可发现，其中占据比重最大的，是针对网络文学作品的批评解读，或为网友简短的阅读体验，或为学者及批评家长篇专论式的分析研究。这类批评可以看作对网络文学的一种阅读接受，是文学批评针对网络作品的具体实践，与中国古代的文学评点或现代文学批评专论并没有本质的区别。真正促使网络文学批评走向自觉与成熟的，实际上是围绕一些焦点问题的言说与论争。这些焦点问题主要可以分为三个层面，第一层是“对‘网络文学’的批评”，包括对网络文学的界定和评价等问题；第二层则是“对‘网络文学批评’的批评”，也就是网络文学批评的自我反思，包括其特征、标准以及存在的问题等；第三层则是对“网络文学”与“网络文学批评”之间关系的思考。这些问题的探讨使网络文学批评从实践层面提升到了理论建构层面，使其区别于传统文学批评的独特属性逐渐凸显并且固定下来。

一、对“网络文学”的批评

对于大多数网络文学读者而言，“什么是网络文学”以及“网络文学是好还是坏”并不是他们关心的问题，对这些问题进行反思的，首先是敏锐地感觉到文学新变的作家、批评家和理论研究者。他们要求对网络文学这一庞杂臃肿的对象进行梳理和严格界定，分析其与传统文学的区别与关联。然而因为网络文学既有着“网络”的新属性，又需要尊重“文学”的固有传统，因此对它的界定和评判始终是热议的话题。

先来看网络文学的界定。自网络文学现象诞生以来，对“网络文学”的界定便形成了莫衷一是的看法。第一种观点反对将网络文学做出界定与区分，认为网络文学只是发表在网上而已，与其他文学并无本质区别，因此首先应该遵循文学自身的标准与尺度。例如，作家陈村便提出“文学不能区分网络文学和传统文学，就像我们不能区分报纸文学和杂志文学一样”①。北塔

① 赵晨钰等：《网络文学：新文明的号角，还是新瓶装旧酒》，《中华读书报》1999 年 12 月 1 日。

也指出："网络文学也还是用文字来表达的，我们欣赏或批评网络文学，看的是作品中文字的好与不好，与网络无关。"① 这种网络文学观重视文学法则的绝对优先性和统摄作用，具有鲜明的精英主义立场。与此种看法相关的另一种看法是，从网络这一载体出发，认为网络文学从广义上可以指"在互联网上传播的所有文学和类文学样态"②。这种界定看似是对网络这一媒介的尊重，但实际上完全消解了传统文学和网络文学的界限，仍然是按照文学的旧有标准来看待网络文学。应该说无论是强调网络文学的文学性还是网络载体性，似乎都不能令人满意。网络文学作为新兴文学样态，一方面不能不遵循文学的传统法则，同时其以网络为依托的新媒体特征又令其呈现出诸多区别于原有文学观念的新特征，这是有目共睹的。如王国维所言，"一代有一代之文学"，如果对网络文学的新特征视而不见或者坚持套用原有的文学观念，必然显得僵化保守，不是对文学发展客观规律的尊重。蔡智恒（痞子蔡）曾在《网络文学和我》一文中调侃道："如果只要发表在网络上的都算网络小说，那么万一曹雪芹复活，把《红楼梦》贴在网络上，《红楼梦》就是网络小说了吗?"这一诘问，正反映了网络文学区别于传统文学的身份独立之渴望。

基于这种身份自觉意识，也产生了相应的网络文学界定。早期曾有一种声音认为"网络文学"是描写网络生活和网络文化的文学，例如《第一次的亲密接触》男女主人公是通过 BBS 结识和相恋的，两人的大部分交流都以网络为依托，这便是典型的网络文学。这种观点试图从描写内容方面将网络文学与其他文学样态区分开来，却很快随着网络文学内容的丰富与庞杂而被否弃。此外还有一种狭义界定，认为网络文学是"只能存在于互联网上，不能印刷出版，充分体现网络特征的网络超文本文学、多媒体文学，由网友共同创作的接龙文学，通过电脑软件创作的准文学等"③。这种界定强调网络的自由链接性、参与性等，但又过度强调网络文学与传统文学之间的界限，同样将网络文学限定在了狭窄的范围内。在此基础上，以李寻欢为代表的网络文学作家提出了一个具有代表性的合理界定："网人在网络上发表的供网

---

① 北塔：《文学革命与网络无关》，http：//edu.sina.com.cn/job/2000-11-07/14877.shtml（2015-02-01）。

② 欧阳友权主编：《网络文学词典》，世纪图书出版公司 2013 年版，第 18 页。

③ 欧阳友权主编：《网络文学词典》，世纪图书出版公司 2013 年版，第 18 页。

人阅读的文学。”① 李寻欢认为这一界定有三重含义，即网络文学的创作主体必须是网络的使用者，传播渠道必须是或者说主要是网络，服务对象则必须是网上的受众。这一界定从创作主体、传播渠道、面对受众三个层面对网络文学做出了初步界定，紧贴网络文学发展现实，已经比较切近后来学界对网络文学的定义了。时至今日，随着网络文学的不断发展与成熟，虽然网民大众或文人学者对网络文学的看法仍有分歧，也有着广义和狭义之分，但一个普遍认同的科学界定基本上被确立下来。在我国第一部网络文学教材中，将“网络文学”界定为：“由网民在电脑上创作，通过互联网发表，供网络用户欣赏或参与的新型文学样式，它是伴随现代计算机特别是数字化网络技术发展而来的一种新的文学形态。”② 这一界定坚持网络文学的创作和发表首先以网络为依托，从写作和载体的源头上区别于传统文学，此外还注意到网络文学在面对读者方面的专门化，同时又不过度强调网络文学只能在网络上存在，既尊重了网络文学自身的新规律，又比较宽泛自由，因此得到了学术界和大众的普遍认同。

其二是对网络文学的价值评判。自网络文学批评的萌发期开始，对网络文学的评价就一直是一个核心话题。围绕这一问题的主要观点有正反两方面。一方面是对网络文学价值的肯定与期待。网络作家慕容雪村曾放言，未来一百年内如果中国汉语言文学会出大文豪的话，那么它首先肯定必然是从网络上走下来的。③ 网络确实令文学爱好者们有充分的信心与热情参与到文学活动中去，正如有研究者指出的：“在网上发作品无需经过筛选、过滤和核对的手续，可以不再需要严格的资格认证、不受编辑的鸟气，体现着‘标准’、‘传统’的中间环节、重重门槛也一概删除，这是令作者和读者们多么欢欣鼓舞的文学狂欢啊！猛然间你会发现，日渐沉沦的文学青年群落，正在网上成群结队地漫游、点击！”④ 的确，互联网带给文学的便利条件是前所未有的，它极大程度上降低了文学的门槛，激发了更多人的创作热情，形成了更为庞大的阅读群体，使一度趋于萧条的文学生态得到了改变甚至颠覆。从

① 李寻欢：《我的网络文学观》，《网络报·大众版》2000 年 2 月 21 日。
② 欧阳友权：《网络文学概论》，北京大学出版社 2008 年版，第 4 页。
③ 姜锦铭：《网络文学：“第一次亲密接触”后还能走多远?》，《新华每日电讯》2006 年 1 月 14 日。
④ 袁毅：《网络文学——能走多远?》，《文学自由谈》2001 年第 1 期。

这一角度来说，无论是网络文学作家还是研究者大多抱有乐观态度，认为网络文学这一新兴文学样态有着光明的前景，是文学发展的大势所趋。即使一些传统作家也纷纷表达对网络文学的肯定与期待，例如莫言便认为"网络的出现改变了中国文学创作的格局，文学的门槛降低了，走向文学的道路变得更加宽阔和多样"①。

另一方面则是对网络文学价值的怀疑甚至否定。网络文学的蓬勃发展是有目共睹的，但一个不争的事实是，网络文学并未产生真正意义上的文学经典，拥有市场的畅销之作往往并不能经得起时间检验，很快便随着新作品的层出不穷和大众的审美疲劳而被淹没，即使某些网络文学大赛的获奖作品，也如作家陈村所言，"离伟大的文学较远"②。多数网络文学仅以诱人的情节取胜，一味迎合大众趣味，为博取点击量而哗众取宠，在语言表达、形象塑造以及社会价值关怀方面仍有明显欠缺，甚至生产了大量为人诟病的文字垃圾。因此也有许多批评家给网络文学泼冷水，提示人们理性面对这一虚假繁荣的文学热潮。有人指出网络文学不过是"头重脚轻根底浅"的"芦苇文学"，一方面承载了过重的赞美和期冀，如"自由地表述""向民间文学回归""交互式沟通"等，但同时网络文学自身缺乏严格界定、缺乏经典作品和优秀作者，充斥着大量的文字垃圾，显得无力承载其华美头衔，只是"一帮走在沙漠的大虾们顶着个破草帽梦想着皇帝的华盖——典型的自我崇拜和自恋"③。知名网络写手王小山在盘点了诸多网络作家和文学作品之后写道："其实，我啰里啰嗦地介绍了一大堆，但是自己并不认同网络文学的说法，目前，我还没看到网络文学有什么希望，有人说10年内，至少15年内网络文学将代替传统文学，这种说法很让人怀疑……将来，网络有可能成为文学的一块土壤，但是——起码现在，我同意猛小蛇的说法，我们虽然网络了，但是并没有文学。"④

总而言之，关于网络文学的界定及价值评判问题，一直是网络文学批

---

① 莫言：《网络文学是个好现象》，参见《网络文学评论100》，中央编译出版社2014年版。

② 参见"榕树下"举办的首届网络原创文学大赛获奖作品集——"网络之星丛书"序言，花城出版社2000年版。

③ 汤小俊：《网络文学是"芦苇文学"》，《科学时代》2000年第21期。

④ 王小山：《网络什么？而且文学》，http：//tech.sina.com.cn/r/n/47067.shtml（2015-02-18）。

评比较关注且具有争议的问题之一。我们可以把这一问题域概括为“对网络文学的批评”，其内在冲突与张力实际上反映出网络文学发展所引发的一系列对文学理论经典问题的冲击和挑战，既是网络文学不断发展成熟的结果，也是文学理论对网络文学日渐暴露的问题的自觉应对，同时又代表着文学理论自身不断进步与更新的诉求。

二、对“网络文学批评”的批评

前面提到的对“网络文学”的批评，是文学批评介入网络文学发展的必然结果。在这一过程中，网络文学批评也在走向成熟与自觉，从早期的为网络文学“立法”转向了为“网络文学批评”自身立法，也就是对“网络文学批评”的方法总结与反思。网络的自由同样赋予了网络文学批评畅所欲言的权力，但批评一旦不需要必要的知识积累和理论方法为依托，不需要正确的价值立场为导向，很容易成为过度自由的、不负责任的批评。在网络文学批评的萌发期，网络作家邢育森便认为网络文学批评主要分为“评文”“损人”和“骂街”三种，其中“评文”无疑是最健康的，是向更多的人介绍网络文学佳作，在网络文学作品与读者之间架设有益桥梁，而“损人”和“骂街”则带有明显的意气成分，不是网络文学批评的健康状态①。在网上的跟帖式批评中，的确有诸多损人和骂街的批评，大多不是从“评文”的客观角度出发，而是主观泄愤之语。这也表明网络文学批评领域的芜杂和亟待约束，而这一问题则更吸引着学术和文化界的参与。我们可以把关于此类问题的探讨分为三个不同维度。

第一是对网络文学批评的特征总结。从总体上论述网络文学批评特征的研究，以学术专著和学位论文为主。谭德晶的《网络文学批评论》②是国内最早的以网络文学批评为研究对象的理论专著，该书总结了网络文学批评的美学特征，主要有“批评的狂欢”“主观精神的盛宴”“神韵批评的复活”三个方面。欧阳友权的《网络文学概论》③总结了网络文学批评的四种类型化特征，即感悟式批评、趣味式批评、颠覆式批评、眼球式批评。此外该书

---

① 参见邢育森《评文、损人和骂街》，《科学时代》2000 年第 17 期。

② 谭德晶：《网络文学批评论》，中国文联出版社 2004 年版。

③ 欧阳友权：《网络文学概论》，北京大学出版社 2008 年版。

还探讨了 BBS 批评和网络“恶搞”批评的特点。宋婷的《网络文学批评特征论》[①] 则从“网络文学批评的交互式活动特征”“网络文学批评主体的复合性特征”“网络文学批评文本的多样化特征”三个方面对网络文学批评进行了特征归纳与分析。这些研究与总结，使人们对网络文学批评特征的认识逐渐明晰起来，同时人们也不约而同地发现，这一研究对象的复杂性和易变性也决定了对它的把握并非易事。

第二是指出网络文学批评面临的困境或存在的主要问题。随着对网络文学批评特征的认识不断推进，随之而来的是对其存在问题的反思。例如，欧阳友权指出，网络文学批评即兴、趣味、恶搞等颠覆式的批评方式，在一定程度上消解了批评的学理性，弱化了批评的思考深度，甚至可能引发批评的“舆论暴力”或“价值偏误”[②]。周志雄认为网络文学批评的主要不足有二，首先是网络的自由导致一些批评文章有过重的情绪化色彩，为了引人注意而有意哗众取宠、夸大其词，有失文学批评的公正性；其二是容易跟风逐浪，形成热闹的“起哄”“谩骂”，却少有学理性的讨论和对问题的深入探究[③]。陈莉指出，当前的网络文学批评以巴赫金的狂欢化诗学为理论基础，但更多地关注了其肉体、物质层面的低俗意义，却没有意识到巴赫金并不是简单地在低俗的生物学的立场上言说肉体和物质，其指归是自我嘲讽、批判和自我超越的新生。因此作者认为网络文学批评背离了真实的民间文化精神：“当前网络文学批评中的民间是理论上的民间，它离中国实际的民间还有一定的距离，是游离于民间的实际情况之外对民间生活的理论推导和理论想象。”[④] 周静则从“媒介批评”的角度分析了网络文艺批评面临的难局：传统文学批评标准在面对网络文学和职业读者时丧失了适用性；传播及销售环节的媒介要素对网络文学生产的影响远远大于网络这一技术形式本身；大众趣味的多元与混杂使专属的批评标准体系的引领作用日渐式微等[⑤]。

① 宋婷：《网络文学批评特征论》，广西师范大学 2011 年硕士学位论文。
② 参见欧阳友权、吴英文《网络文学批评的价值和局限》，《探索与争鸣》2010 年第 11 期。
③ 参见周志雄《网络文学批评的现状与问题》，《山东师范大学学报》2010 年第 2 期。
④ 陈莉：《网络文学批评中的精神维度遗失》，《当代文坛》2007 年第 1 期。
⑤ 参见周静《网络文学批评的难局与新路》，《浙江社会科学》2012 年第 7 期。

第三是对网络文学批评的方法或原则提出建议。这一维度可以看作对第二个层面问题的理论探索和回答。例如，鲁迅文学院的康桥提出，“快感与美感标准，应该是网络文学批评的基础性标准”①。虽然这并不意味着网络文学批评可以淡化思想性、艺术性和独创性等原则，但网络文学以快感和美感体验为核心的大众文化逻辑，既是其区别于传统严肃文学的新特征，也有着心理学、生命科学等方面的合理性与深刻原因，急需文学批评以新的方法和原则加以分析思考。陈奇佳认为，虽然传统文学批评的原则与方法并未过时，但在应对当代网络文学主流即商业化的网络文学时，一个更加重要的切入角度便是“文学写作和文化产业链之间的关系”，因为充实文化产业和满足消费需求才是网络文学的主要价值和意义所在②。中国网络文学联盟网站的吴长青认为，要建立健康、科学的网络文学批评体系，需要直面几个突出问题：第一是对海量文本和及时性文本的跟踪阅读，确保批评者能够全面、准确、及时地把握网络文学作品的发展样貌。第二是对网络文学点击率有一个科学、客观的评价，既不能完全遵循点击率为上的评价标准，也不能置点击率于不顾。第三是如何把握网络文学的“文学性”问题。第四是建构更为有效的批评方法，首先遵循“网络文学的大众文化批评的媒介化和消费文化特征”。第五则要求加强网络文学批评的专业队伍建设，以引导网络文学创作向健康的产业方向和专业方向发展。③ 李静则认为，网络文学批评需要走出徘徊于精英立场与大众标准之间的困局，建立一种“元批评”，其重点在于“从宏观上把握纷繁复杂的网络文学批评的概貌”，并且“从网络文学批评中摸索到大众及大众中各个阶层的精神状况、文化结构、心理倾向和艺术趣味”，以及“深入地研究批评与创作、批评与读者鉴赏之间的互动关系，研究批评的作用和影响，剔除其中明显低俗的、缺少建设价值的内容，并通过总结其积极效果来促使其发挥作用”的尽可能客观的“关于批评的批评”④。

---

① 康桥：《网络文学批评标准刍议》，《光明日报》2013 年 9 月 13 日。

② 参见陈奇佳《网络文学批评当从产业角度入手》，《中国艺术报》2013 年 12 月 18 日。

③ 参见吴长青《试论网络文学批评的困境》，《光明日报》2013 年 10 月 15 日。

④ 李静、石少涛：《网络文学批评——建构属于自身的标准》，《北华大学学报》2013 年第 3 期。

三、在“网络文学”与“网络文学批评”之间

除了对“网络文学”的界定与评价，以及“网络文学批评”自身的批评和反思之外，还有一个层面的问题，即对“网络文学”与“网络文学批评”之间关系的探讨。这个问题并不太引人注目，却也构成了网络文学批评领域内一个比较重要的争议问题，因为它进一步凸显了新时期文学理论批评与创作实践脱节的尴尬。实际上自20世纪90年代开始，文学理论批评与文学创作之间的关系已经不再是启发引导、相互制约和紧密契合的了，文学开始听命于市场、听命于读者趣味，无论是作者还是读者大众都逐渐丧失了对文学批评的关注，文学批评沦为了学术圈子内部的听众缺席的自言自语。而在网络文学时代，这种批评尴尬则更加明显。因此，反思批评与网络文学之间的关系，如何建构对文学创作和读者阅读产生有效、有益影响的网络文学批评，也成为了网络文学批评不得不直面的一个问题。怡梦指出，中国的网络文学繁荣发展，但是网络文学批评对文学创作和生产的实际影响则十分有限，一方面网络文学期待专业批评的介入，但同时传统的批评话语模式未必完全适合网络文学。因此网络文学与专业批评之间的沟通对话显得越来越有必要。① 黄平认为，网络文学作家与批评界的分裂对于双方都是一种伤害。网络作家虽然在市场中获得了巨大的物质利益，却难以得到文学界的认同；而批评界则将在互联网时代被进一步边缘化。他认为：“网络文学要进入‘文学场’，社会结构的变化所导致的观念的变化、知识分子的介入，这两个因素缺一不可。只有具备了这两个条件，网络文学才能摆脱目前的文学地位，享有相匹配的成熟的评价体系。”② 陈颀分析了网络文学与网络文学批评之间存在的问题，认为首先网络文学批评不能针对一个关于“网络文学”范畴的统一认识来进行；其次，网络文学批评不能同创作实践相脱节，必须真正地参与对网络文学作品的阅读和讨论；再次，网络文学批评对网络文学载体或传播媒介的研究关注不够。③ 刘俐俐指出，网络文学对文学批评理论构成了新的挑战，应该建立真正适用于网络文学的批评方法和标准。以网络文

① 参见怡梦《网络文学需要什么样的专业批评?》,《中国艺术报》2013年7月15日。

② 黄平:《网络文学与批评界分裂：网络文学如何进入“文学场”》,《人民日报》2014年4月11日。

③ 参见陈颀《网络文学与网络文学批评关系存在的问题》,《考试周刊》2013年第35期。

学特质为基础，作者提出了几个网络文学批评应该重点关注的理论问题，即虚拟空间与物理空间的关系与民族文化认同问题；网络文学与传统文学的关系与批评原则确立的问题；网络文学的批评标准与传统文学批评标准的同构问题；超文本网络文学对既有文学理论和传统批评原则的挑战问题等。① 这些讨论和分析，都是针对网络文学与网络文学批评之间关系展开的，既是对两者之间如何更紧密地契合起来的思考和理论探索，同时也为一般意义上的文学理论批评同创作之间的沟通提供了有益的借鉴。

以上我们勾勒出了网络文艺批评领域的核心问题。可以看出，这些核心问题彼此之间有着内在的相互关联，构成了层层递进的关系。从对“网络文学”的界定与评价，到“网络文学批评”自身的特征、问题及发展建议，再到“网络文学”与“网络文学批评”之间的关系思考，反映出网络文学、网络文学批评对各自认识的发展深化，而它们彼此结合的迫切需要则可视为它们发展成熟的必然诉求与重要标志。需要说明的是，这些探讨虽然观点主张不尽相同，但严格意义上的彼此针锋相对的论争比较少见，人们大多以开放平和的态度各抒已见。这一方面是因为网络文学是一个难以宏观把握的庞大驳杂的存在，对它的言说与批评同样如此，任何简单的、武断的、排他的观点都容易陷入泥潭。另一方面，也表明网络文学批评已经成为网民大众、网络文学作家、传统作家、文学批评家、学术研究者共同参与和热切关注的公共话语空间。

第三节　网络文学批评对文学理论研究的启发

网络文学批评作为文学理论批评的新领域，既对传统文学理论批评构成了冲击与挑战，同时又需要传统文学理论批评的支撑及约束。在此意义上，网络文学批评的启发也就有两个层面，一方面是其新特征和有益经验，对文学理论寻求新变的启示，另一方面则是其发展状况和存在的问题所折射出的，网络文学批评对文学理论传统特质的呼唤。因此我们便从网络文学批评的特征及发展诉求两个方面探讨其对传统文学理论的启发意义。

① 参见刘俐俐、李玉平《网络文学对文学理论批评的挑战》，《兰州大学学报》2004 年第 5 期。

一、网络文学批评的特征启发

在前文的梳理中可以看到，对网络文学批评特征的研究已不在少数。在总结提炼已有成果的基础上，我们认为，网络文学批评的“自发—交互”性、“微缩—精简”性、“展示—娱乐”性特征便是其区别于传统文学理论批评的优势所在，这三点也从不同方面为新时期文学理论批评的健康发展提供了启发。

首先，从批评效果上来看，网络文学批评的“自发—交互”性特征，能够促使传统文学理论批评反思其机械性和实效性。传统文学理论批评容易受到学术体制的影响，形成先入为主的、深奥难懂的批评，而学术方法的专业化、发表传播媒介的专门化，更容易使传统文学批评成为小圈子内的听众缺席的自说自话，既得不到大众的理解和关注，更难以影响和干预作者的创作。在这一点上，网络文学批评则能够发挥其优势。法国文学批评家蒂博代把文学批评区分为自发的批评、职业的批评、大师的批评①。其“自发的批评”作为传统文学批评模式的代表，是由一部分有修养的人和公众的直接代言人来实施的批评，具有自觉、自由、自然、潮流化等特点。蒂博代所论述的“自发的批评”盛行于19世纪末和20世纪初期，除了沙龙谈话以外，还包括日记、书信、回忆录、随感录以及文学记者的报刊批评。实际上，与蒂博代所谓的“自发批评”相比，今天的网络文学批评不仅更为“自发”，还具有前所未有的“交互性”，是一种更加自由主动的具有巨大影响力的批评。第一，网络文学批评进一步体现了公众性。其主体是网友大众，虽然网络知名人士的批评仍具有比较大的代表性和影响力，但普通网友已经可以并且乐于凭借网络平台来发出自己的声音，他们不再需要有修养的文化精英来为自己代言了，民众空前广泛的参与性表明文艺批评真正进入了“平民时代”②。第二，网络文艺批评进一步体现了多元性。网络的覆盖和传播功能使得网民在文艺接受和批评方面享有平等的权力，而网友在性别、年龄、职业、阶层、文化水平等方面的差异又决定了其评判立场是多元的。因此对于同一作

① 参见［法］蒂博代《六说文学批评》，赵坚译，三联书店1989年版，第3页。

② “平民时代”的提法参见谭德晶《网络文学批评论》，中国文联出版社2004年版，第46页。

品，我们经常能够看到观点迥异的评判。第三，网络文艺批评进一步实现了交互性。蒂博代所谓的传统的自发批评本身是有着局限的，它有可能在并不深入了解作品的基础上，做出人云亦云或道听途说的评判。此外这种批评还容易陷入小圈子的局限，或党同伐异或流于媚俗，丧失了自主和自由。更重要的是，这种批评的影响力比较有限，它作为一种谈论式的话语，其“重量”往往难以对艺术家以及读者大众产生深刻影响。网络文艺时代的批评则不然，其自发性是源自网民大众的，因此更加代表了一种真实和普遍的经验。在此意义上，网络文艺批评可能对于艺术家和读者都产生巨大的影响，这一点在网络文学领域体现得尤为明显。一部网络小说的读者粉丝最贴近作品，因此于精彩处会毫不吝惜地表示赞美和激励，于粗劣处又会毫不留情地当头棒喝。这些读者意见往往与“点击”“月票”“鲜花”“臭鸡蛋”等能够转化成经济利益的元素挂钩，直接干预作者的创作。此外读者对一部作品的意见口碑还可能影响其他读者对作品的选择，不仅在网站的书评专区，在网络文学出版的纸质书封面上我们也经常能够看到作为促销手段的读者点评。从网络文学到纸质书，乃至以网络文学为蓝本的影视作品（如《甄嬛传》《盗墓笔记》），网络民意已经构成了这类文学作品背后的巨大力量。当然，这种交互性并不能说明网络文艺完全出于对网民大众的尊重，而还源于其背后的市场经济利益的诱导，但无论如何，网络文艺批评自发自觉的批评形态、影响作者和读者的实效性，都值得传统文学批评借鉴和反思。

其次，从批评形态上来看，网络文学批评的“微缩—精简”性特征，能够促使传统文学批评反思其形式上冗长繁复的弊端。网络文学批评较之西方意义上的文学批评以及今天学术领域的理论批评，一个突出特点便是形式上的简短精练。我们在网络文学的评论区很少见到读者的长篇大论，经常是三言两语的评点，有时甚至仅仅是几个字的简短评价或是纯粹的“表情符号”。即使一篇完整的批评文章也并不会过于冗长。在此意义上的网络文艺批评有点像中国古代的诗文评点。随着“微时代”的来临，语言的精致简练更成为了文学批评的一种自觉和自律的要求。例如，“简书网”则以“找回文字的力量”为宗旨，其中的“谈阅读”和“艺术评论”等板块的文章一般都在一千字左右。除了精简文字之外，更有许多“微专栏”，如“微评”“酷评”“微理论”“微观点”“微观察”等等，这些批评专栏更加强化了网络批评微缩精简的自觉意识。应该说网络文学批评的“微缩—精简”性特征，既满足了当代网络读者在快节奏生活下对于阅读效率的需求，也是面向大众的文学批评拒绝内容深奥和形式臃肿的自然需要。这种新兴的特征无疑更有益于大众对于文学批评的理解接受和传播，更大程度地发挥网络文学批评的影响力。当然，微缩—精简有可能导致批评流于浅显，无法深入透彻地探讨问题。但简短并不一定等同于批评深刻性的流失，用最简短的篇幅达到最理想的批评效果正是网络文学批评的优势所在，这种贴近时代和大众的批评模式更为正统的文学理论批评提供了借鉴和反思。

再次，从批评的文化功能上看，网络文学批评的“展示—娱乐”性特征，有助于传统文学批评理解后现代主义大众文化的深层逻辑，为自身的健康发展提供参照。网络文学批评的一个鲜明特点，是将自身作为一种带有展示性和娱乐性色彩的艺术产品。论坛发帖、跟帖以及在博客和微博撰文都是比较常见的形式，而这些批评得到关注与认可的最重要指标就是点击率和回帖数量。网友“楚狂接舆”在《关于论坛的传播学分析》一文中写道：“很多网友都有这样的感觉，自己的帖子在论坛里贴出来以后，就急切地盼着别人跟，一旦发现后面有人附和，那种兴奋的心情，简直无法言说；而假如没有引起任何注意的话，则有些沮丧。”① 对此有学者指出：“在网络在线条件下，作者心中首要的愿望就是能获得与人即时交流的机会，至于是不是能得到权威的肯定、深入的解剖分析，反而成了不十分重要的事情。在 BBS 论坛中首要的事情不是深刻和成熟，不是创制什么深思熟虑的扛鼎之作，而是立即有人作出反应。”② 因此批评者首先需要思考的往往并不是批评的内容和质量，而是如何起一个吸引眼球的题目，选择一个能够勾起读者兴趣的角度。可以说，与正统严肃的文学批评相比，网络文学批评更像评者展示文采、炫耀才华的艺术创作，评者对于文章语言形式的热忱追求，似乎甚于对于评点对象的深刻思考，批评本身的“眼球效应”和“娱乐精神”得到了空前的重视。这一特征既源于大众文化以消费主义和感官愉悦为逻辑的市场规律，在更深层次上则应归因于后现代主义文化的解构精神和深度意义的消

---

① 刘学红：《网上江湖》，湖南人民出版社 2002 年版，第 20—21 页。
② 欧阳友权：《网络文学概论》，北京大学出版社 2008 年版，第 182 页。

失。这种大众性、狂欢性的网络文艺批评实践虽然有其欠缺之处，但其对于政治权力、意识形态、精英主义等文艺格局宰制力量的抵抗和消解无疑具有积极的价值。这些都能够为传统文学批评的健康发展提供启发。

二、批评的对话与沟通：在网络与传统之间

应该说，网络文学批评呈现出的“自发—交互”性、“微缩—精简”性、“展示—娱乐”性等主要特征既利用和彰显了网络媒介的优势，为传统文学理论批评的反思和新变提供启发，同时也容易使网络文学批评陷入个人化、碎片化和肤浅化的弊病之中。进一步而言，网络文艺批评的“自发—交互”为文艺接受者赋予了空前的自由和力量，然而个人的主观偏好却容易导致自我为中心的任性裁决；“微缩—精简”虽然顺应了网络时代的碎片化传播特质，然而过度简短的表达模式背后则透露出后现代文化景观中特有的孤独、零散和断裂的主体存在状态；而以“展示—娱乐”为主要逻辑的表达风格能够迎合大众需要，满足点击率并把眼球效应转化为经济收益，但其狂欢化背后的犬儒和虚无主义势必导致理性精神和价值意义的空场，这些都是网络文艺批评需要审慎面对的问题。在此意义上，网络文学批评的健康发展，势必需要传统文学理论批评的充分介入与对话沟通。接下来我们主要从网络文学批评的发展需求方面，探讨其为新时期文学理论的发展提供的启示。

第一，网络文学批评期待学术研究的进一步参与。网络文学批评的一个弊端在于肤浅化，缺乏理论方法和理性精神，而其主要原因在于学术界对于这一新兴批评形态的重视和参与程度还远远不够。蒂博代在《六说文学批评》中提到的“职业的批评”，又称“教授的批评”或“大学的批评”，他们在理性精神和理论方法上是最为坚实可靠的，诸多优秀的职业批评成果都极大地深化拓展了人们对文艺作品的认识。而网络文学批评从机制上来看是一种典型的“自发的批评”，如果想弥补其肤浅化、个人化的弊病，首先便需要学术和文化界的积极参与。在我国，网络文学批评已经走过了十余年的历程，但学术领域从事这方面研究的学者还并不算多。除网络文学之外，学术界对网络影视、网络音乐、网络美术等文艺形式的批评研究则更显不足，远远跟不上网络文艺的飞速发展。应该说，学术参与不仅是网络文学批评提升自身理论深度和批评质量的必要保障，也是学术界把握网络文学这一享有巨

大群众基础和广阔市场的文学对象，促使其理论研究紧跟时代发展的必然要求。

第二，网络文学批评期待批评者身份意识的自觉与强化。网络文学批评未来发展的一个方向应该是批评者身份意识的强化。身份认同原本是心理学、社会学的概念，有研究者将这一概念用于文学理论研究，认为身份认同模式可能会比价值观念具有更加稳定的特性，左右着文艺理论发展的不同形态。① 随着消费时代的到来，文学艺术开始听命于大众，听命于市场。作为高雅文化代理人的批评家不再是文学艺术的仲裁者和立法者了，他们陷入了身份认同的迷茫与危机。与此同时，网络文学批评正在兴起，人人都可以成为批评家。但网络文学批评家的身份对于网友大众而言没有任何诱惑力，他们的批评是自觉自愿的，也是自娱自乐的。在此情形下，如何将传统文学批评的身份意识转移到网络文学批评中，是发挥网络文学批评社会现实关怀和责任担当意识的关键所在。这一方面提示传统文学批评家转向网络文学，将批评视角更加紧密地同新兴的、大众化的网络文艺和社会生活现实结合起来，另一方面也需要普通网民建立自觉的“批评家意识”，并鼓励培养实名的、知名的网络文学批评家，为批评注入更多的理论内涵以及社会价值。

第三，网络文学批评需要加强与其他文艺批评之间的沟通对话，并建立自觉自律的反思意识。所谓沟通对话，指批评应该走出个人的局限，在与“他者”的对话中寻求相互理解和自我超越。与“他者”的对话主要包括不同网络批评声音之间的对话；文艺批评与文艺创作之间的对话；不同文艺类型（网络文学、网络影视、网络音乐、网络美术等）的批评之间的对话；不同批评形态（自发的批评、职业的批评、大师的批评）之间的对话等等。总之，网络文艺批评应该建立多元的沟通对话机制，利用网络的传播优势，使文艺批评建构起一张超越个人主体性和文艺专断性的大网，真正走向平等的和建设性的“间性”批评。网络文学批评的反思意识则主要包含两个层面，一是从具体的批评实践转向对于网络文学批评总体规律的认识与思考，这应该成为今后学术界和文化界的关注重点。二是需要批评者能有意识地“出乎其外”，既超越网络文学批评自身，也超越传统文艺理论批评方法的界限，

---

① 参见李春青《文学理论与言说者的身份认同》，《文学评论》2006 年第 2 期。

以跨学科的视野和多元研究方法（如媒介传播理论、社会学、经济学、心理学、人类学、文化研究理论等），对网络文学作品和文学现象展开切中肯綮的思考，进一步推动网络文学批评的健康发展。

网络文学批评既是文学理论批评在互联网时代的新发展，也是新时期自由生长于网民大众之间的一场批评盛宴。它一方面消解了传统文学理论批评的权威性，要求文学批评抛却精英主义立场的傲慢与偏见，以客观、实证、鲜活、简短、感性的姿态参与其中，并且需要打破学科壁垒，引入更加多元的理论资源和批评方法；另一方面，文学理论批评又应该坚守和激活其自身的优良传统，发挥理论优势、张扬社会价值关怀，并通过批评者身份意识的强化使网络文学批评家成为被社会认可的“批评名家”，为表面繁荣却又难掩虚浮的网络文学批评切实地注入养料。我们有理由相信，两种批评形态的对话、沟通与张力作用，会为新时期文学理论的发展创新提供有益的启发和强大的动力。

第 五 编

新时期文学观念演进与论争的其他几个层面

第十四章　“西方文论本土化”的回顾与反思

20世纪80年代初，国内结束长达十年的“文革”动乱，实行改革开放的基本国策。与这一对外开放的历史进程相适应，欧美文论，特别是20世纪欧美文论得到大规模翻译介绍，这是继清末民初至“五四”时期吸收欧洲文论、新中国成立初期学习苏联文论之后的另一次引入、借鉴国外文论的高潮，因此，新时期对西方文论的译介很自然地被看作中国现代文论百年建设进程的当下延伸。但鉴于独特的历史文化语境，新时期文论发展中的“别求新声于异邦”表现出迥异于此前类似译介、引入活动的鲜明特征。首先，新时期文论在译介、运用西方文论时更为集中地体现着解放思想、对外开放的时代精神，20世纪欧美文论的各家各派都得到广泛传播，如经典精神分析学文论在新中国成立前尚且饱受诟病，但在80年代却能形成影响广泛的“弗洛伊德热”，又如英美新批评在新中国成立后、“文革”结束前一直都是当代西方资产阶级文论的代表，在极左政治氛围中曾被反复批判，但却在新时期备受推崇，成为学者们竞相借用的理论武器。在理论开放的广度上，新时期达到前所未有的程度。举其要者，以作者为核心的精神分析学与后精神分析学文论，以作品为中心的英美新批评、符号学、结构主义与后结构主义文论，以读者为中心的阐释学、接受美学、读者反应批评文论，以现实—社会为中心的西方马克思主义、女性主义、新马克思主义、新历史主义、后殖民主义文论都先后抢滩登陆。

其次，20世纪欧美国家的当代文论在新时期受到格外重视。从古代文论到19世纪的欧美文论，都曾进入马克思主义经典作家的理论视野，但丁、莎士比亚、歌德、巴尔扎克等人的作品和文论都为马、恩等人所熟稔，对他们的经典评论不时出现在马、恩著述、书信、手稿中，为20世纪马克思主义文论研究确立了理论尺度和评价标准。相比之下，马克思主义经典作家不可能再就20世纪欧美文论发表具体意见，使当代欧美文论研究处于尴尬境地。在20世纪东西方严重对峙的冷战氛围中，我们对当代欧美文论以否定、批判为主，习惯于把理论分歧、争辩无限上纲上线，扭曲为政治立场、政治态度之争。这为新时期文论建设中拨乱反正，大量借鉴欧美文论埋下伏笔。更为重要的是，西方现代文论的引入为国内学者提供了文论研究的新范式、新观念、新方法，国内学者在学习借鉴的基础上尝试开展独立自主的理论创新，中国文论“失语症”“马克思主义文论的中国化”“西方文论的本土化”“古代文论的现代转换”等都是近年来引人注目的热点话题。这些看法都有一定合理性，但其中蕴含的问题也不应回避或忽视。国内文论研究或许正处于从“中国制造”向“中国创造”转变和升级换代的重要阶段，认真回顾和总结新时期以来引入西方文论的发展轨迹和逻辑演变机理，无疑可以帮助我们实事求是地分析文论建设面临的主要问题和困惑，尽快走出低谷，创造出具有世界眼光、时代特色、民族风格的理论成果。

第一节　从“新批评”到“后殖民”：西方文论的选择与传播逻辑

新时期引进当代欧美文论已经历经30多年了。回顾这段引进过程，我们可以发现选择什么，流行什么，哪一种流派可以产生何种影响，其实不是各种流派之间的竞争，也不是各种理论优劣竞赛的结果，而是由国内文学理论研究的独特发展逻辑决定的。这一逻辑由现实需求和学理推演两部分组成，是这两部分合力的结果，比如20世纪80年代早期我们就引进过后现代理论，但要一直等到国内现代性问题讨论时，后现代才能成为理论热点。

众所周知，粉碎“四人帮”后，党和政府果断放弃“以阶级斗争为纲”的极左教条，转而实行“解放思想、实事求是”的思想路线。国内文学研究者很快意识到过去长期奉行的“文艺是阶级斗争的工具”是过去极左路线在文艺领域的反映，它抹杀或扭曲文学艺术自身的独特本质和发展规律，是完全荒谬和错误的。“文学是什么”的追问很快得到文学理论界的共鸣和普遍响应。20 世纪 80 年代出现的“美学热”“观念热”“本体论讨论”都和这一主要时代、文化背景有关。从理论上来说，和传统的极左理论差距最大的理论话语就具有最大的吸引力。所以，“形式本体论”“语言转向论”等都很受关注。

国内对 20 世纪形式主义理论的介绍以英美新批评—俄国形式主义—结构主义的顺序展开，这一过程明显违背了西方文论的发展顺序：俄国形式主义产生于 20 世纪初期，是现代形式主义文论的滥觞，而英美新批评虽然是英语世界的本土产品，但也受到俄国形式主义的影响，新批评中后期的代表理论家韦勒克等人就出自在俄国形式主义影响之下形成的布拉格结构主义。国内文论介绍之所以要违背历史前后顺寻，关键在于国内文论发展的现实需求。首先，对外开放主要是向欧美国家开放而不是苏联开放，欧美国家是中国现代化学习借鉴的对象，欧美国家的理论当然更受重视；其次，新批评曾经是国内 60 年代极左思潮盛行时期大加鞭挞的主要对象，新批评从批判对象变成崇拜对象，其间跨度之大正足以表明拨乱反正、正本清源的力度；再次，英美新批评曾经盛行于美国高校课堂，韦勒克和沃伦主编的《文学理论》被多所高校使用，布鲁克斯和沃伦合编的《理解诗歌》《理解小说》等英语系文学课程的必备参考书，流布广泛，几无竞争对手，这符合国内长期以来追求统一研究范式、统一授课内容、统一教材的心理需要，尽管到了 80 年代，新批评在美国文论界一统天下的局面早已成为明日黄花，但仍然最早受到国内研究者的关注；最后，新批评的主要理论家瑞查兹、燕卜逊等人曾任教于新中国成立前的燕京大学、西南联大等，其受业弟子分布于几所重点大学的英语系，对这一流派的基本路径比较熟悉，最早提出研究新批评的学者如袁可嘉、杨周翰、董衡巽等也都是英美文学研究专家，因此新批评一旦成为正面介绍的主要对象，很快就引发国内研究者的广泛共鸣。

新批评最能引发争议的问题是韦勒克《文学理论》将文学研究分为“内部研究”和“外部研究”，有论者认为：“文学与经济基础以及上层建筑中其他意识形态的关系都是决定文学艺术的性质、内容，以及它的发展方向的，这些不但不是什么‘外部规律’，相反的，正好是文学艺术的最根本最深刻的内部规律。”① 但也有论者针锋相对地予以反驳，文艺的独立性表现在其具有不同于其他意识形态形式的独特规律，如果不研究内部规律就会笼统地分析经济基础决定上层建筑这一根本规律，从而使文学艺术的特殊规律无从谈起，或者用“阶级性”“意识形态性”等说法代替文学艺术的审美特征。这些不同意见导致后来的“文学本体论”“文学主体论”等论争，经过这番争论，传统的“政治标准第一、艺术标准第二”的说法再也难孚众望了。

新批评的引入促使国内研究者挣脱长期以来形成的文学艺术政治化、庸俗社会学化的教条，在当时产生很大影响。在 20 世纪 80 年代引入的精神分析学、现象学、存在主义、神话原型批评、西方马克思主义、结构主义、接受美学与读者反应批评等众多理论中，关于英美新批评的评价之争触发了人们对我们在苏联文论影响下形成的理论模式的反思。如果说与此同时展开的“西方现代派之争”促进新时期文学创作的繁荣，那么，新批评的评价之争也开启了理论界对外开放、译介引进的高潮。新批评的引入促使国内研究者在抛弃国内固有理论框架的同时，还以此为基点，向其他领域扩展。《文学理论》作者韦勒克等人明确宣布自己受到俄国形式主义的影响，袁可嘉介绍新批评的论文将新批评和结构主义加以比较研究（该文发表于 1980 年的《光明日报》），提示人们关注新批评之后形式主义文论发展的下一发展阶段——结构主义。俄国形式主义、结构主义自然很快进入国内研究的视野，形成一个由俄国形式主义—英美新批评—捷克和法国结构主义组成的完整理论体系。这些争论也显示出新批评主张的“语言形式自足论”的某些缺陷。作为一个“反向指标”，新批评其实有助于研究者寻求迥异于新批评的当代文论，弗洛伊德主义的精神分析文论、萨特的存在主义文论、以法兰克福学派为代表的西方马克思主义文论都很快引起人们的关注。新批评有别于其他文论的地方在于它还以“细读”方法著称。乐黛云的论文《文学是一种特殊的语言形式——新批评派与小说分析》②（1984年发表）将文本细读方法用于分析《红楼梦》的象征隐喻等。与此类似，王富仁发表《〈狂人日记〉细读》（《鲁迅研究年刊》1991—1992），研究小说的艺术、意义结构等。国内学者

① 陈涌：《陈涌文论选》，中国出版集团、人民文学出版社 2009 年版，第 402 页。
② 乐黛云：《比较文学与中国现代文学》，北京大学出版社 1987 年版。

意识到我们不一定全盘接受新批评，也可以成功地运用细读方法。这表明分析方法是可以和文学观念相互分离的。这是在“本体论”讨论后很快出现“方法论”研究热潮的一个原因。

由“观念热”转向“方法论热”的另一个原因和时代呼唤、现实需求密不可分。众所周知，20 世纪 80 年代时，国内现代化建设刚刚起步。在这样一个“向科学进军的年代”里，钱学森、李四光、华罗庚、陈景润被视为民众偶像和国家英雄，科学家的光环和荣耀远超当今文体明星。科学方法成为包括人文科学、社会科学在内的所有科学研究的共同方法。就像伽达默尔在《真理与方法》开始部分指出的，“本来只适用于实验科学的归纳方法也是人文科学领域的唯一方法”。① 但国内学者并没有像 19 世纪德国研究者那样尽力为人文科学辩护（如分出逻辑的与艺术—直觉的方法），反而追求或推崇更加新颖的科学方法。在控制论、信息论、系统论之后的“老三论”后很快转向以耗散结构论、协同论、突变论为代表的“新三论”。结构主义文论带有自然科学色彩，颇受学界欢迎。人们似乎淡忘结构主义蕴含的质疑人文主义、历史主义的理论取向，也没有像后来的德里达、罗兰·巴尔特、保罗·德曼那样从中看到结构主义向解构主义过渡或发展的理论可能性，而是把它作为一种新方法予以接受和运用，此后延伸到结构主义叙事学，进入 21 世纪后，又扩展到欧美国家新近涌现的“新叙事学”或“后经典叙事学”。

但另一方面，任何形式主义都带有难以克服的自身缺陷。举其要者，无论俄国形式主义还是新批评，都把文学语言（诗歌语言）与日常语言、科学语言的相互区别，甚至对立冲突作为理论出发点，这种做法固然能精微细腻地阐释单独一部文学作品的语言形式之美，但却很难解释作品和作品之间、流派和流派之间、创作时代和时代之间的相互联系问题，正像托洛茨基曾经讽刺的那样，“语言形式是自动地从荷马史诗发展到《穿裤子的云》吗?”当然，社会—历史批评将作品之间的相互联系归结到社会历史层面，也没有完全解决这个问题，但这显然不能成为形式主义自我辩白的理由。其

① Hans-Georg Gadamer, *Truth and Method* (second revised edition), tran. Joel Weinsheimer and Donald G. Marshall. New York: The Continuum Publishing Company, 1994, p.4.

次，20 世纪形式主义带有“文本中心主义”倾向，以“感受谬误”“意图谬误”割断了文本与读者、作者的联系，无法对文学活动的全过程做出整体描述。实际上，以结构主义理论为依托发展起来的经典叙事学在托多罗夫、格雷马斯、热奈特等人之后要想取得进一步发展，就必然要延伸到读者反应批评、作家性别、性取向等传记领域和社会学批评，① 也就是重新回到文本与作家、世界（宇宙）、读者的相互联系中去挖掘，至此文论研究从“向内转”变为“向外转”、从“语言学转向”变为“文化转向”“历史转向”，新历史主义、后殖民主义等得到普遍重视，在这一变化中，学理上的逻辑递进关系更显出重要意义。比如新历史主义主张“历史的文本化与文本的历史化”，文本概念本身就来自结构主义文论；在它看来，因为语言的“转喻”用法既见于文学作品，也见于历史叙事，写历史就如同写小说，研究包括文学在内的“泛文本”需要在语言的修辞用法和模式构建中考察各种意识形态的操作程序和运行轨迹，可见，新历史主义比形式主义的“文本中心主义”具有更广阔的视野，将报纸、教科书、家庭、教会、法庭、衣食住行等等都纳入一个“泛文本”概念，同时又将意识形态对文学的影响描述为一种话语权力，认为文本不是被动地反映身外的社会历史现实，其本身就是历史的一部分，甚至是决定性的一部分，这些观点可以用一句话来概括：“文本之外一无他物”。这就比传统社会—历史批评在文本分析上更为精微细腻。总体上说，在艾布拉姆斯“文学理论四元素”认知框架中，80 年代对西方文论的介绍覆盖了由各个元素构成的主要理论流派，我们在十几年的时间里几乎走完了 20 世纪西方文论近百年的历程。

上述转向既有学理上的演进依据，又不乏时代精神、现实需求的塑造与折射。进入 20 世纪 90 年代后，国内文化氛围发生某些变化。随着“现代性热”的兴起，敏锐的学者意识到西方国家自从宗教改革、文艺复兴之后展开的现代性进程既有导致经济全球化的一面，又有和民族性相互冲突的一面，如果这一矛盾在欧美文化语境中并不突出的话，那么，在中国等非西方国家里借助后殖民话语时就再也不能回避了。国内“继承传统文化”“国学

① Alber，Jan and Monika Fludernik，“Introduction”，*Postclassical Narratology*：*Approaches and Analyses*，eds. Jan Alber and Monika Fludernik. Columbus：The Ohio State University Press，2010，p. 4.

热”“河东河西论”呼声高涨，正体现了这一文化思潮的变迁。在此背景下，后殖民话语受到格外重视。学者们意识到，作为后起的现代化国家，中国现代文化面临着“表征危机”：我们只能借用西方术语才能表述自己，而西方术语则出于西方文化发明一个个文化“他者”完成自我形象塑造的需要，我们由此面临着被表述的危机，这无疑构成“失语症”的一个学理依据。

上述的新历史主义和后殖民理论都产生于20世纪70年代，但长期处于美国学界主流话语之外，流行于美国高校的《美国文学批评》① 一书并没有收录“后殖民”与“新历史主义”，另一理论名作《新批评之后》② 也没有评述这两个流派，而仅止步于布鲁姆的影响诗学。直到1990年，《美国现代语言学会会刊》才出版关于“新历史主义”专辑，这标志着新历史主义获得美国学界承认，国内也几乎同时开始引进新历史主义，并在几年后达到高潮。后殖民理论的情况与此相仿。这两个主要流派，连同以詹姆逊为代表的“新马克思主义”都在90年代发挥越来越大的影响，詹姆逊的主要著作几乎都被同时出版中译本。可以说，至20世纪90年代，以国内介绍新历史主义、后殖民话语、詹姆逊的新马克思主义为标志，国内追踪西方文论的脚步终于接近或者赶上欧美国家最新文论了，但这种形势在令人欣喜与安慰的同时，也令人时刻处于“影响的焦虑”之中，这种颇带情感性的回应可以用一个形象词汇来表达：失语症。

综上所述，西方文论的译介与引入问题带有明显的“时代混乱”特征。20世纪80年代初我们最关注的是早已退出主流理论话语的英美新批评，而对当时美国学界激烈争论中的解构主义漠然视之或兴趣索然；90年代我们挖掘出产生于70年代初期的新历史主义和后殖民理论，基本上和美国文论界同步，追踪美国学界的最新浪潮。由此，文论的引进和译介才具有中外同步性和时效性。上述“时代混乱”的背后潜藏着现实需要与学理演进逻辑的交织互动，而失语症的提出则是在西方文论大量涌入中国后的“中国化”问题，它不仅是中国学者在后殖民话语背景下的情感反应，而且也隐含着某些合理成分。

---

① Leitch, Vincent B., *American Literary Criticism: from the Thirties to the Eighties*, New York: Columbia University Press, 1988.

② Lentricchia, Frank, *After the New Criticism*, London: Methuen & Co. Ltd., 1983.

第二节 由“外部”而“内部”：西方文论本土化的基本模式

国内学界大规模引进欧美文论在现实需求和学理逻辑的双重作用下到20世纪与21世纪的世纪之交戛然而止了。我们从20世纪80年代到90年代用20年的时间走完了西方文论的百年历程，这种一比五的速度是不可能长期维持下去的，总有一天，国外的理论资源会被消耗殆尽。问题并不在于我们不想引进了，而是在于国外有影响的理论流派在各种“新”学（新马克思主义、新历史主义）和各种“后”学（后殖民主义、后精神分析学、后经典叙述学）之后已被穷尽。类似情形，其实在美国文论界也同样存在，这方面可以2013年《美国文学》第1期[①]为例。该期的《美国文学》除了“综述论文”“书评”外，共发表6篇论文，其中3篇论文集中于19世纪美国作家梭罗及其代表作《瓦尔登湖》，另外3篇论文分别论述20世纪初期美国非洲裔女性的“冒险叙述”（risk narrative）、赫斯顿的《他们眼望上帝》、以《土生子》名世的小说家赖特的“黑色的希望”。和《美国文学》上的大多数重头文章一样，研究梭罗的论文都以角度新颖引人关注。比如第一篇《睡在瓦尔登湖：梭罗、反常时间性与现代身体》考察梭罗作品中关于睡眠问题的思考。如果“日出而作、日入而息”是传统农业社会的作息规律的话，那么现代工业社会则是“时钟定向”：不管自然时间如何，为了提高生产率，人们完全可以掌控自己的睡眠时间，睡眠是人体新陈代谢、重获生机的生理过程，掌控睡眠时间也就是掌控人类身体，现代社会的规训细腻到睡眠这样非常私人化的空间。现代社会以工业生产效率为目标，先是从身体休息这一表面现象，继而从心理和神经层面上塑造现代意义上的人类身体。梭罗自己深受失眠之苦，他在深夜漫步时展开一系列的玄学沉思实际上在今天读来更像是在批判和质疑现代性或资本主义对人的肉体起到了扭曲摧残作用，将一种完全自然而然的生理习惯变成反自然的人为规则，现代人的身体正是建构在

---

① 《美国文学》（*American Literature*）由美国杜克大学出版，是美国文学研究领域的权威刊物之一。

这种“反常时间性”上。但现代人心甘情愿地接受这种变形，形成“柔顺的身体”。这听起来颇有福柯的味道，虽然作者并没有直接引用福柯。第二篇论文《身体化的政治：美国南北战争前的素食主义与〈瓦尔登湖〉中的食物经济》重点考察《瓦尔登湖》记载的梭罗食谱，发现梭罗是一个素食主义者，在美国南北方经济一体化的背景下，梭罗将独特的个人饮食习惯作为保障公民自由与个人权利的一部分，所以这种做法是一种现代社会中“政治化的生存实验”。限于篇幅，我们无法详尽分析每一篇论文，但从上面的简要概述中我们也能看出两个关键问题。首先，当代的美国文学研究体现出一种幅度很大的“跨学科”特征，论文分别从生理学（睡眠）、营养学（素食主义）等领域解读文本，为文本阐释建立新的观察框架，这是产生前沿成果的基本途径。但颇具讽刺意味的是，这恰恰导致了“跨学科研究”作为一个专业研究领域的终结：任何文学研究都是跨学科的了，不进行跨学科研究，人们无法对梭罗这样的经典作家说出有意思的新看法，跨学科方法渗透到每一个研究领域中，也就丧失了自身独立性，这恰恰是美国学者里奇教授所说的“跨学科的终结”①。其次，上述情况也告诉我们，在剧烈的范式转型之后美国文学研究呈现出相对平静、波澜不惊的局面。如果说真要有什么范式的话，那么最广泛意义上的文化研究可能正是美国文学研究者正在从事的研究工作。其实，对研究者来说，不可能每个人都有能力或际遇实现理论创新，绝大多数研究者在绝大多数时间里都是在固定的理论框架下工作的，这正是范式理论的潜台词。美国理论界在经历半个世纪的“大跃进”后。也会绚烂之极归于平淡。其实，这次“大跃进”也是特定时代的产物，正像伊格尔顿曾经说过的，二战之后，它是50—80年代的普遍不满情绪的激烈宣泄和理论化表达，“文化的概念是作为对中产阶级社会的批判，而不是作为他的盟友成长起来的”。② 在这一特定时代结束后，研究者只能在既定框架下工作。可见，“失语症”欧美学者也会患上，只不过这种现象他们并不被称为“失语症”而称其为“抵制理论”（保罗·德曼）、“理论的终结”（文森特·里奇）或“理论之后”等。

---

① ［美］文森特·里奇：《当代文学批评：里奇文论精选》，王顺珠等译，北京大学出版社2014年版，第28页。

② ［英］特里·伊格尔顿：《理论之后》，商正译，商务印书馆2009年版，第25页。

对国内研究者来说，当我们无法在西方理论武库中找到合适资源的时候，就必然要求我们从“中国制造”转向“中国创造”、从外向转为内向。“西方文论的中国化”“古代文论的现代转换”“失语症”就其正面的积极意义来说，不过是在呼唤理论创新。如果“赶英超美”一直都是国内各行业奋斗目标的话，那么，就文学研究来说，我们或许可以说，我们总算“赶上”了，但“超过”似乎尚待时日。当然，任何创新必须首先搞清楚我们应该依据何种资源在创新。

其实，“失语症”这一术语本身就颇值得玩味。如果我们把“失语症”中的“语”理解为“话语”，那么它就会使我们想起这一术语具有浓厚的欧美理论渊源：新批评提出“诗的话语”，强调诗歌语言在审美价值方面的独特优势；结构主义则认为任何意义和价值，包括审美价值但不局限于审美价值，都来自语言；福柯提出的“话语实践”“权力话语”指出“话语”不仅是语言运用，而且负责生产“现实”“真理”“意义”等，权力只能通过话语实践才能获得，话语生产权力，权力只能在话语中运作。①“话语”不同于语言，而是语言的实践或具体运用，人们使用话语来构建观念或意义，从这个意义上说，失去话语，也就丧失了我们关于文学理论问题的论说权力，丧失了指涉文学实践这一所指的能指构建方式，也就无法产生新的理论知识。以此看来，“失语症”强调指出我们只能借助国外术语才能在语言中自我表述，或者我们即使自我表述了也没有方法获得别人认同，既不能让自己信服也不能让别人信服。我们丧失了自我表述而只能被别人表述，或者说，我们正在丧失文论生产方面的话语权。

然而，我们面临的困境竟然只能仰赖“话语”这样一个纯西方的术语来表达，这就提醒我们，如果脱离西方理论，我们甚至不能正确地提出问题。这一困境并非始于今日，颇有历史渊源。一般认为，西方文论的中国化历经两个世纪，如果把这一过程比作旅途的话，那么，“清末民初的西学东渐”“五四时期的新文学革命”“30 年代的文论多元化”“40 年代以《延安文艺座谈会上的讲话》为核心的抗战文艺”“新中国成立后的学习苏联”“十年

---

① Peter Brooker ed., *A Concise Glossary of Cultural Theory*, London: The Hodder Headline Group, 1999, pp. 66-67.

‘文革’中的极左理论”“新时期译介的当代欧美文论”等标志着这一旅途的主要站点。① 如何描述和归纳这一漫长过程的主要发展规律和脉络长期以来都是国内外学者研究的话题。仅靠朴素观察，我们就会发现这一历程总是交织着“外”与“内”这两种因素。它们彼此交织、相互影响，共同形成中国现代文论发展的主要脉络。其中，清末民初的第一次大规模引入西方文论，直接触发了后来三十余年的文论发展，新中国成立后译介苏联东欧社会主义国家文论，又主导了国内新时期之前的文论发展，而新时期文论的欧美文论的传播到了21世纪初期渐渐消歇。我们或许正面临着一个重新“内向发展”的阶段。从时间上衡量，前两次的内向发展都持续30年左右，这次估计也将会持续相当长时间；从成果上衡量，鲁迅、茅盾等人都在20世纪30年代美国主流刊物上发表过论文（史沫特莱翻译），阿尔都塞60年代还在引用毛泽东的《矛盾论》，可见以前的内向发展都产生过国际水准的研究成果，我们当然也有理由期待当下的文论研究会受到国际关注。② 从这个意义上说，中国文论“现代化”也正是中国文论的“国际化”，“失语症”无法通过闭门造车式的封闭发展而消弭，随着对外开放的愈益深入，文论建设的国际化也会越来越明显。

另外，文论建设也不可能脱离国家文化现代化这一主要历史文化语境独立进行。西方文论中国化这一课题内在地受制于中国现代化的历史进程。在这方面，20世纪美国汉学家提出的“刺激—反应机制说”“传统—现代性说”和“帝国主义—反帝国主义假说”等都为我们探讨西方文论中国化问题提供了主要研究框架。早在20世纪50年代，美国著名汉学家费正清就曾指出：“占人类人口半数的亚洲人正进入一个变革的时代，它是由西方促成的，却是我们无法控制的。”③ 中国无疑是亚洲变革的代表，这种变革来自西方文化的引入，但又出于中国自身的原因而变得难以让西方学者辨认出来，

① 参照《西方文论中国化与中国文论建设》（王一川等著，经济科学出版社2012年版）的“上编”第1章至第5章。

② 当代中国学者李泽厚的《美学四讲》曾被部分收入《诺顿理论与批评文选》（*The Norton Anthology of Theory & Criticism 2nd Edition*，New York and London：W. W. Norton & Company，2010，pp. 1744-1760）。

③ ［美］费正清：《美国与中国》，孙瑞芹等译，商务印书馆1971年版，第6页。

更无力控制变革的方向。在费正清看来，造成这种情况的正是中国的内部原因，“不可能想象，现代中国这一人类中最大而又最古老的人群，可以纳入外国强国（例如俄国、美国或者其他强国）的轨道之内，除非中国自己内部发展的本身导致这样一种转向”。① 这里所说的“内部原因”包括政治经济、国际关系、文化传统多种因素，可以概括地从内部与外部这两个方面来分析。费正清认为：“单一的公式无法描绘、更不必说解释近代中国的变迁。读者可以在探索内部与外部、传统与革新的交汇点的过程中，形成自己的看法。”② 这一看法被后来的研究者归纳为“面向外部与面向内部等两种导向相互更迭”③ 的说法。

用上述方法来分析西方文论的中国化历程，就会使人看到西方文论中国化的发展总是一外一内，交替运行，其中王国维的《红楼梦》研究，梁启超的“小说界革命”，林纾、严复等的翻译等都是向外的，用陈寅恪评价王国维的话来说，就是“取外来之观念，与固有之材料互相参证”④；而鲁迅、胡适为代表的新文化运动则将“求新声于异邦”的趋势推向极致，标志着文论传统的转型与现代文论的诞生。首先，中国现代文论从一开始就弃文言而用白话，建立在文言文语言基础上的传统文论自然变成秦砖汉瓦。其次，文学内部各种体裁形式的等级次序有了明显的改变，传统文论崇诗贬文，梁启超则大力提倡小说，将小说的重要性提高到无以复加的程度，在世界小说史上恐怕都没有理论家像梁启超那样宣称过“欲新一国之民，不可不先新一国之小说”，鲁迅等人的现代小说更像是西方小说而不像是六朝志怪小说、唐传奇小说或明末清初长篇小说，鲁迅、郁达夫等人都曾自述创作小说缘自阅读、摹仿或借鉴外国小说。当鲁迅将西方小说概念用于考察中国传统文学时，才写出《中国小说史略》。再次，基本理论范畴有了改变，传统的“诗言志”“兴观群怨”“神韵”“滋味”“风骨”“比兴”等退出了理论话语，而

① ［美］费正清：《美国与中国》，孙瑞芹等译，商务印书馆 1971 年版，第 4 页。

② 转引自［加］保罗·埃文斯《费正清看中国》（陈同等译，上海人民出版社 1995 年版），第 208 页。

③ 转引自［美］柯文《在中国发现历史——中国中心观在美国的兴起》，林同奇译，中华书局 1989 年版，第 87 页。

④ 陈寅恪：《金明馆丛稿二编》，上海古籍出版社 1980 年版，第 219 页。

翻译过来的术语则大行其道，有成就的文论家大都是翻译家。最后，和文学理论相关的各个学科，如史学、哲学、社会学、语言学等都是按照西方现代学术体系建构起来的，如果其他学科都是如此，那么，文学理论当然不能独善其身。

“新文学革命”之后成长的新一代理论家在吸收消化外来观念基础上，将研究视点转向中国文论的现代化建设。取得突出成就的如李长之的“司马迁与《史记》”研究、朱光潜的古代诗歌韵律研究（朱光潜说，自己最满意的成果是《诗论》）、宗白华的古代诗画鉴赏、钱锺书《谈艺录》的传统诗话形式再造等，这些学者虽然不会使用“能指”“原型”“话语”“他者”“宏大叙述”“延异”等当代时髦术语，但在古代文论的现代转换方面取得的成就至今令人称道。这一“向内取向”集中体现于《在延安文艺座谈会上的讲话》中对“民族风格”“民族形式”“民族气派”的强调上。此后，新中国成立后对苏联文论的全盘借鉴则是再一次将重点向外转换。

上述“一外一内”的模型也表现于新时期西方文论译介上。如果20世纪80—90年代是向外的话，那么，当外部资源枯竭时，90年代末期至21世纪初期则开始了新一轮的向内导向，而当向内导向占据主流的时候，就会提出“失语症”的问题。这里的问题是，王国维、鲁迅等人为什么没有“失语症”之忧呢？王国维相信“世界的学术”“学术不分中西”，认为无论中国还是外国，其学术是相通的，东西方学术乃是一家；鲁迅相信进化论、进步主义，而中国落后仅是暂时的，只要我们在不断进步，早晚会迎头赶上。蔡元培也说，“欢迎德先生和赛先生到中国来”。这一思路一直延续到新中国成立后全盘学习借鉴苏联文论，当时典型的说法是，“赶英超美”“开除球籍”“苏联的今天就是我们的明天”等等。由此看来，落后仅是暂时现象，迟早能赶上并且超过。但其前提是，我们走在一条共同的道路上，而不是南辕北辙，渐行渐远。如果那样的话，就谈不上赶上和超过的问题了。当现代文论和西方文论分享着共同话语的时候，“失语症”就很难产生，至少不会那么强烈，只有当共同话语陷入危机、人们对共同话语失去信心时，不是这一部分人就是那一部分人，但终究会有人患上“失语症”。

由上文所述引出的另一结论是，当代文论建设其实只有古代文论与西方文论这两种资源，所谓现代理论资源本身即是上述两种传统或资源的合力的结果。当代文论不过是现代中国文论在古代资源和外国资源交互作用下取得的最新发展，是中国文论现代性转型这一历史进程的当下延续。从王国维、梁启超开始，直到鲁迅、胡适、王统照、茅盾等现代文学的开创者们，无不受到西方文论的深刻影响，而且在影响的深度和广度上，西方文论要远远超过中国传统文论。在笔者看来，这一进程远未结束，甚至我们就属于这一进程，是这一进程的一部分。如果用现代性观念来考察的话，当代文论确实是“尚未完成的现代性规划”的一部分。胡适的“问题与主义”如果不赋予其过多政治内涵的话，其实是说“主义”（对胡适本人来说是美国实用主义哲学）已经确定了，应该更多地在“主义”的框架下关注具体问题了。所以，王国维、鲁迅、胡适等人绝无失语之虞。

正如马克思、恩格斯曾经指出的，任何人都不是根据自己的选择从事创造活动，而只能在既定的历史环境下进行创造。西方文论的中国化是古老中国逐步走向现代化的整体进程的一部分，不可能脱离现代化进程而独善其身。历史唯物主义的基本原理并没有否定具体理论家精神劳动的创造性，在同样的历史、文化环境中，毕竟有人能够适应，有人不能适应，有人善于利用历史环境而有人则不善于这样做。当下文论界并不缺乏创造天赋和才华，但其面临的集体性、全体一致的“失语”却是文论史上罕见的，这也足以引发人们的关注，其中原因也和我们的认识缺陷不无关系。

第三节　从“失语”到发声：西方文论本土化的范例与启示

“西方文论中国化”在理论创新方面的困境具体可用我们文论研究的“失语”来表达，这种情况可能和我们仍然恪守某些传统观念有关。传统观念认为，理论来自实践并指导实践。但这一认识未必符合欧美文论的实际情况，也许革命理论是这样，但文学理论不是这样产生的。20 世纪欧美文论的特征之一是理论和实践的脱节。伊格尔顿批评 60 年代以后兴起的各种新潮理论，“在情欲的炽烈、艺术的温文尔雅和符号的令人愉悦中找到乌托邦的替代品……对乌托邦的向往，应该不会没人相信，但对其健康最致命的东西，无过于要试图将它变成现实”。[①] 可见，理论不具有指导现实、改造现实的功能，也不能将理论变成现实。美国批评家德曼走得更远，他认为理论包含了对其自身的解构，理论本身就大成问题，“它们同时既是理论又不是理论，是理论不可能性的普适理论”。[②]

对当代西方文学理论来说，理论并不来自创作实践。如果19世纪以前理论还来自实践的话，那么，理论来自实践的说法并不适用于20世纪欧美文论的发展实践。首先，原创性的理论并不是作家的发明，作家谈创作在19世纪及其以前还受到广泛重视，但在新批评之后，作家们背负着“意图谬误”的负担再也不能为自己的作品规定终极含义。20世纪被称为“理论的世纪”“批评的世纪”，兴盛一时的文学理论或批评理论是一个独立行业，它最突出特点就是综合性强，文学理论变成一个无确切边界的学科：它不是哲学，不是印象鉴赏，不是社会学，也不是语言学，但同时又和这些学科都有关系，而且这种关系还会变得相当紧密，以致文学理论和其他领域的关系超过了文学理论和文学的关系。在詹姆逊看来，传统学科界限的消失正是当代理论景观的显著特征，“一个世代之前，尚有专业哲学的专业话语——萨特或现象学家的伟大体系、维特根斯坦或分析哲学或日常语言哲学的作品——可以和其他学科如政治科学或社会学或文学批评相当不同的话语区别开来。现在，我们越来越有一种直接叫做‘理论’的书写，它同时是，又不是所有那些东西”。[③] 其次，理论当然会论及作品，但这些作品都是过去的作品，很少是当代作品；即使理论家举出作品创作方面的例证，这些例子都是老而又老的东西，弗莱研究布莱克、德曼研究卢梭、詹姆逊研究巴尔扎克等，都不是研究当代文学创作，这些作家中也没有一位是当代作家，理论生产和实践相互脱节是其显著特征。再次，世界文学史历经数千年的发展演变，经典之作灿若星河、不可计数，任何理论家想为理论找到作品例证，似乎都不是难事。一个美国汉学家谈论中国历史研究的一番感慨似乎也适用于文论研究，只要将下面引文中的“事实”一词转变成“作品”，“事实就像广

---

① ［英］特里·伊格尔顿：《理论之后》，商正译，商务印书馆2009年版，第51页。

② Paul de Man，*The Resistance to Theory*，Minneapolis：University of Minnesota Press，1989，p.19.

③ ［美］詹明信：《晚期资本主义的文化逻辑》，张旭东编，陈清侨等译，三联书店、牛津大学出版社1997年版，第398—399页。

漠无边、有时无法进入的大海中的鱼……史家捕到什么鱼……主要取决于他选择在大海的哪一部分捕鱼以及他选用哪种渔具捕鱼——而这两个因素当然又取决于他想捕捉的是哪种鱼”。① 最后，理论家的身份多是大学教授，按照欧美高校体制规则，当代作家作品难以进入大学课堂，当代作家只有成为经典作家才能成为授课对象。

如果理论不是实践的产物，那么如何界定理论呢？我们传统上将理论自然而然地认定为真理，但在西方学术话语中，“理论”等同于“假设”。根据权威的《牛津英语词典》(OED)，“理论”(theory) 一词有几个主要义项，其中之一就是“假设”：“通过观察或实验得出的对已知事实的假设。”② 正因为理论是对有限的实验现象的“假定”，所以它才不是真理。如果真理需要每个人服膺的话，那么作为假设的理论就不会要求别人无条件地服从，既会有人相信理论，也会有人提出质疑，同时，任何一种假设只要有足够的说服力量，它就会使人信以为真，理论之间的相互争辩就会变成常态，理论之间可以维持相互竞争的格局，理论要想流行开来就需要自我证明，需要在和其他理论的辩论中证明自己；另外，“假设”的出发点当然可以是文学创作实践，但不一定非得如此，它也可能来自另外一种假设，来自别人的假设，当代欧美文论往往以语言学、修辞学、心理学、社会学、美学等为出发点，实在是顺理成章的事情。总之，文学理论不是关于文学的真理，而只是针对特定对象的假设，再高明的理论能够合理阐释的文本也是有限的，弗洛伊德最喜欢解读《哈姆雷特》却很少提到《奥赛罗》，弗莱专研威廉·布莱特却只字不提同时代的彭斯，都能说明这一点。乔纳森·卡勒的《当代学术入门·文学理论》的第一章就是“理论是什么?”，作者的回答是：理论是预测或者假设，“理论本身就是推测的结果，是对作为它自己基础的假设的质疑。”③

① 转引自［美］柯文《在中国发现历史——中国中心观在美国的兴起》，林同奇译，中华书局1989年版，第52页。

② James A. H. Murray，Henry Bradley and W. A. Craigie eds.，*The Oxford English Dictionary*，Vol. XVII. Oxford：Clarendon Press，1989，p. 902.

③ ［美］乔纳森·卡勒：《当代学术入门·文学理论》，李平译，辽宁教育出版社、牛津大学出版社1998年版，第18页。

文学理论的假设性质内在限定了其应用范围。有的研究者提出“普遍概括性的理论只是一种幻想或者乌托邦”[①]，虽然这是一种有用的乌托邦。但如果我们把本质上是假设的文论当成关于文学的真理，就容易将本来不属于理论的更多内涵赋予理论，看似重视理论，实际上却是压垮理论的那根稻草。比方说，从真理的高度来看理论，任何一种学说都有数不胜数的缺陷，都有可以批判的地方，当我们满足于批判带来的虚幻成功时，也就把自己放到真理代言人的位置上，真理可能存在，但毕竟不会以我们已经掌握的方式存在。我们如果坚信自己真理在手，其实也就容易浅尝辄止。20 世纪欧美文论再也没有产生百科全书式的学者或理论家，每个理论家仅仅能顾及数量有限的文学现象。

如果文学理论是对文学现象的假定，那么，随着需要概括的文学现象不同，文论面貌自然也就呈现出不同形态。“西方文论的中国化”或“中国文论现代化”不仅是中国社会现代性展开过程的一部分，而且植根于古代文论的丰富传统。清末民初之前的悠久中国文学史正是中国现代文论需要面对和概括的主要文学现象。其实，当代西方文论的进步正是在继承古代传统的基础上得以实现的，是一个传统的隐性传承问题。举例来说，在现代西方文论的很多流派中，都有一个对文本意义逐层把握的问题，如燕卜荪的“复义七型”、英加登的“现象学批评”将作品分成语音—意义单元—对象层次—图像层次等，以及韦勒克“透视主义”理论对这一理论模式的进一步细化，他认为作品的存在方式包括了语言的声音层面到作品价值和文学史进化性质的 8 个层面，又如 20 世纪下半叶出现的詹姆逊的《政治无意识》所说的文本意义的“4 个同心圆”，伊格尔顿的《文学批评与意识形态》将意识形态与文本的关系分为 5 个层次：一般生产方式、文学生产方式、一般意识形态、作者意识形态、审美意识形态等，保罗·德曼将文本分为修辞格—修辞叙述—讽喻叙述等。这些说法虽然在具体分法上彼此不同，但都将作品或者文本视为一个意蕴丰富的整体，而处理“意蕴丰富”只能依靠层层递进式的逐层剖析才能把握，这一理论模型显然与欧洲中世纪的《圣经》文本四重寓

① ［加］马克·昂热诺等主编：《问题与观点：20 世纪文学理论综论》，史忠义、田庆生译，百花文艺出版社 2000 年版，第 5 页。

意说密不可分，实际上用社会价值、审美意义、人类历史等现代观念替换了古代人们信仰的“上帝的规划”，古代传统依然“活”在现代理论中，从而为这些现代理论赋予了强烈的历史感和文化底蕴，但又切合“被上帝抛弃了的”现代人的知识架构和精神追求，这可以说是古代西方文论“现代转换”的一个侧面。

“现代转换”不仅发生在西方文论中，而且也发生在中国现代文论中。考察中国现代文论发展史，其中最有创见的部分恰恰来自中国文论传统，如中国现代翻译家主张的文学翻译“气韵生动说”。“气韵生动”是南齐谢赫提出的“绘画六法”之一，唐代司空图的《诗品》将其从绘画评论转而用于诗歌评论。如果后现代文学主张“跨界写作”的话，那么司空图做的是“跨界评论”。他主张诗歌应该“生气远出”，即文学作品既应具有内在生命力，又应该余味无穷，这就把“气韵生动”从书画论推进到诗论，现代诗人郭沫若认为翻译的最高境界是“字句、意义、气韵”的统一，优秀的翻译诗歌应该是“丰韵诗”，茅盾说：“文学作品最重要的艺术特色就是该作品的神韵。”①翻译家傅雷认为：“重神似而不重形似；译文应该为纯粹之中文。”②另外，还有钱锺书主张的“化境论”、焦菊隐主张的“全局（整体）论”等等。这些说法都意识到，在文字和意义的一般传达之外，最能决定翻译质量的其实是无法用语言表达的艺术作品的内在精神，他们将古人对写诗作画的要求用于翻译，也就将作品翻译等同于作品创作，因此，译作应该像原创一样，既有原作的整体性和生动性（“气”是浑然一体、不能分割的，又是时刻流动、无阻无碍的），又要有丰富性和含蓄性（“韵”是有韵味、余味无穷），强调译作的意义表达丰富蕴藉，意在言外，言不尽意等；他们意识到，翻译本身就是再创造劳动的产物，不是在另一种文化中通过另一种语言媒介的简单挪移或照搬。

当然，上面提及的中国现代翻译理论家并没有读过本雅明的《翻译者的任务》等，但这里的“风韵、神似、神韵”等说法仍然令人想起本雅明的翻译理论。本雅明也承认翻译是有生命的，“翻译比原作出现得更晚，因为

① 王秉钦、王颉：《20 世纪中国翻译思想史》，南开大学出版社 2009 年版，第 245 页。
② 王秉钦、王颉：《20 世纪中国翻译思想史》，南开大学出版社 2009 年版，第 259 页。

世界文学的重要作品在其诞生之初并没有找到合适的译者，因此它们的翻译也就标志着延续生命的阶段”。[1] 因此，伟大的文学作品既有当代的生命，也通过翻译获得作品诞生之后的永恒生命（afterlife）。但在翻译生命从何而来的问题上，本雅明的看法和中国学者完全不同。中国古人将“气”归为自然的律动，而本雅明则将翻译生命归为上帝圣灵的注入。如果一种语言可以被翻译成另一种语言，就表明两种语言之间具有可译性，但可译性不能归结为它们都用同一个词汇表示同一个事物，而是因为翻译在不同语言的相互转换中揭示着一个“真理的语言”“纯粹的语言”：“在所有语言和语言创造中，都在可以被表述出来的事物之外额外存在着不能被表述的事物；它依赖于出现的语境，正是象征之物和被象征之物。”[2] 正是因为具体语言背后还存在着纯粹语言，每一种具体语言作品才都包含着“言外之意”“韵外之致”，而翻译之所以重要，就在于能够将这种“言外之意”揭示出来。本雅明使用的比喻是，这些具体语言都是瓷器片断或碎片，但它们组合起来就足以复原一个曾经完整的容器。

中国现代翻译家所主张的“神似论”是对文学理论的重要贡献。它既有传统文化的历史积淀，又符合现代文论的基本旨趣。这里出现的有趣现象是，只有当西方术语中没有的，中国理论家才可以创造，“神似论”在字面表达上无法在西方语言中找到对应物，但只有领会其精神实质，才可以找到中西文论的契合之处。“神似论”的优越之处，并不仅仅在于它使用了一个古代术语，而且在于它在更深层次上与西方文论殊途同归。首先，无论“神似论”还是本雅明的“可译性”，处理的都是文本意义问题，但尽管它们注重从文本出发来建构理论范畴，但又避免了绝对化的“文本中心主义”，都主张在字面意义之外的言外之意，本雅明认为任何民族语言都是有局限的，只有通过另一种语言来相互补充，才能揭示在具体语言背后的纯粹语言，神学家路德翻译《圣经》，诗人荷尔德林翻译古希腊戏剧都将新的含义引入现代德语，也就是为一种衰落的世俗语言引入真理维度，这当然不是说古希腊

① Walter Benjamin, *Illuminations*, edited and with an introduction by Hannah Arendt, London: Fontana Press, 1973, p. 72.

② Walter Benjamin, *Illuminations*, edited and with an introduction by Hannah Arendt, London: Fontana Press, 1973, p. 80.

语就是真理语言，而是说在这两种语言的交叉重叠之中显露具体语言背后的精神层面。同样，以“气韵生动”为基础的现代译论也注意到语言表达的局限性，主张“译无定文”，不同译文从不同角度对文本含义可以展开多方面的深耕细作，翻译文本的含义不能被绝对地固化下来，而总是像“气”一样流动不居。其次，“神似论”与“可译性”都潜含着读者的维度。在本雅明的翻译理论中，纯粹语言或真理语言并不是上帝向翻译家直接启示而来的，而是由作为特殊读者的翻译家在不同语言的把握和揣摩中体会出来的，同样，中国翻译家自然会感到，无论怎样努力，总会有些韵味会在翻译中消失得无影无踪，追求“神似”其实在很大程度上是在追求这些不可捕捉、不可言传的含义、“神似论”与本雅明的“可译性”可以作为西方文论中国化的一个例证，总结其中的启迪意义似乎不无裨益。首先，比较诗学在西方文论中国化进程中仍然大有用武之地。我们应当在文论研究中进一步强化比较视野，挖掘或寻求古代资源的合理成分，进而在比较诗学领域内寻求突破。在当今全球化文化语境中，完全复活古代文论并不现实，而且过分强调文论传统的当下性也容易导致对民族文化传统上的保守主义甚或原教旨主义，容易导致夜郎自大、闭关自守，无法适应飞速变化的现代社会。另外，比较诗学也在不同文论系统的衡量鉴别中发现自身优势，有助于树立民族自尊和文化自信，避免民族文化的虚无主义和文化相对主义，避免非西方国家研究人员的殖民心态和悲观情绪，克服“我们注定就是不发达的”的弱国自卑心理，在比较诗学研究中寻找和探球人类共同的创作规律，所谓“东海西海，心理攸同；南学北学，道术未裂”。

其次，坚守个案突破的原则。“西方文论的中国化”是一条漫长曲折的研究之路，需要经过长期探索才能有所收获，面对几千年的文论传统，几个理论家或一代理论家可能都很难毕其功于一役，急于求成的焦虑躁动心态于事无补，只会有害无益。王国维、梁启超等人比当代理论家都更加接近传统文论，但他们也没有完成文学理论的“中国化”。文论历史上实现范式革命的人少而又少，大部分都在一个既定范式内工作，不过是对继承下来的固定范式的修缺补漏，个案突破的方式对绝大多数研究者来说都是适用的。我们应该注意不走极端，不做惊人之论，重视个案研究，日积月累才能终有所成。如果个案研究积累到相当程度，就会由量变导致质变；而不是枯坐书斋，设计空洞无益的建设方案。

最后，重视开展中西诗学对话和国际学术交流。当然，对话的前提是具备相当的学术实力。有句西方谚语说，只有你长得足够高，你才能被我看见。的确，在学术舞台上我们也只有和对方处于同一水平上，才能引发对方对话的兴趣。这需要我们对西方现代文论的深入研究，不仅是宏大历史演变路径的研究，而且是对理论论辩细节的关注和深入探讨，才能获得足够的资格进入与对方争辩的平台，并在富有建设性的学术讨论中贡献中国智慧和中国元素。

第十五章　马克思主义文论中国化的几个问题

回顾和反思新时期文学理论和观念的演进，绝对不能忽视马克思主义文艺理论的存在。自 20 世纪 20 年代后期以来，中国现代性文艺理论一直都是以马克思主义文论为主导的，这是一个不容抹杀的客观事实。新时期开始以后，马克思主义文艺理论的一元化垄断地位经受了各种不同的理论挑战，也有过不同程度的危机，但它勇敢地面对挑战，渡过了危机，甚至可以说浴火重生，在新的历史条件下大胆择取来自中外文学理论与实践的各种营养成分发展和壮大自身，依然保有着在当代中国文坛的指导地位和主流地位。不过，从历史反思的角度来看，尤其是从有中国特色马克思主义文艺理论的建构目标来要求，新时期马克思主义文艺理论也是优势与局限、成绩与问题共存的。下面，主要从几个大的方面做些梳理、分析和探讨①。

第一节　马克思主义文论研究需要“瞻前”“顾后”

作为一种主导性的文论话语，马克思主义文论也处于不断发展之中，因而也需要不断地“瞻前”“顾后”。所谓“瞻前”就是要对其未来的发展前景和目标作出展望和规划，所谓“顾后”就是要对以往走过的路加以总结和反思。

宏观而言，中国现代文艺学是在中国古代文论、欧美现代文论和马克

① 本章主要内容已作为阶段性成果先行发表，特此说明。参见《马克思主义文艺理论研究的边界、问题与方法——一个基于问题意识的历史反思和创新展望》，《文史哲》2012 年第 5 期；《焕发马克思主义文艺理论的思想活力》（学术访谈），《文艺报》2014 年 9 月 12 日。

思主义文论三种系统的结构性关联中展开的，而马克思主义文艺理论又在其中居于主导地位。20 世纪上半叶，中国现代文艺学经历了由古代文论到西方文论（主要是欧美现代文论）再到马克思主义文论这样一个由一元至多元、又从多元到新的辩证综合的发展过程，理论综合的最终结果是产生了以毛泽东文艺思想为代表内容的马克思主义文艺理论中国化理论成果；新中国成立尤其是进入新时期之后，中国现代文艺学又在坚持马克思主义文艺理论主导地位的前提下，在更广泛地接受欧美现当代文论并汲取中国传统文论有价值成分的基础上走向新的理论综合和创新。应该说，在前后两个阶段的理论综合进程中，马克思主义文艺理论多数情况下都扮演着主体角色，最终形成为与现代社会进程和艺术文化思潮相应的主流文论话语，并取得了诸多富有价值的理论成果。

不过，毋庸讳言的是，就具体历史来说，马克思主义文艺理论发展很不平衡。它有时非常富有活力，具有话语权和主导性，有时则显得落寞沉寂，不尽如人意。比如说，20 世纪 80 年代，在改革开放的时代大潮鼓动之下，马克思主义文艺理论研究走出以往僵化和教条化的痼疾，逐渐在观念和方法的探索上进入一种自主、多样的状态和格局，展现出了开放性的时代特征与气象，无论在理论观念的拨乱反正还是在文学观念的深化方面，都起到了主导性的作用。然而由于各种因素所致，90 年代之后的一段时期内，马克思主义文艺理论与批评的声音在整个文坛上却十分微弱，某种程度上甚至可以说陷入了生存危机。令人欣喜的是，近十几年来，由于客观形势的变化和学术界理论创新的自觉，马克思主义文艺理论研究较之上述 90 年代之后的低谷期，重新进入到一种比较活跃的局面。这表现在多个方面，比如有许多论著在对近百年中国马克思主义文艺理论的发展进程、尤其是当下的状况进行认真的反思和总结，文艺的意识形态性质问题、文艺本体论问题、文艺价值论等重大马克思主义文艺理论问题重新引发学术争鸣，文艺生产与消费、大众审美文化、新媒体艺术的发展、全球化与民族化等与当代创作与批评实践紧密相关的时代性理论问题也越来越受到马克思主义文艺理论研究界的关注和重视，在马克思主义的学术视域中使话题不断翻新，新论不断涌现，如此等等，致使马克思主义文艺理论重新站到了时代和文艺大潮之前，置身于思想创新的前沿位置。这种良好的发展态势，给人一种前景可期的鼓舞，同时也促使我们认真思考中国马克思主义文艺理论建设的未来理想和目标问题。就未来理想和建设目标而言，新时期的马克思主义文艺理论研究还存在什么问题？面向21世纪的马克思主义文艺理论又应该在哪些方面开拓努力？这是我们应该认真思考并予以回答的问题。具体到最近一些年来学界对马克思主义文艺理论的总结性、反思性研究，应该说是取得了可观的成果。许多研究成果在回顾和总结近百年来特别是新中国成立近70年来进而改革开放近40年来中国马克思主义文艺理论发展历程的同时，也对21世纪马克思主义文艺理论研究的趋向和愿景做了许多的思考和展望，其中不少论者的反思与前瞻具有较强的实践和学理依据，给人以鼓舞和启示。但是，也有一些反思与展望文章，学术站位较低，视野不够阔大，不能给人登高望远、豁然开朗之阅读感受。清代“性灵说”诗歌理论家袁枚曾经说过：“学问之道，当识其大者。”① 任何学术研究都有大道理大问题与小道理小问题之分，大道理大问题管小道理小问题，治学者当先思考和解决大道理大问题，大道理大问题想通了，小道理小问题也就容易解决。同样道理，对中国马克思主义文艺理论发展历程与前景的分析和思考也应该先识其大者。那么，什么才是其中的“大”者呢？对此，研究者可能见仁见智。然而无论识见如何不同，以下几个方面的问题是必须包含其中的，这就是：第一，与马克思主义文艺理论守正创新有关的“理论边界”问题；第二，与马克思主义文艺理论中国化有关的“问题意识”或“中国问题”；以及第三，推进思想创新不可或缺的“研究方法”。简言之，理论边界、中国问题、研究方法，是21世纪中国马克思主义文艺理论研究应该加以认真对待的几个重要理论思考维度，也是有志于理论创新的研究者应该具有的几个自觉理论意识。除此之外，我们似乎还应该从中国马克思主义文艺理论建设的理想前景出发，就马克思主义文艺理论中国化这一命题本身作出进一步的思考。

第二节 马克思主义文论研究的边界、问题与方法

理论边界、中国问题、研究方法是三个有机相连的问题。这几个问题

① 袁枚：《与托师健冢宰》，《小仓山房尺牍》卷三。

的提出，首先着眼于对马克思主义文艺理论发展中不足与局限的问题性反思，而反思的目的当然还是为了未来更好的发展。

一、理论边界与“主义”守护

历史总结和21世纪中国马克思主义文艺理论研究，首先需要思考的是其理论边界问题。之所以首先提出这一问题，与马克思主义文艺理论的历史开放性或曰未完成性有着直接的关系。

马克思主义是发展中的科学，同样马克思主义文艺理论也处于不断生长演进的过程之中，是一个未完成的开放发展着的思想体系。自20世纪80年代以来，在如何对待马克思主义文艺理论的经典传统与当代发展的关系方面，学界基本上形成了“守正创新”或“继承—发展”的共识性看法，也就是要在守持或继承马克思主义文艺经典传统的基础上开展理论创新，在新的历史条件下发展并创造马克思主义文艺理论的当代形态，实现马克思主义文艺理论的中国化。应该说，这样一种认识思路和理论策略，符合学术发展的规律性。但是，在实际的理论发展过程中，这样一种符合规律的理论思路和策略却并没有得到很好的贯彻和实现。原因在于，无论是对于继承还是发展马克思主义文艺理论来说，一旦进入具体理论思考和运作之中，就会有一个问题凸显出来，这就是：究竟什么是马克思主义文艺理论，什么是非马克思主义文艺理论，这个“是”与“非”的界限或曰边界究竟何在？弄清边界，是继承的前提，也是发展的基础。

历史地看，近百年来马克思主义文艺理论在中国的传播与发展大致经历了先后两个时期。从20世纪20年代到中华人民共和国成立，是马克思主义文艺理论在中国不断传播、不断扩展影响直至占据主流地位并大致形成自己的理论边界的时期；从新中国成立后的50年代至今，是马克思主义文艺理论在中国不断巩固和强化主导地位、不断圈定和扩展理论边界的时期。马克思主义文艺理论在中国的传播并形成为主流文论话语，自然有其历史必然与理论成就，但不可否认，在这一过程中也存在一些值得引起反思的历史过失和问题。这里暂且不论前一个历史时期，仅就新中国成立以来的发展情况略作指陈。新中国成立之后，由于处于社会主义与资本主义两大阵营对峙冷战这样一种特殊的国际政治格局和在相对封闭的状态下从事社会主义革命和建设这样一种国内形势之下，外交上“一面倒”的国策选择，致使马克思主义在政治和思想文化领域取得了绝对化的统治地位，同样，马克思主义文艺理论也成为中国当代文艺理论研究唯一具有合法性的主导性或者说主宰性话语。久而久之，在现代新文艺发生之后包含各种非马克思主义理论和批评在内的多元文论研究结构系统就被单一的马克思主义文艺理论所置换了，复数的现代文艺理论研究变成了单数的马克思主义文艺理论研究。这一特定历史语境下的置换，一方面把文艺理论研究的形态和取向窄化了，窄化为马克思主义文艺理论研究单一或唯一的形态和取向；另一方面，反过来说，马克思主义文艺理论又被无限地泛化了，什么研究都戴上了“马克思主义”的帽子。时至今日，不少文艺论著，还习惯性地愿意给自己的研究加一个“马克思主义”的标签。这是一个总的情况。

如果再细加区分，20 世纪 50 年代至今马克思主义文艺理论研究的泛化又可以分为两个不同阶段，表现为两种不同情况。从 50 年代至 70 年代，是马克思主义文艺理论固化边界的阶段，固化的初衷和目的是确立中国马克思主义文艺理论研究的新范式、新观念、新理想、新标准，并以此指导新中国的文艺实践，应该说相对于此前时期的状况而言，当时也确实在一定程度上形成了新的马克思主义文艺理论范式，即以文艺与生活的关系为基本理论架构的文艺反映论，而且这一新的理论范式在指导当时的文艺创作实践和批评方面也的确发挥过积极的作用，但令人遗憾的是这一时期的边界固化最后的结果却是走向了僵化和教条化。在政治运动接连不断，“封（封建主义）、资（资本主义）、修（修正主义）”统统反掉，一切古代和外来的文化都不敢入研究者法眼的历史语境下，从国家层面大的治国方略和意识形态选择到具体一些的文化运作和文艺理论研究，表面上看起来什么研究都戴上了“马克思主义”的帽子，但在这顶大帽子下的思想蕴含和理论内容却是极其狭窄单薄的，所包含着的实际思想内容极其有限，而且那时对马克思主义文艺思想的确认和解释常常是经过了政治斗争需要的过滤，是经过了人为选择的，教条化、片面化屡见不鲜，有时甚至走向极度的扭曲和背离。从学术创新的角度来看那整个 30 年的马克思主义文艺理论研究，除少数几个理论人物和理论文本之外，在总体上很难给予较高评价。从 80 年代至今，是马克思主义文艺理论扩展边界的时期，这一时期在改革开放的时代语境之下，马克思主义文艺理论研究展现出了开放性的时代特征，大胆地借鉴、汲取西方现当代非马克思主义文艺理论成果以及中外古代一切优秀的文艺理论遗产，以开放的姿态拓展马克思主义文艺理论的学术境域和话语空间，以应对急剧变化了的文艺发展现实，从而在观念的创新和体系建构方面展现出了新的气象和格局，与此同时也慢慢地改变了马克思主义文艺理论研究以往在人们印象中形成的教条化、极端政治化的僵化生硬形象，使它逐渐地恢复了生机和活力。然而，无须讳言的是，这一时期马克思主义文艺理论研究也历史地产生了一种新的倾向，就是真的转向了泛化。在相当多的学者那里，似乎西方现当代文艺理论的各种理论观点，诸如形式主义文论、现象学文论、存在主义文论、解释学文论、结构主义文论，以及各种形式的解构主义和后现代主义文论，什么都可以拿来补充马克思主义文艺理论，都可以与马克思主义文艺理论相嫁接。如此一来，文艺理论研究的思维空间、思想格局和学术形象的确是有了新的变化，但究竟什么是马克思主义文艺理论，马克思主义文艺理论与非马克思主义文艺理论的区别何在，却弄得越来越模糊，越来越不清楚了，不少人甚至不屑于思考和谈论这种区分。这种泛化所带来的模糊认知，致使当前的学术界对于究竟哪些人算是马克思主义文艺理论研究者，哪些学术观点算是马克思主义文艺观点，都已经难于达成共识了。这种状况显然是不利于马克思主义文艺理论研究健康发展的。如果连什么是马克思主义文艺理论都说不清楚了，那还怎么讲马克思主义文艺理论的继承和创新呢？继承什么？又在什么基础上创新？

基于上述历史反思，面向未来的马克思主义文艺理论研究的确有必要重新确立“边界”意识。像任何一种理论系统一样，马克思主义文论研究的地形图或理论边界是由其基本的精神、原则和主要观念以及与这些精神、原则和观念相适应的理论关系、理论命题和概念范畴构筑起来的。所以确立马克思主义文论研究的“边界”意识，首先要强调文论研究必须回到马克思主义文论的基本精神、原则和主要观念上来。就此而言，“边界”意识也就是“主义”意识。美国学者海尔布隆纳在《马克思主义：赞成和反对》一书的导言中曾经针对有的西方学者认为各种各样的马克思主义理论没有一个共同特征的错误观念，强调指出合称之为“马克思主义”的思潮是有一个可以得到“公认的共同点”的，这个共同点来源于一套能规定马克思主义思想的前提，凡是包含有这类前提的分析都可以正当地将其归类为“马克思主义的”分析。具体说，他认为马克思主义的共同特征包含了四个因素：第一是对待认识本身的辩证态度，第二是唯物主义历史观，第三是依据马克思的社会分析而得出的关于资本主义的总看法，第四是以某种形式规定的对社会主义的信奉。海尔布隆纳认为，他从四个因素所总结出的马克思主义的共同特征，为马克思主义研究勾画出了一种能够发挥有益作用的框架结构，“它使我们能够相当准确地把理应称为马克思主义的著作与那些不应称为马克思主义的著作区分开来……此外，这种前提的框架还提供了另一种线索，使我们了解到马克思主义何以能恢复并保持经久不衰的生命力。因为它使我们看出马克思主义能够集人类理智之大成，这就是从一种基本的哲学观出发，继而运用这种观点去解释历史，然后又分析现在，找出现存社会制度中的历史力量，最后则继续按照分析的方针，沿着固定的行动轨迹，在走向未来的方向中臻于完成。”①海尔布隆纳对于“马克思主义”的这样一个分析思路同样也适合于对马克思主义文艺理论的分析。首先，马克思主义文艺理论研究在其精神和原则上也以海尔布隆纳所分析的上述四个因素为基础，同时在体现这一共同特征的基础上，马克思主义文艺理论研究也形成了自己的一些共同性的文艺观念，诸如强调文艺的意识形态性质，重视文艺对社会生活的认识作用，关注文艺在社会革命与人类自由和解放中的启蒙潜能和功能，等等。如果一种文艺理论能够在某种程度上体现海尔布隆纳所分析的上述共同特征，并且认同这里所提到的这些主要文论观念，那么它自然就属于马克思主义，而如果一种文艺理论观念与上述特征和观念全然不搭界，甚至反对这些思想原则和观念，那么它就绝对不能称之为马克思主义文艺理论。就拿新时期以来关于文艺与上层建筑、与意识形态关系的争论来说，许多参与争论的学者都是承认文艺的意识形态性质的，只是对文艺与上层建筑的关系、与意识形态的关系存在着不同的理解，比如有人不同意文艺是审美意识形态的看法，甚至不同意文艺是意识形态的表述，而认为文艺是社会意识形式或意识形态的形式，是意识形态与非意识形态的结合体，诸如此类。这种不同的理解以及由

① ［美］R. L. 海尔布隆纳：《马克思主义：赞成和反对》，易克信、杜章智译，中国社会科学院情报研究所 1982 年版，第 7 页。

此引发的争论是发生在马克思主义文艺理论研究者内部之中的。但若像有的人那样完全否定文艺的意识形态性质，那就很难说它是马克思主义文艺理论了。所以，马克思主义文艺理论是应该有其基本规定性的，这些基本规定性划定了马克思主义与非马克思主义的边界。强调马克思主义文艺理论研究的边界，首先针对的就是把马克思主义文艺理论的边界弄得边际不清、模糊不定的做法。

但是，同时也必须指出，就好像一个人的生活空间或者一个国家的国土疆界会在时间维度中发生变化一样，马克思主义文艺理论的未完成性或历史开放性也决定了马克思主义文艺理论的边界不是凝固僵化、一成不变的，而是随着历史的发展而发展，有其不同的历史内容和创新性质的，像极左思潮泛滥时期那样把马克思主义文艺理论固化为几个抽象的教条和教义，基于政治斗争的需要而对其采取一种选择性认知的狭隘心态和做法也是必须摒弃的。从世界范围来看，在马克思主义文艺理论发展的不同时期不同国度，对文艺的基本性质和社会作用，已历史地形成了反映论、意识形态论、生产论、社会批判论、文化政治论等多种学说。比如，国外一本文学理论教科书的著者们就认为从文学与社会的关系上解释文学是马克思主义文学理论的总方针，为此马克思主义文学理论把文学放在社会现实这一较大的框架里思考文学，将经济基础与上层建筑的结构关系作为文学分析的主要模式，重视意识形态这个概念。不过，在这个共同的前提之下马克思主义文学理论又呈现为诸多不同的模式，包括反映模式、生产模式、发生学模式、否定认识模式、语言中心模式等等①。在这个一与多的统一中，马克思主义文学理论既有着与其他非马克思主义文学理论不同的精神和原则，又活跃着拓展原有理论边界的思想冲动和批评实践，从而展现出马克思主义文艺理论与批评的形态多样性与内容丰富性。应该说，中国新时期以来的马克思主义文艺理论研究已经对上述各种理论学说和理论模式作了不同程度上的引进和吸纳，不仅如此，对现代非马克思主义文艺理论的诸多有价值的成分，如文艺创作理论、文本结构理论、艺术接受理论等，也多有借鉴和汲取。这种引进和吸

① 参见［英］安纳·杰弗逊、戴维·罗比等《西方现代文学理论概述与比较》第六章，陈昭全等译，湖南文艺出版社 1986 年版。

纳、借鉴和汲取，对马克思主义文艺理论的当代发展起到了丰富内容、开掘内涵、拓展边界、增强活力的重要作用。如学界近年来进行的关于马克思主义艺术本体论思想的讨论，论争的双方都是在重新解读历史唯物主义理论基础上提出并论证自己的观点的，同时又都不同程度地批判接受了西方现代哲学和美学的某些理论成分，既是一次马克思主义文艺理论内部的争论，又显示出一定程度的开放性特点，这种争论对推进马克思主义文艺理论的发展是有益的。在21世纪，如何在坚持马克思主义文艺理论的基本精神和原则的前提下，将守护边界与拓展边界有机地统一起来，在内聚性的守持与开放性的外拓之间建立起一种既守护住“主义”又使“主义”获得新的时代内容的理论创新机制，依然是马克思主义文艺理论研究应该认真对待的一个重大理论与实践问题。

二、问题意识与“中国问题”

21世纪中国马克思主义文艺理论研究应该认真对待的第二个问题，就是要进一步强化学术研究的问题意识。一个时代的思想创新总是基于对时代问题的理论自觉。

当代学术大师陈寅恪先生在《陈垣〈敦煌劫余录〉序》中说：“一时代之学术，必有其新材料与新问题。取用此材料，以研求问题，则为此时代学术之新潮流。治学之士，得预于此潮流者，谓之预流。其未得预者，谓之未入流。此古今学术史之通义，非彼闭门造车之徒，所能同喻者也。”[①] 陈寅恪先生在这里提出了学术发展的一个共同规则，就是开展学术研究，必须敏锐地发现问题，从而产生学术研究的任务和目标，问题是真正科学的理论研究工作的起点，只有凸显问题意识，以问题为中心开展学术研究，才能推进学术的进步。一般来说，学术研究活动，实际上也就是提出问题和解决问题的过程，而各门学术自身的发展，实际上也正是新旧问题交相更替的历史。所以，有没有问题意识，对学术研究来说的确是一个至关重要的问题。就当代马克思主义文艺理论研究的自身状况而言，在20世纪50年代至70年代那相当长的一个时期内，受极左政治干扰和教条主义思想观念的束缚，文艺理

① 陈寅恪：《金明馆丛稿二编》，第266页。

论研究是相当缺乏问题意识的。那时，人们一方面将马克思主义文艺理论抽象地化约为几个教条性的理论观念和范畴，另一方面又认为由政治权威和主流意识认定的马克思主义文艺理论是放之四海而皆准的真理，只要坚持这些理论观念和范畴就足以应对现实实践的需要了。研究者们没有想到，即使想到了也不敢于发现现实文艺实践过程中产生出的新的历史矛盾和问题，更不敢于去发现和指出马克思主义文艺理论研究自身存在的缺陷和问题。从学术史的角度梳理、回溯那个时期的马克思主义文艺理论研究，除了少数几个马克思主义经典文论家的注释本（包括翻译过来的注释本）和对“两种生产不平衡理论”、现实主义、悲剧等少数几个真正属于马克思主义文论研究的问题并不深入的探讨之外，值得提一提的东西确实不多，可以作为成就和贡献写到马克思主义文艺理论发展史上的就更少了。新时期之后，到 20 世纪 90 年代初期，中国马克思主义文艺理论研究曾经一度进入一个较为繁荣的时期，不仅传统马克思主义文艺理论的诸多理论问题，如现实主义的真实性、典型性与倾向性的关系，悲剧问题，人道主义、异化与人的解放的关系问题，艺术生产与物质生产发展不平衡的理论，《1844 年经济学哲学手稿》中的美学思想，文艺与政治的关系，文艺与上层建筑的关系，文艺与意识形态的关系，马克思的艺术生产理论，等等，在这一时期都得到了较有深度的研究，而且随着新时期文化和艺术的时代性变革所提出来的一些新的现实实践问题，诸如文艺的社会价值与商品价值的关系，大众艺术与现代媒体和大众文化工业的关系、当代艺术生产与消费文化的关系、全球化与民族文艺的发展等等，也不同程度地进入到了马克思主义文艺理论研究的视野。这些理论课题之所以能够进入到此一时期的研究视野，并造成马克思主义文艺理论研究的繁荣和新的发展，究其原因还是在于问题意识的觉醒。

这里应该指出，强调马克思主义文艺理论研究要树立问题意识，这与学界普遍强调的理论联系实际或现实关怀意识，实质上是一致的。对每一个研究者来说，要进入到具体的研究过程之中必须要发现和找到属于自己的问题，从问题入手展开理论之思。但问题又是从哪里来的呢？从根本上说，学术问题虽然出自研究者的头脑，却并不是研究者个人主观意识的外化，而是来自于对现实进程和矛盾的把握，或来自基于现实需求而对理论自身缺陷的反思，也就是说，学术问题的真正根源来自于理论研究所面对的时代境遇。黑格尔在谈到哲学研究与时代的关系时曾经指出："每个人都是他那时代的产儿。哲学也是这样，它是被把握在思想中的它的时代。"① 也正是在这个意义上，马克思才明确地提出："问题就是公开的、无畏的、左右一切个人的时代声音。问题就是时代的口号，是它表现自己精神状态的最实际的呼声。"② 所以，说学术研究要从问题出发，实际上即是强调学术研究要关注现实、关注现实所提出来的时代需求。早在1941年，毛泽东就明确指出中国共产党人反对做脱离实际的空头理论家，他说："对于理论脱离实际的人，提议取消他的'理论家'的资格。只有用马克思主义观点来研究实际问题、能解决实际问题的，才算实际的理论家。"③ 文艺理论家，也是需要面向时代，研究实际问题，解决实际问题的。马克思主义经典文论家的许多论著，包括毛泽东的《在延安文艺座谈会上的讲话》，都是理论联系实际的经典文本。就西方马克思主义文论而言，英国伯明翰学派对文化的重新定义和对通俗文化的理论研究，法兰克福学派对资本主义文化和大众文化工业的单向度性的批判，近一些如詹姆逊对后工业社会或晚期资本主义的文化逻辑的分析，伊格尔顿在《文学理论导论》中对政治批评的张扬、在《理论之后》中对各种文化理论的批评与对后文化理论时代人类依然所面对的真理、道德、邪恶、死亡、宗教与革命等全球性问题的强调，都是极其富有问题意识和强烈的现实针对性的。应该说，在关注现实、呼应时代需求方面，新时期马克思主义文艺理论研究比此前的30年要好得多。但这也只是相对而言，仔细分析起来，这一时期也还是存在许多不足和缺陷。一般来说，学术创新中的问题意识主要体现在两个方面：一是基于对现实实践的应对而产生的挫折感，也就是意识到理论不适应现实的状况而发现、纠正旧有理论的问题，改变和超越旧有理论的观念、方法、面貌和格局；一是面向现实实践本身发展中产生的新情况、新矛盾而发现、归纳和提炼问题，并将对问题的发现提升至理论思维的层面以形成新的理论观点和命题。就这两个方面而言，总体上看新时期文艺理论前一方面做得好一些，后一方面相对就差一些。新时期之初马克思主义文艺理论所研究的理论问题，大多还是来自于经典马克思主义

① ［德］黑格尔：《法哲学原理》序言，范扬、张企泰译，商务印书馆1966年版，第12页。

② 《马克思恩格斯全集》第40卷，人民出版社1982年版，第289—290页。

③ 《毛泽东文集》第2卷，人民出版社1993年版，第374页。

文论，20 世纪 80 年代后期以来又加上了西方马克思主义文论与美学，即使是面对纯属中国现实文艺实践中的问题，研究者往往也总是习惯于从马克思主义已有的理论库藏中寻找现成的理论武器以应对现实和解决问题，而不大善于运用马克思主义的观点和方法，通过自己的研究，将相关问题提到理论思维层面上加以思考和分析，以形成自己的理论观点和理论系统。这就造成了一个极为直接的后果，就是中国马克思主义文艺理论研究的原创性成果较少，与此同时就是马克思主义文艺理论的发展在总体态势上落后于文艺现实的发展，对变化中的现实文艺实践的解释和干预还不能适应时代的需求和挑战。比如说，90 年代中国快速融入世界经济一体化的全球化浪潮以来的发展，与新中国成立后一段时期内相对闭关锁国的发展以及 80 年代改革开放时期的发展，在民族的生存境遇、文化生活、价值信仰以及文学艺术的管理体制、精神追求、审美取向等等方面均发生了十分巨大的变化，但是这些巨大的历史变化在文艺理论研究中并没有很好地得到体现。文艺理论应该如何在理论内容和价值取向上反映这种变化？当代理论家应该以怎样的姿态介入社会历史进程和文化审美实践？就具体问题举例来说，五六十年代反映社会新生活进程的工农兵题材文学与当下的“底层文学”写作和“打工族文学”书写有着何种不同的历史底蕴和人文情怀？新时期先锋文艺的兴起和娱乐化大潮的涌动与此前现实主义一统天下的文艺格局相较又蕴含着怎样的民族精神裂变和文艺创新契机？诸如此类的问题或是尚未进入许多研究者的视野，或是虽然有了少量的关注但还不能给人以明晰深刻的理论回答和阐释。尽管新时期马克思主义文艺理论研究较之先前取得了很大进步，产生了不少成果，尽管在当下的马克思主义文艺理论中我们可以列举出许许多多的理论观点和命题，可以研究、探讨和实际运用许许多多的观点，但是真正属于中国马克思主义文艺理论研究界所提出和创立的观点又有哪几个？又有多少论著能够称得上是原创性的理论研究成果呢？较起真来回答这个问题，肯定不会让人太满意。即使是在进入 21 世纪的当下语境中，人们能够直接感受到的理论与批评现状依然是：不仅一般的文艺研究和批评大量地充斥着从西方舶来的思想观点和理论术语，而且马克思主义文艺理论研究和批评中也很少有出自中国自身文化审美实践和社会生存境遇的思想理论创新和概念术语创造，乐于取用他人现成的理论资源而不善于自我创新的旧有缺陷依然普遍存在。

自20世纪上半叶，中国革命的政治领袖和马克思主义思想先驱们就提出马克思主义中国化的要求，与此相应，文艺界也很早就提出了马克思主义文艺理论中国化或创建有中国特色的马克思主义文艺理论的建设目标。应该说，这个目标至今尚未实现，还是21世纪学人面对的一个历史遗留任务。其实，强调马克思主义文艺理论研究的“中国化”或“中国特色”，就是要求中国的马克思主义文艺理论要从中国的文艺现实出发，应对中国文艺实践所提出的时代要求，在研究具有中国特色理论问题中创建具有中国性的理论体系。如果不能够在提出解决具有中国性的理论问题中开展理论研究，就永远不可能形成具有原创价值的中国特色的理论体系，中国的马克思主义文艺理论研究就只能是一个马克思主义文艺理论在中国的传播问题，而不是中国的马克思主义文艺理论的创造。当今世界已进入到了全球化的时代，基于资本的全球流通并借助于现代媒介而实现的文化领域的全球化交流与互动，文化和艺术创造领域的世界性与民族性、全球性与本土性的关系以一种不同于既往的新的语境显示于理论研究工作者面前。全球化的语境，一方面将使理论研究不能不面对一些世界性范围内共同性的生存境况和理论研究主题，同时也将使一些更具有民族自身生活经验和生存体验的地方性、本土性文化问题凸显出来，成为理论研究必须直接面对的课题。这种历史语境，一方面使理论研究更加易于确立一种世界性的视野，更易于融入世界范围的交往格局，同时也更需要理论研究者确立一种民族本位意识，研究民族自身的生活经验和生存体验，从中提炼出感同身受、具有民族特性的学术理论问题。不具有世界性视野的理论创造固然难以显示当今全球化的时代特征，而脱离开民族性或中国式问题的理论研究，脱离开对于民族生存境遇和文化实践的切身体验和理性思考，也难以对民族自身的社会实践、文化创造和历史走向产生切实有效的影响和作用。在中国学术界，有些人认为理论研究应该是超国界的，仅仅将眼光聚集于自己民族和国家的问题，理论的概括和提升不会具有普遍性，因而也不能成为具有世界性影响的理论成果。这种认识是存在问题的。恩格斯曾经指出：“每一个时代的理论思维，从而我们时代的理论思维，都是一种历史的产物，它在不同的时代具有完全不同的形式，同时具有完全不同的内容。”① 这里所谓“历史的”产物当然也包括处于历史之中并创造历史的民族的生活实践的特殊性，由于各民族处于不同的生存境遇之中，因而尽管有着相同的历史背景，但各民族理论研究所产生出来的问题意识，以及在此基础上理论思维的形式和内容也会是有所不同的。应该说，凡是具有严肃、认真的科学态度和一定的思想启迪价值的理论研究成果都是具有超国界性质的，而理论研究的具体动因和具体内容往往不是超国界的，反而大多是来自其自身民族的现实生存处境。比如说，没有人怀疑詹姆逊、伊格尔顿是当今时代具有全球影响的马克思主义文艺理论家，但他们的理论主要是从他们自身所处的西方文化和文艺语境中生成的，而很少涉及中国和东方各国的现实状况，然而这却并不妨碍他们的理论成果跨国别超国界传播，不妨碍中国的马克思主义文艺理论研究也可以从他们那里获得理论启示和借鉴。不仅是他们，其他西方马克思主义文艺理论流派的代表性作家，甚至就是经典马克思主义文艺理论的代表，又有几个侧重研究过东方各国包括中国的文化和艺术问题呢？但这丝毫不妨碍他们的理论研究的马克思主义性质和形成世界性影响的理论普遍性。所以，中国的马克思主义文艺理论研究，也应该回到自身的现实语境中来，从民族自身的历史创造和历史命运中，从研究主体自身的生存体验和理性思考中感悟出、寻找到属于自己的“中国问题”，没有这样的感悟和寻找，马克思主义文艺理论的中国化或曰有中国特色的马克思主义文艺理论，换言之，中国马克思主义文艺理论研究的原创性、主体性，就永远也建构不起来。

三、研究方法与理论创新

21 世纪中国马克思主义文艺理论研究需要进一步加强的还有学术研究的方法意识。方法是理论创新的手段和动力，是学术真理的理性显示器，没有科学的方法就没有科学的理论，没有研究方法的新探索也就没有思想观念的新收获。

自古至今，凡有成就的学者莫不重视方法对于学术研究的重要性。早在古罗马时期，文论名著《论崇高》的作者就指出，任何一个学科的研究

---

① 《马克思恩格斯选集》第 4 卷，人民出版社 1995 年版，第 284 页。

都有两个要求，一是要确定研究对象，二是要寻找和提出有助于掌握该对象的方法。德国古典哲学的集大成者黑格尔也说："当精神一走上思想的道路，不陷入虚浮，而能保持着追求真理的意志和勇气时，它可以立即发现，只有（正确的）方法才能够规范思想，指导思想去把握实质，并保持于实质中。"① 日本当代著名美学家今道友信讲到美学研究时写道："应该怎样研究美学，进行美学思考这个问题，到头来只能直接求诸美学的方法。"从根本的意义上来说，"对方法的热情就是对学问的执著。"为什么这样说呢？这是因为，"所谓方法就是逻辑程序的体系，没有它就不会有对学问的探讨……学者对于自己设立的命题，正因为在逻辑上得到了证明，才主张它是真理。而支持这种论证的整个结构就是方法。"② 像其他各家各派的学术研究一样，马克思主义包括马克思主义文艺理论研究历来也十分注重方法问题，或者也可以说具有科学的方法论和自觉的方法意识正是马克思主义文艺理论的强项。马克思、恩格斯在哲学上创立了辩证唯物主义和历史唯物主义，不仅为马克思主义的美学、文艺学和其他一切学术研究奠定了科学的世界观与方法论基础，同时也成为马克思主义的美学、文艺学和其他学术研究与非马克思主义的学术研究相互区别的重要标志。前面所引海尔布隆纳关于构成马克思主义共同特征的四个因素的分析中，对待认识本身的辩证态度和唯物历史观位列前两条，正说明世界观和方法论在马克思主义理论中的重要的和基础的地位。反观马克思主义文艺理论和美学的发展历史，在 19 世纪 40—50 年代马克思、恩格斯对《神圣家族》与"诗歌和散文中的德国社会主义"的批评，就历史悲剧《济金根》分别写给拉萨尔的信，19 世纪 80 年代恩格斯给敏·考茨基、玛·哈克奈斯、保·恩斯特等人的系列文艺书信，20 世纪初列宁论列夫·托尔斯泰的一系列文章和关于无产阶级新文化和新文艺创造的言论，马克思、恩格斯的学生和后继者如拉法格、梅林、普列汉诺夫、葛兰西、卢卡奇等在新的历史形势下对现代文艺发展问题的探讨，以及 20 世纪 40 年代初期毛泽东在《新民主主义论》和《在延安文艺座谈会上的讲话》中对中国新文化和新文艺创造问题的论述，无不深深地刻烙着辩证唯物主义

① ［德］黑格尔：《小逻辑》第 2 版序言，贺麟译，商务印书馆 1980 年版，第 5 页。
② ［日］今道友信：《美学的方法》，李心峰等译，文化艺术出版社 1990 年版，第 19—20 页。

与历史唯物主义的印记，显示着马克思主义文艺理论研究的鲜明方法论特色和巨大理论生成能力。不仅如此，实际上马克思主义文艺理论史上的经典理论家，都是十分注重方法问题的。现代西方马克思主义文艺理论最重要的代表人物之一卢卡奇在《什么是正统马克思主义?》一文中甚至不无偏激地说“马克思主义问题中的正统仅仅是指方法”①，他在1945年所作的《马克思恩格斯美学论文集引言》就是按照历史唯物主义和辩证唯物主义的方法论展开对马克思主义创始人美学思想体系的研讨的，可见在其心目中方法之于学术研究的重要性。

然而，马克思主义文艺理论研究在方法论上所具有的理论优势，在新中国成立之后的理论研究中并没有得到很好的保持和发扬。在某种意义上讲，研究方法甚至成为马克思主义文艺理论研究最为薄弱的一环。新中国成立后的很长一段时期内，在文艺理论与批评中，多数情况下是教条式地对待马克思主义经典文论家的思想遗产，习惯于从经典文论家那里引用既有的理论观点作为自己的立论基础和权威证明，而不习惯于从马克思主义的方法论原则出发，基于新的变化了的历史条件探讨新问题，提出新观点，创建新理论。许多的理论研究成果和批评文章不仅不能自觉地贯彻马克思主义的方法论，而且陷入非辩证非历史的形而上学泥淖，以非科学的方法引生出错误的甚至极其荒谬的观点和结论。新时期之后，随着拨乱反正工作的深入开展，马克思主义文艺理论界不仅是在观念上逐渐恢复、澄清了一些被极左文艺思潮搞乱了的理论观点和理论命题，而且也逐渐意识到了科学的研究方法之于学术研究的重要性，由此便有了20世纪80年代中期文艺学、美学研究“方法论”热潮的一度兴起。“方法论”热潮的兴起孕育于对文艺学研究的历史与现状的反思，有其历史的必然性与合理性。这股热潮对于新时期文艺理论的发展总体上具有建设性的正面作用。但若检索一下当时围绕方法问题发表和出版的论著，包括许多美学文艺学方法论的选本，则不难发现，当时人们感兴趣的更多是来自于自然科学领域的新的科学理论和方法，如所谓“老三论”（信息论、系统论、控制论）和“新三论”（耗散结构论、协同论、突变论），此外就是西方现代哲学和美学流派与思潮，如现象学、解释学、符号

① ［匈］卢卡奇：《卢卡奇文选》，李鹏程编，人民出版社2008年版，第2页。

学、原型批评、结构主义、接受美学等等各自的理论与方法，很少有人去认真研究马克思主义文艺理论的方法论问题。在当时的一些人看来，马克思主义文艺理论的观念与体系都是大家耳熟能详的东西，没有什么新鲜感，引不起兴趣；而在另外不少人的心目中，马克思主义文艺理论不注重艺术的自身价值和审美规律，无论在观念上还是方法上都已经过时了，不值得去研究。经历了这样一个具有选择性的"方法论"热潮之后，尽管还有不少人在马克思主义文艺理论研究园地里辛勤地耕耘着，尽管马克思主义文艺理论特有的一些基本的理论问题还不时引起理论争鸣，但理论研究尤其是以"马列文论"为基本称谓的狭义的马克思主义文艺理论研究在中国新时期文论格局中所占有的中心地位的确是越来越不稳固了，而且由于没有在方法论层面上的深入思考和理论创新，在马克思主义文论的基础上形成的特有理论命题与观点也越来越少了。在新时期前期，借助于改革开放的时代氛围和对此前马克思主义文艺理论发展之经验与教训的总结和反思，马克思主义文艺理论研究界总体上还是十分活跃的，比如对文艺与人道主义关系的讨论、对文艺与政治和文艺与上层建筑关系的争鸣，对《1844年经济学哲学手稿》中的美学观点的研究，以及审美反映论、审美意识形态论、艺术生产论等理论观点的产生等等，基本上都是马列文论界在唱主角。但是，从90年代以来，一方面伴随着中国社会经济、政治与媒体、文化的发展演变，文艺事业在总体上是越来越发展和繁荣了，同时随着社会生活领域价值选择的多元化成为现实，文艺领域在指导思想和审美文化取向上也越来越多样化乃至多元化了；另一方面，马列文论研究的队伍却在不断缩小，马克思主义文艺理论在中国文论总体格局中的影响力日渐减弱。近20年来，面对媒介文化和大众消费主义文化的崛起，日常生活的审美化以及民族文化发展的全球化语境等等现实问题，学界基本上都是借用来自西方现当代包括西方马克思主义的文化与文艺美学理论资源，马克思主义文艺研究几乎没有提出自己叫得响的理论观点和命题。这种状况的发生，与马克思主义方法论的底气不足、研究方法和思想观念上的创新意识不强有着很大的关联。直至今日，尽管我们从许多人的论著之中，从教育部和国家哲学社会科学基金的项目申请书、招标书中通常都能看到"本研究课题是以马克思主义为指导，以辩证唯物主义和历史唯物主义为研究方法论"的说明，其实多数情况不过就是说说而已，立个招牌，当个幌子，真正能够贯彻马克思主义方法论而又具有重大社会影响的文艺理论研究成果还是少见的。

鉴于上述状况，谈到方法问题，必须特别强调一下马克思主义方法论的两大基本原则：其一就是世界观与方法论相统一的原则。辩证唯物主义和历史唯物主义是马克思主义的世界观，也是其方法论。作为方法论，辩证唯物主义要求学术研究要在存在与意识的辩证依存关系之中，在马克思主义所揭示的世界物质统一性的存在图景中，从联系和发展的观点研究对象；而历史唯物主义则要求在社会存在与社会意识、经济基础与上层建筑的社会结构关系中历史地、辩证地分析和研究一切对象。不能把世界观与方法论机械地割裂开来，抽象地谈论方法，为方法而方法，这有可能使方法流入空洞的、形式化的套路和摆设，也就是说，马克思主义文艺理论研究对方法的选择和运用必须与马克思主义的世界观以及马克思主义关于文艺的主导观念有机地统一起来。其二，就是逻辑与历史或者说是研究方法与研究对象相一致的原则。黑格尔在谈到方法问题时指出，方法可以首先表现为仅仅是认识的形式，但是这种认识的形式却不仅仅是由研究者的主观意识抽象规定的东西，在真理性的认识中，“方法就是关于逻辑内容的内在自身运动的形式的意识”①。这也就是说，科学的研究方法是与研究对象的内容、与对象存在的规律性的揭示密不可分的。马克思主义创始人在辩证唯物主义哲学的基础之上发挥了黑格尔的这一思想。恩格斯曾经在与黑格尔的言论类似的意思上指出，真正的科学方法是对象的“类似物”。马克思也曾在文章中明确地写道：“真理探讨本身应当是合乎真理的，合乎真理的探讨就是扩展了的真理。这种真理的各个分散环节最终都相互结合在一起。难道探讨的方式不应当随着对象改变吗?”② 黑格尔和马克思主义创始人这些关于研究方法的言论教导我们，治学的方法应该随着对象的确定而确定，应该从对象出发选择相适应的研究方法。由于人文科学的研究对象是历史的存在，所以马克思主义的研究方法强调历史与逻辑的统一，强调历史从哪里开始，逻辑就从哪里开始，这正是从对象作为历史存在的优先性地位出发的。上述两条是马克思主义方法

---

① ［德］黑格尔：《逻辑学》上卷，杨一之译，商务印书馆 1966 年版，第 36 页。

② 《马克思恩格斯全集》第 1 卷，人民出版社 1956 年版，第 8—9 页。

论的基本原则，是一切学术研究都应该遵循的，马克思主义文艺理论研究亦不例外。正如卢卡奇所指出的，辩证的马克思主义是正确的方法，只有这种方法才能使马克思主义的学术研究“按其创始人奠定的方向发展、扩大和深化”①。

在遵循上述两大基本原则的同时，马克思主义文艺理论还有一些更加切近文艺特性的研究方法，也应予以发扬光大。这主要有三个具体方法：一是基于历史唯物主义而形成的意识形态分析方法。这一方法要求把属于观念形态的文化和审美现象还原、置放到社会结构的总体图景中，从生产力的发展、生产方式的变革、上层建筑的变动以及与其他社会意识形态的相互联系中，分析其发生、发展的根源，蕴含着的社会内容和具有的社会功能。二是基于辩证唯物主义理论并汲取了各种现代科学（包括自然科学和社会科学）的理论和方法而历史地发展起来的辩证思维方法。这一方法反对对文艺和审美现象做孤立、片面和静止的研究，而主张从普遍联系和运动发展的观点，从整体与个别、普遍与特殊、个性与共性、运动与静止、有限与无限等等的对立统一和辩证关联中分析和揭示对象的存在个性和历史蕴含。三是基于对象感性存在特殊性之艺术的或美学的研究方法。与其他学术领域的研究对象不同，文艺理论研究的是以感性形式并诉诸接受者的感官而存在的对象，这一对象是艺术地或审美地呈现自身并显示其不可替代的存在意义和社会价值的。我们把各种文艺视为符号化的审美形式，把文学称为语言的艺术，视文学和各种艺术为审美的意识形态，这就要求我们不仅要关注不同艺术种类各自的特殊性，而且在研究过程中要探讨不同于其他人类活动形式和意识形态形式的特殊研究方法。马克思主义创始人把“美学观点和历史观点”的统一作为衡量文艺作品的最高的标准，正说明马克思主义文艺理论历来都是极为重视文艺的审美特性和美学研究方法的。可以说，意识形态分析方法、辩证思维方法以及美学研究方法是马克思主义文艺理论和美学研究的三大方法支柱，这三个具体方法是上述两大方法论原则的具体化，在马克思主义文艺理论与美学以往的研究史上已经结出了许多沉实、芬芳的理论果实。只要我们坚持马克思主义的基本方法论原则，并且坚持马克

---

① ［匈］卢卡奇：《卢卡奇文选》，李鹏程编，人民出版社 2008 年版，第 2 页。

思主义文艺理论的传统精神，坚持以问题为中心、以解决现实实践问题为宗旨的学术导向，这样一些被历史证明行之有效的科学研究方法，在中国21世纪有民族特色的马克思主义文艺理论研究中一定能够再现思想活力，重铸理论辉煌。

第三节 马克思主义文论中国化：从历史追求到当代转型

上述三大问题之外，与马克思主义文艺理论的未来理想和建设目标直接相关，需要对“马克思主义文艺理论中国化”这一提法加以重新思考。

一、从“马克思主义文艺理论中国化”的历史追求到“中国化马克思主义文艺理论”的当代转型

自从1938年毛泽东在中共六届六中全会的政治报告《论新阶段》中首次提出“马克思主义的中国化”之后，将马克思主义的普遍真理与中国革命与建设的具体实践相结合就成为中国共产党人遵循的基本指导思想和原则，文艺领域亦不例外。毛泽东的《在延安文艺座谈会上的讲话》长期以来一直就被视为马克思主义中国化的重要理论成果之一。新中国成立之后，先是在20世纪五六十年代学界提出了建设“建立中国化的马克思主义文艺理论体系”的主张，进入新时期的80年代中期之后又有董学文、狄其骢等一批学者提出并阐发了“马克思主义文艺学当代形态建设”的理论主张，近些年来学术界更多人喜欢使用“马克思主义文艺理论中国化”这一提法，并且将此一提法与“西方文论本土化”“中国古代文论现代转化”并列，作为中国当代文艺理论转型和发展的三大理论工程来看待。应该说，这些不同的提法虽在理论主张和具体内容的界定上存有一定差别，但无不突出强调“马克思主义”性质与“中国特色”，都是与“马克思主义的中国化”这一基本原则相一致的。这些提法和主张过去对文艺理论的发展曾经起过积极的引导作用，今天依然不失其价值和意义。

在肯定上述提法和主张的积极作用和意义的同时，也还需要指出，如同社会历史的进程一样，未来孕育于过往和当下之中，因此对马克思主义文艺理论研究前景的展望也不能完全脱离开对过往与当下的反思与总结，而且

随着历史条件的变化，着眼于未来理论发展的提法和主张也必须赋予新的内涵，有时候提法和主张本身也需要重树旗帜、重新“正名”。站在今天的历史语境上思考问题，对中国马克思主义文艺理论的未来前景，我们有如下期待：立足新的时代语境，面向新的理论综合，追求主体思想创新，实现由“马克思主义文艺理论中国化”到“中国化马克思主义文艺理论”的历史转型。

在这里，提出马克思主义文艺理论的历史转型问题，并将其视为新时期以来展开的第二个理论综合阶段应该实现的目标和任务，这绝非简单的文字游戏，也不是为了标新立异，而有其深刻的历史基础和严肃的主体诉求。总体上看，“马克思主义文艺理论中国化”是在中国马克思主义文艺理论发展的第一个阶段上提出的建设目标，在那个时期，中国文艺界一开始并没有自己的“马克思主义文艺理论”，“马克思主义文艺理论中国化”是以理论的引进、学习为前提，以运用引进的理论并在以引进的理论指导实践基础上发展理论为目标诉求的。在经典的以及国外其他各种形态的马克思主义文艺理论在中国得到广泛传播、中国自身的马克思主义文艺理论研究也取得不少成果的今天，这样一种目标诉求在今天显然是远远不能满足中国文艺发展的客观实际和理论自主创新的主体需要了。当代中国的马克思主义文艺理论研究，应该也必须依托改革开放的伟大社会实践和历史转型背景，在中国审美文化发展和文学艺术实践的全新语境中创造出呼应时代潮流、表达精神追求、凝聚审美理想的学术理论和思想观念，在马克思主义文艺理论发展的思想链条中注入中国的因素，显示出中国的特色和主体性。与此相应，文艺理论研究也应该有新的历史定位与诉求。也就是说，马克思主义文艺理论的研究内容与目标诉求应该与世推移，沿时而变。中国化马克思主义文艺理论的创造是中国特色社会主义伟大理论与实践的一个重要组成部分，可谓中国文艺理论与批评的基础工程，它决定了中国文艺理论与批评的思想基础与精神取向，这个基础工程做得不牢靠不扎实，中国文艺理论与批评的大厦就难以建构起来，其对于中国文艺事业健康繁荣发展的引领和促进作用也就难以很好实现。

二、“中国化马克思主义文艺理论”创造的“主体性”“问题性”与时代性

这里，我们用“马克思主义文艺理论中国化”和“中国化马克思主义文艺理论”两个不同提法来揭示和标识马克思主义文艺理论的历史转型，那么这两个提法之间有无联系，又有什么区别呢？大致而言，可以将这两个提法作为有中国特色的马克思主义文艺学建设不同阶段的口号和任务来看待，它们分别对应于前述中国现代性文艺理论综合创新的两大阶段。中国文艺理论走向综合创新的第二个历史阶段展开于前一阶段积淀的思想成果基础之上，所以两个提法之间必然有其共同追求与内涵，这就是理论创新之“主体性”的一致，这个“主体性”体现为两个方面：从理论的“精神”或“主义”属性上说是“马克思主义”的，从其与国外其他马克思主义文艺理论的比较来看，又都是具有“中国性”或“民族性”的。但是，由于这两个提法是相对于不同理论综合阶段而言的，因此二者在内涵上又必然具有差异性。就其与传统马克思主义文艺理论的关系而言，前者着重于经典理论的继承与应用，后者着重于继承基础上的当代拓展与创新；就其与文艺实践的关系而言，前者更偏于以经典理论观念指导中国的具体实践，等而下之者只是以具体实例来证明经典理论观念放之四海而皆准的正确性，实践是中国的，理论是外来的，后者更偏重于从中国新的审美文化实践中发现、总结、提炼和提升理论观念，将当代新的文艺实践作为理论创新的生长点和出发点，在新的理论创造中实现与具体文艺实践的有机互动，实践以中国的为主，理论也是中国自己的创造。就两者之中的“中国化”而言，前者的“中国化”是国外原创理论在中国传播的功用性诉求和归宿，是理论在中国的演进之化，更多强调的是理论为中国的实践所用，而后者的“中国化”是以中国实践经验为基础和起点的理论转化，是中国实践经验的理论提炼与升华，更多强调的是理论的中国原创性。

当然，上述历史转型能否实现是有前提条件的。从方法与路径来说，应坚持以马克思主义的科学方法论为指导，在古今中外不同理论以及理论与实践之间多重对话基础上走综合创新之路。同时，如前所述，这种理论综合又必须坚持和追求“主体思想创新”，是在中国性民族文艺实践和经验的基

础上展开，在“马克思主义”的观点与方法中进行一体化综合的，否则就既不是“中国的”也不是“马克思主义的”文艺理论创造了。此外，这种转型与还必须牢牢立足于新的时代语境，包括国内外社会、文化、艺术以及文艺理论研究的总体时代状况，首先是中国自身的社会历史条件和处境。全球化进程的加快，新媒体技术的发展，消费欲望的膨胀，生态危机的加剧，大众文化的崛起，社会价值的多元，当代世界的这些时代性变化，正日益造成中国当代文艺审美价值的多元化与多样性的发展，拉动文艺生产与文艺消费格局的版图变化，致使文艺理论与批评必须革故鼎新，甚至理论言说话语本身也需要应时而变。时代是理论不能逾越的地平线。理论的创生动因与具体内容无不拜时代生活所赐，其思想活力和社会价值也总是深深植根于它与时代生活紧密、能动的关联与互动之中。理论越是能够满足时代需要，越是具有有效地回应和解决时代性重大理论和实践问题的能力，其活力便越强，其价值也越大。所以，重视理论创新的历史性、时代性，是马克思主义文艺理论和美学的一个传统。马克思主义创始人把“美学观点和历史观点”的统一作为文艺理论批评的最高标准，而且历来都是以能够在多大程度上揭示时代进程中的客观矛盾及其运动，作为衡量理论价值大小的客观依据。美国当代新马克思主义文化和文艺理论家詹姆逊也认为真正的理论创新总是来自于所处时代的特定处境或语境，强调从“马克思主义问题性”出发对现实文化和文艺问题加以理论应对和聚焦。这样一种理论传统和特色应该发扬光大。正因如此，前面我们将“立足新的时代语境”作为实现马克思主义文艺理论历史转型的前提、起点和落脚点。作为一种艰苦的思想创新活动，马克思主义文艺理论研究既要求着对于思想“主义”的坚守，要求着对于科学方法的运用，也要求着在与时代的思想撞击中焕发创新激情、充实研究内容、更新理论观念。关注时代，研究和表现时代，是马克思主义文艺理论存在与发展的基础，也是每一个文艺理论研究者应该具有的认识上的自觉。

三、“中国化马克思主义文艺理论”时代性思想创新的三个层面

在认识自觉的基础上，马克思主义文艺理论研究要想真正确立思想创新的时代性维度，切实建构起与时代之间的精神关系，从而恢复和焕发思想活力，还要在源于时代、介入时代、引领时代三个方面做出切切实实的

努力。

首先，要源于时代。社会生活与艺术审美文化的现实是当代文艺理论思想创新的立足点、出发点和生长点。因此，中国的马克思主义文艺理论研究，应该回到自身的现实语境和艺术实践经验中来，关注时代生活与艺术审美的新现象、新思潮、新问题、新变化，从民族自身的历史创造和艺术实践中，从研究主体自身的生存体验、审美经验和理性思考中感悟出、寻找到属于自己的“中国问题”。舍此，则中国马克思主义文艺理论研究的原创性、主体性就永远也建构不起来。

其次，须介入时代。理论的功能不仅在于解释现实，更在于改造现实，所以理论对现实的姿态不应是纯科学性的认知，还要有实践性的介入。据此，马克思主义文艺理论与批评应该把认知性的历史理性与规范性的价值理性有机统一起来，不能仅仅满足于以现成的理论对当代文艺现实的认识和解释，还需要以自己的思想创新和具有思想底蕴的价值评判介入现实，发挥引领与指导当代文艺现实的作用，在与具体文艺实践的有效互动中同构当代文艺发展的精神版图。

最后，应引领时代。基于价值理性不可或缺的理论认知，当代马克思主义文艺理论和批评还应该重新思考与建构艺术与理想的关系，努力把社会理想、人生理想与艺术审美理想有机统一起来，并将之凝聚为具体的艺术理念，转化为艺术审美的价值规范与标准。在信仰失落、价值虚无、欲望膨胀、娱乐至死成为流行趋势的当今时代，以价值理想的张扬建构起一个超越现实的意义维度，树立起一种可以据以量度、用于评判的精神标尺，是极有必要的。只有善于从时代性问题的寻求和建构中发现历史的未来之光，以富有人性和自由的理想点燃文艺的精神之火，文艺才能成为引领时代与民族前行的精神火炬，文艺理论才能具有对现实文艺实践活动的解释力和影响力，从而具有现实的生命活力。

第十六章　“日常生活审美化”讨论与文学理论扩容等问题

在21世纪中国文艺理论和美学史上，论争时间最长、参与者最多、波及范围也最广的理论话题莫过于“日常生活审美化”问题。截至2018年2月4日，在中国知网网络出版总库中，以“日常生活审美化”为题目的学术论文就有265篇，以此为主题搜索的学术论文有836篇，以此为关键词搜索的学术论文也有530篇。同样，在中国知网的硕博论文库中，以“日常生活审美化”为题目的硕士论文就有44篇。虽然以“日常生活审美化”为题目的博士论文仅有1篇①，但以此为主题搜到的博士论文也有96篇。除了这些文章和硕博论文之外，对“日常生活审美化”进行深入研究的著作也已经有多部面世，例如艾秀梅的《日常生活审美化研究》（南京师范大学出版社2010年版）和陆扬的《日常生活审美化批判》（复旦大学出版社2012年版）。从这些数据中，我们足以看到“日常生活审美化”问题对21世纪文论和美学发展的重要性和影响力。因此，研究和反思新时期（尤其是21世纪）以来中国文学理论和美学的发展历程，“日常生活审美化”就是一个再怎么强调也不过分的学术命题。

---

① 中国知网所收的文献并不全面，因此，虽然在中国知网搜到以“日常生活审美化”为题目的博士论文仅有这一篇，但并不意味着21世纪以来国内再没有以此为题的博士论文出现，比如艾秀梅于2003年在南京大学申请博士学位的论文题目就是《论日常生活及其审美化》。孙晓冰《学校教育生活的审美建构——基于日常生活审美化背景》，东北师范大学博士学位论文，2015年。

第一节 “日常生活审美化”讨论的现实语境和理论资源

任何一个理论话题的产生和发展都是以当时的社会现实语境和学术发展需求为基础的。21世纪中国学术界之所以出现关于“日常生活审美化”的激烈讨论，其原因也是多方面的，其中既有中国当代社会经济快速发展的现实背景，又有中国当代文艺学美学自身发展的理论诉求，同时也有西方学术资源的引介所产生的理论回应。正如“日常生活审美化”的提出者和讨论的重要参与者王德胜在反思这一论争时所言：“‘日常生活审美化’的具体现实以及‘日常生活审美化’的理论争论，构成了某种相互印证、彼此推进的‘互文性’，并且双方共同导向这样一个事实，即：‘日常生活审美化’并非中国学者赶时髦式地随意译介西方当代学术话语，而是在感同身受中国审美文化具体现实的基础上，积极寻求美学话语转型的一种选择。”①

首先，改革开放以来中国经济快速发展使社会文化和日常生活发生了巨大的改变，为日常生活审美化这一理论命题的出现提供了现实的可能性。

从改革开放至今，中国经济取得了日新月异的发展，每年超过7%的增速在世界范围内也是独树一帜的。目前，中国的GDP总量已经超过日本，仅次于美国，成为世界第二大经济体，其中北上广深等东南沿海城市的经济发展水平也在不断接近欧美发达国家的水平。这样快速发展的经济促使中国当代社会逐渐由鲍德里亚所说的“生产型社会”向“消费型社会”转变。鲍德里亚指出，消费社会的一个重要特点就是，包括社会生产和人们的日常生活都以审美化的方式呈现出来。从生产的角度来看，审美也成为一种生产力，有助于产品的宣传和消费。具体表现就是，消费社会的产品都更加倾向于美的设计和包装，而用于商品宣传的广告更是精美绝伦，并充斥于日常生活的各个角落。城市广场、街心花园、KTV、咖啡厅等公众场所，以及家居等私人空间，都追求一种美的环境和设计。可以说，在当前的中国一线城市，人们的日常生活或多或少都出现了审美化的特征，或者说，日常生活的审美化或审美的日常生活化正在成为中国人的普遍追求。詹姆逊认为，如果

① 王德胜、李雷：《“日常生活审美化”在中国》，《文艺理论研究》2012年第1期。

现代主义是帝国主义的文化表征，那么后现代主义则是晚期资本主义消费社会的文化表征。在当前中国的社会文化中，在西方消费文化的影响下，中国一线城市的后现代文化特征已经日益明显。中国当代社会的经济和文化现实需要从理论的层面予以解释和阐发，这就为日常生活审美化的提出和讨论提供了现实依据。

但是，中国幅员辽阔，社会发展极不平衡，广大西部地区的经济还非常落后，甚至有很多地区还生活在温饱线上，全国贫困县也还有很多。如果说一线城市已经处于或者接近了西方的后现代消费社会，那么，在广大西部和农村地区，仍处于从前现代向现代化的迈进过程之中。消费社会是发达国家社会形态的标志，而后现代主义则是发达国家的文化特征。因此，用消费社会和后现代主义概括中国当代社会和文化是不全面和不准确的。这也正是诸多学者反对用“日常生活审美化”概括中国当代社会的文化现实的原因之所在。

其次，中国当代大众文化的兴起需要从理论层面予以研究、解释和阐发。

在“文革”之后，伴随着中国改革开放的日益深化，作为宏大叙事的革命意识形态走向终结，而作为微观叙事的大众的日常生活及其普遍诉求成为后革命时期的意识形态。与对日常生活的关注相适应的是大众文化的快速兴起。20 世纪 80 年代，在国门打开之后，首先进入中国大陆并产生巨大影响力的是港台的流行音乐和影视作品。邓丽君、费翔、齐秦、张明敏、四大天王等的歌曲一时间弥漫于中国的大街小巷，而印有明星照片的海报、广告和挂历充斥着电视画面和百姓家的墙壁。电视的普及更是带来了大众日常生活的丰富和多样化，比如 1984 年开办的春晚就把流行音乐、娱乐小品等带到了千家万户。而明星们的发型、服装，甚至说话的腔调一时成为引领时尚的潮流。

可以说，中国大众文化在新时期之初的繁荣具有消解革命意识形态的激进色彩。但是，在新时期后期和 21 世纪之初，大众文化所具有的这种激进色彩已经逐渐衰落，进而演变为大众日常生活的基本形态。而且，伴随着消费意识形态向大众文化的渗透，更进一步推动了大众文化的审美化趋势的形成和发展。其结果就是，审美由传统的艺术领域向日常生活领域转移，艺术与日常生活之间的界限日益消弭。如果说新时期之初的中国大众的日常生活是以宏大叙事的革命理想主义为主导的，那么世纪交替时期的日常则逐渐转向了以消费主义的微观的感性享乐为主导。正如周宪所言：“革命的激进主义被物质的消费主义所取代，革命的理想主义被世俗的享乐主义所替换。这时，无论从社会发展的现实来看，还是从主体心理要求来看，作为一个问题的‘日常生活审美化’，必然提上议事日程。”① 因此，可以说，日常生活审美化的兴起是后革命时代的理论命题。

中国当代文化形态的这一重大变迁需要理论工作者从学术的角度予以研究。在这一需求的推动下，自 20 世纪 90 年代以来，中国文艺学美学领域出现了关于中国当代审美文化研究的热潮，也产生了很多重要的学术著作，比如李西建的《审美文化学》（湖北人民出版社 1992 年版）、潘知常的《反美学：在阐释中理解当代审美文化》（上海学林出版社 1995 年版）、周宪的《中国当代审美文化研究》（北京大学出版社 1997 年版）、张晶的《论审美文化》（北京广播学院出版社 2003 年版）、余虹的《审美文化导论》（高等教育出版社 2006 年版）、陈炎主编的《中国审美文化史》（山东画报出版社 2007 年版）和《中国当代审美文化》（河南人民出版社 2008 年版）等。可以说，新时期中国当代大众文化的兴起和繁荣，以及有关中国当代审美文化的深入研究，都为日常生活审美化的讨论奠定了基础。但是，令我们不得不注意的是，尽管有这样的基础，在 90 年代的中国学术界却并没有催生出“日常生活审美化”这一理论话题。因此，可以说，这一话题在 21 世纪之初的出现，还有其特殊的文化语境和诱因。

中国当代大众文化的兴起和消费性审美文化的流行，给 21 世纪的文学研究和美学研究提出了新的挑战。长期以来，中国的文艺学研究都是以文学研究为中心，但是，随着大众文化的兴起，由文学所专有的文学性和审美性逐渐向大众文化和日常生活领域渗透，余虹将这种现象概括为“文学的终结与文学性的蔓延”②。这一变化促使中国年青一代的文艺理论工作者把目光转向大众文化问题。那么，接下来的问题就是，我们的文艺学研究

① 周宪：《“后革命时代”的日常生活审美化》，《北京大学学报》2007 年第 4 期。

② 余虹：《文学的终结与文学性的蔓延——兼谈后现代文学研究的任务》，《文艺研究》2002 年第 6 期。

是否要“扩容”从而把大众文化纳入文学理论的范畴。基于此，中国文学理论研究界展开了文学研究与文化研究关系的大讨论。而从美学研究领域来看，随着艺术与日常生活和大众文化之间界限的消失，长期以来被艺术所占据的美学是否要向日常生活打开大门也成为一个突出问题。对这些问题的回答，不仅关系到中国年青一代的文艺理论和美学研究者的学术研究的学科合法性问题，而且也关系到中国文学理论和美学研究的未来发展方向问题。

再次，西方日常生活哲学和美学的介绍、翻译和研究。

长期以来，中国学术界研究大众文化的理论资源主要是法兰克福学派的大众文化批判理论和英国伯明翰学派的大众文化理论。这两种理论在对待大众文化上的立场不同，前者把大众文化看作是资产阶级生产出来用于蒙蔽和欺骗大众，消解大众的革命意志的具有“反启蒙”色彩的文化产品，而后者则把大众文化看作大众自己的文化而具有革命色彩。但是，这两种文化研究都忽视了对日常生活的探讨。21 世纪之初，中国学术界逐渐引进了西方的日常生活哲学和美学，从而使日常生活一时间成为中国学术界的一个重要命题而快速传播，并为解决中国文艺学美学所遇到的上述问题提供了重要的理论资源。

在国内首先关注日常生活问题的并不是文艺学和美学界，而是哲学界。日常生活的概念也并不是中国学者的创造，而是源自于对东欧马克思主义者赫勒及其弟子列斐伏尔的关于日常生活的相关思想和著作的引介和研究。另外，西方当代美学主潮由传统的艺术美学向生活美学的转型也对中国当代文艺学和美学研究者提供了重新思考当代艺术与生活之间关系的启发。更重要的是，或者说更直接的启示则是西方后现代思想家鲍德里亚、费瑟斯通和韦尔施等人的著作和思想。

鲍德里亚在《消费社会》一书中明确指出，消费社会中的商品乃至日常生活都以美的形式呈现出来，从而使日常生活也表现出美的特征。费瑟斯通在其《消费文化与后现代主义》一书中更是把消费文化与日常生活之间的关系作为重点，开辟专章来讨论“日常生活的审美呈现”。韦尔施在《重构美学》这本著作中也对当代日常生活的审美化趋向进行了深度解读，认为日常生活的审美化包括“日常生活表层的审美化、技术和传媒对我们物质和社会现实的审美化、以及深入到我们生活实践态度和道德方向的审美化”① 等方面。无论是鲍德里亚、费瑟斯通还是韦尔施，都表明了一个观点，即艺术和美学的未来方向就是走向日常生活。这一变化代表了当代美学的基本方向，也是当代日常生活的基本形态。中国学术界在21世纪之初对这几位思想家的著作和思想的翻译、介绍与研究，启发了中国年青一代的文艺理论和美学工作者对当代中国的文学、艺术和日常生活的新思考，从而直接开启了关于“日常生活审美化”这一问题的大讨论。

第二节 “日常生活审美化”问题的演进与论争

一、“日常生活审美化”问题的提出和演进

文艺学是一门以文学为研究对象，以揭示文学基本规律、介绍相关文学知识为目的的学科，它包括三个分支，即文学理论、文学批评和文学史。单从字面意义上看，文学无疑是文艺学的主要研究对象，对于文学的本质、文学的精神性、文学的价值等问题的探讨是文艺学研究的重点；但在具体的研究过程中，文艺学的研究范围又往往会溢出文学的界域，将艺术、审美以及时代文化等问题纳入到自己的关注视野之中。因此，当审美文化带着日常生活实践的色彩和社会学的研究方法进入文艺学研究领域的时候，关于文艺学未来走向和边界扩容问题的讨论就成为必然。在此情况下，研究者们围绕着文艺学的学科命名、定位、研究对象以及研究方法等问题，提出了许多针锋相对以及看似针锋相对而实则各说各话的观点。

2003年《文艺争鸣》第6期刊发了一组题为“新世纪文艺理论的生活论话题”的笔谈，题目并未直接点明讨论的核心是“日常生活审美化”，但是却抓住了日常生活审美化讨论的核心议题，即文艺理论在日益泛化的审美浪潮冲击下的生活论转向问题。这组文章从不同角度探讨了日常生活审美化在中国文化语境下的表现，探寻了其产生的原因和面对的主要问题，肯定了日常生活审美化对文艺研究的贡献。更为重要的是，这组文章将日常生活审

---

① ［德］沃尔夫冈·韦尔施：《重构美学》，陆扬、张岩冰译，上海译文出版社2002年版，第40页。

美化置于文艺理论学科发展的框架之下进行探讨，进而提出了文艺理论生活论转向所带来的学科建设和认同的问题，有着很强的启发性。同年 11 月，《文艺研究》与首都师范大学共同召开了“日常生活审美化与文艺美学学科反思”学术研讨会，就文艺美学学科的边界扩容问题进行了探讨，为后来的深入讨论奠定了基础。

2004 年，《文艺研究》第 1 期以“当代文艺学学科反思”为题从学科发展的角度探讨了文艺学学科的危机，正视日常生活审美化所带来的问题，对文化批判、社会学研究等跨学科研究方法在文艺学研究中的意义进行了反思，并提出了不同的解决路径。这组文章充分认识到了文艺学与文化研究、社会学研究的内在联系，有着开拓性的意义。此外，2004 年《河北学刊》第 4 期刊发了童庆炳主持的“文学理论的‘越界’问题”的专题讨论，该讨论关注的是文化研究是否就此终结了文艺学一贯以来的研究对象，以及应该以何种态度来应对文化研究的问题。其中金元浦的《当代文学艺术的边界的移动》一文提出要在文化—文学的对话交往语境中寻找“间性”；童庆炳在《文艺学边界应当如何移动》一文中强调“对于文艺学的研究，我想重要的是对象，即文学的事实、文学的经验和文学问题……文学的边界只能是根据文学的事实、文学的经验和文学的问题的移动而移动”[①]，而不应该以研究方法的变化进行界定。陈太胜的《文学理论：不断扩展的边界及其界限》、陈雪虎的《文学性：现代内涵及其当代限度》也分别从文学文本和文学性的角度探讨了文艺学研究的边界问题。同年 5 月，北京师范大学文艺学研究中心召开了题为“文学理论的界限”的研讨会，钱中文、童庆炳、杜书瀛、程正民等数十位专家学者参加了研讨。会议围绕“文学理论有没有边界”“在日常生活审美化的冲击下文学和文学理论是否行将消亡”“文学理论与文化研究的关系”以及“文化研究的现实意义”等话题展开。[②] 学者们从不同的角度就文化研究对文学理论的影响进行了探讨，着重强调了日常生活审美化以及随之兴起的文化研究并未淹没正统的文学和文艺学研究；在人们对大众文化格外关注的当下，传统的文学本身依然活跃，文艺学学科也依然充满活

① 童庆炳：《文艺学边界应当如何移动》，《河北学刊》2004 年第 4 期。
② 《人文学术新思潮 · 文学理论的界限》，《人文杂志》2004 年第 5 期。

力。与此不同的是，也有学者看到文学研究的领地不断缩水，转而投入到文化研究中去，认为这才是文学研究葆有生命力的方式：2004 年 12 月，《求是学刊》第 6 期刊发了“文化研究语境中的文学理论（笔谈）”，刊载了李春青的《文化研究语境中的文学理论建设》、黄卓越的《从文化研究到文学研究——若干问题的再澄清》、张振云的《谈谈文化研究的适用性问题》、王志耕的《文化研究视域中的比较文学》四篇文章，将研究和讨论的视野扩展到文化研究的层面。《文学评论》也在同时展开了“关于‘文学理论边界’的讨论”，探讨在文化研究的影响下文艺学研究的扩容和边界问题。

随着讨论的深入，讨论的范围也不断扩大，现代性和后现代主义对于审美性的影响、消费文化和大众文化所带来的审美文化的“主体、角色和趣味的分化与危机”① 也成为日常生活审美化讨论所关注的焦点。论者们在日常生活审美化讨论中所不断提及的中产阶级作为主体的立场和趣味，以及新的媒介人的出现都在审美文化滥觞之时就受到了关注。赵勇与陶东风的几次笔战就很有代表性。2004 年《河北学刊》第 5 期刊发了赵勇题为《谁的“日常生活审美化”？怎样做“文化研究”？——与陶东风教授商榷》一文，指出陶东风教授在此问题的讨论中所表现出的前后矛盾，集中于中产阶级以及价值立场的暧昧。该刊物也同期刊载了陶东风的回应：《研究大众文化与消费主义的三种范式及其西方资源——兼谈“日常生活审美化”并答赵勇博士》，文中提出“倡导一种具体的、结合中国的实际的社会历史批判，而不是抽象的道德批判或审美批判”②。之后赵勇再次发文《再谈“日常生活审美化”——对陶东风先生一文的简短回应》，应重视面对“虚假的日常生活，知识分子所能做的工作就是祛魅与批判”，强调人文精神和道德理想的功能。③ 而周宪则从意识形态的角度将这一问题加以深化。他在《“后革命时代”的日常生活审美化》一文中指出，日常生活审美化本身并不是一个无差别的普泛化过程，而是一个充满了文化和意识形态斗争的“场”。从这个

① 周宪：《中国当代审美文化研究》，北京大学出版社 1997 年版，第 171—202 页。

② 陶东风：《研究大众文化与消费主义的三种范式及其西方资源——兼谈“日常生活审美化”并答赵勇博士》，《河北学刊》2004 年第 5 期。

③ 赵勇：《再谈“日常生活审美化”——对陶东风先生一文的简短回应》，《文艺争鸣》2004 年第 6 期。

意义上说，日常生活审美化其实是一种当代消费社会的意识形态，这种意识形态从中产阶级的消费取向和生活方式，悄悄地转化为人所共有的某种生活样板。①

除此之外，“审美”的定义、内涵的演变以及康德美学关于美的界定等问题也重新进入到学者们的视野之中。在关于“大众审美文化”的笔谈中，有学者从发生学的角度强调审美的感官愉悦性，认为“审美需要具有从与生存需要相联系的感官需要直到与发展需要相联系的理性需要等不同层次，但根柢里排斥不了感官层次的要求和追求‘快乐’的冲动。探讨艺术、审美起源的理论，从生物本能说、游戏说到性本能说，强调的就是这一点”②。而王德胜与鲁枢元则就审美是感官的愉悦还是理性的价值判断这一问题展开了辩论，并引发了影响极为广泛的“新的美学原则”的争论。鲁枢元的《评所谓“新的美学原则”的崛起——“审美日常生活化”的价值取向析疑》一文质疑了审美与技术相结合并迎合市场所带来的精神丧失，强调建立“与人类精神、与自然生态保持和谐的审美原则，一种‘诗性的智慧’”，并以此来指导日常生活③。王德胜在《为“新的美学原则”辩护——答鲁枢元教授》中反驳了鲁枢元对于日常生活审美化问题的认识，强调对日常生活审美化的肯定并没有忽略生态问题，同时认为对于日常生活的感性审美快乐不应以感性和理性截然对立的方式去把握，而是要在承认人的感性享乐合法性的基础上加以审视④。随后，鲁枢元又发文进行回应，就日常生活审美化的价值取向问题进行质疑，引起了学界愈加广泛的关注。

就语境而言，日常生活审美化的兴起无疑是在步入消费社会之后，在全球化的语境中，在大众媒介兴盛、文化产业兴起的情形下产生的，文学和文艺学研究的定位和困境成为共同关注的话题，而全球化背景下文化的“失语症”问题也在讨论中被深化。2005 年《学术月刊》第 2 期也组织了题为“作为话题的‘日常生活审美化’及其论争”的笔谈，对轰轰烈烈的讨论本

---

① 周宪：《“后革命时代”的日常生活审美化》，《北京大学学报》2007 年第 4 期。

② 王旭晓：《大众审美文化生命力探源》，《中国人民大学学报》1994 年第 3 期。

③ 鲁枢元：《评所谓“新的美学原则”的崛起——“审美日常生活化”的价值取向析疑》，《文艺争鸣》2004 年 3 期。

④ 王德胜：《为“新的美学原则”辩护——答鲁枢元教授》，《文艺争鸣》2004 年第 5 期。

身的价值和意义进行了评价。朱立元提出：“在当代中国语境下，不能采取法兰克福学派全盘批判抵制大众文化那种态度，而应当对大众通俗文学热情地批评、规范、引导，提倡走雅俗共赏之路。”① 刘凯在《日常生活审美化：作为一个表征》中提出文艺学的困境是超越性的丧失，以及对现实反思和批判的丧失。西方的影响自然带来本土研究的焦虑，但是除此之外，文艺学研究在当前语境中更为急迫的危机实际上是自身内部的危机，“造成当代文艺学的学科局部危机的，主要是与文学现实相对疏离，即理论落后于现实”②。

总之，无论是学科自身所面临的挑战，还是外来理论资源的引入，抑或是文学文化实践的丰富，都为日常生活审美化的讨论提供了丰富的理论资源和广阔的讨论空间。因此，这一讨论不仅时间持续久、参与面广、论点针锋相对，而且更是由话题本身扩展到了文艺美学学科的方方面面，极大地推动了文艺美学研究的发展。

二、“日常生活审美化”讨论的核心问题

在这场持久的大讨论中，学者们从理论根源、研究对象、研究方法、影响意义等多个角度对日常生活审美化进行了充分的辨析。在此，我们将讨论大致地归纳为三个主要问题，即文艺学的学科界定、美学原则的变化以及美学和文艺学的未来发展方向。

（一）文艺学的学科界定问题

1. 文艺学的理论边界和扩容

新的话题热点的出现必然引发对于学科自身的反省，文艺学也不例外。日常生活审美化问题的出现伴随着两个重要的变化：首先，传统的文学对象空间被泛审美现象所挤压；其次，传统的文学研究方法在解释日常生活审美现象的过程中变得力不从心。

就第一个变化而言，当纷繁复杂的日常生活披上了审美的外衣，扰乱了人们的视线，当大众传媒、消费社会、大众文化不断提供着新的研究对象，人们不禁开始怀疑，传统的文学研究是否还存在？这样的质疑并非中国

① 朱立元、张诚：《文学的边界就是文艺学的边界》，《学术月刊》2005 年第 2 期。

② 朱立元：《关于当前文艺学学科反思和建设的几点思考》，《文学评论》2006 年第 3 期。

的理论界所独有。希利斯·米勒在面对全球化语境时就提出了“文学终结论”的观点，而特里·伊格尔顿也注意到了文学研究的危机，认为文学研究过于强调规范性而忽视了描述性。文学被边缘化已成为不容置疑的事实。针对此种情况，有学者提出，文学不会终结，因为“在审美文化中文学有属于自己的独特审美场域”，这个审美场域来自于超越一切图像的文字文本以及意象所包含的审美体验。① 因此，尽管存在着泛审美化的现象，文学与生活的边界却并不会消失。

就第二个变化而言，日常生活审美化之后的审美对象已然不仅仅局限于传统的文学、艺术，而是向日常生活延伸。因此，当人们在对具体的审美过程和审美感受进行解释时，必然会遇到传统的文学研究话语力不从心的问题。就研究对象来说，“如果我们把自律性的观念定为唯一符合文学‘本质’的观念，把以此观念为基础的‘内在研究’、‘审美研究’方法定为唯一合法的方法，那么，我们恐怕就很难解释许多新兴的文艺与审美现象。”② 就研究方法而论，传统的文学批评对新的审美现象自然也是无力为之，而更多地需要从社会学、政治学的视角进行介入。在此种情况下，有学者提出文艺学学科应该扩展自己的边界，向文化研究扩容。但也有学者认为扩容后的文化研究“并不总是以文学为研究对象……而且文化研究与文化批评本身具有公式化的局限性”③，会将文学研究带入单一、刻板和丧失人文关怀的境地，而反对这种扩容。

事实上，任何一门学科的边界和研究方法都是由其研究对象所决定的，只有明确了研究对象，学科的边界和研究方法问题才能得到解决。因此，在日常生活审美化讨论中，文艺学的研究对象应该限于文学还是应该延伸到文化，也是讨论的一项重要内容。

2. 文艺学的研究对象

童庆炳曾指出：“对于文艺学的研究我想重要的是对象，即文学的事实、文学的经验和文学问题，至于方法那倒是可以是多种多样的。文学本身有语言的、审美的、文化的、意识形态的等多种维度，因此，用语言学的、审美

---

① 童庆炳：《文艺学边界三题》，《文学评论》2004 年第 6 期。

② 陶东风：《移动的边界与文学理论的开放性》，《文学评论》2004 年第 6 期。

③ 童庆炳：《文艺学边界三题》，《文学评论》2004 年第 6 期。

的、文化的、意识形态的等方法，去研究文学事实、文学经验和文学问题，都可能是文艺学研究。”[①] 这是毫无疑问的，但是问题在于，随着文学事实的不断发展，其研究对象也变得丰富起来，无论是从社会生活实践来看，还是从学科自身发展来看，文化研究已是不可避免的趋势，尤其是在经历了语言论转向之后，文化已经成为文艺学研究所绕不开的新事实。这一问题更深层地涉及了文学研究中的一个非常重要的问题，即文学的本质问题。文艺学的研究对象到底是文学还是文化，其背后的支撑在于对文学本质的界定。对此问题的争论也涉及了文学研究中一直存在的本质主义和反本质主义的论争以及文学的本质应该如何界定的问题（当然要把这个问题说清楚需要另著一篇长文，在此仅就关节问题进行简单的论述）。文化研究的倡导者认为文学研究所强调的本质主义具有封闭性，限定了文学自身的发展，因此需要通过文化研究的范式转化来促进其发展。但事实上，对本质的重视并不代表着本质主义，从我国文艺理论界对于文学本质的认识来看，无论是反映论、审美反映论，还是意识形态论、审美意识形态论，都既关注文学本身，强调其研究对象和研究方法的独特性，同时又作为意识形态能动地反映着社会文化实践和现实生活，并没有丧失他律。[②]

此外，在探讨文艺学研究对象的过程中，还涉及文艺学研究的理论继承问题。中国当代文艺理论建设无疑是承续着马克思主义文艺理论而来的，因此在讨论中也有学者表达了文化作为研究对象侵入后文艺学研究的马克思主义传统会发生断裂的隐忧，正如陈晓明所言：“当代文艺学对自己未来的道路已经很清楚，那就是顺着西方的马克思主义道路前行。”[③] 当然，也有论者在较为积极的立场上谈论研究对象转换过程中学术资源的转换问题，认为“传统的伦理学基点、哲学基点”可以也应该向“经济学、法学、社会学等理论转移”，这些“应用层次”的理论或可成为文学理论新的生发点[④]。这种在延续过程中的融合以及如何向文学传统回归的问题值得我们进行更深入的思考。

① 童庆炳：《文艺学边界应当如何移动》，《河北学刊》2004 年第 4 期。
② 朱立元、王文英：《对文艺学“文化研究转向”论的反思》，《天津师范大学学报》2005 年第 3 期。
③ 陈晓明：《历史断裂与接轨之后：对当代文艺学的反思》，《文艺研究》2004 年第 1 期。
④ 张荣翼、李澜：《文艺研究的思想资源转换问题》，《文艺争鸣》2004 年第 6 期。

（二）日常生活审美化的美学思考

1. 审美内涵及美学原则的变化

日常生活审美化作为一个美学命题的出现，对审美的内涵及其原则都产生了强烈的冲击。审美的概念由感性经验逐渐融合了生活经验，并打通了与经济与政治的关系，开始转入实用。当审美走入日常生活，享乐和快感得以凸显，利益携带消费进入审美过程，如何面对、界定这样的审美，也就成为学者们反复讨论的话题。

王德胜基于日常生活审美化的视觉性表达特征，提出了新的美学原则，并引发了与鲁枢元的争论。所谓“新的美学原则”即脱离了康德审美无利害关系的美学原则，在大众传媒的推动下，视觉成为审美的主要来源，享乐成为审美的主要动机，重视身体的快意享受，从而“将审美精神外化为外部现实”①。这种美学原则为非超越性的美学话语提供了合法性，以往仅仅停留在精神层面的审美开始走下神坛，向平面化延伸。鲁枢元的批判首先从“日常生活审美化”的定义展开。他认为：“‘审美的日常生活化’，是技术对审美的操纵，功利对情欲的利用，是感官享乐对精神愉悦的替补。而‘日常生活的审美化’，则是技术层面向艺术层面的过渡，是精心操作向自由王国的迈进，是功利实用的劳作向本真澄明的生存之境的提升”②，从而将矛头指向了技术所带来的价值问题。王德胜的回应主要从概念的界定上入手，他认为鲁枢元“把‘日常生活审美化’归于理想主义的美学话语体系，把当下的‘日常生活审美化’现象重新简化为‘审美活动的实用化、市场化问题’”；同时，他也认为不应只关注技术的负面影响，应该有价值重建的勇气；至于感官的享受，并不是绝对地与理性相对立，而仅仅是在“承认人的感性享乐合法性基础上加以审视”③。这一场争论鲜明地反映了21世纪之初随着社会生活的变化所带来的审美内涵和审美原则的巨大变化。一部分学者恪守理想主义美学，坚持纯粹的审美精神，捍卫审美的净土；而另一部分学者则显出了更大的包容性，主动与现实接轨。两者的出发点都是为了增加美学的生命

---

① 王德胜：《视像与快感——我们时代日常生活的美学现实》，《文艺争鸣》2003年第6期。

② 鲁枢元：《评所谓“新的美学原则”的崛起——“审美日常生活化”的价值取向析疑》，《文艺争鸣》2004年第3期。

③ 王德胜：《为“新的美学原则”辩护——答鲁枢元教授》，《文艺争鸣》2004年第5期。

力，对任何一方的忽视都不利于美学的健康发展。此外，还有学者提出“快乐美学”，这种美学关注身体感觉、重视大众体验并以图像和身体喜剧的形式展现，强调身体的重要性①，是对新的美学原则的进一步延伸。

同时，还有学者从中西不同的“美学泛化”来对此进行讨论。韦尔施在《重构美学》中充分承认了“美学泛化”的存在，并提出美学应该对其予以重视。这也成为中国讨论日常生活审美化的理论基础。在此需要明确的是，韦尔施新美学的基础仍然建立在传统的艺术哲学之上，并以其为评判标准，因此只不过把过去局限于艺术的标准延伸到日常生活领域而已，这种现象是美学发展到后现代去分化之时的必然产物，故美学之泛化，于西方是褒义，但在中国却不同。“中国美学的泛化纯粹是概念演绎的结果”，进而产生出一种大而全的美学，这样的美学既难以解释常规美学问题，更难以面对新的美学实践②。这种论断是否正确我们姑且不做讨论，但其所反映的问题也足以引起重视。一方面当然是中西差异所产生的理论适用性问题；另一方面则是日常生活审美化的评判标准问题，是不是什么都可以被划入审美？审美是不是就真的在日常生活面前缴械投降，完全无原则？正如前文所论，我们所需要的是批评维度是价值。正如有学者所指出的，可以将其纳入研究范围，但是“采取价值介入的批判立场：对这种新的文化现象进行细致深入的剖析，肯定其存在的合理性，批判其负面作用”③。

2. 审美主体

在日常生活审美化讨论中还有一个问题需要引起重视，即文化媒介人。在日常生活审美化及大众文化的发展过程中，文化媒介人即文化中间人的作用不容小觑。所谓的文化中间人既是联通文化产业各个阶段的链条，也是大众文化发展并扩大其影响的手段。文化中间人作为一个隐形的存在，其作用类似于意识形态对社会整体文化的引导和控制。无论这种引导和控制是假政治之手还是假商业之利，最终所指向的都是一种符合社会发展方向的新型现代文化。中间人发挥作用的主要方法便是对命名权和话语权的掌控。布尔迪

① 傅守祥：《经典美学的危机与大众美学的崛起》，《中国社会科学院研究生院学报》2007 年第 2 期。

② 黄应全：《日常生活的审美化与中西不同的“美学泛化”》，《文艺争鸣》2003 年第 6 期。

③ 李春青：《在消费文化面前文艺学何为?》，《北京师范大学学报》2004 年第 2 期。

厄认为，谁占有命名权，谁就在场内文化资本的争夺中处于有利地位，获得把“暴力符号”强加给社会场中大众的权力。这一部分人有如下特征：他们主要供职于“文化产业”。可称为新型知识分子。他们热爱时尚，追求生活方式的塑造和生活的品位，追求艺术化的生活方式。① 但事实上文化媒介人却并非如此，赵勇在回答“谁的日常生活审美化”时提出了这实则是中产阶级的立场，这本与西方社会的发展相适应，但在中国，其含义却基本可以等同于20世纪50年代美学大讨论中的“食利者”，他们取代了大众的主体地位，带有经济目的地对大众施加影响。

事实上，在现代社会中，同时作为文化生产者和消费者的大众并不是完全被动的，他们也并不会轻易被文化中间人所蒙蔽，霍尔就曾强调大众是完全有能力识别实际生活是如何被重新塑造的。费斯克也强调了大众文化的主体性，认为大众是“集体性对抗主体”和“流动主体”，对抗性与差异感要比类似性和阶级认同更有决定性，因为正是种种共享的对抗，造成了流动性，而流动性乃是复杂社会中大众的特征。②

（三）文艺学与美学的未来发展方向问题

1. 文艺学的学科危机与反思

文艺学是否遇到了危机？学者们的答案是一致的。在消费文化、大众文化泛滥的时代中，文学研究繁荣的场景不再，地位渐趋边缘化已经是不争的事实。但问题在于，这个危机到底是什么？是文学研究丧失了生命力，行将终结？还是传统的研究方法已然无法应对新的文学文化现象？不同的学者有着不同的看法，基于对危机的认识的不同，他们对于文艺学的出路也有着不同的认识。

有学者认为：“日常生活的审美化以及审美活动日常生活化深刻地导致了文学艺术以及整个文化领域的生产、传播、消费方式的变化，乃至改变了有关‘文学’、‘艺术’的定义。”而“固守本质主义的自律论文艺学”则妨碍了文艺学对时下审美文化现象的研究。③ 因此认为文艺学的出路理应拓展

---

① 陶东风：《日常生活审美化与新文化媒介人的兴起》，《文艺争鸣》2003年第6期。

② [美] 约翰·费斯克：《理解大众文化》，王晓珏等译，中央编译出版社2001年版，第29—30页。

③ 陶东风等：《日常生活审美化：一个讨论——兼及当前文艺学的变革与出路》，《文艺争鸣》2003年第6期。

自己的研究范式和方法，同时倡导一种跨学科的研究方法，转向文化研究。但也有论者提出：当代文艺学的学科危机并非是由于审美渗入大众日常生活，而在于对当前文学发展的新现实、新思潮、新特点有所疏离，对信息时代大众传媒文艺、网上文学等新鲜的文学形态和体制研究不够①。因此，对于此问题的解决就应该从两个维度着手，一是始终坚持审美的维度，二则是“要在马克思主义文艺理论基本原则指导下，立足于经过百年、特别是新时期以来逐步建构起来的现代文论新传统的基础上，不断借鉴吸收现代西方文艺理论与中国古代文论两大理论资源”②。

相对于对文学研究和文化研究持水火不容的态度来说，更多的学者所采用的都是一种更为开放的态度。有学者认为文化研究“讲述的是我们生存现实的故事”，因此文学研究和文化研究无须你死我活，“大可各行其道，相安无事”，需要时互作参考③。也有学者运用对话交往理论，试图寻找文化—文学中的“间性”，“原有线型继承、替代或更迭的一元论的范式观被多元共生、多话语共展并存的众声喧哗的新范式观、话语观所代换。”④ 此外，也有学者认为在文学理论边界的扩展过程中，需要时刻关注中国问题的中国阐释，同时“批判文学文化的体制化、商业化和泛政治化。从文化的视角透视文艺的内涵，从审美的高度烛照和批判当代文化”⑤。

文艺学的学科危机确然存在，当审美文化生活发生日新月异的变化时，理论家们所关注的焦点仍然沉浸于传统的文学和文艺问题的研究中，与现实有着很强的疏离感，这肯定是不合时宜的。当然这并不是说这种传统的研究不重要，相反它们是文艺研究的根基所在，但是能够将研究和当下的文化实践紧密结合，才是永葆生命力的方法。

2. 美学发展的未来走向

在日常生活审美化的大讨论中，学者们也对美学的未来发展方向进行

① 朱立元、王文英：《对文艺学“文化研究转向”论的反思》，《天津师范大学学报》2005 年第 3 期。

② 朱立元：《关于当前文艺学学科反思和建设的几点思考》，《文学评论》2006 年第 3 期。

③ 陆扬：《文学研究和文化研究》，《人文杂志》2004 年第 5 期。

④ 金元浦：《当代文学艺术的边界的移动》，《河北学刊》2004 年第 4 期。

⑤ 陈雪虎：《文学性：现代内涵及其当代维度》，《河北学刊》2004 年第 4 期。

了建构。在日常生活审美化的问题视域中，对日常生活的认识和界定无疑是核心。事实上，无论是西方马克思主义理论家、海德格尔还是赫勒都基于对日常生活的重视提出了日常生活的批判理论。在赫勒理论中，对象世界、习惯世界和语言是日常生活的三个组成部分。而杨春时则从生活批判哲学入手，提出“日常生活的审美批判不是理论的批判，而是对日常生活的直接超越，是以审美体验对日常生活体验的否定”，与此同时，“审美批判是针对现代生存而发，而现代生存方式具有普世性，不独西方为然”。① 因此西方理论可以作为我国日常生活审美化研究的理论基础。

刘悦笛倡导一种“生活美学”的走向。首先，哲学理论家们诸如海德格尔、杜威、维特根斯坦对于生活的重视，开启了哲学走向生活的道路。其次，在文化实践中，文化工业的产生也突破了审美无利害的原则，而“由审美泛化而来的文化状态，被波德里亚形容为‘超美学’（Transaesthetics），也就是说艺术形式已经渗透到一切对象之中，所有的事物都变成了‘美学符号’”。再次，从艺术实践来说，装帧艺术、行为艺术、环境艺术的出现也使得美与生活的联系日益紧密。因此，他认为：“美与日常生活有着一种现象学关联……美的活动，正是位于日常生活与非日常生活之间的特殊领域。”②

此外，文化的视角也延伸出了另外一种可能，即“文化美学”。这一方向的基点在于文艺美学的研究核心——审美经验。姚文放认为：“审美经验是一个极具弹性的概念……通常人们将那些有利于生命活动、使人感到满足和满意的日常经验归入审美经验。”而“康德关于‘无形式’的理论、罗兰·巴特的符号学理论、巴赫金的交互性理论，都是在保证审美经验自洽性的前提下，致力于论证审美经验内涵的扩充”。③ 这些理论都为审美经验和日常经验的交融提供了理论基石，也预示了文化美学的可能性。

日常生活审美化的研究中不可避免地采用了社会学的研究方法，因此，社会美学也成为了一种可能的未来探索。社会与文化有着非常紧密的联

① 杨春时：《开展日常生活的批判》，《文艺争鸣》2005 年第 2 期。

② 刘悦笛：《日常生活审美化与审美日常生活化——试论“生活美学”何以可能》，《哲学研究》2005 年第 1 期。

③ 姚文放：《文艺美学走向文化美学是否可能？——三论文艺美学的学科定位》，《社会科学战线》2005 年第 4 期。

系，“由于以‘物符’为标志的‘消费社会’的到来，原本便具有文化向度的‘社会’就显在地‘文化’化了，它是符号化，同时也是美学化，这种符号—美学借助于无所不及的商品逻辑和电子媒介取得了空前的社会化，于是一个普遍的‘美学社会’已赫然在目”。①

无论是生活美学还是文化美学抑或是社会美学，所共同的着眼点便是对美学进行多层次、跨学科的建构，以期使其具有时代特征，更能够对社会的文化现象和文化实践进行解读。在对日常生活审美化问题进行充分阐述之后，韦尔施对美学的未来发展进行了如下畅想：“美学应该是这样一种研究领域，它综合了与‘感知’相关的所有问题，吸纳着哲学、社会学、艺术史、心理学、人类学、精神科学等等的成果。‘感知’构成其学科的框架，尽管艺术可能是最重要的，但它只是这一学科中的一个，也仅仅是一个研究对象。”② 韦尔施所强调的也是一种跨学科性的美学学科的建立。

通过以上对于日常生活审美化讨论的梳理，我们发现，学者们借由这个话题的讨论，对文艺学、美学领域的基本问题、学科定位及未来发展方向等进行了广泛而深入的思考，在这些讨论中，文艺理论自身的问题越辩越清，文艺美学研究的基本原则也不断被巩固。我们提倡一种包容的态度，去融合不同学科、不同研究方法，但是面对丰富耀眼的文化实践活动时，更应该采取冷静理性的态度，去厘清基本问题、基本概念，如此才能够夯实理论基础，使文艺理论在保持时代性的同时，葆有生命力。

第三节 “日常生活审美化”讨论的理论价值和启示

时至今日，学界对于日常生活审美化问题的讨论仍未停止。随着研究的深化与推进，如今人们对于日常生活审美化问题的探讨和兴趣，已经逐渐从兴起之初的概念梳理和学理阐释，转为对这场争论的反思回顾与经验总结。不仅如此，“日常生活审美化”也成为了一种特殊的理论视角，被广泛地用于研究分析当代中国的文艺和文化现象。在此意义上，日常生活审美化问题的

① 金惠敏：《消费时代的社会美学》，《文艺研究》2006 年第 12 期。

② ［德］沃尔夫冈·韦尔施：《重构美学》，陆扬、张岩冰译，上海译文出版社 2002 年版，第 137 页。

论争给予我们的启发，便主要体现在理论价值和现实意义等不同层面。

一、对文艺学发展的理论价值

对于理论发展而言，日常生活审美化问题的论争，表达了中国文艺学美学在新时期渴望关注现实、介入现实的迫切诉求。“日常生活审美化”论争的开端，便源于文艺学与当代中国的社会文化和审美/艺术活动的脱节①。自古希腊和中国的先秦时代起，文学理论的现实关怀和社会价值就始终是其最为重要的功能，而这一功能也始终得到了社会的认可和充分关注。而在现代社会，商品拜物教作为主导性价值逻辑，使得一切社会生活乃至文学艺术都落入其支配之中。就中国而言，自20世纪90年代以来，学术话语作为美学风向标的时代已经过去，在商品经济的冲击下，文学和艺术的发展越来越听命于市场，文学理论与批评逐渐沦为小圈子内的自言自语和自娱自乐，这一尴尬局面的确是不争的事实。在当代中国复杂多元的现实语境下，文学艺术的生产和消费已经同人民大众的日常生活密不可分，理解和批评必须还原到具体实在的经验世界；而除文学艺术之外，消费主义也为商品乃至整个社会生活赋予了越来越明显的审美化和艺术化倾向。当我们把社会作为一个“文本”，其具体的文艺生产、接受和整体的结构特征之间，便显现出千丝万缕的联系。无论是对于这些现象的积极意义的发掘还是对其消极性的批判，都需要文学理论打破固有的精英主义的思维藩篱，在文本批评、道德批评、政治批评等模式之外，开辟更接近人的日常生活和文化经验的研究方法。从学理上看，日常生活审美化问题的兴起直接源于文化研究的冲击与启发。文化研究起源于英国，是60年代以来以威廉斯、霍加特、汤普森等为代表的英国新左派的一种文化政治思潮。如今文化研究作为一门异军突起的新兴学科，凭借其鲜明的政治批判性、跨学科的研究方法及研究对象的多元化和实践化等特点，对文学理论及其他各学科的发展都产生了巨大的冲击，是“语言论转向”之后的“文化论转向”的典型代表和推动力量。“文化研究”在90年代以后开始引起我国学界的重视，这一灵活开放的研究思潮，顺应了消费文化、都市文化、大众文化、视觉文化、身体文化等兴起的趋势，为理

① 陶东风：《日常生活的审美化与文艺学的学科反思》，《天津社会科学》2004年第4期。

解文学艺术发展及其同日常生活、社会结构特征之间的关系提供了有效的方法，不仅启发并推动着文学理论在新时期的“向外转”，同时顺应了文学理论渴望介入现实的理论诉求，为文学理论重新把握时代脉搏、关注现实生活提供了契机。这也提示我们，文学理论的现实关怀是其始终无法割弃的向度，保持理论面向现实生活的介入性和有效性是文学理论发展的必然要求。

二、对于艺术和美学实践的启发

在西方传统观念看来，艺术既是天才的创作，也是富有者的私人藏品，更是只有少数人才能够理解和鉴赏的精英文化。美学作为感性学，自兴起之初便与理性相对立，审美被以席勒、康德为代表的古典美学家赋予了自由自律的浪漫主义色彩。艺术和审美的结合，无论是守望古典还是走向现代，都无疑是一种高雅文化的联姻，既以愤世嫉俗的姿态抵抗着现代社会的理智化与世俗化，同时又被西方马克思主义美学家寄寓了审美救赎和启蒙的革命价值。然而时至今日，这种精英主义立场的艺术和美学观并未充分实现其理想，甚至还面临着地位江河日下的尴尬。在后现代文化的冲击下，大众文化自发地建构出了自下而上的法则，肤浅的、感官的、狂欢的、犬儒的文化逻辑支配着审美和艺术表达，而其背后则是后现代社会的日常生活体验。这种趋势并不是要求艺术和美学与后现代文化简单地达成妥协，而是在日常生活已然生产审美、充斥审美、消费审美的语境下，重新思考自身与日常生活的关系。一方面，艺术和美学对自身的固有传统展开了挑战：人工制品、现成品的“艺术化”，在颠覆艺术概念的同时实际上消解了艺术与日常生活之间的区隔；而在美学方面，梅洛－庞蒂、福柯、布尔迪厄、伊格尔顿等都试图为美寻找物质基础，从而将其拉下纯粹感性或形而上学的神坛。在这层意义上来说，艺术和美学的当代发展与日常生活审美化之间已经形成了相互支撑的关系。另一方面，日常生活的审美化可能是在经济、政治、科技等多重意识形态的裹挟下进行的，并且不可避免地带有大众文化的种种弊端，缺乏自觉性、批判性和先进性。在此意义上的审美泛化，确实容易导致审美的奴役和“娱乐至死”。因此在日常生活审美化的大潮中，艺术和美学的自律性反而更有必要。这一正一反的矛盾，构成了日常生活审美化对于艺术和美学实践的启发，而我们前文梳理的论争也基本上是围绕这两个层面展开的。总的来说，当代艺术和美学的发展应该与日常生活审美化保持一种张力性关系，既尝试融入和理解，又保持独立和批判。

三、对于"日常生活"观念的启发

除了对文学理论发展的意义和艺术、美学实践的启发之外，"日常生活审美化"把日常生活作为研究对象，为文艺学、美学开拓了一个新的研究领域和学术生长点，更推进了我们对于"日常生活"观念的理解和重视。"日常生活"的审美化可以做两层理解，一是先锋派艺术家的艺术实践——注意发掘日常生活中的美和诗意，将其定格为艺术作品，例如杜尚的《泉》、安迪·沃霍尔的《布里洛的盒子》以及赵丽华的诗歌等，而摄影作为机械复制时代的艺术品，更鲜明地体现出对于日常生活的艺术捕捉。这类艺术实践既有着将艺术回归日常生活的世俗化旨趣，又有着在日常生活中建构艺术性的反世俗化倾向，它的出现远远早于"日常生活审美化"的概念论争，却又是20世纪以来艺术对于"日常生活"审美化演变的敏锐把握和直观呈现。另一层理解则与先锋艺术在日常生活中发现和创造美不同，是真正的日常生活，一种在消费主义和视觉文化的作用下，用美的产品、美的环境来装点和改造了的日常生活。手机、服饰、生活用品、家用电器、汽车、房产，甚至整个城市的建筑风格，都充斥着审美。美的产品形态、美的身体、美的环境、美的体验、美的象征，营构出了完整的美的生活方式。"日常生活"无处不在的审美化潮流，证明了审美作为人的内在需求的强大力量，也提示我们充分理解和顺应这一趋势，不断探索日常生活的审美性，为社会发展注入动力。更重要的是，如果审美的作用仅仅是通过满足人的感官愉悦而促进消费的话，则无异于将人绑定在物质需求囹圄中的锁链，人的自由与创造性、人的本质力量的对象化都无从实现，此时的日常生活便是一种审美的异化，如马克思所言是"动物的东西成为人的东西，而人的东西成为动物的东西"①。因此，关键并不在于日常生活是否需要审美，而是怎样的审美。这就需要对审美这一看似自由自律的趣味领域做出实证的研究和反思，需要从具

① 马克思：《1844年经济学哲学手稿》，《马克思恩格斯文集》第1卷，人民出版社2009年版，第160页。

体的日常生活层面进入审美，从语境、身份、阶层、族群等角度对审美的文化属性进行探究。因此，“日常生活”实际上是“日常生活审美化”论争所凸显出来的重要的核心概念，这一观念是我们理解艺术的创作与接受以及审美的建构与反思的关键。

总而言之，“日常生活审美化”的论争不仅使自身的概念以及文化研究理论逐渐扩大了影响，也大大扩展了文艺学的研究领域，其意义不仅在于文艺理论自身的发展创新，更在于它打开了一扇宽广的大门，使各种文艺现象、社会文化和日常生活能够得到更多的来自文艺学美学方面的思考和介入，其意义和启发是丰富多元的。

第十七章　典型聚焦：一个文艺学家的时代探求

——文艺学家狄其骢在新时期的理论嬗变与拓展①

在中国当代文艺学研究的发展历程中，已故著名文艺学家狄其骢先生占有重要位置。狄其骢先生是江苏溧阳人，1933 年生，1956 年于山东大学中文系毕业后留校任教，1993 年由国务院学位委员会遴选为文艺学专业博士生导师，1997 年 6 月因罹患癌症不幸去世。狄先生终其一生都是在校园里度过的，作为一个学院知识分子，他为人温厚坦诚、淡泊名利，为学则锐意进取、孜孜以求，人品学品皆给学界留下了良好的口碑和风范。历时性地纵观先生一生的学术历程，从大学毕业到“文革”爆发之间的十年，是其在形象思维和艺术性等具体问题的研究上以强劲的学术冲力赢得学界瞩目从而成为山东大学文艺学团队重要一员的时期，从“文革”结束到病逝前的二十年，则是其走向文艺学研究的更高起点和更为阔大的境界，并作为学科带头人之一将山东大学的文艺学研究推向国内学界前列的时期。而共时性地研读其一生的学术业绩，则大体上可以区分为文艺基本理论研究、比较文学元理论研究、马克思主义文艺理论的经典释读和当代形态建设、文艺学改革和教材建设的探索与实践四个方面。从狄先生的学术嬗变中，从他这些不同方面的理论研究和成就中，既体现出了他对学术真理的执着追求，凸显出一个真正的理论家由思维心态、价值取向和方法选择等方面凝聚而成的自觉学术意

① 本章内容已作为项目阶段性成果，以《狄其骢文艺学研究的理论贡献与学术意识》为题发表于《文史哲》2011 年第 5 期，特此说明。

识，同时也作为一个典型性的个案，从中折射和彰显了新时期文艺理论学科建设的进步和观念创新的发展。每个时代思想理论的发展都是由那些优秀的理论家突出的个人建树和成就合力汇聚而成的，而且越是优秀的人物贡献越大，其时代代表性也就越强。狄其骢先生无疑就是中国当代特别是新时期以来文艺学研究的重要代表人物之一。

第一节　文艺基本理论研究的问题意识

作为一门研究文艺现象的理论学科，文艺学首先需要在文艺基本理论上形成问题视域并取得学术突破。一定程度上说，文艺学（其他理论亦复如此）的发展就是基本理论研究中新、旧问题交相更替的历史，而它在现实文艺发展进程中是否有作用有力量，很大程度上也要看其是否抓住了问题，对问题的掌握有多么深广。因此，对文艺学研究来说，问题意识必不可少。在1993年出版的《文艺学问题》一书的后记里，狄其骢先生写道："1979年以来，我为文艺学硕士生开讲文艺理论专题课，取名为'文艺学问题'。课程所讲的专题内容随着实际的发展不断有所更新，开始是对十年动乱后文艺学问题的反思，后来进入对改革文艺学和建构马克思主义文艺学问题的探讨。课程所讲的专题形式基本是三段结构：'问题的来龙去脉'、'问题的关键所在'、'问题的思索探讨'。讲述较为铺陈，后来提出为论文发表出来的，大都取自'问题的思索探讨'。"① 由此可见，狄先生的学术研究完全是以问题意识为思维聚焦点的。

对于真正的文艺学研究来说，具有自觉的问题意识，还只是进入理论之思的一个主体条件，更重要的是抓住的必须是真正的文艺问题，尤其是与文艺的本质特征相关的大问题，文艺理论研究成就的大小与此有关。狄先生的治学之路是从向真而大的文艺问题发起冲击开始的。其处女作也是其成名作《关于形象思维问题》写于1957年，该文针对当时形象思维讨论中的一些成见和问题，明确肯定了"艺术是形象思维"的定义，并对构成艺术实质的两个因素——思维性与形象性的辩证关系做了透彻的阐述，认为思维性是

① 狄其骢：《文艺学问题》，山东大学出版社1993年版，第366页。

艺术的实质，揭示的是艺术与其他社会意识形态的共同性质，形象性是艺术的特殊性，揭示的是艺术区别于其他社会意识形态的个性，艺术的思维性借由形象性表现出来；形象思维是一个有机的完整的概念，它不是形象加思维，也不是思维加形象，而是形象化了的思维，思维化了的形象；形象思维的过程，乃是思维化（对认识对象本质特征的抽象概括）和形象化（给选择和改造的生活内容以个性和生命）辩证统一的复杂过程。在此基础上，论文还对形象思维与日常思维和逻辑思维的关系做了辩证论析。该文在当时颇具声誉的《新建设》杂志 1958 年 5 月号上刊出，后被收入多种形象思维研究资料选编之中，至今仍然是形象思维研究的重要参考文献之一。

循着对于艺术特性问题的研究思路，20 世纪 60 年代初期，狄先生又分别在《文史哲》等刊发表了论艺术性、文学典型以及世界观与创作的关系等方面的研究论文。其中《试论艺术性的概念》一文特别值得关注。该文针对当时苏联和国内学界一些理论家首先从艺术反映生活的真实性和思想内容方面来论定艺术性的见解，明确提出艺术性是文艺的特性，是文艺区别于其他意识形态的总的标志，艺术性的特征是反映生活的形象性。由此，他进一步指出："从文艺创作本身来讲，艺术性的概念，是个有关艺术形式的概念。文艺创作中的艺术性问题，是个如何创造高度形象性的艺术形式的问题。"①基于艺术性关乎艺术形式的见解，该文强调不能混淆内容与形式的区别，只看到内容对形式的决定作用，而看不到形式的相对独立性，并着重论述了艺术技巧和艺术感染力在达成艺术性上的重要性。可以想见，在 60 年代那个谈论形式即有可能被扣上"形式主义"帽子的语境里，该文阔论形式和技巧是需要几分理论勇气的，而文章对艺术性问题的层层论析，尤其是将艺术感染力引入艺术性的界定之中，以及对技巧与技术关系的辨正，确实显示了独立的识见。

"文革"动乱结束后，狄先生将自己多年来于孤独、沉寂中的思考变成了一篇篇具有深度和力度的文章。其中有些文章是对"文革"前理论思考的继续。如在《形象思维散论》一文中，狄先生在反驳否定形象思维论的观点时，不再一般地谈论艺术思维的形象性，而是进一步从人类思维的起源、特

① 狄其骢：《试论艺术性的概念》，《山东大学学报》1961 年第 3 期。

点以及创作的过程各个方面阐发了想象在形象思维中的重要地位和作用，得出“形象的诞生，是思维的结果，也是想象的结果”，形象思维“是思维与想象的结合，抽象力与想象力的结合”的认识结论[①]。该文还指出，由于思维和形象结合的特点，也就派生出形象思维的另外两个特点：一是伴随着情感活动，二是允许虚构。稍后一点发表的《艺术创作中的情感问题》一文，紧承上文进一步探讨了艺术创作中的情感问题。该文从艺术占有对象的方式进而由艺术对象的性质论证了艺术创作为什么需要情感的问题，认为艺术的对象是活生生的整体，是以人为中心的充满生机的社会和自然界，艺术对象的整体性和艺术方式的形象性，决定了作家需要有敏锐的知觉和充沛的情感，因为艺术对象的感性特点，只有通过作家的知觉感受和情感体验才能占有。在艺术创作中，情感不仅是创作的动力，而且是创作的内容和能力。论文还从动力作用、提炼作用、结构作用和移入作用四个方面分析了情感在创作中的作用[②]。

当然，狄先生此期的论文，更多的则是基于文艺领域的拨乱反正和理论深化的需要所做出的新的思考。“写真实”曾经是一个被极左文艺思潮所否定的命题，新时期之初，文艺界普遍要求恢复“写真实”在文艺创作尤其是现实主义创作中的地位，然而在艺术真实与生活真实、生活真实与生活事实等等的关系上却存在着各种混乱、不同的认识。基于此种状况，狄先生先后撰写了《略论文艺真实性的特点》《现实主义和自然主义在真实性问题上的区别》等文，阐明文艺的真实不是刻板地消极地反映生活的真实，而是作家创造性认识生活的结晶，文艺真实性的生命在于它反映生活的现实性、新颖性和独创性，在此基础上，他从艺术真实与生活真实、生活真实与生活事实以及对人的真实和人的本质认识上的分歧诸方面，论证了现实主义和自然主义在文艺真实性问题上的分野。随后，狄先生的思考自然而然地由艺术真实性问题转向了现实主义文艺问题，先是于20世纪80年代初期，依据对恩格斯给敏·考茨基和玛·哈克奈斯的两封著名文艺书信的解读，写下了《真实　倾向　典型——读恩格斯的两封信》一文，对以真实为核心的现实主义

① 狄其骢：《形象思维散论》，《文史哲》1978年第2期。
② 狄其骢：《艺术创作中的情感问题》，《文史哲》1981年第3期。

文艺的三个基本概念的内涵及其相互关系做了深入的阐发。80 年代后期，面对现实主义文艺在大量传入的西方现代派文艺和新兴起的通俗文艺浪潮的双重冲击下轰动效应风光不再的境况，狄先生又以敏锐的时代感知和学术理性写下了《冲击和命运：察看现实主义的生命力》这篇在当时极具重量和影响的文章。该文从宏观上分析了来自浪漫主义运动、来自现代主义和来自苏联在斯大林逝世及其错误被揭发后所形成的“解冻”浪潮对现实主义的三次强烈冲击，同时也阐发了现实主义在不断的冲击和危机中通过不断的自我调适和变化以存活和再生的活力和流向，认为现实主义是人类审美创造的基本方式，“从历史发展来看，现实主义总是在冲击中更新和发展的。它有解决问题和排除危机的内在机制，它能调整与现实的审美关系，更新自身的内在结构和功能，以适应发展着的社会需要。这就是现实主义创作方法的本质所在。”① 这两篇文章可以说既是对艺术真实问题的深化与拓展，也是在文坛面临西方各种文艺思潮的冲击和文艺观念的引进而变得六神无主的境遇下，对一种艺术精神的坚守。古人有“文章合为时而著”的优良传统，狄先生这些基于艺术实践的发展所提出的时代性问题的回应文章，正是这种优良传统的当代传承。

第二节　学科拓展的创新意识

随着西方各种理论观念、研究方法和文艺思潮的引进，20 世纪 80 年代中期，中国文艺学界不仅迎来了观念解放、方法更新、术语爆炸的一波波浪潮，于文艺理论研究的学科形态方面也在改变着过去那种由社会政治取向甚至是由庸俗社会学主导的封闭、单调的格局，开始了学科结构破局的萌动和研究领域拓展的尝试，文艺心理学、文艺社会学、文艺文化学、比较文学、比较诗学等等的新兴学科应时而生。这种新的学科形态和研究领域的拓展，是文艺学研究学术自觉的结果，也是学术创新的体现。在这个学科拓展、学术创新的新潮涌动中，狄其骢先生以开放的心态面对蜂拥而至的西方新学，吸取和融合其中各种有价值的观念和方法对自己已有的知识结构做出了丰富、充实、调整、改进，并相应地调整了自己的学科方向，在文艺学研究上

① 狄其骢：《冲击和命运：察看现实主义的生命力》，《文史哲》1988 年第 3 期。

又进入到了一个新天地、新境界。

此一时期狄先生在学科方向上的自觉调整主要体现在两个方面：一是对于文艺心理学的研究，二是对于比较文学和比较诗学的研究。在前一方面，狄先生承担了一项原国家教委的重点科研项目“创作心理学研究”，并已完成书稿写作，且列入了山东教育出版社的出版计划，只是由于当时狄先生正忙于《文艺学新论》教材的写作和出版，再加之他惯有的学术审慎，认为其中有的部分尚需再加修改，这部书稿的出版很遗憾地搁置下来了。这部书稿的内容，狄先生曾为其研究生系统讲过，从内容设置和研究取向上看，是其之前对文艺创作心理如艺术思维、艺术情感等问题思考的深化和系统化，从其所借鉴的心理学知识来看，已经远远超过了当时有的知名学者仅以国内学者曹日昌的普通心理学教科书为理论指导的文艺心理学研究，而是广泛汲取和融会了各种当代心理学与生理学的最新研究成果和方法。同时，他也不赞成孤立绝缘地以纯心理学的知识解决复杂的文艺心理问题，尤其不同意当时有些学者仅仅以当代西方心理学尤其是欧美的人本主义心理学为研究心理问题之圭臬的做法，认为文艺心理是艺术活动主体与社会历史文化互动互融的结晶，主张充分注意和借鉴苏联社会文化学派心理学研究的成果。这些看法和理论资源的选择，使其文艺心理学研究显示出与众不同的面貌。

在学科拓展方面，狄先生更为人知的是其对比较文学和比较诗学的研究。20 世纪 80 年代中期，狄先生连续推出了《比较文学特性初探》《开放性和可比性——比较文学略论》《比较文学的活力》和《中西诗学比较探源》等颇具学术分量的专论，集中对比较文学的学科性质和中西基本艺术观念的差异等具有“元理论”性质的问题做了论说，文心独具，颇多创建，赢得了海内外学界的称赏。这些文章的主要理论价值，一是从世界文学的发展和比较文学自身的发展两方面论证了比较文学的两大特性：开放性和可比性。关于开放性，他指出：“比较文学本身，可以说是一门开放型的学科，这不仅表现为它的诞生是适应了世界文学发展的开放潮流，而且表现在它自身的发展过程，也是一个开放过程。”① 关于比较性，他强调比较文学成为一门独立学科，在于它有比较性的对象和比较性的方法。从文学史的研究中发现、寻

① 狄其骢：《开放性与可比性——比较文学略论》，《文学评论家》1985 年第 1 期。

找到比较性的对象、材料，形成和确定具有可比性的课题是比较文学研究的基础，“它要求从材料的异同中，发现和揭示出内在的联系，并把它提高到总体上来认识，这才是比较文学研究的目的”。① 二是提出并探讨了比较文学的比较价值和自由度问题。关于比较价值，他主要从比较对象角度论证了价值何来与价值所指两个问题。他指出，并不是把不同的材料罗列一通就会产生价值，只有客体具有可比性并且能够实现比较目的的研究才有价值。而文学研究的关联价值是多方面的，有美学价值、政治价值、伦理价值、实用价值等等，“比较价值，应该是美学价值”②，脱离开美学价值，算不得比较文学。关于比较文学的自由度，他主要从比较方法的角度，从具有客观性质的比较性结构对象的自由性质，以及研究主体参与研究对象的发现和现实化的能动性和自由两个方面做出了论证，认为：“方法的比较性，使比较文学能适应世界的可比性，自由结构比较性对象，充分发挥比较能动性，从比较中探索文学现象的深层内蕴。”③

《中西诗学比较探源》是狄先生又一篇引人瞩目的研究论文。在20世纪八九十年代的中西诗学和美学比较中，论者大多套用日本著名美学家今道友信关于西方的古典艺术理论是模仿即再现，东方的古典艺术理论是写意即表现，艺术概念的历史，西方是从再现到表现，东方是从表现到再现，这是在同时展开的一种逆现象的观点④。狄先生通过对作为中西诗学的比较源头、比较基因的“言志”说和“模仿”说的严谨考证、分析和比较，彻底颠覆了这种人云亦云的流行成见。他指出，“言志”说所言之志包含着三个层次的内容：一是个人之志，即所谓情；二是社会之志，即所谓理；三是宇宙之志，即所谓道，完全不具有西方文艺复兴以来兴起的表现说“自我表现”的内涵，“言志说和表现说是有实质性的差异的。表现说是在个人与社会对立的基础上，实现自我，表现自我，自我表现的无限自由，是创作追求的理想；而言志说是在个人与社会统一的前提下，实现社会的理想”。⑤ 基于此种

① 狄其骢：《开放性与可比性——比较文学略论》，《文学评论家》1985年第1期。
② 狄其骢：《开放性与可比性——比较文学略论》，《文学评论家》1985年第1期。
③ 狄其骢：《比较文学特性初探》，《文史哲》1985年第2期。
④ ［日］今道友信：《关于美》，黑龙江人民出版社1983年版，第74—75页。
⑤ 狄其骢：《中西诗学比较探源》，《文史哲》1986年第3期。

认识，狄先生概括比较了言志说与表现说六个方面的不同。进而，他又分析指出，言志说和模仿说都生成于古代奴隶制社会，历史因素相同，尽管“模仿说与言志说相比，一个是面向自然，是外向的，一个是面向自身，是内向的，但异途同归，都追求人与自然，人与社会的统一”[①]。由于这种一致，两种理论都主张艺术创造中物与我、理与情要和谐统一。所以，言志说与模仿说倒是具有内涵方面的一致性。在中国诗学史上，“只是到了晚明，李贽、汤显祖、袁氏三兄弟为代表的‘情真’说一派，才与言志说相对立，而开始具有近代诗学中的表现性质。”[②]该文不囿于流行的权威之见，洋溢着锐意进取的创新意识，为中西诗学的比较研究做了奠基性的工作，并确立了一个诗学比较的范本。

第三节　马克思主义文论研究的主义意识

马克思主义文艺理论研究是狄其骢先生学术生涯中又一个用力甚深、成就骄人的领域。他在这一领域的研究努力可以概括为两个方面：一是对马克思主义经典文论的科学释读，二是对马克思主义文艺学的当代建构。无论释读还是建构，都体现着一种鲜明突出的主义意识，即所释读的对象是马克思主义的，所建构的观念是马克思主义的，所运用的方法要体现马克思主义方法论的要求，而理论研究的最终目的也是为了坚持和发展马克思主义文艺理论。

对马克思主义经典文论的释读首先体现在为开展马列文论教学而由他领衔编著的《马克思主义经典文论选读》教材之中。在这本教材的“绪论”里，狄先生针对马克思主义经典文论不像文学概论那样具有完整的理论系统，只是一篇篇具有针对性的、与一定具体对象相关联的理论文本的特点，提出了对经典文论的三种科学释读方法：即历史地读而不教条抽象地读、整体地读而不断章取义地读、实践地读而不脱离现状地读。所谓历史地读，“就是要把它放在一定的历史背景中去读，不要脱离产生文论的历史基础，

① 狄其骢：《中西诗学比较探源》，《文史哲》1986 年第 3 期。

② 狄其骢：《中西诗学比较探源》，《文史哲》1986 年第 3 期。

要掌握文论的历史特点”；所谓整体地读，“就是要把经典作家的文论放在一定的理论背景中去读，不脱离产生文论的马克思主义理论基础，要掌握文论的理论特点”；所谓实践地读，“是把经典文论放到我们的现状中来理解和把握，判断它的当代意义，它在实践发展中的意义”①。狄先生在这里对经典文论特点的概括以及释读方法的阐发是对教学来讲的，并且在选读教材的编写中得到了很好的贯彻，同时这些概括和阐发也作为基本方法论原则贯彻于其经典释读文章之中。其中，《〈在延安文艺座谈会上的讲话〉的现代意义》一文甚为典型，该文分析论证了《讲话》将文艺的根本问题由文艺的意识形态性转为文艺为什么人服务的巨大意义，认为“为什么人的问题，实质是个文艺意识形态性的问题，但毛泽东不是从关于意识形态的理论思考中提出为什么人的问题，而是从意识形态的建设实践中提出来的，这是马克思主义意识形态理论的创造性的发展”②，体现了马克思主义的实践人学。这一转变的意义还在于从文艺与政治的外在关系进入到文艺（作家和作品）与读者的内在关系，从读者的主体性来审视文艺，开拓了文艺理论的对象范围和视野，加深了对文艺的认识和理论体系的完整性。比较而言，“在文艺的意识形态理论中，着重的是文艺的社会功能，读者只是意识形态审美教育的对象，而当文艺的根本问题重点转向为什么人为读者时，着重的是社会对文艺的社会功能，读者成了服务对象，是对文艺施加影响的主体。这一转变，不能不说是马克思主义文艺理论的创新”。③ 该文是国内较早阐发《讲话》马克思主义读者理论思想的论文之一，体现了对经典文论的卓识新见。

狄先生对马克思主义文艺学的建构努力表现在两个方面：一是对马克思主义文艺观念体系的探索和整合，二是对马克思主义文艺理论当代形态建设的思考。对马克思主义文艺观念体系的架构，狄先生不同意国内有些学者仅仅从结构形式的完整性与否看待一种理论的体系性，从而用“断简残篇”论来否定马克思主义文艺理论的体系性，他指出：“一种艺术哲学理论是否形成体系，其根本条件并不在结构形式的完整，而决定于其艺术理论的内在的统一，正是这种理论的内在统一性构成理论的体系，标志出理论的深度和创

① 《马克思主义经典文论选读》，山东大学出版社 1991 年版，第 5、6—7 页。
② 狄其骢：《〈在延安文艺座谈会上的讲话〉的现代意义》，《文史哲》1992 年第 3 期。
③ 狄其骢：《〈在延安文艺座谈会上的讲话〉的现代意义》，《文史哲》1992 年第 3 期。

见。”[①] 据此，他指出，马、恩的艺术理论虽分散为对各个文艺问题的格言式的论述，但有自己的体系精神，并因之使各个观点之间有着内在的统一性。对马克思主义经典文艺理论的体系精神，狄先生一是着重于马克思主义世界观尤其是历史唯物主义观点和方法的贯通，认为经典文论归属于马克思主义的理论整体，“它是历史唯物主义在审美和艺术中的具体体现，历史唯物主义贯穿在分散的各个艺术观点中，使其有内在的统一性，组成特定的艺术理论体系”[②]；一是着重于其核心观念即审美理想的内在凝聚，认为马克思主义的审美理想是社会理想、人的理想和美的理想的三重组合，在历史发展和社会实践的基础上将三者最终统一起来，是马克思主义文艺美学思想的重要观点和方法。马克思主义经典文论包含着多方面的理论内容和观点，“贯穿这众多方面内容和观点的主线，就是马恩的审美理想。审美理想是马恩艺术哲学理论的核心观念或灵魂，它构成和显示出理论的整体统一性和逻辑连贯性”。[③] 从世界观的理论整体性和审美理想的内在贯通性的双重视角来阐发马克思主义经典文论的体系性，在国内学界属于首创。狄先生主编的专著《马克思恩格斯艺术哲学》就是以此为思想指导而写成的。该书获得山东省社会科学优秀成果一等奖和全国马列文艺论著研究会首届优秀论著成果奖，被学界誉为新时期马克思主义文论研究的代表性成果，当属实至名归。

关于马克思主义文艺理论当代形态的建设，狄先生也有着自己的特殊思考。当代形态建设的提法，始于 20 世纪 80 年代中期，但是当时的论者大多将思考中心放在如何吸取当代西方人文社科和文学艺术的理论与方法来丰富、补充、拓展经典文论方面，强调的是当代形态对经典形态的突破和超越。对此，狄先生则认为，理论体系既是个整体，也是个过程。从其作为一个过程的角度来看，马克思主义文艺理论当代形态建设确有其必然与必要，在一定意义上说，“不能满足时代对文艺理论的需求，在当代激烈的意识形

① 狄其骢、谭好哲：《艺术哲学的革命——论马克思恩格斯艺术哲学的体系特征和审美理想》，《文学评论》1991 年第 3 期。

② 狄其骢：《文艺学问题》，山东大学出版社 1993 年版，第 114 页。

③ 狄其骢、谭好哲：《艺术哲学的革命——论马克思恩格斯艺术哲学的体系特征和审美理想》，《文学评论》1991 年第 3 期。

态的斗争中就会被击败”①。但是，当代形态建设不是马克思主义与非马克思主义的趋同，不是超越意识形态的非意识形态化，它本身就是一种意识形态的建设，不存在一个普遍适用的标准和原则，中国的马克思主义文艺理论当代形态建设不能沿袭西方马克思主义那种反经典传统的发展模式，而要把经典形态与当代形态视为同一种马克思主义文艺理论发展过程中的两个阶段，在发扬马克思主义文艺理论基本精神的前提下正确处理好坚持和发展的关系、经典形态和当代形态的关系。这种当代形态的建设思路是“主义”的坚守，也是与时俱进的，是马克思主义文艺理论发展的正道。

第四节　文艺学改革与教材建设的综合意识

在经历了西方新思潮新理论的大规模引进以及观念的变革、方法的更新和学科的膨胀与分化之后，文艺理论研究在20世纪80年代中后期进入到了一个多样而又繁杂、博采而又混乱的多元化学术格局。如何看待这种多元化的格局，多元化之后中国文艺理论又该如何走，走往何处？这些问题，在80与90年代转换之际，成为一些有担当意识的学人不得不面对与思考的课题，文艺学的改革问题继80年代初期的改革呼声之后再度成为一个话题。

就此境况与话题，狄其骢先生于1989年接连发表了两篇文义相续、颇具影响的重头文章。一篇为《文艺理论的多元化境况》，该文首先从中西文化学术发展的历史出发分析了文化学术多元繁荣与一元化发展的关系，而后分析了文艺理论的多元化境况对于打破旧有的纯一的理论秩序和思维方式的时代必然与价值意义，最后对多元化将如何发展作了展望，指出在多元化境况中，各种文艺理论都有同等的生存和发展权利，但其中又必有自由竞赛、生存斗争，各种文艺理论都应该在这种竞赛和斗争中求得自己的发展，马克思主义文艺理论亦复如此②。接下来的另一篇文章《面向新的综合——探讨文艺理论发展的趋向和问题》承接上文的基本观点，进一步分析指出，多元化后的文艺理论出现各种理论相互疏远和隔阂的趋向，这是应该解决的一个

① 狄其骢：《马克思主义文艺理论建设的当代形态》，《高校理论战线》1992年第6期。

② 狄其骢：《文艺理论的多元化境况》，《山东大学学报（哲学社会科学版）》1989年第1期。

问题。文艺理论的多元发展的关键不在量而在质，不在分化而在综合，综合是分化的深入。正处中西文化碰撞交汇中的文艺理论，主要的发展模式将是从综合中创建。而文艺理论的综合创建，也是个现代化的问题。现代文艺理论重心的转移不是理论建构原则向主体论转移，而是理论对象的研究侧重点向主体能动性的转移，这是理论综合的现代化也就是文艺学的改革必须予以重视的问题。① 由此可见，走综合创建之路，就是狄先生对多元化境况中文艺理论该如何走下去的一个回答。

狄先生对文艺学改革问题的上述思考和认识，在其文艺学教材编写中得到了很好的贯彻与再阐发。1959 年，山东大学中文系文艺理论教研室曾出版过一部在当时较有影响的《文艺学新论》，当时甚为年轻的狄先生是三位编著者之一。1990 年起，以狄先生为主，带着两位年轻学者，又编著了一部书名依旧而结构内容全新的《文艺学新论》，1994 年由山东教育出版社出版。这部新的教材由狄先生提出编著“意图”和全书四编的章节大纲，并撰写了“前言”和“后记”。“前言”对教材的编著原则、架构方式、建设目标做了清晰明了、新意迭出的阐述。编著原则被确定为“出新不出格”。出新，重点在新事实的探索，就是要拓宽旧有教材的事实视野，冲破旧有教材的事实禁区，这就要求对一切有价值的事实材料和理论采取开放和宽容的态度；但是，开放和宽容绝不是对一切事实的兼容并蓄，理论是有自己的倾向和主体性的，这就要求对事实具有自己的选择和综合，在主体视野和事实视野的融合中，在主体对事实的同化和顺应中建构新的主体视野。因此，具体到教材编写来说，“所谓出新，就是出马克思主义文艺学之新，也就是建构马克思主义文艺学的新视野”。② 出新的目的应该是使马克思主义文艺学比之从前更为充实丰富、焕然一新。但是如果取得了兼容并蓄的增值，却模糊了马克思主义理论的真面目，甚至容蓄了与之格格不入的东西，这就不是出新，而是出格了。这里的“格”，就是“马克思主义文艺学的本色”，亦即前面所言的体系精神。可见，这个“出新不出格”的编著原则与狄先生所坚持的问题意识、创新意识和主义意识是一致的。

① 狄其骢：《面向新的综合——探讨文艺理论发展的趋向和问题》，《文史哲》1989 年第 2 期。

② 狄其骢等：《文艺学新论》“前言”，山东教育出版社 1996 年版，第 4 页。

由于教材是对事实的认识和概括，所以在架构方式上，教材的结构体系（理论结构）就应以对象结构为依据，教材的理论结构要能够对文学现象和文学活动做出认识、理解和解释。文艺学的理论结构是由概念组成的体系，但是，“概念体系的组建，并非单纯的逻辑整理工作，而是一项以对象结构为依据、以马克思主义文艺学出新为目的的认识建构活动”。[①]具体到教材整体构架的设计，这部教材采取以对象的动态理解来替代过去的静态理解，系统性理解替代整体性理解。依据对文学活动的动态理解，教材的结构以文学活动的三大环节——文学作品、文学创作、文学交流为主要构件。而为了理解和解释文学活动是什么，在三大活动构成的三编之前又加了一编总论，三编是微观而总论是宏观，三编是文学经验总结而总论是艺术哲学概论，三编是总论的理论基础和实证，而总论是三编的理论升华和灵魂，这就使教材的理论结构的系统性大为加强。

“前言”的最后部分以“走向综合一体化”作为建设目标，也就是理论追求的思路和方向。这是对前述《面向新的综合》一文基本观点的再阐述，但在思想的表达上更为明确。在这里，狄先生把新的综合称为“综合一体化”，并对其内涵与外延作了明确表述。从内涵上讲，一体化是指汲取、批判、改造各种理论价值的综合活动，“这种综合一体化，从内在性质看，就是马克思主义化，从外在形式看，就是体系化、科学化”。[②]从外延上讲，“综合一体化，大体上说有三种类型，即结构性一体化、层次性一体化、材料性一体化”。[③]结构性一体化是全局性的综合一体化，是全书四大编即总论编与三大分论编的总体结构的一体化，总论自身要有理论的综合一体化，还要把总论的观点贯穿到三大分论编即文学活动三大环节的分论中；层次性一体化就是把一些不同的甚至对立的概念，在统一命题下一体化，成为解释这一命题的一个方面一个层次的概念；而材料性一体化则是把那些不能做结构性一体化综合而又觉得有综合的理论价值和需要的材料，作为一种参照和借用材料，在分析提炼的基础上最后做出自己的综合判断。三种类型的一体化就将性质上的马克思主义化、马克思主义的体系化科学化落到了实处。

---

① 狄其骢等：《文艺学新论》“前言”，山东教育出版社 1996 年版，第 6 页。

② 狄其骢等：《文艺学新论》“前言”，山东教育出版社 1996 年版，第 11 页。

③ 狄其骢等：《文艺学新论》“前言”，山东教育出版社 1996 年版，第 11 页。

《文艺学新论》在使用中颇受学生欢迎，也得到学界好评，多次再版，荣获第三届国家教委优秀教材二等奖。2009年，经修改之后，又作为普通高等教育“十一五”国家级规划教材，以《文艺学通论》之名由高等教育出版社出版。该教材的成功绝非偶然，从根本上讲是源于狄先生精深的学术造诣和思考。狄先生所做的上述三个方面的阐述，是其长期文艺学教学经验的总结和升华，也是其学术思想学术意识的体现和阐发，因而不仅对新的文艺学教材编写有其具体的借鉴价值，对文艺学理论研究也有重要的启迪意义。就当下和未来的中国文艺学研究而言，“出新不出格”的学术创新原则依然有其指导意义，“综合一体化”的理论建设目标仍是诱人的追求方向。

最后，应该说明的是，本章出于论文结构的方便，从狄先生不同方面的理论活动和成果来彰显其学术意识，这并不意味着这些学术意识只是与不同方面的研究和努力相关联，事实上本章所阐发的这四种学术意识是有机综合地渗透于其各个方面的努力和成就之中的。对于后来的研究者来说，狄先生在不同领域所取得的理论建树，他所提出的观点、解决的问题、做出的论断，至今有着相当的真理性内容，依然值得学习和借鉴，而他在毕生的学术追求与拓展中所体现出的有所担承有所守持的学者精神，所贯通的上述各种学术意识，或许更具有启示价值，学术的进步，学术薪火的传承，有赖于这种学者精神和学术意识所提供的内在支撑！

后　记

本书为我所主持的 2010 年度国家社会科学基金项目“新时期基本文学理论观念的演进与论争研究”（项目批准号：10BZW011）的最终结项成果。在这部著作中，我们以新时期文学理论的发展进程为事实依据，以马克思主义文学理论的中国化或有中国特色的马克思主义文学理论的建设目标为学术创造的理想参照，以问题意识作为回顾和反思的思维切入点，运用现代哲学、社会学、文化学、美学和文艺学的多种研究方法介入研究对象，着重对新时期近 40 年来基本文学理论观念的历史流变及其学术论争作了比较全面与深入的论析和反思，试图既从总体上对新时期文学理论观念的变迁趋向和大致脉络作出较为全面的梳理和把握，又在富有问题意识的境遇分析和学理追思中对新时期各种文学理论观念创新的历史成就与问题给以科学的阐发和定位。

新时期的社会实践（包括经济、政治、文化各个方面）是中国特色社会主义的主体构成，而作为新时期历史发展的精神产物，新时期文学观念的探索和发展则是中国特色社会主义理论创新的体现，是中国当代话语体系建设的一个重要组成部分。我们的研究，就是对于新时期文学理论话语体系建设的一个反思性总结。中国文学理论当代话语体系建设的历史任务尚未完成，正处于发展中，这种反思性总结既是这一历史建设任务的一个内在推动力，本身也是话语体系创新的一个重要部分。随着中国特色社会主义的实践和理论发展由改革开放以来的新时期向实现中国梦的伟大新时代的历史转型，中国文学理论当代话语体系建设将进入到一个更新更高的阶段，与此同时，对其进行的学术反思也必将如影随形地同步展开。这一点，是我们所坚信的，也是本书的一个重要理论价值所在。

全书包括导言和五编。导言和第一编对本项目的研究价值和意义、研究方法论，以及新时期文学理论和观念发展的开放性时代特征、演进动因、演进历程、共时结构等问题做了宏观层面的综合性研究与探讨；第二编至第五编则对新时期以来文学理论与批评发展中一些重要的基本文学观念的演进与论争分别做了反思性的总结、论析与反思。主要研究内容包括五个方面：一是新时期文学理论和观念发展的开放性时代特征的论析，二是新时期基本文学观念演进动因的分析，三是新时期基本文学观念演进历程的梳理，四是新时期文学观念演进的共时性结构分析，五是新时期重要文学观念的理论流变和论争的具体辨析与评定。成果内容先总后分，点面结合，力求较为全面地展现新时期基本文学理论观念的完整面貌。

我们自认该著有两个突出的研究特色：一是从基本文学观念演进的角度总结和反思新时期文学理论的发展，以文学观念的变化创新作为新时期文学理论发展的核心和主调，并且将观念的演进与学术论争结合起来加以一体化的考察。这对此前某些关于新时期文学理论发展的研究论著过于求全而流入现象形态的历史描述，是一个超越。二是将新时期文学理论学术史的总结、反思与中国文学理论的发展前景的思考统一起来。全书面向历史的梳理、总结和反思始终着眼于未来，力求以马克思主义文学理论的中国化或有中国特色的马克思主义文学理论的建设目标为学术创造的理想参照，从历史的梳理和总结中找出相关问题学术纷争的症结所在，分析推进理论进步和观念深化的可能性。由于多人合作，各位研究者的学术能力、认识角度和思维方式存在差异，这样两个特色，未必见得在各个部分都能得到很好的体现，肯定尚存不尽如人意之处，但我们的确是在朝着这两个方向努力的，期望能够得到读者的认可。

本书由我主编，是多人通力合作的成果。全书由我提出研究思路和写作框架，并负责最后的统稿工作。参与写作者均为文艺学专业的中青年学者，多位已在学界崭露头角，在各自的研究领域取得了不俗的有影响的成果和成绩，从他们身上，我欣喜地看到了中国文学理论研究可以期待的未来。在项目进行中，我的同事杨建刚副教授除了完成自己承担的任务之外，还帮我做了一些联络与审改稿件的工作，这里需要特别提及。全书各章的写作分工如下：

导言、第一章、第二章、第四章第四节和余论、第十五章、第十七章和后记：谭好哲（山东大学文艺美学研究中心教授、文学博士）；

第三章：李旭（江西财经大学人文学院副教授、文学博士）；

第四章第一至第三节、第十章：孙桂芝（昌吉学院中文系副教授、文学博士）；

第五章：李自雄（山东大学文化传播学院副教授、文学博士、博士后）；

第六章：杨建刚（山东大学文艺美学研究中心副教授、文学博士、博士后）；

第七章：尤战生（山东大学文艺美学研究中心副教授、文学博士、博士后）；

第八章：孙书文（山东师范大学文学院教授、文学博士）；

第九章：陈春敏（山东大学文艺美学研究中心博士后）；

第十一章：泓峻（山东大学文化传播学院教授、文学博士）；

第十二章：周维山（曲阜师范大学文学院副教授、文学博士、博士后）；

第十三章：曹成竹（山东大学文艺美学研究中心副教授、文学博士、博士后）；

第十四章：刘林（山东大学文学院教授、文学博士）；

第十六章：王雅楠（山东大学文艺美学研究中心博士）。

本书的部分章节已在课题研究过程中作为阶段性成果以论文形式在多种刊物上公开发表，有的论文还获得过教育部的中国高校人文社会科学优秀成果三等奖和山东省社会科学优秀成果一等奖等；书稿的出版则得到教育部人文社会科学重点研究基地山东大学文艺美学研究中心基金资助，并得到人民出版社的大力支持。在此，谨向有关方面的同志和朋友们致以由衷的谢意！

谭好哲

2017 年 10 月 20 日